기묘한 진실

이 도서의 국립중앙도서관 출판시도서목록(CIP)은
e-CIP 홈페이지(http://www.nl.go.kr/ecip)와
국가자료공동목록시스템(http://www.nl.go.kr/kolisnet)에서 이용하실 수 있습니다.
(CIP제어번호: CIP2013001648)

기묘한 진실

STRANGE
BUT
TRUE

존 **설스** 장편소설 | **김승욱** 옮김

문학동네

기묘한 진실
007

1장

로니 체이스가 죽은 지 거의 오 년이 지난 어느 바람 부는 2월 밤 늦은 시각에 전화벨이 울린다. 로니의 형 필립은 접이식 소파에서 자고 있다. 그는 뉴욕에서 집으로 돌아온 뒤 이렇게 줄곧 거실을 침실로 쓰고 있다. 이불 속에 알루미늄 목발, 둥글게 뭉친 클리넥스, 〈TV 가이드〉, 리모컨 세 개, 너덜너덜해진 앤 섹스턴 전기 한 권과 함께 무선전화기가 뒤엉켜 있다. 필립이 어둠 속에서 손으로 여기저기를 더듬다가 마침내 무선전화기의 뭉뚝한 안테나를 잡고 들어올려 통화 버튼을 누른다. "여보세요."

어디선가 많이 들어본 것 같기도 한 여자 목소리가 희미하게 들린다. "필립 오빠? 오빠예요?"

필립은 누구냐고 물으려다 입을 다문다. 상대가 누군지 깨달았기 때문이다. 동생의 고교 시절 여자친구였던 멜리사 무디. 졸업 무도회 날 그녀의 모습이 그의 머리를 가득 채운다. 하얀 드레스

앞자락에 온통 피가 튀어 있던 모습. 기억을 떠올렸을 뿐인데 그의 입이 저절로 벌어진다. 이 전화를 시작으로 앞으로 한동안 체이스 일가 사람들은 모두 지금의 필립 같은 표정을 짓게 될 것이다. "미시?"

"미안해요. 시간이 너무 늦었죠? 혹시 나 때문에 깼어요?"

필립은 벽에 걸린 교사(校舍) 모양의 골동품 시계를 올려다본다. 그가 기억하는 한, 이 지저분하고 낡은 식민지풍 집에서 예전부터 똑딱거리던 시계다. 비록 시간을 제대로 맞춘 적은 한 번도 없지만. 지금도 바늘 두 개가 자정을 가리키고 있지만 실제로는 열시 삼십분밖에 안 됐다. 뉴욕이라면 사람들이 이제 막 저녁식사를 마쳤거나 택시를 불러 타고 어디론가 갈 시간이다. 하지만 여기 펜실베이니아 교외에서는 여덟시만 지나면 세상이 쥐죽은 듯 조용해진다. "잠 안 잤어." 필립은 거짓말을 한다. "오랜만이네. 잘 지냈어?"

"그렇죠 뭐."

수화기 속에서 자동차들이 획획 지나가는 소리가 계속 들린다. 그녀의 목소리가 가늘게 떨리는 것으로 보아 잘 지내는 것과는 거리가 먼 듯싶다. "무슨 일이라도 있는 거야?"

"오빠네 식구들한테 할 이야기가 있어요."

만약 그녀가 아버지와 이야기를 하고 싶은 거라면 플로리다까지 찾아가야 할 것이다. 아버지는 거기서 홀리라는 여자와 재혼해서 살고 있다. 어머니는 홀리를 언제나 '헤픈 년'이라고 부른다. 하지만 필립은 이런 사실들을 굳이 미시에게 설명해주지 않는다. 그러잖아도 설명할 것이 너무 많기 때문이다. "무슨 얘긴데?"

미시가 뭐라고 대답하기도 전에 어머니의 묵직한 발소리가 계단에서 천둥처럼 울린다. 잠시 후 어머니가 접이식 소파베드 옆에 와서 선다. 낡아빠진 하얀 나이트가운을 투실투실한 몸에 꼭 여민 모습이 끔찍하다. 며칠 전 밤 필립은 케이블 채널에서 영화 〈어바웃 슈미트〉의 뒷부분을 보았다. 캐시 베이츠가 뜨거운 욕조에 몸을 담그려고 옷을 모조리 벗던 장면이 떠오른다. 지금 어머니의 모습이 그 장면 못지않다. 필립은 사방으로 뻗친 반백의 곱슬머리로 시선을 돌린다. 마치 미친 여자 같다. 잘 어울리는 모습이긴 하다. 필립이 보기에 어머니는 확실히 미쳤으니까. "누구야?"

"잠깐만." 필립은 수화기에 대고 이렇게 말한 다음 어머니에게 시선을 돌린다. "미시예요."

"멜리사? 로니의 여자친구?"

필립은 고개를 끄덕인다.

이내 어머니가 특유의 표정을 짓는다. 눈썹이 위를 향해 아치를 그리고 입이 O자 모양으로 벌어진다. 어머니도 로니의 피가 튄 멜리사의 무도회 드레스를 떠올리고 겁에 질린 듯하다. "뭣 때문에 전화한 거야?"

그는 과장되게 어깨를 으쓱하고는 다시 멜리사에게 말한다. "미안. 어머니가 방금 자다 일어나셔서 누구 전화냐고 물으셔서."

"괜찮아요. 어머니는 어떠세요?"

이 질문에 대답할 수 있는 온갖 말이 그의 머릿속에서 와글거린다. 아버지가 이제는 이 집에서 안 산다고 대답할 수도 있고, 어머니가 식욕을 주체하지 못해 몸무게가 점점 늘고 있다고 대답할 수도 있다. 어머니가 혈압, 콜레스테롤, 불안증, 우울증 때문에 헤아릴 수도 없이 많은 약을 먹는다는 대답도 있다. 하지만 그는 그냥 간단히 말한다. "잘 지내서. 그래, 하고 싶다는 얘기가 뭐야?"

"그건 직접 만나서 말하고 싶어요. 언제 한번 들러도 돼요?"

"당연하지."

"언제가 좋을까요?"

필립은 뉴욕에서 지내던 때를 떠올린다. 이스트빌리지에서 캠핑용 자동차만한 크기의 원룸 아파트에 살면서 아무 때나 생면부지의 사람들을 불러들이던 모습. 초인종이 고장났기 때문에 찾아오는 사람들에게 매번 거리에서 소리를 지르라고 말해주어야 했다. "지금 오면 어때?" 그는 자기도 모르게 이렇게 말한다.

"지금요?" 멜리사가 말한다.

그는 그녀가 지금은 너무 시간이 늦었고, 날도 어둡고 춥다고 말하기를 기다린다. 하지만 그녀는 뜻밖의 대답을 한다.

"사실 이야기를 너무 미룬 것 같아요. 그러니까 지금 가는 것도 괜찮을 것 같아요."

멜리사와 인사를 나눈 뒤 필립은 종료 버튼을 누르고 전화기를 구깃구깃한 이불 속으로 다시 던진다. 깁스를 한 곳이 가려워서 그는 무릎뼈 바로 위의 좁은 공간으로 손가락 두 개를 집어넣어 최대한 세게 긁는다. 어머니는 그를 내려다보며 마구 질문을 쏟아낸다. 속에서 먹은 것이 넘어오듯 질문이 터져나오는 것을 어머니 자신도 어쩔 수 없는 것 같다. "무슨 일인지 말 안 할 거야? 지금 와서 개가 전화한 이유가 뭐냐니까. 뭐야, 개는 이런 시간에 남의 집에 전화하는 게 무례한 짓이라는 것도 모른다니? 세상에, 너 대답 안 할 거야?"

필립은 긁기를 그만두고 손가락을 빼낸다. 깁스는 스키부츠를 길게 늘인 것 같은 모양인데, 맨 밑에 구멍이 나 있어서 멍든 발가락이 밖으로 나와 있다. 불과 십 년 전 고등학교 시절에 했던 하얀 깁스와는 다르다. 그때는 친구들이 깁스 위에 서명을 해놓곤 했다. "어머니가 잠시만이라도 입을 다물면 대답할게요."

어머니는 퉁퉁한 가슴 앞에 팔짱을 끼고는 여봐란듯이 침묵을 과시한다. 며칠 전 밤에 그는 〈연기 학원의 내면〉이라는 프로그램을 봤는데, 거기서 이름이 세 개나 되는 여배우 한 명(그는 거기 나오는 사람들을 도무지 분간할 수 없었다)은 극장 맨 뒷좌석에 앉은 관객들을 위해 연기한다는 말을 했다. 지난 오 년 동안 어머니의 삶이 바로 그랬다. 어머니의 행동 하나하나가 모두 크게 과장되어 있어서 싸구려 좌석에 앉은 사람들도 얼마든지 볼 수 있을 것 같다.

"우리한테 할 얘기가 있대요." 그가 말한다.

"무슨 얘기?"

"모르죠. 무슨 얘긴지는 몰라도 직접 만나서 말하겠대요."

"언제?"

"지금요."

"지금? 설마 지금 온다고? 지금은 한밤중이야."

"M." 필립이 말한다. 그는 한 달 전 집으로 다시 들어온 뒤부터 줄곧 어머니를 이렇게 부르고 있다. 어머니는 왜 자기를 그렇게 부르느냐고 한 번도 묻지 않았다. 아마 M이 mother를 뜻한다고 생각하는 모양이다. 하지만 지금쯤이면 M이 무엇을 뜻하는지 여러분도 짐작이 갈 것이다. 미친 여자(madwoman). 이건 그가 혼자 속으로만 즐기는 농담이다. 그가 말을 계속한다. "새벽 두시라면 한

밤중이죠. 하지만 엄밀히 말해서 지금은 아직 초저녁이에요. 뉴욕 사람들은 이제 막 저녁식사를 끝낼 시간이라고요."

뉴욕이라는 말을 들은 어머니가 입술을 화산 모양으로 내밀고 혐오스럽다는 표정으로 필립을 쏘아본다. 그 표정을 보니 어머니가 그를 만나러 딱 한 번 뉴욕으로 왔을 때가 떠오른다. 아들이 병원에 있다는 경찰의 전화를 받고 왔을 때였다. 어머니는 앰트랙을 타고 왔다. 아버지는 플로리다에서 제트블루 비행기를 타고 날아왔다. 그렇게 해서 체이스 일가가 재회했다. 필립이 누워 있는 세인트빈센트 병원의 10층 병실에서. 그의 목에 난 상처는 미라를 만들 수도 있을 만큼 엄청난 양의 붕대 밑에 가려져 있었고, 다리에는 스키부츠 모양의 깁스를 방금 두른 참이었다. 이불 밑의 몸은 온통 까맣고 파란 멍투성이였다.

"여긴 뉴욕이 아냐." 어머니는 이렇게 말하고 나서 몸을 돌려 천둥 같은 소리를 내며 계단을 올라간다. 다 해진 나이트가운을 통해 어머니의 올록볼록한 엉덩이가 가볍게 흔들리는 것이 언뜻 보인다.

'뒷모습'이라는 말이 완전히 새롭게 보이는걸. 필립은 생각한다.

어머니가 서랍을 열었다가 쾅 닫는 소리가 둔탁하게 들려오자 필립은 손을 뻗어 목발을 잡고 쿡쿡 쑤시는 비쩍 마른 몸을 거기에 기대며 침대에서 일어선다. 거실의 불은 꺼져 있지만 사방에 자그마한 불빛들이 보인다. 케이블 박스의 빨간 점 같은 빛. 비디오플레이어에서 초록색으로 반짝이는 숫자들. 휴대전화 배터리 충전기에서 깜박이는 초록색 빛. 조명 스위치의 흐릿한 오렌지색 빛. 이불빛들 덕분에 마치 밤에 비행기 창밖을 내다보는 것 같다는 생각이 얼핏 든다. 소리가 울리는 널찍한 복도를 절룩거리며 걸어갈 때도 역시 같은 느낌이다. 그는 아무도 사용하지 않는 식당을 가로지르는 지름길을 택한다. 식당에는 기다란 마호가니 식탁과 베니스풍 유리 샹들리에가 있다. 필립은 현관을 가로질러 계단 밑 화장실로 들어간다. 이 화장실 역시 비행기 화장실처럼 작고 갑갑하다.

거울에 비친 필립의 얼굴이 실제 나이인 스물일곱 살보다 더 늙어 보인다. 이마에 잔주름인지 뭔지, 여하튼 분명한 노화의 흔적이 있다. 그리고 눈에는 확실히 슬픔과 근심의 장막이 드리워져 있다. 너무 어린 나이에 너무 많은 것을 본 사람의 얼굴이다. 게다가 이제는 상처도 있다. 두꺼운 빨간색 지퍼처럼 목을 가로지르는 흉터가 남을 것이다. 의사들은 흉터가 희미해지기는 하겠지만 완전히 없어지지는 않을 거라고 했다. 필립은 상처를 감추려고 빨래 바구니 맨 위에서 헐렁한 모직 터틀넥 스웨터를 찾아 입은 다음, 헝클어진 갈색 머리를 빗고 이를 닦는다. 그는 막 복도로 나가려다가 무슨 이유에서인지 걸음을 멈추고 약장을 연다. 그 안은 아무도 손대지 않은 모습 그대로 남아 있다. 위층에 문이 잠겨 있는 동생의 침실과 마찬가지로. 그는 손을 뻗어 치아 교정기를 꺼낸다. 부정교합은 로니의 얼굴에서 가장 눈에 띄는 결함이었다.

"너 뭐 하는 거니?"

그가 고개를 돌려보니 사서처럼 옷을 차려입은 어머니가 있다. 어머니가 아직 사서로 일하던 시절에 입던 것과 비슷한 옷이다. 베이지색 카울넥 스웨터와 베이지색 바지. 틀림없이 킹 오브 프러시아 몰의 빅사이즈 전문점에서 샀을 것이다. 기왕이면 나이트가운도 새로 하나 사지 그러셨어요. 필립은 이런 생각을 하며 어머니에게 대답한다. "나도 몰라요."

어머니가 안으로 들어서자 위층에서 샤워하는 대신 뿌리고 온 데오도란트 냄새도 함께 들어온다. 약 때문에 부어오른 어머니의 손이 필립의 손에서 치아 교정기를 잡아채 원래 자리에 정확하게 돌려놓는다. 먼지 낀 과산화수소 병과 한쪽으로 살짝 기울어진 오이비누 더미 사이에. 어머니가 약장 문을 닫는 순간 거울에 비친 어머니의 모습이 현기증이 날 만큼 빠른 속도로 눈앞을 스치는 바람에 필립은 움찔한다. "로니 물건에 손대지 마." 어머니가 말한다.

전에도 이 문제로 어머니와 다툰 적이 있기 때문에 필립은 다시 휘말릴 생각이 없다. 멜리사가 금방 올 텐데 어머니를 흥분시키는 건 금물이다. 그는 어머니 옆을 지나 복도로 나가서 주방으로 간다. 그리고 불을 켠다. 뉴욕에서 괴짜 도널리 피윰이 쓰던 캠핑용 자동차만한 원룸 아파트를 세내어 쓰면서 좁은 주방으로 그럭저럭 견뎠기 때문에 이 널찍한 주방에 놀라움을 금할 수가 없다. 이 주방에는 짙은 색 나무로 짠 수납장이 있고, 조명은 천장에 움푹하게 설치되어 있으며, 타일을 깐 바닥은 일부러 오래된 것처럼 보이게 꾸몄다. 그래서 필라델피아 메인라인의 어떤 가정집 주방 바닥이 아니라 토스카나의 수도원 바닥 같다. 지난 사 주 동안 두 사람은 대부분의 식사를 전자레인지로 해결했지만, 싱크대에 산처럼 쌓인 냄비와 화강암 조리대 위에 온통 어지럽게 흩어진 그릇 들만 보면 아무도 그런 줄 모를 것이다. 그릇과 냄비에는 모두 초록색 얼룩이 묻어 있다. 한 가지 음식만 죽어라 먹어대는 어머니의 병이 며칠 전 밤에 다시 도진 탓이다. 이번에는 완두콩 수프였다. 옛날에는 순전히 이런 그릇들만 치우기 위해 파출부가 일주일에 두 번씩 왔다. 파출부에게 나가는 돈은 브린모어 병원 흉부외과 전문의였던 아버지가 두둑한 월급에서 댔다. 하지만 이젠 아니다. 필립은 냉장고를 열고 커피 봉지를 꺼낸다. 뉴욕에 살 때도 낯선 사람을 초대해놓고 그 사람이 거리에서 이름을 부르기를 기다리며 커피를 끓이곤 했다.

"지금 커피를 끓이려고?" 어머니가 등뒤에서 말한다.

이번에는 그도 뒤돌아보지 않는다. 그는 한 사람당 2테이블스푼씩 커피를 퍼서 필터에 넣는다. 낯선 사람이 거리에서 이름을 부르면 열쇠를 창밖으로 던져주고는 그 사람이 구부러진 낡은 계단을 쿵쿵 올라오는 소리에 귀를 기울이며 가슴이 두근거리던 기억이 난다. "네."

"그랬다간 밤새 잠을 못 잘 텐데?"

"아뇨."

두 사람은 더이상 아무 말도 않는다. 어머니는 냉장고 안에 숨겨두었던 다이어트코크 캔 하나를 꺼내고 수납장에서 도리토스 한 봉지를 가져오더니 도마 옆의 나무 스툴에 앉아 먹는다. 시끄러운 소리를 내면서. 필립은 커피메이커에 물을 부으며 멜리사 무디가 이 집에 마지막으로 왔던 때를 떠올린다. 로니가 죽은 뒤 여름에 그녀가 연락도 없이 이 집에 나타났다. 어머니는 위층 침실에서 천장만 바라보고 있었고, 아버지는 서재에서 의학서를 읽는 척하며 빈둥거렸다. 필립은 필라델피아 커뮤니티 칼리지의 시 수업시간에 제출할 과제를 제쳐두고 어머니와 아버지를 거실로 끌고 왔다. 두 사람은 자리에 앉아 상처 입은 금발 소녀를 멀거니 바라보았다. 그녀는 여전히 붕대를 칭칭 감고 있었다. 마침내 아버지가 그녀를 문까지 데려다주고는 잘 가라고 말했다.

커피메이커에서 쿠룩쿠룩 소리가 나며 김이 솟아오르기 시작할 때 창밖에서 들어온 하얀 빛이 방을 가득 채운다. 진입로에서 누군가가 자동차 문을 쾅 닫는다. 필립의 가슴이 두근거리기 시작한다. 뉴욕에서 그랬던 것처럼. 그는 손을 가슴에 얹고 자기도 모르게 손가락으로 터틀넥 스웨터 밑의 상처를 더듬으며 어머니를 따라 현관으로 간다. 패널을 붙인 두꺼운 문 양편에 유리창이 좁게 나 있다. 어머니가 오른쪽 유리창에 얼굴을 갖다대고 '저것이 여기가 어디라고 감히'라고 말하는 듯한 목소리로 말한다. "저애 임신했잖아. 말도 안 돼. 임신했어."

멜리사가 임신하건 말건 이쪽에서 뭐라고 할 일이 아니라고 필립이 말하기도 전에 어머니가 다시 횡설수설하기 시작한다. 여전히 얼굴을 유리창에 댄 채다.

"우리한테 말하겠다는 게 혹시 저걸까? 그러기만 했단 봐라. 내가 할 말은 그것뿐이야. 내 아들은 땅속에서 썩어가고 있는데, 저애는 다른 사람과 결혼해서 행복하게 잘 살고 있다는 이야기만은 정말이지 듣기 싫어."

"M." 필립이 말한다. "우리 좀 색다른 방법을 시도해보는 게 어때요? 발작부터 일으킬 게 아니라 저애가 뭐라고 하는지 일단 들어보자고요."

어머니가 고개를 돌려 필립을 정면으로 바라본다. 이마 중간에는 유리창에 눌린 분홍색 자국이 나 있다. "발작이라니?"

"뭐, 발작을 일으키려고 했잖아요. 게다가 어머니는 옛날부터 멜리사를 안 좋아했고요. 로니가 죽은 건 쟤 잘못이 아니에요."

"그럴지도 모르지." 어머니가 말한다. "하지만 넌 다 몰라."

"내가 모르는 게 뭔데요?"

"방금 말했잖아. 다 모른다고."

"그러시겠죠." 필립은 대화를 포기한다.

그도 유리창에 얼굴을 댄다. 어머니와 워낙 가까이 서 있기 때문에 데오도란트 향에도 불구하고 어머니의 땀냄새가 난다. 필립은 그 냄새를 들이마시기 싫어 눈 쌓인 잔디밭을 내다보며 숨을 들이쉰 채로 멈춘다. 은색으로 빛나는 겨울의 달빛 속에서 멜리사의 몸이 완벽한 실루엣을 그린다. 눈을 치우지 않아 얼어붙은 진입로를 걸어오는 그녀의 배가 불룩하다. 멜리사가 점점 가까워지자 인디언 문양을 찍은 헐렁한 셔츠와 군복 같은 초록색 카고바지 외에는 아무것도 입지 않은 모습이 눈에 들어온다. 셔츠가 허리 아래로 헐렁하게 늘어져 있다. 그녀가 포치에 다다르기도 전에 어머니가 문을 연다. 어머니는 인사를 하려고 입을 열었지만 입술이 그대로 굳어버린다.

"안녕하세요?" 어둠 속에서 멜리사가 말한다.

어머니가 시야를 가리고 서 있지만 필립은 크게 말한다. "안녕? 안 추워?"

"그렇게 춥지도 않은데요 뭐."

멜리사가 이 말을 하는 동안에도 마당에서 바람이 한줄기 불어와 집 안으로 들이친다. 그녀 뒤에서 커다란 떡갈나무 가지들이 어둠 속에서 성을 내듯이 바스락거린다. 필립의 어머니는 여전히 멍한 표정으로 기묘한 침묵에 빠져 있다. 그래서 필립이 멜리사에게 안으로 들어오라고 말한다. 문을 닫고 그녀가 현관의 밝은 불빛 속으로 들어오자 그는 어머니가 왜 그렇게 놀랐는지 비로소 이해한다. 멜리사는 이제 오 년 전 동생이 졸업 무도회에 파트너로 데려갔던 예쁜 금발 소녀가 아니다. 예전에는 빛나는 금발을 어깨까지 길렀지만 지금 그녀의 머리는 너무하다 싶을 만큼 길고 헝클어져 있다. 색깔도 어두워져서 필립의 머리처럼 칙칙한 갈색이다. 예전에는 아무 장식도 없이 섬세한 모습을 자랑하던 귀에는 징과 고리가 어찌나 많이 박혀 있는지 보기만 해도 아플 것 같다. 하지만 무엇보다 많이 변한 것은 멜리사의 얼굴이다. 예전에는 정말이지 부드럽고 여성적인 얼굴이었다. 일요일자 신문에 끼여 오는 백화점 전단지의 봄옷 광고에서 볼 수 있는 순수하고 전형적인 미국 소녀 같은 얼굴. 하지만 이제 그 얼굴, 그 미소, 그 눈은 로니와 함께 보낸 마지막 밤에 생긴 흉터로 인해 완전히 망가져버렸다. 필립은 멜리사가 성형수술을 받았을 줄 알았는데(아버지는 예전에 플로리다에서 성형외과 의사들과 함께 골프를 치곤 했다), 아니었다. 그녀의 왼쪽 뺨에는 흉터가 얼기설기 나 있다. 오른쪽 눈 위는 엉망이 된 피부 때문에 눈썹이 제대로 자라지 못하고 절반밖에 남지 않아 항상 얼굴이 비뚤어진 것처럼 보이게 되었다. 멜리사가 절대 양보할 수 없다는 듯 굳게 입을 다물고 있는 모습을 보니 꽉 닫힌 동전 지갑이 생각난다. 그녀가 입을 열어 말을 할 때에야 비로소 앞니 두 개가 있어야 할 자리가 텅 비어 있는 것이 얼핏 눈에 들어온다.

"어쩌다 그렇게 된 거예요?" 멜리사가 필립에게 묻는다.

필립은 너무나 변한 멜리사의 모습에 정신이 팔려 있었기 때문에 자기가 지금 어떤 상태인지를 금방 떠올리지 못한다. "아." 어머니가 "뉴욕의 그 일"이라고 부르는 사건은 지금 말하지 않는 게 최선이라는 생각이 든다. 그는 회색의 단단한 깁스와 발등을 가로

지른 검은색 끈을 내려다본다. "사고를 당했어. 스키장에서."

"괜찮은 거예요?"

필립은 그녀에게 같은 질문을 던지고 싶지만 그러면 안 될 것 같다. "몇 주 지나면 말짱해질 거야."

멜리사는 셔츠 주머니에 손을 넣으며 계단 위를 올려다본다. 셔츠가 부풀어오른 배 위에서 살짝 움직인다. "체이스 선생님은 안 계세요?"

이 질문에 어머니가 퍼뜩 정신을 차린다. "응, 안 계셔."

어머니가 아버지 이야기로 폭발하기 전에(아버지 이야기는 어머니가 가장 좋아하는 화제이자 조금만 건드려도 폭언을 늘어놓는 주제이기도 하다) 필립이 말한다. "너 임신했구나."

멜리사는 자신의 배를 내려다보고는 이끼를 연상시키는 초록색 눈으로 그를 바라본다. 그녀의 목소리가 다시 떨리기 시작한다. "구 개월 됐어요."

"그럼 금방 낳겠네?"

"그렇겠죠." 그녀가 말한다.

갑자기 어색하고 긴장된 분위기가 흐른다. 필립은 어색하지만 웃음을 터뜨리며 분위기를 좀 바꾸려고 애쓴다. "저기, 우리 집에서 갑자기 진통을 시작하지는 마."

멜리사는 전혀 미소를 짓지 않는다. "걱정 마세요." 그녀가 말한다. "아이가 언제 나올지 제가 알아요."

이때 그의 시선이 그녀의 손으로 향한다. 손가락에 반지가 없다. 필립은 어머니의 목소리가 들리는 듯하다. '내 아들은 땅속에서 썩어가고 있는데, 저애는 다른 사람과 결혼해서 행복하게 잘 살고 있다는 이야기만은 정말이지 듣기 싫어.' 어머니가 그런 이야기를 들을까봐 걱정할 필요는 없을 것 같다. "우리 주방으로 가서 좀 앉을까?" 그가 벌써 앞장서 걸으면서 말한다.

다들 주방으로 들어온 뒤 멜리사가 사다리 모양의 등받이가 있는 의자에 천천히 앉는다. 아버지와 로니가 불편하다고 투덜거리던 의자다. 수상쩍게 침묵을 지키고 있는 어머니는 아까처럼 도마 옆에 자리를 잡는다.

"M." 필립이 말한다. "이쪽으로 와서 앉지그래요?"

"난 여기가 좋아."

멜리사는 어머니의 이상한 행동을 눈치챘는지 어쨌는지, 하여튼 겉으로는 아무 내색도 하지 않는다. 그녀의 얼굴은 마네킹처럼 변화가 없고 공허하다. 아니, 망가진 마네킹이라고 해야 할 것 같다. 입은 필립이 아까 생각했던 대로 동전 지갑처럼 꼭 다물려 있다. 이끼 같은 초록색 눈만이 이리저리 움직이며 주방을 둘러볼 뿐이다. 완두콩 수프 자국이 줄무늬처럼 묻은 채 싱크대와 조리대에 쌓여 있는 그릇들에서부터 흉하게 몸집만 큰 냉장고에 자유의 종 모양 자석으로 지저분하게 붙여놓은 처방전과 전화기 옆에 매달려 있는 목제 열쇠걸이, 그리고 어머니 머리 위로 텅 비어 있는 냄비 걸이까지.

"뭐 마실 것 좀 줄까?" 필립이 묻는다. "금방 커피 끓였는데."

"고맙지만 아기 때문에 커피를 마시면 안 돼요."

이 대답에 그는 안도감이 든다. 이렇게 만삭인 사람이 운전을 해도 괜찮은지 걱정되던 참이기 때문이다. 얼어붙을 듯 추운 겨울밤에 외투도 없이 돌아다니는 건 말할 것도 없다. 하지만 필립은 그녀도 다 생각이 있을 거라고 결론을 내린다. 멜리사가 그냥 물을 마시겠다고 했기 때문에 그는 브리타 주전자에서 물을 한 잔 따른다. 그러고는 자신이 마실 커피를 따르려고 수납장에서 머그잔을 꺼낸다. 이건 어머니가 래드너메모리얼 도서관의 수석 사서로 일하던 시절에 쓰던 물건으로, '듀이 십진 분류법을 아세요?'라는 문장이 빙 둘려 있다. 필립은 식탁에 앉아 커피를 젓는다. 하지만 그의 머리는 그동안 거의 잊어버렸던 멜리사에 관한 기억들을 바삐 꺼내놓는다. 그녀의 아버지는 루터파 교회의 목사로, 로니는 그녀의 아버지가 너무 엄하다고 투덜거리곤 했다. 그녀에게는 쌍둥이 언니가 있는데, 이름은 트레이시 아니면 스테이시다. 멜리사도 로니처럼 펜실베이니아 대학에서 입학 허가를 받았다. "지금쯤이면 벌써 대학을 졸업했겠구나." 필립은 어떻게든 대화를 이어보려고 이렇게 말한다.

멜리사는 고개를 젓는다. "대학에 안 갔어요."

"펜실베이니아 대학에 합격했잖아." 그가 이 사실을 기억하는 건 자신은 그렇게 좋은 학교에 지원할 처지가 아니었기 때문이다. 그는 고등학교 때 동급생들에게 얻어맞고 다니느라 너무 바빠서 성적을 올릴 수 없었다.

"합격하긴 했죠." 멜리사가 말한다. "하지만 안 가기로 했어요."

"그럼 지금은 어디 살아?"

"여기 래드너에 살아요."

"부모님이랑 같이?"

그녀가 막 대답하려고 하는데 어머니가 의자에서 일어나 식탁으로 다가온다. "난 자러 갈 테니 너희 둘이서 밤새 수다를 떨든지 말든지 마음대로 해. 하지만 시간이 너무 늦었으니까 괜찮다면 이런 수다는 건너뛰지? 뭔지는 몰라도 우리한테 할 얘기라는 걸 빨리 하지그래?"

"M!" 필립이 소리친다. "너무 무례하잖아요!"

"괜찮아요." 멜리사가 자기 배의 정중앙을 손으로 문지르며 말한다. 셔츠에 찍힌 인디언 문양이 바로 그 부위에서 헝클어진 십자가 모양으로 합쳐진다. 그녀가 어머니에게 떨리는 목소리로 자그맣게 말한다. "제가 왜 왔는지 궁금해하시는 게 당연해요."

"그래, 궁금해. 그러니까 빨리 말해."

필립은 어머니에게 다시 뭐라고 말해봤자 소용없다고 생각한다. 어차피 소용이 있었던 적이 한 번도 없으니까.

멜리사가 목을 가다듬더니 식탁에 놓인 컵을 천천히 들어올린다. 물을 마시는 그녀의 손가락이 너무 심하게 떨려서 물이 흘러넘쳐 턱을 타고 뚝뚝 떨어진다. 그녀는 소매로 물을 닦고는 말을 하려고 입을 연다. 앞니가 있던 자리의 보기 싫은 검은 구멍이 드러난다. 이렇게 해서 그녀가 이야기를 시작한다. 이렇게 해서 혼란이 시작된다. "제가 이렇게 오랜만에 두 분 앞에 다시 나타난 게 이상해 보이시겠지만…… 저기, 그동안 두 분 가족에 대해 많이 생각했어요. 특히 아주머니에 대해서요. 어머니가 자식을 잃는 것만큼 끔찍한 일은 없으니까요."

필립이 어머니를 힐긋 바라보니 어머니의 얼굴이 부드러워져 있다. 지난 오 년 동안 어머니에게 슬픔과 애도는 일종의 시합이었다. 어머니는 이 시합에서 이겼다는 낌새가 조금만 보여도 기뻐한다. 멜리사의 말은 어머니의 목에 금메달을 걸어준 거나 마찬가지였다.

멜리사가 말을 잇는다. "그리고 로니도 한시도 잊어본 적이 없어요. 그래서…… 저기…… 제가 너무 떨려서…… 죄송해요. 지금 이 순간을 아주 오래전부터 생각했거든요. 몇 달 전부터 이렇게 찾아와서 말씀드리고 싶었지만 무서웠어요."

"무섭다니 뭐가?" 필립이 묻는다.

"두 분이 제 말을 안 믿을까봐서요."

"뭘 안 믿어?"

"그게 뭐냐면……" 멜리사는 말을 멈추고 침을 꿀꺽 삼킨다. 그녀의 목으로 커다란 덩어리가 넘어가는 것 같은 모습을 보니 필립은 뉴욕에서 도널리 피옴을 대신해 보살피던 애완용 뱀이 생각난다. 녀석이 쥐를 삼키고 소화시킬 때의 모습. "말을 꺼내는 데 시간이 좀 걸리네요. 죄송해요. 하지만 머릿속으로 미리 계획을 짜도 정작 그 순간이 되면 어떤 말을 어떻게 해야 하는지 잊어버릴 때가 있죠? 지금 제가 그래요. 그러니까…… 그러니까 어디서부터 시작해야 할지 모르겠어요. 그냥 두 분에게 텔레비전에 나오는 그 사람을 본 적이 있느냐고 먼저 묻는 게 낫겠어요. 죽은 사람들하고 이야기를 나눈다는 사람 말이에요."

이 질문이 어머니의 얼굴에 변화를 일으킨다. 어머니가 빠르게 세 번 눈을 깜박인다. 윗입술도 움찔거린다. 하지만 필립의 얼굴은 무표정해진다. 계속 속도를 올리고 있던 그의 심장은 마치 방금 벽을 들이받기라도도 한 것 같다. 멜리사가 말하는 그 남자는 그도 심야 텔레비전 프로그램에서 많이 보았다. 아마 여러분도 보았을 것이다. 천사 같은 얼굴에 머리가 점점 벗어지고 있는 그 남자는 강한 롱아일랜드 사투리로 청중을 향해 아무렇게나 이니셜을 불러댄다. 마치 그들이 사랑하는 사람을 불러내는 것처럼. 그러다 누군가가 이니셜에 반응을 보이면 그는 이름을 추측해낸 뒤 세상을 떠난 사람의 말이라며 자질구레한 일들을 쏟아낸다.

당신은 예전에 약혼반지를 잃어버린 적이 있지……

당신은 섬으로 여행을 갔어……

당신들 둘이 춤출 때 가장 좋아하던 노래가 있었는데……

이처럼 누구에게나 적용될 수 있는 얘기를 듣고 사람들은 눈물을 흘린다. 하지만 필립은 항상 사람들이 그 남자에게 정말로 증거가 될 만한 구체적인 사실들을 왜 더 캐묻지 않는지 궁금하다. 사회보장번호나 1학년 때 담임선생님 이름 같은 걸 물어보면 될 텐데. 필립은 이런 말을 입 밖에 내지 않은 채 조용히 앉아 어머니와 멜리사의 이야기에 귀를 기울인다.

"그 남자를 만났어?" 어머니가 묻는다. 입술은 여전히 움찔거리고 목소리에 묻은 희망이 점점 부풀어오른다.

"그 사람은 아니고요, 필라델피아에 챈트렐이라는 여자가 있어요. 같은 일을 하는 사람인데 제가 그 여자를 만나고 왔어요."

"언제?"

"오늘밤에요."

"몇 달 전부터 이 이야기를 하고 싶었다며."

"전부 제가 하고 싶은 얘기랑 관련된 일이에요."

"그래 그 챈드라라는 여자가 뭐라고 하던?"

"챈트렐이에요."

"그래, 챈트렐. 그 사람이 뭐래?"

"그게……"

"그게, 뭐?"

멜리사의 시선이 필립에게 옮겨갔다가 다시 어머니에게 향한다. "로니가 망자의 세계에서 저와 통신하고 있대요."

필립은 속내를 감추지 못하고 몸짓에 드러내고 만다. 그는 식탁에서 멀어져 등을 기대고 앉으며 팔짱을 긴다. 옛날 같으면 이런 말을 믿었을지도 모른다. 하지만 그는 이제 이것 말고도 믿지 않게 된 것이 많다. 하느님, 사랑, 운명, 행운 그리고 죽은 사람을 불러낸다는 점쟁이 같은 것들. 몇 개만 꼽아봐도 이 정도다.

어머니는 식탁에 앉은 채 멜리사에게 어찌나 바싹 몸을 기울였는지 마치 그녀를 한 입 물어뜯기라도 할 것처럼 보인다. "그 여자가 뭐라던?"

"로니가 천국에서 행복하게 지내고 있대요. 항상 미식축구를 하면서요. 졸업 무도회 날 저한테 준 장미 코르사주도 기억한대요."

멜리사가 말을 하는 동안 필립은 절룩거리며 소파베드로 돌아가 앤 섹스턴 전기를 집어들거나 텔레비전을 켜서 〈레터맨 쇼〉를 보고 싶은 충동을 억누른다. 지금쯤 〈레터맨 쇼〉를 할 텐데. 지난 한 달 동안 그는 유명한 시인들의 전기를 읽거나 텔레비전을 보는 것 외에는 별다른 일을 하지 않았다. 이제 그 이유를 알 것 같다. 현실이 너무 엿 같다는 것. 멜리사는 로니가 부모님을 그리워하고 있으며, 일 년에 몇 번, 특히 크리스마스이브에 이 집을 찾아온다고 말한다. 필립은 로니가 무슨 크리스마스의 유령이라도 된 거냐고 묻고 싶지만 참는다. 더이상 입을 다물고 가만있을 수가 없어 그는 커피를 좀더 가져오려고 일어선다. 그때 멜리사가 그의 손 위에 자신의 손을 얹는다. 그녀의 손가락은 마치 할머니 손가락처럼 금방이라도 바스라질 것 같다. 손바닥은 따뜻하지만 갈라져 있다.

"필립 오빠." 그녀가 으스스할 정도로 무표정한 얼굴로 그를 바라보며 말한다. "로니가 오빠한테도 할말이 있대요."

그는 이것이 사실이 아님을 알면서도, 내심 거부감을 느끼면서도, 이러면 안 된다고 자신을 타이르면서도 결국 이렇게 묻는다. "무슨 말인데?"

멜리사가 셔츠 주머니에서 카세트테이프를 꺼낸다. 라벨에는 파란색 글씨로 챈트렐이라는 이름과 오늘 날짜가 써 있다. '챈트렐, 2/3/04.' "오빠가 직접 듣는 게 나을 것 같아요."

"그거 테이프니?" 어머니가 말한다. "진작 말하지 그랬어."

"아까도 말씀드린 것처럼, 어디서부터 말을 시작해야 할지 몰라서요."

이 집 안에서 제대로 작동하는 스테레오는 문을 잠가버린 로니의 침실에 있는 것뿐이다. 그 방에는 밤색과 흰색이 섞인 로니의 미식축구 유니폼, 로니가 졸업 앨범용 사진을 찍으려고 마지막 생일에 산 캐논 AE-1 카메라, '맥주: 못생긴 사람이 이천 년 동안 섹스를 할 수 있게 해주는 것' 같은 문구가 적힌 맥주회사 티셔츠 모음 등 십대 소년의 삶을 보여주는 수많은 물건이 함께 들어 있다. 물론 이 십대 소년은 이미 죽었다는 게 유일한 차이점이지만.

"우리 집에는 카세트가 없어." 필립이 말한다.

"아냐, 있어." 어머니가 말한다. "거실에."

"그건 고장났어요."

"고장 안 났어."

"고장났어요."

"고장 안 났어."

"아뇨, M, 고장났어요. 이 집에서 음악을 듣는 사람은 나밖에 없잖아요. 그러니까 내가 잘 알아요. 내가 틀어봤다고요."

"제 차에서 테이프를 들으면 돼요." 멜리사가 말한다. 이 집에서 이 두 사람과 함께 있다보면 누구나 뻔히 알 수 있는 사실을 그녀도 깨달은 모양이다. 이 두 사람은 심판이 없으면 아무리 사소한 일이라도 결론 내리지 못한다는 것을.

필립의 어머니가 식탁을 짚고 일어선다. 사다리 모양의 등받이가 있는 의자가 타일 바닥에서 긁히는 소리를 내며 밀려난다. "그래, 그럼 그렇게 하자."

"두 분이 가서 들으세요." 필립이 말한다. "난 안 가요."

어머니는 또 입을 화산처럼 오므리며 혐오스럽다는 표정으로 아들을 쏘아본다. "뭐? 네 동생이 너한테 말을 전해달라고 했다는데 잘난 형은 그걸 안 들으시겠다?"

"내가 잘났다고 하는 게 아니잖아요. 난 그저……" 그는 말을 멈춘다. 두 사람의 눈에서 그는 절박함을 본다. 이걸 믿고 싶다는 절박한 심정. 필립은 웃기는 짓이라고 생각하면서도 이 두 사람의 어리석은 희망을 차마 빼앗아버리지 못한다. "난 그저 내 깁스 때문에 차에 타기가 힘들 거라는 뜻이었어요."

"아뇨, 괜찮아요." 멜리사가 천천히 일어서며 말한다. "비좁긴 해도 뒷자리에 탈 수 있을 거예요."

밖으로 나오니 진입로가 미끄럽다. 필립은 목발 덕분에 간신히 균형을 유지한다. 검은 모직 외투를 두른 어머니의 실루엣이 널찍한 날개가 달린 해군 제트기처럼 보인다. 필립이 오래전 함대 주간에 시내 하늘에서 보았던 제트기. 어머니는 멜리사와 함께 앞에서 걷고 있다. 멜리사를 대하는 어머니의 태도가 아까와는 백팔십도 다르다. 어머니는 멜리사에게 '체이스 부인'이라는 정중한 호칭 대신 그냥 편하게 샬린이라고 부르라고 말했다. 심지어 멜리사의 손까지 잡은 모습이 마치 그녀에게 매달리는 것 같다. 뜻밖에 찾아온 로니의 소식을 놓치지 않으려고. 아까 어머니가 무례하게 굴 때와 마찬가지로 어머니의 이 새로운 태도 역시 필립에게는 불편하다. 어머니가 금방 기분이 바뀌어 욕설을 퍼부을 수 있다는 걸 잘 알기 때문이다. 특히 테이프 내용이 마음에 들지 않으면 그럴 것이다.

멜리사의 낡은 도요타 코롤라 자동차는 지붕, 보닛, 트렁크가 모두 케이크만한 두께의 눈에 파묻혀 있고, 창문마다 살얼음이 덮여 있다. 앞유리창의 아주 작은 일부만이 예외다. 마치 멜리사가 운전하는 데 딱 필요한 만큼만 치운 것 같다. 멜리사가 필립을 위해 뒷문을 열자 퀴퀴한 담배 냄새가 그를 강타한다. 과일 썩는 냄새 같기도 하고 오래된 신발 냄새 같기도 한 냄새까지 희미하게 깔려 있다. 그는 임신한 여자의 차에서 담배 냄새가 나도 되는지 또다시 걱정한다. 그는 뒷좌석에서 테이프, 책, 회색 트레이닝 바지 등을 치우고는 북극처럼 추운 차 안에서 가능한 한 편안한 자세를 취한다. 차 안은 그냥 추운 게 아니라 살을 에듯 춥다. 지독하게 추운 겨울밤에 시동을 걸지 않은 자동차 특유의 추위다. 좌석은 단단해서 꿈쩍도 않는 것 같다. 숨을 들이쉬자 목구멍 안쪽이 따끔거린다. 그는 양손을 비비며 어머니와 미시가 앞자리에 앉기를 기다린다. 더러운 양말, 구겨진 청바지, 티셔츠 등이 보인다. 자그마한 검은 자갈 같은 것도 보이는데, 알고 보니 뒤창문에 붙어 있는 죽은 파리들이다. 아까 멜리사가 정확히 래드너 어디에 사는지 말하기 전에 어머니가 말을 막아버렸다. 차 안의 꼴을 보아하니 아무래도 멜리사는 이 차 안에서 살고 있는 것 같다. 필립은 좌석 등받이 주머니를 살펴본다. 식품점 비닐봉지와 수학 교과서 한 권이 쑤셔넣어져 있다. 교과서 책등에는 굵은 글씨로 '당신의 미래를 위한 대수학'이라고 써 있다. 마지막으로 바닥을 바라보니 그가 조금 전 손으로 쓸어버린 카세트테이프들의 라벨이 눈에 들어온다. 그가 아는 것도 몇 개 있다. 주얼의 〈너의 조각들〉, 내털리 임브루글리아의 〈중간에서 왼쪽〉, 홀의 〈이걸 이겨내〉. 하지만 나머지는 집에서 만든 것 같다. 멜리사가 지금 막 플레이어에 넣으려고 하는 테이프와 똑같은 필체가 보인다. 이름과 날짜만 다를 뿐이다.

헬렌, 6/18/01
다비다, 12/23/99
라샤, 3/17/02
라이먼, 6/18/03

속에서 점점 커져가는 불안감을 떨쳐버리려고 필립은 앞좌석 사이의 틈으로 몸을 기울인다. 멜리사가 시동을 걸고 난방을 켠다. 그때 깨진 플라스틱 대시보드에 테이프로 줄줄이 붙여놓은 사진들이 보인다. 누렇게 변해서 돌돌 말린 테이프 밑에서 로니가 그를 향해 웃고 있다. 그 악명 높은 치열이 보인다. 모래 빛깔 금발은 헝클어졌고, 눈은 눈부신 파란색이다. 밤색과 흰색이 섞인 미식축구 유니폼을 입고 텅 빈 관중석에서 무릎을 꿇고 있는 사진도 있다. 자기가 모은 맥주 티셔츠 중에서 '하느님이 존재한다는 증거로 내게 필요한 것은 오로지 맥주뿐'이라고 적힌 걸 입고 격자무늬 담요에 몸을 쭉 펴고 누운 사진도 있다. 턱시도를 입고 벽난로 앞에 멜리사와 나란히 선 사진도 있다. 멜리사의 레이스 드레스는 티끌 하나 없이 깨끗하다. 그날 밤 두 사람이 집으로 돌아오려고 리무진에 오르기 전에 찍은 사진이기 때문이다.

필립은 오늘밤 멜리사의 방문이 정말로 기괴하게 변해버렸다는 사실을 어머니가 알고나 있는지 궁금하다. 그런데 그때 어머니가 손끝을 깨무는 습관 때문에 손톱이 엉망인 손가락으로 로니의 3학년 학급 기념사진을 톡톡 두드리며 말한다. "나도 이 사진 갖고 있어. 크기는 다르지만. 난 이 사진을 서랍장 위에 놔뒀는데."

"전 이 사진이 정말 마음에 들어요." 멜리사는 난방이 제대로 되는지 보려고 손을 펴서 환기구에 갖다대며 말한다. "눈이 정말 파랗죠."

과거형을 써야지. 필립은 이런 생각을 하며 뒤로 등을 기댄다.

창문에 낀 얼음 때문에 자동차 안이 이글루 같아서 그는 한층 더 춥고 갑갑해진다. 그는 낚시를 하려고 얼음에 뚫어놓은 구멍처럼 자그마한 구멍을 통해, 널찍한 지붕이 비스듬히 경사를 이루고 덧문은 토마토처럼 빨간색이며 크기는 매머드처럼 거대한 집을 바라본다. 아주 어렸을 때의 기억 중에 식구들이 이 집에 처음 왔을 때의 기억도 있다. 그때 필립은 겨우 네 살이었고 로니는 태어나기 직전이었다. 식구들은 아버지가 펜실베이니아 대학 병원에서 레지던트 생활을 마칠 때까지 필라델피아의 스프루스 스트리트에 있는 아파트에서 살았다. 그 비좁은 아파트에 비하면 이 집은 궁전 같았다. 필립은 지금의 멜리사처럼 만삭이던 어머니가 텅 빈 복도를 마음껏 뛰어다녀도 좋다고 했을 때 얼마나 기뻤는지 지금도 생생히 기억하고 있다. 그의 환성이 복도에서 메아리치고, 어머니는 그의 뒤를 졸졸 따라다니며 장난을 쳤다. '엄마가 잡으러 간다…… 엄마가 잡으러 간다…… 엄마가 잡으러 간다, 간다, 간다……'

"테이프에서 원하는 부분을 찾으려면 시간이 좀 걸릴 거예요." 멜리사가 말한다. "오늘밤에 저 말고도 다른 사람들이 챈트렐을 만나러 왔거든요."

필립은 집에서 시선을 떼고 다시 앞좌석 쪽을 바라본다. 대시보드의 희미한 불빛에 멜리사의 얼굴 흉터가 희미하게 보인다. 그녀의 예전 모습이 아주 조금이나마 언뜻 보이는 듯하다. 그는 어머니를 흘깃 바라보며 어머니에게서도 예전 모습을 찾아보려 한다. 그 옛날 이 집에 와서 아들이 복도를 마음껏 뛰어다니게 했던 사람. 아들의 뒤를 따라서 식당을 지나 계단을 오르며 웃음을 터뜨리던 사람.

"찾은 것 같아요." 멜리사가 말한다.

필립의 예상과 달리 챈트렐의 목소리는 외국인처럼 발음이 이상하지도, 담배 때문에 거칠게 갈라져 있지도 않다. 매끄럽고 차분한 목소리다. 발음도 정확하다. 그 목소리를 들으니 세인트빈센트 병원에서 그의 손을 잡고 귓가에 위로의 말을 속삭이던 응급실 간호사가 생각난다. "아주 큰일을 겪었지만 금방 괜찮아질 거예요."

"이니셜이 R인 젊은이가 내게 말을 거는군요." 챈트렐이 말한다.

"이름이 로니인가요?" 테이프 안에서 멜리사가 말한다.

"네, 로니예요. 당신이 정말 그립다고 하네요. 나한테 꽃을 보여
주는데, 장미 같아요. 맞나요?"

"졸업 무도회 날 로니가 저한테 장미 코르사주를 줬어요…… 그
날 밤 로니가 죽었어요."

챈트렐은 이 말을 듣고 로니의 이야기를 만들어나가기 시작한
다. 매번 멜리사가 자세한 정보를 제공한다. 하얀 리무진을 빌렸다
는 얘기, 로니가 운동과 사진을 좋아했다는 얘기, 그녀 자신이 슬
픔에 빠져 헤어나오지 못한다는 얘기. 챈트렐은 이 이야기들을 따
라간다. 그러면서 로니가 일 년에 몇 번씩 가족들을 만나러 온다고
말한다. 로니가 자기처럼 일찍 세상을 떠난 십대 소년들과 미식축
구를 하며 논다고 말한다. 테이프를 듣는 내내 필립은 고함을 지르
고 싶다. '로니의 사회보장번호를 말해봐. 아니면 로니의 초등학교
1학년 때 담임선생님 이름을 맞혀봐. 로니가 맥주 티셔츠를 모은
건 알아? 우리 아버지가 처음으로 우리를 데리고 골프장에 갔을 때
내가 스윙하다가 실수로 로니 배를 때려서 혼난 건 어때? 뭐가 됐
든 구체적인 얘기를 해보란 말이야.'

"누가 편지를 쓰는 게 보여요." 챈트렐이 말한다. "그래요, 누가
편지를 쓰고 있어요. 로니가 나한테 그 장면을 보여주고 있어요."

"시가 아니라 편지인 게 확실해요?" 멜리사가 묻는다.

이 말을 듣고 필립은 장례식에서 자신이 자작시를 읽은 것을 기
억해낸다. 그가 독서와 텔레비전 외에도 좋아하는 것이 있다고 식
구들에게 인정한 건 그때가 처음이었다. 시의 제목은 '날카롭게 넘
어가기'였는데, 어린 소년이 녹슨 철조망을 넘다 몸에 상처를 입은
이야기를 은유로 확장한 것이었다. 커뮤니티 칼리지에서 필립에게

시를 가르치던 교수는 그 시를 아주 좋아했다. 필립은 뉴욕으로 간 뒤 여러 전문지에 그 시를 투고했지만 모두들 정중한 거절 편지와 함께 돌려보냈다. 형편없는 편집자 한 명만 일부러 시간을 내서 원고 맨 밑에 뭐라고 끼적여놓았다. 하지만 그 내용 역시 반가운 것은 아니었다. '은유는 줄이고 의미를 더 넣어요!' 필립은 도널리 피움에게서 빌린 원룸 아파트에서 도널리 피움 대신 돌봐주던 못된 구관조의 새장은 물론 기괴한 뱀이 사는 통에 두를 테두리로 그 거절 편지들을 썼다. 특히 편집자가 뭐라고 끼적인 그 편지를 맨 위에 놓았다.

"잠깐만요." 챈트렐이 말한다. "그래요, 시군요. 로니와 관련된 사람 중에 시를 즐겨 쓰는 사람이 있나요?"

"로니의 형이요." 멜리사가 말한다.

"형의 이름이 B로 시작하나요?" 잠시 침묵이 흐른다. 챈트렐은 자기가 잘못 찍었다는 사실을 알아차렸는지 이내 이렇게 말한다. "미안합니다. 내가 로니의 말을 잘못 들었어요. 내가 보기에는 로니가 보여주는 글자가 D 아니면 T 같네요." 또 침묵이 흐른다. "형의 이름이 T나 D로 시작하나요? 아니면 혹시 P?"

그것도 아니면 A, B, C, D, E, F, G? 필립은 속으로 생각한다. 아니면 혹시 H, I, J, K, L, M, N, O, P?

"필립." 멜리사가 말한다. "형의 이름은 필립이에요."

"그래, 그거예요. 미안합니다. 잠시 연결 상태가 안 좋았어요. 로니가 자기는 형의 시를 좋아한다고 전해달라고 하네요."

"들었어요?" 멜리사가 백미러로 필립을 바라보며 말한다.

필립은 억지 미소를 짓는다. 하지만 속으로는 울고 싶은 심정이다. 어머니를 흘깃 바라보니 어머니는 또 입술을 화산처럼 오므리고 있다. 테이프가 멈추자 어머니의 목소리가 갑작스레 폭발하듯 터져나와서 필립은 깜짝 놀란다. "이게 다야? 이걸 들으라고 한밤중에 우릴 깨운 거야? 로니가 필립의 시를 좋아한다는 말을 하려고?" 어머니는 필립의 P에 잔뜩 힘을 주며 말한다. 마치 썩은 음식을 내뱉듯이. 어머니에게 필립의 시는 실제로 썩은 음식과 같다.

"M." 필립은 멜리사의 깜짝 놀란 표정을 보고 말한다. "그만하세요."

어머니는 잠시 말을 멈추고 깊이 숨을 들이쉰다. 하지만 화풀이가 다 끝난 건 아니다. 전혀.

"이런 헛소리를 듣고 와서 감히 내 시간을 낭비해? 내가 얼마나 힘든지 알기나 해? 알아? 매일 나는 그애 방 앞을 지나다녀야 해. 매일 나는 잠에서 깨서 내 아들이 죽었다는 생각을 한다고! 넌 가서 그냥 너대로 살아. 챈트렐인지 챈드라인지, 하여간 저 거지 같은 여자가 테이프에서 말한 대로. 하지만 난 절대 그렇게 안 해! 넌 결혼도 안 했는데 어떤 놈이 자빠뜨리는 대로 가만히 누워서 영원히 행복하게 살 수 있을지 몰라도 난 아냐. 알아? 이게 바로 내 인생이야!"

"M!" 필립이 다시 소리친다. 멜리사의 눈에 눈물이 고이더니 다 망가진 슬픈 얼굴 위로 흘러내린다. "그만하세요. 그만. 그만하면 됐어요."

하지만 어머니는 멈출 생각이 없다. 이제 어머니는 손가락을 무기처럼 휘두르며 '너'라는 말을 할 때마다 멜리사의 얼굴을 정면으로 가리킨다. 그리고 자신에 관한 얘기를 할 때는 그 손가락으로 자기 가슴을 찌른다. "넌 내가 그 흉터를 보고 감동했을 거라고 생각하지? 우리 애가 죽은 날 네가 우연히 같이 있었기 때문에 그런 모습이 됐겠지. 하지만 내 아이가 그렇게 된 뒤로 내 마음이 얼마나 망가지고, 얼마나 추해졌는지 넌 하나도 몰라. 네가 내 마음을 볼 수 있다면, 내 장담하지만, 넌 분명히 그대로 내뺄 거야. 그러니까 제발 부탁인데 이 쓰레기장 같은 자동차를 몰고 썩 꺼져. 다신 나타나지 마. 넌 그 사생아 자식이나 낳아서 엿같이 살든지 말든지 마음대로 해. 어쨌든 다시는 날 건드리지 마."

"엄마!" 필립이 고함을 지른다. "그만 좀 하라니까요! 그만해요!"

이번에는 어머니가 마침내 입을 다문다. 어머니는 차가운 유리에 손가락을 대고 열을 식히며 2라운드를 위해 힘을 모은다. 들리는 거라고는 멜리사가 손에 머리를 묻고 우는 소리뿐이다. 멜리사가 숨을 쉴 때마다 목이 막힌 것 같은 소리가 함께 들린다. 마치 누가 옹이가 많고 긴 물건을 멜리사의 목구멍에서 밖으로 꺼내고 있는 것 같다. 필립은 이런 격렬한 폭발에 익숙하지만, 이 가엾은 아이는 오늘밤 이곳으로 올 때 필립의 어머니가 밑 빠진 독처럼 독설을 가슴에 잔뜩 품고 있다는 사실을 전혀 모르고 있었다.

그는 멜리사가 울음을 멈추고 떠날 기색을 내비치기를 기다린다. 하지만 멜리사는 울음을 그치려 하지 않는다. 그는 어머니가 검은 모직 외투 깃을 단단히 여미고 차에서 내리기를 기다린다. 하지만 어머니도 차에서 내리려 하지 않고 그냥 앉아 있다. 십중팔구 틈을 봐서 이 아이를 아주 끝장낼 생각인 모양이다. 어머니는 털뭉치나 깎아낸 잔디 덩어리를 뱉어내려고 애쓰는 고양이처럼 위아래로 들썩이는 멜리사의 어깨에서 시선을 떼지 않는다.

필립은 어떻게 해야 좋을지 알 수가 없다. 그의 눈이 잠시 대시보드의 사진들을 바라본다. 사진 속에서 멜리사는 로니와 나란히 서서 웃고 있다. 로니는 필립과 전혀 달랐다. 인기 좋고, 활달하고, 운동도 잘하는 우등생이었다. 정상적인 아들을 원하던 부모가 두 번째 시도에서 성공을 거둔 것이다. 심지어 로니는 죽을 때도 형을 앞질렀다. 그렇게 일찍 죽어버렸으니, 로니는 필립이 그랬던 것처럼 자기 인생을 엉망으로 망가뜨리고 싶어도 그럴 기회가 없을 것이다. 이렇게 세월이 흘렀는데도 필립은 동생 사진만 봐도 과거에 느꼈던 질투심의 그림자 때문에 고통에 시달린다. 죽은 사람에게 질투를 느끼는 자신이 정말 한심하다는 생각이 들 뿐이다. 마침내 그는 사진에서 시선을 돌리고 멜리사의 자그마한 어깨에 손을 얹는다. 그러고는 어머니를 대신해서 사과한다며 이렇게 울 이유가 없다고, 모든 게 다 잘될 거라고 말한다.

"그런 게 아니에요." 멜리사가 손에 묻고 있던 얼굴을 들고 목을 외로 꼬아 그를 바라보며 말한다. 이 각도에서 보니 대시보드 불빛이 그녀의 얼굴 흉터를 비춰서 난도질된 피부가 빛난다. 마치 그녀의 몸 안에서 빛이 새어나오는 것 같다. 누가 몸 안에 불을 지핀 것처럼. "오빠는 아무것도 몰라요. 테이프가 아직 안 끝났단 말이에요. 나머지 부분을 들으려면 테이프를 뒤집어야 해요."

"나머지 부분?" 필립이 말한다.

그때 멜리사가 방금 말한 것을 그대로 행동에 옮긴다. 손을 뻗어 테이프를 빼낸 다음 뒤집어서 다시 집어넣은 것이다. 챈트렐의 목소리가 금방 다시 차 안을 채운다. 이번에는 아까와는 달리 숨죽인 목소리다. 멜리사가 볼륨을 높인다. "하지만 당신이 오늘밤 날 찾아온 이유는 그런 게 아니죠?" 챈트렐이 속삭인다.

밖에서는 바람이 어찌나 강한지 차가 흔들릴 정도다. 앞마당에 서 있는 거대한 떡갈나무의 벌거벗은 가지들이 화가 난 듯 심하게 바스락거린다.

"맞아요." 멜리사가 테이프 안에서 말한다. 차 안의 멜리사도 고개를 끄덕이고 있다.

"아기 때문에 왔죠?"

멜리사가 고개를 끄덕인다. 지금도 챈트렐과 마주앉아 있는 것처럼. 너무나 안쓰럽고 슬픈 모습이라 필립은 시선을 돌리고 만다. 이번에 테이프가 끝나면 어머니가 무슨 짓을 할지 생각하고 싶지도 않다. 얼음 위의 낚시 구멍 같은 그 자그마한 구멍을 통해 그는 동생 방의 어두운 창문을 올려다보며 머릿속으로 그 방의 모습을 그려보기 시작한다. 테이프를 듣는 대신 다른 생각을 하기 위해서. 무엇이든 좋다. 동생 방에는 짙은 남색 퀼트가 덮인 싱글 침대가 있다. 흠집이 난 나무 책상에는 전기 연필깎이가 있다. 자그마한 남자의 형상이 꼭대기에 황금색으로 붙어 있는 트로피들이 여기저기 흩어져 있다. 달리는 남자도 있고, 던지는 남자도 있고, 잡는 남자도 있다. 문 뒤에 붙어 있는 U2 포스터에서는 보노가 기타를 치고 있다. 책꽂이에는 지나치게 커다란 은색 구식 무전기 세트가 있다. 이제 더이상 기억나는 것이 없자 필립은 맥주 티셔츠에 관한 기억을 더듬는다.

'난 술 끊었다. 그게 내 인생 최악의 십오 분이었다.'

'맥주와 예수의 차이: 두번째 맥주잔을 이천 년 넘게 기다릴 필요가 없다는 것.'

"이렇게 세월이 흘렀는데도 당신은 한시도 로니를 사랑하지 않은 적이 없군요, 그렇죠?" 챈트렐이 이렇게 말하는 동안 어머니는 주먹으로 문을 톡톡 두드리기 시작한다. 폭발적인 피날레를 장식하려고 힘을 모으고 있음이 분명하다. "첫사랑이 가장 순수하죠. 첫사랑을 할 때 사람들은 자신의 마음과 영혼을 모두 바치니까요. 당신도 로니에게 그렇게 했군요, 그렇죠?"

"네." 테이프 안과 차 안에서 멜리사가 동시에 대답한다.

어머니가 주먹으로 문을 더 세게 두드린다.

'맥주, 단순한 아침식사용 음료수가 아닙니다.' 필립은 기억을 더듬는다.

'물을 절약하고 맥주를 마시세요.'

'위대한 사람들은 똑같은 것을 마신다.'

"로니가 당신 목소리를 듣고 있다고 하네요. 자기가 피안의 세계로 간 뒤 당신이 겪은 고통을 다 알고 있대요. 그래서 당신의 삶 속에 계속 머무를 길을 찾은 거랍니다. 그래서 이 아이가 특별한 거예요. 당신도 이 아이가 그동안 내내 기도한 보답이라는 걸 알고 있죠? 로니가 축복한 아이예요. 당신이 계속 살아갈 수 있게. 이 아이는…… 아, 미안해요. 연결이 끊어졌네요. 로니가 이제 그만 가봐야 한답니다. 이미 가버렸어요. 연락이 끊어졌습니다."

이번에는 테이프가 완전히 조용해졌다.

필립은 불안한 표정으로 어머니를 바라본다. 어머니는 이제 문을 두드리지 않는다. 금방이라도 다시 고함을 지를 것 같은 표정인데 멜리사는 아까보다 더 심하게 울어댄다. 어깨를 들썩이고 손을 덜덜 떨면서. 필립은 어머니조차 어쩔 줄 몰라서 당황하고 있음을 감지한다.

"이게 무슨 소리야?" 필립이 멜리사에게 묻는다.

멜리사는 너무 심하게 흐느끼느라 금방 대답하지 못한다. "무슨 소리인지 모르겠어요? 제가 하고 싶다던 얘기가 바로 이거라고요. 챈트렐이 테이프에서 아기에 대해 한 말은 사실이에요."

"뭐가 사실이라는 거야?" 필립이 어머니에게 말할 기회를 주지 않고 재빨리 말한다.

"이 아기는 로니가 준 선물이에요." 멜리사는 말을 멈추고 깊이 숨을 들이쉬더니 마침내 오늘밤 이 집을 찾아와 하고 싶었던 이야기를 털어놓는다. "저는 지금까지 한 사람밖에 몰라요. 로니요. 로니가 죽던 날 밤이 우리의 첫날밤이자 마지막 밤이었어요. 제가 누구와 같이 있었던 것도 그때가 처음이자 마지막이에요. 그런데 이렇게 세월이 흐른 뒤 임신을 하고 보니 어떻게 해야 할지 모르겠어요. 저도 영문을 모르겠지만, 묘한 기적 같은 게 일어난 셈이니까요. 제 뱃속의 아이는 로니의 아이예요."

<h1 style="text-align:center">2장</h1>

4년 7개월 15일하고 5시간. 멜리사 무디가 체이스 일가의 집에 나타나 이 황당한 소식을 전하기까지 흐른 세월이다. 4년 7개월 전 그날, 멜리사는 자기 침실 창가의 푹신한 의자에 앉아 로니가 탄 하얀 리무진이 모퉁이를 돌아 나타나기를 기다리고 있다. 지금은 따스한 6월 저녁이고, 멜리사는 아직 고등학교 졸업반이다. 일요일 자 신문과 함께 배달되는 백화점 광고 전단의 소녀 모델들처럼 흠 잡을 데 없이 사랑스러운 얼굴을 지닌 순진한 십대 소녀. 물론 멜 리사는 아직 모르고 있다. 오늘밤을 마지막으로 이 얼굴이 사라지 리라는 것을. 지금 그녀는 진줏빛 레이스 드레스를 차려입고 행복 에 잠겨 있다. 이 드레스는 그녀가 필라델피아의 러스티 지퍼에서 이십구 달러를 주고 산 중고품이다. 인색한 부모님이 준 오십 달러 의 예산으로는 킹 오브 프러시아 몰에서 마음에 드는 것을 찾을 수 없어 거기까지 간 것이다. 멜리사는 부모님이 자신과 언니에게 졸

업 무도회에 가도 좋다고 허락해준 것만도 너무 고마워서 감히 한 마디도 불평을 늘어놓지 못했다.

복도 아래쪽에서 언니 스테이시가 무도회 준비를 하는 소리가 들린다. 헤어드라이어가 윙 하고 돌아가다가 꺼지는 소리, 브러시가 화장대에 부딪히는 소리, 화장실 수납장이 열렸다가 쾅 닫히는 소리. 스테이시는 필렌즈에서 재고 정리를 하려고 내놓은 물건을 뒤져 초록색 드레스를 골랐다. 그리고 어머니가 재봉틀로 드레스 치수를 스테이시 몸에 맞게 줄여주었다. 멜리사는 그 옷을 사면 안 된다고 말렸지만 스테이시는 들은 척도 하지 않았다. 그래 놓고는 이제야 후회하는 중이다. 재고로 쌓여 있던 물건을 사다 재봉틀로 줄인 티가 역력하기 때문이다.

"미시!" 스테이시가 손톱으로 칠판을 긁는 듯한 목소리로 고함을 지른다. "제발 나 좀 구해줘! 이건 악몽이야!"

"금방 가서 도와줄게." 멜리사는 길모퉁이에 하얀 판자로 지은 교회 뒤쪽을 한번 더 바라보며 소리친다. 리무진은 전혀 보이지 않는다. 보이는 거라고는 신호등 근처에서 롤러블레이드를 타는 어린 여자아이들뿐이다. 아이들은 합판 조각과 이웃집 돌담에서 빌려온 커다란 돌덩이 두 개로 임시 경사로를 만들었다. 아직까지는 땅바닥에 처박히지 않고 경사로를 제대로 내려온 아이가 없다. 재들이 아기일 때 내가 쟤들을 봐줬는데. 그때 중학생이던 내가 벌써 졸업 무도회에 가는 나이가 됐어. 멜리사는 생각한다. 그녀는 생전 처음으로 부모님의 감옥에서 자유로이 나갈 수 있는 나이가 된 것 같은, 아니 거의 그런 나이가 된 것 같은 기분을 느낀다. 로니를 알게 된 것, 그리고 오늘밤 둘이 함께하기로 한 계획이 큰 역할을 했다. 둘이서 고등학교를 졸업한 뒤의 인생 계획을 함께 짜놓은 것 역시 영향을 미쳤음은 말할 필요도 없다.

"미시! 로니랑 채즈가 금방 올 텐데 난 꼭 인어 같아!"

멜리사는 웃음을 참을 수가 없다. "채즈는 인어 같은 너를 아주 좋아할걸. 대릴 뭐라나 하는 여자와 톰 행크스가 나오는 그 영화, TBS에서 항상 틀어주는 그 영화랑 똑같을 거야."

"그래, 웃기기도 하겠다." 스테이시가 침실 문을 밀고 들어와 브러시를 자그마한 검처럼 휘두르며 말한다. "난 지금 심각해. 좀 도와줘."

"그러게 내가 뭐랬어."

"그래, 네 말이 옳았어. 인정해. 이제 그대를 졸업 무도회 드레스에 관해 모르는 것이 없는 여신으로 공식 인정하노라. 이제 그 옥좌에서 내려와 날 좀 도와줄 거지?"

스테이시가 한 손으로 엉덩이를 짚는다. 드레스 때문에 엉덩이가 평소보다 두 배는 부풀어 보이는 것이 눈에 확 들어온다. 옷을 입고 있는 꼴이, 예전에 어머니가 교회 지하 휴게실에 놓을 의자를 기부받아서 커버를 직접 만들어 씌웠을 때와 똑같다. 그 의자 커버도 딱 맞지 말아야 할 곳만 딱 맞고 다른 부분은 죄다 헐렁했다. 색깔도 눈이 아플 정도다.

"그 물건 뒤쪽에 색깔을 희미하게 만드는 스위치 같은 건 없어?" 멜리사가 한 손으로 눈을 가리며 말한다.

스테이시가 발끈 화를 낸다. "놀리고 싶으면 마음대로 놀려. 그러는 너는 백 년 된 냅킨같이 생긴 그 옷을 입은 꼴이 무슨 잡지 모델처럼 근사한 줄 알아?"

"이십 년밖에 안 됐어."

"어쨌든. 날 도와줄 거야, 말 거야?"

멜리사는 이제 스테이시를 그만 놀려야겠다는 생각이 들지만 너무 재미있어서 어쩔 수가 없다. 그녀는 서랍장으로 가서 맨 위 서랍을 연다. 양말과 속옷 그리고 일부러 보라고 놔둔 미끼용 일기장 밑에 선글라스가 묻혀 있다. 멜리사는 그것을 꺼내 언니에게 준다.

"이게 뭐야?" 스테이시가 말한다.

"채즈한테 춤출 때 이걸 쓰고 자외선을 막으라고 해."

"너 죽었어!" 스테이시가 고함을 지르며 브러시와 선글라스를 멜리사에게 던진다. 브러시와 선글라스는 멜리사의 얼굴을 아슬아슬하게 빗겨나가 왁스를 칠한 나무 바닥에 떨어지더니 침대 밑으로 미끄러져 들어간다.

"얘들아!" 아버지가 계단 아래에서 일요일에 설교를 할 때처럼 묵직하고 느릿한 목소리로 아이들을 부른다.

멜리사와 스테이시는 아버지가 무슨 말을 할지 알고 있었으므로 아버지의 말에 맞춰 똑같이 입을 움직인다. "그런 천박한 말을 내가 어떻게 생각하는지 잘 알지?"

"스테이시, 얼른 아버지한테 잘못했다고 해. 자칫하면 아버지가 마음이 변해서 졸업 무도회에 못 가게 할지도 몰라."

스테이시는 화려하기 짝이 없는 초록색 러플을 내려다본다. "지금 같으면 가지 말라고 하시는 편이 낫겠어."

"이러지 마, 스테이시. 너 때문에 나까지 오늘밤을 망칠 수는 없어. 얼른 잘못했다고 해."

"그러면 드레스 갖고 날 그만 놀릴 거야?"

"그럴게."

"잘못했어요, 아빠!" 스테이시가 계단 아래를 향해 소리친다. 그러고는 동생에게 몇 주 전부터 계속 묻던 질문을 또 던진다. "머리를 올릴까, 내릴까?"

멜리사는 길모퉁이 교회 근처의 신호등을 한번 더 흘깃 바라본다. 롤러블레이드를 타던 아이 중에 웬디 듀거스가 점프를 시도했다가 넘어진다. 리무진은 여전히 보이지 않는다. 그녀는 거울처럼 자신을 닮은 언니에게 시선을 돌린다. 예전에 멜리사는 쌍둥이 언니가 있다는 게 정말 좋았다. 어머니가 똑같은 옷을 사서 입혀주던 것에서부터 사람들이 항상 물어보던 여러 가지 질문까지 모두 다. 둘이 텔레파시 같은 게 통한 적 있니? 서로 상대방 행세를 한 적이 있니? 너희들이 아기일 때 부모님은 너희를 어떻게 구분하셨다니? 세상에 자신과 똑같은 사람이 하나 더 존재한다는 사실만으로도 멜리사는 특별한 존재가 된 것 같은 기분이었다. 하지만 얼마 전부터 생각이 바뀌었다. 스테이시를 바라볼 때면 멜리사는 자기도 모르게 비슷한 점보다 다른 점을 열심히 찾곤 한다. 우선 언니는 항상 개구쟁이처럼 뾰로통하게 입을 내밀고 있다. 웃을 때면 얼굴이 고무줄처럼 늘어나는 것 같다. 웃음소리도 다르다. 멜리사의 웃음소리보다 거칠고 훨씬 더 크다. 둘의 사소한 차이점을 처음으로 지적해준 사람은 바로 로니였다. 자기가 왜 스테이시가 아니라 멜리사에게 매력을 느꼈는지 설명할 때였다. 로니는 멜리사를 쌍둥이 언니와는 완전히 별개의 존재로 봐준 최초의 사람이었다. 그래서 그녀는 그를 더욱더 사랑하게 되었다.

"미시 나오라 오버." 스테이시가 말한다. "여보세요? 내 말 들려요?"

"들려."

"내 머리 어때?"

"머리? 드레스 때문에 도와달라고 한 거 아냐?"

"그거야 당연하지. 하지만 몇 분 안에 바로잡을 수 있는 일을 먼저 처리하려고. 어떤 게 좋아. 올릴까, 내릴까?" 스테이시는 손으로 머리를 잡아올렸다가 다시 어깨로 늘어뜨리며 멜리사에게 자기 모습을 보여준다. 이미 여러 번 했던 일이다.

"내려." 멜리사가 말한다. 자기가 머리를 올렸기 때문에 오늘밤에는 언니와 다르게 보이고 싶어서다. 오늘밤에는 특히 더욱더.

스테이시는 다른 걸 또 물으려다가 창문으로 시선을 돌린다. "어머, 어떡해! 걔들이 왔어!"

멜리사가 고개를 돌려 보니 번쩍이는 하얀 리무진이 마당 모퉁이의 상록수 옆을 지나 진입로로 들어오고 있다. 마지막 남은 햇빛이 길고 매끄러운 리무진 보닛에 부딪혀 반짝인다. 영화에서 본 것처럼 유리창이 검은색이다. 두 사람은 창가로 가 자동차가 부모님의 황금색 승용차 뒤에 멈춰 서는 모습을 지켜본다. 문이 열리더니 채즈가 내린다. 아직 열일곱 살인데도 벌써 배가 불룩하게 나오기 시작했다. 피부는 구운 햄 같은 색깔이고, 머리카락은 어찌나 짧게 깎았는지 색깔을 알아보기 힘들 지경이다. 채즈는 졸업식이 끝나고 일주일 뒤에 공군에 입대할 예정이다. 빌린 검은 턱시도를 입고 진입로에 서 있는 그를 보며 멜리사는 벌써 군복을 입은 그의 모습이 보이는 듯하다. 그와 로니가 친구가 된 것은 미식축구, 농구, 레슬링, 육상 팀에서 함께 뛰고 있기 때문이다. 멜리사는 저 둘이 전혀 닮은 구석이 없다고 끊임없이 되뇌곤 한다. 우선 채즈는 학교 사물함 옆에서 항상 스테이시의 몸을 더듬는다. 부모님이 알았다가는 큰일 날 일이다. 대수학 수업시간에는 멜리사를 꼬시려고 그녀의 교과서에 이런저런 메모를 적는 습관이 있다. 스테이시가 알았다가는 큰일 날 일이다. 무엇보다 싫은 것은, 넷이 함께 어울릴 때 그가 '목사의 딸' 운운하는 시시한 우스갯소리를 늘어놓는다는 점이다.

"그애는 목사의 딸이지만 못 하는 짓이 없어."

"그애는 목사의 딸이지만 양떼를 벗겨 먹는 법을 알아."

멜리사는 이런 농담을 들을 때면 항상 이렇게 대꾸해주고 싶다. '넌 목사의 딸이 아니지만 정말 나쁜 자식이야.'

"로니는 어디 있어?" 스테이시가 묻는다. 채즈가 진입로에 혼자 서 있은 지 일 분이 다 되어가기 때문이다. 그는 하품도 하고, 기지개도 켜고, 바지 사타구니 부분을 잡아당겨 바로잡기도 한다.

멜리사가 채즈에게서 싫어하는 게 하나 더 있다. 항상 바지 사타구니 부분을 잡아당겨 바로잡는다는 것.

혹시 뭐가 잘못된 건 아닌지 걱정스럽다. 로니가 오늘밤 계획에 대해 생각이 바뀐 건 아닐까. 하지만 바로 그때 선루프가 열리더니 어깨가 널찍하고 키가 백팔십 센티미터나 되는 그의 몸이 아름다운 황금색 해바라기처럼 튀어나온다. 그가 침실 창문 쪽을 바라보더니 멜리사와 눈이 마주치자 카메라를 들어 사진을 찍는다. 그러고는 미소를 지으며 연극배우처럼 팔을 뻗는다. "줄리엣, 줄리엣. 당신은 왜 당신인가요, 줄리엣?"

멜리사는 창문을 맨 위까지 한껏 밀어올린다. "바보! 거꾸로야!

'당신은 왜 당신인가요'는 줄리엣의 대사라고."

"아." 로니가 말한다. "그럼 로미오의 대사는 뭐야?"

"그거야 모르지. '머리카락을 내려줘요, 라푼젤'은 어때? 어차피 난 그 이야기를 더 좋아하거든."

"너희 둘 다 졸라 얼른 내려오지." 채즈가 말한다.

스테이시는 손가락을 입에 갖다대며 조용히 하라는 시늉을 한다. 그러고는 앞문을 가리킨다. 부모님이 들으시기 전에 입 다물라는 뜻이다.

"미안." 채즈가 이렇게 말하고는 성호를 긋는다. "어쨌든, 안 내려올 거야?"

"너희가 먼저 벨을 울리고 우리 부모님한테 신사다운 인상을 심어줘야지." 스테이시가 말한다.

채즈가 또 사타구니를 잡아당긴다. "별걸 다 해보네."

이 말과 함께 로니가 선루프 밑으로 들어가 순간적으로 시야에서 사라졌다가 문으로 내린다. 손에는 멜리사의 빨간 코르사주가 든 투명한 플라스틱 상자와 카메라를 들고 있다. 남자아이들이 집으로 다가오는 동안 스테이시는 몸을 돌려 쪼그리고 앉아서 침대 밑을 들여다보며 브러시를 찾는다. 멜리사는 로니에게서 눈을 떼지 않는다. 채즈 같은 형편없는 녀석들이 득시글거리는 학교에서 로니 같은 사람을 찾아냈다는 사실을 믿을 수가 없다. 로니의 모든 면이 사랑스럽다. 모든 면이. 훈련을 마친 뒤 그의 살갗에서 나는 땀냄새. 미식축구 유니폼을 입으면 엉덩이가 꽉 조여서 한번 꼬집어보고 싶어지는 것. 눈부신 파란색 눈동자. 두툼한 어깨. 살짝 교합이 어긋난 치아. 둘이 이야기를 할 때마다 그가 잔뜩 신이 나서 금방금방 화제를 바꾸곤 하는 것. 멜리사가 그를 사랑하는 건 그가 바보짓을 두려워하지 않기 때문이다. 아까 '당신은 왜 당신인가요?' 하는 대사를 읊은 것처럼. 그녀는 그가 모래 빛깔 머리카락에 가르마를 탄 모습도 사랑한다. 정중앙도 아니지만 그렇다고 완전히 한쪽으로 치우치지도 않은 가르마. 항상 머리카락 몇 가닥이 이마에 늘어져 있어서 그가 끊임없이 밀어올리지만 아무 소용이 없다. 멜리사는 심지어 그가 말할 때 입술을 핥는 버릇까지도 사랑한다. 그 버릇 때문에 그가 눈에 들어올 때마다 그에게 키스하는 생각을 하게 되기 때문이다. 사실 지금도 그는 머리카락을 쓸어올리며 입술을 핥고 있다. 채즈와 함께 무디 일가의 아담한 집 현관을 향해 걸어오면서.

그 모습을 보자마자 멜리사의 머릿속에 두 사람이 방과 후 사진 강의실 옆의 암실로 몰래 숨어들어가던 기억이 저절로 떠오른다. 로니는 졸업앨범에 실릴 사진을 맡았기 때문에 학생으로는 유일하게 암실 열쇠를 갖고 있다. 그는 항상 암실 바닥에 담요를 깐다. 두 사람은 암실에 몇 시간 동안이나 머물면서 희미한 빨간 불빛 속에서 서로의 몸을 밀착시킨다. 사진 현상에 쓰는 화학약품 냄새가 그녀를 취하게 한다. 우리가 끝까지 가고 싶은 걸 억지로 참은 적이 몇 번이나 되더라? 너무 많아서 헤아릴 수도 없다. 하지만 멜리사는 그렇게 참기를 잘했다는 생각이 든다. 그 덕분에 오늘밤이 더욱더 특별해질 테니까.

아래층에서 초인종이 울리자 마치 누군가가 뒤에서 다가와 암실의 현상액 수조에 그녀의 머리를 푹 집어넣은 것 같다. 갑자기 강렬하고 지독한 불안감이 그녀를 덮쳤기 때문이다. 멜리사는 요동

치는 배를 손으로 누르며 하얀 고리버들 협탁으로 걸어가 물을 한 모금 마신다. 그러고는 로니와 함께 암실에 있었던 기억과 오늘밤 의 계획을 모두 억지로 머리에서 몰아내려고 눈을 꼭 감는다. 적어 도 앞으로 몇 분 동안 부모님과 함께 있는 자리에서는 그런 생각을 하지 말아야 한다. 멜리사는 드레스를 바로잡고 한번 더 창밖을 내 다본다. 롤러블레이드를 타던 여자애들은 임시 경사로를 길가로 끌어다놓고 가버렸다. 내일이면 다시 나와서 점프를 연습할 것이 다. 하지만 그 아이들이 점프에 성공한다 해도 멜리사는 여기서 그 모습을 보지 못할 것이다.

"얘들아." 어머니가 두 사람을 부른다. 억지로 쾌활한 척하는 기 색이 어찌나 역력한지 텔레비전 드라마에 나오는 1950년대 엄마 같다. "남자친구들이 왔다."

"가자." 스테이시가 서랍장 거울 옆에서 말한다. 그녀는 거기서 머리를 빗고 있다.

"화장실 좀 갔다 올게." 멜리사가 말한다. "먼저 내려가. 나도 금 방 갈게."

스테이시가 나가자 멜리사는 오늘 가져갈 커다란 핸드백의 지 퍼를 연다. 스테이시가 며칠 전부터 너무 크다며 놀리던 가방이다. 멜리사는 안에 든 물건들을 마지막으로 한번 더 확인한다. 둘둘 말 아 넣은 카키색 바지 한 벌, 아무 무늬도 없는 하얀 티셔츠, 고무 슬리퍼, 갈아입을 속옷, 칫솔. 이 물건들 안쪽에는 그녀가 로니를 깜짝 놀라게 해주려고 며칠 전에 산 사십 와트짜리 빨간 전구가 있 다. 만약 이 전구를 깨뜨리지 않고 오늘밤을 무사히 보낼 수 있다 면, 무도회가 끝난 뒤 갈 예정인 펜션의 침대 옆 램프에 이 전구를 끼워넣을 작정이다. 암실에서 보낸 시간을 되새기게 해주는 재미있는 기념품으로. 가져가고 싶은 것이 더 있지만, 더이상은 가방에 들어갈 자리가 없다. 자칫 잘못했다가는 부모님이나 스테이시의 의심을 살 것이다. 게다가 그녀와 로니는 겨우 며칠 동안만 머무르다 올 예정이다. 이번 여행 때문에 여름 내내 외출 금지를 당하고 상상조차 할 수 없는 벌을 받게 된다 해도 멜리사는 그런 위험을 무릅쓸 가치가 있다고 혼자 되뇐다. 그녀는 첫 경험을 특별하게 치르고 싶다. 부모님이 일하러 나가 계신 동안 방과 후에 침실로 남자애를 끌어들여 이미 오래전에 첫 경험을 해버린 같은 반의 헤픈 여자애들처럼 되고 싶지는 않다. 멜리사는 오늘밤이 영원히 기억 속에 남기를 바란다.

방을 나가기 전 그녀는 서랍장의 맨 위 서랍에서 일기장을 꺼내 자물쇠를 열고 몇 시간 전에 쓴 내용을 읽어본다. 순전히 여기에만 쓰려고 그녀가 만들어낸, 완전히 소녀 같은 내용이다.

오늘밤의 졸업 무도회를 생각하니 가슴이 두근거린다! 예수님은 내게 정말 놀라운 어머니와 아버지를 주셨다. 두 분이 내게 이 특별한 기회를 허락해주신 것이 감사하다. 로니처럼 기독교를 믿는 훌륭한 아이를 만난 것도 내게는 축복이다. 로니는 나와 똑같은 마음으로 주님을 믿는다.

멜리사는 이 내용이 평소 때보다 더 과하다는 걸 알지만 혹시라도 일이 잘못되는 위험을 무릅쓸 수는 없다. 그녀는 행운을 빌기라도 하듯이 그 페이지에 입을 맞추고는 일기장을 덮고 자물쇠를 잠가 속옷과 양말 밑에 다시 파묻는다. 멜리사는 침실을 나가 계단 꼭대기에 서서 아래를 내려다본다. 로니, 채즈, 스테이시는 거실 저편에 있기 때문에 그녀가 있는 곳에서는 보이지 않는다. 아버지의 보름달 같은 대머리와 어머니의 노란색 솜사탕 같은 머리만 보일 뿐이다. 주름 하나 없이 번들거리는 두 사람의 얼굴과 깔끔한 옷차림이 얼마 전부터 신경에 거슬리기 시작했다. 멜리사는 두 분의 얼굴과 옷에 주름이 몇 개 있으면 좋겠다고 생각한다. 다른 집의 평범한 부모들처럼. 어머니는 조용하다. 아버지와 함께 있을 때는 항상 그렇다. 아버지가 묵직하고 무미건조한 목소리로 그날 밤 아이들이 지켜야 할 규칙에 대해 지루하게 설교를 늘어놓으며 손으로는 주머니 속의 동전을 짤랑거린다. 동전을 주먹에 쥐었다가 손가락 사이로 흘러내리게 하는 것이다.

처음에는 아버지의 말을 알아듣기가 힘들다. 멜리사의 귀에 아버지가 늘어놓는 뻔한 소리가 들어온다. "술은 안 된다…… 자정 전에 집에 오고……" 이런 식으로 이야기가 계속 이어지다 화제가 바뀐다. "……졸업 전에 육상 경기가 있지…… 네 투포환 기록을 깰 수 있을 것 같니?"

"그럴 생각입니다." 채즈가 대답한다. 멜리사가 생각했던 것보다 제법 그럴듯하게 신사 흉내를 내고 있다.

"래드너 고등학교 역사상 십구 미터 이상 던진 애는 채즈뿐이에요." 스테이시가 말한다.

로니는 이런 이야기에 이미 질릴 대로 질려서 지루해하고 있을 것이다. 멜리사와 로니 둘 다 스테이시와 채즈가 투포환 기록에 대해 지치지도 않고 수다를 떨어대는 걸 이미 들은 적이 있기 때문이다. 멜리사는 로니를 구해주려고 계단을 내려간다. 턱시도를 입고 하얀 벽돌로 지은 벽난로 옆에 서 있는 로니의 모습이 너무 멋있어서 멜리사는 거의 가슴이 아플 지경이다. 마치 누군가가 그녀의 몸에 피를 너무 많이 집어넣는 바람에 피가 땀구멍을 통해 허공으로 스며나가는 것 같다. 그래서 암실에 있을 때처럼 주위의 모든 것이 빨갛게 빛난다.

"정말 예쁘구나." 어머니가 이렇게 말하면서 일회용 카메라를 들어 사진을 찍는다.

"정말 근사한데." 아버지가 손님들이 있을 때나 교회에서 신도들을 맞이할 때처럼 거짓으로 유쾌한 척하며 말한다.

멜리사는 아버지가 무기로 쓰는 가느다란 갈색 허리띠를 흘깃 보고는 시선을 돌려 로니를 바라본다. 그래야 부글거리는 뱃속이 진정될 것 같다. "네 생각은 어때?" 그녀가 드레스를 내려다보며 묻는다. "마음에 들어?"

로니가 입술을 핥으며 미소를 짓는다. "마음에 드냐고? 당연하지. 정말 아름다워."

그러지 않으려고 아무리 애를 써도 멜리사는 로니에게 입을 맞추고 싶다는 생각밖에 들지 않는다. 그에게 몸을 밀착시키고 바지 속에서 그의 그것이 딱딱해지는 걸 느끼는 것. 그가 자꾸만 자꾸만 그녀에게 몸을 밀어붙인다…… 오늘밤에는 그가 마침내 생전 처음으로 그녀의 몸속으로 자신을 밀어붙이게 될 것이다.

"미시한테 네가 코르사주를 달아주지그러니? 그러고 나서 벽난로 옆에서 두 사람 사진을 찍자." 어머니가 말한다.

로니가 가까이 다가오자 몸의 열기가 물결처럼 따라온다. 그의 두툼한 손가락이 플라스틱 상자에서 장미 코르사주를 꺼내고, 멜리사는 빠르게 콩닥거리는 심장 앞으로 손목을 들어올린다. 그가 레이스 끈을 손목에 끼워줄 때, 아버지가 주머니 속의 동전들을 쥐었다가 손가락 사이로 흘려보내는 소리가 들린다. 멜리사는 비록 그 주머니 속의 갖가지 동전 중에는 없을지라도, 아버지가 그녀의 일기장을 열 수 있는 여분의 은색 열쇠를 갖고 다닌다는 사실을 알고 있다. 몇 달 전에 그녀가 잃어버린 열쇠다. 그녀는 오늘밤 자신이 집을 나선 뒤 아버지가 바로 일기장을 열어 가장 최근의 일기를 읽으리라는 것도 알고 있다. 하지만 그녀가 그 안에 쓴 모든 말이 혹시 거짓말이 아닐까 하고 아버지가 의심할 무렵이면, 멜리사는 래드너에서 몇 킬로미터나 떨어진 곳에서 비밀스러운 장소로 향하고 있을 것이다. 그녀가 집에 돌아오기 전에는 아버지가 찾아낼 수 없는 곳으로.

로니는 장미를 손목에 단단히 묶은 뒤 그녀의 손을 잡고 부드럽게 힘을 주며 묻는다. "준비됐어?"

"그럼, 준비됐지." 그녀가 말한다. "언제든 좋아."

3장

"너 제정신이야?" 샬린 체이스가 조수석에서 멜리사에게 소리
를 지른다. "미쳤어? 너 완전히 정신 나간 애구나."

멜리사는 로니의 가족들이 자신의 말을 쉽게 믿지 못하리라는
것을 알고 있었다. 그녀 자신도 쉽게 믿지 못했다…… 처음에는.
하지만 아기가 몸속에서 만삭까지 자란 지금은 그녀가 그동안 줄
곧 기원했던 기적이 일어났음을 도저히 부정할 수 없다. 밤이면 밤
마다 그녀는 다정한 어윈 씨 부부에게서 빌린 초라한 오두막의 침
대 옆에서 무릎을 꿇고 술 취한 입술로 절망적인 외침을 한도 끝도
없이 하늘로 올려보냈다. 사람들 말처럼 하느님이 들으시도록. "제
발…… 로니를 되찾을 수만 있다면…… 그해 여름에 거의 손에
잡을 뻔했던 기회를 한 번만 더 주세요……" 그런데 이제 그 기도
에 응답이 온 것이다. 그녀가 눈앞에서 빼앗긴 운명이 되돌아온 것
이다. 그녀는 어렸을 때 아버지가 일요일마다 교회 강단에서 설교

하며 들려주던 이야기들이 현대에 이르러 바로 자신을 통해 재현되었다고 생각한다. 어렸을 때 그녀는 스테이시와 어머니 사이에 끼어 앉아 하얀 버클이 달린 구두로 멍하니 앞줄 의자를 차며 아버지가 줄줄 쏟아내는 이야기에 귀를 기울였다.

군중 속에 십이 년 동안 피를 흘린 여자가 있었습니다. 그 여인은 의사들에게 가진 돈을 모두 쏟아부었지만 치료법을 찾아내지 못했습니다. 그 여인이 예수님 등뒤로 다가와 옷자락을 건드렸습니다. 그러자 즉시 피가 멈췄습니다.

"누가 날 건드렸느냐?" 예수님이 물으셨습니다.

다들 자신이 아니라고 하자 베드로가 말했습니다. "스승님, 사람들이 전부 스승님께 가까이 오려고 밀치고 있습니다."

하지만 예수님은 이렇게 말씀하셨습니다. "아니, 누군가가 일부러 나를 만졌다. 치유의 힘이 내게서 빠져나가는 걸 느꼈어."

여인은 예수님이 사실을 아신다는 것을 깨닫고 몸을 부들부들 떨며 예수님 앞에 털썩 무릎을 꿇었습니다. 사람들은 모두 그녀가 예수님을 만진 이유를 설명하고 몸이 즉시 치유되었다고 말하는 것을 들었습니다. "딸아." 예수님이 말씀하셨습니다. "너의 믿음이 너를 치유한 것이다. 걱정 말고 가거라."

멜리사는 자신이 바로 그 피 흘리는 여자와 같다고, 이제 막 피가 멈췄다고 생각한다.

이 아기가 그녀를 치유해주었다. 로니도 치유해주었다.

물론 그녀는 두렵다. 체이스 가족이 놀라는 것도 당연히 예상했던 일이다. 혼란, 당혹감, 끊임없이 쏟아지는 질문들도 마찬가지다. 그녀 자신도 대답할 수 없는 질문들. 그런데도 그녀는 체이스 가족에게서 약간의 흥분과 기대감이 엿보일 거라고 상상했다. 그녀 자신이 바로 그런 기분이니까. 세상에 자신과 같은 기분을 느낄 수 있는 사람들이 있다면, 바로 로니의 가족일 것이다. 이것이 오늘밤 여길 찾아오기 전 그녀가 생각한 것이었다. 로니의 어머니가 이렇게 독설을 퍼부을 줄은 정말이지 짐작도 하지 못했다. 너무 실망한 나머지 그녀는 마치 기습 공격을 당한 것 같은 기분이 들었다. 샬린의 가차 없는 독설 공격에 쓰러질 것 같았다. 멜리사는 마음을 다잡고 울음을 그치려고 안간힘을 쓰며 잡티투성이의 주름진 얼굴에 시선을 고정시킨다. 로니의 어머니가 한없이 독설을 퍼붓는 동안 베이지색 카울넥 스웨터 위로 둥글게 처진 군살이 흔들린다.

"감히 여기가 어디라고 한밤중에 찾아와서 이런 개 같은 소리를 늘어놔! 내 아들은 죽었는데 네가 내 감정을 가지고 놀아? 네 눈엔 이런 게 농담으로 보여? 정신병자 같으니."

"진정해요, M." 필립이 뒷좌석에서 말한다. 오늘밤만 벌써 열번째 같은 말을 하는 것 같다. "오늘밤 일은 다 잊어버리고 그냥 안으로 들어가세요."

"진정하란 말도 하지 말고, 다 잊어버리라는 말도 하지 마! 내 아들은 죽었는데 이…… 이…… 이 하찮은 년이 딱 일 년 동안 그 애랑 데이트를 하고는 한밤중에 나타나서 그애의 아이를 가졌다고 하다니." 그녀가 손가락을 불쑥 앞으로 내민다. 이번에는 그냥 손가락질만 하는 정도가 아니라 아플 정도로 멜리사의 어깨를 찌른다. "입이 있으면 어디 말 좀 해봐? 응? 말해봐! 대답하라고!"

멜리사는 무슨 대답을 하든 이런 분노 앞에서는 얄팍하게 들릴 것 같아서 그냥 침묵을 지킨다. 하도 울어서 눈에서는 눈물이 줄줄 흐르고, 코에서는 콧물이 줄줄 흐른다. 몸에서 기운이 다 빠져나간 것 같다. 그녀는 떨리는 손을 진정시키려고 핸들 밑에서 기도를 드리듯 두 손을 맞잡는다.

"뭐라고 말 좀 해봐!" 샬린이 고함을 지른다. "말 좀 해보라고! 내가 그 목을 확 졸라버리기 전에!"

"그만 좀 해요." 필립이 말한다. "말할 틈을 줘야 말을 하지."

무거운 침묵이 차 안에 내려앉는다. 대시보드의 환기구에서 뜨거운 공기가 쉿쉿 빠져나오는 소리밖에 없다. 샬린과 필립이 아니었다면 멜리사는 아예 난방을 틀지 않았을 것이다. 사실 땀 때문에 옷 속의 피부가 미끌거린다. 지난 구 개월 동안 무슨 짓을 해도 몸의 열이 식지 않았다. 얼음처럼 차가운 물로 샤워도 해보고, 밤에 창문을 활짝 열어젖히고 이불도 차버린 채 잔 적도 있다. 그런 방법이 잠깐은 효과가 있지만 이내 몸속에서 열이 다시 타오르기 시작한다. 아기 때문이다. 이 모든 것이 이 기묘한 기적의 일부다.

"말해봐." 로니의 어머니가 재촉한다.

마침내 멜리사는 입을 열고 머릿속에 떠오르는 유일한 대답을 말한다. "사실이에요."

샬린이 다시 고함을 지르려고 하자 필립이 말을 막는다. "멜리사, 그게 사실일 수 없다는 건 너도 잘 알잖아. 불가능한 일이야."

"지금은 제 말을 안 믿겠죠." 그녀가 양손을 더욱더 꼭 맞잡고 목소리가 갈라지지 않게 하려고 애쓰면서 말한다. "하지만 믿게 될 거예요."

"이해를 못하겠다." 그가 말한다. "피검사든 뭐든 증거가 될 만한 게 있어?"

"아뇨. 전 의사들을 멀리하기로 했어요. 그 사람들도 제 말을 이해하지 못할 테니까요. 그래서 체이스 선생님께……"

그녀가 미처 말을 끝맺기도 전에 샬린과 필립이 입에서 침을 튀기며 동시에 말한다. "임신 구 개월인데 의사한테 진찰을 받은 적이 없다고?" 샬린이 이렇게 외치는 동안 필립은 "그럼 우리를 납득시킬 증거가 없잖아" 하고 묻는다.

멜리사는 너무 혼란스럽고 피곤해서 두 사람의 말이 뒤죽박죽 뒤섞여서 들린다. "너는 임신 증거가 의사를 납득시킬 수 없잖아." 얼마 뒤에야 그녀는 두 사람의 말을 분리해서 뜻을 해독하고는 샬린에게 말한다. "진찰받은 적 없어요." 그리고 필립에게는 이렇게 말한다. "제가 아기를 낳으면 오빠도 믿게 될 거예요."

"왜?" 그가 묻는다.

"아기가 로니와 닮은 걸 오빠도 보게 될 테니까요."

"그만. 난 그만 들어갈 거야!" 샬린이 문을 거칠게 열고 밖으로 나가려는데 어찌된 영문인지 팔이 안전띠에 걸린다. 그녀는 잠시 미친 사람처럼 안전띠와 씨름한 뒤에야 팔을 빼내고는 필립에게 소리친다. "너 들어갈 거야, 말 거야?"

"금방 가요."

그녀는 목구멍 뒤쪽 깊은 곳에서 듣기 싫은 소리를 낸다. 필립에게도 머리끝까지 화가 났다는 신호다. "마음대로 해, 멍청한 놈." 그녀는 이렇게 말하고는 군살이 축 늘어진 얼굴을 차 안으로 들이 밀며 멜리사의 눈을 깊숙이 들여다본다. "너, 잘 들어. 사람이 부끄러운 줄 알아야지."

멜리사는 침을 꿀꺽 삼키고는 고개를 좌우로 흔든다. "저는 아주머니 아들을 사랑했어요. 그러니까 부끄러워할 이유가 없어요."

샬린은 아무 대답 없이 문을 쾅 닫는다.

멜리사도 필립도 한마디도 하지 않고 어머니가 쿵쿵거리며 진입로를 걸어올라가 현관 앞 계단을 지나 집 안으로 사라지는 모습을 지켜본다. 현관 불이 꺼지자 실망감이 멜리사의 속을 긁어댄다.

한꺼번에 그렇게 많은 얘기를 하는 게 아니었는데. 챈트렐의 테이프를 틀지 않았더라면…… 만약…… 만약…… 만약…… 그녀의 머릿속에서 온갖 생각이 소용돌이치다가 결국은 이미 때늦은 후회라는 사실만 남는다.

이미 벌어진 일은 어쩔 수 없다.

뒤에서 필립이 헛기침을 한다. 혹시 오빠는 나를 믿고 싶기 때문에 여기 남은 게 아닐까? 그녀는 생각한다. 그녀는 백미러로 그의 창백하고 각진 얼굴을 흘깃 바라본다. 그가 동생과 거의 닮지 않은 것이 이상하다. 멜리사 자매와 달리 필립과 로니는 부모에게서 정반대의 유전자를 물려받았다. 로니는 어머니의 큰 눈, 아버지의 널찍한 어깨와 가무잡잡한 피부를 닮은 반면, 필립은 아버지의 찌푸린 눈, 어머니의 구부정한 자세와 창백한 안색을 닮았다. 그래도 그의 상냥함은 로니를 생각나게 한다. 그의 지친 눈에 깃든 연민의 표정이 낯익다.

"어머니 대신 사과할게." 필립이 갈대처럼 가늘고 부드러운 목소리로 말한다. 이것도 로니와 다른 점이다. 로니의 목소리는 황금

시간대의 라디오 DJ 같다. 아니, 같았다.

졸업 무도회 밤에 로니가 그 힘 있는 목소리로 그녀에게 애원하던 기억이 갑자기 떠오른다. '이러지 마, 미시. 화 풀어. 우리 계획을 망가뜨릴 생각은 없었어.' 멜리사는 이 기억이 떠오르자마자 다시 억지로 밀어넣는다. 그가 살아 있던 그 마지막 몇 시간 동안 그에게 화를 내느라 시간을 낭비해버린 일은 생각하고 싶지 않다. 모든 게 채즈 때문이다. 그녀는 핸들 밑에 있던 손을 빼내서 샬린이 찔렀던 어깨를 문지른다. 마치 벌에게 쏘인 것 같다. 벌들이 떼를 지어 달려든 것 같기도 하다. 하지만 그녀는 고통에 익숙하다. 솔직히 말해서 이제는 고통을 갈망할 정도다. "어머니가 화내시는 거 이해해요. 제 말을 받아들이시기가 정말 힘들 거예요."

"힘든 정도가 아니지. 멜리사, 그건……"

"로니의 벤츠가 아직 남아 있어요?" 필립이 또다시 그건 불가능한 일이라고 말하는 소리는 듣고 싶지 않다.

"그럴걸. 집에 온 뒤로 차고에 가보질 않아서…… 하지만 어머니가 그걸 치우지는 않았을 거야. 그애 물건이라면 무슨 박물관 유물 대하듯 하시니까. 로니의 물건을 전부 보관하고 계셔. 전부."

나도 마찬가지예요. 멜리사는 바로 앞쪽에 있는 체이스 일가의 차고를 물끄러미 바라보며 생각한다. 빨간 문 세 개로 가려진 그 차고 안에는 1979년식 크림색 300DSL이 모습을 드러낼 순간을 기다리는 게임쇼 상품처럼 조용히 앉아 있다. 로니가 아버지 신용카드로 중고차 상점에서 산 것이다. 멜리사는 체이스 부인이 매주 차고로 가서 차가 죽어버리지 않게 엔진에 시동을 거는 모습을 그려본다. 로니가 앉던 가죽 좌석에 체이스 부인이 앉아 로니의 은색 열쇠를 구멍에 넣고 로니가 발을 올려놓았던 페달에 발을 올리는 모습을 상상한다. 너무 억울해. 멜리사는 생각한다. 정말 억울해. "우린 원래 리무진을 빌리지 않고 그 차로 무도회장에 갈 예정이었어요." 그녀는 이 말을 소리내서 할 생각이 없었지만, 어쨌든 그렇게 하고 있다. 이건 그녀의 습관이다. 하지만 대개는 주위에 어윈 씨 부부뿐이기 때문에 그녀가 말하는 소리를 들을 사람이 없다. 어윈 씨 부부와 워낙 많은 시간을 함께 보내다보니 두 사람이 집주인이라기보다는 양부모 같은 느낌이 든다. 두 사람이 없었다면 자신이 어떻게 됐을지 모르겠다.

"뭐라고?" 필립이 묻는다.

"우린 원래 리무진을 빌리지 않고 그 차로 무도회장에 갈 예정이었다고 했어요."

"그런데 왜 안 그랬어?"

"채즈가 근사한 아이디어라며 리무진 얘기를 했거든요."

"채즈." 필립이 말한다. 멜리사가 듣기에 필립의 목소리에 혐오스러운 기색이 묻어 있는 것 같다. 필립이 곧 멜리사의 생각을 확인해준다. "로니가 왜 그 녀석하고 같이 다녔는지 난 정말 모르겠어. 난 그 녀석을 못 견디겠던데."

"뭐, 저도 마찬가지였어요."

그녀는 하품을 참는다. 지금의 대화, 오늘밤에 있었던 일, 지난 구 개월간의 일 때문에 그녀는 기진맥진한 상태다. 핸들에 머리만 대면 몇 년 동안 내처 잘 수 있을 것 같다. 필립이 다시 아기 이야기를 꺼내는 건 시간문제라는 생각이 든다. 그래서 그녀는 또 한 번 비난과 질문에 시달릴 각오를 한다. 하지만 필립은 계속 채즈에

관해서만 떠들어댄다. "게다가 이름은 또 그게 뭐야? 걔네 부모가
아예 백인 멍청이라고 이름을 지어주는 편이 나았을 텐데."

멜리사는 자기도 모르게 웃음을 터뜨린다. 그런데 이 작은 동작
만으로도 기운이 더 빠져나간다.

"생각하고 싶지도 않아. 걔는 아마 프린스턴인지 어딘지 아이비
리그 대학에 들어갔을걸. 지금쯤이면 어딘가에서 로스쿨에 다니고
있겠지. 걔가 한 걸음 내디딜 때마다 기부금으로 길을 닦아주는 부
모 덕분에. 이 동네 사람들은 혼자 힘으로 뭘 해낼 줄 모르는 모양
이야."

"제가 알기로 채즈는 공군에 들어갔는데요."

"아, 뭐, 그랬거나 말거나. 어쨌든 웃기는 이름이야."

멜리사는 백미러로 그를 다시 흘깃 바라본다. 하지만 이번에는
필립과 로니를 연결시켜 생각하지 않는다. 지난 오 년 동안 필립이
어떻게 변했는지 궁금해진다. 그녀가 알기로 필립은 예전에 웨인
의 올리브 가든에서 웨이터로 일하면서 필라델피아의 커뮤니티 칼
리지에서 수업을 들었다. "집으로 돌아오기 전에는 어디서 살았어
요?"

"뉴욕."

"거기가 좋았어요?"

"대충 그랬던 것 같아. 사람도 많고 돈도 많이 드는 곳이지만, 펜
실베이니아보다 더 신나는 일이 많거든."

그녀가 거기서 얼마나 오래 살았느냐고 묻자 그는 사 년 반쯤 된
다고 대답한다. 그러고는 로니가 죽은 지 몇 달이 지난 어느 날 밤
웨이터 일과 학교 수업에 신물이 나서 더이상 견딜 수 없어졌다고

이야기를 계속한다. 그때 그는 식당에서 한창 일하던 중이었고, 다음날 아침까지 중간고사를 대신할 자작시들을 제출해야 했다. 하지만 그는 출입카드를 찍고 주방에서 나가버렸다. 그리고 곧 뉴욕으로 떠났다. "날 몰아낸 건 직장이나 수업이 아니라는 걸 그뒤로 금방 깨달았어. 문제는 어머니였어. 어머니는 정말이지…… 너도 방금 봐서 알겠지만 가끔 정말이지 어머니를 참을 수가 없어."

이상하다는 생각이 든다. 오늘 저녁 멜리사에게 문을 열어준 순간부터 샬린의 모습과 행동은 멜리사가 기억하는 그녀의 모습과 정반대였다. 옛날에도 마른 편은 아니었지만 확실히 지금처럼 뚱뚱하지는 않았다. 게다가 옛날에는 원기 왕성하고 생기가 넘치는 사람이었다. "왜 돌아온 거예요?" 그녀가 필립에게 묻는다.

"아까도 말했지만, 사고를 당했어."

"아, 맞아요. 스키를 타다가."

"스키를 타다가." 그가 터틀넥 스웨터의 목 가장자리를 검지로 훑으며 다시 말한다.

이유는 정확히 모르겠지만 멜리사는 이게 거짓말이라는 느낌이 든다. 거짓말이 아니라 해도 필립이 자초지종을 다 말해준 것 같지는 않다. 어쨌든 그녀는 더이상 묻지 않는다. 그녀가 상관할 일도 아니고 갈증이 나서 다른 생각을 할 여력도 없기 때문이다. 그녀는 부른 배 때문에 움직이기가 힘든데도 어찌어찌 몸을 뒤로 기울여 지저분한 바닥을 더듬어 생수병을 찾아낸다. 물을 마시기 쉽게 누르면 열리는 뚜껑이 달린 병이지만 멜리사는 평범한 병보다 이 병으로 물을 마시기가 더 힘들다. 앞니가 있던 자리가 텅 비어서 그 틈으로 자꾸만 물이 흐르기 때문이다. 그녀가 병을 들어올려 물을 마시는 동안 필립이 마침내 화제를 원점으로 되돌린다.

"미시, 네가 오늘 한 얘기는 말이 안 돼. 너무 오랜 세월이 흘러서……"

그녀는 병을 입에서 떼다가 자기도 모르게 희미하게 츳 하는 소리를 낸다. "물 좀 드릴까요?"

"아니. 방금 내가 한 말 들었어?"

"들었어요."

"그래서?"

"제가 아는 남자는 한 명뿐이라고 이미 말씀드렸잖아요. 로니뿐이라고요. 졸업 무도회 밤에."

"글쎄, 나도 무슨 말을 해야 할지 모르겠다. 네가 그렇게……말도 안 되는 소리를 계속 해대니……"

"제 말을 믿는다고 말씀하셔도 돼요."

"그게 문제라는 거야. 난 네 말을 안 믿어. 말이 난 김에 하는 말이지만, 아까 테이프의 그 여자 이야기도 전혀 안 믿어. 그런 사람들은 그저 빨리……" 필립은 중간에 말을 끊는다. 그가 입을 다시 열기도 전에 멜리사는 그가 머릿속으로 얼마나 얼토당토않은 생각을 하는지 알 것 같다. "네가 원하는 게 그거니? 돈?"

그녀는 물을 한 모금 더 마시고 흘러내린 물을 소매로 닦는다. "아뇨."

"확실해?"

"확실해요." 그녀가 그에게 말한다.

사실 멜리사는 시간제 일자리 두 곳에서 모두 한동안 일을 하지 못했다. 보험회사에서 전화를 받는 일과 칸슈하켄의 모텔에서 이

불을 빼는 일(두 곳 다 사람들에게 얼굴을 보여줄 필요가 없는 일자리다). 아침에 화장실 변기를 부여잡고 속에 든 것을 게워내는 날이 점점 늘어나자 그녀는 그것이 무슨 의미인지 깨닫고 혼란과 고민에 빠졌다. 그래서 일을 계속하기가 힘들었다. 지금 그녀는 집세가 육 개월치나 밀려 있는 처지다. 그런데도 오늘밤 이곳으로 올 때 돈 문제는 전혀 생각하지 않았다. 그래서 필립이 그녀에게 돈을 뜯어낼 목적으로 이런 어처구니없는 계획을 짠 거냐고 끈질기게 묻자 멜리사는 고개를 외로 꼬아 그를 바라보며 말한다. "오빠, 전 오빠네 식구들한테 바라는 게 전혀 없어요. 그냥 제 말만 믿어주면 돼요. 못 믿겠다면 어쩔 수 없죠. 그냥 저는 오빠네 식구들도 사실을 알 권리가 있다고 생각했을 뿐이에요. 며칠만 지나면 로니가 아빠가 되는 거니까요." 이 말에 필립은 아까 주방에서 그랬던 것처럼 또 입을 쩍 벌린다. 하지만 이런 표정도 그녀의 말을 막지 못한다. "혹시 오빠 조카가 딸인지 아들인지 궁금해지면 멍크스 힐 로드 32번지로 오세요. 아기를 보러 오시는 건 언제든 환영이에요."

이 말을 끝내고 나니 숨이 턱에 차고 몸이 피곤하기 그지없다. 필립의 눈에 떠올랐던, 아니 떠오른 것 같았던 연민은 사라져버렸다. 필립이 자기 말을 믿어주지 않을 거라고 체념하고 나니 필립도 그만 사라져주면 좋겠다는 생각이 든다. 필립도 그녀의 생각을 알아차렸는지 문손잡이를 잡아당긴다. 문이 열리면서 차가운 겨울바람이 차 안으로 밀려들어와 그녀의 뜨거운 피부를 진정시킨다. "그럼 더이상 할 말이 없는 것 같네. 잘 가라는 말밖에는."

"안녕히 계세요." 그녀가 필립에게 말한다.

깁스를 한데다 목발까지 짚어야 하기 때문에 필립은 꼬박 일 분이 걸려서야 비로소 차에서 내려 얼어붙은 땅 위에 단단히 버티고 선다. 필립은 운전석에 앉은 멜리사를 뒤돌아본다. "할말이 하나 더 있기는 해. 내가 너한테 할 말은 아닌 것 같지만, 네가 전문가의 도움을 받아서 이번 일을 이겨내는 게 좋을 것 같아. 산부인과 의사뿐만 아니라, 상담 전문가든 누구든 네가 로니를 잃은 슬픔을 털어놓을 수 있는 사람을 찾아. 뭐랄까, 네가 뭔가에 계속 붙들려 있는 것 같아. 게다가 아기까지 생겨서 네가 더 혼란스러워진 것 같다." 필립은 말을 멈추고 숨을 들이쉰다. "지금 생각나는 거라고는 요즘 읽고 있는 앤 섹스턴의 전기 내용이 지금 상황과 비슷하다는 것뿐이야. 앤 섹스턴도 임신했을 때 정말로 정신이 나가버렸거든." 필립은 다시 말을 멈췄다가 한결 낮은 목소리로 말을 잇는다. "그 뒤로는 상황이 계속 나빠지기만 했어. 너는 그렇게 되지 않았으면 좋겠다."

"얘기 끝났어요?" 그녀가 묻는다.

"끝났어."

"다행이네요. 충고는 고마워요. 이제 문 좀 닫아주실래요? 그만 가보게."

필립은 어머니처럼 문을 쾅 닫지 않고 부드럽게 닫는다. 희미하게 찰칵 하는 소리만 날 정도다. 멜리사는 기어를 후진으로 넣고 가속페달을 밟아 진입로를 벗어난다. 그 속도가 어찌나 빠른지 자동차 타이어가 차올린 언 돌멩이들이 집으로 절룩절룩 걸어가는 필립을 때린다. 그는 포치 윗계단에 올라선 다음 손을 흔들어주려고 뒤를 돌아보지만, 멜리사는 눈앞의 도로만 바라보면서 기어를 주행으로 바꾸고 도로로 나간다.

"난 안 미쳤어." 그녀가 말한다. 다시 눈물이 솟아오른다. "당신들은 마음대로 생각해. 하지만 난 어떻게 된 건지 분명히 알아. 안단 말이야."

모퉁이의 신호등에서 빨간 불에 걸려 멈춰 섰을 때쯤 아까까지만 해도 그저 뜨거운 수준이던 피부가 불붙은 것처럼 뜨겁다. 숨을 쉬기가 힘들다. 멜리사는 난방을 끄고 창문을 내려 차가운 공기가 차 안으로 들어오게 한다. 콧물이 콧구멍에서 끈처럼 흘러나오자 그녀는 소매로 닦는다. 오늘밤 체이스 일가의 집에 오기 전까지만 해도 누가 물었다면, 그녀는 더이상 그리워할 수 없을 만큼 로니를 그리워한다고 말했을 것이다. 하지만 지금 멜리사는 자동차의 속도를 올려 벌거벗은 나무와 캄캄한 집 들을 휙휙 지나치며 새로운 슬픔과 외로움에 압도당한다. 지금까지 느꼈던 그 어떤 감정보다도 지독하다.

난 완전히 혼자야. 그녀는 생각한다. 아니 소리내어 말한 것 같기도 하다.

그때 아기의 발길질이 시작된다. 그 어느 때보다 강한 발길질이다. 멜리사는 아기의 발이 자궁을 밀며 삐죽삐죽 튀어나오는 모습을 상상한다. 아기가 세상으로 나오려고 애쓰는 것이다.

"아직은 아냐." 그녀는 손바닥으로 배를 누르며 말한다. 얼굴이 일그러지면서 눈물이 흘러나온다. "아직은 아냐. 아직은 아냐. 아직은 아냐."

맷슨 포드와 킹 오브 프러시아 로드가 교차하는 지점에서 멜리사는 우회전한 뒤 곧바로 좌회전해서 블래츠 팜 힐로 들어선다. 그녀는 일부러 길을 멀리 돌아 집으로 가고 있다. 점점 속도를 올려

제한속도 35마일 구간에서 45마일로, 50마일로 달린다. 쌩하니 언덕을 넘어 세번째 급커브를 돌면서 그녀는 길가의 나무 밑동 쪽을 흘깃 바라본다. 거기서 그 나무 밑동을 본 것이 수백 번, 아니 수천 번은 될 것이다. 그런데도 그녀는 한번 더 보고 싶어서 고개를 쭉 뺀다. 하지만 하늘이 별 하나 없이 너무 캄캄해서 그림자 속에 잠긴 나무 밑동이 보이지 않는다. 껍질이 다 벗겨져서 누가 보면 늙은 나무의 잔해가 아니라 돌덩이로 착각할지도 모른다.

그래도 기억이 멜리사를 휩쓸고 지나간다.

그녀와 로니는 리무진의 선루프 위로 고개를 내밀고서 입을 크게 벌리고 소리를 지르고 있다. 밤하늘을 향해 그렇게 울부짖으면서 그들은 휙휙 커브를 돌아 언덕을 넘는다. 멜리사의 가슴이 철렁철렁 내려앉는다. 마치 평생 가장 짜릿하고 무서운 롤러코스터를 타고 있는 것 같다. 저 아래쪽에서는 채즈와 스테이시가 두 사람의 다리를 간질인다. 둘 중 한 사람, 아마도 채즈가 그녀의 엉덩이를 꼬집는다.

"하지 마!" 멜리사가 고함을 지르지만 밤공기가 목소리를 빨아들인다.

로니가 고개를 숙이고 두 사람에게 하지 말라고 소리를 지른다. 그가 다시 고개를 들자 멜리사는 방금 벌레를 한 마리 삼킨 것 같다고 말한다. 그가 맛이 어땠느냐고 묻는 바람에 그녀는 웃음을 터뜨린다. 로니가 입술을 핥으며 키스를 하려고 몸을 수그린다. 하지만 리무진이 또 커브를 도는 바람에 두 사람은 균형을 잃고 휘청거린다. 멜리사의 머리는 완전히 헝클어져서 제멋대로 휘날리며 두 사람의 얼굴을 후려친다. 두 사람이 다시 균형을 잡고 똑바로 선

뒤 로니가 그녀의 머리카락을 뒤통수 쪽에서 하나로 모아 잡고 그
녀에게 입을 맞춘다. 그의 혀가 그녀의 입속을 재빨리 들락거린다.
그가 몸을 떼고 말한다. "내가 사랑하는 거 알지? 비록 오늘밤에는
우리 계획대로 되지 않았지만, 무슨 일이 있어도, 난 널 사랑해."

"알아." 그녀가 말한다. "나도 널 사랑해."

멜리사가 멍크스 힐 로드 32번지 앞에 이르러 차를 세울 때쯤 자
동차 보닛과 지붕과 트렁크에 쌓여 있던 눈은 이미 대부분 날아가
버리고 없다. 길가에 손바닥만하게 흙이 드러나 있는 곳, 그녀가
진입로로 이용하는 그곳도 눈이 치워져 있다. 그녀가 초저녁에 챈
트렐을 만나러 필라델피아에 가 있는 동안 어윈 아저씨가 삽으로
치운 모양이다. 멜리사는 차를 세우고 시동을 끈다. 하지만 안으로
들어가기 전에 잠시 가만히 앉아 트레일러처럼 옹기종기 모여 있
는 자그마한 주택 세 채를 물끄러미 바라보며 기운을 차린다. 거리
에서 가장 가까운 집이 그녀의 오두막이다. 가로세로 삼 미터 크기
의 거실과 한쪽 벽에 설치된 간이 주방, 그리고 싱글 침대 하나가
겨우 들어가는 침실 하나, 욕조 대신 곰팡이가 얼룩진 샤워 부스가
있는 작은 욕실이 전부인 집이다. 그녀의 오두막 왼쪽, 약간 뒤로
들어간 곳에 어윈 씨 부부의 집이 있다. 진짜 주방과 식탁뿐만 아
니라 적당한 크기의 거실과 침실까지 갖춰진 집이다. 심지어 지하
실도 있어서 세탁기와 건조기를 들여놓았다. 그녀의 오두막 밑에
있는, 기어서 간신히 돌아다닐 수 있는 공간과는 다르다. 길에서
가장 멀고 숲과 가장 가까운 세번째 집은 빈집이라 추위를 막을 준
비가 전혀 되어 있지 않다. 이 세 채의 집은 모두 1940년대에 사냥
용 오두막으로 사용되다가 인적이 끊어졌다. 그렇게 폐가가 된 집

을 어윈 씨 부부가 경찰에서 퇴직한 뒤(부인은 본부 교환원, 남편은 경찰관이었다) 투자 삼아 산 것이다.

멜리사가 앞으로 몸을 기울이니 어윈 씨 부부의 침대 옆에 놓인 램프의 부드러운 노란색 빛이 보인다. 두 사람이 이불을 덮고, 폭신한 베개를 베고 아늑하게 누워 있는 모습이 보이는 듯하다. 어윈 아저씨는 웃기는 실화들만 모아놓은 책을 워낙 좋아하니까 그런 책을 읽고 있을 것이고, 아주머니는 메리 히긴스 클라크의 소설을 읽으며 살인범이 누구인지 알아맞히려 하고 있을 것이다. 멜리사는 이야기를 하고 싶을 때 그러듯이 지금도 그 집 문을 두드리고 싶지만 그러면 안 된다고 마음을 다잡는다. 그녀는 아직 두 사람에게 아기에 대한 진실을 말해주지 않았다. 그냥 만나던 남자가 있었는데, 그녀가 임신한 걸 알자마자 떠나버렸다고 거짓말을 했다. 그러니 오늘밤 자신이 괴로운 이유를 두 사람에게 설명하기가 어렵다.

마침내 그녀는 창문을 닫고 차에서 내린다. 오두막 문을 열자 퀴퀴한 담배 냄새가 아직도 끈질기게 남아 있다. 몇 달 전 임신했다는 걸 처음 깨달았을 때 담배를 끊었는데도. 멜리사가 안으로 들어가자 소처럼 얼룩무늬가 있는 고양이 무무가 가르릉거리며 그녀의 다리 사이를 돈다. 그녀는 녀석을 안아올려 부드러운 털 속에 자신의 흉터 진 얼굴을 묻는다. 무무는 로니가 죽은 뒤 부모님이 그녀에게 엄격하게 대한 것을 사과하는 뜻에서 위로의 선물로 준 것이다. 그녀는 집을 떠날 때 가지고 나온 물건이 별로 없지만 그래도 무무는 데리고 나왔다. 멜리사가 계속 얼굴을 묻고 비벼대자 마침내 고양이가 싫증을 내며 품에서 뛰어내려 침실로 타박타박 들어간다. 그녀는 그제야 비로소 불을 켜고 커피 탁자 위에 지저분하게 쌓여 있는 신문, 찢어진 소파 옆에 놓인 테이프와 책이 들어 있는 바구니, 사방에 흩어진 옷가지, 간이 주방 옆의 바닥에 줄지어 있는 빈 포도주 병을 둘러본다.

멜리사는 한 손으로 뒤틀리는 배를 잡고 더러운 검은색 바지를 넘어 돌로 만든 벽난로의 선반 쪽으로 간다. 거기에 로니의 사진들이 아주 많이 있다. 그녀는 대시보드에 있는 것과 똑같은 사진을 집어든다. 옛날에 둘이서 암실에 숨겨두었던 격자무늬 담요에 로니가 누워 있는 사진이다. 멜리사는 그의 눈부신 미소와 반짝이는 눈을 내려다보며 속에서 뭔가가 살짝 움직이는 것 같은 느낌을 받는다. 피안의 세계와의 의사소통을 다룬 모든 책도, 그녀가 지금까지 찾아갔던 모든 영매들도 항상 똑같은 말을 한다. 죽은 사람에게 말을 걸면 그 사람이 들어줄 거라고. 그래서 멜리사는 다시 무너져 내리는 대신 로니에게 말을 건다. 늦은 밤에 자주 그러는 것처럼.

그녀는 그에게 마침내 용기를 내서 그의 가족을 만나고 왔다고 말한다.

그녀는 그에게 그의 아버지가 안 계셔서 정말 낙심했다고 말한다. 누구보다 보고 싶은 사람이 로니의 아버지였으니까.

그녀는 그에게 형이 사고로 다쳤다고 말한다.

그녀는 그에게 자기가 소식을 전했을 때 어머니가 고함을 질러 댔다고 말한다.

그녀는 그날 밤에 있었던 일들을 하나도 빠뜨리지 않고 자세히 그에게 말한다. 너무 오래 서 있어서 발이 아파올 때까지. 멜리사는 사진을 들고 소파로 가서 까칠까칠한 쿠션들 위에 몸을 쭉 펴고 누워 사진 액자를 불룩한 배 위에 엎어놓는다. "네 어머니가 정말 달라지셨어." 그녀는 얼룩덜룩한 천장을 바라보며 텅 빈 방을 향해 말한다. "옛날에는 정말 행복해 보이셨는데."

멜리사가 샬린을 처음 만났을 때의 기억 속으로 점점 빠져들어가면서 무거운 눈꺼풀이 파르르 떨리다가 닫힌다. 중얼거리는 그녀의 목소리가 점점 가라앉으면서 알아들을 수 없는 소리를 늘어놓는다. 그녀와 로니는 학교에서 몰래 빠져나와 래드너 도서관으로 로니의 어머니를 만나러 갔다. 로니가 산 중고 벤츠에 기름을 넣을 돈을 구하기 위해서였다. 로니가 비자카드로 자동차를 산 것에 화가 난 부모님이 신용카드를 빼앗아버렸기 때문에 그는 항상 현금이 필요했다. 카운터 뒤에 가슴이 커다란 사서가 서 있었다. 곱슬거리는 금발머리 두 가닥이 이마에서 위로 솟아 있었다. 그녀를 보니 브래지어 광고에 나오는 여자가 생각났다. 부드러운 솜털이 있는 파란색 스웨터 밑에서 그녀의 거대한 가슴이 둘로 나뉘어 우뚝 솟아 있었다. 그녀가 고개를 들어 로니를 향해 미소를 지었을 때 멜리사는 그 사람이 로니의 어머니인 줄 알았다. 하지만 그녀는 어딘가를 가리키며, 모든 단어를 하나로 뭉뚱그리는 이상하고 투박한 발음으로 이렇게 말했다. "샬린은서가에있어." 멜리사는 마음이 놓였다. 비록 정확한 이유는 알 수 없었지만 그 여자는 왠지 호감이 가지 않았다. 멜리사는 로니의 뒤를 따라 미로처럼 서 있는 서가들 사이를 지나가며 그의 색바랜 리바이스 청바지 엉덩이를 보다가, 뭔지 알 수 없는 책들의 제목을 흘깃 보다가 했다. 마침내 로니의 진짜 어머니가 금속 사다리 위에 서 있는 것이 보였다. 사다리 발판에는 치즈 강판처럼 자그마한 구멍들이 나 있었다. 로니의 어머니는 주름 잡힌 파란색 치마에 재킷을 입고 옷깃에 황금 개구리를 꽂은 차림이었다. 어머니가 두 사람을 알아차리기 전에 로니가 멜리사의 손을 잡고 반대편으로 돌아가 샬린이 방금 서가에 꽂은 책을 다시 밀어내기 시작했다. 책이 바닥에 떨어졌다. 로니의 어머니는 사다리를 내려가 책을 들어 다시 꽂았지만 로니가 또 책을 밀어냈다. 유머를 모르는 멜리사의 부모라면 화가 나서 펄펄 뛸 장난이었지만 샬린은 서가 안으로 팔을 뻗어 로니의 팔목을 꽉 잡았다. "로널드 체이스, 너를 도서관 연금형에 처한다!" 그녀는 이렇게 말하고 나서 아들과 함께 웃음을 터뜨렸다.

두 사람의 웃음소리가 멜리사의 기억 속에서 메아리치고, 그때의 장면들이 그녀의 머릿속에서 점점 하얗게 변해 사라진다. 마치 추락하고 있는 것 같다. 로니가 서가에서 밀어낸 그 책처럼. 다만 그녀는 순식간에 바닥으로 떨어지는 것이 아니라 긴 터널 속을 하염없이 추락하다가 마침내 잠이 든다는 점이 다를 뿐이다.

멜리사는 코를 골기 시작한다. 임신 이후 생긴 버릇이다. 그녀가 자기도 모르게 팔을 쭉 뻗는 바람에 손이 커피 탁자 위에 지저분하게 쌓인 신문 더미 옆에 놓인다. 누가 이 오두막을 찾아와 신문 더미를 본다면 처음에는 지난 몇 주 동안 신문을 보고 그냥 쌓아두었나보다 할 것이다. 아직 재활용 쓰레기통에 갖다 넣지 않은 모양이라고. 하지만 좀더 자세히 살펴보면 모든 신문의 날짜가 똑같다는 것을 알게 될 것이다. 1999년 6월 19일자. 게다가 모든 신문 1면에 블래츠 팜 힐의 굵은 떡갈나무에 처박힌 리무진 사진이 흑백으로 실려 있다는 사실도 알게 될 것이다.

기왕 노골적으로 살피기 시작했으니 신문들 바로 옆에 무엇이 있는지도 보일 것이다. 멜리사가 오 년 전 아버지를 속이려고 썼던 가짜 일기다. 그럼 그 옆에는? 그보다는 새것인 검은 가죽 일기장이 있다. 맨 앞에 그녀의 이름이 금색으로 새겨져 있는 이것은 연락이 완전히 끊어지기 직전에 스테이시가 준 선물이다. '동생이자 가장 좋은 친구인 멜리사에게. 지금은 불가능하게 보이겠지만 언젠가 너도 새 출발을 해서 다시 행복해질 거야. 꼭. 사랑해. 스테이시.' 이런 말이 새겨져 있다.

일기장 안은 전부 백지다.

방 건너편에는 포도주 병들이 간이 주방 옆에 줄지어 늘어서 있다. 오래된 포도주 찌꺼기 때문에 병 입구가 끈적거리고 바닥에도 찌꺼기가 쌓여 있다. 모두 구 개월 이상 된 것들이다. 멜리사가 오늘처럼 외로운 밤이면 소파에서 술을 마시며 담배를 피우다가 침대 옆 바닥에 무릎을 꿇고 한도 끝도 없이 기도를 하던 시절.

그 병들 바로 옆에는 자그마한 하얀색 냉장고가 있다. 냉동실은 텅 빈 얼음틀 두 개와 스타벅스 커피 한 봉지를 넣고 그 뒤에 다른 물건을 하나 쑤셔넣으면 딱 맞는 크기다. 얼음틀과 커피를 옆으로 밀치고 손을 깊숙이 넣어보면 얼어서 변색된 빨간 덩어리 같은 것을 꺼낼 수 있을 것이다. 무엇인지 정체를 알 길이 없지만, 빛에 대고 자세히 보면 이것이 멜리사가 졸업 무도회 밤에 달았던 장미 코르사주임을 알게 될 것이다. 그녀는 박동을 멈춰버린 심장처럼 이 코르사주를 냉동실에 보관하고 있다.

그걸 떨어뜨리면 안 된다. 그녀를 깨울 테니까.

그걸 얼음틀과 커피 뒤에 다시 넣고 냉동실을 닫는다.

보고 싶은 것이 하나 더 있다. 지금까지 본 것보다 훨씬 더 불쾌한 것이다. 욕실 문 뒤에 있다. 하지만 멜리사가 차를 몰고 집으로 돌아오면서 아기에게 한 말이 있다.

아직은 아냐.

지금은 잠든 그녀를 깨우지 말자. 세상이 그녀를 중심으로 조용히 돌아가게 내버려두자. 고양이 무무가 간이 주방을 어슬렁거리며 쥐를 사냥한다. 옆집에서는 어윈 씨가 침대 옆 램프를 끄고 눈처럼 머리가 하얀 아내 옆에서 자꾸만 뒤척이며 잠이 든다. 아내는 가만히 누워서 말똥말똥한 머리로 오늘 하루 무엇을 했는지 생각한다. 빨래를 한 다음 천장이 낮은 지하실로 가서 어지러운 작업장을 치우다가 뜻하지 않게 골치 아픈 것을 발견했다. 냉장고가 윙하고 돌아가다가 꺼지면서 길가의 임시 진입로에서 열을 식히고 있는 멜리사의 자동차 엔진처럼 핑핑, 틱틱 소리를 낸다. 심하게 불던 바람은 이제 잠잠해져서 자그마한 집 세 채를 둘러싼 숲이 완전히 숨을 죽이고 있다.

시내 건너편, 그러니까 멍크스 힐 로드를 다시 올라가 종횡으로 뻗은 거리들을 지나 블래츠 팜 힐로 가서 맷슨 포드와 킹 오브 프러시아 로드 교차로를 통과해 딜슨 애비뉴를 올라가서 턴버 레인 12번지에 있는 체이스 일가의 커다란 회색 석조 주택으로 가보자. 식민지 시대 양식의 이 집에서 필립은 거실의 접이식 소파베드에 누워 뒤척이고 있다. 어머니는 잠자리에 들기 전 수면제를 몇 알 삼킨 덕분에 위층에서 곤히 잠들어 있다. 필립은 멜리사와의 대화를 자꾸만 돌이켜본다. 그녀의 말이 사실일 거라는 생각은 아직 들지 않지만 그애한테 좀더 잘 대해줄걸 그랬다는 생각이 든다.

머리가 너무 복잡해서 도저히 잠을 잘 수 없다는 확신이 들자 필립은 일어나 앉아서 자그마한 독서용 램프를 켜고 벽에 걸린 골동품 시계를 흘깃 바라본다. 바늘이 네시 삼십분을 가리키고 있다. 사실은 세시쯤 됐을 것이다. 필립은 앤 섹스턴의 전기를 펼친다. 책장에서 곰팡내가 난다. 마치 창고 세일에서 산 책 같다. 아니, 실제로 그런 책일 수도 있다. 그가 비상계단에서 골목길로 떨어져 다치기 몇 주 전에 브로드웨이의 헌책방에서 산 책이니까 말이다. 필립은 아무 페이지나 펼친다. 그는 전기를 순서대로 꾸준히 읽기보다는 기분에 따라 주인공의 생애 중 여러 시기를 이리저리 돌아다니는 편을 훨씬 좋아한다. 이런 식으로 사건이 일어난 순서를 뒤죽박죽 섞어서 읽은 뒤 나중에 머릿속에서 퍼즐을 맞추듯 다시 짜맞추는 것이다. 책을 내려다보니 전에 이 책을 갖고 있던 사람이 여백에 검은색 펜으로 시를 몇 줄 갈겨쓴 것이 보인다.

여자는 그가 왜 자기들의 사랑을 살해했는지 궁금하다
하지만 그의 살인 본능이 깨어났다
그녀는 아직 시간이 있을 때 도망쳐야 한다는 걸 안다
하지만 그녀는 여기 멈춰 서 있다
곧 어둠 속으로 끌려들어갈 텐데

이것이 앤 섹스턴의 시를 베껴 쓴 것인지, 아니면 그녀를 흉내 내서 쓴 시인지 필립은 알 수 없다. 어쨌든 이 시는 그에게 별로 공감을 일으키지 않는다. 그래서 그는 다른 장을 펼쳐 앤의 부모에 관한 설명을 다시 읽기 시작한다. 앤의 부모는 1959년 3월과 6월에 차례로 세상을 떠났다. 이십 분 동안 책을 읽던 필립은 〈만가(輓

歌)에 대한 저주〉라는 앤의 시 가운데 한 구절에서 눈을 떼지 못하고 있음을 깨닫는다.

　나는 망자들을 기억하지 않을 것이다.
　망자들은 모든 것에 싫증이 났다.
　하지만 당신, 당신은 먼저 가라,
　계속, 계속 내려가서
　무덤으로 들어가,
　그들의 얼굴이 있을 것 같은 곳에 누워
　과거의 악몽들에게 대꾸하라.

　필립은 다시 동생을 생각한다. 당연한 일이다. 미시도 생각한다. 그는 또다시 오늘밤에 있었던 일을 곰곰이 생각하다가 결국 너무 피곤해서 더이상 생각도, 독서도 할 수 없는 지경이 된다. 양팔이 밖에 서 있는 나무들의 무거운 가지처럼 천천히 아래로 늘어지고, 책은 그의 가슴에 가만히 놓인다. 그의 눈이 감긴다.
　밤이 깊어지면서 래드너의 자그마한 구(區)인 메인라인 상공에서는 별 하나 없는 겨울 하늘이 깊이를 알 수 없는 짙은 검은색으로 변한다. 길들은 텅 비고 생명이 모두 빠져나간다. 심지어 외곽의 고속도로에서도 아무 소리가 나지 않는다. 가끔 트랙터 트레일러가 래드너로 통하는 나들목을 쌩쌩 지나가는 소리뿐이다. 이보다 더 어두워지거나 조용해질 수는 없겠다 싶은 생각이 들 때, 햇빛이 처음으로 지평선에 살짝 모습을 드러낸다. 빛은 처음에는 천천히 다가오다가 점점 속도가 빨라진다. 멍크스 힐 로드 32번지의 오두막 밖에서는 까마귀 가족이 찌그러진 홈통에 자리를 잡고 앉아 목을 실룩거리고, 기름기 밴 검은 날개를 쪼다가 갑자기 파르르 날아오른다.

멜리사는 자신의 작은 집으로 다가오는 발소리를 듣지 못한다. 하지만 현관에서 나는 쉬이이이 하는 소리에 잠이 깬다. 그녀는 초라한 소파 팔걸이에서 뻣뻣한 목을 들어 눈을 가늘게 뜨고 혹시 무무가 또 쥐를 잡아왔나 싶어 주위를 둘러본다. 하지만 고양이는 그녀의 발치에서 큰 소리로 가르랑거리며 잠들어 있다. 그녀가 막 다시 눈을 감으려는데 현관 앞 바닥에 자그마한 하얀 봉투가 눈에 띈다. 그녀는 일어서서 목덜미를 손으로 잡고 기지개를 켜며 누가 그 봉투를 두고 갔는지 보려고 창밖을 힐끔거린다. 하지만 누군지 알 수 없는 그 사람은 가버린 모양이다. 그녀가 가장 먼저 떠올린 사람은 필립이다. 혹시 그가 다시 생각해보고 그녀에게 편지를 쓴 게 아닐까. 아니 혹시 자작시를 가져다놓은 게 아닐까. 자기가 그녀의 말을 믿는다는 걸 보여주려고. 이제 무무도 잠에서 깨어 킁킁거리며 봉투 냄새를 맡는다. 멜리사는 무릎을 꿇고 앉으며 고양이를 옆으로 밀어낸다. 그러고는 봉투를 들어 줄이 쳐 있지 않은 종이를 안에서 꺼낸다.

친애하는 멜리사

이런 편지를 쓰게 돼서 정말 미안하지만, 이번 달 1일 현재 네 집세가 칠 개월치나 밀려 있어. 남편과 나는 네 상황을 감안해서 그동안 이해심을 가지고 기다렸지만 네가 임대계약을 체결할 때 동의한 집세를 내지 않는다면 더이상 널 이 오두막에 살게 할 수가 없구나. 우리도 정년퇴직을 한 처지라서 집세가 중요한 수입 원이라는 점을 이해해주기 바란다. 그래서 네게 가능한 한 빨리 집을 비워달라고 정중히 부탁하는 수밖에 없어. 네가 깜짝 놀 랄 거라는 걸 알지만, 이해해줬으면 한다. 우리도 정말 유감스럽 구나.

진심을 담아
게일 어윈 부인

4장

아침에 샬린이 눈을 떴을 때 가장 먼저 보인 것은 침대 위 채광창 구석에서 거미가 거미집을 만들고 있는 광경이다. 평소 같으면 매트리스 위에 서서 수건으로 그 못된 녀석을 눌러 죽였겠지만 오늘은 전날 밤에 먹은 타이레놀 PM 세 알 때문에 너무 나른하고 기운이 없어서 그냥 침대에 가만히 누워 녀석이 가느다란 다리를 안팎으로 움직이며 거미줄이 뒤죽박죽 엉킨 보기 싫은 거미집을 짓는 광경을 지켜보기만 한다. 샬린은 옛날에 도서관에서 어린이들을 위한 책 읽어주기 행사를 열곤 했다. 그때 그녀가 즐겨 읽던 책이 『샬롯의 거미줄』 그림책 판이었다. 맨 마지막에 거미가 죽는 장면이 너무 슬퍼서 아이들이 감당하지 못한다고 어떤 엄마가 불만을 제기하기 전까지는 그랬다. 그 엄마가 한 말을 정확히 옮기자면, "부적절한 책"이었다. 당시 샬린은 그 여자를 향해 정중한 미소를 지으며 그 책을 목록에서 곧장 지워버렸다. 하지만 만약 그녀가 요즘 도서관에서 일하고 있다면, 그리고 어떤 학부모가 감히 그렇게 말도 안 되는 소리를 지껄인다면, 그 학부모에게 딸을 데리고 썩 나가버리라고 말할 것이다. 사실 아침에 일어나서 이를 닦는 것과 마찬가지로 죽음 또한 삶의 일부라는 냉혹하고 무정한 사실에 그들도 익숙해져야 하지 않겠는가. 좋든 싫든 조만간 죽음이 그들의 삶도 엉망으로 만들어버릴 텐데.

이런 생각들은 샬린이 가장 좋아하는 소일거리 중 하나다. 오래전 그녀를 함부로 대했던 수많은 사람에게 화풀이를 해대면 기분이 어떨지 상상하는 것만큼 즐거운 일이 없다. 그녀는 자기가 독설을 퍼붓는 동안 그 사람들 얼굴에 나타날 놀라움의 표정을 상상하는 것이 즐겁다. 이런 생각을 할 때가 워낙 많기 때문에 그녀의 머릿속에는 '혼쭐을 내주고 싶은 사람들', 줄여서 '혼내사'(이 집에서 필립만 속으로 이런 말장난을 하고 있는 게 아니다)의 명단이 계속 만들어지고 있다. 샬린의 희생양이 될 수 있는 사람 중에는 래드너의 특산 식품점에서 일하는 퉁명스러운 아가씨도 있다. 샬린이 그 가게를 이용한 지 몇 년이나 됐는데도 물건값이 직불카드 사용 최소한도인 이십 달러에 오십 센트 모자란다는 이유로 직불카드를 받지 않은 아가씨다. 차고의 전등 스위치를 엉망으로 만들어놓고는 다시 와서 고치라고 아무리 전화해도 응답이 없던 성마른 목수도 명단에 있다. 수리공이 세 번이나 약속 시간에 나타나지 않았는데도 청구서 과금을 미뤄주지 않은 케이블 TV 전화 상담원도 있다. 물론 수리공도 명단에 들어 있다. 그 수리공은 나중에 나타나기는 했으나 샬린이 전화를 받으러 다른 방으로 간 사이 문제를 해결해주지도 않고 가버렸다.

이 명단에는 그녀가 아는 사람만 들어 있는 것도 아니다.

가끔 샬린은 혼쭐을 내주고 싶은 연예인들과 유명인들을 생각하는 데 몇 시간 동안 푹 빠져 있곤 한다. 탐욕스러운 마사 스튜어트, 수다쟁이 로라 슐레진저 박사, 변태 하워드 스턴, 모든 걸 다 아는 척하는 가짜 성자 필 박사…… 그 밖에도 혼쭐을 내주는 것 자체가 시간 낭비라고 생각될 만큼 형편없는 인간들이지만 그래도 옛날식으로 여자한테 한번 혼나보면 좀 나아질 것 같은 사람들도 있다. 마이클 잭슨, 비외르크, 오즈번 가족(샤론은 예외다. 샬린은 그녀가 대장암으로 고생했다는 사실 때문에 그녀에게 약하다), 조지 부시와 로라 부시, 딕 체니, 도널드 럼즈펠드. 혹시 그녀가 특정 당파의 사람들만 미워한다고 생각하는 사람이 있을까봐 하는 말이지만 그런 걱정은 할 필요가 없다. 샬린은 사람들을 혼낼 때도 동등한 기회의 원칙을 신봉하기 때문에 빌, 힐러리, 티퍼, 앨도 기꺼이 몇 대 때려줄 사람이다.

이 명단 맨 꼭대기에는 샬린이 세상에서 가장 경멸하는 사람 세 명이 있다. 리처드, 홀리, 필리아. 전남편인 리처드는 로니가 죽은 뒤 그녀의 곁을 떠난 것이 죄다(로니의 일이 있은 뒤 자신이 도저히 같이 살 수 없는 사람이 돼버렸다는 건 샬린도 알고 있지만 그거야 당연한 일이 아닌가). 홀리는 라스베이거스에서 삼류 스탠드업 코미디언으로 일하다가 거기서 열린 의학 학회에서 리처드를 만났다. 그런데 그녀는 아무래도 유부남과 함께 침대에 뛰어드는 버릇이 있었던 모양이다. 그다음 필리아. 폴란드 출신의 얼음 공주 같은 그녀는 샬린이 일하던 도서관의 사서였는데, 라나 터너가 입던 것 같은 스웨터를 거대한 가슴 위로 팽팽하게 입고는 새침을 떨곤 했다. 필리아는 칠 년쯤 전에 도서관에 발을 들여놓은 뒤부터 줄곧 샬린이 맡고 있던 수석 사서 자리를 노렸다. 그리고 지금은 실제로 그 자리의 주인이다. 샬린은 채광창의 거미를 바라보며 이를 악문다. 언젠가, 언젠가 내가 그 도서관으로 쳐들어가서 제일 앞에 있는 그 자리로 곧장 돌진해 그 거대한 젖꼭지에 핀을 꽂아버리고 말 거야.

어젯밤 일.

매일같이 되풀이되는 이 증오의 의식 도중에 전날 밤의 기억이 수면제가 뿌려놓은 안개를 뚫고 머릿속으로 넘쳐흐른다. 얼굴에 흉터가 나고 이가 없는 그애가 무슨 징조처럼 이 집에 다시 나타나서 고작 한다는 소리가 그런 터무니없는 얘기라니.

"제 뱃속의 아이는 로니의 아이예요."

이 말을 떠올리기만 해도 그녀의 뱃속에서 욕지기가 출렁거린다. 샬린은 끈적거리는 입을 움직여 협탁 옆 쓰레기통에 침을 뱉는다. 쓰레기통에는 텅 빈 스낵웰 상자, 도리토스 봉지 등 그녀가 먹어치운 정크푸드의 잔해가 넘쳐흐른다. 욕지기가 사라지자 그녀는 지쳐빠진 몸을 침대에서 일으켜 욕실로 간다. 플라스틱 약상자에서 화요일을 뜻하는 T칸을 열고 혈압약 두 알, 콜레스테롤약 한 알, 불안증 치료제 한 알을 입속에 던져넣은 다음 수도꼭지 밑에 입을 대고 물을 마신다. 오늘 아침에는 거울을 보기가 너무 두려워서 그녀는 몸을 돌려 복도로 나온다. 복도를 걸으면서 문자 그대로 자기 인생의 닫힌 문이라고 할 수 있는 것들을 지나친다. 두 아들의 침실 문과 전남편의 서재 문. 그다음으로는 계단 벽에서 먼지를 뒤집어쓴 채 비뚤게 걸려 있는 사진들을 지나친다. 리처드와 그녀가 결혼식 때 하얀 정자에 서 있는 사진. 필립이 고등학교 졸업식 때 밤색 모자를 쓰고 가운을 입고 찍은 사진. 그 밖에 아이들이 어렸을 때 가족 소풍을 나갈 때마다 찍은 수많은 사진이 있다. 힐튼 헤드의 바닷가에서 삽으로 모래를 푸며 노는 사진, 디즈니월드에서 찻잔을 타는 사진, 필라델피아 시내의 단골 치즈스테이크 식당 밖에서 아이들의 양쪽 조부모와 함께 찍은 사진. 조부모들은 이미 모두 돌아가셨다. 오늘 아침 샬린의 기분을 감안하면, 아니 사실 대부분의 경우 그녀가 아침에 느끼는 기분은 똑같지만, 어쨌든 이 사진들은 그녀를 슬프게 하기에 충분하다. 그래서 그녀는 사진을 보지 않으려고 안간힘을 쓴다.

계단을 다 내려온 그녀는 방향을 바꿔 현관을 곧장 가로질러 식당으로 들어갔다가 거실로 통하는 아치 통로 바로 앞에서 걸음을 멈춘다. 커튼이 거의 완전하게 닫혀 있어서 거실 안쪽은 그림자에 싸여 있다. 필립은 소파베드에 널브러져서 곤히 잠들어 있다. 이 세상에서 제가 갖고 있는 물건들, 그러니까 전화기, 리모컨, 파란색 티슈 상자, 전기 한 권을 몽땅 매트리스에 싣고 해변으로 쓸려 온 가엾은 난파선 승객 같다. 전기는 그의 가슴 위에 펼쳐져 있고 자그마한 독서용 램프도 아직 켜져 있다. 샬린이 서 있는 자리에서 깁스 아래쪽으로 삐져나온 멍든 발가락이 보인다. 목에 길게 나 있는 울퉁불퉁한 흉터도 보인다. 무슨 이유 때문인지 그가 붕대를 풀어버렸기 때문이다. 그 흉터만 봐도 그녀는 불안해진다. "너 일어났니, 필립?"

대답이 없다.

그녀는 필립을 건드리지 말고 쉬게 놔둬야 한다는 걸 알지만 어쩔 수가 없다. "필립, 일어났어?"

필립은 여전히 눈을 감은 채 책을 옆으로 밀고 몸을 뒤집어 베개에 얼굴을 묻는다. 그러고는 베개에 눌려 불확실한 목소리로 이렇게 말한다. "그래요, 일어났어요."

샬린은 거실로 들어간다. 나무로 깐 마룻바닥이 그녀의 맨발 밑에서 삐걱거린다. 햇빛 한줄기가 커튼 틈새로 새어들어온다. 그녀는 그 빛을 통과해 침대로 다가간다. "항상 그렇게 사람 말을 비꼬아야 직성이 풀리니?"

필립은 베개에서 고개를 들고 눈을 가늘게 뜨며 어머니를 바라본다. 아침이면 항상 그렇듯이 머리카락이 사방으로 뻗쳐 있다. 옛날에 필립이 학교에 다닐 때는 어머니가 아침 식탁에서 매일 다르게 뻗치는 그의 머리 모양에 갖가지 이름을 붙이며 놀리곤 했다. 오늘은 돈 킹 스타일이구나…… 팻 베나타 스타일…… 필리아 스타일(그 여자는 언제나 머리를 두 가닥으로 나눠서 거창하게 꼬아가지고 이마 위로 올린다). 그때도 필립은 아침이면 투덜이가 되었기 때문에 어머니의 농담에 한 번도 웃어주지 않았다. "내가요?" 지금 그가 말한다. "어머니는 왜 항상…… 관두죠. 이른 아침부터 싸우고 싶지 않아요."

그가 다시 몸을 뒤집자 그의 목이 샬린의 눈앞에 더 훤히 드러난다. 그 상처, 입술이 병들어서 빨갛게 오그라져 목으로 내려온 것 같은 그 상처의 모습 때문에 위층에서 느꼈던 욕지기가 다시 그녀의 뱃속에서 출렁거린다. "붕대는 왜 풀었니?"

"컬빌킨 박사님이 상처가 숨을 쉬게 하면 더 빨리 나을 거랬어요."

그녀는 입술처럼 생긴 상처를 다시 생각한다. 그것이 공기를 빨아들였다가 내뱉는 모습. "난 그 의사 이름 싫어. 꼭 무슨……"

"그 이름이 왜 싫은지 나도 알아요, M. 지난 한 달 동안 매일같이 그 이름이 어떻게 들리는지 말했잖아요. 하지만 그의 이름은 컬빌킨이에요. 키보키언*이 아니라고요. 게다가 어머니가 치료를 받는 것도 아니잖아요. 환자는 나예요. 그러니까 신경 끄세요."

"신경 안 써."

"다행이네요."

"다행이지."

"다행이에요."

그녀는 여기서 그만 이야기를 접자고 자신을 타이른다. 항상 아들을 이기려 들 필요는 없다고. 그래도 그녀의 입에서 말이 흘러나온다. "다행이야."

필립은 신음 소리를 내며 베개에 얼굴을 묻는다. 샬린은 침대로 살짝 더 다가가서 매트리스 가장자리에 출렁 주저앉는다. 그러고는 하얀 나이트가운 밑으로 삐져나온 하얀 다리를 내려다본다. 무슨 폭발 흔적처럼 자주색으로 변한 곳이 수십 군데나 된다. 셀룰라이트가 되어 뭉친 살 밑에서 정기적으로 불꽃놀이가 벌어지는 모양이다. 전에 봤을 때보다 더 많다. 지금은 이렇게 우스꽝스러운 꼴이 됐지만 한때는 남자들이 그녀의 다리에 찬사를 보내기도 했다. 하지만 대부분의 사람과 달리 그녀는 늙어가는 것에 개의치 않는다. 샬린은 더이상 외모에 신경쓸 필요가 없다는 사실이 감사하다. 이젠 침묵 속에서 항상 자신과 다른 여자들을 비교하지 않아도

---

* 환자의 안락사를 도운 혐의로 기소되었던 의사의 이름.

된다. 그녀는 자신이 홀리와 달라서 기쁘다. 홀리는 마흔셋의 나이 (샬린보다 겨우 여덟 살 아래다)에 강박적으로 운동을 하고 채소와 두부만 먹는 다이어트를 꾸준히 해서 스판덱스를 입은 해골 같은 몸매를 계속 유지하고 있다. 하지만 그렇게 노력을 기울이는데도 그녀는 그다지 젊어 보이지 않는다. 게다가 행복해 보이는 것 같지도 않다. 샬린은 오히려 그녀가 슬퍼 보인다고 생각한다. 더이상 자기 것이 아닌 모습을 유지하려고 너무 열심히 애쓰는 것 같다.

"무슨 일이에요?" 필립이 그녀의 상념을 방해하며 불쑥 묻는다.

샬린은 자주색 폭발 자국에서 눈을 들어 아들의 야윈 얼굴과 지친 눈을 바라본다. 세상의 모든 엄마가 자식을 바라볼 때 자기처럼 시간적인 착각을 경험하는지 궁금하다. 그녀의 머릿속에서 필립은 주름진 얼굴에 양팔을 하늘로 뻗은 신생아였다가, 생일 파티에서 초콜릿 케이크를 얼굴에 묻힌 채 아장아장 걸어다니는 아이였다가, 어느 날 오후 그녀가 학교로 아들을 데리러 갔을 때 뚱한 표정으로 다른 애들과 떨어져 서 있던 중학생이었다가, 시간제로 대학 수업을 들으며 밤늦게 마리나라 소스와 마늘 냄새를 묻힌 채 집에 돌아오던 웨이터의 모습으로 변한다. 그리고 지금은 다리가 부러져서 소파베드에 누워 무슨 일이냐고 묻는 스물일곱 살의 청년이 되어 있다. "무슨 일이냐고? 그냥, 이야기를 좀 하고 싶어서."

"나 참, 우리 모자가 훌륭하게 잡담을 나누기에는 시간이 너무 이른 것 같지 않아요?"

샬린은 시계를 바라보며 자동적으로 올바른 시간을 계산한다. "아홉시 십오분이잖아." 그녀는 이렇게 말하고 나서 분위기를 바꾸려고 우스갯소리를 시도한다. "뉴욕에서는 사람들이 이 시간에 거우 일어나는지 몰라도, 여기 래드너에서는 다들 벌써 몇 시간 전에 일어났어."

"정말 재밌네요." 필립은 주름진 시트를 손으로 더듬어 리모컨을 찾으면서 말한다.

그가 리모컨의 전원 버튼을 누르자 주디 판사가 갑자기 화면에 나타나 판사석에서 고함을 지른다. "거짓말은 그만하세요! 내 눈을 똑바로 보고 한번 더 말해봐요. 그 수표를 우편으로 부쳤습니까, 안 부쳤습니까?"

"필립, 저것 좀 끄면 안 되겠니?"

필립은 대답하지 않는다.

"필립, 부탁인데 좀 꺼주겠니?"

"왜요?"

"어젯밤 일을 얘기하고 싶으니까. 게다가 난 저 여자 싫어."

"싫다고요?" 필립이 말한다. "어머니가 저 여자랑 똑같은데요."

샬린은 이 말에 모욕감이 드는 걸 어쩔 수 없다. 비록 자기가 명단에 있는 사람들 모두에게 화풀이하고 싶어하기는 하지만 그래도 거기에는 다 이유가 있다. 하지만 주디 시엔링인지 싱클린인지 싯페이스인지 하는 저 여자는 순전히 시청률을 높이려고 아무 때나 독설을 퍼붓는다. 샬린은 이런 생각을 하면서 주디를 자신의 명단에 올린다. 마사 스튜어트와 로라 박사 사이에. 이 여자를 명단에 올릴 생각을 진작 하지 못했다는 것이 오히려 놀랍다.

"들어봐요." 필립이 말한다. "저 여자도 항상 고함만 지르잖아요. 어디서 많이 본 모습 아니에요?"

"내가 항상 고함만 지르는 건 아니야." 샬린은 자신의 말이 옳다는 걸 강조하려고 일부러 조용하고 부드러운 목소리로 말한다. "그러니까 제발 저 말도 안 되는 프로그램은 좀 꺼. 어젯밤 일에 대해 이야기 좀 하게."

필립이 다시 전원 버튼을 누르자 거실 안이 조용해진다. "어젯밤 일은 왜요?"

"그게 무슨 뜻이야? '어젯밤 일은 왜요'라니. 그애가 와서 오 년 전에 죽은 로니의 아이를 가졌다고 주장했잖아. 그런데도 넌 할말이 하나도 없어?"

"할말이 있기야 하죠. 어젯밤에 어머니가 그렇게까지 날뛸 필요는 없었잖아요. 개는 아무리 봐도 제정신이 아니던데. 그런 애한테 그렇게 고함을 지르다니요."

샬린은 언성을 높이려다가 참는다. 열까지 세자. 그녀는 속으로 생각한다. 하지만 셋까지 세었을 때 입을 연다. "내가 뭐? 그럼 내가 어떻게 해야 되는데, 응? 그애 뻔뻔한 것 좀 봐. 어디서 어떤 놈한테 당하고는 슬금슬금 찾아와서 죽은 내 아들을 지목해? 적어도 내 입장에서는 어제 그만하면 많이 봐준 거야. 그런 말을 하고서 우리가 믿어줄 줄 알았다니? 제가 무슨 바다거북처럼 새끼를 낳을 수 있는 줄 알아?"

필립은 고개를 갸웃한다. "바다 뭐요?"

"바다거북. 어디서 읽었는데, 바다거북은 새끼를 몇 년 동안이나 배고 있다가 낳는다더라."

"M, 그건 아마 코끼리 중 한 종류일걸요. 게다가 그렇게 몇 년씩 배는 것도 아니에요. 이십이 개월이라고요."

"그래, 코끼리든 뭐든, 뭐. 하여튼 내 말은, 그건 절대 불가능한 일이라는 거야."

"뭐 완전히 불가능한 일은 아니에요."

필립이 어젯밤에 차 안에 좀더 남아 있었긴 해도, 샬린은 이젠 하느님을 믿지 않는다고 얼굴에 써붙이고 다니는 것 같은 필립이 멜리사의 허풍을 믿을 거라고는 꿈에도 생각해보지 않았다. "설마 너도 정신이 나가서 그애 말을 믿는 건 아니겠지?"

"그애 말을 믿는다는 건 아니에요. 하지만 어젯밤에 한참 생각 해보기는 했어요. 그랬더니 그애 말이 사실일 가능성이 조금, 아주 조금은 있다는 생각이 들더라고요."

샬린은 물어보고 싶지 않지만 입술이 저절로 벌어져 말이 튀어 나온다. "그게 무슨 소리야?"

"뭐, 만약 로니가 죽기 전이나 죽은 직후에 누가 그애 정자를 냉 동해두었다면, 이렇게 세월이 흘렀어도 멜리사가 그걸로 임신하는 게 가능하죠. 그럼 그애는 로니의 아기가 되는 거고요."

샬린은 찢어지는 듯한 소리로 킬킬 웃어댄다. 이것만으로도 그 녀가 무슨 생각을 하는지가 확실하게 전달된다. '웃기는 소리 하지 마.' "그애가 그런 뜻으로 그런 말을 했을 것 같지는 않구나, 필립. 세상에, 걔는 구 개월 동안 병원에 간 적이 없다는 애야. 게다가 로 니가 정자를 냉동해둘 생각 같은 건 한 적이 없다는 걸 너나 나나 잘 알잖아. 로니는 그때 앞길이 창창한 십대였어."

잠시 필립은 말이 없다. 샬린은 필립이 이 대화를 끝내려고 다시 텔레비전을 켤지도 모른다고 생각한다. 그런데 필립이 부드러운 목소리로 묻는다. "만약 다른 사람이 나중에 그애 몸에서 그걸 채 취했다면요?"

샬린의 머릿속에 떠오른 대답은 딱 하나밖에 없다. "그 리무진 꼴을 너도 봤잖아. 네 동생을 사람들이 끌어냈을 때 어떤 몰골이었는지 알잖아."

필립은 눈을 감는다. 마치 머릿속에 난 생각의 통로를 바꿔 완전히 우그러진 자동차와 로니의 모습을 지워버리려는 것처럼. 잠시 후 그가 다시 눈을 뜨고 말한다. "뭐, 실제로 그런 일이 있었다는 얘기가 아니에요. 그럴 가능성이 조금이나마 있다는 얘기죠. 아주 희박하기는 하지만. 그냥 그런 가능성이 있다는 얘기를 꼭 해야 할 것 같았어요. 그뿐이에요."

"그래, 로니가 정자를 냉동시켜두었다고 하자. 그래서 어떻게 되는 건데? 아니지, 잠깐만, 그래, 알겠다. 멜리사가 그걸 아이스크림이랑 같이 냉동실에 보관하고 있다가 마침내 아이를 가질 때가 됐다고 결심을 했다는 거지? 그래서 그걸 녹여서 거기다 퍼넣었더니, 순식간에 임신이 됐네? 그거 진짜 그럴듯하다, 필립. 내가 왜 그 생각을 못했는지 놀라울 정도야."

그는 아무 말 없이 그녀를 빤히 바라보다가 마침내 입을 연다. "정신 좀 차리세요."

"아니, 너나 정신 차려. 그애 말을 믿는 사람은 너잖아."

"그게 바로 문제예요, M. 뭐든지 과장하는 버릇. 내가 방금 한 말을 듣기는 한 거예요? 난 그애 말을 믿지 않아요. 안 믿는다고요. 그냥 세상에는 그런 일도 있다는 말을 하고 싶었을 뿐이에요. 신문에서도 읽었고, 텔레비전에서도 본 적이 있어요."

샬린은 이런 쓸데없는 소리에 진력이 나서 침대에서 일어선다. "그래, 뭐, 텔레비전을 너무 많이 보면 머리가 썩어버리지."

"어련히 잘 아시겠어요." 필립이 말한다.

샬린은 밖으로 걸어나가면서 숨죽여 말한다. "아니, 네가 어련히 잘 알겠지."

"어머니가 알겠죠." 그가 뒤에서 소리친다.

"아냐, 너야." 그녀가 맞받아친다. 식당을 지나 현관으로 나가기 직전에 간신히 시간을 맞춰서. 그녀는 완두콩 수프 자국 천지인 지저분한 주방으로 들어가서 다이어트코크 두 개와 스낵웰 두 통을 집어든다.

오전 내내 샬린은 위층에서 침대에 누워 이리저리 채널을 바꾸면서 텔레비전만 멍하니 바라본다. 아까 필립에게 경고했던 것처럼 머리가 썩어가게 내버려두는 중이다. 아홉시 삼십분부터 열시 삼십분까지 그녀는 '미스터 매직 다이서'라는 기발한 물건을 광고하는 홈쇼핑 프로그램에 넋을 잃고 푹 빠져든다. 미스터 매직 다이서는 채소를 정확히 아흔아홉 가지 모양과 크기로 다져준다는 물건이다. 샬린은 화면 속에서 정신없이 채소를 썰어대는 사람들의 손길에 홀딱 빠진 나머지 화면 속 색깔들이 정말로 예뻐 보이고, 다진 채소가 예술 작품처럼 보이기 시작한다. 밝은 오렌지색 당근을 장미 봉오리 모양으로 잘라서, 깎은 잔디처럼 가늘게 자른 호박 위에 놓은 것이 특히 마음에 든다. 결국 그녀는 수화기를 들고 아메리칸 익스프레스 카드로 19달러 95센트와 배송비를 지불하고 미스터 매직 다이서를 주문한다. 전화를 끊은 뒤 샬린은 그보다 더 높은 숫자의 채널로 올라간다. 88번, 89번, 90번, 91번. 몇 시에 무슨 프로그램을 방송하는지 전혀 모르기 때문에 그녀가 아예 없는 걸로 생각하는 채널들이다.

오늘은 〈제니 존스 쇼〉가 연속으로 재방송되고 있다. 첫번째 주제는 '도와주세요! 십대인 우리 딸이 걸레예요!'다. 샬린은 삼십 분 동안 어린 여자애들이 두꺼운 화장에 액세서리를 주렁주렁 매달고 나와서 미니스커트와 꼭 끼는 셔츠 차림으로 돌아다니는 모습을 지켜본다. 그애들이 자기 어머니에게 뭐라고 말대꾸를 할 때마다 방청객들은 환호와 야유를 해대고, 그러면 여자애들은 더 신이 나서 말대꾸를 해댄다. 쇼는 끝났지만 오늘의 경험을 통해 뭔가 교훈을 얻은 사람은 하나도 없는 것 같다. 닥터 필도 짜증스럽지만 적어도 그 사람은 사람들을 도우려고 애쓰기는 하는 것 같다. 그래서 샬린은 명단에서 닥터 필의 이름을 지우고 그 자리에 대신 제니 존스를 집어넣는다.

두번째 주제는 '도와주세요! 내 여자가 바람을 피워요, 우!'이다. 샬린은 콜라와 과자를 다 해치우고 빈 통을 바닥에 던진다. 쓰레기통이 가득 차 있기 때문이다. 그녀는 베개 하나를 더 접어서 목을 받쳐 훨씬 더 편안한 자세를 취하고는 계속 텔레비전을 본다. 백인 커플, 히스패닉 커플, 인종이 섞인 커플이 나와 있다. 세 남자 모두 여자친구가 바람피우는 현장을 어떻게 잡았는지 설명한다. 한 남자는 공중화장실에서, 또 한 남자는 자기 집에서, 또 한 남자는 모텔에서 잡았단다. 마침내 머리를 박박 민 깡마른 백인 남자가 여자친구가 낳은 아이가 자기 아이가 아닌 것 같다고 선언한다. 방청객들은 비명을 질러대고 제니는 의기양양한 목소리로 이렇게 말한다. "광고를 보신 뒤 친자 검사 결과를 발표하겠습니다. 그러면 그 아기가 재러드의 아기인지 아니면 다른 남자의 아기인지 알 수 있겠죠. 채널 고정하세요."

샬린은 '소리 죽임' 버튼을 누르고 세상이 도대체 어쩌다 이 모양이 됐는지 모르겠다고 생각한다. 마침내 아래층에 있는 필립이 다시 그녀의 머릿속으로 들어온다. 지금쯤 필립은 그 망할 놈의 전기를 또 읽고 있을 것이다. 필립이 앤 섹스턴에게 왜 그렇게 관심이 많은 건지 도무지 알 수가 없다. 그 여자가 그토록 사람들의 관심을 끄는 이유는 워낙 멍청하고 용감해서 자살했다는 점뿐인데. 실비아 플라스도 마찬가지다. 그런데 필립은 그 여자에 관한 책도 읽은 적이 있다. 거기에 비하면 로버트 프로스트는 어떤가. 샬린은 그가 뼛속까지 시인이었다고 생각한다. 그는 단어들을 어떻게 꿰어맞춰야 하는지 잘 아는 사람이었다. 그리고 그 사실을 증명하기 위해 차고 문을 꼭꼭 닫아걸고 연기를 피우거나 오븐 속에 머리를 집어넣을 필요도 없었다.

샬린은 필립에게 이런 이야기를 해줄까 고민하다가 그래봤자 또 말다툼만 하게 될 거라는 결론을 내린다. 어차피 두 사람은 오래전부터 전혀 가까운 사이가 아니었지만, 한 달 전 필립이 집으로 돌아온 뒤로는 잠시도 쉬지 않고 말다툼을 벌이고 있다. 경찰관이 전화를 걸어 필립이 세인트빈센트 병원에 있다고 말해준 것을 제외하면 샬린은 필립이 어쩌다가 4층 비상계단에서 떨어졌는지 자세히 아는 것이 하나도 없다. 사실 자세한 사정을 알고 싶은 마음도 별로 없다. 빈약한 정보로 추측해본 결과, 어머니가 아들에 관해 알고 싶은 얘기가 아닐 것 같다는 생각이 들었기 때문이다. 그래서 지난 몇 주 동안 그녀가 자기도 모르게 멍하니 필립을 바라보기만 한 게 아니다. 그럴 때마다 그녀는 머릿속으로 과거를 돌아보며 그렇게 똑똑하던 애가 어쩌다 이 지경이 됐는지 모르겠다고 생각했다. 애당초 필립이 뉴욕으로 간 것이 잘못이었다. 필립이 전화로 뉴욕에 와 있다고 말하던 것이 지금도 생각난다. 필립의 목소리 뒤로 사이렌이 시끄럽게 울리고 있었다.

"어젯밤에 올리브 가든에서 일한 거 아니었어?" 샬린 자신이 이렇게 말한 기억도 난다. "그냥 집에 안 들어온 건 줄 알았는데." 두 사람은 그 전날에도 한바탕 말다툼을 벌였다. 그런데 한창 흥분해서 싸우던 중에 그녀의 입에서 끔찍하기 짝이 없는 말이 튀어나왔다. 그러자 필립은 앞치마를 움켜쥐고 문을 박차고 나가 일터로 향했다.

"일한 건 맞아요, 엄마. 그런데 난 거기가 정말 싫어요. 펜실베이니아에서 사는 것도 정말 싫어요. 엄마랑 같이 살면서 만날 싸우기만 하는 것도 정말 싫어요. 요즘 엄마는 너무 못됐어요. 그래서…… 그래서 난 그리로 돌아가지 않을 거예요."

처음에는 로니, 그다음에는 리처드, 이번에는 필립까지. 샬린은 머릿속에서 도미노가 차례로 쓰러지는 것 같은 기분이었다. 하지만 무슨 말을 해야 할지 알 수 없었기 때문에(그녀가 전날 필립에게 소리 지른 말이 워낙 잔인해서 간단한 사과로는 해결할 수 없는 수준이었다), 샬린은 그냥 수화기를 쾅 내려놓았다. 그뒤로 두 사람은 거의 이야기를 나누지 않았다. 필립이 간신히 숨만 붙어 있는 상태로 골목에서 발견되었다는 경찰관의 전화가 걸려올 때까지.

샬린은 필립이 몸이 좋아지는 대로 다시 떠나리라는 것을 알고 있다. 어젯밤에 멜리사에게 필립 본인도 그렇게 말한 거나 다름없었다. "몇 주만 지나면 쌩쌩해질 거야." 그녀가 아래층에 내려갔는데 필립이 사라지고 없는 날이 곧 올 것이다. 그러면 이 크고 낡은 집은 또다시 그녀밖에 없는 텅 빈 곳이 될 것이다. 그리고 샬린은 머릿속으로 복수할 사람 명단을 썼다 지웠다를 반복하고, 몇 시간씩 한도 끝도 없이 텔레비전만 보고, 차고로 가서 로니의 차에 시동을 걸어보고, 리처드가 매달 보내기로 되어 있는 생활비를 보냈는지 은행 계좌를 확인해보고, 로니가 죽은 지 몇 년이 지난 지금도 계속 진행중인 소송과 관련해서 변호사들이 최신 소식을 보내오지 않았는지 우편함을 확인하고, 갑자기 고개를 드는 갈망을 만족시키기 위해 가끔 엄청난 속도로 음식을 만들어대는 지루하고 외로운 일상을 계속 이어갈 것이다. 한 지붕 밑에서 자신이 잘 있는지 확인해주는 사람 없이 사는 삶으로 다시 돌아간다는 생각을 하면 겁이 난다. 필립이 집으로 돌아온 덕분에 그녀는 자기가 얼마나 많은 것을 포기해버렸는지 깨달았다. 그래서 끊임없이 말다툼을 벌이면서도 그녀는 필립이 떠나지 않기를 바란다. 하지만 필립이 떠나겠다면 그녀로서는 방법이 없다.

텔레비전에서는 광고가 끝나고 다시 〈제니 존스 쇼〉가 시작된다. 샬린은 소리를 다시 키우지 않는다. 아기가 재러드의 아기인지 아니면 다른 형편없는 놈의 아기인지 전혀 알고 싶지 않기 때문이다. 소리 없이 입만 움직이는 사람들을 보면서 그녀는 필립이 했던 다른 말을 떠올린다.

"그럴 가능성이 조금이나마 있다는 얘기예요……"

처음으로 그녀는 이 말이 자기 머릿속으로 조용히 스며들게 내버려둔다. 예전에 도서관에서 도서 반납기에 책이 떨어지는 소리를 줄이려고 그녀가 바닥에 베개를 깔아둔 뒤로는 책들도 반납기에 조용히 스며들듯 떨어졌다. 그녀는 먼저 질문을 떠올린다. 이런 질문. '그렇다면 정말 좋은 일 아냐?' 이 질문의 답을 생각하는 동안 그녀의 눈에 물기가 어린다. 이건 그냥 좋은 정도가 아닐 것이다. 굉장하고, 기쁘고, 기적 같은 일이 될 것이다. 이렇게 세월이 흐른 지금 조금이나마 아들의 일부를 갖게 되다니.

손주. 샬린은 생각한다. 내 손주.

필립에게서는 결코 손주를 얻을 수 없다는 걸 알기 때문에 이미 오래전에 희망을 접었다. 하지만 이번 일이 정말로 기회라면, 가능성이 아무리 희박해도 기회라면……

샬린은 생각을 멈춘다.

그녀는 그 희망의 불꽃을 꺼버리려고 안간힘을 쓴다. 필립이 신문과 텔레비전에서 본 것이 무엇이든, 멜리사의 말이 사실일 리 없다는 것을 그녀 자신이 잘 알고 있기 때문이다. 절대 사실일 리가 없다. 그녀는 자신이 그런 생각을 했다는 사실이 당황스럽다.

그래도 희망은 아직도 남아 있다. 화면에서는 제작진의 이름이 올라가는 가운데 재러드와 그의 바람둥이 아내가 포옹하고 키스하며 울고 있다. 조명 디자이너 트립 힐킨, 카메라 장비 담당 밥 트링키스, 존스 씨 어시스턴트 멜라니 레인윙크…… 샬린은 이 사람들이 이런 서커스 같은 쇼를 만드는 데 참여했다고 저렇게 버젓이 이름을 올려놓았다는 사실을 믿을 수가 없다. 그녀는 시선을 돌려 채광창을 올려다본다. 거미는 어디에도 보이지 않지만 그녀는 텅 빈 거미줄을 물끄러미 바라보며 예전에 도서관에서 동화책을 읽어주던 시절로 되돌아가 자신이 아이들 앞에서 책을 들고 사실상 외우다시피 한 내용을 읽던 모습을 떠올린다.

겨우내 월버는 마치 자기 아이들을 돌보듯이 샬롯의 알주머니를 돌봤습니다. 월버는 알주머니를 놓을 곳으로 판자 울타리 옆의 거름 속에서 특별한 장소를 고르고는, 아주 추운 밤이면 숨결로 알주머니를 따뜻하게 해주었습니다. 월버에게 이 자그맣고 둥그런 물체보다 더 중요한 건 하나도 없었습니다. 이 알주머니 말고 다른 것은 전혀 중요하지 않았습니다.

샬린이 책을 읽는 동안 필리아는 대출 창구에 앉아 책에 도장을 찍어댔다. 그 소리가 어찌나 컸는지 마치 망치로 책을 내리치는 것 같았다. 그녀가 그렇게 소란을 피운 건 오로지 샬린을 방해하기 위해서였다. 필리아 자신은 도서관 행사를 맡지 못했다는 이유로 샬린을 질투하고 있었기 때문이다. 하지만 샬린은 그런 술수에 넘어가지 않았다. 그녀는 책장을 하나씩 넘기며 책을 읽는 데 완전히 집중해서 단 한 번도 말을 더듬지 않았다.

월버는 쓸쓸하게 문간으로 걸어갔습니다. 예전에는 그곳에 샬롯의 거미줄이 있었는데. 월버는 그곳에 서서 샬롯을 생각했습니다. 그런데 그때 자그마한 목소리가 들렸습니다.
"안녕하세요!" 그 목소리가 말했습니다. "난 여기 위에 있어요."
"나도 마찬가지예요." 또다른 목소리가 자그맣게 말했습니다.
"나도 마찬가지예요." 또다른 목소리였습니다. "우리 셋은 여기 남았어요. 여기도 마음에 들고 아저씨도 마음에 들어서요."
월버는 위를 올려다보았습니다. 출입구 맨 위에 자그마한 거미줄 세 개가 만들어지고 있었습니다. 그리고 거미줄마다 샬롯의 딸들이 한 마리씩 분주하게 움직이고 있었습니다.

"그렇다면……" 윌버가 물었습니다. "너희는 이 헛간에서 살기로 완전히 마음을 정한 거니? 나한테 친구가 세 명이나 생기는 거야?"

"그럼요." 거미들이 말했습니다.

샬린은 이 책을 다 읽은 뒤 흰 실로 만든 가짜 거미줄을 꺼내 아이들에게 자신의 모습을 뜻하는 단어들을 떠올려 그 단어가 거미줄에 달려 있다고 상상해보라고 말했다. 남자아이들은 항상 '빠르다' '강하다' '강인하다' 같은 형용사들을 떠올린 반면 여자아이들은 '다정하다' '예쁘다' '행복하다' 같은 단어들을 떠올렸다.

지금 생각해보면 바보 같은 짓인데도 샬린은 다시 같은 게임을 한다. 그녀는 침대 위의 거미줄을 바라보며 그 거미가 지은 거미줄이 바로 자신의 모습을 묘사해준다고 상상한다. 처음에는 책에 나온 단어들밖에 떠오르지 않는다. '끝내주는 돼지.' 빈 음료수 깡통과 과자 봉지가 사방에 흩어진 침실에 누워 있자니 이 구절이 자신에게 딱 맞는 것 같아서 자기도 모르게 웃음이 나온다. 하지만 그녀는 눈을 가늘게 뜨고 다른 모습들을 상상해보려고 안간힘을 쓴다. 하지만 그녀가 어떤 게임이든 하는 척이라도 해본 것이 아주 오래전이라 잘되지 않는다. 샬린의 머릿속에 떠오르는 단어들은 이런 것뿐이다.

끝내주는 엄마.
끝내주는 아내.

끝내주는 실패작.

그녀는 시선을 돌리며 땅이 꺼져라 한숨을 내쉰다. 그러면서 어차피 이건 터무니없는 게임이고, 자기는 이런 걸 하기에 너무 늙었다고 속으로 되뇐다. 텔레비전 화면에는 자주색 스카프를 두르고 액세서리를 주렁주렁 매단 점쟁이가 눈을 휘둥그렇게 뜨고 나오는 그 기분 나쁜 광고가 흐르고 있다. 소리는 여전히 나지 않지만 샬린은 워낙 그 광고를 많이 보았기 때문에 그 점쟁이가 타로카드를 섞으며 백 퍼센트 정확하게 미래를 알려준다고 말하고 있음을 안다. 화면 밑에는 전화번호와 함께 '지금 전화하세요!'라는 말이 깜박인다. 그걸 보니 다시 멜리사 무디와 카세트테이프가 생각난다. 죽은 사람과 이야기를 나눌 수 있다던 여자. 그래서 샬린은 다시 화면에서 시선을 돌려 천장을 바라본다. 하지만 화면 속의 모습이 여전히 그녀의 눈앞에 새겨져 있는지, 아주 잠깐이지만 거미줄 속에서도 같은 단어를 본 것 같다. '지금 전화하세요!'

그다음에 그녀가 한 행동은 그녀 자신에게도 놀라운 것이다.

협탁으로 손을 뻗어 수화기를 든 것이다. 하지만 그녀는 화면에 떠 있는 점쟁이의 번호 대신 필립이 아래층에서 제기했던 질문, 즉 누군가가 나중에 로니의 몸에서 정자를 채취했을지도 모른다는 의문에 답해줄 수 있는 유일한 사람에게 전화를 건다. 바로 팜비치에 살고 있는 그녀의 전남편 리처드다. 어쨌든 리처드는 의사니까. 오년 전 그 여름날 밤 응급실 직원이 엉망이 된 작은아들을 바퀴침대에 싣고 들어왔을 때 그는 마침 브린모어 병원에서 근무중이었다.

5장

필립은 올리브 가든 레스토랑 밖에 차를 세우고 중간고사 대신 제출할 자작시들을 훑어보며 근무시간이 될 때까지 시간을 죽이고 있다. 그는 절대로 일찍 출근하는 법이 없다. 하지만 오늘 오후에는 어머니와 또 한바탕 싸움을 벌였다. 그것도 지금까지의 싸움 중에서 최악이었기 때문에 그는 그대로 집을 뛰쳐나와 차를 몰고 래드너와 웨인 일대를 정처 없이 돌아다니다가 결국 여기 주차장에 차를 세우고 자신이 집을 나오기 전에 어머니가 마지막으로 한 말을 잊으려고 애쓰는 중이다.

조수석에는 마돈나 테이프, 스프링 노트, 더러운 웨이터 앞치마 등과 함께 자작시 초고들이 흩어져 있다. 그가 이번 학기 내내 고치고 또 고친 작품들이다. 작품마다 제출 기한인 내일 날짜가 표시되어 있다. 1999년 10월 20일. 어젯밤 새로 고친 시들을 읽어보았을 때 필립은 사실 자신의 작품이 살짝 자랑스러웠다. 하지만 지금 제목들을 훑어보니(〈하루종일 어둠〉〈낯선 가족〉〈집에서는 이런 거 하지 마〉) 자동차 안의 라이터로 종이에 불을 붙여 태워버리고 싶은 것을 참는 것이 고작이다. 심지어 식당 뒤의 쓰레기통에 이 시들을 전부 던져버릴까 하는 생각도 해보지만 더러운 갈매기떼가 허공에 어른거리면서 번갈아가며 아래로 내려와 음식 쓰레기를 주워가고 있다. 필립은 옛날부터 새 공포증이 있었다.

자작시들 중 맨 위의 것은 그가 지난 6월에 로니를 위해 쓴 것이다. 장례식 때 용기를 내서 읽은 시이기도 하다. 그런데 지금은 장례식에서 그걸 읽은 것이 창피해죽을 지경이다.

날카롭게 넘어가기

필립 체이스

넌 철조망을 따라 걸었지

이쪽 들판과 그 옆 들판 사이에서

느릿느릿 행복하게, 곧 어떤 일이 일어날지 조금도 모른 채

넌 농부가 집을 향해 트랙터의 방향을 돌리기를 기다렸지

넌 말들이 다른 풀밭으로 옮겨가기를 기다렸지

그러고는 철조망 위로 올라갔어

아무도 안 보는 줄 알았을 거야

하지만 내가 보고 있었어

네가 반대편으로 넘어가는 걸 내가 봤어

네 옷이 찢어지고

살갗이 베이는 걸

하지만 지금 그게 무슨 문제겠니?

넌 절룩거리며 저 먼 벌판의 새로운 집과 새로운 규칙들로 향했어

농부는 자기 집 헛간 뒤로 사라지고

말들은 풀밭에 남은 네 피 냄새를 맡으러 돌아왔지

다친 사람은 바로 너였는데

울고 있는 건 나구나

손이 부들부들 떨리고 눈썹이 무성한 시 담당 교수 코노턴 박사는 필립을 커뮤니티 칼리지에 있는 자신의 비좁은 연구실로 불러 자기가 보기에는 〈날카롭게 넘어가기〉가 발표해도 좋을 만큼 훌륭한 작품인 것 같다고 말했다. 그는 심지어 여름호에 이 시를 실어줄 만한 전문지 대여섯 군데의 이름과 주소를 적어주기까지 했다. 필립은 참으로 오랜만에 기분이 살짝 들뜨는 것을 느꼈다. 그뒤로 몇 주 동안 그는 다른 학생들보다는 그래도 조금 낫다는 생각에(하지만 누가 물어보면 그는 그런 생각은 한 적이 없다고 말할 것이다) 우쭐거리며 돌아다녔다. 수업시간에는 둥글게 둘러앉은 다른 학생들의 얼굴을 둘러보았다. 머리를 박박 밀고 성난 표정으로 앉아 있는 이혼녀. 혀에 피어싱을 하고 아래로 넓게 퍼진 구레나룻을 길렀으며 거의 매일 가죽조끼를 입고 다니는 이탈리아 남자. 머리는 지나치게 지지고 볶고, 손에는 각각 다른 모양의 소용돌이무늬에 가끔 끝 부분에 가짜 다이아몬드가 박힌 기다란 가짜 손톱을 단 미친 여자 같은 통통한 미용사. 필립은 이런 생각을 했다. 난 당신들과 달라. 코노턴이 나더러 작품을 발표할 수 있을지도 모른다고

했단 말이야. 언젠가 이 강의실에 앉은 우리 열 명 외에 다른 사람들이 내 시를 읽을지도 몰라.

하지만 식당 주차장에 차를 세우고 앉아 있는 지금 그에게 어울리지 않는 그 오만함과 낙천성은 모두 사라져버렸다. 지금은 전도유망한 시인이라기보다 헛꿈을 꾸는 웨이터에 불과하다. 코노턴이 순전히 동정심 때문에 그런 말을 한 건지도 모른다는 생각이 든다. 지금 이 순간에는 그의 작품들이 함께 수업을 듣던 다른 사람들이 쓴 엉터리 쓰레기들과 똑같아 보이기 때문이다. 필립은 자신의 생각을 증명하기 위해 바닥에 있는 배낭에서 다른 학생들의 시를 모아둔 폴더를 꺼낸다. 첫번째 시는 이혼녀의 것인데, 그녀의 글은 항상 전남편과의 섹스를 자유로운 은유로 표현하고 있다.

날 타고 넘으란 말이야, 이 나쁜 자식아

질다 J. 호로위츠

얼른 해, 나쁜 자식아
그 몬스터트럭을 후진으로 놓고
다시 날 타 넘으라고
어차피 널 막을 사람은 없잖아?
확실히 난 아냐
난 그냥 멍청한 짐승일 뿐
알몸으로 활짝 벌리고 누워 있지
길 한가운데에
땀과 섹스의 욕망으로 가득 차서

그게 날 한번 더 죽이고 말 거야
비록 난 이미 죽었지만

얼른 해, 나쁜 자식아
나한테 빛을 보여줘
네 타이어로 내 영혼 속을 파고들어오면서
깊이 홈이 파이게, 나처럼 달뜬 년이 원하는 거 있잖아
안 그러면 네가 왔다 간 걸 내가 어떻게 알겠어?
그러니 진흙 속에 너의 그 한심한 길을 파
다만 네가 남긴 흔적을 품는 건 내 피겠지

얼른 해, 나쁜 자식아
의심의 여지가 없어
내가 또 죽었다는 게
그 뚱뚱한 타이어를 굴려서 경주에 가
거기서 술을 마시고 웃어대겠지
너하고 똑같은 다른 남자 괴물들과 함께

얼른 해, 나쁜 자식아
난 잊어버리고
다시 고속도로로 나가
동물관리국이 시체를 퍼담으러 왔어
　　한때 네 아내였던 시체
너한테 난 길에서 죽은 짐승과 다를 바 없지, 나쁜 자식아

길바닥에 피자처럼 납작하게 들러붙은 귀찮은 짐승
너구리
주머니쥐
누군가가 한때 귀여워하던 고양이

　필립은 앓는 소리를 내며 종이를 조수석에 던진다. 질다가 시
랍시고 써낸 이 장광설에 대해 코노턴이 정확히 뭐라고 했는지 기
억해내려고 머리를 쥐어짜면서. 그가 〈날카롭게 넘어가기〉에 대
해 한 말이 얼마나 정당한 건지 확인하기 위해서다. 그는 눈을 감
고 질다가 강의실에서 이 시를 큰 소리로 읽던 순간을 떠올린다.
그녀가 '나쁜 자식'이라는 말을 할 때마다 얇은 입술에서 침이 튀
었고, 그녀의 목소리는 계속 오르락내리락했다. 마침내 낭독이 끝
나자 강의실은 침묵에 잠겼다. 모두들 자신에게 할말을 일러줄 프
롬프터를 찾는 것처럼 책상 위에 놓인 질다의 시만 뚫어져라 내려
다보았다. 필립은 그 긴장감을 도저히 견딜 수 없어서 목을 가다듬
고 질다에게 그녀가 분노를 표현하기 위한 은유로 트럭 경주를 이
용한 것이 마음에 든다고 말했다. 하지만 시가 단순히 서투르다고
말할 수 있는 수준에도 미치지 못한다는 분명한 사실은 말하지 않
았다. 그의 칭찬에 항상 찌푸리고 있던 질다의 표정이 엄청나게 부
드러워졌기 때문에 필립은 흥분한 나머지 그녀에게 〈날 타고 넘으
란 말이야, 이 나쁜 자식아〉가 그 전주에 제출한 〈K마트 고객님들
께 알립니다, 내 질(膣)을 판매중입니다〉보다 훨씬 낫다고 말해버
렸다.
　식당 뒷문이 삐걱 소리를 내며 열렸다가 쾅 닫히자, 필립은 코노

턴이 질다에게 정확히 뭐라고 했는지 기억해내는 걸 포기한다. 그가 눈을 뜨니 구마로가 보인다. 그는 키가 백오십 센티미터밖에 안 되는 멕시코시티 출신의 근육질 설거지 담당이다. 올리브 가든은 이탈리아 식당이지만 주방에는 이탈리아인이 단 한 명도 없다. 멕시코, 포르투갈, 브라질, 도미니카공화국은 물론 심지어 괌 출신도 있지만 이탈리아인은 없다. 필립은 구마로가 쓰레기통을 쓰레기 수거함으로 가져가는 모습을 지켜본다. 구마로가 발끝으로 서서 쓰레기통을 비우자 갈매기들이 정신없이 꽥꽥거리며 달려든다. 구마로는 다시 돌아서서 주방 문으로 향하려다가 주차장의 낡은 스바루 자동차 안에 필립이 앉아 있는 것을 발견하고 큰 소리로 말한다. "오예, 마리콘. 코모 에스타스(어이, 마리콘 좀 어때)?"

주방에서 일하는 녀석들은 올리브 가든 직원 거의 모두를 마리콘—게이—이라고 부르기 때문에 필립은 화를 내지 않는다. 하지만 그도 지지 않고 곧장 비슷한 말로 반격한다. "비엔, 펜데호. 이 투?" 좋지, 새꺄. 넌 어때?

필립은 고등학교 4년보다 여기 식당에서 일하면서 스페인어를 더 많이 배웠다. 스페인어를 쓰는 나라에 가서 호텔에 숙박하거나 기차표를 살 때는 아무 소용이 없겠지만 남에게 말로 겁을 줄 때 하는 소리라면 모르는 것이 없다. 구마로가 또 말한다. "비엔. 페로 투 마마 노 비노 아노체 아 마마르메 미 펑가 코모 시엠프레." 난 잘 지냈는데 네 어머니가 어젯밤에는 이상하게 내 물건을 빨아주러 오지 않았어라는 뜻이다. 필립은 한 번 숨을 들이 쉬고 나서 비슷한 말을 쏟아놓는다. "케 페나, 포르케 투 마마, 투 에르마나, 투 에르마나, 투 티아 투 아부엘라, 이 투 아부엘로 비니에론 아 미 카사 파라 마마르메 미 펭가 이 아 도스시엔토스 데 미스 메호레스 아미고스 아예르. 이 로 이시에론 그라티스 에스타 베스. 푸에 엑셀렌테. 텡고 엘 비데오 시 로 키시에라스 렌타르." 번역: 그것 참 안됐다. 네 어머니, 누나, 숙모, 할머니, 할아버지는 어젯밤에 모두 우리 집에 와서 나와 내 친구 이백 명의 물건을 빨아줬는데. 이번에는 공짜로 해주더라. 굉장했어. 비디오도 있으니까 네가 원한다면 빌려줄게.

구마로는 빈 쓰레기통을 내려놓고 차를 향해 돌진한다. 서늘하고 구름 낀 가을날인데도 그는 얇은 흰색 티셔츠와 검은색과 흰색으로 된 체크무늬 바지만 걸치고 있다. 바지는 주방에서 일하는 사람들이 모두 입는 것인데, 구마로의 바지는 무릎 근처에서 울퉁불퉁하게 잘려 있어서 올이 너덜거린다는 점이 다르다. 그가 자동차에 다다랐을 때 보니 주방의 열기 때문에 검은 피부가 땀으로 번들거리고 있다. 구마로가 활짝 웃는다. 입을 크게 벌리고. "실력이 점점 좋아지고 있는데." 그가 낮은 목소리로 말한다. 두툼한 팔로는 자동차의 지붕을 짚고 있다. "이 동네 최고의 교수님 밑에서 공부하면 다 이렇게 된단 말씀이야."

"그라시아스, 교수님." 필립이 그에게 말한다.

구마로가 조수석을 턱짓으로 가리킨다. "저건 뭐야?"

"그냥 학교 과제야." 필립은 자작시들을 미리 어딘가에 넣어둘 걸 그랬다고 생각한다. 앞으로 두고두고 이 시 때문에 놀림을 당하기는 싫기 때문이다.

"시 같은데." 구마로가 말한다. "시 좋아해?"

필립은 그에게 "넌 고약한 새끼야"라는 말을 스페인어로 어떻게 하느냐고 묻지만 구마로는 대답하지 않는다. 마침내 필립이 어쩔 수 없이 고개를 끄덕인다. 시를 좋아한다고. 그는 그런 건 마리콘들이나 좋아하는 것이라는 말을 예상하고 마음을 단단히 먹는다. 심지어 구마로의 아버지가 잠든 한밤중에 구마로의 어머니가 헛간에서 양들과 그렇고 그런 짓을 한다고 반격할 준비까지 한다. 하지만 구마로는 이렇게 말할 뿐이다. "우리나라에는 말로 세상에서 가장 아름다운 그림을 그릴 줄 아는 사람들이 있어. 호세 에밀리오 파체코가 누군지 알아?"

필립은 고개를 젓는다. 놀림을 당하지 않아 다행이라는 생각을 하면서. 하지만 자신은 말로 그림을 그릴 수 없기 때문에 창피한 생각도 든다. 예를 들어 하늘을 말로 묘사해서 더욱더 푸르게 만들려고 할 때마다 그의 시는 마치 『웹스터 사전』과 『로젯의 동의어 사전』을 뒤섞어놓은 것 같은 꼴이 된다(지상에서 본 하늘의 담청색과 하늘색……). 아무래도 코노턴은 불쌍해서 그런 말을 해준 것 같다. "그래 오늘은 우리 올리브 구덩이 분위기가 어때?" 필립이 화제를 바꾸려고 묻는다.

구마로는 검은 눈으로 식당 쪽을 한 번 보고는 다시 필립을 바라본다. "오늘은 일찍부터 바빴어. 사장은 벌써 거의 한 시간째 로봇이 되어 있는 중이야."

로봇이란 자칭 호텔 및 식당 경영학교 출신의 '일류'라는 월터가 〈로스트 인 스페이스〉 재방송에서 위험이 닥칠 때마다 로봇이 팔을 휘젓는 것처럼 팔을 흔들어대는 걸 직원들끼리 지칭하는 말이다. 월터의 경우 위험이란 그가 혼자서 홀을 맡고 있을 때 한 번에 담당할 수 있는 테이블이 몇 개밖에 안 되는 것을 뜻한다. "홀에서 사장을 도와줄 사람이 전혀 없어?"

구마로가 고개를 젓는다. "우리가 죽은 놈들처럼 군다고 사장이 다 쫓아버렸어. 큰 실수지 뭐."

필립은 자기가 들어가서 그를 구해줘야겠다고 생각한다. 월터가 조금이라도 고마워하지는 않겠지만. 그는 자작시를 적은 종이들을 모아 배낭에 넣은 다음 앞치마를 들고 차에서 내린다. 그리고 구마로와 함께 식당 뒷문으로 걸어가면서 쓰레기 수거함 위에서 아직도 어른거리는 갈매기들 너머로 점점 더 구름이 끼어 회색으로 변해가는 하늘을 바라본다. 순간적으로 할아버지, 할머니, 로니와 함께 케이프코드로 놀러갔던 일이 생각난다. 필립이 열두 살이나 열세 살밖에 안 됐을 때였다. 필립 일행이 차를 몰고 처음 시내에 들어섰을 때는 해가 빛나고 있었고 밝은 색 티셔츠와 반바지 차림의 사람들이 거리를 돌아다녔다. 하지만 그들이 호텔에 들어가고 한 시간 뒤부터 비가 내리기 시작하더니 그칠 줄을 몰랐다. 할아버지와 할머니가 시간을 보낼 수 있는 활동들(중국식 체커에서부터 보통 체커, 카드놀이인 여왕 잡기, 해적 박물관 구경, 한도 끝도 없는 쇼핑 등)을 계속 생각해냈지만 필립과 로니는 일주일 동안 하늘만 바라보는 것 외에는 거의 아무것도 하지 않았다. 햇빛이 조금이라도 나면 바닷가로 나가고 싶어서였다. 하지만 해는 결코 얼굴을 내밀지 않았다. 그리고 처음 도착했을 때 그토록 행복하고 활기 있게 보이던 자그마한 도시는 사람 마음까지 쓸쓸하게 만들 만큼 지루하고 황량한 곳으로 변했다. 그때 필립의 기분은 나중에 동생의 죽음을 슬퍼할 때 느낀 기분의 어린이 판이라고 할 만하다. 마치 주위의 모든 것이 축축하고 우울한 것 같은 느낌, 빛이 있어야 할 곳에 어둠만이 존재하는 것 같은 느낌이었다.

"그래, 너의 아름다운 아내는 잘 지내?" 그가 구마로에게 묻는다.

"비엔." 구마로가 주방 문을 열고는 필립에게 먼저 들어가라고 손짓한다. "열심히 일하고 있지. 항상 열심히 일해. 넌 그럴 필요도 없는데 왜 이런 고약한 일을 하는지 모르겠어."

필립은 어깨를 으쓱하고 안으로 들어가 엄청나게 큰 냄비와 체들이 미로처럼 걸려 있는 벽, 업소용 대용량 올리브유와 다진 마늘 통들이 가득 놓인 선반을 지나 주방의 중심부로 들어간다. 몇 주 전 필립은 여기 사람들에게 아버지가 의사라고 말하는 실수를 저질렀다. 그때부터 구마로는 이른바 '즐거운 생활'을 놔두고 왜 식당에서 일을 하느냐고 고집스레 묻고 있다. 필립은 부모님이 자기 생활에 간섭하지 못하게 혼자 힘으로 세상을 살아가고 싶다고 이미 설명해주었다. 하지만 구마로는 그 말을 이해하지 못한다. 필립은 금속으로 된 시계 옆의 선반에서 자기 출입카드를 찾으며 구마로가 여느 때처럼 이 시간에 다른 일을 얼마든지 할 수 있는데 왜 여기서 일하느냐며 일장 연설을 늘어놓는 소리를 듣는다.

"마이애미의 바닷가에서 실컷 놀아도 되고, 라스베이거스에서 도박을 해도 되잖아. 케 에스 로 케 파사 콘티고(너 도대체 왜 이래)?"

필립이 자기는 MTV에 나오는 것 같은 즐거운 생활에 관심이 없다고 말하려는데 로봇이 바에서 주방으로 불쑥 들어온다. 그는 빈 잔을 양팔 가득 수북이 안고 있는데도 여전히 정신없이 팔을 흔들어댄다. 그가 필립을 한번 보고는 말한다. "늦었잖아!"

필립은 출입카드를 찍고 거기에 찍힌 자그마한 파란색 글씨를

슬쩍 내려다본다. 네시 오십일분. "사실, 전 구 분 일찍 나온 건데
요. 하지만 원하신다면 다시 나갔다가 정말로 늦은 시간에 다시 올
게요."

월터가 잔들을 어찌나 세게 쾅 내려놓는지 잔들이 깨질 것 같다.
다른 사람이 그런 짓을 했다면 월터는 생난리를 피웠을 것이다. 구
마로가 뒤쪽에서 들어와 마치 마법사처럼 엄청나게 빠른 속도로
잔들을 휙 치우며 입만 움직여서 필립에게 말한다. "케 에스 로 케
파사 콘티고? 투 에스 로코 트라바하스 아키."

너 도대체 왜 이래? 네가 여기서 일하는 건 미친 짓이야.

"지금은 너랑 싸울 시간이 없다." 월터가 지나치게 깔끔하게 다
림질을 한 카키색 주름 바지 앞섶에 손을 닦으며 말한다. 그는 키
가 크고 몸이 호리호리한데도 배만 유독 나왔다. 게다가 옷차림도
결점을 감추는 데 도움이 되지 않는다. 항상 지나치게 꼭 끼는 파
스텔색 셔츠에 앞쪽이 풍선처럼 부풀어오른 카키색 바지를 입기
때문이다. "빨리 홀로 나오기나 해. 보험 설계사 집회에 참가한 사
람들이 죄다 우리 집으로 몰려온 것 같아."

필립은 월터에게 포덩크 호텔 및 식당 경영학교인지 뭔지 하여
튼 화장실 휴지로나 쓰면 딱 맞을 자격증을 딴 그 학교에서 직원들
에게 의욕을 팍팍 불어넣어주는 그 화려한 말솜씨를 배운 거냐고
물어보고 싶지만, 오늘은 더이상 말다툼을 하고 싶지 않다. 그건
생각하지도 마. 그는 어머니의 말을 머릿속에서 밀어내며 자신을
타이른다. 그리고 앞치마 끈을 묶고 홀로 나간다.

월터는 보험 설계사들이라고 했지만, 사실은 사무실에서 입는
정장을 벗지도 않고 술에 취해버린 너절한 회사원 무리에 불과하

다. 게다가 정장 차림이라고 해도 제대로 된 모습은 아니다. 대다수의 남자는 구겨진 양복저고리를 벗고 넥타이를 느슨하게 풀었다. 여자들은 겉옷을 입고 있지만 의자 밑에서 구두를 차버리고 맨발로 앉아 있는 사람도 몇 명 있다. 바 근처에서 탁자 여러 개를 길게 붙여 스무 명이 앉을 수 있는 자리를 만들고 앉아 있는 그 사람들을 한번 슬쩍 보기만 하고도 필립은 그들이 여기서 몇 시간 동안이나 미적거릴 사람들임을 알아차린다(웨이터의 직감이다). 이 사람들은 계속 술을 마셔대며 가끔 안주를 주문하다가 나중에 계산서를 받아보고는 충격을 받은 척할 것이다. 그다음에는 자기들끼리 금액을 나누는 데 족히 십오 분이 걸릴 테고, 제각기 다양한 신용카드와 구겨진 십 달러, 오 달러, 일 달러 지폐를 산처럼 내놓을 것이다. 그래놓고 팁은 제대로 주지도 않을 것이다. 그렇다고 이쪽에서 어떻게 해볼 수 있는 문제가 아니기 때문에 필립은 심호흡을 하고 테이블로 향한다.

스테레오에서 딘 마틴이 커다란 피자 파이 같은 누군가의 눈에 달빛이 부딪힌다는 내용의 노래를 부르고 있다. 테이블에 앉은 여자들 중 한 명이 말하는 소리가 필립의 귀에 들어온다. "어머, 난 이 노래 너무 좋아. 진짜 좋아."

그래, 나도 좋았어. 같은 노래를 만번째 들을 때까지는. 그는 이런 생각을 하며 테이블로 다가가서 시계 반대 방향으로 돌며 십여 잔의 술과 안주 두 개를 주문받는다. 직원용 컴퓨터에 주문 내역을 모두 입력한 뒤 바텐더가 술을 다 따를 때까지 기다리면서 필립은 케첩 병들을 깨끗이 닦고 라이플만한 크기의 후추 분쇄기에 후추가 가득 들어 있는지 확인한다. 사람들의 갖가지 대화 내용이 귀에 들어온다.

사람들이 키가 크고 어깨가 널찍한 여자(체형이 그런데도 패드로 어깨를 강조한 옷을 입었다) 주위를 떠날 줄 모른다. 자기가 하드 드라이브에 제안서를 저장해두었는데 시카고로 출장을 갔다 돌아와보니 제안서가 사라지고 없더라는 지독하게 지루한 이야기에 다들 홀린 모양이다. "그래서 서비스부에 전화를 걸었는데 이틀이나 지나서야 기술자가 왔지 뭐예요." 그녀가 듣기 싫은 사투리로 말한다. "서비스부가 아니라 게으름뱅이부라고 이름을 바꾸면 맞을 거예요."

다들 폭소를 터뜨린다. 거기서 몇 사람 떨어진 자리에서는 어떤 대머리 남자가 친구에게 이런 이야기를 하고 있다. "내가 월요일 아침에 출근하자마자 캐시한테 거래조건들을 팩스로 보내줬어. 그런데 그 여자가 뻔뻔스럽게 나더러 앞으로는 중앙본부로 서류를 보낼 때마다 자기한테도 보내달라는 거야. 아니, 날 한번 꼬셔보겠다는 거야 뭐야?"

바와 가장 가까운 자리에서는 땅꼬마처럼 자그마한 몸집에 윤기나는 검은 머리를 클레오파트라처럼 철저한 뱅 스타일로 자른 여자가 이야기를 하고 있다. "가슴에서 혹이 발견돼서 그 여자 지난달에 휴가 냈어요. 문제는, 이게 아주 못된 소리처럼 들린다는 건 나도 아는데, 그 여자랑 같이 일하지 않는 것에 내가 벌써 익숙해졌다는 거예요. 내 말을 오해하면 안 돼요. 그 여자한테 나쁜 일이 생기길 바라는 건 아니니까. 하지만 몸이 좋아지더라도 그 여자가 회사 생활로 돌아오고 싶어하지 않을 수도 있잖아요. 병에 걸렸다가 회복한 사람들이 그런 경우가 아주 많아요. 만약 그 여자도 그런 사람이라면, 뭐, 이번에야말로 내가 승진하겠죠."

필립은 이 마지막 말에 기가 막혀서 더이상 손님들의 대화를 듣지 않는다. 바텐더가 아주 느긋하게 술을 따르고 있으므로 필립은 안주를 확인하러 주방으로 향한다. 안주도 아직 완성되지 않았다. 그런데 그가 주방 문을 여는 순간 뎁 시시매니언이 막 출입카드를 찍고 있다. 중간에 하이라이트를 주고 삐죽삐죽 솟은 모양으로 다듬은 머리는 아직 물기가 덜 말라서 눈앞으로 자꾸 흘러내린다. 시시는 직원들 중 가장 뚱한 성격이므로 필립은 그녀의 널찍한 얼굴에 드러난 표정을 보고 오늘은 그녀의 기분이 어떤지 짐작해보려고 한다. "안녕, 자기." 그녀가 펑퍼짐한 엉덩이 위로 앞치마를 두르며 말한다. "잘 지냈어?"

오늘은 친절한 시시인 것 같다. "별로야." 필립이 말한다.

"그래? 뭐가 문젠데? 설마 지난 일주일 동안 내가 겪은 일보다 심하겠어?"

가끔 필립은 자기 동생이 오 개월 전에 죽었다는 사실을 기억하는 사람이 이 식당 직원들 가운데 있기는 한 건지 궁금하다. 사고가 났을 때는 사람들이 꽃도 보내주었고, 직원들 중 몇 명이 대표로 문상을 오기도 했다. 구마로와 시시도 대표단에 포함되어 있었다. 하지만 그뒤로는 아무도 그 일을 입에 담은 적이 없다. "무슨 일인데?" 그녀가 출입카드를 다시 선반에 꽂는 동안 그가 묻는다.

"며칠 전에 '여자와 여자'에서 베스를 잡았어."

"어디?"

"AOL의 채팅방이야. 기억 안 나? 내가 베스를 처음 만난 데가 거기잖아."

"아, 그렇지." 필립이 말한다. "맞아. 미안해. 내가 깜박했어."

베스는 지난 일 년간 시시의 여자친구였다. 온라인에서 처음 만난 뒤 어느 날 밤 시시가 자기 근무시간에 그녀를 올리브 가든으로 초대했다. 시시는 모든 직원에게 자기 사생활을 떠벌리는 버릇이 있었다. 자신의 생리 주기나 개인적인 얘기 같은 것들을 굳이 숨기려고 애쓰는 법이 없었다. 그래서 직원들 모두 그날 밤 시시가 아직 정체를 모르는 손님을 기다리고 있다는 걸 알고 있었다. 베스가 가죽 바지에 민소매 셔츠를 입고, 팔에는 문신을 하고 코에는 링을 끼운 모습으로 나타났을 때 웨이터와 웨이트리스 들은 다들 그녀를 살펴보려고 일부러 그녀가 앉은 테이블 옆을 지나갔다. 구마로를 비롯한 주방 직원들까지도 주방 창문을 통해 한참 동안 홀을 내다보며 어떻게든 그녀를 한번 보려고 했다. 그 재미있는 놀이에 끼지 않은 사람은 월터뿐이었다.

"베스가 또 인터넷에서 놀아나고 있다는 느낌이 들었거든." 시시가 앞치마에서 꺼낸 끈적거리는 막대로 가느다란 입술에 반짝반짝 칠을 하면서 말한다. "그래서 월터의 사무실에 있는 컴퓨터에서 가짜 이름으로 로그인을 했지."

"월터가 컴퓨터를 써도 좋대?"

"아니. 그 멍청이는 그때 우리 월급 때문에 은행에 가 있었어. 어쨌든 내가 베스한테 쪽지를 보내기 시작했어. 완전 꼬시는 모드로. 그랬더니 베스가 만나자는 거야. 내가 지금 혼자냐고 물었더니 '물론'이래. 진짜 그렇게 대답했어. '물론'이라고. 씨팔. 이게 말이 돼?"

"어째 처음부터 믿으면 안 될 것 같더라." 필립이 말한다.

하지만 이 말이 입을 떠나는 순간 그는 틀린 대답임을 깨닫는다.

시시의 널찍한 얼굴에 화가 나서 이죽거리는 표정이 떠올랐기 때문이다. 그녀의 뭉툭한 코에 주름이 잡히고 반짝이는 입술이 오므라든다. "그게 무슨 소리야? 처음부터 믿으면 안 될 것 같더라니? 나한테는 베스가 마음에 든다고 말했잖아."

"난……"

"네가 모르는 것 같아서 말해두는 건데, 필립, 우린 화해했어. 베스가 전부 다 설명해줬다고. 그 메시지를 보낸 사람이 나라는 걸 이미 알고 있었대. 내가 베스랑 처음 채팅했을 때 썼던 닉네임을 쓰고 있었으니까. 그러니까, 온라인 채팅 말이야. 어쨌든 그때까지는 내가 그 닉네임을 썼는지 까맣게 잊어버리고 있었어."

필립은 이야기의 맥락을 놓쳐버렸다. 게다가 어찌된 영문인지 그의 눈앞에서 친절한 시시가 사악한 시시로 변해버렸다. 필립은 달리 무슨 말을 할지 몰라서 이렇게 말한다. "미안해." 그러고는 질문을 던진다. "그런데 화해했다면서 왜 지독한 한 주를 보냈다는 거야?"

"치클릿이 어제 차에 치여서 죽었어."

치클릿은 시시의 고양이다. 아니, 고양이였다. "안됐다." 필립이 다시 말한다.

하지만 시시는 여전히 화가 나서 이죽거리는 표정으로 필립을 바라본다. 뭉툭한 코에는 여전히 주름이 잡혔고 가느다란 입술은 더 가늘어졌다. "있잖아, 필립." 그녀의 목소리 뒤로 주방 직원들이 냄비를 덜그럭거리는 소리, 팬으로 음식을 튀기는 소리가 들려온다. "너도 커밍아웃을 해서 애인을 사귀면 그렇게 남의 일에 함부로 이러니저러니하지 않을지도 몰라."

필립은 헉 하고 숨을 들이쉰다. 월터의 잔소리는 기꺼이 참을 수 있다. 오늘 어머니가 내뱉은 말도 마찬가지다. 하지만 사이코 레즈비언 웨이트리스인 뎁 시시매니언에게서 이런 소리를 듣고 참고 싶지는 않다. "내가 올리브 가든 직원들에게 내 성생활을 시시콜콜 떠들지 않는다고 해서 정체를 감추고 숨어 있는 건 아냐."

시시는 앞치마의 허리 부분을 조절하고 마치 총집을 손보듯이 주머니에 꽂힌 펜들을 가지런히 정렬한다. 필립이 방금 한 말에 당황한 기색은 전혀 없다. "어휴, 이러지 마, 필립." 그녀가 다른 주머니를 뒤져 짐승의 발톱처럼 생긴 클립을 꺼내며 말한다. 그녀는 눈앞에 흘러내린 젖은 머리카락을 쓸어올려 그 클립으로 고정시킨다. "너한테 성생활이 있기나 해? 망할 놈의 교황도 너보다는 더 즐기며 살겠다."

필립이 반박하려고 입을 여는 순간 문이 벌컥 열리더니 바텐더가 홀을 가리킨다. 홀에서는 월터가 또 로봇이 되어 있다. "필립, 네 술 다 됐어. 그리고 우리 지도자께서 자폭하기 전에 누가 구해 줘야 할 것 같은데."

"제길." 시시가 이렇게 말하고 홀로 나간다.

"케 에스 로 케 파사 콘티고? 세 로코(너 도대체 왜 이래? 이건 미친 짓이야)." 구마로가 식기세척기 옆에서 소리친다.

"내 안주 샘플러 이탈리아노 두 개는 어떻게 됐어?" 필립이 그릴과 튀김기를 맡고 있는 괌 출신 직원들에게 고함을 지른다.

"금방 나와, 마리콘." 그들 중 한 명이 마주 고함을 지른다.

필립은 몸을 돌려 바로 가서 쟁반을 집어들고 술잔 열두 개를 담은 다음 테이블로 향한다. 이와 동시에 월터가 정신없이 팔을 휘두르며 지나가다가 그와 정면으로 부딪친다. 짧지만 슬로비디오처럼 보이는 한순간, 필립이 들고 있는 잔들이 쓰러지지 않고 무사히 버텨낼 수 있을 것처럼 보인다. 하지만 진토닉이 롱아일랜드 아이스티 쪽으로 쓰러지자 아이스티가 샤도네이 두 잔 쪽으로 쓰러지면서 모든 잔이 바닥으로 와장창 떨어진다. 어찌나 소리가 큰지 멍청한 회사원 일당이 모두 이야기를 멈추고 눈이 휘둥그레져서 필립을 바라본다. 스테레오에서 나오는 딘 마틴의 노랫소리 외에는 아무 소리도 들리지 않는다. 딘 마틴은 이제 〈볼라레〉를 부르고 있다.

당신들 뭘 보는 거야? 필립은 소리를 지르고 싶다. 술잔 엎는 거 처음 봐?

그때 검은 머리를 클레오파트라처럼 뱅 스타일로 자른 땅꼬마 여자, 승진 좀 하게 직장 동료가 죽었으면 좋겠다고 말한 거나 다름없는 그 여자가 재미있는 장난이 치고 싶었는지 박수를 치기 시작한다. 다른 사람들도 금방 박수갈채에 합류한다. 대머리 남자 하나는 심지어 "브라보!" 하고 소리를 지르기까지 한다.

필립은 미소로 농담을 받아들이며 허리를 굽혀 깨진 잔들을 주워야 한다고 자신을 타이른다. 하지만 도무지 그렇게 할 수가 없다. 몸이 제자리에 얼어버린 것 같은 기분으로 그는 박수를 치는 사람들, 히죽거리며 커피머신 옆에 서 있는 뎁, 벌써 새로 술을 만들기 시작한 바텐더, 그리고 월터를 바라본다. 지금은 월터가 아무 말도 하지 않지만 주방에 들어서자마자 틀림없이 필립에게 고함을 질러댈 것이다. 그때 구마로가 몇 주 전부터 그에게 던지던 질문이 덜걱거리며 그의 머릿속을 지나간다.

케 에스 로 케 파사 콘티고? 너 도대체 왜 이래?

포르 케 티에네 케 트라바하르 아키 시 노 티에네 케 트라바하르? 꼭 이러지 않아도 되는데 굳이 여기서 일하는 이유가 뭐야?

이렇게 얼어붙은 것 같은 순간에 필립의 생각은 지난해 이맘때로 되돌아간다. 외출했다 돌아온 동생이 아버지가 주신 신용카드로 중고 메르세데스 벤츠를 샀다고 선언한 날. 신용카드는 원래 위급한 상황에만 쓰라고 준 것이기 때문에 부모님은 화가 머리끝까지 났다. 하지만 부모님은 한참 동안 고함을 지르며 야단을 치더니 로니에게 차를 그냥 가져도 된다고 했다. 필립도 지금 지갑에 로니의 것과 똑같은 비자카드를 갖고 있지만 아직 한 번도 사용한 적이 없다. 순전히 자기 힘으로 세상을 헤쳐나가겠다는 생각 때문이다. 그런데 지금 이 순간에는 생전 처음으로 그 생각이 우스꽝스러울 뿐만 아니라 바보스럽기 그지없게 보인다.

"그렇게 그냥 서 있기만 할 거야?" 박수갈채가 잦아들자 월터가 묻는다. "하다못해 저 안에 있는 놈한테 대걸레라도 가져오라고 해야지."

필립은 대답하지 않는다.

그는 몸을 돌려 문을 지나 주방으로 들어가서 출입카드를 찍고 거기에 찍힌 자그마한 자주색 글자를 본다. 다섯시 삼십칠분. 세상에서 가장 짧은 근무시간. 그는 미로처럼 늘어선 선반들 사이를 지나간다. 올리브유와 다진 마늘이 선반에 가득 차 있다. 벽에 걸린 커다란 냄비와 팬 들을 지나니 구마로가 보인다. 필립은 대걸레 이야기를 하지 않는다. 대신 구마로의 두툼한 어깨를 두드리며 말한다. "아디오스, 아미고(안녕, 친구)."

"아디오스." 구마로는 접시를 꽂은 선반을 식기세척기에 밀어넣고 레버를 쾅 닫으며 말한다. 목소리가 무심한 걸 보니 이것이 영원한 작별을 뜻한다는 사실을 깨닫지 못한 모양이다.

그래도 필립은 개의치 않고 계속 걸어 문밖으로 나간다.

그다음에는 몸이 그냥 저절로 움직이는 것 같다.

차에 오른다.

시동을 건다.

주차장을 빠져나간다.

처음 오 분 동안 그는 목적지를 정하지 않은 채 랭커스터 애비뉴를 따라 차를 몬다. 식당도, 자신이 방금 저지른 짓도 전혀 생각나지 않는다는 사실이 필립 스스로도 놀랍다. 이상하게 보일지 모르지만 그는 케이프에서 보낸 그 일주일을 다시 생각하고 있다. 그때도 지금처럼 한없이 우울하고 가슴이 아파서 마치 덫에 걸린 것 같은 기분이었다. 그는 할아버지와 할머니가 자신과 로니를 데리고 가게들을 들를 때마다 자신들이 점원들에게 일기예보를 물어봤던 것을 기억한다. 나중에는 마치 게임을 하듯이 서로 먼저 카운터로 달려가서 일기예보를 물어보려고 경주를 벌이기도 했다. 매번 대답은 똑같았다. 주말까지 내내 비가 내린다는 대답. 마침내 할머니가 필립과 로니의 팔을 붙들고 쏘아붙였다. "말도 안 되는 짓 좀 그만해. 그렇게 물어보면 일기예보가 변할 것 같니? 이제 그만 인정해. 날씨는 좋아지지 않아. 그러니까 이런 날씨라도 최대한 재미있게 보내야지." 하지만 필립도 로니도 그렇게 하고 싶지 않았다. 햇볕이 나지 않을 거라면 그냥 당장 떠나고 싶을 뿐이었다.

다음 신호등에서 빨간 불에 걸렸을 때 필립은 라디오를 틀고 여기저기 주파수를 맞춘다. 지금 반드시 생각해야 하는 일들을 생각하지 않으려고 일부러 딴짓을 하는 것이다. 라디오에서는 토크쇼 아니면 랩 음악만 흘러나온다. 그래서 그는 라디오를 끈다. 신호등이 초록색으로 바뀌자 다시 차를 출발시킨다. 곧 상점들이 늘어선 거리가 나온다. 요즘 미국 대부분의 주에서 볼 수 있는 혼잡한 거리와 똑같은 것 같다. 그는 주차장에 차가 가득 들어찬 홈디포, 월마트, TGI 프라이데이스, 세븐일레븐, 서브웨이, 던킨도너츠, 타깃, 버거킹, 웬디스, 메일박시스 Etc 등등을 지나간다.

그는 계속 차를 몬다. 질다 호로위츠가 트럭이 어쩌고 하는 시를 강의실에서 읽던 날이 다시 떠오른다. 그가 코노턴의 평가를 얼마나 믿어야 하는지 가늠하는 작업을 다시 시작했기 때문이다. 필립이 질다의 시를 칭찬한 뒤 주로 무지개와 돌고래에 관한 시를 쓰던 미용사도 그 시가 마음에 든다고 말했다. 하지만 그녀는 질다가 '나쁜 자식'이라는 단어를 그렇게 많이 사용하지 않았더라면 더 강렬한 시가 되었을지도 모른다고 덧붙였다.

"마치 그 단어가 제 머리를 후려치는 것 같아요. 제가 손님들 머리에 하이라이트를 넣어줄 때 자주 하는 말이 있어요." 그녀는 필립이 보기에 유니콘처럼 생긴 생물을 종이 맨 위에 낙서하듯 그리면서 말했다. "때로는 덜 하는 게 더 효과적이다."

시를 낭독한 뒤 이어지는 비평 시간에는 시의 필자가 침묵하는 것이 강의실의 규칙이었지만 필립은 질다가 정확히 무슨 생각을 하는지 알고 있었다. 그녀는 몬스터트럭을 몰고 와서 미용사를 친 다음 동물관리국 사람들이 삽으로 퍼서 치우게 시체를 버려두고 가버리고 싶다는 생각을 하고 있을 터였다.

그때 코노턴이 나서서 애매한 논평을 한 기억이 난다. "질다. 종이 위에 분노를 쏟아내는 것이 훌륭한 카타르시스 효과를 내죠?"
그는 말을 멈추고 키득키득 웃더니 거칠게 기침을 했다. "세상에,
내가 이런 표현을 쓰다니. 종이 위에 분노를 쏟아내다. 난 정말로
시인의 자질이 있는 모양이에요. 내 입에서 시구가 분수처럼 줄줄
흘러나오잖아요. 좋아요, 다음 사람."

필립은 계속 차를 몰면서 코노턴이 〈날카롭게 넘어가기〉에 관해
했던 말이 진심이었는지 의심스러워진다. 결국 그는 이 생각을 그
만두기로 한다. 지금은 더 중요한 일을 걱정해야 하기 때문이다.
방금 직장을 박차고 나왔으니 이제 어디로 가서 뭘 해야 하는지 생
각해보아야 한다. 아직은 집에 가서 어머니와 대면하고 싶지 않기
때문에 그는 어머니가 잠들 때까지 기다렸다가 집에 가기로 한다.
그러면 발끝으로 살금살금 걸어서 자기 방으로 올라갈 수 있을 것
이다. 하지만 그다음에는? 내일 아침에 잠에서 깨면 결국 어머니와
대면할 수밖에 없는데.

눈앞의 길에만 정신을 집중하자 476번 도로로 나가는 나들목
이 보인다. 그는 깜박이를 켜지도 않고 나들목 바로 앞에서 급하게
방향을 꺾는다. 톨게이트에서 요금을 낸 뒤 그는 고속도로를 달리
는 다른 차들 속으로 어울려 들어가려고 애쓴다. 다들 제한속도보
다 빠르게 달리고 있기 때문에 그의 낡은 스바루 옆을 휙휙 스쳐지
나간다. 필립은 그들을 따라잡으려고 가속페달을 밟는다. 이내 속
도가 60마일, 65마일, 70마일로 올라간다. 그가 속도계를 흘긋 내
려다볼 때마다 동생의 사고에 관한 경찰 보고서 내용이 머리를 스
치고 지나간다. '차량의 파손 상태를 보면, 리무진이 충돌 순간 제
한속도가 시속 35마일인 구간에서 시속 70마일로 달린 것으로 추

정된다.' 대개 이 기억이 떠오르면 그는 속도를 늦춘다. 하지만 오늘은 가속페달을 더욱 세게 밟으며 속도를 올린다. 71, 72, 73, 74, 75…… 속도가 80마일에 이르자 핸들이 필립의 손안에서 흔들리기 시작한다. 그는 276번 도로를 알리는 표지판이 눈에 들어온다. 저지 톨게이트를 통해 뉴욕 시로 이어지는 도로다. 이번에는 방향을 꺾기 전에 깜박이를 켠다. 276번 도로에 들어선 뒤 필립은 백미러를 흘깃 바라본다. 눈을 찌를 듯한 파란빛 헤드라이트를 켠 자동차 한 대가 바짝 뒤를 따라오고 있다. 하지만 그는 신경쓰지 않고 자신이 두고 떠나온 것들을 생각한다.

고함을 지르는 월터. "늦었잖아…… 빨랑 홀로 나오기나 해."

질문을 던지는 구마로. "케 에스 로 케 파사 콘티고?"

반짝이는 입술로 말하는 뎁 시시매니언. "너도 커밍아웃을 해서 애인을 사귀면 그렇게 남의 일에 함부로 이러니저러니하지 않을지도 몰라."

그리고 반백의 코노턴 박사. 그가 책들이 빽빽하게 들어찬 연구실의 나무 책상에 앉아 필립에게 말한다. "이 시라면 정식으로 발표해도 될 거야. 진심으로 하는 말일세."

자동차 속도가 빨라질수록 필립의 생각도 이 모든 기억 사이를 더욱 빠르게 오간다. 심지어 먼 옛날 고등학교 시절의 기억까지 떠오른다. 제드 쿠섬이 필립의 책들을 쳐서 바닥으로 떨어뜨리고, 필립의 멱살을 잡아 사물함에 밀어붙이며 말한다. "따라해봐. 내 이름은 좆 없는 호모입니다." 아버지의 모습도 떠오른다. 겨우 몇 달 전 거실에 서서 필립에게 말하던 모습. "네 어머니한테는 이미 말했으니, 이젠 너한테도 말해야겠다. 나한테 다른 여자가 생겼다.

이름은 홀리고, 내가 라스베이거스에서 열린 의학 학회에 참석했을 때 거기서 마침 스탠드업 코미디언으로 일하던 여자야. 난 지금 집을 나갈 거다. 내 전화번호를 알려주마. 비상용 신용카드도 그냥 갖고 있어. 필요한 게 있으면 써도 좋다." 킹 오브 프러시아 몰의 페이리스 스토어에서 신발을 팔던 점원도 떠오른다. 그는 필립을 유난히 오랫동안 바라보았고 잠시 후 두 사람은 주차장의 음침한 구석에 세워둔 그의 미아타 자동차 안에 앉아 있었다. 둘 다 바지를 무릎까지 내린 채였다. 일이 끝난 뒤 필립은 그가 적어준 전화번호를 구겨 창밖으로 던졌다. 지금까지 수없이 그랬듯이.

이렇게 마구 소용돌이치는 기억들 속에서 필립이 아무리 애를 써도 자꾸만 수면으로 부글거리며 올라오는 기억이 하나 있다. 어머니가 오늘 잠옷 차림으로 계단 꼭대기에 서 있던 모습이다. 어머니는 필립에게 고함을 지르고 있다. 더러운 티셔츠밖에 없어서 로니의 방에서 깨끗한 티셔츠를 찾던 그를 막 쫓아낸 참이다. "이제 이 집에는 빨래 같은 걸 하는 사람이 없잖아요. 그러니 나더러 어쩌라고요?" 필립이 마주 고함을 지른다. 그러자 어머니가 단 한 문장으로 그의 말문을 막아버린다. "네가 죽었어야 하는 건데!" 어머니가 소름이 끼치는 목소리로 고함을 지른다. 필립은 앞치마를 들고 집을 나온다. "내 말 들었어? 네가 죽었어야 했다고!"

필립은 이대로 영원히 차를 몰고 달릴 수 있을 것 같다.

그래도 어머니의 그 말을 멀리 떨쳐버릴 수는 없을 것이다.

6장

 홀리가 한창 아침 운동을 하고 있는데 전화벨이 울린다. 평소 같으면 전화를 받으려고 운동을 중단하지 않지만, 오늘은 늘 하던 필라테스와 요가를 결합시킨 운동 대신 친구 말리에게서 빌려온 〈얼굴 운동: 스트레칭으로 자연스러운 주름 제거 효과를〉이라는 DVD를 따라해보고 있는 중이다. 화면에서는 아무리 봐도 열여덟 살 이상으로는 보이지 않는 동안의 갈색 머리 여자가 혀로 입 안쪽을 밀어내고 있다. 그 바람에 볼이 아주 괴상하게 툭 튀어나왔다. 홀리는 벌써 삼십 분째 화면 속의 다양한 동작을 따라하려고 애쓰고 있지만 처진 피부와 주름살을 없앤다기보다는 포르노 마임 배우가 되려고 훈련하는 것 같은 기분이 든다. 그래서 전화가 걸려온 것이 반갑다. 적어도 통화 버튼을 누르고 상대방의 목소리를 듣기 전까지는 그랬다.

 "여보세요."

"안녕 홀리, 댁의 사랑스러운 남편께서는 집에 계셔?"

샬린이다. 지난 몇 주 동안은 전화가 없었는데. 그녀가 전화할 때마다 리처드는 어김없이 기분이 나빠진다. 홀리는 예전에 메러디스 백스터 버니가 남편에게 배신당한 아내로 나오는 영화를 본 적이 있다. 그녀는 전남편에게 전화를 걸어 자동응답기를 상대로 분노에 가득 찬 고함을 질러대다가 어느 날 밤 아예 직접 남편을 찾아와 자고 있던 남편과 그의 새아내를 총으로 쏜다. 홀리는 이 영화를 생각하며 최대한 기운찬 목소리로 말한다. "아, 안녕하세요. 잘 지내시죠, 샬린?"

"더할 나위 없이 잘 지내지. 저기, 댁하고 이야기를 나누는 것도 좋지만, 이제 리처드 좀 바꿔주지."

텔레비전에서 동안의 그 여자가 말한다. "다음 운동은 찡그릴 때 생기는 주름살을 기적처럼 없애줍니다. 입을 넓고 크게 벌리세요. 아주 크게, 아주 넓게. 더 크게. 더 넓게. 더 크게. 더 넓게. 더 크게. 더 넓게. 좋습니다. 이제 점점 녹고 있는 아이스크림을 핥아먹을 때처럼 혀를 쭉 내미세요. 어서 해보세요. 부끄러워하시지 말고요. 아이스크림을 핥아요!" 홀리는 샬린에게 자신을 공격할 거리를 더 만들어주고 싶지 않아서 리모컨을 들고 일시정지 버튼을 누른다. 화면 속 여자가 입을 크게 벌린 채로 얼어붙는다. 마치 금방이라도 토할 것 같은 모습이다. "그 사람은 자고 있어요." 홀리가 말한다.

"이 시간에?"

"예, 이 시간에. 어젯밤에 베로 비치 근처의 병원을 위한 자선행사에 같이 갔다가 늦게 들어왔거든요. 리처드가 그 병원에 자문을 해주고 있어요." 홀리는 자기가 왜 이렇게 설명을 늘어놓는지 이해가 가지 않지만 샬린과 얘기하다보면 항상 마음이 불안해진다. 그래서 지금도 다른 사람이라면 굳이 하지 않을 얘기를 자기도 모르게 불쑥 내뱉고 있다.

"아, 어련하시겠어." 샬린이 말한다. "거기가 팜비치를 대표하는 부부의 집이라는 사실을 내가 깜박하다니. 그래, 멋들어지게 차려입은 사람들이 가득한 그런 화려한 파티에 리처드랑 팔짱을 끼고 다니니 얼마나 좋겠어. 카지노 거리에서 일할 때랑은 비교가 안 되겠지. 그 왜, '남의 부자 남편 가로채기' 작전을 시작하기 전 말이야."

홀리는 눈을 감고 영화 속 한 장면을 떠올린다. 전부인의 총에 맞은 부부가 등에 총알구멍이 잔뜩 난 채 침대에 죽어 있는 장면이다. 터무니없는 소리 같지만 지난 세월 그녀가 샬린의 모욕에 마주 대꾸하지 않고 참은 데에는 그 장면의 영향이 컸다. 하지만 오늘은 무슨 이유에서인지 눈을 떴을 때 '젠장, 될 대로 되라지' 하는 생각이 든다. "난 당신 남편을 가로채지 않았어요, 샬린." 처음에는 조심스러운 목소리였지만 금방 단호해진다. 옛날 라스베이거스에서 일할 때 관객들 중 야유하는 사람이 있으면 이런 말투로 상대하곤 했다. 술에 취해 객석에서 고함을 질러대는 사람은 거의 다 남자였기 때문에 홀리는 연기를 하다 말고 지금처럼 무서운 목소리로 이렇게 말했다. "손님이 워낙 대물이라서 아주 주목을 받고 싶으신 모양인데, 그럼 이리로 올라와서 댁의 그 커다란 물건을 모두에게 한번 보여주시지그래요? 어서요. 겁내지 마시고." 심지어는 조명 담당자에게 그 멍청이의 사타구니에 스포트라이트를 비춰달라고 부탁할 때도 있었다. 그러면 야유를 보내던 멍청이들은 항상 입을 다물었다. 이제 샬린을 상대로 홀리가 말한다. "그뿐인 줄 아세요? 내가 지금 여기 가만히 앉아서 당신 헛소리를 듣고 있을 이유가 없어요. 사실 내가 지금까지 왜 그랬나 싶어요. 리처드가 일어나면 당신한테 전화하라고 할게요. 끊어요."

그녀가 엄지로 전화기의 버튼을 누르기 0.5초 전 샬린의 목소리가 수화기에서 우렁차게 들려온다. "야, 너, 이러면 안 되지. 내가 시키는 대로 해야지. 아버지 노릇도 못하는 그 한심한 인간을 당장 깨워 와. 그 웃기는 화상을 침대에서 끌어내서 전화기 앞으로 데려오라고. 지금 당장. 알았어?"

홀리는 이제야 비로소 샬린에게 맞서 싸우기 시작했으므로 여기서 멈출 생각이 없다. "웃기지 말아요, 샬린. 리처드나 필립한테는 당신이 미친 척하는 게 통할지 몰라도, 나는, 아까도 말했다시피, 그걸 참아줄 이유가 없어요. 이번 달 생활비는 며칠 내로 메인라인 은행에 있는 당신 계좌에 들어갈 거예요. 당신이 신경쓰는 거라고는 생활비밖에 없는 것 같으니까, 지금 당신 용건이 뭔지는 몰라도 나중에 얘기해요."

이 말과 함께 그녀는 전화를 끊고 전화기를 테라스로 통하는 미닫이문 옆의 둥그런 하얀색 카펫 위로 던진다. 운동용 매트 위에 똑바로 앉은 홀리의 어깨가 한결 가볍다. 아니, 온몸이 다 그렇다. 유일하게 후회스러운 것이 있다면 이미 오래전에 이렇게 하지 못했다는 점이다. 그녀가 재생 버튼을 누르자 얼굴 운동을 지도하는 아가씨가 그 토할 것 같은 표정을 지우고는 이렇게 말한다. "이번에는 입술을 부드럽게 해주고, 나이가 들면서 입술이 비쩍 마른 닭부리처럼 변하는 걸 막아주는 운동을 해보죠. 모두들 잘 따라하실

수 있을 거예요. 키스를 할 때처럼 입을 쭉 내밀기만 하면 되거든요. 상상 속의 키스 상대를 누구로 정할지는 여러분에게 맡길게요. 저는 브래드 피트를 상상할 거랍니다. 자, 어서 해보세요. 키스할 때의 입술을 제게 보여주세요. 키스, 키스, 키스, 멈추고, 키스, 키스, 키스, 멈추고. 입술에 최대한 힘을 주세요. 키스, 키스, 키스, 멈추고.”

홀리는 화면을 계속 보기만 할 뿐 운동을 따라하지는 않는다. 그런 걸 운동이라고 해도 되는지 잘 모르겠다. 어쨌든 화면 속의 아가씨(“국제적인 미용 전문가”라고 불리는 여자)는 입술이 할머니처럼 변하려면 아직 멀었다. 그런 여자가 알면 뭘 알겠는가? 만약 브래드 피트가 그녀와 키스를 하려 든다면 당국이 아동 성추행 혐의로 그를 감옥에 던져넣을 것이다. 말리가 이번에는 완전히 판단을 잘못한 것 같다.

전화벨이 다시 울린다.

홀리는 조심스러운 표정으로 전화기를 바라본다. 마치 그녀가 조금 전 하얀 카펫 위로 던져버린 전화기가 시한폭탄이라도 되는 것 같다. 그녀는 얼굴 운동을 더이상 따라하는 건 미친 짓이라는 결론을 내렸으므로 DVD를 정지시키고 몸에 딱 붙는 운동복 차림으로 전화기를 향해 엉금엉금 기어가서 전화를 받는다. 샬린에게 또 있는 대로 퍼부을 태세다. “여보세요.”

“이 말라깽이 년아, 너 또 내 전화를 끊으면 내가 곧장 비행기를 타고 팜비치로 날아갈 테니 그리 알아. 그뿐인 줄 알아? 내가 너희 건물의 아파트를 살 거야. 바로 옆집이 될지도 모르지. 그래서 네가 죽는 날까지 너희 두 사람을 괴롭힐 거야. 내가 다시 말하는데,

내 아이들의 아버지한테 할말이 있어. 넌 건방지게 내가 돈 때문에 전화한 줄 아는 모양인데 그런 거 아니거든. 리처드와 내 아들에 관해 할말이 있다고."

홀리는 다시 샬린에게 잔뜩 모욕을 퍼부으려다가 마지막 말을 듣고는 멈칫한다. 필립이 한 달 전 살던 아파트 뒤의 골목에서 다친 채 발견된 뒤로 리처드의 행동이 달라졌다. 그가 정확히 말로 뭐라고 하지는 않았지만 뉴욕의 병원에서 아들을 만나고 온 뒤로 홀리는 그가 무겁게 가라앉아 있는 것을 느꼈다. 특히 대화중에 필립의 이름이 거론될 때 더욱 그랬다. 게다가 리처드는 항상 정신이 다른 데 가 있는 사람 같다. 마지막 순간에 마음을 바꾸는가 하면 전에 없이 우유부단하고 충동적인 행동을 한다. 어젯밤만 해도 그는 병원 행사장으로 가던 길에 갑자기 가고 싶지 않다고 선언하듯 말했다. 그럴듯한 이유도 대지 않았다. 홀리는 그 자리에 꼭 가야 한다고 간신히 그를 설득할 수 있었다.

그녀는 일어서서 침실로 간다. 매니큐어를 바른 맨발이 대리석 바닥에 닿아 찰싹찰싹 소리를 낸다. 그녀는 연달아 있는 미닫이문들을 지나 복도를 따라 침실로 향하며 단호한 목소리를 조금 누그러뜨려 샬린에게 묻는다. "필립은 괜찮아요?"

"그건 네가 상관할 일이 아냐. 그리고 오늘 내가 전화한 건 그애 동생 때문이야. 로니. 죽은 애. 넌 로니를 만난 적이 없지만, 그동안 리처드가 지나가는 말로라도 그애 이름을 언급한 적은 있겠지."

이제 홀리는 무슨 말을 해야 할지 모르겠다. 샬린과 이야기를 나누다보니 머리가 아프고 웃기지도 않는 얼굴 운동 때문에 얼굴도 아프다. 그래서 그녀는 샬린에게 리처드를 불러올 테니 잠시 기다리라고 말한다. 그녀가 침실 문을 연다. 리처드는 엎드린 채 베개에 대고 코를 골고 있다. 그녀는 주근깨가 난 구릿빛 등이 오르락내리락하는 것을 지켜보며 전처가 전남편을 살해하는 영화 장면을 다시 마음속에서 밀어내려고 애쓴다. 리처드는 바다에서 불어오는 산들바람을 느끼고 싶어서 커튼을 열어두기 때문에 방 안에 햇빛이 가득하다. 홀리는 원래 일찍 일어나는 편이라 상관하지 않지만 저렇게 햇살이 쏟아져들어오는 방에서 잠을 잘 수 있다는 게 신기하기만 하다. 그녀는 전화기의 소리 죽임 버튼을 엄지로 누르고 리처드의 팔에 손을 댄다. "리처드." 그녀가 그를 가볍게 흔들며 조용한 목소리로 말한다. "리처드, 여보, 일어나요."

"허." 그가 베개에서 머리를 들며 말한다. 반백이 된 머리의 가르마가 밤새 제멋대로 삐뚤빼뚤하게 변해버렸다. 홀리는 웃음이 나오는 걸 참지 못한다. 졸음에 겨운 그의 모습이 소년 같다. "왜 그래? 무슨 일이야?"

또다. 그가 마음에 무거운 짐을 지고 있다는 징후. "일은 무슨 일이요. 어쨌든 내 생각엔 그래요. 선샤인 부인께서 당신을 바꿔달래요."

그는 눈을 가늘게 뜨고 협탁 위의 디지털시계에 떠 있는 초록색 숫자들을 바라본다. 안경을 쓰지 않았으니 숫자가 전부 뭉개진 것처럼 보일 것이다. "누구?"

"샬린이요. 당신이랑 꼭 통화해야겠대요."

"지금 몇시야?"

"정오가 다 됐어요."

리처드는 전화기를 가리키며 소리 없이 입만 움직여서 말한다.

"지금 저쪽에 내 목소리가 들려?"

홀리는 고개를 젓는다.

"왜 전화했대?"

"몰라요. 당신 아들 때문이래요."

그 순간 그의 눈에 뭔가가 스치고 지나간다. 걱정, 죄책감, 슬픔이 뒤섞인 눈빛이다. "필립?"

"아뇨. 그애 동생 때문이래요. 로니에 대해서 할말이 있대요."

"로니?" 리처드가 고개를 젓는다. 이제 완전히 잠이 깬 얼굴이다. 그는 은테 안경을 쓰고 전화기를 받아 여보세요 하고 말한다.

홀리는 몸을 돌려 다시 복도로 향한다. 그녀는 다른 사람들의 전화 통화를 엿듣는 사람이 아니지만(오래전 산타모니카에서 어머니가 여러 남자친구와 통화하는 걸 엿들은 것만 빼고) 문밖에서 자꾸 머뭇거리게 되는 것을 어쩔 수 없다. 리처드가 전처와의 통화내용을 자세히 말해준 적이 한 번도 없기 때문에 그녀는 호기심이 동한다. 이번에는 평소보다 더하다.

리처드의 목소리가 들린다. "멜리사 무디라면 당연히 기억하지."

"뭐? 그게 무슨 소리야, 샬린?"

"이게 다 무슨 소리인지 모르겠군."

"샬린, 샬린, 잠깐. 다시 처음부터 얘기해봐. 처음부터."

이 말을 끝으로 그는 한참 동안 말이 없다. 저쪽에서 뭐라고 하는지는 몰라도 열심히 듣고 있는 모양이다. 홀리가 엿듣기를 포기하고 다시 거실로 돌아가려는데 화장대 거울에 비친 리처드의 모습이 일핏 눈에 들어온다. 그는 페이즐리 무늬가 있는 파란색 사각 팬티만 입은 차림으로 침대에서 일어난다. 이제 쉰다섯 살인 그는 같은 또래 남자들보다 더 탄탄한 모습이다. 배가 약간 나오기는 했지만 홀리가 보기에는 귀여운 수준이다.

"잠깐만, 샬린." 그가 전화기를 들고 욕실로 들어가며 말하는 소리가 들린다. 그는 굳이 욕실 문을 닫으려 하지도 않는다. "내가, 그러니까, 내가 지금 뭘 좀 해야 돼. 삼십 초만 기다려. 삼십 초만." 그가 잠시 말을 멈춘다. "내가 지금 뭘 숨기는 게 아냐! 소변을 봐야 한다고. 그런 걸 그렇게 알고 싶어? 난 지금 일어났어."

이 말과 함께 그가 전화기를 세면대에 내려놓고 홀리를 등지고 선다. 그는 변기에 소변을 보다가 그녀의 이름을 부른다. "홀리!"

"네." 그녀는 무심한 목소리를 내려고 최선을 다한다. 마치 복도 저쪽에서 다른 일을 하다가 그가 부르는 소리에 다가온 것처럼 보이려고.

"변기에 도대체 무슨 세정제를 넣은 거야? 염소 냄새가 너무 심하잖아. YMCA 풀장에서 오줌을 싸는 것 같아."

벌써 기분이 나빠졌어. 홀리는 속으로 생각한다. 아직 전화를 끊지도 않았는데. "내가 넣은 거 아니에요. 파출부가 넣었지."

"그럼 파출부한테 이건 변기지 수영장이 아니라고 말해. 여기가 무슨 업소인 줄 알아?"

리처드가 이렇게 쏘아붙이는 경우는 드물다. 사실 두 사람은 전혀 싸움을 하지 않는다. 그의 전처한테서 전화가 걸려올 때만 빼고. 마주 쏘아붙이고 싶지만 그녀는 굳이 그렇게 하지 않는다. 그래봤자 수화기 저편에서 엿듣고 있을 샬린만 기쁘게 해주는 꼴이 될 테니까 말이다. 그래서 홀리는 몸을 돌려 이번에야말로 정말로 문 앞을 떠난다.

다시 거실로 돌아와보니 화면 정지 제한 시간이 다 지나 동안의 아가씨가 다시 혀로 입 안쪽을 찔러대고 있다. "저는 뺨이 처지는 걸 막으려고 기회가 생길 때마다 이 운동을 해요." 그녀가 말한다. "고속도로에서 차를 운전하거나 빨간 신호등에 걸렸을 때도 혀로 뺨 안쪽을 쭉쭉 밀어서 바로 여기가 불룩 튀어나오게 하죠. 누가 보든 상관 안 해요."

"너야 그렇겠지." 홀리는 화면을 향해 말한다. "옆 차선의 남자들이 엄청 관심을 보일 테니까 말이야." 이 말과 함께 그녀는 꺼냄 버튼을 누른다. DVD가 밖으로 스르르 밀려나오자 홀리는 그것을 상자에 넣다가 상자 뒤편의 광고를 잠시 읽는다.

〈얼굴 운동: 스트레칭으로 자연스러운 주름 제거 효과를™〉은 따라하기 쉽고 여러분의 얼굴에서 세월의 흔적을 확실히 지워주는 운동입니다. 얼굴 근육은 대부분의 근육보다 작기 때문에 간단하고 재미있는 이 운동을 통해 순식간에 극적인 효과를 보실 수 있습니다. 게다가 피부 표면의 혈액순환이 좋아져 건강하고 빛나는 안색으로 변합니다. 효과가 없으면 환불을……

홀리는 한숨을 내쉬며 자기가 도대체 무슨 생각으로 이런 한심한 짓을 시작한 건지 모르겠다고 생각한다. 노화와의 싸움에서 그녀가 선택할 수 있는 방안이 이런 것밖에 없다면 팜비치의 수많은 여자들처럼 다 때려치우고 수술대에 오르는 게 나을 것 같다. 그녀가 보기에 팜비치는 주름살 제거 수술의 세계 수도라고 할 만하다. 하지만 방금 다리미질을 받고 나온 것 같은 얼굴로 주위를 돌아다니는 조앤 리버스 클론들 같은 꼴이 되고 싶지는 않다.

최근까지만 해도 그녀는 이런 일로 걱정해본 적이 없다. 다행히도 나이보다 젊어 보이는 편이었기 때문이다. 삼십대에 LA에서 처음 여배우가 되려고 애쓸 때에도 그녀가 맡은 배역은 항상 십대였다(그녀는 비디오 가게로 직행한 영화 〈사이코 생맥주 파티 2〉와 〈사이코 생맥주 파티 3〉에 출연했고 〈비벌리힐스 90210〉에도 섀넌 도허티의 친구 역할로 다섯 번 출연했다). 라스베이거스에서 회의가 열릴 때 여흥으로 스탠드업 코미디를 하는 일자리를 구할 때도 어려 보이는 얼굴이 도움이 되었다. 캐스팅 조건에 "얼굴은 예쁘고 신선하지만 입은 더러운 여자"라고 되어 있었기 때문이다. 홀리는 거기에 딱 맞는 외모를 갖고 있었고 공연은 쉬웠다. 회의가 열릴 때마다 회의 참가자들에게 잘 맞게 작가들이 원고를 써줬으니까. 음악가, 패션 잡지 편집자, 식물학자, 컴퓨터광, 아니면 리처드 같은 의사 등 회의 참가자들이 달라지면 그녀가 던지는 농담도 항상 그들에 맞게 달라졌다. 작가들이 직업별 전문용어들을 소재로 추잡한 우스갯소리를 만들어내는 걸 보면 놀라울 정도였다. 그녀는 그들이 성형수술을 주제로 만들어낸 농담 두어 개를 지금도 기억하고 있다.

지난달에 제가 성형외과에 갔는데 의사 선생님이 귀가 별로 좋지 않은 분이었습니다. 제가 선생님한테 콧구멍이 짝짝이라고 했더니 선생님은 수술을 시작하셨습니다. 그런데 마취에서 깨어나 거울을 보니 제 코가 수술 전과 똑같은 겁니다. 그래서 선생님께 콧구멍을 바로잡으신 거냐고 물었죠. "콧구멍? 똥구멍에 문제가 있다는 건 줄 알았는데요." 그래서 지금 제 똥구멍은 예전에 비해 절반 크기로 줄어들었습니다. 그뒤로는 주스밖에 못 먹어요. 하지만 제 남자친구는 좋아하더군요. 엉덩이가 꽉 조인다는 말이 무슨 뜻인지 이제는 알 것 같습니다……

사람들이 칵테일을 몇 잔 마시고 나면 이런 말에 웃음을 터뜨리지. 홀리는 DVD를 문 옆의 가방에 넣으면서 생각한다. DVD를 거기에 넣어두어야 이따 점심때 잊지 않고 말리에게 돌려줄 수 있을 것이다. 이 성형외과 농담을 떠올리고 나니 그 시절이 이젠 과거지사가 되었다는 사실이 너무나 고맙다. 그것만으로도 샬린 때문에 상한 기분이 풀어질 것 같다. 그녀는 주방으로 가서 리처드와 함께 마실 신선한 주스를 좀 만들기로 한다. 화장실 세정제 때문에 그가 화를 내기는 했지만 홀리는 그것 때문에 하루를 망칠 생각이 전혀 없다. 사실 리처드를 원망할 수도 없다. 정신 나간 전처를 상대해야 하는 처지니까 말이다.

그녀가 오렌지를 자르기 시작하자 달콤한 오렌지 향내가 주방을 가득 채운다. 그녀는 오후 계획을 짜기 시작한다. 리처드가 전화를 끊고 나면 점심식사 전에 말리, 톰과 함께 해변으로 산책을 가는 게 어떻겠느냐고 말해봐야겠다. 어쩌면 오후에 테니스를 칠 수 있을지도 모른다. 예약 없이도 코트를 구할 수 있다면. 그녀가 주서기 플러그를 막 꽂으려는데 복도 저쪽에서 리처드의 목소리가 쩌렁쩌렁 들려온다. 순간적으로 그가 다시 그녀를 부르는 건가 하는 생각이 들었지만 이내 그의 말이 귀에 들어온다. "샬린, 쓸데없는 소리는 이제 그만해! 나한테서 원하는 답을 얻어내려고 계속 같은 질문만 하고 있잖아!"

홀리는 플러그를 내려놓고 산타모니카에서 어머니와 살던 시절 이후로는 한 번도 하지 않은 짓을 한다. 그녀는 주방을 나와 맞은 편에 있는 리처드의 서재로 가서 조심스레 수화기를 든다. 그리고 송화구를 손으로 막고는 대화 내용에 귀를 기울인다.

"샬린, 나더러 그리로 오라는 거야? 그 얘기를 하고 싶은 거야?"

"아니, 당신이 오는 건 싫어! 도대체 왜 그런 생각을 한 건데? 내가 원하는 건 당신이 이렇게 말을 빙빙 돌리지 않는 거야."

"내가 말을 돌리긴 뭘 돌려. 웃기는 소리 하지 마."

"난 당신을 알아, 리처드. 그러니까 당신이 지금 뭔가를 숨기고 있다는 것도 알 수 있어. 처음에는 그애가 미쳤다고 생각했어. 정말이야. 그애한테도 그렇게 말했다고. 그런데 필립의 말을 듣고 다시 생각하게 됐어. 그러다보니 이거야말로 내 남편이……"

"전남편."

"그래, 전남편! 그건 나도 알아. 그래서 매일 얼마나 감사하며 사는데. 어쨌든, 이거야말로 내 전남편이 나한테 말도 안 하고 저지를 만한 짓이라는 생각이 들었어. 우리가 통화한 지 한 십오 분쯤 됐나? 그런데도 당신은 여전히 나한테 뭔가를 숨기고 있어. 난 알아. 당신이랑 거의 삼십 년 동안 같이 살았으니까 잘 안다고."

"샬린, 난 흉부외과 의사야. 미친 과학자가 아니라고. 웃기는 소리 좀 그만해."

"내 말이 웃기는 소리라면서 아까는 왜 말을 더듬었어? 당신 거짓말할 때는 항상 그러잖아."

"내가 항상 그러기는 뭘 그래? 언제 그랬는데?"

"우리 아들이 죽은 뒤에 당신이 처음으로 바보짓을 저질렀을 때. 라스베이거스 출신의 웃기는 여자를 만났으면서 아무 일도 없다고 시치미 뗄 때."

"샬린, 말했잖아. 홀리는 라스베이거스 출신이 아냐. 거기서 일을 했을 뿐이야."

"어쨌든, 그래봤자 몸을 판 건 똑같아."

"이런 얘긴 그만하자. 당신이 계속 그런 식으로 나오면 전화 끊을 거야. 마지막 경고야."

샬린은 잠시 가만히 있다가 이렇게 말한다. "로니한테 벤츠를 팔라고 하기로 나랑 약속해놓고 로니의 말에 넘어가서 그냥 벤츠를 가지라고 했다는 사실을 나한테 말하려 하지 않았을 때도 당신은 말을 더듬었어."

"샬린, 그건 오래전 일이잖아. 게다가 그때 한 번뿐이었어. 내가 이상하기 짝이 없는 소리를 듣고 말을 더듬은 걸 가지고 날 원래 그런 사람으로 몰아가는 거야?"

"좋아, 그럼 이것만 말해줘. 그게 가능한 일이야?"

"추측을 말하고 싶지는……"

"그렇다, 아니다, 대답만 해. 의사로서 이게 가능한 일이라고 생각해? 정자를 냉동시키는 게?"

리처드는 머뭇거린다. "물론 가능하긴 하지만……"

"가능한 거야, 아니야?"

"굳이 말하자면 가능해, 샬린. 그래. 가능해. 이제 됐어?"

"고마워. 난 그것만 알면 돼."

홀리는 리처드의 널찍한 나무 책상에 몸을 기대고 창밖의 바다를 바라보며 이게 도대체 무슨 일인지 모르겠다고 생각한다. 리처드가 깊이 숨을 들이쉬는 소리가 들리더니 좀더 부드럽고 누그러진 목소리로 그가 말한다. "샬린, 이제 그만 끊어야 돼. 조금 있다가 점심때 홀리랑 같이 누굴 만나기로 했어." 그가 잠시 가만히 있다가 말을 잇는다. "내 말 듣고 있어? 전화 끊은 거야? 여보세요?"

순간적으로 홀리는 샬린이 정말로 전화를 끊은 모양이라고 생각한다. 하지만 그녀의 목소리가 전화선을 타고 다시 들려온다. 그어느 때보다 조용하고 부드러운 목소리다. "그거 알아, 리처드? 그애가 계속 당신을 찾았어. 뭐, 두 번뿐이지만. 그래도 내가 보기에는 이상하더라고. 우리 집에 들어오자마자 계단 위를 바라보면서 '체이스 선생님은 안 계세요?' 하고 묻는 거야. 나중에 차에 탄 뒤에도 당신을 만나고 싶었다는 얘기를 했어. 이상하지 않아?"

리처드는 잠시 말이 없다가 마침내 이렇게 말한다. "뭐, 이건 처음부터 끝까지 다 이상한 이야기야, 샬린. 그애는 문제가 있는 애잖아. 이제 정말 끊어야 돼. 하지만 그전에 한 가지만 묻자. 필립은잘 지내?"

"잘 지내. 예나 지금이나 불평불만이 얼마나 많은지 몰라."

"뭐든 필요한 게 있으면 나한테 전화하라고 해. 한 번도 전화가없더라고."

"그럼 그쪽에서 걸면 되잖아, 리처드. 여기 전화번호도 알고, 그애 휴대전화 번호도 알면서. 당신이 정말로 원한다면 얼마든지 연락할 수 있어."

"알아. 그저…… 그냥 그애한테 안부나 전해줘."

대화가 끝나가고 있었기 때문에 홀리는 조심스레 수화기를 내려놓고 급히 주방으로 돌아간다. 주서기의 플러그를 꽂자 기계가 윙윙 돌아간다. 그녀의 머릿속에서도 여러 감정이 뒤섞여 돌아간다. 우선 자신이 방금 저지른 짓에 대한 죄책감이 있다. 그다음에는 두 사람의 대화 내용을 이해할 수 없어 느끼는 혼란이 있다. 리처드가 그쪽으로 간다느니, 정자를 얼린다느니 하는 얘기들. 나야 상관없지 뭐. 그녀는 오렌지 반쪽을 주서기에 쑤셔넣으면서 생각한다. 두 사람이 나눈 이야기의 조각들이 머릿속에서 울린다.

이거야말로 내 전남편이 나한테 말도 안 하고 저지를 만한 짓……

난 흉부외과 의사야. 미친 과학자가 아니라고……

그렇다, 아니다, 대답만 해…… 이게 가능한 일이라고 생각해?

그애가 계속 당신을 찾았어…… 내가 보기에는 이상하더라고……

홀리가 주스 두 잔을 따르고 주서기에서 찌꺼기를 긁어내고 있을 때 리처드가 맨발로 타박타박 복도를 걸어온다. 그는 브린모어 병원이라는 글자가 희미하게 바랜 헐렁한 노란색 티셔츠를 입고 삐뚤빼뚤하게 나 있던 가르마를 가지런히 정리한 모습이다. 그는 홀리가 주방에서 손에 잔을 들고 있는 것을 보더니 이렇게 말한다. "화장실 변기 때문에 아까 그런 소리를 해서 미안해. 그냥, 뭐랄까, 곤히 자다가 전화 때문에 깨서 그래."

"괜찮아요." 그녀가 그에게 말한다. 그와 샬린의 대화 내용이 여전히 머릿속에서 울린다. "앞으로는 당신을 깔끔쟁이라고 불러야겠어요."

리처드는 그녀의 뺨에 입을 맞춘다. 그렇게 우스꽝스러운 운동을 따라했는데도 뺨은 조금도 탱탱해지지 않았다. "당신은 다른 사람들이 써준 우스갯소리를 할 때가 더 재미있었어." 그가 그녀에게 말한다.

"슬프지만 맞는 말이에요." 홀리가 말한다.

두 사람은 불편한 침묵 속으로 빠져든다. 그의 마음이 다시 무거워진 것 같다. "무슨 일 있어요?" 그녀가 묻는다.

질문을 들은 리처드의 얼굴에 불편한 표정이 떠오른다. 눈이 점점 커지면서 걱정스러운 표정이 된다. 입도 벌어져 있다. 멜리사 무디가 다시 나타난 어젯밤에 필립과 샬린이 지었던 괴로운 표정과 똑같다. 리처드는 대답 대신 끙 하고 못마땅한 소리를 낸다.

"무슨 일이 있다는 뜻이에요?"

그는 주방 바닥만 내려다본다. 타일 사이에 바른 그라우트를 따라 구릿빛 엄지발가락을 멍하니 움직이며 그는 주스를 마신다. 오렌지 조각 하나가 윗입술에 들러붙는다.

"리처드, 괜찮아요? 날 좀 봐요."

그가 천천히 고개를 들어 그녀와 시선을 맞춘다.

"왜 그래요?" 그녀가 묻는다. "무슨 일이에요?"

"홀리." 리처드가 말한다. 이렇게 우울한 목소리로 그녀의 이름을 부르는 것으로 보아 아주 심각한 이야기가 나올 것 같다. "아무한테도 안 한 얘긴데, 그러니까, 내 아들 로니가 고등학교 때 사귄 여자친구 멜리사 무디에 관한 이야기야. 로니가 이 세상에서 보낸 마지막 날 밤에 졸업 무도회에 데려갔던 아이. 로니가 죽은 뒤, 그해 여름에 무슨 일이 좀 있었어. 내가 지금까지 계속 비밀로 간직했던 일이야."

7장

밴드가 휘트니 휴스턴의 〈하트브레이크 호텔〉을 절반쯤 연주했을 때 십오 분 동안 자취를 감췄던 스테이시가 돌아와 멜리사의 귀에 대고 소리를 질러댄다. 거대한 검은 스피커가 미시의 자리와 아주 가까운 곳에서 둥둥 울리고 있기 때문에 스테이시의 말을 도무지 알아들을 수가 없다. "미시, 애기 좀 가겠어!"

"뭐?" 그녀는 한결같은 속도로 둥둥거리는 스피커 소리 때문에 스테이시에게 마주 고함을 지른다.

"뭐?" 스테이시도 또 고함을 지른다.

"내가 너한테 무슨 소리냐고 묻는 거잖아. 뭐가 어떻게 됐다고?"

"애기 좀 하자고! 어디 조용하고 사람 없는 데로 가서!"

"지금?"

"그럼 다음달 약속을 미리 잡자고 할까봐? 당연히 지금 가자는 거지!"

미시는 주위를 둘러본다. 그들이 한 시간 전에 여기 도착했을 때는 모든 것이 완벽하게 놓여 있었다. 테이블 중앙에는 분홍색 꽃 장식이 있고, 하얀 접시 양편에는 반짝이는 은식기가 놓이고, ‘래드너 고등학교 졸업 무도회, 별이 빛나는 밤, 1999년 6월 18일’이라는 글자가 새겨진 잔도 있었다. 둥근 천장의 들보들 사이로 뻗어 있는 격자무늬 장식에 수백 개의 노란 불빛이 부딪혀 반짝였기 때문에 이곳이 마치 마법의 장소 같아서 미시는 발을 들여놓는 순간 미소를 지었다. 하지만 지금은 황금색을 칠한 의자들이 탁자에서 밀려나 아무렇게나 놓여 있고, 테이블보에는 음식 자국이 묻어 있고, 반쯤 먹다 만 파스타 프리마베라와 치킨 코르동블뢰가 사방에 흩어져 있다. 웨이터들이 몸에 잘 맞지도 않는 흑백 제복 차림으로 여기저기서 바삐 돌아다니고 있지만 미시가 앉은 테이블에는 적어도 삼십 분 동안 웨이터가 한 명도 오지 않았다. 그리고 음악의 박자에 맞춰 정신없이 번쩍이는 조명등 때문에 천장 근처의 격자무늬 장식에서 반짝이던 불빛들은 사라져버렸다. 멜리사는 다시 스테이시에게 시선을 돌린다. 에메랄드 그린색 드레스가 번쩍이는 조명에 따라 부드럽게 보였다가 거칠게 보였다가 한다. “로니와 채즈가 팀원들하고 사진을 찍으러 갔는데 금방 올 거야. 걔들이 오면 춤을 춰야지!”

“상관없어!” 스테이시가 그녀의 귀에 대고 고함을 지른다. “급한 일이야! 화장실로 가자! 빨리!”

그녀는 멜리사의 손을 잡고 홱 잡아당긴다. 그녀가 어찌나 서두르는지 멜리사의 가방이 바닥으로 떨어진다. 멜리사는 리무진에서 마신 샴페인 때문에 현기증이 난다. 가방이 떨어지는 것을 지켜보며 그녀는 그 안의 전구가 깨질까봐 걱정한다. 하지만 그보다 더 걱정스러운 것은 가방의 고리가 풀려서 그 안에 있는 옷가지가 스테이시 앞으로 쏟아지는 것이다. 그녀는 재빨리 가방을 집어들고 만져보며 전구가 무사한지 확인한다. 무사한 것 같다. 멜리사는 가방을 허리에 바짝 붙여 들고 스테이시에게 이끌려 화장실로 간다. 색색의 옷을 차려입은 친구들이 음악 소리 때문에 저마다 고함을 질러대고 있다. 몰래 술을 가져와서 마셨거나 이미 술을 마시고 왔는지 대부분 눈이 벌겋다. 대마초 냄새를 풍기는 애들도 몇 명 있다. 멜리사는 다른 여학생들의 드레스를 살핀다. 정식 무도회 드레스부터 게토의 졸업 무도회 스타일까지 다양하다. 예를 들어 세니커 로슨은 반짝이는 검은 드레스를 입었는데, 양쪽 옆이 훤히 트여 있고 번쩍이는 은색 실이 옷의 앞뒤판을 하나로 묶어주고 있다. 드레스 위로 가슴이 금방이라도 톡 튀어나올 것 같다. 옆에서 보면 벌거벗은 것이나 다름없다.

"뭘 봐?" 세니커가 긴 갈색 생머리를 뼈가 앙상한 어깨 너머로 휙 넘기며 미시에게 묻는다.

매춘부. 멜리사는 속으로 이런 생각을 하지만 소리내어 말하지는 않는다. 대신 세니커에게 너무 예뻐 보인다, 드레스가 정말 마음에 든다고 말한다. 오늘밤에는 문제를 일으키고 싶지 않기 때문이다. 멜리사는 지금이 한창 즐거울 때라는 걸 알지만(사람들 말처럼 순간을 즐겨야 하는 법이다) 여길 벗어나서 드레스를 벗고 가방 안에 챙겨온 옷으로 갈아입고서 로니의 벤츠 앞좌석에 로니와 나란히 앉아 주말 동안 예약해둔 델라웨어 리호보스의 펜션으로 가고 싶은 생각뿐이다.

“아까 그 드레스 봤어?” 멜리사가 스테이시에게 묻는다. “반쪽 짜리 드레스도 아니고 그게 뭐야?”

스테이시는 대답하지 않는다. 그녀는 빨갛게 빛나는 비상구 표지를 향해 계속 사람들 사이를 헤치고 나아간다. 모터보트 뒤에 매달려 수상스키를 타는 사람처럼 언니에게 끌려가다보니 그렇지 않아도 메스껍던 속이 더 메스꺼워진다. 리무진을 타고 오는 동안 더 심해진 메스꺼움이 지금까지도 가라앉지 않는다. 마침내 두 사람은 사람들 사이를 빠져나와 복도를 걸어간다. 구두 굽이 낡은 초록색 카펫 속으로 가라앉는다. 화장실에 가보니 시들시들한 표정의 여학생들이 문밖에 길게 늘어서 있다. 래드너 시의 역사를 그려놓은 벽화에 등을 기댄 모습이다. “젠장.” 스테이시가 말한다. “줄을 서야 되잖아. 저 아래로 가자.”

멜리사는 더 참을 수가 없어서 홱 손을 빼낸다. “도대체 무슨 일 때문에 이러는지 말 안 하면 난 안 갈 거야.”

스테이시는 줄을 선 여학생들을 바라본다. 다들 어찌나 시무룩해 보이는지 벽화 속의 지친 이주민들과 함께 장작을 모으러 다니는 사람들 같다. “다른 사람들 앞에서 우리 사생활을 얘기해도 좋아?”

“그건 아냐.” 멜리사가 말한다.

“그럼 따라와. 나랑 같이 가자고.”

멜리사는 마지못해 뒤를 따른다. 하지만 스테이시의 손에 끌려가기보다는 일부러 스테이시와 나란히 걷는다. 두 사람은 벽화들을 계속 지나간다. 대장장이가 금속을 두드리는 그림, 턱수염을 기른 남자가 뻣뻣한 자세로 광장 연단에 서서 연설하는 그림, 하나같이 머릿수건을 쓴 여자들이 잔치를 준비하는 그림. "이젠 벽화만 봐도 병이 날 것 같아." 미시가 말한다. "누가 나 좀 구해줘."

그래도 스테이시는 웃지 않는다. 그녀는 희미하게 불이 켜진 복도로 들어선다. 벽화가 끝나고 카펫을 깐 바닥이 휠체어가 다닐 수 있는 경사로로 바뀐다. 이곳의 벽에는 말과 이륜 경마차 들의 실루엣이 자잘하게 그려진 벽지가 발라져 있다. 그 실루엣들이 사방에서 비처럼 줄줄 쏟아지는 것 같은 벽을 보니 매년 여름 부모님과 함께 당일치기로 다녀오는 아미시 마을이 생각난다. 아무 장식도 없는 검은 옷을 입고, 전기도 없이 살면서 알코올이나 카페인은 입에도 안 대고, 퀼트를 만들거나 농사를 지으며 살아가는 그 사람들에 비하면 그녀의 부모는 그래도 정상처럼 보인다. "너 여기 와본 적 있어?" 스테이시가 살짝 열린 어떤 문 앞에 멈춰 서서 안을 들여다보자 미시가 묻는다. "너 여길 아주 잘 아는 것 같다."

"그냥 짐작으로 움직이는 거야. 안으로 들어가자."

"스테이시, 들어가긴 어딜 들어가. 복도에서 얘기해도 되잖아."

"웨이터들한테 방해받고 싶지 않아서 그래."

멜리사는 무거운 가방을 어깨에 멘 채 양쪽 팔을 엇갈려 손으로 팔꿈치를 받치고 있다. "좋아. 하지만 이야기를 빨리 끝내겠다고 약속해. 안 그러면 안 들어갈 거야. 로니와 채즈가 지금쯤이면 자리로 돌아와서 우리가 어디 갔나 하고 있을 거야."

스테이시는 멜리사가 요구한 약속을 하지 않지만 멜리사는 그래도 그 자그마한 방에 발을 들여놓는다. 불빛이라고는 주차장을 굽어보는 자그마한 직사각형 창문에서 들어오는 것밖에 없다. 스테이시가 스위치를 찾으려고 벽을 손으로 훑는 동안 멜리사는 창문으로 가서 해진 파란색 커튼을 젖히고 주차장에 줄줄이 늘어선 리무진들을 바라본다. 족히 오십 대는 되는 것 같다. 대부분 하얀색이고, 유리창은 한결같이 검은색이며, 문 가장자리에는 전구가 박혀 있다. 멜리사는 내부도 전부 똑같은지 궁금해진다. 하지만 리무진이라고는 오늘밤에 탄 것이 처음이니 다른 차의 내부가 어떻게 생겼는지 알 길이 없다. 스테이시, 채즈, 로니는 리무진을 타고 오는 동안 내내 즐거워했다. 샴페인을 마시며 좌석에서 펄쩍펄쩍 뛰어다니기도 하고, 다리를 올리기도 하고, "이런 게 바로 인생이야!"(로니), "우린 너무 멋져, 친구들!"(채즈), "난 이런 차에 금방 익숙해질 것 같아!"(스테이시) 같은 말들을 외치기도 했다. 그동안 내내 멜리사는 미소를 지으며 즐거운 척했지만 사실은 너무 싫었다. 천장이 사람들을 짓눌러 안에 가둬버린 것 같아서 갑갑했다. 천장에 난 구멍이라고는 자그마한 직사각형 선루프뿐이었다. 멜리사에게 무엇보다 불안한 것은 달리면서 앞유리창으로 밖을 내다볼 수 없다는 점이었다. 그래서 다른 사람들은 굉장하다는 둥, 앞으로 사 년 동안 매일 리무진을 타고 학교에 다녔으면 좋겠다는 둥 허튼 소리를 지껄여댔지만 멜리사는 가만히 앉아서 샴페인을 마시며 메스꺼움에 시달리고 있었다. 하지만 내색하지는 않았다. 그들이 이해해주지 못할 것이 뻔했기 때문에.

"찾았다." 스테이시가 말한다.

천장 한가운데에서 알전구에 반짝 불이 들어와 화장지 더미, 영수증 용지, 부들부들한 하얀색 행주, 유리 재떨이와 소금통과 후추통이 들어 있는 우유 상자, 코로나 라이트, 하이네켄, 롤링록의 빈 상자, 아무 표시도 없어서 정체를 알 수 없는 수많은 하얀 통을 비춘다. 이 작은 방을 보니 학교 암실이 생각난다. 빨간 불빛과 현상액의 고약한 냄새만 없을 뿐이다. 벽을 통해 밴드의 베이스 소리가 쿵쿵 울린다. 가수는 〈라비다로카〉를 힘차게 부르고 있다.

"자, 스테이시. 이제 이 외딴 방에 우리 둘만 있으니까 무도회를 방해할 만큼 급한 일이 뭔지 말해봐."

스테이시가 멜리사에게 한 걸음 다가온다. 초록색을 칠한 구두 굽이 장판이 벗겨지고 있는 바닥에 부딪혀 또각또각 소리를 내고, 알전구의 가차 없는 불빛에 초록색 드레스가 그 어느 때보다 더 요란하게 보인다. 그녀가 양손으로 멜리사의 어깨를 짚는다. 멜리사는 어렸을 때 하던 거울 놀이를 잠깐 떠올린다. 둘이 마주보고 앉아서 상대의 동작을 그대로 흉내내는 놀이다. 두 사람은 이를 닦고, 립스틱을 바르고, 머리를 빗는 등 수많은 동작을 흉내냈다. 그러다가 먼저 박자를 놓친 사람이 지는 것이 규칙인데, 지는 쪽은 거의 항상 멜리사였다.

"스테이시." 스테이시가 한 걸음 더 다가오자 미시가 말한다. "나한테 키스할 거라면, 미리 말해두는데, 난 오늘밤 임자 있는 몸이야. 혹시 거울 놀이를 하고 싶은 거라면, 이제 우리 나이가 좀 많지 않아?"

"하하, 미시, 난 지금 심각해. 내 말을 들으면 너는 화를 낼 거야. 하지만 난 너를 사랑하니까 그래도 말해야겠어."

"뭔데? 뭔데? 뭔데?" 멜리사가 양발을 구르며 소리친다. "빨리 말해! 얼른!"

"거기에는 못 가."

멜리사는 어깨에 놓인 스테이시의 손을 떨쳐내고 가방을 더 세게 끌어안는다. "가다니 어딜?"

"무슨 소리인지 알잖아, 미시. 너랑 로니가 무슨 계획을 짰는지 채즈한테서 들었어. 거기 가면 안 돼. 내가 가만두지 않을 거야. 엄마랑 아빠 때문에 너는 지옥을 겪게 될 거야. 나도 물론이고."

멜리사의 머리에 떠오른 생각은 딱 한 가지밖에 없다. '채즈를 죽여버리겠어.' 하지만 이내 다른 생각이 떠오른다. 아냐, 로니를 죽여버릴 거야. 말하지 않겠다고 해놓고 그렇게 떠들어댔단 말이야? 이건 비밀이었잖아. 우리 비밀. 그녀는 무조건 아니라고 부정할까 생각해보지만 스테이시가 이미 뻔히 알고 있으니 부정해봤자 소용없을 것 같다. 그래서 이렇게 말한다. "넌 맘대로 생각해. 어쨌든 난 갈 거니까."

"미시, 미래를 생각해. 미래가 탄탄대로로 뻗어 있는데……"

"고마워요, 오프라 윈프리 씨, 이렇게 힘이 되는 말을 해줘서. 당신은 우리 모두에게 영감을 주는 존재예요."

"나 지금 농담하는 거 아냐, 미시. 대학에 가기 전 마지막 여름방학을 왜 망치려고 해? 가을에 대학에 가면 로니랑 얼마든지 함께 있어도 될 텐데. 생각해봐."

"나도 다 생각해봤어, 스테이시. 사실 지난 한 달 동안 난 줄곧 그것만 생각했어. 엄마랑 아빠라면 이제 신물이 나. 우리 집의 멍청한 규칙들도 마찬가지고. 우리 또래 여자애들은 대부분 몇 년 전부터 남자친구들하고 그 짓을 하고 있어. 난 로니랑 섹스를 하고 싶어. 아니, 난 그보다 더 큰 걸 원해. 로니가 넋이 나갈 정도로 그 짓을 하고 싶어. 하지만 여기 래드너에서 하고 싶지는 않아. 어디 멀리 가고 싶어. 특별한 경험을 하고 싶단 말이야."

"그래도 지금은 안 돼." 스테이시가 말한다.

"떠나는 게 안 된다고? 아니면 섹스를 하는 게?"

"둘 다."

예전에 멜리사와 스테이시는 서로에게 모든 이야기를 다 털어놓았다. 하지만 지난 일 년 동안 미시는 스테이시와 거리를 두었다. 생전 처음으로 자기와 똑같이 생긴 쌍둥이 언니를 끌어들이지 않고 자기만의 정체성을 확실히 하고 싶어서였다. 따라서 그녀는 스테이시의 성생활에 대해서도 거의 아는 것이 없다. 로니가 채즈한테 들은 이야기를 그녀에게 전해준 것이 전부다. "설마 너랑 채즈는 그걸 한 번도 한 적이 없다고 말하려는 건 아니겠지?"

"공식적으로는 안 했어." 스테이시가 말한다.

"그게 무슨 소리야? 공식적으로는 안 했다니. 했으면 한 거고, 안 했으면 안 한 거지. 게다가 내가 로니한테서 들은 이야기는 그게 아닌데. 채즈가 로니한테 너희는 그걸 만날 하고 있다고 말했대. 토끼 새끼들처럼 그 짓을 하고 있다고."

"잘못 들은 거야, 미시. 지난 일 년 동안 네가 날 그렇게 멀리하지 않았다면 우리가 뭘 하고 있는지 내가 너한테 얘기해줬을지도 모르지."

스테이시가 아주 가까이 서서 꼼짝도 하지 않고 있기 때문에 멜리사는 또 거울 놀이를 떠올린다. 어린 스테이시가 귀걸이를 하는 시늉, 립스틱을 열어서 입술에 바르는 시늉을 한다. 그때 둘이서 흉내낸 것은 대부분 어른 여자들의 행동이었다. 두 사람은 옆집에 사는 친한 친구, 같은 학교에 근무하는 교사, 같은 식품점에서 일하는 계산대 직원, 같은 사무실에서 일하는 비서, 같은 백화점의

판매원 흉내를 냈다. 그런데 다 자라서 어른이 된 지금 졸업 무도
회 날 창고에서 둘이 싸움이나 하고 있다니. 멜리사는 속으로 생각
한다. "그게 무슨 소리야. '우리가 뭘 하고 있는지 얘기해줬을지도'
모른다니." 그녀가 묻는다.

"아무것도 아냐. 네가 신경쓸 일도 아니고."

"그러지 말고 말해봐. 뭘 하는데?"

스테이시의 시선이 정신없이 사방을 두리번거린다. 아무런 표
시도 없는 하얀 통에서 유리 재떨이와 소금통과 후추통이 가득 들
어 있는 우유 상자로, 그녀의 얼굴에 이상한 그림자를 드리우고 있
는 알전구로. 마침내 그녀가 말한다. "나랑 채즈는 그걸 다른 방식
으로 해. 그러니까 난 엄밀히 말해서 아직 처녀야. 무슨 뜻인지 알
지?"

"계속 무슨 뜻인지 아느냐고 말하는데, 솔직히 말하면 난 모르겠
어, 스테이시. 무슨 소리야?"

스테이시는 채즈가 준 코르사주의 끔찍한 초록색 꽃잎들을 엄지
와 검지로 잘 다듬는다. 그러면서 시선을 들지 않은 채 이렇게 말
한다. "짐작이 갈 텐데."

"입에다 하는 것 말이야?" 멜리사가 묻는다.

"뭐, 그렇지. 하지만 그게 다가 아냐. 내 말은, 그게 가장 중요한
부분이 아니라고."

"그럼……" 멜리사는 스테이시의 말뜻을 깨닫고 말을 멈춘다.
"우! 미쳤어. 그런 끔찍한 짓을 하다니."

"엄마, 그렇게 하는 애들이 얼마나 많은데요. 그러니까 그렇게
충격받지 마세요."

"많다니 누가? 어떤 애들인데?"

"세니커."

"뭐, 그애야 당연하지. 걔는 그 서비스를 해주고 추가로 요금을 물릴걸."

"다른 애들도 많아, 미시. 로라 밀스랑 에바 탤벗도 있어."

"걔들은 전부 헤픈 애들이야. 걔들이 엄밀히 말해서 처녀로 남아 있어야 한다고 생각했다는 사실 자체가 놀랍다. 그런 걸 할 거면 아예 끝까지 해치우는 게 낫지." 멜리사는 말을 멈추고 벽에 몸을 기댄다. 음악의 일정한 리듬이 그녀의 몸을 울린다. 밴드는 소리를 질러대며 리키 마틴의 노래를 부르고 있다. 멜리사는 예상치 못했던 이 괴상한 대화를 잊어버리고 처음 이곳을 찾아온 목적으로 돌아가야겠다고 생각한다. "스테이시, 지금은 그 얘기를 못하겠어. 너무 이상해. 무서워죽겠어."

스테이시는 여전히 아무 말 없이 코르사주의 초록색 꽃잎들을 만지작거린다.

멜리사는 창가로 가서 이제 어떻게 할지 생각한다. 창밖의 주차장을 바라보던 그녀의 눈에 하얀 리무진 주위에 모여 있는 운전기사들의 모습이 들어온다. 그들은 한데 모여서 이야기를 하며 웃음을 터뜨리고, 담뱃재를 바닥에 턴다. 그녀는 자기네 운전기사를 찾으려고 사람들을 훑어본다. 빼빼 마른 아시아인 운전기사는 아주 정중했지만, 멜리사 일행이 차를 타고 내릴 때 조용히 문을 잡아주는 모습이 어딘가 묘하게 느껴졌다. 그의 모습이 보이지 않는다. 멜리사는 마음을 정한다. 먼지 로니를 찾아서 채즈에게 왜 그런 말을 했느냐고 혼내줘야지. 그러고 나서 밤에 출발하는 거야. 그녀는 무슨 일이 있어도 계획대로 할 생각이다. 리무진이 멜리사 일행을 로니네 집까지 데려다주면 멜리사와 로니는 로니의 벤츠로 옮겨 타고 델라웨어 주 리호보스로 갈 것이다. 자정쯤이면 로니 이름으로 예약한 펜션에서 체크인을 하고 있을 것이다. 멜리사가 생전 처음으로 섹스를 하는 것보다 더 기대하는 것은 로니와 나란히 잠드는 것이다. 주말 내내 로니의 따뜻한 품속으로 파고드는 것. 일단 이렇게 마음을 정한 멜리사는 스테이시를 향해 몸을 돌리고 자신의 계획을 간단히 설명한다. "난 로니를 찾으러 갈 거야. 졸업 무도회가 끝나면 우린 떠나. 오늘밤에 우린 섹스를 할 거야. 정상적인 사람들처럼."

멜리사가 스테이시 옆을 지나쳐 문으로 걸어가는데 스테이시가 불쑥 말한다. "미시, 정 가겠다면 내가 엄마랑 아빠한테 네가 어디에 묵는지 말해버릴 거야."

멜리사는 휙 몸을 돌려 스테이시를 노려본다. 스테이시는 그녀와 똑같은 초록색 눈, 반짝이는 금발, 섬세한 코를 지니고 있다. 지금 이 순간 그녀가 가장 바라는 것은 거울처럼 똑같은 저 모습을 완전히 부숴버리는 것이다. 설마, 말하지는 않을 거야. 미시는 생각한다. 그냥 허풍을 떠는 거야. 게다가 스테이시는 내가 어디에 묵을 건지도 모르잖아. 도시 이름까지는 알지 몰라도, 설마 로니가 채즈한테 펜션 이름까지 말하지는 않았을 거야. 왜 그런 걸 말하겠어?

스테이시가 그녀의 얼굴에서 미심쩍어하는 기색을 읽었는지 이렇게 말한다. "델라웨어 주 리호보스의 아처 펜션에 3박 4일 동안 예약했잖아. 난 엄마랑 아빠한테 거기 이름을 말해주고, 네가 거기 도착하기도 전에 펜션에 전화를 걸어서 예약을 취소할 거야. 이제

내 말을 믿겠어?"

멜리사는 갑자기 질문들을 쏟아내기 시작한다. "너 나한테 왜 이러는 거야? 왜 이렇게 못되게 굴어? 어디가 잘못된 거 아냐? 너도 나름대로 고민 같은 게 있을 거 아냐? 그런데 왜 내 일까지 간섭하려고 해?"

스테이시가 차분한 목소리로 말한다. "이건 우리 인생이니까."

"아냐, 스테이시. 넌 내 언니지만, 네가 곧 나는 아냐. 우린 별개의 존재라고. 잘 들어. 이건 내 인생이고, 내 일은 내가 결정할 거야."

이번에는 스테이시가 문으로 향한다. "아까도 말했지만, 내가 이러는 건 널 사랑하기 때문이야. 네가 내 동생이기 때문이야. 그리고 네가 이런 짓을 하면 엄마랑 아빠가 우리 둘한테 얼마나 끔찍하게 굴지 알기 때문이기도 해. 네가 우리 둘을 별개의 존재로 생각해서 지난 일 년 동안 너한테 내가 필요 없다는 걸 증명하려고 갖은 애를 쓰기는 했어도 부모님은 여전히 우리 둘을 세트로 생각해. 엄마랑 아빠가 너한테 벌을 주면, 나도 영향을 받게 돼 있어. 난 대학에 가기 전 마지막 여름방학을 즐겁게 보내고 싶어. 그러니까 아까 말한 것처럼, 넌 거기 가면 안 돼. 지금은 나한테 화가 나겠지만, 나중에는 나한테 고마워하게 될걸."

스테이시는 말을 마친 뒤 복도로 나가 무도회장으로 향한다. 멜리사는 스테이시를 향해 고함을 지른다. "넌 나보다 겨우 이 분 먼저 태어났어! 이십 년이 아니라고! 왜 엄마처럼 굴어?"

스테이시는 뒤도 돌아보지 않고 계속 걸어간다.

멜리사는 너무 화가 나서 문을 쾅 닫고는 좁은 방 한가운데에 서서 가방을 끌어안은 채 혼자 열을 낸다. 로니는 도대체 무슨 생각으로 채즈한테 그런 얘길 떠벌린 거야? 벽 뒤편에서 드럼 소리가 점점 커진다. 마치 그 소리가 피부 속으로 스며들어와서 그녀의 머릿속을 분노로 가득 채우는 것 같다. 멜리사는 교회 기금 모금을 위한 헌책 벼룩시장에서 산 책을 떠올린다. 『캐리』. 그녀는 자신의 분노가 초자연적인 현상을 일으켜 문을 잠그고, 파이프를 터뜨리고, 건물에 물이 넘치게 하고, 저 벽 뒤에서 춤추는 모든 사람을 감전사시키는 상상을 한다. 몇 달 전부터 오늘밤을 기대했건만 지금은 실망감이 너무 커서 금방이라도 폭발해버릴 것 같다. 멜리사는 아무 표시도 없는 통에 털썩 주저앉아 울기 시작한다.

난 졸업 무도회가 싫어. 그녀는 지금 이 순간 가장 미운 사람들과 싫은 것들을 차례로 떠올린다. 내 드레스도 싫어. 이 코르사주도 싫어. 이 웃기는 창고도 싫어. 그 형편없는 펜션도 싫어. 벽에 그려진 우울한 벽화도 싫어. 로니도 싫어. 채즈는 정말, 정말, 정말 싫어. 부모님도 싫어. 하지만 스테이시가 제일 싫어.

더이상 싫은 것들이 생각나지 않자 멜리사는 다시 부모님을 생각한다. 이 모든 문제의 뿌리가 바로 부모님 아닌가. 부모님이 정한 웃기는 규칙들만 아니라면 스테이시가 오늘밤 멜리사의 계획에 끼어들지도 않았을 것이다. 멜리사는 같은 또래 친구들이 밖에서 재미있게 노는 동안 자신이 지켜야 했던 모든 규칙을 생각해본다.

여덟시 이후에는 전화 금지.

케이블 TV 금지.

욕설 금지.

매일 밤 플루트 연습 두 시간.

숙제 세 시간.

일요일에는 교회에 가기.

화요일에는 기도 모임에 가기.

아버지가 마음 내킬 때마다 온 가족이 병자들을 찾아가 만나기.

멜리사는 더이상 견딜 수가 없다. 도저히 견딜 수가 없다.

채즈에게 비밀을 말해버린 로니에게 화가 나기는 해도 그녀는 그의 가족들을 생각한다. 아까 저녁때 리무진이 로니네 집 앞에 멈췄을 때 로니 어머니가 잔디밭으로 나왔다. 미소와 웃음이 가득한 사람이었다. 로니 어머니는 필름을 세 통이나 찍으며 로니와 농담을 주고받았다. 로니는 어머니를 위해 포즈를 잡으면서 사진 잘 찍는 법을 어머니에게 알려주려고 했다. 체이스 부인은 정상적인 것들에 대해 이야기했다. 정상적인 부모답게. 체이스 부인은 오늘밤 도서관에서 거물급 작가를 모셔다가 책을 읽는 모임을 주최한다고 말했다. 특별한 행사를 위해 옷을 차려입는 것이 정말 즐겁다는 말도 했다. 병원으로 출근할 준비를 하던 로니 아버지도 밖으로 나와 정상적인 아버지의 모습을 보여주었다. 그는 통금 시간과 음주에 대해 설교를 늘어놓는 대신 재미있는 이야기들을 들려주었다. 고등학교 때 여자친구랑 춤을 추다가 플로어에서 야한 짓을 하는 바람에 쫓겨난 이야기도 있고, 결혼식 때 체이스 부인의 베일에 자신의 손목시계가 걸려서 엉켜버린 이야기도 있었다. 출근하려고 집을 나실 때는 심지어 모든 사람 앞에서 체이스 부인과 가볍게 입을 맞추기까지 했다. 멜리사는 자기 부모님이 키스하는 모습을 본 기억이 없다. 단 한 번도. 마지막으로 로니의 형이 올리브 가든으로 출근하려고 밖으로 나와 로니와 멜리사를 만났다. 필립을 직접 만난 것은 처음이지만, 멜리사는 1학년 때 고등학교 도서관에서 커다란 사전을 찾아보다가 누군가가 낙오자, 게이, 동성애자, 구리다, 추하다 등 수십 개 단어들의 뜻을 수정액으로 지워버린 것을 보았다. 수정액 자국 위에는 파란색 펜으로 "95년 졸업생 필립 체이스를 참조할 것"이라고 쓰여 있었다. 그런 걸 보았어도 멜리사가 보기에는 필립도 '정상'이었다. 필립은 멜리사와 로니에게 멋지게 보인다면서 잘 놀다 오라고 말하고는 자기 차를 몰고 떠나버렸다. 자기 볼일을 보러. 멜리사의 언니와는 달랐다.

로니의 가족을 생각한 것이 로니를 불러내는 주문이라도 되는지 그가 복도 저쪽에서 활기찬 목소리로 다급히 그녀의 이름을 부르는 소리가 들린다. "미시! 멜리사!"

그녀는 대답하지 않는다. 지금은 너무 화가 나서 그와 이야기하고 싶지 않기 때문이다. 하지만 그가 문을 열고 그녀를 찾아낸다. "스테이시한테서 네가 여기 있다는 말을 들었어. 무슨……" 로니는 그녀가 울고 있음을 깨닫고 말을 멈춘다. 그는 안으로 들어와 문을 닫고 그녀 옆의 통 위에 앉는다. "왜 그래?" 그가 튼튼한 팔로 그녀를 감싸며 묻는다. "무슨 일이야?"

"네가 수다를 떠는 바람에 엉망이 됐어." 그녀가 그의 두툼한 어깨에 얼굴을 묻고 말한다.

"엉망이 되다니, 뭐가?"

멜리사는 몸을 떼어내더니 주먹으로 있는 힘껏 그의 가슴을 때린다. "시치미 떼지 마, 바보야! 오늘밤부터 주말 동안 우리가 계획했던 일이 너 때문에 엉망이 됐어!"

로니는 그녀를 빤히 바라본다. 어리둥절한 표정으로 고개를 갸우뚱한 채.

"내가 꼭 말로 해줘야 알아? 네가 채즈한테 말했잖아. 채즈가 그걸 또 스테이시한테 말했어. 그래서 못된 언니가 나더러 가지 말래."

로니는 고개를 똑바로 세운다. 그녀의 말이 무슨 뜻인지 이제야 알겠다는 표정이다. 그가 혀로 입술을 핥더니 무거운 한숨을 내쉰다. "미안해, 멜리사."

"왜 말했어? 약속했잖아. 걔 입이 가벼운 줄 다 알면서. 이번 여행은 비밀이었는데. 우리만의 비밀."

"나도 알아. 하지만 채즈가 절대 아무한테도 말하지 않겠다고 했어. 그런데 오늘밤 스테이시 앞에서 실수한 거야. 정말 실수였어. 걔가 일부러 그런 게 아냐."

"그래도 애당초 네가 왜 채즈한테 얘기했는지 난 이해가 안 가."

로니는 오는 토요일 밤에 운동부가 상을 수상한 기념으로 열릴 예정인 파티 얘기를 꺼냈다. 그는 멜리사와 리호보스에 가기 위해 그 파티에 빠지기로 했었다. "채즈가 계속 파티장까지 같이 차를 타고 가자고 조르잖아. 파티가 끝난 뒤에 같이 놀자는 말도 하고. 누구네 집에 맥주통이 있다나봐. 그러니까 다 같이 가자는 거야. 꼭 잔소리 많은 할머니 같았어, 미시. 그래서 채즈를 떼어내려고 난 여기 없을 거라고 말하는 수밖에 없었어. 미시, 화내지 마. 우리 계획을 망칠 생각은 없었어."

멜리사는 그렇게 쉽게 그를 용서해주고 싶지 않다. 자신이 로니의 사정을 이해한다는 사실을 인정하고 싶지 않다. 하지만 채즈가 어떤 애인지 그녀도 잘 알기 때문에 로니의 설명에는 분명히 일리가 있다. "그래도 펜션 이름까지 말해줄 필요는 없었잖아."

로니는 어깨를 으쓱한다. "글쎄. 채즈는 우리 계획을 듣고 아주 멋지다며 감탄했어. 그래서 내가 좀 잘난 척을 하고 싶었던가봐. 그래서 우리가 얼마나 멋지게 즐기다 올 건지 말해준 거야. 내가 걔보다 한 수 위인 것 같았거든. 걔가 투포환 기록을 떠벌리다 입을 다문 건 정말 오랜만에 처음 봤어."

멜리사는 달리 할말이 생각나지 않는다. 그녀는 손을 뻗어 이그제큐티브 초이스 상표의 화장지 두루마리를 하나 잡는다. 눈물을 닦을 생각이다. 로니는 그것을 보고 그녀에게 잠시 기다리라고 하더니 턱시도 앞주머니에서 RC라는 이니셜이 있는 하얀 손수건을 꺼낸다. "보통 때는 내 주머니를 뒤져봐야 공책 쪼가리밖에 없겠지만, 오늘밤에는 아빠가 옷차림을 멋지게 완성해야 한다면서 이걸 줬어. 아빠 손수건이야. 우리 둘이 이니셜이 같아서 다행이야." 로니는 비단 손수건으로 멜리사의 뺨을 부드럽게 누른다. "걱정 마." 그가 그녀에게 말한다. "내가 여기다 코를 풀지는 않았으니까. 깨끗해."

"그래도 오늘밤에 좋은 게 하나는 있으니 다행이네." 그녀는 이렇게 말하고 나서 혹시 마스카라가 번지지 않았느냐고 묻는다.

"조금. 근데 지금은 번진 자국이 다 지워졌어."

"있지, 로니, 우린 이제 거기 못 가. 채즈가 스테이시한테 펜션 이름까지 죄다 말해줬어. 그래서 스테이시가 부모님한테 펜션 이름을 말해버리겠다면서 가지 말라고 했어."

두 사람 모두 잠시 아무 말도 하지 않는다. 멜리사는 손을 뻗어 자신의 손목을 긁다가 코르사주의 레이스 끈을 다시 잘 묶는다. 벽 뒤에서는 드럼의 박자가 느려지면서 머라이어 캐리의 노래가 작게 들려오기 시작한다. 마침내 멜리사가 말한다. "어디 다른 데로 갈까? 다른 해변이나, 다른 호텔 같은 데. 이 세상에 아처 펜션만 있는 건 아니잖아."

로니는 다시 입술을 핥고는 한숨을 내쉰다. "미시, 문제가 하나 더 있어."

여기서 어떻게 더 일이 잘못될 수 있다는 거지? 멜리사는 생각한다. "또 뭐?"

"아빠한테 내 신용카드를 돌려달라고 했는데 아빠가 안 된대. 그래서 그럼 대신 현금이라도 좀 달라고 했더니 그것도 안 된대. 난 벤츠 때문에 계속 벌을 받고 있는 중이야. 그래서 돈이 한 푼도 없어. 아까 집에 들렀을 때 형한테 형 카드를 써도 되냐고 물어보기까지 했어."

"필립 오빠가 뭐래?"

"우리 형은 잘 모르는 사람은 이해하기 힘든 사람이야. 내 말을 듣더니 아주 퉁명스러워지더라고. 원래 잘 그래. 나더러 운동이나 하면서 시간 낭비하지 말고 일자리를 찾으래. 그럼 주머니에 돈이 생길 거라나. 내가 형처럼 올리브 가든에서 일하면서 인생을 낭비할 것 같아?"

"알았어." 멜리사가 말한다. "그럼 어쩔 수 없네. 여행을 취소하는 수밖에."

로니는 통에서 일어나 갈라진 리놀륨 바닥에 무릎을 꿇고는 그녀의 양손을 잡고 손마디에 입을 맞춘다. 그리고 손을 위로 뻗어 그녀의 머리카락을 쓰다듬는다. "미안해." 그가 그녀에게 말한다. "정말 미안해."

멜리사는 크게 실망했지만 점차 안도감이 밀려오는 것을 인정하지 않을 수 없다. 스테이시에게는 절대 말하지 않겠지만 스테이시의 말 중에 적어도 한 가지는 사실이었다. 부모님이 그녀와 스테이시를 몹시 괴롭힐 거라는 것. 이제는 멜리사가 여름 내내 고생할 이유가 없어졌지만 그래도 아처 펜션의 브로슈어에서 본 사진들이 생각나는 건 어쩔 수 없다. 아처 펜션에서는 어느 방에서나 바다가 잘 보인다. 그리고 각 방에는 내부 벽지의 색깔에서 딴 이름이 붙어 있다. 블루 룸, 그린 룸, 옐로우 룸, 피치 룸. 그녀와 로니는 옐로우 룸을 예약했다. 여러 개의 베개가 놓여 있고 캐노피가 달린 킹사이즈 침대가 마음에 들었기 때문이다. 이제 그 침대는 주말 내내 비어 있을 것이다. 아니, 어쩌면 계획성이 없어서 예약도 없이 나타난 지루한 커플이 그 방을 차지하는 불상사가 생길지도 모른다. 멜리사는 둘이 같이 걷고 싶었던 산책로, 함께 식사를 하고 싶었던 애슈비즈 오이스터 하우스라는 식당, 어쩌면 둘이 들렀을 수도 있는 브라우즈어바웃 북스라는 자그마한 서점을 생각한다. "난 모든 걸 완벽하게 하고 싶었어." 그녀가 숨죽인 소리로 말한다.

"완벽해." 로니가 그녀의 머리카락을 계속 쓰다듬으며 말한다. "지금처럼 이렇게 창고에 함께 앉아 있는 것도 괜찮아. 난 그냥 너랑 같이 있는 게 좋아."

멜리사는 그를 바라본다. 그는 여전히 그녀 앞에 무릎을 꿇고 있다. 그의 나비넥타이가 비뚤어져 있어서 그녀가 그것을 바로잡아준다. "그런 촌스러운 말은 어디서 들었어?"

"내 진심을 말한 거야, 멜리사. 지난 일 년 동안 너랑 사귀면서 내가 널 어떻게 생각하는지 다 보여준 것 같은데. 너희 부모님이 정한 규칙 때문에 우린 정상적인 데이트도 할 수 없었잖아. 너 말고 다른 애랑 사귀었다면 훨씬 더 편했을 거야. 그래도 난 너랑 같이 있고 싶어."

멜리사는 무슨 말을 해야 할지 알 수 없어서 이렇게 말한다. "나도 너랑 같이 있고 싶어."

"몇 달만 지나면 모든 게 달라질 거야. 대학생이 될 테니까. 캠퍼스에서 바로 옆 건물에 살게 될 거야."

"맞아. 대신 대학에 다니려면 근로 장학생 담당자가 지정해주는 대로 카페테리아에서든 어디서든 죽어라 일하며 시간을 보내야 하겠지만."

로니는 머리핀 밖으로 빠져나온 머리카락 한 가닥을 뒤로 넘겨주고는 부드럽고 통통한 입술로 그녀의 이마 한가운데에 입을 맞추며 낮은 목소리로 말한다. "네가 접시를 닦게 되면 비누칠은 내가 해줄게."

"약속하는 거지?"

"약속해."

로니는 그녀의 입술로 내려가 입을 맞추며 그녀의 목덜미에 손을 두른다. 그의 손가락이 거기서 잠시 춤을 추며 귀에서 귀까지 좌우를 가로지르더니 척추 맨 위의 불룩 튀어나온 부분으로 내려간다. 로니는 항상 그녀의 입술에 자신의 입술을 부드럽게 살짝 갖다대기만 하는 것으로 키스를 시작한다. 하지만 이내 그녀에게 몸을 밀어붙이며 입술을 벌린다. 그래서 두 사람은 점점 더 축축하고 뜨거워진다. 그의 혀가 입속으로 밀고들어와 입안을 가득 채우자 멜리사는 눈을 감고 고개를 뒤로 젖힌다. 로니가 더욱더 몸을 밀착시키더니 입술을 떼어 목덜미에 입을 맞추기 시작한다. 그녀의 피부에 닿는 그의 숨결이 따뜻하고 촉촉하다. 그가 점점 그녀의 귀를 향해 다가간다. 멜리사는 그의 널찍한 어깨를 손으로 문지르다가 등을 타고 내려간다. 그녀의 이런 행동이 그의 숨결을 더욱 거칠게 만든다. 그가 귀에 도달하더니 그녀에게 뭔가를 속삭이는 것 같다. 하지만 그녀가 열심히 들어보니 그건 말이 아니다. 그가 거칠게 숨을 몰아쉬는 소리일 뿐이다. 마침내 그의 머리가 그녀의 가슴 근처로 미끄러져내려가고, 그가 그녀의 드레스 레이스 속에 얼굴을 묻는다. "테이블보랑 키스하는 것 같아." 그가 웃으며 말한다.

멜리사는 그의 헝클어진 금발을 빤히 바라본다. "아까는 이 드레스를 입으니까 예쁘다고 하지 않았어?"

로니가 그녀를 올려다본다. 그녀가 너무도 사랑하는 그 파란 눈으로. 그의 살갗에서 나는 냄새를 호흡하며 그와 나란히 잠들었다가 아침에 일어나 그의 얼굴을 보는 기분을 경험하려면 좀더 기다려야 한다는 사실에 안타까움과 슬픔이 밀려온다. "이 드레스 정말 잘 어울려." 그가 그녀에게 말한다. "하지만 이 드레스를 벗으면 훨씬 더 예쁠 거야."

"오늘밤에 그럴 기회를 잃어버렸으니 안됐네." 멜리사가 말한다.

그는 그녀의 양 가슴 사이에 입을 맞추더니 발목으로 손을 내려 드레스 속으로 파고든다. 그의 손이 천천히 원을 그리며 발목에서 종아리, 무릎, 허벅지 안쪽 그리고 그 위까지 계속 올라온다. 그의 손가락이 그녀의 팬티에 닿았을 때 팬티는 이미 젖어 있다. 그의 손길만으로도. 그가 처음에는 부드럽게 솔기를 어루만지다가 점점 강하게 밀어붙이자 멜리사의 숨소리가 거칠어진다. 로니가 묻는다. "이래도?"

"정말이야." 멜리사가 이렇게 말하며 그의 손을 억지로 밀어내고 무릎을 하나로 모은다. "로니, 여기서는 안 돼."

"왜?"

"무도회장으로 돌아가야지."

"그게 무슨 상관이야. 거기에 신경쓸 사람이 어디 있다고. 난 너만 있으면 돼."

"벌써 몇 번이나 말했잖아. 난 첫 경험을 특별하게 치르고 싶어."

"나도 몇 번이나 말했지? 틀림없이 특별하다고. 장소가 어디든."

멜리사는 한참 동안 그를 빤히 바라보며 자신이 로니와 함께 이 창고에 앉기까지 오늘 저녁에 벌어졌던 일들을 하나씩 생각해본다. 두 사람이 아는 사람들은 지금 거의 모두 벽 너머에서 춤을 추고 있다. 그런데 그는 그녀와 섹스를 하고 싶어한다. 지금. 여기서. 그녀는 같은 또래의 다른 여자애들을 생각해본다. 세니커 로슨, 로라 밀스, 에바 텔벗. 심지어 언니 스테이시 무디까지. 오늘밤 그애들에 관해 들은 이야기를 생각하면 로니와 함께 이 창고에 앉아 있는 것이 지극히 정상적인 일인 것 같다. "뭐 하나 보여줄까?" 그녀가 로니에게 묻는다.

그가 고개를 끄덕이자 멜리사는 그에게 바닥에 있는 자신의 가방을 집어달라고 말한다. 그에게서 가방을 건네받은 그녀는 가방을 열어 단단히 말아놓은 옷 뭉치를 꺼낸다. 그러고는 천천히 조심스럽게, 마치 무슨 수술이라도 하는 것처럼 바지와 티셔츠를 펼친다. 마침내 유리로 만든 심장 같은 빨간 전구가 드러난다.

"리호보스에 가서 사진이라도 현상할 생각이었어?" 로니가 묻는다.

"아니 우리 방 침대 옆 램프에 끼울 생각이었어. 우리가 집에 온 것처럼 편안한 기분을 느끼게 해줄 깜짝 선물 같은 걸로."

"나한테 더 좋은 생각이 있어." 로니가 그녀의 손에서 전구를 집어들고 일어서더니 천장에 매달린 알전구로 손을 뻗는다. 전구가 너무 뜨거워서 그는 선반에 있던 행주로 손을 감싼다. 그가 전구를 빼내자 주차장에서 들어오는 파란 불빛만 남는다. 로니가 빨간 전구를 끼워넣는다. "됐다!" 친숙한 진홍색 빛이 창고 안을 가득 채우자 그가 말한다. "금방 암실이 됐어."

멜리사는 로니의 잘생긴 얼굴을 올려다본다. 그가 미소를 짓고 있기 때문에 살짝 교합이 어긋난 이가 보인다. 멜리사는 이제 기다리는 데는 지쳤다는 생각이 든다. 로니에게 자꾸 안 된다고 거절하는 데도 지쳤다. 마침내 그녀가 일어서서 문을 잠근다. 그러고는 만약의 경우를 대비해서 무거운 통 몇 개를 문 앞으로 밀어놓고 해진 파란색 커튼을 닫는다. 첫 경험을 이렇게 하고 싶지는 않았다. 그녀가 바라던 것과는 전혀 다르다. 하지만 멜리사는 로니의 말이 옳다는 결론을 내린다. 둘이 함께 있기만 하다면 장소가 어디든 중요하지 않다. 그래서 마침내 그녀는 순간적인 충동에 몸을 맡기고 계획을 포기한다. 그리고 계획에서 무엇보다 중요한 부분만이라도 건져내기로 한다. 로니가 턱시도 재킷을 벗어 갈라진 리놀륨 바닥에 깐다. 그리고 손으로 재킷을 툭툭 두드리며 말한다. "저랑 합석하시겠습니까?"

멜리사는 그의 옆에 누워 부드럽고 따뜻한 가슴에 얼굴을 묻는다. 그의 손가락이 그녀의 등을 타고 내려가며 레이스로 장식된 하얀 드레스의 단추를 천천히, 서투르게 푼다.

"내가 사랑하는 거 알지?" 로니가 그녀의 귀에 속삭인다. "응?"

"알아." 멜리사도 마주 속삭인다. "나도 널 사랑해."

8장

래드너 메모리얼 도서관 앞의 눈 덮인 잔디밭에 검게 그을리고 완전히 구겨진 BMW의 잔해가 놓여 있다. 문은 움푹 들어갔고 엔진 덮개는 찢어져서 사라져버렸으며 창문은 산산이 깨진 지 이미 오래다. 자동차 한쪽 옆구리에 걸쳐진 커다란 표지판에는 거대한 대문자로 '음주 운전을 하면 이렇게 됩니다'라고 적혀 있다. 이 자동차, 아니 한때 자동차였던 물건은 실제 사고 차량을 이용해서 음주 관련 사고의 위험성을 생생하게 보여주는 공익 캠페인의 일환으로 이곳에 전시되어 있다. 샬린은 지난 연말에 피츠버그 톨게이트에서 발생한 연쇄 충돌 사고 현장에서 이 자동차를 가져왔다는 기사를 신문에서 읽은 기억이 난다. 구겨진 차체와 움푹 꺼진 지붕을 볼 때마다 샬린은 똑같은 생각을 한다. '이 일대에서 일어나는 비극적인 사건도 많은데 이런 것까지 굳이 끌고 올 필요는 없잖아.' 대부분의 사람은 이 자동차를 한 번 보고는 속도를 늦추지만 샬린은 오히려 가속페달을 밟아 속도를 올리며 도서관 주차장으로 향한다.

 그녀가 주차장에서 빈자리를 발견하고 시동을 끄자 학교에 처음 등교한 아이처럼 긴장감이 몰려오면서 뱃속이 요동친다. 그녀가 이곳에 마지막으로 발을 들여놓은 게 거의 오 년 전이었다. 못된 필리아가 샬린의 비극을 이용해서 수석 사서의 자리로 훌쩍 날아올라간 지 거의 오 년이 됐다는 뜻이다. 그녀는 도서관 안에 발을 들여놓을 준비도, 필리아를 포함해서 이곳 사서들에게 자신의 변한 모습을 보여줄 준비도 아직 안 되어 있기 때문에 조수석에 놓인 비닐봉지에서 이리로 오는 길에 산 원더브레드 한 덩이를 꺼낸다. 몇 시간 전 리처드와의 통화를 끝낸 뒤로 두 가지 일이 일어났다. 첫째, 리처드가 뭔가를 숨기고 있다는 확신이 들었다. 리처드가 아무리 부인해도 샬린은 알 수 있었다. 거의 삼십 년 동안 그와 결혼 생활을 한 여자의 직감이었다. 그가 그녀의 질문에 더듬거리며 애매한 답변만 내놓은 이유는 한 가지뿐이었다. 그녀에게 말하지 않은 비밀이 있다는 것. 두번째로 일어난 일은, 아무것도 넣지 않은 하얀 식빵을 먹고 싶다는 설명할 수 없는 욕구가 샬린을 사로잡은 것이다. 옛날 필립과 로니가 초등학생일 때 그녀는 흰 빵으로 샌드위치를 만들어주곤 했다.

 그녀는 먼지가 잔뜩 끼고 지나치게 더운 자신의 초록색 렉서스 안에 앉아 도서관 안으로 들어갈 용기를 내려고 애쓰면서 빵 포장을 열어 맨 끝의 껍질 부분을 꺼내 바닥으로 던진다. 그러고는 그 밑에 있던 평범한 식빵 조각을 꺼내 옛날에 로니와 필립이 해달라고 했던 것처럼 껍질을 뜯어낸다. 손에 흐물흐물하고 가장자리가 삐뚤빼뚤한 하얀 사각형 빵만 남자 샬린은 그것을 반으로 접어 입안에 던져넣는다. 스펀지처럼 푹신푹신한 질감과 아무런 향도 없는 맛이 놀랍게도 그녀를 진정시킨다.

'원더브레드라는 이름이 그래서 생긴 건가.' 샬린은 생각한다.

그녀는 빵을 씹어 삼키고는 봉지에서 또 한 조각을 꺼낸다. 요즘 유행이라는, 두 가지 씨앗/아홉 가지 곡물/통밀/참깨/귀리 껍질을 섞어 만든 식빵으로 바꾸지 말고 흰 빵을 계속 먹을 걸 그랬다는 생각이 든다. 유행하는 빵의 그 어떤 재료도 이 흰 빵만큼 행복하던 시절의 편안한 기분을 다시 맛보게 해주지 못하기 때문이다. 그녀는 두번째 조각의 껍질을 뜯어내고 하얀 부분을 입안에 우겨넣으면서 자신이 아직 젊은 엄마이던 시절을 회상한다. 땅콩버터와 젤리로 샌드위치를 만들어 스쿠비두가 그려진 필립의 도시락통과 닌자 거북이가 그려진 로니의 도시락통에 사과, 요구르트, 주스와 함께 넣어주던 시절. 샬린은 식빵을 또 한 조각 꺼내서 껍질을 뜯어 바닥에 던지고는 하얀 빵을 반으로 접어 입안에 쑤셔넣는다. 그녀는 빵을 씹어 삼킨 다음 똑같은 과정을 계속 되풀이하며 자신이 젊은 사서였던 시절을 회상한다. 자신이 물건들을 완벽하게 정리하는 데 도사였던 시절. 그녀는 책을 분류하고, 쌓고, 서가에 꽂고, 알파벳순으로 정리하고, 문자와 숫자를 조합한 번호를 붙이고, 버릴 책을 골라내고, 서류를 만들고, 먼지를 털었다. 언제나 먼지를 털었다. 항상 미소를 띤 채.

마침내 행복하던 시절의 기억이라는 안개가 걷히자 샬린은 바닥을 내려다본다. 축축한 베이지색 부츠 주위에 빵 껍질이 지저분하게 흩어져 있다. 조수석에 놓인 봉지는 거의 다 비었다. 빵 한 덩이를 거의 다 먹어치운 것이다. 자신이 역겹다. 식욕에 굴복할 때마다 느끼는 기분이다. 며칠 전 밤에는 당장 완두콩 수프를 먹고 싶다는, 꺼질 줄 모르는 욕망에 굴복했다. 그래서 가게로 달려가 냉동 완두콩 수십 상자를 사고, 정육점에서 돼지 발목 두 개를 사고, 십이 온스짜리 소금도 사서 빈민들을 위한 무료 급식소를 차려도 될 만큼 많은 양의 수프를 만들었다. 그러고는 위층의 자기 방 침대에 누워 한없이 수프를 먹어대며 지금처럼 과거의 추억 속에 빠져들었다. 그날 그녀는 리처드와 함께 필라델피아 스프루스 스트리트의 비좁은 아파트에서 살던 시절을 떠올렸다. 필립은 아직 갓난아기였기 때문에 두 사람은 아기에게 침실을 내주고 자기들은 거실 바닥에 매트리스를 깔고 잤다(어렸을 때 우리가 자기를 얼마나 예뻐했는지 필립이 알면 나중에 내가 못되게 군 걸 용서해줄지도 몰라). 리처드가 아직 펜 병원에서 레지던트 생활을 할 때라 돈이 많지 않았다. 그래서 샬린은 돈을 아끼려고 추운 겨울날이면 완두콩 수프를 잔뜩 끓여 주말이 올 때까지 그걸로 버텼다. 저녁에 식사를 끝내고 필립을 아기 침대에 눕힌 뒤 두 사람은 섹스를 했다. 바닥에 놓인 울퉁불퉁한 매트리스 위에서. 숨조차 쉬기 힘들 만큼 열정적인 섹스였다. 섹스가 뻔한 일상이 되어버린 나중과는 달랐다. 섹스가 끝난 뒤 샬린은 리처드의 따스한 알몸에 자신의 몸을 밀착시킨 채 매트리스에 누워 교외에 침실이 많은 집을 장만하고 주머니에 돈이 좀 생기면 정말 좋겠다는 생각을 했다. 진입로에는 자동차 두 대가 세워져 있고, 아이를 하나 더 낳고……

지금 샬린은 값비싼 자동차에 앉아 푹 꺼져버린 빵 봉지와 부츠 옆에 버려진 빵 껍질을 바라보며 그 초라한 아파트에서 살던 시절로 돌아갈 수만 있다면 무엇이든 내놓을 수 있을 것 같다는 생각을 한다. 그녀는 한숨을 내쉬며 잿빛 도서관 건물로 고개를 돌린다. 결코 일어날 수 없는 일을 바라는 건 쓸데없는 짓이라고 자신을 타이르면서.

그녀가 먹은 빵이 전부 뱃속에서 불고 있는 것 같다. 완두콩 수프를 먹었을 때와 마찬가지로 뱃속에 잔뜩 가스가 찬 것 같다. 그래도 샬린은 학교에 처음 등교한 아이처럼 불안해하는 것보다는 이렇게 속이 아픈 편이 낫다는 생각이 든다. 이제 불안감이 살짝 가라앉고 보니 이런 생각도 든다. 필리아든 다른 사서들이든 이런 내 모습을 볼 테면 보라지. 무슨 상관이야? 그래, 내가 살이 좀 쪘다. 내가 나 자신을 포기해버렸다. 그러는 자기들도 미스 아메리카 같은 모습은 아닐 거 아냐. 필리아는 미스 폴란드라고 해야 하겠지만.

이런 생각을 하며 샬린은 남은 식빵 세 조각을 가방에 쑤셔넣는다. 휴대전화와 한데 모아둔 볼펜들 옆에. 도서관 안에서 또 식욕이 도질지도 모르기 때문이다. 그녀는 가방을 닫은 다음 어깨에 메고 차에서 내린다. 하얀 점들이 찍힌 인도를 걸어올라가면서 샬린은 추위를 막으려고 검은 모직 외투를 단단히 여민다. 도서관 건물 옆에 설치된 야간 도서 반납기가 나온다. 그다음에는 '1872년에 설립된 래드너 메모리얼 도서관'이라고 새겨진 명판이 있다. 그녀는 명판을 지나 유리문의 손잡이를 잡아당긴다. 로비에 발을 들여놓자마자 딱 한 가지 냄새가 그녀를 압도한다. 책 냄새. 그 따스하고 친숙한 냄새 없이 지낸 세월이 아주 길었다(필립이 항상 읽고 있는, 형편없는 시인들의 웃기는 전기들은 빼고). 샬린은 눈을 감고 그 향기에 몸을 맡긴다. 문이 닫히는 소리가 들린다. 여전히 눈을 감은 채 어둠 속에서 그녀는 이곳을 떠나지 않았다면 자신의 삶이 어떻게 변했을지 상상해보려고 한다…… 울퉁불퉁한 매트리스에서 리처드 옆에 누워 꿈꾸던 삶과 비슷하게 그녀의 삶이 흘러왔다면 어땠을까? 하지만 아무리 상상해보려고 해도 분명한 이미지가 떠오르지 않아 그녀는 다시 눈을 뜬다.

그때 벽에 손으로 만든 포스터가 붙어 있는 것이 눈에 띈다. '위대한 범죄소설 작가들과 친해지세요.' 깔끔한 스케치로 그려진 돋보기와 셜록 홈스의 모자(십중팔구 필리아가 그렸을 것이다)를 보니 예전에 샬린 자신이 직접 만들었던 포스터들이 떠오른다. 거미줄에 앉아 있는 샬롯을 그린 것과 거대한 복숭아 꼭대기에 앉아 있는 제임스를 그린 것. 둘 다 그녀가 주최하던 동화 시간을 홍보하기 위한 것이었다. 그녀가 그린 마지막 포스터는 미소 짓는 태양 주위에 저자들의 이름을 써넣은 것이었다. 그녀가 기획한 여름 독서 시리즈를 홍보하기 위한 포스터였는데, 그 시리즈가 시작된 날이 그녀에게는 이곳에서 보낸 마지막 날이 되어버렸다. 그 포스터들을 떠올리자 가방에서 빵을 꺼내 입속에 쑤셔넣고 싶은 충동이 인다. 하지만 그녀는 유혹을 물리치고 도서관 중앙 열람실로 들어간다.

알고 보니 도서관에서 샬린에게 친숙한 것은 책 냄새와 로비에 붙은 포스터가 고작이다. 다른 것들은 모두 바뀌었다. 자그마한 황금색 별들이 점점이 흩어져 있던 빨간 깔개는 택배회사인 UPS의 배달 차량과 똑같이 우울한 갈색 바탕에 별 장식도 없는 평범한 카펫으로 바뀌었다. 구름이 낀 것 같은 유리를 끼운 창문에 '마이크로필름'이라고 쓰여 있던 문에는 이제 '인터넷'이라고 쓰여 있다. 커다란 색인 카드함과 컴퓨터 세 대가 있던 맞은편 벽에는 이제 컴퓨터밖에 없다. 열 대나 되는 컴퓨터가 한 줄로 죽 늘어서 있다. 푹신푹신한 의자, 신문, 잡지가 있던 열람실에는 비디오테이프와 DVD 서가가 늘어서 있으며 신작, 스릴러, 로맨틱코미디, 공포, 다큐멘터리, 뮤지컬, 클래식 등의 표지판이 붙어 있다.

이게 뭐야? 샬린은 속으로 생각한다. 도서관이야, 비디오 가게야?

그녀는 자신이 떠난 이후 도서관이 조금이라도 바뀌었을 것이라고는 단 한 번도 생각해본 적이 없다. 그래서 이런 뜻밖의 변화들을 보고 기겁한다. 마치 자기가 살던 집을 팔고 나서(집을 사겠다고 나선 사람이 처음부터 별로 마음에 안 들기는 했다) 세월이 흐른 뒤 다시 와봤더니 자신이 너무나 사랑했던 장미덩굴이 잘리고, 안뜰의 판석들 사이로 잡초가 자라고, 수영장은 시멘트로 메워져 있는 것 같다.

아직도 변하지 않은 것이 있다면 입구 옆의 자그마한 탁자뿐이다. 사람들이 시내에서 벌어지는 다양한 행사의 홍보 자료들을 놓고 가는 곳이다. 샬린은 M.S. 걷기대회의 팸플릿을 내려다본다. 이 행사는 이미 치러졌음이 분명하다. 팸플릿 맨 위의 날짜가 2003년 11월 19일로 되어 있는데 오늘은 2004년 2월 4일이니 말이다. 만약 내가 여기 수석 사서라면 이렇게 날짜가 지난 자료들을 그냥 놔두지 않았을 거야. 그녀는 생각한다. 그녀는 대출 창구에서 일하는 여자 두 명을 곁눈질로 살핀다. 한 번도 본 적이 없는 사람들이다. 절대 서른은 넘지 않은 것처럼 보이는 젊은 여자는 짧게 자른 금발에 눈부신 피부를 갖고 있으며 단순한 디자인의 진주 목걸이를 하고 있다. 그 옆의 여자는 나이가 훨씬 많은데, 머리는 붉은색으로 염색했고 피부는 너무 하얘서 표백이라도 한 것처럼 보인다. 혈관이 툭툭 튀어나온 팔을 타고 점점이 흩어진 희미한 갈색 점들만 빼고.

필리아는 어디에도 보이지 않는다.

혹시 이곳을 이렇게 싹 바꾸던 와중에 사람들이 그녀의 사악함을 마침내 깨달은 걸까. 그래서 다들 한패가 되어 그 늙은 마녀를 쫓아낸 건지도 모른다. 정말로 그랬다면 그건 반가운 변화다. 하지만 그건 그냥 자신의 희망 사항에 불과할 것 같다. 지금까지 줄곧 필리아를 혼내주거나 그 거대한 가슴에 핀을 찔러넣는 상상을 하며 시간을 보냈기 때문에, 여기서 모퉁이 하나만 돌면 필리아와 마주칠지도 모른다는 생각을 하니 가슴이 쿵쾅거린다. 그녀는 소리 없이 방귀를 뀌고 나서 그냥 돌아서서 나가버릴까 하고 생각해본다. 여자가 죽은 남자의 정자로 임신할 가능성이 얼마나 되는지 자료를 찾아보고 싶은 생각이 아무리 절실하다 해도 여기에 온 것은 결코 현명한 일이 아니었다는 생각이 든다. 상상 속에서는 그토록 허세를 부리며 싫어하는 사람들 명단을 만들었지만 이제 침실에서 나와 자기 과거의 현실 속에 들어오고 보니 자신감이 사라지고 어색한 기분이 든다. 게다가 필요한 자료를 찾아볼 수 있는 곳은 여기 말고도 많다. 세상에 래드너 메모리얼 도서관만 있는 건 아니지 않은가.

하지만 샬린이 대출 창구를 다시 흘긋 바라보니 비로소 낯익은 얼굴이 하나 눈에 띈다. 소처럼 굼뜨게 움직이는 아델 블루멘털이다. 헬멧처럼 부푼 윤기 없는 머리와 두꺼운 안경이 여전한 그녀는 나뭇잎 더미와 같은 색깔의 반팔 원피스 차림이다. 샬린은 도서관을 그만두기 겨우 몇 달 전에 아델의 교육을 맡았다. 그 짧은 기간 동안 두 사람은 상당히 많은 이야기를 나누게 되었다. 샬린은 심지어 그녀를 친구로 생각하는 수준에까지 이르렀다. 하지만 사실 그때 샬린은 여기서 일하는 여자들을 대부분 친구로 생각했다. 그들은 처음에는 조의도 표하고 카드와 꽃도 보내주었지만 진심으로 마음을 열고 그녀에게 손을 내밀거나 계속 연락한 사람은 한 명도 없었다. 그래서 샬린은 그들이 결코 친구가 아니었음을 금방 깨달았다.

그녀는 날짜가 지난 팸플릿을 살펴보는 척하면서 아델이 반납된 책들 속에서 느릿느릿 움직이는 모습을 조심스레 지켜본다. 로니가 죽은 지 겨우 삼 주밖에 지나지 않은 어느 날 오후 필리아가 마침내 움직이기 시작했을 때가 생각난다. 샬린이 그날 침실 바닥에 누워 채광창을 멍하니 바라보고 있을 때 전화벨이 울렸다. 리처드는 복도 저쪽 서재에 있었다. 그때부터 이미 업무용 전화로 어떤 헤픈 년과 비밀 통화를 하고 있었을 것이다. 필립은 공책에 글을 쓰고 있거나 아니면 텔레비전을 보고 있었다. 둘 다 했을 수도 있다. 경찰서, 장의사, 교회 사람들이 자동응답기에 남긴 말들을 샬린이 차마 모조리 지워버리지 못했기 때문에 테이프가 가득 차서 자동응답기가 돌아가지 않았다. 벨이 여섯번째 울렸을 때 그녀는 리처드도 필립도 하던 일을 그만두고 전화를 받을 생각이 없다는 결론을 내렸다. 그래서 마지못해 일어나 앉아 수화기를 들었다. 샬린이 조용한 목소리로 머뭇거리며 여보세요라고 말하자 필리아의 목소리가 들려왔다. 엉뚱한 곳에서 문장을 끊으며 투박한 억양으로 급하게 말을 쏟아놓는 특유의 말투로 그녀는 샬린에게 도서관에 돌아올 계획이 있는지 물어보려고 전화했다고 말했다.

"시간이더." 필리아가 말했다. "필요하다면나도이해해요. 하지만돌아올생각. 이없다면. 얼마전템플대학. 에서도서관학으로. 학위를딴아주. 좋은아가씨가. 있어요. 일을대신할사람으로완벽해요."

"이제 막 대학을 졸업한 애한테 내 자리를 주겠다고?" 샬린은 침실 창문 바로 아래 벽에 등을 기대고 엄지발가락을 잡아당기며 힘없고 혼란스러운 목소리로 물었다.

"아뇨." 필리아가 잠시 말의 속도를 늦추며 대답했다. "내가 샬린의 자리에 앉을 거예요. 내 자리는 그 아가씨한테 주고요."

샬린은 필리아가 '자리'라는 말을 쓴 것이 화가 나서 길길이 뛰었다. 그 말을 들으니 마치 자신이 서가에 꽂힌 책과 똑같은 존재가 된 것 같았다. 책을 한 권 빼내고 그 자리에 다른 책을 꽂는단 말이지. 그녀는 생각했다. 아직 한 달도 안 되었는데, 사람들은 벌써 그녀를 아무도 빌려가지 않는 책처럼 취급하며 쓰레기통에서 겨우 한 걸음 떨어진, 공짜 책 탁자 위에 던져버리려 했다. 샬린은 다음날 아침에 일어나자마자 도서관에 다시 출근하겠다고 필리아에게 말하려고 했다. 하지만 머리 위에서 커튼이 바람에 흔들리고, 산들바람이 갈색으로 염색한 그녀의 머리카락 밑에서 벌써 밀고올라오기 시작한 하얗게 센 뿌리 부분을 헤집고 돌아다녔다. 그러자 갑자기 도서관에서 자신이 맡고 있는 일이 그다지 중요하지 않게 보였다. 앞으로는 어떤 일이든 중요하다는 생각이 들지 않을 것 같았다.

"샬린듣고있어요?" 필리아가 물었다.

"듣고 있어요. 내 말 잘 들어요……" 그녀는 말을 멈췄다. 마음 속에서 뭔가 변화가 일어나는 것이 느껴졌다. 생전 처음으로 예의 바르고 유쾌한 모습이 뱀의 허물처럼 벗겨져나가고 그 밑에 있던 앙심과 분노로 가득 찬 모습이 드러났다. 다시 입을 열었을 때 그녀는 분노와 적개심에 완전히 압도당해서 앞뒤도 안 맞는 말을 쏟아냈다. "그애한테 네 자리를 주고 싶으면 줘. 그러고 나서 내 자리를 차지하면 되지. 그럼 너희 헤픈 년들이 9월쯤에는 전부 자기 자리에 앉아 있겠네! 무슨 말인지 알겠어?"

"뭐라고요?" 필리아가 말했다. "무슨말인지모르겠어요."

"아, 그러셔, 그럼 이건 이해하겠지." 샬린은 수화기를 쾅 내려놓았다.

지금 반납된 책들을 달팽이처럼 느릿느릿하게 처리하고 있는 아델의 살집 좋은 팔이 흔들리는 모습을 보면서 샬린은 필리아에게 그때 했던 이야기를 생각하지 않으려고 안간힘을 쓴다. 그녀는 심호흡을 하며 다시 용기를 내려고 한다. 그러고는 팸플릿을 놓아두는 그 작은 탁자에서 몸을 돌려 도서관 안으로 걸어들어간다. 요즘은 마이크로필름을 어디에 두는지 몰라도 하여튼 그곳으로 가는 길이다. 샬린은 대출 창구를 지나치면서 아델이 고개를 들어 자신을 볼까봐 마음을 단단히 먹는다. 정말 오랜만이라며 반가운 척 호들갑을 떠는 소리가 벌써 들리는 듯하다. 샬린은 그런 대화를 나누기가 너무 싫다고 속으로 되뇌면서도 아델이 고개를 들고 자신을 바라보게 헛기침을 한다. 큰 소리로. 그녀 자신도 어쩔 수 없다.

하지만 아델은 호들갑을 떨지 않는다.

그녀는 샬린을 한번 쓱 훑어보고는 다시 일을 할 뿐이다.

처음에 샬린은 아델이 자기를 놀리는 줄 알고 너무 화가 나서 두 주먹을 불끈 쥐고는 자기 엉덩이를 두드리며 계속 걷는다. 하지만 방금 그 순간을 되새겨보니 아델이 멍한 표정이었다는 사실이 생각난다. 아델이 그녀를 알아보지 못한 것이다. 샬린이 그동안 상당히 체중이 불었고, 머리카락도 부스스한 흰 머리로 변한 건 사실이다. 하지만 비록 틀린 생각이기는 했어도 한때 친구라고 생각했던 여자가 알아보지도 못할 만큼 자기 모습이 많이 바뀐 건가 싶다.

잊어버려. 샬린은 천천히 주먹을 펴면서 자신을 타이른다. 어차피 내가 잡담이나 나누려고 여기에 온 것도 아니잖아.

도서관 중앙에 신형 복사기 두 대를 양옆에 거느린, 금속으로 된 안내 데스크가 있다. 칠흑같이 까만 머리를 엘비스처럼 다듬은 남자가 거기에 앉아 있다. 샬린은 편견이라는 걸 알면서도 도서관에서 자원봉사를 하는 남자들에게 거부감이 드는 걸 어쩔 수 없다. 그들의 존재가 왠지 부자연스럽다. 지금 안내 데스크에 앉아 있는 남자는 정년퇴직을 한 사람 같다. 아마 아내가 생각보다 일찍 저세상으로 가버렸을 것이다. 그래서 시간이 남아돌기 때문에 집에서는 머리를 염색하며 시간을 보내고 여기서는 사람들의 질문에 대답해주며 시간을 보내는 것이다.

그녀가 실례한다며 말을 붙이자 그가 손에 든 두꺼운 책에서 시선을 들어 그녀를 바라본다. 남자의 목에 은색 열쇠 네 개가 끼워진 검은 줄이 걸려 있다. 샬린이 주방의 나무로 된 열쇠걸이에 아직도 복사본을 걸어둔, 그 열쇠들이다. 그녀는 남자의 차분한 얼굴, 작고 하얀 치아, 구두약을 바른 것 같은 끔찍한 머리를 바라보며 남자가 무슨 일로 오셨느냐고 화답하기를 기다린다. 하지만 그는 아무 말도 하지 않는다. 그녀는 남자가 시선을 든 것이 말하라는 신호였나보다 하고 생각하면서 이렇게 묻는다. "요즘은 마이크로필름실이 어디에 있어요?"

"마이크로필름이요?" 남자가 이 단어를 질문처럼 두 번 반복한다. 샬린이 도서관에 와서 자동차 부품을 찾은 것도 아닌데. "마이크로필름이요? 글쎄요, 어디 봅시다. 그게 어디 있냐면……" 그는 말을 멈추고 검지를 턱에 댄다. "왜 마이크로필름을 찾는지 물어봐도 되겠습니까?"

아니, 안 돼. 샬린은 속으로 이런 생각을 하면서 말한다. "나더러 왜 마이크로필름을 찾느냐고 묻는 이유가 뭔지 물어봐도 되겠어요?"

남자의 무기력한 얼굴이 멍해진다. 방금 샬린이 한 말을 해석중인 모양이다. "요즘은 그런 물건을 쓰는 사람이 하나도 없기 때문에 물어본 겁니다."

샬린은 이 남자의 잘난 척하는 말투가 마음에 들지 않는다. 조금도. 그래서 그에게 이렇게 말한다. "난 그 물건을 써요. 사실 아무리 써도 싫증이 안 나요. 난 마이크로필름 중독자예요."

그가 경계심이 가득한 미소를 짓는다. "이젠 훨씬 더 쉽게 자료 조사를 할 수 있는 방법들이 있다는 건 아시죠?"

샬린은 오래전부터 이런 순간을 기다렸다. 고약한 놈을 혼내줄 수 있는 순간. 그녀는 도서관에 다시 오면서 느꼈던 불안감을 제쳐두고 양손으로 책상을 짚으며 남자의 얼굴 쪽으로 몸을 기울인다. 남자가 그녀의 입에서 나는 원더브레드 냄새를 맡을 수 있을 만큼 가까이. 그러고는 예전에 매일 사용하던 부드러운 사서의 목소리로 이렇게 말한다. "그럼 선생님도 아시겠네요, 프레슬리 씨. 자료 조사를 쉽게 할 수 있는 방법이 있든 말든 내가 콧방귀도 안 뀐다는 걸. 내가 마이크로필름을 쓰고 싶으면 쓰는 거예요. 사실 말이지 난 미라처럼 그걸 내 몸에 둘둘 감고 호키포키 춤을 추고 싶을 정도랍니다. 내가 그동안 열심히 세금을 냈으니 그 정도 특권은 누릴 수 있지 않겠어요? 그러니까 마이크로필름이 어디 있는지 말해주시죠. 당장."

그녀는 말을 끝내고 남자가 흐릿한 푸른 눈으로 도서관 안을 두리번거리는 모습을 지켜본다. 도와달라고 비명이라도 지르고 싶은 것 같다. 그녀는 필리아가 지금 어디에 있는지 몰라도 하여튼 이 남자를 구해주러 달려오는 모습을 상상한다. 잘됐어. 준비운동도 했으니 당장 그년한테 한바탕해줄 수 있거든. 하지만 남자는 구원병을 청하는 대신 말투를 바꾼다. 부드럽기 그지없는 목소리로 그가 말한다. "죄송합니다. 기분을 상하게 할 생각은 없었어요."

그래, 이렇게 나와야지. 샬린은 생각한다.

"마이크로필름 서가로 기꺼이 안내해드리겠습니다."

"서가요? 잠깐, 이젠 방이 따로 있지 않단 말이에요?"

"그렇습니다. 아까도 말씀드렸듯이, 요즘은 대개 컴퓨터를 이용해서 더 쉽고 빠르게 자료 조사를 할 수 있으니까요. 손님께서는 그 이야기를 듣기 싫어하시지만, 필요한 걸 찾기에는 그 편이 훨씬 더 좋을 겁니다."

샬린은 옛날에 마이크로필름실이었던 방의 반투명 유리창을 어깨 너머로 흘깃 뒤돌아보며 거기에 적힌 단어를 다시 읽어본다. '인터넷.' 그녀는 다시 남자에게 고개를 돌려 이렇게 말한다. "난 싫어요."

남자는 여전히 온화한 목소리로 그녀에게 묻는다. "인터넷을 한 번도 써본 적이 없어서 그러는 건가요?"

그녀는 책상에서 손을 들어올려 외투 가장자리를 매만진다. 가느다란 금시계가 자꾸 옷자락에 걸리기 때문이다. 그녀가 여기서 근무하던 시절에는 웹에 접속할 수 있는 컴퓨터가 몇 대밖에 없었다. 샬린은 맡은 일들을 처리하느라고 항상 바빴기 때문에 결국 인터넷 사용법을 배우지 못했다. "그래요." 그녀는 시계에 시선을 고정시킨 채 남자의 말을 시인한다. 시계는 두시 십오분을 가리키고 있다. "써본 적 없어요."

"제가 가르쳐드릴까요?"

남자가 자리에서 일어난다. 앉아 있는 모습을 보고 짐작했던 것보다 훨씬 키가 크다. 거의 필립의 키와 맞먹는 것 같다. 마른 몸매도 비슷하다. 남자를 보며 샬린은 집에 있는 필립을 생각한다. 그녀가 집을 나설 때 필립은 여전히 소파베드에 누워 그 끔찍한 앤 섹스턴 전기를 읽고 있었다. 텔레비전에서는 어디 시시한 케이블 채널에서 방송해주는 영화 〈파고〉가 큰 소리로 쾅쾅 울리고 있었다. 샬린은 필립이 그 책을 빨리 다 읽고 어디로 치워버렸으면 좋겠다고 생각한다.

"제가 가르쳐드릴까요?" 남자가 묻는다.

샬린은 잠시 생각해본 뒤 남자의 말이 맞을지도 모른다는 결론을 내린다. 컴퓨터를 이용하면 필요한 자료를 더 쉽게 찾을 수 있을지도 모른다. "좋아요." 샬린이 말한다. "가르쳐주세요."

인터넷실 안에는 열람석, 서가, 금속 서랍, 마이크로필름 기계

대신 긴 탁자 위에 적어도 열두 대는 되는 것 같은 컴퓨터가 늘어서 있다. 안내 데스크를 지키던 남자는 인터넷실로 오는 동안 자기 이름이 에드워드라고 말해주었다. 그가 샬린을 이끌고 자판을 두드리고 있는 사람들 옆을 지나간다. 빈 컴퓨터가 나오자 그는 의자를 빼내며 샬린에게 앉으라고 말한다. 누가 자기한테 이렇게 신경을 써주는 것이 참으로 오랜만이기 때문에 샬린은 남자가 자신에게 보여주는 관심을 즐기며 일부러 천천히 외투를 벗어 가방과 함께 의자 등받이에 걸쳐놓는다. 그러고는 자리에 앉기 전에 혹시 필리아가 있는지 주위를 둘러본다. 그녀는 여전히 어디에도 보이지 않는다. 샬린이 자리에 앉자 에드워드가 창백한 손가락으로 민첩하게 자판을 두드린다. 그가 엔터 키를 누르자 하얀 화면이 나타난다. 꼭대기에 파랑, 빨강, 황금색, 초록으로 GOOGLE이라는 글자가 써 있다.

"겁낼 것 없어요." 에드워드가 말한다.

"내가 언제 무섭다고 했어요?" 샬린이 말한다. "그냥 이걸 써본 적이 없다고 했지."

"미안합니다. 그냥 인터넷을 처음 사용할 때는 겁을 내는 사람이 많아서요."

"난 그런 사람들하고 달라요."

에드워드가 또다시 조심스러운 미소를 짓는다. "그런 것 같네요."

샬린이 그에게 그게 도대체 무슨 뜻이냐고 물으려는데 그가 심호흡을 하더니 컴퓨터와 인터넷에 대한 오 분 강좌를 시작한다. 그녀는 한창 강의를 듣다가 그의 말에 경악을 금치 못한다. 아무나 그녀의 전화번호를 컴퓨터에 입력하면 그녀의 집이 표시된 지도를 찾을 수 있다는 말 때문이다.

"잠깐만요." 그녀가 말한다. "이 구글 씨라는 사람은 사생활이라는 말을 들어본 적도 없대요? 내가 길거리에서 구글 씨 집이 표시된 지도를 사람들한테 나눠주면 구글 씨 기분이 어떻겠어요? 내가 스토커 때문에 사는 곳을 숨겨야 하는 상황이라면 어쩌려고요?"

엘비스, 아니 에드워드는 그냥 웃을 뿐이다.

"웃으라고 한 얘기가 아니에요." 샬린이 말한다.

다행히도 그는 시스템에서 그녀의 정보를 삭제할 수 있다고 말해준다. 그는 그녀가 정보를 삭제할 수 있게 도와준 다음 인터넷 사용에 관한 기본적인 사실들을 다시 일러주며 미니 강좌를 마무리한다. "그러니까 아까 말했듯이, 아주 간단해요. 찾고 싶은 핵심 단어들만 입력하고 엔터를 누르면 됩니다. 구글이 웹에서 그 단어들이 함께 나오는 사이트를 모두 찾아줄 거예요." 그는 이제야 생각이 났다는 듯 만약 웹에 올라와 있지 않은 신문이나 잡지를 찾고 싶다면 맞은편 컴퓨터에 넥시스라는 것이 설치되어 있으니 그걸 사용하면 된다는 말을 덧붙인다. 삼십 분 동안 넥시스를 사용하려면 대출 창구에서 소액의 사용료를 지불해야 한다는 사실도 알려준다.

샬린은 이번에야말로 아델이 자신을 알아볼지도 모르기 때문에 위험을 무릅쓰고 싶지 않아서 에드워드에게 괜찮다고 말한다. "구글이면 충분해요." 이 말이 너무 낯설고 우스꽝스러워서 『정기간행물 독자를 위한 안내서』 같은 소박한 책자들은 다 어디로 간 건지 모르겠다는 생각이 든다.

"그럼 저는 그만 가보죠. 도움이 필요하면 부르세요."

샬린은 키가 크고 마른 그가 문을 빠져나가는 모습을 지켜보며 다시 필립을 생각한다. 오늘 아침에 필립과 나눈 이야기들이 그녀의 머릿속에 메아리처럼 울린다. "그애 말이 사실일 가능성이 조금, 아주 조금은 있다는 생각이 들더라고요……" 이 말이 떠오르자 그녀는 컴퓨터로 시선을 돌려 세 단어를 입력한다. 정자, 출산, 사후(死後). 그녀가 엔터를 누르자 어지러운 목록이 화면에 나타난다.

사후 정자 추출의 윤리적, 법적 측면 또는……
……사후 정자 추출의 윤리적, 법적 측면 또는 끈질긴…… 사후 정자 추출로 임신과 출산이 이루어졌다는 최초의 보고가 나온 것은……
www.aslme.org/pub_jlme/27.4h.php—6k—Cashed—Similar pages

논평: 사망 이후 생식체 추출—의사의……
……수태되었다. 그러나 출생 이전에…… 사망 이후 정자나 태아의 처리…… 사후 이런 생물학적 재생산 조직의 처리는……
www.aslme.org/pub_jlme/27.4g.php—8k—Cashed—Similar pages

출생 이전과 사후의 삶
……나는 다시 그 질문을 던졌다. 그가 출생한 곳과 이전의

거처를 밝힐 거라고 기대하면서…… 그도 방출된 정자 한 방울 (하등한 형태)이 아니었던가?……

www.mostmerciful.com/life-before-and-after-death. htm—35k—Cashed—Similar pages

샬런은 이게 다 무슨 소리인지 도무지 알 수 없다는 생각을 하며 화면을 훑어본다. 에드워드가 그녀에게 이런 목록이 나올 수 있다는 말을 해주지 않은 탓이다. 마침내 그녀는 마우스를 움직이면 된다는 사실을 터득하고 아무 데나 마우스를 대고 누른다. 그러자 화면에 다음과 같은 내용이 뜬다.

출생 이전과 사후의

우리 영혼의 여행:

다른 죄인들과 함께

사탄의 불 속에서 타겠습니까

아니면

천국에 들어가고 싶습니까?

성경에서 주님은 우리가 뿌린 대로 거두리라고 말씀하셨습니다(다시 말해서 좋은 일이든 나쁜 일이든 우리가 마땅히 겪어야 할 일을 겪게 된다는 뜻입니다!!!). 월요일 오전에 하는 앨리게니 침례교회 성경 공부 시간에 나는 이 점에 대해 이야기합니다. 이건 우리 인간들이 자신이 내놓은 대로 거두게 될 거라는 뜻이라고. 우리가 겪는 비극(아주 심한 일)과 고생이 얼마나 심한가에 따라 전능하신 그리스도께서는 반드시 축복을 내릴 것입니다(좋은 일입니다). 그러니 여러분은 반드시 자문해보아야 합니다. 하늘에서 번개가 번쩍이고 그리스도가 구름 속에서 거대한 에스컬레이터를 타고 내려오실 때 여러분은 어디로 가게 될 것인지. 지옥의 구덩이에서 다른 죄인들과 함께 불에 탈 것입니까? 아니면……

샬린은 필라델피아 거리에서 광신도들이 말을 걸었을 때와 같은 기분이 든다. 인터넷이라는 이 고약한 물건 때문에 벌써 기진맥진한 그녀는 다 포기하고 처음 계획대로 마이크로필름을 찾으러 갈까 하고 생각해본다. 아예 자료 찾기를 포기하고 그냥 도서관에서 나가버리고 싶은 마음도 있다. 그런데 그때 어젯밤 멜리사가 했던 말이 떠오른다. "제 뱃속의 아이는 로니의 아이예요……" 필립의 말도 생각난다. "그럴 가능성이 조금이나마 있다는 얘기죠. 아주 희박하기는 하지만." 리처드가 팜비치에서 전화기에 대고 고함을 질러대던 말도 있다. "굳이 말하자면 가능해, 샬린. 그래. 가능해. 이제 됐어?"

이 대화의 조각들이 그녀의 머릿속에서 하나로 합쳐져서 마음속에서 작지만 끈질기게 반짝이고 있는 희망에 불을 지핀다. 이제는 멜리사의 말이 사실이라고 믿고 싶은 마음뿐이다. 그래서 샬린은 계속 컴퓨터 앞에 앉아 이 사이트 저 사이트를 돌아다니며 검색을 계속한다. 마침내 흥미로운 기사가 나타난다.

아기에 대해 새로운 희망을 갖게 된 약혼녀

브리즈번의 한 여성이 죽은 약혼자의 아기를 가질 수 있을지도 모른다는 희망에 부풀어 있다. 약혼자의 죽음으로 슬픔에 잠겨 있던 퍼트리샤 듀크레는 약혼자였던 마빈 틸트가 십 년 전 뉴캐슬 대학에서 공부할 때 정자를 기증했을 가능성이 있다고 생각한다. "그때 정자를 기증하면 돈을 준다는 캠페인이 벌어졌거든요." 듀크레 씨는 친구로부터 약혼자가 정자를 기증했을지도 모른다는 말을 듣고 대학에 확인해보았다. 틸트 씨(29)는 퀸스랜드 북부의 국립공원에서 폭포를 구경하다가 미끄러져 추락사했다.

다른 사이트들을 여러 개 더 돌아다닌 끝에 샬린은 또다른 기사를 찾아낸다.

죽은 남편의 아기를 임신하기

미국 의료진이 사상 최초로 죽은 남성의 정자로 난자를 수정시키는 데 성공했다. 앨버트 배리시는 시카고에서 처방약을 복용했다가 부작용으로 사망했다. 그의 아내는 남편과 함께 아기를 가질 계획을 세웠다고 밝혔지만 배리시 씨가 자신의 정자를 이용해도 좋다고 허락한 적은 없다. 그러나 의료진은 그가 사망한 지 이십사 시간 뒤에 그의 정자를 추출해서 난자를 수정시켰다. 사후 정자 추출을 개척한 시카고의 비뇨기과 전문의 마이런 웨이트 박사에 따르면, 정자 추출에 걸리는 시간은 대략 십오 분이며 죽은 지 최대 삼십팔 시간이 지난 남성에게서도 정자를 추출할 수 있다. 미국에서 시체에서 정자를 추출하는 사례는 점점 늘어나고 있다. 펜실베이니아 대학의 비뇨기과 교수인 제럴드 케세일 박사가 미국의 불임 클리닉 이백오십 곳을 조사한 결과, 열여덟 곳이 사후 정자 추출을 한 적이 있다고 인정했다……

샬린은 검색을 계속해서 이 주제를 다룬 기사를 모두 열다섯 개 찾아낸다. 이 기사들을 다 읽고 나서 시계를 보니 세시 삼십분이다. 화면을 너무 오랫동안 바라본 탓에 피곤해진 눈으로 그녀는 주위 사람들을 둘러본다. 그들도 지난 한 시간 동안 샬린이 그랬던 것처럼 컴퓨터 앞에 홀린 듯 앉아 있다. 화면으로 기사를 읽다보니 머리가 멍해진 느낌이다. 샬린은 이런 방법으로 임신한 여자들에 관한 이야기가 이렇게 많으니 멜리사의 말을 믿는 쪽으로 마음이 움직일 줄 알았다. 하지만 마음속에 아직도 많은 의심이 남아 있다. 만약 그녀가 오래전에 포기했던 손주, 죽은 아들의 일부를 다시 얻을지도 모른다는 사실을 받아들인 뒤 멜리사의 말이 거짓으로 판명되면 그 실망감과 마음의 상처를 견딜 수 없을 것 같기 때문이다.

샬린은 이미 많은 상처를 입고 많은 실망을 겪었다.

하지만 그녀는 컴퓨터 앞에 앉아 방금 화면으로 읽은 이야기 속의 정보와 아들에 대해 자신이 알고 있는 사실들을 자꾸만 꿰어맞추려고 한다. 샬린이 컴퓨터로 알아낸 많은 정보 중에 특히 신경이 쓰이는 것은, 펜실베이니아 대학의 교수가 언급되었다는 사실과 학생이 캠퍼스에서 정자를 기부할 수 있었다는 사실이다. 샬린은 이 두 가지 정보를 어떻게든 연결해보려고 애를 쓴다. 그녀는 로니가 펜실베이니아 대학에서 입학 허가를 받은 뒤 학교를 구경하러 갔을 때 돈을 벌려고 정자를 기증했을지도 모른다고 상상해본다. 로니는 원래 충동적으로 그런 짓을 잘했고, 그때 돈이 필요했던 것도 사실이다. 샬린과 리처드가 그의 신용카드를 빼앗았으니까 말이다. 어쩌면 로니가 멜리사에게 정자를 기증한 사실을 말했을지도 모른다. 아니면 로니가 정자를 기증할 때 멜리사가 옆에 있었을 수도 있다. 그래서 로니가 죽은 뒤 멜리사가 그 정자를 어떻게든 찾아냈을 것이다. 기사에 언급된 펜실베이니아 대학의 케세일 박사가 로니가 학교를 구경하러 간 날 마침 캠퍼스에 있었을 수도 있다. 아니면 로니가 죽은 날 병원에 있었거나. 어쩌면 케세일 박사와 리처드가 서로 아는 사이일 수도 있다. 펜실베이니아 주의 의사들은 전부 서로 아는 사이인 것 같으니까. 그렇다면 리처드가 그녀에게 말하지 않은 비밀이 바로……

샬린은 이렇게 억지 시나리오들을 계속 만들어보지만 도무지 멜리사의 말을 믿을 수 없다. 생각하면 할수록 멜리사가 그 말을 했을 때의 태도에 믿음이 가지 않는다. 멜리사는 이 일이 의학적인 기적이라기보다 하늘에서 내려준 기적이라고 생각하는 태도였다.

'전 의사들을 멀리하기로 했어요. 그 사람들도 제 말을 이해하지 못할 테니까요. 그래서 체이스 선생님께……'

샬린은 멜리사가 왜 계속 리처드를 찾았는지 또 궁금해진다. 멜리사가 믿을 수 있는 의사가 리처드뿐이기 때문에 그랬을 수는 있다. 하지만 왠지 그것 말고 다른 이유가 있을 것이라는 생각을 지워버릴 수 없다. 그녀는 어젯밤에 필립과 함께 차 안에 남아 자세한 얘기를 듣지 않고 그렇게 고함을 질러대고 차에서 내려버린 것을 처음으로 후회한다.

여기 앉아 있어봤자 궁금증을 해결할 수 없으므로 샬린은 자리에서 일어나 외투와 가방을 집어든다. 그녀가 인터넷실 밖으로 나오자 에드워드가 두꺼운 책을 읽다가 시선을 들어 필요한 자료를 찾았느냐고 묻는다.

"대충은요." 그녀가 말한다. 갑자기 눈물이 쏟아질 것 같다. 하지만 그녀는 있는 힘을 다해 눈물을 참는다. 콧물이 흐른다. 가방 안에 빵 대신 화장지가 있으면 좋겠다는 생각이 든다.

에드워드는 그녀가 훌쩍거리는 것을 눈치채고 책상에서 휴지를 한 장 뽑아준다. 샬린은 고맙다고 인사하고는 큰 소리로 팽 하고 코를 푼다. 그 바람에 도서관의 고요가 깨진다. 에드워드가 다시 책을 읽기 시작하자 샬린은 그의 앙상한 어깨와 날씬한 몸매를 한번 더 바라보며 다시 필립을 생각한다. 필립도 집에서 책을 읽고 있을 것이다.

그때 좋은 생각이 떠오른다.

도서관 맨 뒤편에 허리 높이의 서가들이 모여 있다. 예전에는 시집들이 있던 곳이다. 샬린이 그쪽으로 가보니 놀랍게도 서가들이 그대로 있다. 그녀는 잠시 책의 저자 이름을 훑어본다. 마야 안젤루, 엘리자베스 비숍, 에밀리 디킨슨…… 마침내 그녀가 원하는 저자의 이름이 눈에 띈다. 로버트 프로스트. 샬린은 그의 시집을 서가에서 꺼낸다. 필립을 위해 집으로 가져갈 생각이다. 필립이 교외에 살던 미친 여자가 자살에 집착하며 늘어놓은 쓰레기 같은 소리를 이제 그만 읽었으면 좋겠다. 프로스트의 책이 화해의 선물 역할도 해줄 것 같다. 그래서 두 사람이 말다툼을 그만두게 되면, 필립이 다리가 나은 뒤에도 좀더 집에 머무를지 모른다.

하지만 그녀의 계획에는 사소한 문제가 하나 있다. 그녀의 도서관 카드가 만료된 지 이미 오래라는 것. 장황한 절차를 거쳐 카드를 갱신하느라 사람들의 주목을 끄는 건 결코 내키지 않는 일이기 때문에 그녀는 또다른 계획을 생각해낸다. 샬린은 우선 보는 사람이 없는지 확인한 뒤 책을 모직 외투의 주름 속에 숨기고 과학 기술 서가 옆의 비상구로 향한다. 샬린이 수석 사서이던 시절에 몇몇 사서가 밖으로 나가서 담배를 피우곤 했다. 샬린은 그들이 정문 앞에서 뻐끔거리는 것이 싫었기 때문에 비상구 경보장치를 해제해서 그들이 아무도 몰래 밖으로 나가 담배를 피울 수 있게 해주었다. 도서관을 찾은 시민들은 손잡이에 적힌 '경보장치가 있습니다'는 말 때문에 아예 이 문 근처에도 오지 않았다.

샬린은 손잡이에 한 손을 댄다. 만약 이 문도 옛날과 달라져서 경보가 울린다면 건물 모퉁이 뒤에 세운 자동차까지 미친 듯이 달려가야 할 것이다. 사실 멍한 아델이나 잘난 척하는 에드워드가 무거운 엉덩이를 일으켜 그녀를 뒤쫓아올 만큼 기운이 넘칠 것 같지는 않다. 샬린은 보는 사람이 없는지 마지막으로 한번 더 확인한다. 저멀리서 에드워드가 의자에 푹 파묻혀 책을 읽고 있는 것이 보인다. 바로 그 뒤에서는 아델이 늙은 빨간 머리 여자와 함께 색인 카드함을 뒤지고 있다.

샬린은 문으로 다시 고개를 돌리려다가 뭔가를 발견하고 동작을 멈춘다. 두 서가 사이의 구석진 곳에 마이크로필름을 넣어둔 금속 서랍장이 있다. 먼지가 끼지 않게 비닐 커버로 덮어둔 마이크로필름 기계도 외롭게 서 있다. 샬린은 도주 계획을 보류하고 그 서랍장으로 가서 1999년 6월 18일이 속한 주의 서랍을 찾아낸다. 그녀는 아무런 계획도 없이 무작정 서랍을 열어 필름 통을 꺼낸다. 그러고는 기계에서 커버를 휙 벗겨낸다. 플러그가 꽂혀 있지 않기 때문에 기계 뒤편에 정리돼 있는 전선을 풀어 가장 가까운 소켓을 찾는다. 기계가 가동되자 샬린은 필름을 기계에 걸고 자리에 앉는다. 로버트 프로스트의 시집은 그동안 내내 모직 외투 속에 끼고 있다. 그녀가 전진 손잡이를 돌리자 신문의 헤드라인들이 회색으로 뭉개져서 휙휙 지나간다. 샬린은 사고가 있던 날 밤 자신이 무엇을 했는지 생각해본다.

그해 여름에 처음으로 열리는 작가 초청 행사였다. 샬린은 오프라 윈프리가 방송에서 선정한 책의 저자를 섭외하는 데 성공했다. 그런 저자들이 오면 당연히 사람들이 많이 모이게 마련인데도 샬린은 모든 사서에게 친구를 최대한 많이 초대하라고 말했다. 행사 참가자 기록을 경신해보자면서. 샬린은 또한 저자에게 오프라를 직접 만나니 어땠느냐고 물으면 절대 안 된다고 미리 주의를 주었다. 저자가 다른 자리에서도 그런 질문을 엄청나게 많이 받았을 것 같아서였다. 하지만 저녁 늦은 시간, 저자가 낭독을 끝내고 참가자들의 질문을 받는 순서가 되자 필리아(그녀는 친구를 한 명도 데려오지 않았다. 아마 친구가 전혀 없는 모양이라고 샬린은 생각했다)가 손을 들더니 이렇게 물었다. "오프라를 직접 만나니 어땠어요?"

샬린은 필리아를 한 대 때려주고 싶었지만 아델이 그녀의 어깨를 톡톡 두드렸다. "선배님을 찾는 전화가 왔어요."

"그냥 메모를 받아두지그래."

"래드너 경찰서래요. 급한 일이라고 하던데요."

얼룩과 지문이 묻은 마이크로필름 기계의 화면에서 옛날 신문의 헤드라인들이 휙휙 지나가는 것을 보며 샬린은 왠지 차창 밖을 내다보는 것 같다는 생각을 한다. 차창 밖으로 나무와 집 들이 휙휙 지나가는 대신 당시 이곳에서 큰 뉴스였던 사건들의 헤드라인이 보인다는 점이 다를 뿐이다. '교통비 인상으로 직장인들 낙담'…… '펠먼, 래드너 경찰관에 대한 고소 취하'…… '농장을 허물고 홈디포 신축 예정'…… 마침내 샬린이 찾던 헤드라인이 눈에 들어온다. '래드너 고교생 리무진 사고로 사망.' 이 헤드라인 밑에 나무에 처박힌 리무진을 찍은 흑백사진이 있다. 이렇게 세월이 흐르는 동안 샬린은 단 한 번도 이 기사를 보려 하지 않았다. 하지만 지금은 무슨 이유에선지 몰라도(어쩌면 그 끔찍한 소식을 처음으로 들었던 곳에 다시 와 있기 때문인 것 같기도 하다) 깊이 숨을 들이쉬고 기사를 읽는다.

6월 18일 금요일 래드너 고등학교 학생 네 명이 페어뱅크스 인에서 열린 졸업 무도회를 마친 뒤 리무진을 타고 귀가하던 중, 운전기사 앨버트 창(38)이 블래츠 팜 힐에서 핸들을 놓치는 바람에 차량이 나무와 충돌했다. 운전기사와 학생 네 명은 모두 구급차로 브린모어 병원으로 이송되었는데, 창 씨와 로널드 찰스 체이스(18)는 병원에 도착했을 때 이미 사망한 상태였다. 이들과 함께 타고 있던 스테이시 무디(17), 멜리사 무디(17), 찰스 김블(18)은 심한 부상을 입었지만 병원에서 안정을 되찾고 있다. 창 씨의 시신에서 혈액을 채취해 검사한 결과, 혈중 알코올

농도가 높게 나타났다. 정확한 결과는 이번주 중에 발표될 예정이다. 래드너 고등학교의 랜돌프 헐프 교장은 '로니 체이스를 이렇게 잃다니 정말 애석하다. 로니는 뛰어난 학생이었다. 우리 모두 로니를 쉽게 잊지 못할 것'이라고 말했다. 로널드의 유족으로는 아버지 리처드 체이스 박사와 어머니 샬린 체이스 씨(턴버 레인 거주) 그리고 형 필립(22)이 있다. 장례 예배는 사우스웨인 애비뉴의 마이너 장례식장에서 6월 22일 화요일 4~7시, 6월 23일 수요일 4~7시에 있을 예정이며, 장례식은 6월 24일 목요일 오후 한시에 펠도마 로드 22번지 메도 레스트 공동묘지에서 거행될 예정이다. 그보다 앞서 정오에는 글렌 메리 로드의 세인트 마틴스 감독파 교회에서 예배가 있다.

기사를 읽고 나자 샬린의 숨결이 빠르고 거칠어진다. 그녀는 다시 필름을 감는다. 빨리 필름통에 넣어 서랍 속에 돌려놓고 이곳을 후다닥 빠져나가고 싶다. 이 도서관을 다시 찾은 것이 실수였다는 생각이 든다. 멜리사의 말을 도저히 믿을 수 없기는 지금도 마찬가지고 오히려 나쁜 기억들만 잔뜩 생각났을 뿐이다. 당장 여기서 나가고 싶다. 그런데 망할 놈의 마이크로필름이 기계에 걸려버린다. 샬린은 손잡이를 돌려 정지 위치에 놓는다. 기계에 걸린 필름을 바로잡으려고 뻗은 손가락이 부들부들 떨린다. 필름은 기계에 걸린 채로 꿈쩍도 하지 않는다. 결국 속이 상한 그녀는 필름을 기계에서 찢듯이 잡아당긴다. 어찌나 세게 잡아당겼는지 필름이 튀어나와 그녀의 몸을 한 바퀴 감고 어깨 위에 떨어진다. 샬린은 필름을 내버려두고 로버트 프로스트의 책을 집어든다. 필름을 잡고 씨름하는 와중에 책이 바닥으로 떨어졌기 때문이다. 그녀는 책을 외투 속에 감추지도 않고 당당하게 비상구로 나간다.

　바깥의 차가운 겨울 공기 속으로 나온 뒤 그녀는 자신이 울고 있음을 깨닫는다. 얼굴에 닿는 눈물이 뜨겁다. 그녀는 가방을 열어 빵을 한 조각 꺼내 뺨을 닦으며 자동차로 걸어간다.

　"샬린?"

　경보는 울리지 않았지만 누군가가 방금 그녀의 이름을 불렀다. 그녀는 뒤를 돌아보지 않고도 그것이 누구의 목소리인지 알아차린다. 그 목소리는 어디서 들어도 알 수 있다. 샬린은 애써 울음을 멈추고 고개를 돌린다. 필리아가 벽돌로 쌓은 벽에 기대서 있다. 지퍼를 올리지 않은 연한 파란색 스키 파카와 값비싸 보이는 검은 바지를 입고 담배를 피우는 중이다. 샬린은 그녀의 얼굴을 유심히 살핀다. 저 여자는 노화에 저항하는 법을 알아낸 것 같다는 생각이 든다. 그녀의 피부는 여전히 주름 하나 없이 매끈하고, 과하게 구불거리는 금발머리 두 가닥은 이마 꼭대기에서 위로 솟았고, 다리는 길고 가늘다. 도서관의 거의 모든 것이 변했는데 필리아는 예외다.

　틀림없이 밤마다 방부제로 목욕할 거야. 샬린은 생각한다. 그러니까 놀랄 것 없어. "오랜만이야." 그녀가 말한다.

　"인터넷실에서보고샬린인가했어요."

　"그래, 나야. 맞아." 샬린은 손에 쥐고 있는 빵 조각을 내려다본다. 눈물 때문에 조금 축축하다. 그녀는 필리아가 왜 비상구로 나왔느냐고 묻기를 기다린다. 왜 멋대로 시집을 들고 나왔느냐고, 왜 마이크로필름을 보아뱀처럼 목에 감고 있느냐고, 왜 빵 조각을 들고 있느냐고 묻기를 기다린다.

하지만 그녀는 묻지 않는다. "얼마만이죠? 육년전인가요? 마지막으로만난게."

"오 년 전이야." 샬린은 그녀의 기억을 바로잡아준다. '네가 내 자리를 훔쳐간 게'라는 말은 하지 않는다.

"어떻게지냈어요?"

"아주 잘 지냈지. 하루하루가 축복이야. 좋은 일들뿐이야. 넌 어때?"

필리아는 담배를 한 모금 빨아들인다. "뭐괜찮아요."

그 순간 샬린은 필리아가 코로 연기를 내뿜는 모습을 지켜보다가 뭔가 달라진 점이 있다는 걸 깨닫는다. 정확히 뭐가 달라졌는지 알아차리는 데는 시간이 좀 걸렸지만, 일단 알아차린 뒤에는 들고 있던 빵을 바닥에 떨어뜨리고 자기도 모르게 필리아에게 다가간다. 손이 제멋대로 뻗어나가 필리아의 하늘색 파카 앞섶을 벌린다. 이상하게도 필리아는 전혀 당황하지 않는다. 그녀는 꼼짝도 않고 서서 자신의 가슴을 내려다본다. 마치 샬린이 거기를 볼 거라고 처음부터 기대했던 것처럼. 샬린은 자신의 생각이 맞았음을 확인하고 필리아에게 말한다. "세상에, 필리아. 어떻게 된 거야?"

필리아는 어깨를 으쓱하고는 벽돌로 쌓은 벽에 담배를 비벼 끈다. "유방암이에요. 어쩔수없었어요. 양쪽다잘랐어요."

샬린은 필리아의 겉옷 자락을 놓고 손으로 벌어진 입을 가린다. 전에는 필리아가 불행해진 꼴을 보면 아주 고소할 것 같았는지 몰라도 지금은 전혀 그런 기분이 들지 않는다. 오히려 지난 세월 동안 필리아에게 나쁜 일이 일어나길 바란 것 때문에 깊이를 알 수 없는 죄책감의 구덩이 속으로 한없이 추락하는 기분이다. "정말, 정말 유감이야, 필리아."

"나도그랬어요." 필리아가 반만 남은 담배를 가죽 가방 속에 넣으며 말한다. "인공가슴을. 붙여넣을. 작정이었죠. 그런데그냥. 포기해버렸어요."

샬린은 한참 동안 아무 말 하지 않다가 이렇게 묻는다. "그거 위험하지 않아? 담배 말이야. 그게 안에서 뭘 자극하면 어떻게 해?"

필리아는 자기 가방을 바라보며 고개를 흔든다. "그래서항상이렇게해요. 이안에. 반토막짜리담배가. 있다는걸알면. 더피우고싶은걸참게되거든요. 터무니없는소리같지만효과가있어요. 웃기죠. 이런식으로마음을속일수있다는게."

"그래, 웃겨." 샬린이 말한다.

차가운 공기 속에서 두 사람 사이에 침묵이 내려앉는다. 샬린이 다시 입을 열자 입김이 구름처럼 피어오른다. "난 이제 그만 가봐야겠다."

"반가웠어요, 샬린." 필리아가 이렇게 말하며 미소를 짓는다.

"나도 그래." 샬린은 이렇게 말하고는 자신의 자동차를 향해 방향을 돌린다.

샬린은 주차장을 가로지르면서도 여전히 죄책감의 구덩이로 떨어지는 기분이다. 그와 동시에 그녀의 마음속에서 모종의 변화가 일어난다. 지난 오 년 동안 그녀는 사람들을 미워하며 그들에게 끔찍한 일이 생기기를 바랐다. 하지만 필리아의 모습을 보고 나니 이제는 그런 짓을 할 수 없을 것 같다. 이 깨달음과 함께 묘한 상실감이 몰려온다. 허구한 날 머릿속에서 소용돌이치던 증오심이 사라지고 나면 자기 삶이 어떻게 변할지 알 수 없기 때문이다.

자동차가 있는 곳에 다다른 샬린은 열쇠를 꺼내려고 가방 속에 손을 넣었다가 남은 빵 조각을 꺼낸다. 그러고는 자동차 문을 열고 바닥에 흩어진 빵 껍질을 모두 모아 잔디밭에 버린다. 샬린은 차에 올라 시동을 건 뒤 차를 후진시킨다. 도서관 안으로 들어가는 필리아의 하늘색 파카가 마지막으로 언뜻 보이더니 비상구 문이 닫힌다. 샬린은 필리아가 방금 한 말을 생각해본다. 사람이 자기 마음을 속일 수 있다는 말. 이 말 때문에 다시 멜리사가 생각난다. 샬린은 기어를 주행으로 바꾸고 앞으로 나아간다. 혹시 멜리사도 너무 오랫동안 슬픔에 잠긴 나머지 자기 마음을 속인 것이 아닌가 하는 생각이 든다. 이런 생각을 하고 나니 샬린은 더욱더 죄책감을 느낀다. 어젯밤 자신이 멜리사에게 한 짓 때문이다. 아직은 멜리사의 말을 믿을 수 없지만 최소한 그애에게 마음의 문을 열고 어떻게든 도와줄 수는 있을 것 같다. 샬린은 우선 멜리사의 집으로 가서 사과하고 멜리사에게 하고 싶은 말을 할 기회를 주기로 한다.

주차장 끝에서 샬린은 차를 멈추고 전화번호 안내 서비스에 전화를 걸려고 휴대전화를 꺼낸다. 어젯밤 멜리사가 어디 사는지 말하기도 전에 샬린 자신이 말을 막아버렸으므로 멜리사의 주소를 알아야 한다. 하지만 그보다 먼저 필립에게 자기 계획을 말해주려고 집으로 전화를 건다. 휴대전화를 켜려면 어떤 버튼을 눌러야 하는지 알아내는 데 시간이 좀 걸린다. 위급할 때만 쓰려고 사서 지금까지 거의 사용한 적이 없기 때문이다. 전화번호를 누르자 벨만 계속 울리다가 자동응답기가 돌아가며 삐 소리가 난 뒤에 메시지를 녹음하라는 기계 목소리가 들려온다. 샬린은 필립이 도대체 어디로 간 건지 알 수가 없지만 어쨌든 녹음을 시작한다.

"필립. 나다. 집에 있니? 전화 좀 받아." 그녀는 필립의 목소리가 나오기를 기다리지만 소용이 없다. "그럼, 뭐, 지금 멜리사네 집으로 가는 길이라고 말해주려고 전화한 거야. 이번 일을 단번에 아주 해결해버려야겠다." 그녀는 다시 말을 멈추고 필립의 목소리를 기다린다. 이렇게 기다리는 동안, 자신이 오래전 필립에게 했던 끔찍한 말에 대해 불쑥 사과를 할까 하는 생각까지 한다. 하지만 지금은 때가 아닌 것 같아서 그냥 기다린다. 필립을 다시 보자마자 사과를 해야겠다고 속으로 다짐하면서. 샬린은 자동응답기에 마지막으로 이런 말을 남긴다. "그건 그렇고, 내가 너 주려고 도서관에서 책을 하나 가져왔어. 아마 마음에 들 거야. 그럼, 뭐, 그만 끊어야겠다. 이따 집에서 보자."

샬린은 종료 버튼을 누르고 웨스트웨인 애비뉴로 들어선다. 전화번호 안내 서비스에 전화를 거는 건 잊어버렸다. 그녀가 떠난 자리에서 길 잃은 새 몇 마리가 도서관 잔디밭에 모여 흩어진 빵 껍질을 먹는다. 그리 멀지 않은 곳에서는 피츠버그 외곽의 톨게이트 사고현장에서 가져온, 망가진 차 위의 표지판이 바람에 흔들린다. 표지판에는 경고문이 적혀 있다. '음주 운전을 하면 이렇게 됩니다.'

9장

게일 어윈에게 그 일은 양말 한 짝으로 시작해서 양말 한 짝으로 끝난다.

2004년 2월 3일 오후 늦게, 정확히 말하자면 멜리사 무디에게 느닷없이 집을 비워달라는 편지를 쓰기 열세 시간 전에 게일은 잘 가꿔진 아늑한 집의 지하실에 있다. 어둠침침하고 천장이 낮은 그곳에서 일주일치 빨래를 개는 중이다. 그녀는 가장 먼저 면으로 된 침대보와 베갯잇을 개고 수건을 처리한 다음, 색이 전혀 변하지 않은 빳빳한 랭글러 청바지 두 벌, 가슴 부위에 붙인 '경찰 체육 리그'라는 글자가 다 해어진 낡은 운동복, 얼룩이 잔뜩 묻은 티셔츠, 자신의 꽃무늬 나이트가운, 빌의 엑스라지 잠옷 바지와 송어, 황새치, 고래, 상어가 자잘하게 그려진 트렁크 팬티를 갠다. 그리고 나서 마침내 게일은 양말을 둥글게 접기 시작하며 대부분의 사람이 그러듯이 이런저런 생각을 한다.

오늘 그녀는 자신이 젊었을 때 생각했던 것과는 완전히 다른 삶을 살아왔다는 생각을 한다. 지금 그녀는 행복하다. 적어도 행복한 날이 많은 건 사실이다. 하지만 만약 누군가가 지금 그녀의 모습을 사진으로 찍어 오래전의 그녀에게 보여주었다면, 펜실베이니아주의 래드너라는 작은 도시의 거미줄이 쳐진 지하실에 서서 빨래를 개는 자신의 모습을 보여주었다면, 게일은 '아냐, 이건 절대 내가 아냐'라고 말했을 것이다. 하지만 결혼 세 번, 이혼 두 번, 다섯 개 주를 떠도는 생활, 십여 곳의 직장을 겪은 지금 그녀는 바로 그런 모습을 하고 있다. 쉰일곱 살의 나이에 머리는 이미 하얗게 셌고, 피부는 종이처럼 얇아져서 잔주름이 졌다. 하지만 적어도 지금은 세상이 자신을 더 친절하게 대해주는 것 같다. 사람들의 눈에 자신이 예전처럼 수많은 고민을 안고 이리저리 떠도는 사람이 아니라 이제 곧 자그마한 노부인이 될 사람처럼 보이기 때문인 것 같다. 가끔 거울을 보다가 자신의 얼굴에서 그 노부인의 모습을 발견하면 게일 자신도 순간적으로 자신의 과거 모습을 잊어버리곤 한다.

플라스틱 빨래 바구니 맨 위에 양말들이 깔끔하게 한 줄로 늘어섰다. 게일의 손에는 빌의 검은 '황금 발가락' 양말 한 짝만 남았다. 처음 있는 일도 아니다. 사실 양말이 사라지는 일이 워낙 잦기 때문에 게일은 세탁기에 표시되어 있지는 않아도 '헹굼'과 '탈수' 사이에 틀림없이 '빨래 삼키기' 코스가 있을 거라고 확신할 정도다. 그런데 오늘은 다른 때보다 더 짜증이 난다. 그녀가 지난 크리스마스에 빌에게 사준 양말이기 때문이다. 그녀는 고리버들로 짠 빨래 바구니를 들고 그 밑을 살핀다. 건조기를 열고 고개를 안으로 집어넣은 뒤 손으로 건조기를 살짝 돌려보기도 한다. 세탁기도 손으로 돌려본다. 마지막으로 그녀는 최대한 몸을 기울여 세탁기와 건조기 뒤편을 살핀다. 거기 있는 것이라고는 먼지 낀 섬유 유연제 시트 한 장, 땅콩버터를 묻힌 쥐덫 한 개뿐이다.

상식적으로는 이쯤에서 포기하는 게 맞다. 고작 양말 한 짝이 없어졌을 뿐이니까. 할인점에 가면 양말 한 묶음을 십 달러도 안 되는 가격으로 살 수 있다. 하지만 그녀가 싫어하는 것이 하나 있다면 그건 바로 돈을 낭비하는 것이다. 특히 지난 오 년 동안은 돈을 아껴야 했다. 빌이 경찰에서 강제로 퇴직당하고, 경찰 교환원으로 일하던 그녀도 빌과 함께 직장을 그만뒀기 때문이다. 그렇지 않아도 돈이 빠듯한데 멜리사 무디가 지난여름부터 집세를 밀리고 있기 때문에 사정이 더욱더 빠듯해졌다. 그래서 게일은 차가운 시멘트 바닥에 손과 무릎을 대고 엎드려서 세탁기와 건조기 밑을 들여다보며 그 망할 놈의 양말을 찾는다. 하지만 너무 어두워서 아무것도 보이지 않는다.

손전등이 필요하다. 주방 개수대 옆의 잡동사니 서랍에 손전등이 하나 있기는 하지만 아직 배터리가 남아 있을지는 아무도 모른다. 게일이 가게에서 아무리 건전지를 사다 넣어두어도 정작 정전이 돼서 손전등을 쓰려고 하면 항상 불이 들어오지 않는다. 그래도 배터리가 남았는지 알아보는 방법은 하나밖에 없기 때문에 게일은 천장을 지지하는 나무 기둥들 중 하나를 짚고 일어선다. 위층 바닥이 금방이라도 무너질 것처럼 위험하게 가라앉았을 때 빌이 이 기둥들을 세웠다. 게일은 기둥 측면에 수없이 박혀 있는 못에 손이 찔리지 않게 조심하면서 일어나 계단으로 걸어간다. 슬리퍼를 신은 발을 맨 아래 계단에 막 올려놓으려던 그녀는 숲처럼 늘어선 기등들 뒤를 흘깃 바라본다. 지하실에 하나뿐인 창문 옆에 빌의 작업 공간이 있다. 위층의 손전등은 켜지지 않을 가능성이 높기 때문에 게일은 지하실에서 손전등을 찾아보는 편이 나을 것 같다고 생각한다.

그녀는 지하실 맞은편 구석까지 걸어가 빌의 작업대 위 전구와 연결된 낚싯줄을 잡아당긴다. 빌의 작업대는 사실 톱질 모탕 두 개 위에 걸쳐놓은 합판에 지나지 않는다. 합판 위에는 짙은 회색 공구 상자가 활짝 열려 있다. 드라이버, 시멘트 못, 온갖 크기의 렌치, 그 밖에 수십 가지 잡동사니가 가득 차서 터질 듯하다. 게일이 그 것들을 옆으로 밀고 그 밑의 판을 들어올리자 철사 한 뭉치, 노끈 한 뭉치, 끌, 드라이버, 기름이 묻은 렌치, 원예용 가위, 망치 자루, 시멘트 못 한 상자, 초록색으로 반짝이는 낚시용 미끼 세 개 등이 있다.

손전등만 없을 뿐이다.

그녀는 지금 홈디포에서 진열대 사이의 협곡 같은 통로를 돌아다니고 있을 빌을 생각한다. 그는 짙은 파란색 바지 주머니에 손을 깊숙이 찔러넣고 항상 그러듯이 조니 캐시나 멀 해거드의 노래를 휘파람으로 불고 있을 것이다. 아까 눈이 조금 내리자 빌은 삽을 새로 사야겠다며 집을 나섰다. 옛날에 쓰던 삽이 완전히 구부러졌기 때문이다. 오늘도 온갖 잡동사니를 한 아름 사들고 오겠지. 지하실에 이미 잡동사니가 이렇게 많은데도 항상 그러니까. 게일은 생각한다. 빌이 돌아올 때가 다 됐고, 이 작업 공간은 게일에게 금지 구역이라서 청소조차 할 수 없는 곳인데도 그녀는 물건을 좀 정돈해주고 싶다는 충동을 어쩌지 못한다. 그래서 먼저 못들을 모아 상자에 넣는다. 드라이버도 한데 모아 끝부분이 둥글어서 웃기게 생긴 것들과 납작한 쐐기처럼 생긴 것들을 구분해 공구 상자의 다른 칸에 각각 정리한다. 쓸모없는 망치 자루는 쓰레기통에 던져버리고 느슨해진 노끈 뭉치를 다시 감는다. 이 끈은 빌이 여름에 토마토 줄기를 묶을 때 쓰는 것이다.

이렇게 세상을 정리 정돈하려는 충동(나이를 먹은 뒤에야 찾아온 충동이다)이 경찰서에서 근무할 때는 아주 유용했다. 원래 그녀가 맡은 일은 교환대에서 전화를 받아 경찰관들에게 무전으로 지시를 내리는 것이었다. 하지만 사무실이 워낙 지저분했기 때문에 그녀는 쉬는 시간에 지문 자료와 범죄 기록들을 하나씩 꾸준히 정리했다. 어차피 소도시 경찰서라 일 분마다 사건이 벌어지는 것도 아니어서 게일은 시간 여유가 많았다. 빌과 연애를 할 시간도 충분했다. 그를 처음 보았을 때 그가 그녀의 책상 옆에 서 있던 모습이 지금도 생생히 기억난다. 그는 경찰 제복을 입고 커다란 손에 커피가 담긴 스티로폼 컵을 들고 있었다.

손전등이다.

게일이 마침내 손전등을 발견한다. 낚시용 미끼와 마찬가지로 기분 좋은 풀잎 색깔인 손전등이 정체를 알 수 없는 금속 부품 더미 밑에 파묻혀 있다. 그녀는 그것을 잡으려고 작은 손을 뻗다가 금속 부품 더미 뒤에서 뭔가 반짝이는 것을 언뜻 본다. 그녀는 손전등을 내버려두고 녹슨 삼각형 금속을 옆으로 밀고는 그 반짝이는 물건을 꺼낸다. 알고 보니 담배 한 갑이 들어 있는 사각형 유리 재떨이다. 라이터도 한 개 같이 들어 있다. 결국 빌이 담배를 못 끊은 거잖아. 게일은 생각한다. 그녀는 고개를 절레절레 저으며 혀를 찬다. 지난 일 년 동안 그가 담배를 끊는 게 너무 힘들다며 투덜댈 때 정말 안쓰럽게 생각했는데. 처음에는 금연 패치 때문에 속이 메스껍다는 소리도 했었다. 빌이 오스카상을 받아도 될 만큼 뛰어난 솜씨로 연기를 하면서 몰래 이곳으로 내려와 담배를 피우는 걸 모르고 있었다니.

빌의 거짓말에 화가 나기는 해도 게일은 지금은 걱정거리가 많으니까 그에게 잔소리를 하면 안 된다고 자신을 타이른다. 그러고는 담배, 라이터, 재떨이를 다시 삼각형 금속 밑에 놓고 손전등을 집어든다. 무게가 너무 가벼운 걸 보니 배터리가 없는 게 분명하다. 게일은 손전등을 내려놓다가 안에서 뭔가가 움직이는 소리를 듣는다. 그녀는 다시 손전등을 들어 살짝 흔들어본다. 또 그 소리가 들린다. 뭔가가 떨어져나와 위아래로 움직이면서 안쪽을 긁는 모양이다.

어쩌면 담배를 찾아낸 것 때문에 그녀의 호기심이 동한 건지도 모른다. 이유가 무엇이든 게일은 손전등 머리 부분을 손으로 감싸고 비튼다. 손전등이 어찌나 단단히 잠겨 있는지 꼼짝도 하지 않는다. 그녀는 비틀고 또 비틀다가, 사라진 양말 때문에 생긴 짜증을 연료 삼아 힘껏 또 비튼다. 그녀의 얼굴이 찡그러진다. 힘겨운 신음 소리가 입에서 흘러나온다. 마침내 손전등이 열린다. 손전등을 거꾸로 뒤집자 손바닥으로 어떤 물건이 떨어진다. 하얀색의 둥근 알약 열두 개들이 알루미늄 포장지를 돌돌 말아놓은 것이다. 알약은 네 알밖에 남아 있지 않다.

게일이 손전등 안에 무엇이 들어 있을지 미리 생각해보지는 않았지만 이건 정말 뜻밖이다. 그녀가 작업대 위의 어둠침침한 노란 불빛을 받으며 서 있는데 겨울 햇살이 자그마한 지하실 창문을 통해 그녀의 얼굴을 비춘다. 그녀는 투명한 플라스틱 포장 속에 든 알약을 빤히 바라보며 이게 왜 여기 있는 건지 모르겠다고 생각한다. 안경을 쓰지 않았기 때문에 알약 표면에 새겨진 글자를 읽기가 힘들다. 하지만 이것만은 분명하다. 거기 적힌 글자가 베나드릴이나 타이레놀처럼 그녀가 쉽게 알아볼 수 있는 약 이름은 아니라는 것. H와 E가 흐릿하게 보인다.

이 알약의 정체와 이것들이 지하실 구석에서 손전등 속에 숨겨져 있는 이유를 논리적으로 완벽하게 설명할 방법이 분명히 있을 것이다. 하지만 게일은 왠지 찜찜한 기분이 든다. 아주 불쾌하다. 옛날에 사귀던 남자들이 못된 짓을 하는 현장을 잡았을 때의 기분과 너무 닮았다. 대부분의 사람과 마찬가지로 그녀 역시 자신의 삶에서 가장 고통스러웠던 순간에 일그러진 자신의 모습을 생생히 기억하고 있다. 스물일곱 살의 그녀가 고향인 오하이오 주 레이크폴스의 술집에서 만난 남자와 결혼 생활을 하고 있다. 그녀가 남편이 모는 픽업트럭의 대시보드 서랍을 연다. 기한이 만료된 예전 카드와 우편으로 도착한 새 보험 카드를 바꾸기 위해서다. 그녀가 예전 카드를 꺼내는데 봉투 하나가 바닥으로 떨어진다. 그걸 주워 안을 살펴보니 남편 이름으로 된 마스터카드 청구서가 있다. 주소는 남편의 직장 주소로 되어 있다. 청구서에 한없이 찍힌 모텔들의 이름을 물끄러미 내려다보면서 그녀의 눈에 눈물이 차오른다. 일 년 뒤, 그녀는 이혼녀가 되어 폴크스바겐 래빗에 소지품을 싣고 있다. 새 출발을 하자고, 머지않아 괜찮아질 거라고 다짐하면서.

삶이 그리 순탄치 못했던 게일 어윈에게는 이런 기억들이 많이 있다. 그런데 지금 그 모든 기억이 그녀를 짓누르며 하나로 뭉쳐 아주 단단하고 무거운 두려움으로 변한다. 다시는 이런 감정을 느끼지 않을 줄 알았는데. 이런 감정은 과거의 자신에게나 해당되는 줄 알았는데.

그녀는 고개를 저으며 진정하자고 자신을 타이른다.

김이 모락모락 나는 커피잔을 들고 그녀의 책상 앞에 서 있는 빌을 처음 본 그날로부터 팔 년이 흘렀다. 두 사람이 필라델피아에서 결혼한 것은 칠 년 전이고, 그가 퇴직당한 것은 오 년 전이다. 그때 그녀는 그와 함께 경찰을 떠났다. 비록 퇴직을 당하게 된 정황이 의심스러웠지만 그뒤로 빌은 단 한 번도 수상쩍은 행동을 하지 않았다. 그가 홈디포에서 돌아오면 그녀는 양말을 찾다가 손전등을 찾게 됐고, 손전등을 찾다가 이상한 알약을 찾았다고 빌에게 무심히 말할 것이다. 그러면 그는 알약의 정체와 그것들이 왜 거기 숨겨져 있는지에 대해 완벽한 설명을 내놓을 것이다. 알약을 들고 빌의 작업대에서 천천히 멀어져 계단을 향해 뒷걸음질을 치는 게일의 귀에 벌써 빌이 갈라진 목소리로 나지막하게 설명하는 소리가 들리는 듯하다.

'아, 그거. 옛날에 알레르기 때문에 먹던 약이야. 낚시하러 갈 때 물에 젖지 말라고 손전등 안에 넣어두었지……'

아니면 이런 설명이 나올 수도 있다. "그 낡은 손전등? 내가 창고 세일에서 샀는데 머리가 어찌나 단단히 닫혀 있던지 아무리 해도 열리지가 않더라고. 내 마누라가 나보다 힘이 더 세다니 기분 좋은걸……"

이렇게 빌이 설명할 말을 미리 상상해보는 것만으로도 두려움이 조금 가라앉는다. 게일은 나무 기둥들 사이를 지나 계단을 오른다. 거실에 올라와보니 돌로 지은 회색 벽난로 속의 불이 꺼져서 외풍 때문에 방 안이 춥다. 게일은 한 번 꺼진 불을 다시 붙이는 데는 영 소질이 없다. 그래도 몇 분 동안 부지깽이로 재를 들쑤시며 구긴 신문지를 자꾸 던져넣는다. 그래봤자 신문지에 확 불이 붙었다가 금방 꺼져버릴 뿐이다. 게일 부부는 다섯 해 동안 겨울마다 이 벽난로에 불을 지폈다. 그런데도 그녀는 여전히 벽난로에 불붙이는 법을 터득하지 못했다. 빌은 이걸로 그녀를 놀리며 즐거워하곤 한다. 결국 그녀는 불붙이기를 포기하고 부지깽이를 벽난로에 기대어 세워놓는다.

그러고는 다시 알약을 생각한다. 게일은 커다란 유리창으로 들어오는 빛 속에서 알루미늄 포장지를 들어올려 중간에 알아볼 수 없는 글자들을 짐작으로 채워넣으려 한다. 이번에는 O와 H가 보인다. 결국 그녀는 글자들을 끝까지 읽어보기로 하고 안경을 찾아 헤맨다. 몇 분 뒤, 안경도 사라진 건가 하는 생각을 하던 참에 화장실 뒤편에서 금테 안경이 눈에 띈다. 오늘 아침에 샤워를 하면서 거기에 벗어둔 것이다. 일단 안경을 쓰고 나니 글자가 다섯 개라는 사실이 눈에 들어온다. R-O-C-H-E. 그 밑에는 원으로 둘러싸인 숫자 2가 자그맣게 새겨져 있고, 뒤편에는 선이 두 개 그어져 있다. 가끔 베나드릴이나 타이레놀을 먹는 걸 제외하면 게일이 콜레스테롤 때문에 먹는 리피터와 빌이 비염 때문에 먹는 지르텍이 약의 전부다. 이런 이름의 약은 들은 적도 본 적도 없다. 그녀는 더이상 견딜 수 없을 때까지 오랫동안 꼼짝도 하지 않고 못박힌 듯이 그 글자들을 바라본다.

그녀는 주방으로 가서 수화기를 든다. 그리고 재닛 포넥의 전화번호를 누른다. 심술쟁이 재닛은 경찰에 근무하던 시절에 게일이 사귄 친구 중 유일하게 지금까지 남은 사람이다. 빌이 퇴직당할 때 일이 복잡하고 지저분하게 꼬였는데도 그녀만이 빌의 편에 서주었기 때문이다. 게일이 재닛에게 전화를 거는 이유는 간단하다. 재닛은 관절염에서부터 활액낭염, 고혈압, 당뇨, 그 밖에 아스퍼길루스라나 뭐라나 하여튼 게일이 듣기에는 무슨 국수 이름처럼 들리는 이상한 곰팡이 병에 이르기까지 온갖 병 때문에 약을 한 바가지씩 먹는다. 게일은 이 약의 정체를 알 만한 사람이 있다면 바로 재닛이라고 생각한다. 전화벨이 울리기 시작하자 게일은 둘둘 말린 전화선을 풀어 거실로 돌아와서 창문을 통해 앞뜰을 바라본다. 눈을 치운 자리가 낫 같은 모양이다. 게일은 빌의 빨간 픽업트럭이 나타나지는 않는지 확인하려고 진입로를 살펴본다. 창밖으로 보이는 것이라고는 눈을 잔뜩 뒤집어쓴 채 길가에 주차된 멜리사 무디의 도요타 자동차뿐이다. 벨이 세번째 울릴 때, 게일은 재닛의 의심을 사지 않으려면 핑계를 마련해야 한다는 사실을 깨닫는다. 그녀는 자신이 처방을 받아서 먹는 약에 이상한 알약이 섞여 들어왔다고 말하기로 한다. 그러고는 머릿속으로 이 거짓말을 돌려보며 대본을 외우듯이 소리 없이 대사를 연습한다. '말도 안 되는 일이 생겼어. 리피터를 먹으려는데 이상한 알약 하나가 섞여 있잖아. 앞면에 R-O-C-H-E 2라고 쓰여 있어. 혹시 이게 무슨 약인지 알아?'

아쉽게도 자동응답기가 돌아간다. 그래서 게일은 준비한 말을 해보지도 못하고 수화기를 내려놓는다. 달리 좋은 방법이 생각나지 않아서 그녀는 거실로 돌아가 다시 햇빛 속으로 알루미늄 포장지를 들어올린다. 그러면서 이건 시간 낭비라고 자신을 타이른다. 자기가 이런 행동을 하는 건 옛날에 실망한 경험이 워낙 많아서 의심하는 버릇이 남은 탓이라고. 그때 누가 문을 쾅 닫는 소리가 들린다. 시계가 똑딱거리는 소리가 들릴 만큼 조용하고 추운 거실에 들려온 이 갑작스러운 소음에 게일의 작은 몸이 화들짝 놀라며 속이 졸아든다. 그녀는 짧은 비명과 함께 움찔하며 약을 떨어뜨린다. 그녀는 허리를 숙여 약을 줍기 전에 먼저 창밖을 내다본다. 진입로는 여전히 텅 비어 있다. 하지만 멜리사 무디가 방금 오두막에서 나와 눈 덮인 잔디밭을 가로질러 자동차로 향하고 있다. 살을 엘 듯 추운 날인데도 멜리사는 인디언 문양의 티셔츠와 군복 색깔의 카고바지만 입은 차림이다. 게일은 아이를 낳아본 적이 없지만 그래도 문을 열고 멜리사에게 어머니처럼 한마디하지 않을 수 없다.

"멜리사, 코트라도 좀 입지그래? 날이 엄청 추운데."

멜리사는 시선을 들고 고개를 젓는다. "전 괜찮아요."

게일은 멜리사의 얼굴을 볼 때마다 그 끔찍한 흉터가 마음에 걸린다. 특히 겨울 오후의 석양빛을 받으면 흉터가 더욱 끔찍해진다. 멜리사의 왼뺨에 얼기설기 나 있는 소름끼치는 흉터. 오른쪽 눈 위에는 피부가 뭉개진 자국이 있다. 마치 어떤 짐승이 미쳐 날뛰다가 그곳을 발톱으로 할퀴는 바람에 눈썹이 반밖에 남지 않은 것 같다. 멜리사가 말을 할 때면 앞니가 빠진 자리가 검게 드러난다. 지난 몇 년 동안 멜리사와 게일은 그녀가 당한 교통사고에 대해서, 그때 세상을 떠난 남자아이에 대해서, 멜리사의 슬픔에 대해서 많은 이야기를 나눴다. 하지만 게일은 한 번도 멜리사의 외모라는 슬픈 주제를 깊이 파고든 적이 없었다. 그래도 저 아이가 왜 성형외과나

치과에 가서 치료를 받을 생각을 하지 않는지 궁금하기는 하다. 틀림없이 의학적으로 무슨 방법이 있을 텐데. "어디 가니?" 게일은 멜리사가 자동차 창문에 쌓인 눈과 얼음을 긁어내는 것을 보고 묻는다. 멜리사는 운전석 바로 앞에 쌓인 눈과 얼음만 치울 뿐 다른 곳에는 손도 대지 않는다.

"필라델피아에서 챈트렐이라는 사람과 만나기로 했어요. 지난번에 어윈 아저씨한테 말씀드렸던 여자예요."

그렇지. 빌이 며칠 전 아침에 멜리사에게 장작을 한 다발 갖다주고 돌아와서 그녀가 또 점쟁이를 만나러 간다는 얘기를 했던 것 같다. "이런데 운전해도 되겠어?" '이런데'란 그녀의 임신 상태와 날씨를 모두 가리키는 말이다.

"괜찮아요." 멜리사는 이렇게 말하고는 입술을 꼭 다문 채 힘없이 미소를 짓는다.

"그래." 게일이 걱정스러워하면 빌은 항상 멜리사는 우리 딸이 아니라고 말하곤 한다. 멜리사에게 빌이 장작을 가져다줄 수도 있고 게일이 먹을 것을 가져다줄 수는 있다. 그 밖에 조심스레 이런저런 충고를 해줄 수도 있고 집세를 내지 않아도 모르는 척 봐줄 수도 있다. 하지만 그들이 그녀의 인생에 대해 이래라저래라 할 수는 없다. "천천히 가. 운전 조심하고."

멜리사는 그렇게 하겠다고 대답한 뒤 차에 올라 시동을 건다. 머플러에서 하얀 연기가 뿜어져나오고 그녀는 유턴을 하더니 방금 대답한 말과 달리 도로 상태를 감안할 때 지나치게 빠른 속도로 멀어져간다.

"저 앤 우리 딸이 아냐." 빌의 목소리가 자동차 바퀴 자국 위로

울려퍼진다.

게일이 문을 닫고 깔개 위에 떨어진 알약을 집으려고 허리를 숙이자 지하실 계단에서 새어나온 탁한 노란색 불빛이 그녀를 비춘다. 그녀가 불을 끄지 않고 올라온 것이다. 그녀는 세탁기 옆의 차가운 시멘트 바닥에 놓인 빨래 바구니, 둥글게 말아서 깔끔하게 쌓아놓은 양말을 생각한다. 그저 양말 한 짝만이 사라졌을 뿐이다. 이 터무니없는 일을 다 잊어버리고 아까 하던 일이나 계속하고 싶은 생각이 간절하다. 하지만 밟을 때마다 삐걱거리는 바닥을 가로질러 지하실 계단으로 걸어가는 동안 어떤 생각이 떠오른다. 이 알약의 정체를 간단하게 알아낼 방법이 있다는 생각. 그녀는 주방으로 가서 리피터 약병을 들고 거기에 인쇄된 번호로 전화를 건다.

젊은 여자가 전화를 받는다. "CVS 약국입니다."

"아, 여보세요. 저는 게일 어윈이라고 하는데요, 수석 약사님하고 통화할 수 있을까요?"

"약사님은 지금 안 계십니다." 여자가 말한다. 귀찮은 모양이다. "제가 대신 도와드리면 안 될까요?"

"그냥 묻고 싶은 게……"

여자가 게일의 말을 중간에서 끊는다. "잠시만 기다리세요."

여자가 송화기를 가리고 누군가와 이야기를 나누는 동안 게일은 이렇게 통화가 중단된 것이 다행이라는 생각이 든다. 머리로 생각만 할 때는 거짓말이 아주 쉬울 것 같지만 실제로 거짓말을 할 때는 항상 불안해진다. 지금처럼 아주 사소한 거짓말을 할 때조차도. 생각을 정리할 시간이 좀 필요하다. 젊은 여자가 다시 그녀에게 돌아와 말씀하시라고 말하자 게일은 침을 꿀꺽 삼키고 이렇게 말한다. "거기 약국에서 콜레스테롤 약을 사먹는데요, 얼마 전에 사온 약이 좀 이상해서요."

"어떤 점이요?"

여자는 빨리 이 일을 처리해버리고 싶어 안달하고 있다. 수화기 저편에서 전화벨 소리가 들린다. 카운터 앞에 항상 놓여 있는 또다른 전화가 눈에 보이는 듯하다. "지난주에 거기서 사온 리피터를 오늘 먹으려고 보니까 다르게 생긴 알약 하나가 섞여 있더라고요. 원래 리피터는 작은 타원형에 숫자 10이 새겨져 있는데, 이건 하얀 원형이고 앞면에는 R-O-C-H-E라는 글자와 원 속에 들어 있는 숫자 2가 있어요. 뒷면에는 줄이 두 개 그어져 있고요. 이 약도 내가 먹어야 되는 건지 궁금해서요."

"글쎄요, 다른 약과 생김새가 다르다면 드시지 마세요. 어쨌든 수석 약사님께 전해드릴게요. 약사님이 돌아오시는 대로 전화드릴 거예요." 여자는 게일에게 약에 적힌 글자가 정확히 무엇이냐고 다시 물은 뒤 전화번호를 받아 적는다. 그러고는 더이상 말할 틈도 주지 않고 서둘러 전화를 끊어버린다.

가스레인지 위의 시계를 보니 다섯시 십 분 전이다. 빌이 왜 이렇게 안 오는 건지 궁금하다. 하지만 빌은 홈디포에서 하루를 꼬박 보낼 수도 있는 사람이다. 계산대에는 항상 줄이 늘어서 있고, 진열대 선반은 너무 높고, 사람이 너무 많아 북적거리는 그곳을 빌이 왜 그렇게 좋아하는지 이해되지 않는다. 게일은 홈디포가 문을 열기 전에 오랫동안 단골로 다니던 레너드 철물점이 훨씬 더 좋다. 거기서는 줄을 설 필요도 없고 빌과 게일 모두 주인과 잘 아는 사이다. 그러니 그 집에 온갖 종류의 드라이버가 전부 갖춰져 있지 않다고 한들 그게 무슨 대수겠는가.

게일은 주방 문의 유리창을 통해 뒷마당을 바라본다. 바람이 불어와서 벌거벗은 나뭇가지에 쌓여 있는 눈을 공중에 흩뿌린다. 순간적으로 마당이 스노글로브처럼 하얗게 변한다. 이내 바람이 잦아들자 눈송이도 땅으로 하늘하늘 떨어진다. 저 크고 검은 새들, 멍크스 힐 로드 주위에서 항상 볼 수 있는 새들이 집 뒤쪽 숲에서 땅바닥에 모여 얼어붙은 땅을 쪼고 있다. 바로 그 뒤에는 폐허가 된 오두막이 있다. 돈이 없어서 아직 방한 설비를 해놓지 못한 집이다. 게일과 빌은 원래 집 세 채를 모두 수리해서 한 채에서는 자기들이 살고 나머지 두 채는 세를 줄 계획이었다. 하지만 저 오두막은 지금도 지붕이 축 처지고, 창문이 박살나고, 벽은 낙서투성이고, 바닥도 푹 꺼진 보기 싫은 모습이다. 그 모습이 두 사람의 계획이 실패로 돌아갔음을 날마다 일깨워주고 있다. 빌이 최소한 찌그러진 맥주 깡통들을 비롯해서 오래전에 그곳에서 파티를 벌였던 십대들이 두고 간 쓰레기들을 치우기는 했다. 바람이 또 불어와 빌이 깨진 유리창에 테이프로 붙여둔 비닐이 펄럭이며 소리를 낸다. 잠을 이룰 수 없는 밤에 그런 소리가 들릴 때도 있다.

커다란 검은 새들이 느닷없이 날개를 펼치더니 공중으로 날아올라 숲의 뒤틀린 가지들 속으로 사라져버린다. 녀석들이 그렇게 갑자기 날아오르는 바람에 멍하니 상념에 잠겼던 게일도 퍼뜩 정신을 차린다. 그녀는 창문에서 고개를 돌려 싱크대 옆의 잡동사니 서랍을 연다. 처음부터 여길 열어봤으면 좋았을걸. 서랍 안에 경찰관들이 쓰는 매끈한 검은색 손전등이 있다. 그녀가 마지막으로 근무하던 날 서둘러 책상을 정리하면서 가져온 것이다. 그녀는 손전등을 꺼내 전원 버튼을 밀어올린다.

이런 세상에. 손전등에 불이 들어오는 것을 보며 게일은 생각한다. 배터리가 남아 있었던 것이다.

그녀는 알약과 함께 손전등을 들고 다시 계단을 내려가 미로처럼 늘어선 임시 지지대들 사이를 지나 빌의 작업 공간으로 간다. 깔끔하게 둘둘 말려 있는 노끈, 상자 안에 정리된 못, 종류별로 분류된 드라이버를 바라보면서 게일은 빌이 알아차리지 못하게 물건들을 다시 헝클어버릴까 생각한다. 그런데 바로 그때 문이 열리는 소리가 들린다. 게일은 머리 위의 나무 널들을 향해 고개를 들어올리고, 문의 경첩이 삐걱거리는 소리, 문 아랫부분이 천천히 깔개를 스치는 소리, 빌의 부츠가 썩어가는 마룻바닥을 쿵쿵 밟는 소리를 듣는다. 마룻바닥 역시 고칠 돈이 없어 그대로 내버려두고 있다. 빌은 여느 때처럼 휘파람을 불다가 갑자기 멈춘다. 그러고는 묵직하고 갈라진 목소리로 그녀를 부른다. "게일?"

게일은 손전등 뚜껑을 다시 돌려서 잠그고 손전등을 금속 도구들 밑에 다시 파묻는다. 그러고는 손을 뻗어 줄을 잡아당겨서 그의 작업대를 비추는 탁한 노란색 불을 끈다. 이제 빛이라고는 경찰관들이 쓰는 매끈한 검은색 손전등 불빛, 천장 근처의 작은 창문에서 들어오는 빛, 세탁기와 건조기 옆에서 윙윙 소리를 내고 있는 형광등뿐이다. "지하실에 있어." 그녀는 이렇게 말하고 나서 빨래 바구니 쪽으로 움직인다.

"거기서 뭐 해?"

"빨래."

"아직도? 내가 나갈 때도 빨래하고 있었잖아."

"그래. 또 문제가 생겼어."

"쥐덫에 쥐가 또 걸렸어?"

"아니. 당신 양말 한 짝이 또 실종됐어."

빌은 웃음을 터뜨린다. 그 거리낌 없고 익숙한 소리가 게일을 달래준다. 그 소리를 들으니 자기가 얼마나 웃기는 짓을 했는지 알 것 같다. 그렇게 쉽게 두려움에 사로잡혀서 빌을 의심하다니. 빌이 계단 위에서 묻는다. "산 사람들의 세계로 돌아올 거야, 아니면 아예 거기서 눌러 살 거야?"

게일은 손전등을 건조기 옆의 바닥에 놓고 알약을 스웨터 주머니에 밀어넣는다. 그러고는 고개를 돌려 문간에 서 있는 그의 커다란 덩치를 올려다본다. 보이는 건 그의 실루엣뿐이다. 종이를 잘라 백팔십 센티미터의 키, 두툼한 가슴, 널찍한 어깨, 굵은 팔다리를 지닌 사람 모양을 만든 것 같다. "지금 올라가, 여보." 그녀는 빨래 바구니를 들고 계단을 오르며 말한다.

빌은 거실에서 홈디포의 밝은 오렌지색 봉투에 든 물건들을 꺼내고 있다. 그가 다른 것도 아니고 하필이면 최신 드라이버를 꺼내 소파 앞의 바퀴 달린 커피 탁자 위에 놓는다. 또 잡동사니를 사왔네. 게일은 속으로 생각한다. 내 저럴 줄 알았지. 하지만 자신의 예측이 맞았다는 사실에 화가 나기보다는 왠지 마음이 놓인다. 모든 옷 중에 제일 낡아서 단추도 몇 개 없고 소매도 찢어진 면 셔츠에 낡은 모자를 쓰고, 색 바랜 디키즈 바지를 입은 그의 모습이 막 밭에서 돌아온 농부 같다. 일을 너무 많이 해서 기진맥진할 정도지만 그만큼 인정받지는 못하는 농부. 그녀는 그의 널찍한 이마의 낯익은 주름살과 검은 눈 밑의 축 처진 살을 바라보며 순간적으로 안쓰럽다는 생각이 든다. 그가 지금까지 고생한 일들이 생각났기 때문이다. "좋은 소식이 있어." 게일이 그에게 말한다. "당신 셔츠가 깨끗해졌으니까 그 누더기 같은 옷은 이제 그만 입어도 돼."

빌이 크고 누런 이를 드러내며 웃음을 짓는다. 그는 가슴께에서 셔츠를 집으며 아래를 내려다본다. "홈디포에 내가 잘 보여야 하는 사람이 있는 것도 아닌데 뭐."

"그거야 모를 일이지. 거기 계산원들이 당신한테 꼬리 치는 걸 내가 봤는데." 그녀가 이렇게 말하는 동안 그가 봉투에서 새 망치를 꺼낸다. 그가 손에 들고 있는 망치와 탁자 위에 놓인 드라이버를 보니 게일의 마음속에서 안쓰러운 기분이 사라진다. 말투가 달라지는 것을 그녀 자신도 어쩔 수 없다. "삽을 사러 간다며."

"그랬지. 삽들은 문밖에 놔뒀어."

"삽들?"

"한 개를 사면 한 개를 공짜로 주는 물건이 있더라고. 그래서 봄에 쓸 정원 삽도 사왔어."

'돈도 없는데 또 돈을 썼네.' 게일은 이런 생각을 하며 책꽂이 옆의 푹신한 흔들의자에 앉는다. 책꽂이에는 빌이 좋아하는, 믿거나 말거나 식의 괴상한 실화를 모은 책들이 잔뜩 꽂혀 있다. 그는 괴상하기 짝이 없는 죽음을 맞은 사람들의 이야기를 모아 매년 한 권씩 나오는 『다윈 어워드』를 한 권도 빠뜨리지 않고 다 갖고 있다. 터무니없는 사실들을 모은 『존 아저씨의 화장실 책』과 제목만 봐도 내용을 알 수 있는 『세상의 괴상한 뉴스들』도 마찬가지다. 〈필드&스트림〉이라는 낡은 잡지들이 쌓인 바구니도 있다. 게일이 보던 〈굿하우스키핑〉 〈레드북〉 〈패밀리 서클〉 〈레이디스 홈 저널〉 과

월호도 있다. 게일은 자신이 모은 메리 히긴스 클라크의 소설들이 꽂힌 선반을 손가락으로 쓸어보며 먼지가 쌓이지 않았는지 확인한다. 먼지는 없다. 그녀가 다시 빌에게 고개를 돌리자 내면의 목소리가 고개를 든다(어쩌면 그것은 예전의 그녀가 내는 목소리인지도 모른다). '빌한테 네가 지하실에서 뭘 찾았는지 말해. 그게 뭔지, 왜 지하실에 숨겨뒀는지 물어봐.'

하지만 게일의 입이 떨어지질 않는다.

그녀는 대신 발치의 빨래 바구니로 손을 뻗어 경찰 체육 리그 운동복을 집어 이미 개어놓은 것을 펼쳐서 다시 접는다. 빌이 탁자 위에 쓸데없는 잡동사니들을 계속 꺼내놓는 것을 보며 게일은 브린모어 칼리지 여대생을 생각한다. 그녀는 오래전 빌이 과속을 이유로 자기 차를 세운 뒤 이상한 짓을 했다고 고발했었다.

'지하실에서 뭘 찾았는지 말해.' 내면의 목소리가 다시 말한다.

마침내 빌이 봉지 밑바닥까지 손을 뻗는다. 그는 마술사가 모자 속에 깊숙이 손을 집어넣듯이 봉지 속에 손을 넣은 채 이렇게 말한다. "당신한테 줄 깜짝 선물을 하나 준비했어. 눈 감아봐."

게일은 눈을 감는다. 하지만 살짝 실눈을 뜨고 빌을 살펴보고 싶은 걸 어쩔 수 없다. 빌이 긴 직사각형 상자 두 개를 꺼내 하나는 커피 탁자에 놓고 다른 하나는 그녀의 양손에 올려놓는다. 빌이 눈을 뜨라고 말한다. 게일이 눈을 떠보니 상자에 '어디서든 불이 붙습니다'라고 적혀 있다.

"성냥이야." 빌이 말한다. "당신이 불을 피울 때 쓰라고. 아무 데나 대고 문질러도 불이 붙는 성냥이야."

게일은 남편의 뒤쪽에 보기 흉하게 서 있는 벽난로의 차갑고 어두운 구멍을 바라보고는 다시 남편의 늙은 얼굴로 시선을 돌린다. 그녀는 즐거운 목소리를 내려고 안간힘을 쓴다. "어떻게 하면 낭만적인 분위기를 만들 수 있는지 정말로 잘 아네."

빌은 다시 미소를 지으며 그녀의 손에서 상자를 집어들고 뚜껑을 열어 긴 성냥 한 개를 꺼낸다. 그러고는 단단한 회색 돌로 만들어진 벽난로에 성냥을 한 번 긋자 즉시 불이 붙는다. "멋있지?"

"그러게." 게일이 말한다.

빌은 성냥으로 벽난로에 불을 붙이는 대신 그녀의 얼굴 가까이 불꽃을 갖다대더니 그녀에게 소원을 빌고 불을 끄라고 말한다. 그녀는 빌의 장난에 장단을 맞추며 여전히 억지로 즐거운 목소리를 낸다. "내 소원은…… 내 소원은, 다음번에 당신이 선물을 사올 때는 웨인 보석상 물건이면 좋겠어."

그녀가 불을 끄자 두 사람 사이로 가느다란 연기가 솟아오르고, 전화벨이 울린다. 게일은 아까 멜리사의 오두막 문이 쾅 닫히는 소리에 놀랐던 것처럼 이번에도 전화벨 소리에 화들짝 놀란다. 빌이 전화를 받으려고 주방으로 걸어가자 게일이 흔들의자에서 벌떡 일어나 그의 앞을 가로막는다. "내가 기다리던 전화야." 그녀는 이렇게 말하고나서 전화를 받는다. "여보세요."

"게일?"

"그런데요."

"재닛이야. 네 번호가 발신자 번호로 찍혀 있어서. 그런데 메시지를 안 남겼네."

게일은 대개 발신자 번호 표시 같은 최신 부가 서비스를 좋아하지 않는 편이다. 빌도 마찬가지다. 두 사람 모두 그런 서비스는 전화회사가 고객들의 주머니에서 돈을 더 쓸어가려는 술책일 뿐이라고 믿고 있다. 하지만 재닛 포낵은 그런 서비스를 아주 좋아하는 모양이다. "아, 미안해. 네가 집에 없는 것 같아서."

"맞아." 그녀가 뭔가 바삭거리는 것을 먹으며 말한다. "디스크 때문에 물리치료를 받고 왔어." 그녀가 씹던 것을 꿀꺽 삼키는 소리, 혀를 핥는 소리가 난다. "그럴 때 쓰려고 자동응답기를 달아놓은 거잖아. 사람들이 전화를 해놓고 메시지도 안 남기면 정말 싫어. 짜증나."

"미안해." 게일은 다시 말한다. 자기가 재닛에게 자주 전화하지 않는 이유가 이제야 생각난다.

게일과 빌이 사용하는 부가 서비스는 통화중 대기뿐이다. 그런데 바로 지금 다른 전화가 왔음을 알려주는 삐 소리가 들린다. 게일은 재닛에게 잠시 기다리라고 말하고는 전화기 훅스위치를 누른다. 예전에 경찰서에서 여러 대의 전화를 맡아 처리하던 교환원 시절이 떠오른다. "여보세요."

어떤 남자가 말한다. "게일 어윈 씨 좀 부탁합니다."

"전데요."

"저는 CVS 약국의 데이비드 번바움입니다."

게일의 시선이 남편에게로 향한다. 빌은 거실에서 의아한 표정으로 그녀를 지켜보고 있다. "잠시만요." 게일은 전화기에 대고 이렇게 말한 다음 빌에게 말한다. "약국에서 온 전화야. 이번에 리피터를 살 때 그쪽에서 실수한 게 있거든."

"아." 빌은 이렇게 말하고는 성냥을 하나 더 꺼내서 깔개 옆의 나무 바닥에 한 번 긋고는 소리를 내지 않고 입만 움직여 이렇게 말한다. "짠."

게일은 윙크를 하며 그에게 엄지손가락을 들어올린다. 다행히도 빌은 벽난로로 주의를 돌려 다시 불을 붙이려고 한다. 게일은 재빨리 훅스위치를 다시 눌러 재닛에게 나중에 전화하겠다고 말하려 하지만 재닛은 이미 전화를 끊은 뒤다. 게일은 다시 약사에게 전화를 돌려 이렇게 말한다. "기다리시게 해서 미안해요."

"괜찮습니다. 저, 아까 손님이 남기신 메모를 봤는데요, 아무래도 우리 직원이 메모를 잘못 받아 적은 것 같습니다."

약사가 알약을 설명한 부분을 읽는 동안 게일은 주방 안으로 더 깊숙이 들어간다. 그동안 내내 빌에게서 시선을 떼지 않는다. 빌은 벽난로 앞에서 허리를 숙이고 장작들을 다시 배치해 공기가 잘 통하게 한다. 그가 항상 게일에게 가르쳐주는 방식 그대로다. "맞아요." 그녀가 말한다.

"정말로 이 알약이 거기 섞여 들어갔나요? 어떻게 그런 일이 있을 수 있는지 이해가 안 가서요. 저희 약국에서는 그런 약을 취급하지 않습니다."

"그렇겠죠. 그런데 어떤 약이에요?"

게일은 빌에게 들릴까봐 약에 대해 구체적으로 말하지 않으려고 애쓴다. 그런데 약사가 묻는다. "어떤 약이냐니요?"

"그게 어떤 약이냐고요. 그러니까, 제가 찾아낸 그거요. 어디에 쓰는 약이에요?"

"어윈 부인, 제가 보기에 부인이 찾아내신 약은 로힙놀인 것 같습니다."

"그게 뭔데요?"

"우리나라에서는 합법적으로 구할 수 없는 진정제예요. 주로 데이트 강간 때 쓰이는 약이라서요. 어윈 부인, 혹시 루피라는 말을 들어보셨습니까?"

빌이 또 성냥을 켜서 종이에 불을 붙인다. 그녀는 약사에게 대답한다. "네, 들어봤어요."

"컴퓨터로 확인해봤는데, 부인이 찾으신 약은 틀림없이 그겁니다. 혹시 실수로 그 약을 드신다면 약 기운이 있는 동안 일어난 일을 기억하시지 못할 거예요. 특히 술을 마시던 중이라면 더하죠. 하지만 그 약이 어떻게 리피터랑 섞여 들어갔는지 도무지 모르겠습니다. 되는 대로 빨리 그걸 갖고 여기까지 와주시겠어요? 제가 한번 직접 살펴보고 싶습니다."

"그러죠." 게일은 이렇게 말하고는 아까 약국에서 전화를 받은 여자가 그랬던 것처럼 서둘러 전화를 끊어버린다.

빌은 여전히 벽난로 앞에 무릎을 꿇고 앉아 있다. 조금 전만 해도 석탄이 쌓여 있던 어두운 구멍 안에서 불길이 일고 있다. 게일의 마음속에서는 두려움이 다시 돌아와 맹위를 떨치고 있다. 약사에게서 들은 말 때문에 머릿속이 멍하고 혼란스럽다. 그녀는 브린모어 칼리지의 여대생을 생각한다. 도나 펠먼이라는 이름이었다. 그 여학생은 빌이 경찰을 떠나는 조건으로 고소를 취하하기로 했다. 당시 게일은 빌에게 법정에서 그 여학생과 싸워야 한다고 주장했지만 빌은 아무리 죄가 없어도 구경거리가 되고 싶지는 않다고 고집을 부렸다. 어쩌면 그녀가 게을렀기 때문일 수도 있고, 또 처음부터 새로 시작하고 싶지 않아서였을 수도 있고, 아니면 그의 말을 액면 그대로 믿었기 때문일 수도 있다. 원래 사랑이라는 게 그런 것 아닌가. 자기가 가장 좋아하는 사람을 믿어주는 것. 어쨌든 이유가 무엇이든 게일은 그때 빌의 말을 믿었다.

그런데 지금 이런 일이 생기다니.

하지만 그 여대생은 알약에 대해서는 아무 말도 하지 않았다. 빌이 부적절한 행동을 했다는 말은 했지만 알약 얘기는 없었다. 빌이 다른 사람에게 알약을 사용했다 하더라도 그런 일을 할 만한 대상이나 시간이 있었을 것 같지 않다. 빌은 홈디포에 다녀오는 것을 빼면 거의 하루종일 집에서 그녀와 함께 빈둥거리는 생활을 하고 있기 때문이다.

빌이 벽난로 앞에서 고개를 들지 않은 채 그녀에게 묻는다. "다 해결됐어?"

게일은 마치 드라이버를 하나 삼킨 것 같은 기분이다. 망치도 하나 함께 삼킨 것 같다. "응, 아무 문제 없어. 그냥 보험 처리를 헷갈린 모양이야. 몇 년 전부터 같은 약국에 다녔는데, 아직도 그런 실수를 저지르네."

"그러게." 너울거리는 불꽃이 빌의 얼굴을 환하게 비춘다. 빌이 일어서서 그녀에게 다시 성냥 상자를 건네준다. "어쨌든, 이건 이제 당신 거야."

게일은 탁자 위에 놓인 또다른 성냥 상자를 바라본다. "저건 누구 건데?"

"멜리사." 빌이 말한다. "그 녀석도 당신하고 똑같은 문제로 고생하고 있더라고. 내가 갈 때마다 불이 꺼져 있어. 한 번은 아예 창문까지 활짝 열어놓고 있더라니까. 그렇게 추운 데서 어떻게 사나 몰라."

오래전, 게일이 이혼했을 때 데이토나 비치의 여동생 집에서 여름을 보낸 적이 있었다. 독립기념일에 두 사람은 바다 근처로 불꽃놀이를 구경하러 갔다. 동생이 그 불꽃을 만든 회사 직원과 사귀던 중이라 두 사람은 불꽃을 쏘아올리는 대포 모양의 기계에서 겨우 육 미터 정도밖에 안 되는 곳에 담요를 깔고 앉을 수 있었다. 그날 밤 하늘에서 피어오르는 갖가지 색깔의 불꽃을 구경하는 동안 게일의 가슴은 불꽃이 터질 때마다 함께 울렸다. 나중에는 가슴이 아플 정도였다. 그런데 지금 칠 년째 결혼 생활을 하고 있는 남자를 바라보는 심정이 딱 그때와 똑같다. 칠 년 전 그녀는 경찰서에 떠도는 소문을 무시하고 이 남자를 믿기로 했다. 지금 게일의 심장은 두방망이질 친다는 말로도, 쿵쿵거린다는 말로도, 질주한다는 말로도, 가슴을 두드려댄다는 말로도 부족하다. 심장이 새의 심장만큼 작게 오그라들어 하잘것없는 존재로 변해버린 것 같다. 온몸이 아플 정도로 세찬 바람이 끊임없이 그녀의 몸을 뒤흔들며 지나가는 것 같다.

빌이 멜리사의 이름을 입에 담았다는 사실, 그리고 그녀가 발견한 알약이 마침내 그녀의 머릿속에서 하나로 합쳐진다. 빌은 이것저것 고칠 것이 많다며 멜리사의 오두막을 뻔질나게 드나든다. 겨울에는 장작을 가져다주러 가고, 여름에는 토마토를 가져다주러 간다. 그런데 이번에는 아무 데나 그어도 불이 붙는다는 성냥까지 사왔다. 빌이 늦게까지 멜리사의 오두막에서 미적거리며 멜리사와 이야기를 나누고, 포도주를 마시고, 담배를 피워대던 것이 생각난다. 그가 이제는 그런 행동을 그만뒀다고 주장한 뒤 멜리사가 임신을 했다. 게일은 지금까지 단 한 번도 그걸 의심한 적이 없다. 왜냐

하면…… 그래, 솔직히 멜리사의 얼굴에 끔찍한 흉터가 있기 때문이다. 그리고 빌이 항상 자신들이 멜리사의 부모가 아니라고는 말하지만 게일은 빌이 멜리사에게 아버지 노릇을 하며 좋아하고 있다는 느낌을 받았기 때문이다.

그런데 이런 일이 생기다니.

게일은 멜리사가 어떤 남자애를 사귀었는데, 임신했다고 말했더니 도망쳐버렸다고 말한 것을 떠올린다. 처음부터 좀 이상하다는 생각이 들기는 했다. 그 생각이 항상 게일의 마음 한편에 있었지만 그녀는 한 번도 시간을 들여 찬찬히 생각해보지 않았다. 멜리사가 여기서 살기 시작한 뒤로 어떤 청년도 멜리사의 집 앞에 차를 세우거나 오두막 문을 두드린 적이 없다.

"괜찮아?" 빌이 묻는다. "어디 아픈 것 같은데."

"괜찮아." 그녀는 힘없는 목소리로 간신히 말한다. "그냥 피곤해서 그래."

"정말이야?"

빌이 그녀의 어깨를 향해 커다란 손을 뻗는다. 게일은 뒤로 한 걸음 물러나다가 하마터면 안락의자에 쓰러질 뻔한다. 하지만 쓰러지기 직전에 다시 균형을 잡는다.

"게일." 빌이 말한다. "왜 그래?"

게일은 고개를 저으며 목이 막힌 듯한 기분을 떨쳐버리려고 헛기침을 한다. 지금 이 순간 자기가 어떻게 이런 행동을 할 수 있는지 그녀 자신도 알 수가 없다. 그녀는 눈처럼 하얀 머리카락 한 다발이 흘러내린 것을 알아차리고는 손가락으로 머리카락을 귀 뒤로 넘긴다. "갑자기 급하게 움직이면 안 된다"는 말이 머리에 떠오른다. "정말 괜찮아. 이제 저녁 준비를 해야겠어. 당신 배고프지?"

빌은 그녀를 빤히 바라보고 있다. 그의 갈색 눈이 평소보다 훨씬 더 커졌고 윗니는 아랫입술을 깨물고 있다. "그래, 배고파. 내가 식사 준비를 좀 도와줄까?"

게일은 억지로 미소를 짓는다. 이번에도 역시 지금 상황에서 자신이 어떻게 미소를 지을 수 있는지 그녀 자신도 알 수 없다. "생전 처음 듣는 소리네. 자칫하면 우리 얘기가 『다윈 어워드』 다음 권에 실리겠어. '빌 어윈, 주방에서 전자레인지로 핫도그조차 데워본 적이 없는 이 남자가 저녁식사 준비를 돕겠다고 나서는 바람에 아내가 심장마비를 일으키다.' 이런 글이 실리는 거 아냐?"

그는 웃음을 터뜨린다. 예전과 마찬가지로 따스하고 걸걸한 소리가 난다. 하지만 이번에는 이 소리가 그녀에게 전혀 위안이 되지 못한다. "그래, 그런 거나 계속 상상해. 그런데 정말 내가 안 도와줘도 되겠어?"

게일은 괜찮다고 말하고는 편안한 주방으로 도망친다. 조리도구도 하얀색이고 짝이 잘 안 맞는 접시와 그릇 들이 가득 쌓인 찬장도 하얀색이다. 하얀색 포마이카 조리대에는 입구가 넓은 토스터기, 머그잔 걸이, 낡은 빵 상자가 있다. 그뒤 한 시간 동안은 묘하게 명상적인 분위기로 흘러간다. 빌이 진입로의 눈을 치우러 나간 사이 자그마한 오두막 세 채 뒤의 숲이 점점 어두워지고, 바람이 불어오고, 검은 새들은 하루의 마지막 햇빛을 받으며 어디론가 날아간다. 게일은 냉동실에서 포크촙 한 봉지를 꺼내 전자레인지로 해동한다. 그러고는 빵가루를 꺼내 비닐봉지에 고기와 함께 넣고 개수대 위에서 흔든다. 물기가 맺힌 하얀 살코기에 빵가루와 양넘이 달라붙은 모양을 내려다보는 그녀의 머릿속에서 갖가지 생각이 소용돌이치며 하나로 뭉쳤다가 또 뿔뿔이 흩어진다. 그녀는 지난 구 개월 동안 벌어졌던 일들을 시간 순서대로 맞춰보려 하는 중이다. 그와 동시에 계획도 짜야 한다. 하지만 당혹감과 혼란이 아직까지도 너무 생생하고 압도적이다. 그래서 생각을 정리하기도, 결정을 내리기도 힘들다. 빌이 새로 사온 삽이 밖에서 아무렇게나 땅을 긁어대는 소리가 나고, 포크촙이 익어가고, 콩과 감자를 삶는 솥에서도 김이 난다. 게일은 생각에 빠진 채 식탁을 차린다. 준비가 끝나자 그녀는 도저히 불가능해 보이던 일을 한다. 앞문을 열고 빌을 보는 것. 빌은 멜리사가 항상 차를 세우는 자리에서 눈을 치우며 조니 캐시의 노래를 휘파람으로 불고 있다. 게일은 빌에게 저녁을 먹어야 하니까 안으로 들어와 씻으라고 말한다.

빌이 식탁에 앉는 순간 지난 한 시간 동안의 기묘하고 명상적인 분위기가 온데간데없이 사라져버린다. 대신 도무지 물러날 줄 모르는 진한 긴장감이 자리를 잡는다. 두 사람은 저녁식사 때 항상 나누는 가벼운 이야기를 시작한다. 음식이 정말 맛있다는 얘기, 빌이 새로 사온 삽이 옛날 것에 비해 훨씬 좋다는 얘기, 올겨울에는 작년에 비해 눈이 정말 많이 온다는 얘기. 이렇게 진부하고 맥 풀린 잡담을 나누는 동안 내내 게일은 음식을 접시 가장자리로 밀어내며 가끔 남편을 빤히 바라본다. 그리고 그가 포크를 입으로 가져가는 모습, 돼지고기와 감자와 콩을 씹는 모습을 지켜본다. 음식이 조금밖에 안 남았을 때 빌은 포크를 내려놓고 돼지 뼈를 손으로 들더니 부드러운 살코기를 뜯어먹는다. 그러고 나서 두 사람은 오랜 침묵 속으로 빠져든다. 들리는 소리라고는 빌이 음식을 씹는 소리뿐이다. 마침내 게일이 깊이 숨을 들이쉬고 입을 연다. "미시한테 줄 성냥을 산 건 정말 잘했어."

"그래, 당신도 알잖아. 불쌍한 아이야."

게일은 무슨 말을 할 건지 미리 계획을 짜지 못했다. 그래서 그냥 하고 싶은 이야기 주변을 빙빙 돌며 말을 시작한다. 바깥의 검은 새들이 사냥감 주위를 선회할 때 꼭 이럴 것 같다. "그래, 불쌍한 아이지. 그러니까 그애한테 계속 선물도 사다주고, 집세를 안 내도 그냥 내버려두자고. 우리가 빈털터리가 되든 말든. 불쌍한 건 오히려 우리라고 해야 할 것 같은데. 앞으로도 이런 식이라면, 은행이 이 집을 압류할 거야. 내가 겪어봐서 아는데, 그거 정말 재미없어."

빌은 입에서 뼈를 떼어내 접시에서 약 삼십 센티미터 높이까지 내린다. 고기 조각 하나가 그의 입가에 붙어 있다. 평소 같으면 게일이 말해주었겠지만 오늘은 아무 말도 하지 않는다. "아이고, 이런." 빌이 말한다. "갑자기 왜 이래? 내가 성냥 좀 사주는 게 그렇게 싫어? 기껏해야 이 달러밖에 안 해."

"그래, 미시가 밀린 집세는 그것보다 훨씬 많지. 그애가 내내 집세를 안 내는 바람에 우리가 한 푼도 없는 신세가 된 거고."

"게일, 이미 옛날에 다 끝난 얘기잖아. 멜리사가 애를 낳고 나면 다시 일을 할 수 있을 테니 집세는 그때 내면 돼."

"그럼 그애가 일하는 동안 애는 누가 볼 건데? 한번 말해봐."

빌은 어깨를 으쓱한다. "그건 생각을 못했네. 멜리사는 우리 세입자지 딸이 아냐. 그러니 우리가 해줄 수 있는 일에도 한도가 있어."

"지난 몇 년 동안 당신한테서 벌써 백 번도 더 들은 얘기야!" 게일은 거의 고함을 지르다시피 언성을 높였다가 일부러 목소리를 낮춰 빌을 흉내낸다. "저애는 우리 딸이 아니니까 너무 끼어들면 안 돼!" 이 말을 한 뒤 게일은 말을 빙빙 돌리기를 그만두고 핵심을 향해 곧장 뛰어든다. "그런 말을 하기에는 이미 너무 늦었어. 좋든 싫든 우린 이미 미시의 삶에 끼어들었다고."

게일은 그의 반응을 보려고 얼굴을 살핀다. 빌은 아무 말도 하지 않는다. 표정도 변하지 않는다. 마치 그녀의 말이 그를 스치고 그냥 지나가버린 것 같다. 그래서 게일은 순간적으로 혹시나 하는 생각이 들지만 그 마음을 눌러버린다. "우린 집을 세준 거지, 가출 소녀를 거둬주고 있는 게 아냐. 미시가 혹시 당신한테 아이 아버지가 누군지 말한 적은 있어?"

빌은 뼈를 접시에 떨어뜨리고 냅킨으로 입을 닦는다. "게일, 그 애가 우리한테 자초지종을 말할 때 당신도 같이 들었잖아. 사귀던 남자가 있었다고. 임신했다고 말했더니 남자가 도망쳤다고. 그런 일을 겪는 여자애들이 매년 수백 명이나 돼."

이번엔 달라. 당신도 알잖아. 게일은 이런 생각을 하지만 말로 하지는 않는다. 여기서 대화를 멈추기로 이미 마음을 정했기 때문이다. 머릿속이 빙빙 도는 것 같아서 생각을 정리할 필요가 있다. 그녀는 구체적인 행동 계획을 세우기 전에는 아무 말도 하고 싶지 않다.

빌이 식탁에서 일어나 그녀에게 다가오더니 그녀의 양어깨에 손을 올려 어깨를 주무르기 시작한다. 대개 그의 손이 닿으면 그녀는 긴장이 완전히 풀리고 편안해지지만 오늘은 몸이 계속 뻣뻣하게 굳은 채로 그에게 저항한다. 그가 조용히 말한다. "미안해. 그동안 힘들었던 거 나도 알아. 그래도 여기까지 왔잖아. 애를 낳을 때가 가까워졌는데, 이제 와서 쫓아낼 수도 없잖아."

이 마지막 말에 그녀의 머릿속에서 끔찍한 생각이 그 어느 때보다 선명하게 떠오른다. '그애는 지금 빌의 아이를 임신하고 있어.' 게일은 토할 것 같다. 그녀는 어깨를 좌우로 움직여 그가 더이상 만지지 못하게 한다. 그리고 식탁을 치우기 위해 일어서면서 확신 없는 목소리로 말한다. "당신 말이 옳아. 끝까지 가야지. 다 잘될 거야. 나도 미안해."

빌은 더이상 아무 말 않는다. 심지어 설거지를 도와주겠다고 나서기까지 한다. 게일은 물을 틀고 자신이 먹지 않은 음식을 쓰레기통에 버리고, 그에게 괜찮다고 말한다. 지금 그녀가 무엇보다 원하는 것은 혼자 있는 것이다. 생각을 정리하기 위해서. 어떻게 이런 일이 벌어진 건지 파악하기 위해서. 계획을 짜기 위해서. 하지만 빌은 식탁에 앉아 큰 소리로 신문을 읽는다. 저녁을 먹은 뒤의 오래된 습관이다.

"이거 들어봐." 빌이 좋아하는 칼럼인 〈기묘한 실화〉를 읽는다. "앨라배마 주 몽고메리의 기술자들이 주택 열 채와 연결된 수도관을 수돗물 정화시설 대신 화장실 폐수 처리시설과 연결하는 실수를 저질렀다. '유감스럽게도 우리가 실수를 저질렀음을 인정합니다.' 얼굴이 붉어진 시장이 한 말이다. 하지만 문제의 주택에 사는 주민들은 쉽사리 용서할 것 같지 않다. 5월부터 더러운 물을 마신 주민들 중 돈 랜들은 '화가 나 죽겠다'고 고함을 질러대고 있다."

게일은 수세미로 빌의 포크를 닦아 비누 거품을 푼 물에 담그며 그냥 "재미있네"라고만 말한다. 대개는 그녀가 설거지를 하는 동안 이런 이야기들이 훌륭한 소일거리가 되어준다. 하지만 오늘밤에는 그 이야기들이 오히려 모든 일의 속도를 늦춘다. 고통스러울 정도다. 게일은 그 이야기들을 들으며 고함을 지르고 싶어진다. 물속에서 포크를 꺼내 빌의 가슴에 꽂고 싶어진다.

"이런 것도 있어." 그가 헛기침을 하고 기사를 읽는다. "한 러시아 남자가 히틀러의 성기를 갖고 있다고 주장하고 나섰다. 이름이 빅토르 부폿로스인 이 러시아 남자에 따르면, 그의 부친이 사악한 나치 독재자의 지휘 본부였던 벙커를 처음으로 공격한 부대 소속이었다고 한다. 부폿로스의 부친은 병사들이 히틀러의 시체를 벌거벗겨 때리고 차다가 성기를 잘라내자 기념품으로 그것을 챙겼다. 부폿로스는 성기의 길이가 겨우 오 센티미터를 조금 넘는 정도라며, 이것을 이만 이천 달러에 경매에 내놓을 계획이라고 말했다."

"끔찍해." 게일은 아무 감정도 없는 단조로운 목소리로 말한다.

다행히도 빌은 더이상 기사를 읽어주지 않는다. 그녀가 접시의 물기를 닦아서 찬장에 넣자마자 빌은 신문을 접는다. 두 사람은 거실로 가서 텔레비전을 본다. 이건 두 사람이 오래전부터 매일 하던 일이다. 하지만 게일은 오늘밤에는 저녁 뉴스에도, 〈이상한 커플〉 재방송에도, 아이 어머니가 다른 사람으로 오인받아 감옥에 갇힌 이야기를 다룬 영화에도 정신을 집중할 수 없다. 이유가 무엇인지는 말할 필요도 없다. 그녀는 안락의자에 앉아 있고, 빌은 군데군데 속이 뭉친 격자무늬 소파에 온몸을 쭉 펴고 누워 있다. 게일은 텔레비전에서 시선을 돌려 잡지들이 가득 들어 있는, 선반 위의 바구니들을 멍하니 바라본다.

어쩌다 인생이 이렇게 엉망이 되었는지 모르겠다며 한참 동안 혼란스러워하던 게일은 오래전 선반 위의 잡지에 실렸던 퀴즈를 떠올린다. '당신은 남편에 대해 얼마나 잘 알고 있습니까?'라는 제목의 퀴즈. 게일은 빌이 가장 좋아하는 음식, 가장 좋아하는 텔레비전 프로그램, 가장 좋아하는 책은 물론 다양한 상황에서 빌의 행동을 예측하는 질문에 이르기까지 모든 질문에 답을 썼다. 그러고 나서 그에게 정답을 확인해본 결과 그녀의 점수는 최상급 수준이었다. 잡지 기사에 따르면, 그녀는 남편을 속속들이 아는 편에 속했다. 당시 게일은 정말로 자랑스러웠다. 하지만 지금은 아무런 알맹이도 없는 그런 말에 위안을 얻은 자신이 바보 같다. 사실 어떤 사람이 좋아하는 음식, 책, 텔레비전 프로그램이 무엇인지 안다 해도, 그 사람이 공식적인 파티나 편안한 모임에서 어떻게 행동할지 정확히 예측할 수 있다 해도 그의 진면목에 대해서는 전혀 모르고 있을 수 있다. 지금까지 살아오면서 그녀는 적어도 이 점만은 배울 수 있었다. 비록 그 수업료로 수많은 눈물과 후회를 겪어야 했지만.

텔레비전 화면에서 감방 문이 철컹 닫히고 중간 광고가 시작되자 게일은 빌을 흘깃 바라본다. 빌은 소파에서 곤히 잠들어 있다. 입술은 벌어지고 눈썹은 위로 올라가 있다. 마치 한창 대화를 나누는 것 같은 표정이다. 평소 같으면 그를 깨워서 함께 침실로 갈 것이다. 하지만 그와 나란히 누울 생각을 하니 그러고 싶지가 않다. 게일은 가방과 자동차 열쇠를 가져와 문을 열고 차가운 밤공기 속으로 나가 차를 몰고 도망쳐버릴까 생각한다. 전에도 그런 적이 있으니 이번에도 또 할 수 있을 것이다. 하지만 이번에는 다른 사람이 연루돼 있다. 아무리 도망치고 싶어도 이번 일에서 멜리사 무디의 역할을 알아내 그 아이가 피해를 입지 않게 해주기 전에는 떠날 수가 없다. 그래서 게일은 갑자기 급하게 움직이는 건 고사하고 아예 꼼짝도 하지 않은 채 거실의 푸른 조명을 받으며 앉아 있다. 화면에서는 영화가 다시 시작된다. 게일은 험상궂은 교도관이 비쩍 마른 여배우를 데리고 복도를 지나 면회실로 향하는 장면을 지켜본다. 면회실에는 교도관 못지않게 험상궂은 변호사가 기다리고 있다.

"나쁜 소식이에요, 지나." 변호사가 말한다. 유리창 때문에 그의 목소리가 멀게 들린다. "항소가 기각됐어요."

극적인 음악 소리가 높아지자 게일은 문제가 있는 척 연기를 하는 배우들에게서 시선을 돌려 다시 책꽂이를 바라본다. 이유는 알 수 없지만 빌이 지금까지 『다윈 어워드』에서 그녀에게 읽어주었던 기묘한 죽음들이 떠오른다. 그가 그렇게 기묘한 이야기들에 열광하는 것이 처음에는 이상하게 보였지만 그녀는 세월이 흐르면서 다른 것들과 마찬가지로 그 점에도 익숙해졌다. 그가 읽어준 이야기 가운데 더들리라는 선원에 관한 이야기가 생각난다. 그는 바다에서 삼십칠 일을 떠돌다가 구조되었는데, 일주일 뒤 집에서 목욕을 하다 욕조에서 잠이 드는 바람에 익사하고 말았다. 인도의 코끼리 조련사 이야기도 기억난다. 그는 코끼리떼에게 짓밟히고도 살아났지만 옥외 시장 앞에서 오토바이에 치여 즉사했다.

이런 괴상한 죽음에 관한 이야기들이 더이상 생각나지 않자 게일은 의자에서 일어나 텔레비전을 끈다. 방 안에 불빛이라고는 벽난로에서 천천히 타고 있는 장작불 빛밖에 없다. 벽에서 그림자들이 너울거린다. 갑자기 텔레비전 소리가 사라진데다 게일이 슬리퍼를 신은 발로 바닥을 밟을 때마다 삐걱거리는 소리가 나는 바람에 빌이 잠에서 깬다. 그는 뜨개질로 커버를 씌운 쿠션에서 고개를 들고 실눈으로 그녀를 바라본다. "자려고?"

지금으로서는 다른 선택의 여지가 없기 때문에 게일은 그를 내려다보며 말한다. "그래야 할 것 같아."

빌은 천천히 일어나 앉아 하품을 하고, 기지개를 켜고, 배를 긁는다. 그동안 게일은 바닥에서 빨래 바구니를 들어 침실로 가져간다. 빌이 뒤따라오기 전에 게일은 침대 옆의 램프를 켜고 나이트가운을 꺼내들고는 욕실로 간다. 화장대 밑에는 게일이 오래전 비행기를 놓치는 바람에 켄터키 주 렉싱턴의 공항 근처 모텔에서 어쩔 수 없이 숙박하게 되었을 때 구한 낡은 TWA 여행용 세트가 있다. 게일은 스웨터 주머니에서 알약을 꺼내 그 안에 집어넣는다. 계획이 마련될 때까지 거기에 둘 생각이다. 알약을 안전하게 숨긴 뒤 그녀는 거울 앞에 서서 자신을 마주보는 늙은 여자를 바라본다.

어쩌다 이렇게 된 거지? 게일은 생각한다. 오하이오 주 레이크폴스 출신의 아가씨가 어쩌다 여기서 이런 꼴이 된 거지?

"그 안에 있는 거야?" 빌이 얄팍한 문을 주먹으로 두드리며 묻는다.

"금방 나갈 거야." 게일은 이렇게 말하고는 재빨리 양치질을 하고, 세수를 하고, 얼굴에 로션을 바른다.

욕실 문을 여니 빌이 잠옷 바지와 티셔츠 차림으로 바로 문밖에 서 있다. 티셔츠는 그녀가 오늘 세탁한 얼룩진 티셔츠다. 다른 때 같았으면 그녀는 까치발로 다가가 그에게 입을 맞추거나 아니면 장난으로 그의 엉덩이를 움켜쥐었을 것이다. 하지만 게일은 도저

히 그런 짓을 할 기분이 아니다. 빌도 마찬가지다. 그래서 두 사람
은 좁은 복도에서 말없이 서로를 지나쳐 간다. 게일은 침실로, 빌
은 욕실로. 그녀의 몸에 오싹 한기가 들더니 몇 시간 동안이나 사
라지지 않는다.

침실로 돌아온 게일은 이불을 젖히다가 밖에서 차가 다가와 멈
추는 소리에 동작을 멈춘다. 창가로 가서 커튼 사이로 내다보니 멜
리사 무디가 도요타 자동차 안에 앉아 있다. 멜리사가 오후에 필라
델피아로 점쟁이를 만나러 나갈 때 자동차 보닛, 지붕, 트렁크 위
에 쌓여 있던 눈은 사라지고 없다. 멜리사가 그 자리에 오래 앉아
있을수록 게일의 머릿속에 더 많은 의문이 떠오른다. 밖으로 달려
나가 뱃속의 아기가 정말로 지난 초여름에 만났다는 청년의 아이
인 것 같으냐고 묻고 싶은 충동이 인다. 밖으로 달려나가 빌이 밤
에 그녀의 오두막에서 뭉그적거렸을 때의 일을 기억하느냐고 묻고
싶은 충동이 인다. 밖으로 달려나가 당장 차를 몰고 여길 떠나 다
시는 돌아오지 말라고 말하고 싶은 충동이 인다.

하지만 그녀는 아무 짓도 하지 않는다.

복도를 타박타박 걸어오는 빌의 발소리가 들리자 게일은 창가를
떠나 다시 이불을 젖힌 다음 베개를 툭툭 두드려 부풀린다. 그러는
동안 약사의 목소리가 머릿속에서 울린다. "혹시 실수로 그 약을
드신다면 약 기운이 있는 동안 일어난 일을 기억하시지 못할 거예
요. 특히 술을 마시던 중이라면 더하죠." 이불과 베개를 정리하는
일이 끝난 뒤, 멜리사의 자동차 문이 삐걱 하고 열렸다 닫히는 소
리가 밖에서 들린다. 마당을 가로질러 오두막으로 다가가는 발소
리도 들린다. 빌은 그 소리를 들었는지 어쨌는지 아무 말이 없다.

두 사람은 그냥 함께 침대로 올라가 눕는다.

불을 끄기 전에 빌이 몸을 기울여 그녀에게 입을 맞춘다. 그의 두툼하고 갈라진 입술이 그녀의 입술에 닿자 가슴이 아파온다. 이것이 마지막 입맞춤이라는 기분 때문이다. 아니, 기분이 아니라 확신이 든다. 게일은 자신이 이처럼 조금이라도 슬픔을 느꼈다는 사실 때문에 더욱더 자신을 증오한다. 그토록 형편없는 짓을 저지른 사람 때문에 슬퍼하다니.

"잘 자, 여보." 빌이 말한다.

게일은 그의 눈을 보지 않으려고 이마에 깊게 난 주름을 바라본다. "잘 자."

빌이 침대 옆 램프를 끄고 방 안이 어둠에 잠긴 뒤 게일은 점점 느려지는 빌의 숨소리, 빈집의 창문에 붙여놓은 비닐이 바람에 날려 펄럭이는 소리에 귀를 기울인다. 빌은 이내 선잠에 빠져든다. 게일은 머리카락을 베개 위에 부채꼴로 펼친 채 누워서 오늘 하루 동안 있었던 일을 생각한다. 빨래를 하다가 빌의 지저분한 작업 공간을 치웠는데, 이런 뜻밖의 문제를 알게 되다니. 그녀는 머릿속으로 오늘 있었던 일들을 한번 더 이리저리 굴려보며 샅샅이 살펴본다. 양말, 손전등, 알약, 약국에서 걸려온 전화. 마치 낯선 방에서 사방을 더듬으며 방의 정확한 모양을 파악하려고 애쓰는 눈 먼 여자가 된 것 같다.

그녀가 이렇게 상황을 분명히 이해하려고 애쓰는 동안에도 세상은 조용히 굴러간다. 빌이 코를 골기 시작한다. 주방의 냉장고에서는 윙 하는 소리가 나다 말다 한다. 그럴 때마다 길가의 임시 진입로에서 식어가고 있는 멜리사의 자동차 엔진처럼 핑핑, 틱틱 하는 소리가 난다. 옆집에서는 멜리사가 초라한 소파에 몸을 쭉 펴고 누워 부풀어오른 배 위에 로니의 사진을 엎어놓는다. 그러고는 눈을 스르르 감으면서 그에게 말을 건다. 늦은 밤에 그렇게 로니와 이야기를 하면 잠이 잘 올 때가 많다.

"도서관에 갔던 그날 기억나? 기름값을 좀 타려고 갔던 날 말이야. 대출 창구에 말투가 이상한 여자가 앉아 있었는데, 난 그 여자가 네 어머니인 줄 알았어, 로니. 하지만 그 여자가 서가 쪽을 가리키면서……"

그녀의 말이 점점 알아들을 수 없게 웅얼거리는 소리로 잦아들 때 밖에서는 바람이 잦아든다. 그래서 자그마한 집 세 채를 둘러싼 숲이 쥐 죽은 듯 조용해진다.

시내 반대편, 그러니까 멜리사의 오두막에서 팔 킬로미터 떨어진 그랜츠패싱의 한 아파트에서 재닛 포넥은 그날의 마지막 알약을 진저에일과 함께 꿀꺽 삼킨다. 약이 천천히, 고통스럽게 목구멍을 타고 내려가는 동안 재닛은 침대 옆의 전화기를 흘긋 바라보며 게일 어윈이 전화한다고 해놓고 왜 전화를 안 했는지 궁금해한다. 이제는 재닛에게 전화하는 사람이 하나도 없다. 조용히 앉아 있는 전화기를 보니 마음에 외로움이 가득 찬다. 결국 그녀는 전화에 대해 생각하거나 전화벨이 울리기를 기다리는 걸 그만두기로 하고 매트리스에 누워 자려고 눈을 감는다.

거기서 더 멀리 떨어진 턴버 레인 12번지에 있는 체이스 일가의 커다란 회색 석조 식민지풍 주택에서 필립은 거실의 소파베드에 누워 뒤척이고 있다. 어머니는 잠자리에 들기 전에 삼킨 알약 덕분에 위층에서 곤히 잠들어 있다. 필립은 멜리사 무디와 관련된 간밤의 일들을 머릿속으로 자꾸만 돌려본다. 필립이 결국 일어나 앉아서 불을 켰다는 사실은 우리 모두 이미 알고 있다. 필립이 곰팡내 나는 앤 섹스턴 전기를 아무 데나 펼쳐서, 마치 누군가에게 전하려는 메시지처럼 여백에 검은 펜으로 끼적여놓은 시 구절을 바라보았다는 것도 알고 있다.

여자는 그가 왜 자기들의 사랑을 살해했는지 궁금하다
하지만 그의 살인 본능이 깨어났다
그녀는 아직 시간이 있을 때 도망쳐야 한다는 걸 안다
하지만 그녀는 여기 멈춰 서 있다
곧 어둠 속으로 끌려들어갈 텐데

이 구절이 마음에 아무런 반향을 일으키지 못하므로 필립은 다른 곳을 펼쳐 이미 읽은 곳을 다시 읽기 시작한다. 앤의 부모의 죽음을 다룬 부분이다. 이십 분 뒤 필립은 자신이 어떤 시의 한 부분에서 시선을 떼지 못하고 있음을 깨닫는다.

나는 망자들을 기억하지 않을 것이다.
망자들은 모든 것에 싫증이 났다.
하지만 당신, 당신은 먼저 가라,
계속, 계속 내려가서
무덤으로 들어가,
그들의 얼굴이 있을 것 같은 곳에 누워
과거의 악몽들에게 대구하라.

필립은 이 시를 읽고 동생을 떠올렸다가 미시에게로 생각이 이어진다. 그는 또다시 오늘밤에 일어난 모든 일을 곰곰이 생각한다. 너무 피곤해서 생각도 독서도 할 수 없게 될 때까지. 그의 양팔이 소파베드 밖으로 나뭇가지처럼 늘어지고, 책은 그의 가슴에 놓여 있다. 그의 눈이 감긴다.

래드너의 자그마한 동네인 메인라인 지역을 굽어보는 하늘에는 별 하나 보이지 않는다. 밤이 깊어질수록 하늘이 깊이를 알 수 없는 짙은 검은색으로 변해간다. 거리도 텅 비어서 활기가 전혀 없다. 도시 외곽의 고속도로에서도 아무 소리가 들리지 않는다. 가끔 트랙터 트레일러가 래드너로 통하는 나들목을 쌩하니 지나가는 소리뿐이다. 더 어두워지거나 조용해지기는 불가능하다 싶을 만큼 사방이 어둡고 조용해졌을 때, 최초의 햇빛이 지평선을 뚫고 나타난다. 처음에는 천천히 빛이 생겨나다가 점점 속도가 빨라진다.

그다음에 벌어진 일은 우리 모두 이미 알고 있지만, 우리가 모든 걸 다 아는 건 아니다.

어윈의 자그마한 집 안에서 게일은 말똥말똥한 상태로 침대에 누워 있다. 밤새 한숨도 잠을 이루지 못했다. 하지만 불면의 밤이 깊어가면서 원하던 대로 머릿속이 맑아졌고, 그녀는 마침내 결정을 내렸다. 경찰에 전화해서 자신이나 멜리사가 한도 끝도 없이 수사기관과 법정에 불려다니게 할 수는 없다. 그건 안 될 일이다. 대신 멜리사를 가능한 한 빨리 이곳에서 떠나게 한 다음 게일 자신도 떠날 것이다.

이 생각을 무엇보다 또렷하게 간직한 채 그녀는 침대에서 일어난다. 빌은 계속 자고 있지만 게일은 거실로 가서 흰 종이와 펜을 찾아낸다. 머릿속으로 몇 시간 동안이나 편지를 썼다 지웠다 했기 때문에 펜을 드는 순간 일필휘지로 편지가 써진다. 그녀는 편지에서 멜리사에게 미안하지만 이번 달 1일 현재 집세가 일곱 달째 밀려 있다고 말한다. 그리고 지금까지는 자기들이 그녀의 상황을 감안해서 참을성 있게 이해해주었지만 집세를 내지 않으면 더이상 오두막에 머무르는 걸 허락할 수 없다고 말한다. 마지막으로 그녀는 가능한 한 빨리 집을 비워달라고 부탁하는 것 외에는 도리가 없다고 말한다. 그리고 일이 이렇게 된 것을 자기들이(사실은 게일 혼자뿐이지만) 얼마나 유감스러워하는지 모른다는 말로 편지를 끝맺는다.

편지를 다 쓴 뒤 게일은 편지를 다시 읽어보지도 않고 봉투에 넣는다. 그러고는 조각보처럼 천을 이어붙여서 만든 외투에 부츠를 신고 밖으로 나간다. 이른 아침의 공기 속에서 멜리사의 오두막으로 걸어가는 그녀의 얼굴 앞으로 입김이 안개처럼 하얗게 퍼진다. 게일이 보기에는 꿩만큼이나 커 보이는 그 무시무시한 새들은 움푹움푹 팬 자국이 있는 홈통에 앉아 기름기 낀 날개를 쪼고 있다. 게일이 다가오는 발소리에 녀석들은 날개를 펄럭이고 깍깍 울어대며 서둘러 나무들 속으로 날아오른다. 게일은 멜리사의 문 앞에서 허리를 숙여 봉투를 문 아래로 밀어넣은 뒤 재빨리 집으로 돌아간다.

집 안으로 들어온 게일은 외투와 부츠를 벗는다. 그러고는 복도를 지나 침실로 돌아가려는데 이불을 덮고 누워 있는 남편의 몸이 얼핏 눈에 들어온다. 그걸 보니 침대로 다시 기어올라가 그 옆에

단 일 초라도 누워 있을 수가 없을 것 같다. 단 일 초라도. 그래서 게일은 주방으로 가서 커피를 끓인다. 커피메이커가 부글거리면서 커피 향이 허공을 가득 채우는 동안 그녀는 주방 문의 유리창 옆에 서서 빈집과 멜리사의 오두막을 차례로 내다보며 멜리사가 편지를 읽고 어떤 반응을 보일지 생각해본다. 멜리사가 어떻게 된 일이냐고 물으러 왔을 때 빌에게 정확히 어떻게 설명해야 할지는 아직 생각해두지 못했다. 하지만 게일은 때가 되면 딱 알맞은 말이 떠오를 거라고 믿고 있다. 어쩌면 자신이 경제적인 문제를 알아서 처리하기로 했다고 말하는 것으로 충분할지 모른다. 가장 중요한 것은 멜리사가 떠나자마자 게일 자신도 떠날 거라는 점이다.

커피가 다 끓자 그녀는 머그잔 걸이에서 잔을 들어 커피를 따른다. 그녀가 커피에 우유를 따라 젓고 있을 때 집 안 어딘가에서 뭔가를 긁는 것 같은 소리가 둔탁하게 들려온다. 그녀는 커피잔을 들고 거실로 갔다가 지하실 문이 열린 것을 보고 우뚝 멈춰선다. 노란색 불빛이 지하실에서 그녀 쪽으로 비치고 있다. 게일은 한 손을 가슴에 대고 조용히 침실로 걸어가 안을 들여다본다. 이불이 젖혀져 있다. 빌의 모습이 보이지 않는다.

또 목에 뭔가 걸린 것 같은 느낌이 든다. "빌? 빌, 어디 있어?"

지하실에서 그의 나직하고 갈라진 목소리가 들린다. "여기 지하실에."

게일은 천천히 계단으로 걸어간다. 한 손에는 여전히 김이 피어오르는 커피잔을 들고 다른 손은 퍼덕이는 가슴을 누른 채다. 저 아래쪽에 빌의 그림자가 보인다. 시멘트 바닥에 길게 늘어져 일그러진 모양이다. 게일은 떨리는 목소리로 묻는다. "이렇게 일찍 일어나서 뭐 해?"

"잠이 안 와서."

"내가 커피를 좀 끓였어. 올라와서 좀 마시지그래?"

"괜찮아." 빌의 그림자가 모양을 바꾸더니 그의 목소리가 들린다. "당신, 여기서 꽤 바쁘게 움직인 모양이야."

"내가 청소를 좀 했어." 게일은 이렇게 말하고서 그의 모습을 보려고 지하실 계단에 한 발을 내려놓는다. "뭐 해?"

"당신이 내려오기를 기다리는 중이야."

"왜?"

빌은 대답하지 않는다. 그의 그림자가 사라지더니 덧문이 우르릉거리며 열리는 소리가 들린다. "빌?" 게일은 한 발 더 내려간다. 그런데 그 순간 뒤에서 무슨 소리가 들린다. 고개를 돌려보니 앞문이 열리고 있다. 빌이 초록색 손전등 몸통과 뚜껑을 각각 양손에 들고 집 안으로 들어온다. "어떻게……" 게일은 말을 하다 말고 그가 밖으로 나가서 돌아 들어왔음을 깨닫는다. 그 순간 그녀가 불쑥 말한다. "그애를 강간했어? 그애를 임신시킨 거야?"

빌은 대답 대신 손전등을 떨어뜨리더니 양손을 들어 그녀를 지하실로 밀어 떨어뜨리려고 한다. 하지만 게일은 몸이 빠르다. 그녀는 뜨거운 커피를 그의 얼굴에 끼얹는다. 그가 눈을 가리려고 팔을 움직이는 순간 그녀는 머그잔으로 그의 머리를 강타하고는 방향을 돌려 계단을 뛰어내려간다. 뒤에서 빌의 신음 소리가 들린다. 계단을 다 내려왔을 때 게일은 숨을 몰아쉬고 있다. 숨이 가쁘다. 게일은 최대한 빠른 속도로 임시 지지대들 사이를 지나 열린 덧문으로 향한다. 도중에 두 번 기둥에 부딪힌다. 덧문은 밝은 햇빛을 향

해 열려 있다. 그녀는 시멘트 계단을 한 번에 두 단씩 뛰어올라간
다. 하지만 계단 꼭대기에 도착해보니 빌이 거기 서 있다. 그는 어
제 사온 정원용 삽을 들고 있다가 들어올려 휘두른다. 게일은 계단
아래를 향해 뒤로 떨어진다.

차가운 콘크리트 바닥에 그녀의 머리가 세게 부딪친다.

그녀의 팔다리가 부자연스럽게 비틀린다.

그녀의 자그마한 몸 주위로 피가 번진다.

빌은 지하실 계단 꼭대기에 서서 삽자루를 움켜쥔 채 아내를 내
려다본다. 그는 먼저 방금 벌어진 일을 누가 보지나 않았는지 확인
한다. 목격자라고 해봐야 구슬 같은 눈의 까마귀들과 창문에 비닐
을 붙여놓은 빈 오두막뿐이다. 빌은 다시 지하실 쪽으로 몸을 돌려
삽을 질질 끌며 계단을 내려가다가 걸음을 멈추고 덧문을 닫는다.
작업대의 흐린 노란색 불빛 속에서 게일의 눈꺼풀이 퍼덕거리며
열렸다가 다시 닫히는 것이 보인다. 그녀의 가슴이 빠르고 불규칙
하게 오르락내리락한다. 아직 살아 있어. 빌은 이마에서 땀과 커피
를 닦으며 생각한다. 세상에, 아직 살아 있어.

이내 울음이 터져나온다. 지금까지 심각한 실수를 저지른 적은
많았지만 이번만큼 심각한 일은 한 번도 없었다. 자신이 갑작스러
운 분노와 두려움 때문에 무슨 일을 저질렀는지 깨닫고 나니 목이
졸린 것 같은 흐느낌이 걷잡을 수 없이 터져나온다. 한 번씩 흑흑
거리며 흐느낄 때마다 그는 똑같은 질문을 되풀이한다. "내가 무슨
짓을 한 거야? 내가 무슨 짓을 한 거야? 내가 무슨 짓을 한 거야?"

그가 울음을 멈춘 것은 순전히 맨발 주위로 점점 더 크게 번져오
는 따뜻한 피 때문이다. 빌은 피를 멈출 만한 것을 찾는다. 그때 보

풀에 뒤덮인 양말 한 짝이 눈에 띈다. 사라졌던 양말이 바닥에 놓인 검은 손전등과 세제 상자 뒤에 떨어져 있다. 그는 그 까끌까끌한 양말을 들어 게일의 머리 상처에 대고 누른다. 순식간에 양말이 흠뻑 젖어버리고 피는 계속 흘러나온다. 빌이 뭔가 더 효과적인 물건을 찾으려 하는 순간 계단 위에서 뭔가를 두드리는 소리가 난다. 그는 썩어가는 마룻널을 올려다본다. 어제 게일이 그랬던 것처럼. 그 소리가 또 들린다.

누가 문을 두드리고 있다.

빌은 무작정 티셔츠를 벗어 아내의 머리를 묶어 피를 멈추려고 안간힘을 쓴다. 아내를 이렇게 만든 사람이 바로 자신인데도 그는 아내를 살리고 싶다. 지금 그가 원하는 것은 그것뿐이다. 하지만 문 앞에 있는 사람이 누군지는 몰라도 계속 문을 두드린다. 빌은 그 사람이 오늘 일을 목격했을까봐 겁이 난다. 어쩌면 그 사람이 경찰에 신고할지도 모른다. 그래서 그는 게일의 곁을 떠나 계단을 올라가서 복도를 달려 침실로 간다. 거기서 그는 빨래 바구니에 있던 수건으로 이마에 묻은 커피와 손발에 묻은 피를 닦는다. 그러고나서 다른 티셔츠를 입은 뒤 거실로 가서 문을 연다.

멜리사 무디가 현관 계단에 서 있다. 한 손은 배 위에 올리고 다른 손에는 종이 한 장을 꼭 움켜쥔 채 눈물을 줄줄 흘리고 있다.

"무슨 일이야?" 빌이 숨찬 목소리로 묻는다. 만약 멜리사가 자기 집 창문에서 오늘 일을 목격했다면, 그래서 눈물을 흘리고 있는 거라면, 자기가 무슨 짓을 할지 그도 알 수가 없다.

멜리사가 문틈으로 밀어넣어진 편지를 내민다. 그가 편지를 받아드는데 멜리사가 갈라진 목소리로 말한다. "이 편지…… 아주머니가 쓰신 건데…… 저는…… 저는 갈 데가 없어요.”

빌은 선을 멋들어지게 기울이고 구부린 게일의 필체를 바라본다. 편지를 읽는 동안 그의 손이 떨리기 시작한다. 오늘 아침에 일어났을 때 아내가 옆에 없다 했더니 아내는 이걸 쓰고 있었던 거다. 그가 아무래도 아내가 뭔가를 눈치챈 것 같다는 생각을 뒤늦게 하고 있을 때 아내는 이걸 쓰고 있었던 거다. 아내가 다시 집으로 돌아와 커피를 끓이러 주방으로 갔을 때 빌은 지하실로 내려가 공구들을 치우고 손전등이 그대로 있는지 확인해봐야겠다는 생각이 들었다. 그래도 이성을 잃을 생각은 없었다. 비록 지금까지 그런 적이 아주 많지만, 이렇게 끔찍하고 돌이킬 수 없는 일을 저지를 생각은 없었다.

빌은 편지를 다 읽은 뒤 손으로 구겨버리고는 불안하고 조심스러운 손길로 멜리사를 품에 안는다. 멜리사의 부드러운 몸이 친숙하면서도 낯설게 느껴진다. 그녀를 이런 식으로 안아본 적이 한 번도 없기 때문이다. 이런 식으로는. 그녀의 피부와 자신의 피부가 이토록 가까이 맞닿아 있다는 생각을 하니 지난 몇 달 동안 내내 느끼던 수치심이 독약처럼 온몸에 퍼진다. 두 사람은 그렇게 벌벌 떨면서 서로를 꼭 끌어안고 서 있다. 그동안 저 아래 지하실의 축축한 어둠 속에서는 게일이 숨을 한 번 쉬는 것조차 힘들어하고 있다.

“집에 돌아가 있어.” 빌이 멜리사에게 말한다. 그녀를 몇 시간 동안이나 안고 있었던 것 같은 기분이다. “걱정할 것 없다. 아내가 뭘 잘못 안 거야. 넌 우리한테 딸이나 마찬가지야. 게일이나 내가 널 내칠 일은 절대 없어.”

10장

전화를 받은 남자는 초인종이 고장났다며 필립에게 길거리에서 큰 소리로 자기를 부르라고 말했다. 아주 간단한 방법인 것 같았지만 필립이 이스트빌리지 A 애비뉴 바로 옆, 6번가의 날씬한 벽돌 건물에 직접 가보니 얘기가 달랐다. 거리에는 행인들이 끊이지 않고 1층에 있는 건강식품 전문점에도 손님들이 계속 드나들기 때문에 어린이 책에서 뽑은 것 같은 이상한 이름을 거리에서 외친다는 게 웃기는 짓 같다. 필립은 10월의 상쾌한 오후에 보도에 서서 토막토막 들려오는 행인들의 대화에 귀를 기울이며 도널리 피용의 이름을 외칠 적당한 시기를 찾고 있다.

"아마씨가 화요일에 들어올 거라고 점장이 약속했단 말이야. 그런데 왜 없어? 점점 화가 나려고 해." 말라빠진 남자가 똑같이 말라빠진 여자와 함께 가게에서 나와 거리를 걸어가며 말한다. 그들이 지나간 자리에 그들의 체취가 남는다.

건강이라면 사족을 못 쓰는 사람들이 왜 항상 저렇게 병자같이 보이고, 고약한 냄새를 풍기고, 성격이 괴팍한 거지? 필립은 올리브 가든에 와서 버터, 크림, 기름은 절대 안 된다고 고집을 부리던 괴상한 손님들을 생각한다. 거기서 일하는 동안 그런 사람들 면전에서 고함을 지르고 싶을 때가 한두 번이 아니었다. "여긴 이탈리아 식당이야! 우리더러 뭘 내놓으라는 거야? 떡이라도 줄까?"

물론 그가 그런 짓을 한 적은 한 번도 없었다. 혹시 손님이 팁을 후하게 줄지도 모르니까 화가 나도 꾹 참을 수밖에 없었다. 뎁 시시매니언은 기분이 좋을 때면 필립과 함께 농담을 하곤 했다. '이곳에 오신 여러분은 가족입니다'인 식당의 슬로건을 '이곳에 오신 여러분은 싸가지입니다'로 바꿔야 한다고. 다행히도 필립은 이제 그 식당 일을 걱정할 필요가 없다. 그가 근무중에 무작정 뛰쳐나온 지 거의 이십사 시간이 되었다. 그 이십사 시간 동안 그는 단 한 번도 그곳이 그립다는 생각을 하지 않았다. 어젯밤 그는 타임스스퀘어의 매리엇 마키스 호텔 주차장에 차를 세우고 브로드웨이를 굽어보는 스위트룸에 들어가 룸서비스로 칠면조 샌드위치를 시켰다. 모두 아버지의 신용카드 덕분이었다. 아버지가 급할 때 쓰라고 준 신용카드를 필립이 마침내 사용한 것이다.

'자연의 멜로디 건강식품점' 문이 열리면서 어떤 여자가 밖으로 나온다. 방금 마라톤이라도 하고 온 사람처럼 땀범벅이다. 팔에는 단단하게 만 보라색 매트를 끼고 있다. 처음에 필립은 여자가 혼잣말을 하는 줄 알았지만 다시 보니 그녀의 귀에 휴대전화 이어폰 줄이 매달려 있다. "비크람 요가의 문제는 꼭 텍사스 같다는 거야." 여자가 말한다. "어렸을 때 텍사스에서 여름이 얼마나 더웠는지 석

달 내내 비크람 요가를 하는 것 같았어. 틀림없이 그래서 내가 그렇게 쉽게 적응했을 거야. 게다가 난 이제 필라테스에는 질렸어. 사람더러 공처럼 굴러다니라고 하지를 않나, 물개처럼 박수를 치라고 하지를 않나, 그런 게 어떻게 해서 내 엉덩이 크기를 줄여준다는 건지 도무지 모르겠어."

필립은 탄탄하고 날씬한 몸매의 그 여자가 인도를 걸어 멀어져가는 모습을 지켜보면서 아마씨, 비크람 요가, 필라테스가 도대체 뭔지 전혀 모르겠다고 생각한다. 그래도 그는 4층의 창문 두 개를 올려다보며 이 가게 위에 사는 것도 괜찮을 것 같다고 생각한다. 창문 유리에 두꺼운 노란색 필름을 붙여놓은 게 뭐 어때서? 창턱에 병든 것처럼 보이는 화분들이 어지럽게 놓여 있는 게 뭐 어때서? 그 화분들을 보니 고등학교 때 과학실에 있던 화분들이 생각나기는 한다. 그래도 이 아파트에는 왠지 마음에 드는 구석이 있다. 마침내 거리에 사람이 좀 뜸해진 틈을 타서 필립은 손을 입에 대고 소리친다. "도널리 씨! 도널리 피윰 씨!"

그는 더러운 창문에서 시선을 떼지 않고 지켜보지만 도널리 피윰은 나타나지 않는다. 집 안에서 사람의 모습이 나타나기를 기다리며 필립은 손에 들고 있는 밝은 분홍색 전단을 흘깃 내려다본다.

셋방 재임대

즉시 입주 가능

가구가 완비되어 있으며 깨끗함

원룸 아파트

4층 계단 이용

이스트빌리지 최고의 위치

제가 집을 비운 동안 사랑하는 동물들을

기꺼이 돌봐줄 수 있는 분이어야 함

월세 천 달러, 공과금 별도

창문으로 집의 상태를 알 수 있는 거라면 집이 깨끗하다는 말은 과장임이 틀림없다. 하지만 그건 유리 세정제와 종이 타월 몇 통만 있으면 필립이 얼마든지 해결할 수 있는 문제다. 애완동물에 관해서도 생각하면 할수록 괜찮은 일인 것 같다. 귀엽고 사랑스러운 동물들을 돌봐주며 말동무 삼아 함께 지내면 되는 것 아닌가. 사실 그는 이 도시에 아는 사람이 하나도 없으니 처음에는 외로울 것이다. 게다가 오늘 부동산 중개소 두 곳에 들러본 결과 필립은 기껏해야 퀸스 어느 구석의 판잣집을, 그것도 단기간 세내는 것밖에 할 수 없다는 결론을 내렸다. 그것도 운이 좋은 경우에나 가능한 일이었다. 두 곳의 중개인 모두 그에게 같은 말을 했다. 지난 석 달 동안의 소득 증명, 보증금, 첫 달과 마지막 달 월세 선불이 필요하다고. 아파트를 구하고 싶다면 가장 최근에 세들어 살았던 집의 주인에게서 추천서까지 받아와야 했다. 필립이 식당에서 번 돈 중 대부분은 손님들에게서 팁으로 받은 돈이라 급여 내역에 포함되지 않았다. 따라서 설사 필립이 급여 내역서를 제출할 수 있다 해도 액수가 터무니없이 적을 것이다. 추천서도 문제였다. 그가 가장 최근에 살았던 집이자 지금까지 살았던 유일한 집의 주인은 어머니였다. 그런데 이런 경우 어머니의 추천서가 효과 있을 것 같지 않았다. 어제 그런 말을 한 어머니가 좋은 추천서를 써줄 것 같지도 않았다.

다행히 필립은 세인트마크 플레이스—그곳에는 침술에서부터 문신, 피자, 태국 음식에 이르기까지 없는 게 없는 것 같았다—를 돌아다니다가 가로등에 붙은 이 분홍색 전단을 발견했다. 맨 아래쪽에는 사람들이 찢어갈 수 있게 도널리 피욥의 이름과 전화번호를 여러 개 인쇄해놓은 부분이 있었다. 하지만 필립은 전단지를 통째로 뜯어냈다. 거리를 걸어가면서 같은 전단지 세 개를 더 발견하고는 그것도 뜯어냈다. 이곳에서 집을 구하는 일이 얼마나 어려운지 벌써 눈치챘기 때문이다.

"도널리 씨!" 꼬박 이 분이 흐른 뒤 그가 다시 소리치지만 창문에는 아무도 나타나지 않는다. "저예요, 필립 체이스! 아까 아파트를 구하고 싶다고 전화한 사람이요!"

이번에는 여러 가지 색깔의 밝은 스카프를 머리에 쓴 여자가 창문에 나타난다. 그녀가 필립에게 손을 흔들더니 둥글게 만 수건을 거리로 떨어뜨린다. 필립은 그것을 잡으려고 손을 뻗지만 마지막 순간에 겁을 먹고 몸을 움츠린다. 어린이 야구단에서 코치가 그를 우익수로 세웠을 때도 그는 그런 짓을 했었다. 수건이 땅바닥에 철 떡 떨어진 뒤 그것을 주워보니 안에 황금색 열쇠가 들어 있다. 필립은 문으로 가서 안으로 들어간다. 현관이 계단으로 이어져 있다. 건물 안에서는 교회 회의실 같은 냄새가 난다. 연한 커피 냄새와 오래된 향수 냄새, 거기에 카펫 탈취제 냄새까지 강하게 뒤섞여 있다. 비스듬히 기울어진 나무 계단에는 다 해진 포도주색 융단이 깔려 있다. 벽 여기저기에는 분홍색 페인트가 접시만큼이나 커다랗게 벗겨져 있다. 납에 중독되고 싶으면 여기로 오면 되겠네. 필립은 계단을 올라가며 생각한다.

4층에 도착하니 주디 갈런드의 목소리와 비슷한 소리가 들린다. 전차가 땡땡땡 지나가고 종이 댕댕댕 울린다는 내용의 노래를 부르고 있다. 건물 안 어디선가—아마도 한 층 위쯤—새소리가 희미하게 들린다. 하지만 필립은 노랫소리에 정신이 팔려 그 소리에 신경쓰지 않는다.

문이 아주 살짝 열려 있지만 그래도 필립은 노크를 한다.

"들어와요." 음악 소리를 배경으로 도널리의 가느다란 목소리가 들려온다. "지금 통화중이에요. 금방 끝나니까 기다려요."

필립은 비좁고 지저분한 아파트 안으로 들어간다. 도널리는 온갖 종류의 스카프가 걸쳐져 있는 아시아식 칸막이 뒤에서 계속 통화를 한다. 그 칸막이를 빼고 가장 먼저 필립의 눈에 들어온 것은 문 맞은편 벽이다. 액자에 넣은 흑백 얼굴 사진이 벽을 가득 채우고 있다. 점심 때 생수와 샌드위치를 사려고 식품점에 들어가서 본 사진들과 비슷하다. 식품점 사진들 속에는 그가 알아볼 수 있는 사람이 몇 명 있었다. 톰 셀렉, 마틴 스코세이지, 코니 정. 하지만 지금 눈앞에 있는 사진들에는 친숙한 얼굴이 하나도 없다. 하지만 모든 사진에 도널리를 위한 친필 사인이 있다.

내 친구 도널리에게—언제나 사랑을 담아, 게일로드 메이슨
세계 최고의 의상 담당자에게! 실비아 개셀
날 그렇게 멋있게 꾸며줘서 고마워요, 도널리……
키스를 보내며, 폴리 버겐

사진 아래에는 대리석 벽난로가 있는데, 그 안에 반쯤 녹은 양초들이 뒤범벅되어 있는 것으로 보아 불을 피울 수 없는 게 분명하다. 양초 주위의 바닥에는 촛농이 넓게 번진 채 굳어 있다. 거기서 조금 떨어진 곳에는 먼지 앉은 나무 책상이 있고, 그 위에는 마티니 잔과 전축이 있다. 거기서 주디 갈런드의 노래가 흘러나온다. 왼쪽에는 커다란 여행 가방이 있는데, 요즘은 쓰는 사람이 없는 단단한 플라스틱 가방이다. 바로 그 뒤에는 굉장히 작은 주방이 있고 자그마한 조리대 밑에 등받이 없는 의자 두 개가 놓여 있다. 벽에는 찬장 대신 선반이 있고, 가스레인지는 낡았고, 땅딸막한 냉장고에는 커다란 은색 손잡이가 달려 있다. 필립은 수건을 내려놓고 문을 닫으려고 몸을 돌린다. 문 뒤쪽에 경첩을 달아 움직일 수 있게 만든 판자 조각이 붙어 있고, 거기에 뉴욕 시의 모습이 그려져 있다. 일단 문을 닫고 나니 문이 벽에 그려진 그림과 하나가 된다. 택시, 핫도그 노점상, 소방전 등이 있는 풍경. 이제 보니 접어서 벽장에 넣을 수 있는 머피베드가 그림 속에 숨겨져 있다. 아파트 안은 비록 지저분하고 자그맣지만 이렇게 침대를 감춰둔 모습에 슬며시 웃음이 나온다. 결코 완벽한 곳은 아니지만 필립은 벌써 어떻게 하면 이곳을 좀더 살 만한 곳으로 만들 수 있을지 계획을 짜고 있다. 창문을 닦고, 화분의 화초들을 살리고, 가구의 먼지를 털고, 동양식 카펫도 털어야 할 것이다.

"불행히도 내 여동생이 뜻밖의 일을 당하는 바람에……" 도널리가 칸막이 뒤에서 전화기에 대고 말하는 소리가 들린다. "내 아파트를 당장 다른 사람에게 빌려줘야 해요."

그의 말투에는 뭔가 독특한 느낌이 있다. 필립은 아까 도널리와 통화할 때도 그걸 느낄 수 있었다. 도널리는 모든 자음과 모음을 구식으로 또박또박 발음한다. 그래서 말투가 위엄 있고 연극적으로 들린다. 마치 옛날 흑백 영화 속에서 막 걸어나온 것 같다. 필립은 벽에 걸린 사진 속의 사람들이 입을 열면 바로 저런 말투를 쓸 거라고 상상한다.

"추천서를 기다릴 시간이 없어요." 도널리의 목소리가 들린다. "내가 일단 댁을 보면 믿어도 되는지 아닌지 알 수 있어요. 아뇨, 내일 오면 절대 안 돼요. 오늘 보러 오지 않으면 집도 없어요. 사실 지금도 누가 여기 와 있어요. 오늘 오후에 찾아오기로 한 사람도 다섯 명이나 되고요."

도널리는 아까 필립과 통화할 때 했던 말을 그대로 똑같이 되풀이하고 있다. 아픈 여동생을 돌보기 위해 뉴욕을 떠나야 하기 때문에 아파트에 세들 사람을 급히 구하고 있다는 것. 자기가 몇 달 있다 돌아올지, 아니면 훨씬 더 오래 있다 올지는 아직 모른다는 것. 많은 사람이 집을 보러 오기로 했다는 것. 그리고 마지막으로 두 달치 집세를 선불로 받고 싶다는 것. 이 마지막 말 때문에 필립은 이리로 오는 길에 은행에 들러서 비상용 신용카드로 이천 달러가량 현금 서비스를 받았다. 아파트가 마음에 들면 빨리 돈을 걸어두어야 할 것 같아서였다. 지금 보니 잘했다는 생각이 든다. 그런데 도널리의 다음 말이 들려온다. "애완동물들 문제는 댁이 직접 왔을 때 얘기하죠."

애완동물들.

필립은 혹시 개나 고양이가 바닥에 동그랗게 몸을 말고 누워 자고 있는데 미처 못 봤나 싶어서 방 안을 둘러본다. 하지만 그런 동물은 보이지 않는다. 바로 그 순간 주디 갈런드가 땡땡땡 소리를 멈추자 전차 노래가 갑자기 끝난다. 전축 바늘이 자동으로 레코드에서 떨어져 처음으로 돌아간다. 노래가 다시 시작되기 전 잠시 침묵이 흐를 때 필립의 귀에 지저귀는 소리가 들린다. 아까보다 소리가 크다. 필립은 주방 뒤쪽 벽의 닫힌 문을 바라보며 그 소리가 위층에서 들리는 것이 아님을 깨닫는다. 지저귀는 소리는 저 문 안쪽에서 들려오고 있다.

필립은 이 새로운 전개가 전혀 마음에 들지 않는다. 어렸을 때부터 그는 새가 무서웠다. 공포증이 생긴 건 도서관에서 매년 열리던 어머니의 근속 기념행사 때문이었다. 어머니의 동료들이 어머니를 위해 파티를 열어주고 선물도 많이 주었는데, 그중에 싸구려 새장에 든 자그마한 초록색 잉꼬가 있었다. 어머니가 싫어하던 폴란드 여자가 준 선물이었다. 아버지도, 동생도, 물론 어머니도 그 새를 별로 좋아하지 않았다. 하지만 필립은 그 누구보다 심하게 그 새를 미워했다.

그는 새가 비늘이 덮인 발로 새장 안을 돌아다니는 소리를 참을 수 없었다.

아무런 예고도 없이 새가 삑삑 소리를 질러대는 것도 싫었다.

새가 날개를 퍼덕이며 소란을 피우는 것도 싫었다.

하지만 무엇보다도 싫은 건 새가 부리로 새장의 가느다란 창살을 구부려 밖으로 빠져나올 때였다. 새가(아무도 녀석에게 이름을 지어주지 않았다) 집 안을 날아다니며 바닥으로 내리꽂히기도 하고 천장으로 치솟기도 하자 한바탕 소동이 벌어졌다. 어머니는 로니와 필립을 데리고 계단 밑 화장실에 숨었다. 그동안 아버지는 그

냥 초록색 덩어리로 보일 만큼 빠르게 날아다니는 녀석의 몸에 수
건을 던져 녀석을 잡으려고 했다. 아버지가 병원에 있을 때 새가
새장을 빠져나오면 어떻게 했느냐고? 필립이 아버지의 일을 맡았
다. 그의 인생에서 최고의 날은 새가 열린 창문을 통해 밖으로 날
아가 계속 멀어져간 날이었다. 어머니가 창문을 쾅 닫으며 "아유,
속이 다 시원하다"고 말하던 모습이 지금도 눈에 선하다.

"이제 그만 끊어야겠어요." 도널리가 통화중인 상대방에게 말한
다. "한 시간 뒤에 봐요. 그때까지 세입자를 정하지 않으려고 노력
은 해보겠지만, 장담은 할 수 없어요."

필립은 수화기를 내려놓는 소리가 들리자 몸을 돌린다. 화려한
스카프를 머리에 맨 여자가 칸막이 뒤에서 나온다. 여자는 필립에
게 미소를 지어 보이고는 전축으로 가서 바늘을 내린다. 필립은 잠
시 혼란스러워하다가 이 사람이 여자가 아님을 깨닫는다. 이 사
람이 바로 도널리 피윰이다. 그는 키가 작고 호리호리하다. 손목
은 뼈가 앙상하고 긴 손가락에는 화려한 반지를 잔뜩 끼었다. 필립
이 보기에 딱히 이성의 복장을 즐기는 사람은 아닌 것 같다. 일부
러 화려하게 여장을 하는 사람도 아니다. 도널리는 유난히 여성적
인 외모를 지닌 나이 많은 남자일 뿐이다. 옷차림도 여성적인 느낌
이 강할 뿐이다. 가늘고 긴 속눈썹이 그의 커다란 눈을 감싸고 있
다. 코는 날씬하게 뻗다가 끝에서 약간 뭉툭해지고, 입술은 도톰하
고, 턱은 좁다. 그는 몸에 꼭 끼는 하얀 바지에 마치 페인트를 흩뿌
린 것 같은 무늬의 셔츠를 입고 있다. 잭슨 폴록이 그 셔츠에 마음
껏 그림을 그린 것 같다. 머리에 쓴 스카프 때문에 왠지 무대에 오
를 준비를 하는 사람처럼 보인다. 아니면 방금 무대에서 내려온 사

람이거나. 필립은 원래 사람들의 나이를 짐작하는 데 소질이 없지만 이 남자는 대략 일흔 살 전후일 것 같다.

"좋아, 젊은 친구." 도널리가 한 손을 뺨으로 가져가면서 가느다란 목소리로 말한다. 지나치게 또박또박 단어를 발음하는 말투는 여전하다. "어디 한번 볼까."

필립은 꼼짝도 않고 가만히 서 있다. 어제 입었던 검은 진 바지와 데님 셔츠를 그대로 입고 있는 것이 자꾸 신경쓰인다. 그는 새 옷을 사는 것보다 살 곳을 구하는 것이 먼저라고 생각했다.

"이런, 이런." 도널리는 필립의 마른 몸을 위아래로 훑어본 뒤 이렇게 말한다. "방금 버스를 타고 시골에서 올라온 티가 팍팍 나네. 어디서 왔다고 했지? 캔자스?"

"펜실베이니아요." 필립이 말한다.

"미안. 전화하는 사람이 많아서 내가 일일이 기억을 못해. 어쨌든 내 말이 맞지?"

"맞다니, 뭐가요?"

"방금 버스를 타고 시골에서 올라왔다는 말."

"반은 맞았어요." 필립이 말한다. "어젯밤에 이리로 이사를 왔거든요." '이사'라는 말이 이상하게 들린다. '도망쳤다'는 말이 더 어울릴 것 같다. "하지만 차를 갖고 왔어요. 버스를 탄 게 아니라."

"빙고." 도널리가 말한다. "그럴 줄 알았어. 전에 뉴욕에 와본 적은 있어?"

"크리스마스 때 식구들하고 두어 번 왔어요. 수학여행도 한 번 왔고요."

"뉴욕에서 살아보기 전에는 진짜 뉴욕을 몰라. 옛날에 에드워드가 잘하던 말이 있는데." 도널리는 말을 멈추고 동양식 카펫을 내려다보며 카펫 가장자리의 회색 술을 하얀 구두로 툭툭 두드린다. "그게 뭐였지? 아, 맞아. 뉴욕은 살기 좋은 곳이지만, 나는 거기에 놀러 가고 싶지는 않다."

"하." 필립은 미소를 지으며 이 말을 머릿속으로 곰곰이 생각해본다. 에드워드가 누구인지 굳이 물어보지는 않는다. 저 문 뒤편에 있는 생물에 대한 자신의 생각이 옳다는 사실이 확인되면 곧장 여기서 나갈 생각이기 때문이다.

"여기서 처음 발을 디딘 교차로가 어딘지 말해봐." 도널리가 말한다.

필립은 이 노인이 왜 이걸 묻는지 알 수 없지만 그래도 기억을 더듬는다. 어젯밤 그는 매리엇 호텔 주차장에 차를 세워두었다. 그리고 오늘 아침에 순전히 습관적으로 차에 올라타고 빌리지로 차를 몰았다. 뎁 시시매니언한테서 빌리지 얘기를 자주 들었기 때문이다. "세인트마크 플레이스와 퍼스트 애비뉴 모퉁이였어요."

도널리는 하얀 얼굴 한쪽을 손으로 오목하게 쥔다. "그거 듣기 좋은 소리네. 있지, 난 사람이 살아가면서 그런 걸 기억하는 게 아주 중요하다고 생각해. 언젠가 과거를 되돌아보면서 뉴욕에서 보낸 나의 인생은 세인트마크 플레이스와 퍼스트 애비뉴에서부터 시작됐다고 말할 수 있을 거 아냐."

"아저씨는 어디서 시작하셨는데요?" 필립이 묻는다.

"아, 난 택시를 타고 와서 뱅크 스트리트와 웨이벌리 모퉁이에서 내렸어. 얼마나 근사한 시작이었는지 몰라." 도널리는 천장을 바라보며 잠시 생각에 잠기는 듯하더니 목을 가다듬으며 다시 현실로 돌아온다. "그래, 여길 보니까 어때?"

"뉴욕이요?"

"이 집 말이야. 너의 그 세련된 캔자스 취향에 잘 맞아?"

"펜실베이니아라니까요."

"그렇지. 미안."

"마음에 들어요. 하지만 물어볼 게 하나 있는데……"

필립이 애완동물이라는 말을 꺼내기도 전에 도널리가 다시 말을 시작한다. "여긴 내가 조지아 주 커머스에서 뉴욕에 왔을 때 처음으로 구한 아파트야. 대략 오십 년 전 일이지. 너처럼 버스에서 막 내리자마자 이리로 왔어."

필립은 버스 이야기를 무시해버린다. "조지아 출신이세요? 그런데 사투리를 전혀 안 쓰시네요."

"젊은이." 도널리가 말한다. "내가 이 도시에 도착해서 가장 먼저 잃어버린 건 농정(童貞)이었어. 그다음이 사투리였지."

필립은 미소를 짓는다. "저, 물어볼 것이……"

"난 여기에 추억이 많아. 그러니까 누구든 내가 믿을 만한 사람한테 이 집을 세줘야 해. 넌 믿을 만한 사람이야, 필립?"

"그럴걸요." 필립이 말한다. "하지만 물어볼……"

"그럴걸요?"

"아뇨, 그러니까, 네, 믿을 만한 사람이에요."

"다행이야. 그럴 줄 알았어. 있지, 잘 들어. 이 집이 깨끗하다는 말이 좀 미사여구라는 건 나도 알아. 하지만 사람이 팔려고 내놓은 물건을 좀 과장하는 건 잘못이 아니잖아. 보니까 어때?"

"아늑해요. 벽에 붙은 그림도 마음에 들고요. 벽화도 좋아요. 그런데 애완동물은요?"

"아, 그렇지." 도널리가 말한다. "스위티랑 베이비야. 녀석들을 보러 갈까?"

그는 문제의 그 문을 향해 주방으로 들어간다. 필립이 묻는다. "혹시 스위티와 베이비가 새는 아니겠죠?"

도널리는 이 말을 듣고 걸음을 멈추더니 뒤를 돌아본다. 그의 여성스러운 얼굴에 궁색한 표정이 떠올라 있다. 전에도 이런 일을 겪은 적이 있는 것 같다. 그가 체념한 목소리로 대답한다. "스위티는 구관조야."

"그럼 베이비는요?"

"걔는 뱀이고."

"뱀이요?"

"뱀. 귀여운 아이야. 그래도 뱀은 뱀이지."

개나 금붕어를 키우면 어디 덧나기라도 하나? 필립은 생각한다. "아저씨, 이 집은 정말 마음에 들어요. 하지만 공연히 아저씨 시간을 뺏으면 안 되니까 미리 말씀드릴게요. 안 그래도 이 집을 보러 오겠다는 사람이 그렇게 많으니까요. 솔직히 말해서 전 여기서 살 수 없어요. 새를 무서워하거든요."

"웃기는 소리." 도널리가 말한다. "스위티가 무슨 익룡이라도 되는 줄 알아? 스위티는 작고 사랑스러운 검은 새야. 노래도 부르고 말도 건네면서 말동무가 돼줄 거야. 〈백설공주〉에서 공주가 노래할 때 주위를 날아다니던 새들 기억나?"

"어렴풋이요." 필립이 말한다.

"그래, 스위티는 그런 아이야."

"만화에 나오는 새요?"

"아니, 멍청하기는. 착한 아이라고. 하나도 안 무서워."

"전 남들하고 달라요. 사실 벌써부터 무서운데요." 필립이 말한다.

"아냐, 안 무서워."

"무서워요."

"안 무서워."

필립은 마치 집으로 돌아와 어머니와 특유의 대화를 나누고 있는 것 같은 기분이 든다. "무서워요."

"〈새〉라는 영화도 안 봤어?" 도널리가 묻는다.

"봤어요. 그러니까 새를 무서워하죠."

도널리는 격자무늬로 깔린 주방 바닥을 하얀 구두로 툭툭 두드린다. 그러면서 필립에게 하는 말이라기보다는 혼잣말처럼 이렇게 말한다. "내가 제일 무서워하는 것에 대해서는 아무도 영화를 안 만들었어. 만약 그런 영화가 있다면, 내가 용감하게 그 영화를 볼 수 있을지 잘 모르겠어."

"아저씨는 뭘 무서워하시는데요?" 필립이 묻는다.

도널리는 반지를 잔뜩 낀 양손을 짝 마주쳐 한데 모으며 필립을 바라본다. "지금은 그런 슬픈 얘기를 하고 싶지 않아. 저기, 그냥 잠깐만 한번 들여다보면 안 될까? 틀림없이 너도 스위티를 좋아하게 될 거야."

"절대 그럴 리 없어요." 필립이 말한다.

하지만 그는 소용없다는 생각을 하면서도 도널리의 뒤를 따라 문 뒤의 길고 좁은 화장실로 들어간다. 새장은 천장의 환기구에 걸려 있는 철사에 매달려 있다. 바로 아래에는 변기가 있고 옆에는 열린 창문이 있다. 뱀이 들어 있는 통은 더러운 욕조 옆의 바닥에 놓여 있는데, 난방을 위해 켜놓은 전구가 안에서 빛나고 있다. 필립은 도저히 이 동물들을 똑바로 바라볼 수 없어서 먼저 주위를 둘러본다. 비듬 샴푸들이 잔뜩 늘어서 있다. 헤드앤숄더, 셀선블루, 그 밖에 그가 한 번도 들어본 적이 없는 제품들이 몇 가지 있다. 의약품 성분이 들어간 것들이다. 집 안에서 비듬 눈보라가 일어나는 걸 막으려고 도널리가 그 화려한 스카프를 쓰고 있는 게 아닌가 하는 생각이 든다.

"동물들을 왜 욕실에 두세요?" 필립이 묻는다.

"스위티는 비상계단을 찾아오는 비둘기들하고 노는 걸 좋아해. 그리고 베이비는 스위티랑 함께 지내라고 내가 여기 둔 거야."

도널리가 손가락으로 새장을 만진다. 필립은 창문을 통해 금방이라도 무너질 것 같은 비상계단을 바라본다. 계단 아래의 좁은 골목에 더러운 매트리스가 떨어져 있는 것이 보인다. 녹슨 쇼핑 카트 하나도 뒤집혀 있다. 누군가가 이웃 건물의 벽돌담에 '내 물건을 빨아줘'라고 페인트로 갈겨놓았다. 필립은 시선을 돌려 재빨리 새를 한번 바라본다. 녀석의 깃털은 반짝이는 검은색이다. 두 개의 점 같은 눈 근처에는 오렌지색을 흩뿌려놓은 것 같은 무늬가 있다. 녀석이 휘파람 소리를 내며 새장의 창살을 발톱으로 잡고 도널리의 반지를 부리로 문지른다.

"이 아이는 내 반지가 과일인 줄 알아." 도널리가 말한다. "그렇지, 아가야? 근데 넌 오늘 벌써 과일을 먹었잖아. 그러니까 욕심내지 마."

좀 전에도 혹시나 하는 기대가 있었던 건 아니지만 필립은 새를 보고 나니 역시 안 되겠다는 생각이 든다. 도널리가 새장 문으로 손을 뻗는 순간 필립이 말한다. "제발 열지 마세요."

"이 아이가 이렇게 갇혀 있는데 어떻게 이 아이랑 친해지려고?"

"제 말이 그 말이에요. 전 개랑 친해지고 싶지 않아요. 그냥 가볼 게요."

"가다니 어디로?" 도널리가 새장 문에서 손을 떼며 묻는다.

필립은 대답할 말이 없다. 하지만 이 사람이 자기를 붙잡으려고 왜 이렇게 안간힘을 쓰는지 이상하다는 생각이 든다. 그가 막 그 점을 물어보려는데 새가 빽 소리를 지른다. "마티니를 줘."

도널리가 웃음을 터뜨린다. 필립도 웃는다. 자기도 모르게.

"에드워드가 가르친 말이야. 어느 해 여름에 우리가 테이프에 이 말을 녹음해서 이 새 머리에 새겨질 때까지 계속 들려줬거든."

이번에도 필립은 에드워드가 누구냐고 묻지 않는다. 그는 사람 들이 대화중에 아무런 설명도 없이 낯선 이름을 끼워넣는 것에 익 숙하다. 시시가 항상 그랬기 때문이다. 필립이 중간에 끼어들어 그 게 누구냐고 물으면 시시는 짜증을 내며 그냥 다 관두라고 말했다. 그래서 필립은 도널리에게 이렇게 묻는다. "저 새가 또 할 줄 아는 말이 있어요?"

"그럼, 아주 많지. 이 아이가 화장실에 있으니까, 너도 짐작하겠 지만, 온갖 고약한 소리를 전부 흉내낼 수 있어. 하지만 이 아이가 그 소리를 전부 내 엉덩이에서 배운 건 아냐. 이 아이가 낼 수 있는 소리 중에 제일 고약한 건 천장 환기구에서 배웠어. 다른 집 화장 실에서 나는 소리가 환기구를 통해 울리거든. 위층 사람들하고는 가까이 지내지 마, 필립. 진짜 짐승 같은 사람들이니까. 네가 여기서 살게 되면 직접 경험하게 될 거야."

"저기요." 필립은 바닥에 놓인 뱀통을 흘긋 내려다보며 말한다. 뱀은 그 작은 상자 안 어딘가에 숨어 있는 모양이다. 아니면 도망 쳤거나. 어쨌든 지금은 뱀이 어디서도 보이지 않는다. "전 여기에 잘 맞지 않는 것 같아요. 왜냐하면 저는……"

"쉬." 도널리가 손가락을 입 앞에 세우며 새장을 가리킨다. "응접실로 나가서 이야기를 계속하는 게 좋겠어. 새를 싫어하는 사람 때문에 이 아이가 상처를 입는 건 싫거든."

'응접실'로 다시 나온 뒤 필립은 구석의 칸막이 뒤쪽을 흘긋 들여다본다. 창문 앞에 앤티크 책상이 하나 놓여 있고 그 위에 커다란 컴퓨터가 있다. 컴퓨터가 거기 있다는 게 놀랍다. 아직도 레코드를 듣는 사람이 저런 걸 갖고 있다니. 필립 자신이 거기 앉아서 시를 쓰다가 딱 맞는 단어가 떠오르지 않아 창밖을 멍하니 내다보는 모습이 순간적으로 뇌리를 스치고 지나간다. 그는 뉴욕에서 어떤 삶을 살 것인지 아직 구체적으로 정하지 않았지만 계속 시를 써서 코노턴 박사가 일러준 잡지들에 투고하기로 마음을 정했다. 잡지사들의 이름과 주소 목록이 그의 작품들과 함께 세인트마크 플레이스에 주차해놓은 스바루 운전석 밑에 놓여 있다.

"커피 한 잔 줄까?" 도널리가 묻는다.

필립이 고개를 돌려 보니 도널리가 테이스터스 초이스 인스턴트 커피 병과 자그마한 흰색 찻잔을 들고 있다. "아뇨, 괜찮아요." 필립이 말한다.

"담배는?"

"그것도 괜찮아요. 이제 그만 가봐야겠어요."

"요즘 젊은이들은 정말 재미가 없다니까." 도널리가 가스레인지에 물주전자를 올려놓으며 말한다. 그는 성냥으로 레인지와 담배에 불을 붙인다. 그러고는 조리대 옆의 나무 의자에 앉아 담배를 한 모금 빨아들였다가 콧구멍으로 연기를 내뿜는다. "커피와 담배의 힘을 과소평가하면 안 돼, 필립. 분명히 말하지만, 정말이지 마법 같다니까." 그는 잠시 말을 멈췄다가 다시 입을 연다. "혹시 저 아래층에 드나드는, 건강에 미친 놈들하고 같은 부류는 아니지?"

필립은 고개를 젓는다. "저는……"

"다행이야. 내 충고 하나 할까? 그 식당 근처에는 가지 마."

"식당이요? 가게인 줄 알았는데요."

"둘 다야. 게다가 뒷방에서 그놈들이 뭘 하는지는 주님만이 아시겠지. 자궁 마사지라나 뭐라나 말도 안 되는 짓거리야."

"자궁 뭐라고요?"

"마사지."

"그게 뭔데요?"

"내가 아나." 도널리는 다시 담배를 한 모금 빨더니 콧구멍으로 연기를 내뿜는다. "알고 싶지도 않아. 예전에 가게 문에 붙어 있던 전단지에서 그 말을 봤을 뿐이야. 내가 보기에 저 가게에 드나드는 사람들은 붉은 고기를 좀 먹고, 애인이랑 그걸 해야 돼. 내가 너무 공화당원 같은 소리를 한다는 건 알아. 물론 난 공화당원이 아니지만. 그래도 내가 보기에는 그게 진리야."

"저기요." 필립은 이번에야말로 도널리의 두서없는 말에 방해받지 않겠다고 굳게 마음을 먹고 입을 연다. "분명히 말씀드리지만, 전 가봐야 돼요. 일이 잘 안 풀려서 죄송해요. 이 집을 보러 오겠다는 사람 중에 기꺼이 이 집에서 살 사람이 있을 거예요.”

필립은 문을 향해 다가가지만 손잡이를 찾지 못해 잠시 헤맨다. 그림 속 택시의 휠캡처럼 색칠이 되어 있기 때문이다. 그가 문손잡이에 손을 대는 순간 도널리가 불쑥 말한다. “다른 사람은 없어.”

“네?” 필립은 고개를 돌려 그를 바라보며 묻는다. 하지만 휠캡처럼 생긴 손잡이에서 손을 떼지는 않는다.

“이 집을 보러 오기로 했던 세 사람이 뒷걸음질을 쳤어. 그중에 젊은 아가씨는 바로 오늘 아침에 물러났어. 난 지금쯤 벌써 조지아로 가는 버스에 타고 있어야 하는데. 내가 컴퓨터로 전단지를 여섯 장쯤 인쇄해서 이 동네를 돌아다니며 붙였어. 내 나이쯤 되면 그게 보통 일이 아냐.”

필립은 그 분홍색 전단지를 갈기갈기 찢어서 거리의 쓰레기통 속에 던져버린 자신의 이기적인 행동을 생각한다. 도널리가 앙상한 팔을 조리대로 뻗어 초록색 도자기 재떨이에 담배를 놓는 모습을 지켜보던 필립은 자신이 그의 일을 방해한 것에 죄책감을 느낀다. “아까 제가 들어왔을 때 통화하던 사람은요? 한 시간 뒤에 온다고 했잖아요.”

도널리가 가느다란 목소리로 노래를 부르듯이 자백한다. “그냥 연극한 거야.”

“연극이라니 무슨 소리예요?”

“진짜로 통화중이 아니었다고. 네가 여기서 살고 싶어지게 만들려고, 여길 원하는 사람이 많은 것처럼 꾸민 거야. 사람들은 원래 손에 넣을 수 없을 것 같은 물건을 더 갖고 싶어하잖아. 너도 그 정도는 이미 알고 있을 텐데.”

필립은 숨을 내쉬며 문손잡이에서 손을 뗀다. "집을 보러 오겠다던 세 사람은 왜 뒷걸음질을 친 거예요?"

"두 가지 때문이지. 스위티와 베이비."

"사랑스러운 아이들이라면서요."

"난 그렇게 생각해. 하지만 대부분의 사람은 너처럼 다른 생각을 하는 모양이야. 베이비한테 일주일에 한 번씩 쥐를 먹이는 걸 좋아하는 사람이 없어. 그리고 가끔은 스위티가……"

"스위티요?"

"기분이 나쁠 때 사람을 쪼아. 오늘 아침에도 내가 그 아가씨한테 새장 청소하는 법을 보여주고 있는데, 스위티가 아가씨를 쪼았어. 그래도 이마에 그냥 아주 조금 상처가 났을 뿐이야. 피도 안 났다고. 그런데도 그 아가씨는 울면서 뛰쳐나갔어. 너희 세대는 그게 문제야. 뭐든지 극적으로 과장하려 드는 거. 느긋하게 즐길 줄을 몰라. 자기가 부당한 일을 당했다며 아우성칠 줄만 알지. 조금 있으면 그 아가씨 변호사한테서 편지가 날아올걸."

필립은 벽에 걸린 사진들을 손짓으로 가리킨다. "저 화려한 친구분들한테 부탁하면 안 돼요?"

도널리는 일어서서 레인지로 간다. 그는 불을 끈 뒤에도 커피를 탈 생각이 없는 것 같다. "젊은이, 저기 있는 사람들은 대부분 죽었어. 내 나이쯤 되면 친구들이 파리처럼 죽어나가. 아직 살아 있는 친구들도 저 계단을 올라올 수 있는 상태가 아냐. 나도 이젠 겨우 오르내릴 정도인데 뭐. 너도 알게 될 거야. 너도 언젠가 나처럼 나이를 먹을 테니까. 사람들은 노년이 행복한 시기인 줄 알지. 한 일 년 반 정도는 그래. 그다음부터는 고역이 따로 없지. 무덤을 향해 천천히 다가가는 거야."

"저 동물들을 전문점에 맡기면 되잖아요." 필립은 이야기가 엉뚱한 곳으로 새지 않게 하려고 안간힘을 쓴다.

도널리가 워낙 희미해서 거의 없는 거나 마찬가지인 눈썹을 치켜세운다. "저 아이들은 새와 뱀이야. 개가 아니라고. 게다가 그러려면 돈이 드는데, 난 돈이 별로 없어."

"그럼 아저씨가 데리고 가면 되죠."

"내 동생네로? 하! 내 동생 폰신은 건강할 때도 보통내기가 아니었어. 지금은 죽음이 눈앞에 있으니 얼마나 고약해졌을지 누가 알아? 형제가 있어, 필립?"

필립은 이 질문에 어떻게 답해야 하는지 아직도 마음을 정하지 못했다. 없다고 대답하기는 싫다. 그러면 로니의 존재를 부정하는 꼴이 되니까. 하지만 있다고 대답하면 항상 '몇 살이야?' '동생은 어디서 살아?' 같은 질문들이 뒤따라 나오게 마련이다. 필립은 도널리에게 남동생이 하나 있다고만 말하고 도널리가 계속 이것저것 물어보면 말을 돌리기로 한다.

"그럼 동생한테 잘해줘." 도널리는 이 말만 할 뿐이다. "네가 죽음을 맞을 때 동생한테 의지하게 될지도 모르니까."

필립은 숨을 내쉬며 눈을 비빈다. 담배가 재떨이에서 아직도 타고 있기 때문에 연기가 그를 괴롭힌다. 화장실 문 뒤에서 새가 빽빽거리다가 화장실 물 내리는 소리를 흉내내더니 마티니를 달라고 외친다.

"폰신이 그렇게 고약한 애가 아니라 해도, 스위티와 베이비는 저 화장실에서 평생을 살았어." 도널리가 말한다. "그러니 이제 와서 저 아이들을 다른 데로 옮길 수는 없어. 뱀은 환경 변화에 아주 예민해. 여기서 동생네로 옮기면 저 아이한테는 아주 치명적일 거야. 어쩌면 도중에 죽을 수도 있어. 난 에드워드한테 저 아이를 잘 보살피겠다고 약속했어. 나도 푸들이나 보기 좋은 닥스훈트 같은 걸 키우고 싶어. 난 항상 그렇게 자그마한 개가 좋았다고. 하지만 이미 죽은 사람한테 약속을 해버렸으니 내 마음이 편해지기 위해서라도 그 약속을 지켜야 해. 죽은 사람이 저기 하늘에서 날 지켜보고 있다고 믿든 안 믿든. 무슨 말인지 알겠어?"

"알 것 같아요." 필립이 말한다. "저기요, 저도 돕고 싶기는 한데, 안 되겠어요."

그가 다시 문손잡이를 잡자 도널리가 단숨에 긴 문장을 불쑥 내뱉는다. "여긴 정부가 월세를 통제하는 아파트라 난 한 달에 이백십일 달러만 내면 되는데, 네가 동물들을 돌봐준다면 월세 오백 달러로 너한테 여길 넘겨줄게."

필립은 동작을 멈추고 고개를 돌려 도널리에게 다시 한번 말해보라고 한다. 도널리가 같은 말을 반복한 뒤, 필립은 그의 제안을 진지하게 생각하기 시작한다. 월세 오백 달러면 오늘 부동산 중개소에서 들은 맨해튼 외부의 월세보다 훨씬, 훨씬 싼 금액이다. 뱀에게 쥐를 먹이고, 사람 쪼는 것과 수다를 즐기는 새를 돌볼 생각을 하면 끔찍하기는 하지만 그렇게 싼 월세로 집을 구할 수 있다면 그는 여기서 사는 동안 굳이 일을 할 필요가 없다. 올리브 가든에서 번 돈을 모두 모아두었기 때문에 그 정도 월세라면 몇 년은 너끈히 버틸 수 있을 것이다. 그리고 아버지가 비상용 신용카드를 정지시켜버리지만 않는다면 직장을 전혀 구하지 않고도 아주, 아주 오랫동안 그럭저럭 살아갈 수 있을 것이다.

"삼백 달러." 필립은 고개를 돌리지 않은 채 말한다.

"사백오십."

"사백."

"좋아." 도널리가 이렇게 말하며 따뜻하고 힘없는 손으로 필립의 손을 잡는다. "행운을 빌어줄게, 젊은이. 틀림없이 여기서 행복해질 거야."

필립이 손을 놓자 도널리는 책상으로 가서 여기저기를 뒤지더니 구겨진 그레이하운드 시간표를 찾아낸다. 그는 거대한 안경을 쓰고 내일 버스 시간이 어떻게 되는지 살핀다. 필립은 그가 깨알 같은 글자와 바글바글한 숫자 때문에 점점 더 혼란에 빠져드는 것을 보고 그의 손에 있던 시간표를 가져와 아침 아홉시 삼십분에 떠나는 버스가 있다고 알려준다. 그런데 다시 보니 오늘 저녁 여섯시에 떠나는 워싱턴 D.C.행 버스도 있다. 거기에 가면 조지아 주 애신스로 가는 심야 버스를 탈 수 있다. 필립은 무료 안내 서비스로 전화를 걸어 시간표를 다시 확인한다. 그러고는 도널리에게 자신이 확인한 정보를 알려준다.

도널리는 잠시 생각해보지도 않고 이렇게 말한다. "조지아로 가는 심야 버스가 있다고? 어쨌거나 폰신이 죽음을 앞두고 있다는데, 그애가 날 괴롭힐 시간을 내가 조금이라도 빼앗을 수는 없지. 그게 그애의 평생 낙이었으니 말이야. 그럼 더 생각할 것도 없네. 몇 시간 뒤에 떠나면 되겠어. 오늘 할 수 있는 일을 내일로 미룰 이유가 없잖아?"

필립은 자그마한 할머니처럼 보이는 이 자그마한 노인이 버스를 타고 그 먼 길을 가는 모습을 그려본다. "정말 괜찮으시겠어요? 버스로 가기에는 너무 먼 거리 같은데요."

하지만 도널리는 비행기가 싫다고 말한다. 기차 탈선 사고에 관한 글을 읽은 뒤에는 기차도 타지 않는다고 한다. "난 버스가 좋아." 그는 지나치게 또박또박한 특유의 발음으로 말한다. "오래전 이 도시에 화려하게 나타날 때와 똑같이 이 도시에서 화려하게 나갈 거야. 무엇보다도 내 품위를 고스란히 지킬 수 있는 게 좋아."

이 말과 함께 그는 이 아파트의 괴상한 특징들을 설명하기 시작한다. 설명할 것이 아주 많다. 라디에이터에서 물이 새니까 항상 그 밑에 냄비를 하나 놓아두어야 한다. 일주일에 한 번씩 냄비를 비워주지 않으면 물이 넘쳐서 아래 집까지 흘러들어갈 것이다. 주방의 냉장고 밑에도 냄비가 하나 놓여 있는데 그것 역시 정기적으로 비워주어야 한다. 이어 도널리는 컴퓨터와 전축을 동시에 켤 수 없다고 말한다. 그랬다가는 퓨즈가 나갈 것이다. 이 사실을 깜박해서 퓨즈가 나가면 책상 서랍에 여분의 퓨즈가 있다. 퓨즈 상자는 문에 그려진 그림 속에 숨겨져 있는데 핫도그 노점상의 수레처럼 칠해진 것이 바로 그것이다. 도널리는 퓨즈 상자를 열어 퓨즈 가는 법을 보여준다. 그러고는 인터넷을 사용하고 싶을 때 전화선을 뽑아 컴퓨터 뒤쪽에 꽂는 법을 가르쳐준다. 그리고 자기가 동생의 집에서도 이메일을 확인할 생각이니까 필립에게 궁금한 것이 있으면 이메일로 물어보라고 말한다.

"이메일을 쓰신다고요?" 필립이 놀란 목소리로 말한다.

"당연하지." 도널리가 말한다. "내가 무슨 공룡이라도 되는 줄 알아?"

마침내 동물들을 어떻게 돌봐야 하는지 설명할 순서가 되었다. 스위티는 매일 아침 으깬 과일을 한 그릇씩 먹는다. 베이비에게는 퍼스트 애비뉴의 해피펫이라는 가게에서 사온 생쥐를 일주일에 한 번씩 주면 된다. 운이 좋으면 싱크대 밑의 쥐덫에 '신선한 먹이'가 걸리기도 한다. 도널리가 이 밖에도 우편물 처리하는 법, 집세 수표를 보낼 주소, 집주인과 마주쳤을 때 둘러댈 말(세입자가 다른 사람에게 재임대하는 것은 금지되어 있다) 등을 설명하는 동안 필립은 왠지 엄청난 실수를 저지른 것 같다는 느낌이 든다. 하지만 창가의 책상을 바라보며 직장에 출근하는 대신 거기 앉아 시를 쓰는 자신의 모습을 상상하니 기분이 나아진다. 게다가 이 노인은 비록 자기가 아주, 아주 오랫동안 이곳을 떠나 있게 될지도 모른다고 고집스럽게 주장하지만 십중팔구 몇 달 만에 돌아올 것이다.

"내가 폰신이 어떤 아이인지 아니까 하는 말인데……" 그가 말한다. "마지막 순간까지 질질 끌다가 결국은 나까지 같이 묻힐 때가 되어서야 숨을 놓을 거야."

도널리는 설명을 모두 끝낸 뒤 여행을 떠나기 전에 마티니를 한 잔 만들어 마셔야겠다고 선언한다. 그는 필립에게도 한 잔 만들어준다. 필립은 처음에는 거부하지만 도널리가 너희 세대는 너무 재미가 없다고 공격해대자 결국 무너진다. 술을 겨우 몇 모금 홀짝거리고 보드카에 흠뻑 젖은 커다란 올리브 한 알을 한입 먹고 나니 필립은 어제 어머니와 싸운 뒤 처음으로 몸의 긴장이 풀리는 것을 느낀다. 술을 마시면 마실수록 기분이 좋아진다. 도널리는 주디 갈런드의 레코드를 다시 틀고는 마티니를 한 잔씩 더 만든다. 필립이 문득 정신을 차려보니 두 사람 모두 동양식 카펫에 주저앉아 있고,

필립 자신은 월터와 시시에 대해 그리고 식당에서 있었던 일에 대해 이야기하고 있다. 그가 쟁반이 쏟아지자 모두들 손뼉을 치며 웃더라는 이야기를 했을 때, 도널리가 금가루가 흩뿌려진 것 같은 무늬의 벽시계를 흘깃 올려다보고는 이렇게 말한다. "신나게 이야기하는데 중간에 끊어서 미안하지만, 난 이제 가봐야겠어."

필립은 자기가 식당을 뛰쳐나올 때의 부분을 이야기할 수 없게 된 것이 실망스럽다. 하지만 기분이 너무 좋고 알딸딸해서 그까짓 것 상관없다는 기분이 든다. 그가 도널리에게 묻는다. "생판 모르는 사람한테 동물들을 맡기고 떠나도 정말 괜찮겠어요?"

도널리가 손을 뻗어 필립의 뺨을 꼬집는다. "젊은이, 난 항상 본능을 믿으며 살았어. 지금 내 본능에 따르면, 너는 아주 특별하고 정직한 젊은이야. 그러니까 잔말 말고 내 가방이나 좀 들어줘."

계단을 내려가는 데 몇 분이 걸린다. 하지만 일단 거리로 나가자 금방 택시가 잡힌다. 도널리가 택시에 오른다. 그는 벽장에서 꺼낸 겉옷을 입고 있는데, 등에 '슈거 베이비즈'라는 말이 적혀 있다. 필립은 단단하고 커다란 여행 가방을 트렁크에 넣고 트렁크 문을 쾅하고 닫는다. 그러고는 자동차 옆구리로 돌아와서 창문을 열어놓고 앉아 있는 도널리에게 버스 정류장 안까지는 가방을 어떻게 들고 들어갈 생각이냐고 묻는다. 도널리는 걱정하지 말라며 아마 자기를 도와줄 사람이 있을 거라고 말한다. 필립은 별로 믿음이 가지 않지만 이런 일에 대해서는 아는 것이 별로 없으니 할말이 없다. 술을 마신 탓에 갑자기 감상적인 기분에 젖은 그는 도널리가 떠나는 것이 섭섭하다.

"안녕히 가세요." 그가 말한다.

"잘 있어." 도널리가 반지를 잔뜩 낀 손을 차창 밖으로 내밀어 필립의 팔을 꼭 쥔다. "그건 그렇고, 아까 네가 물어본 것의 답은 죽음이야."

"네?" 필립이 묻는다.

"아까 나더러 뭘 무서워하느냐고 물었잖아. 난 옛날부터 항상 죽는 게 무서웠어. 그런데 내 나이쯤 되면 그게 별로 좋은 일이 아냐."

필립은 무슨 말을 해야 할지 몰라서 가만히 있는다.

"자신의 두려움과 맞서는 건 현명한 일이야, 필립. 그러니까 새를 돌보게 된 것도 너한테 그다지 나쁜 일은 아냐. 두고 보면 알 거야. 너도 나처럼 죽음이 두렵다면 죽음과 화해하도록 해봐. 우리 모두 언젠가는 겪을 일이니까."

이 말을 한 뒤 그는 운전기사에게 버스를 타러 가야 한다면서 빨리 출발하자고 말한다. 차가 굴러가기 시작하자 도널리는 스타 배우처럼 커다란 몸짓으로 키스를 날려보낸다. 필립은 거리에 서서 자동차 꼬리등이 모퉁이를 돌아 사라질 때까지 지켜본다.

혼자가 되자 필립은 깊이 숨을 들이쉬며 4층의 어두운 창문들을 올려다본다. 건물 앞 가로등에 불이 들어온다. 눈이 핑핑 돌 만큼 정신없이 몇 시간을 보내다가 이제 한가해진 탓인지 감상적인 기분이 더욱더 강해진다. 술을 마시면 항상 이렇게 된다는 사실이 이제 기억난다. 처음에는 행복감이 솟구치다가 곧이어 슬픔에 잠기게 된다. 그래서 그는 술을 자주 마시지 않는다. 아주 적은 돈으로 생애 첫 아파트를 구했다는 기쁨 대신 그는 새와 뱀을 돌볼 생각에 풀이 죽는다. 가게에 가서 유리 세정제와 종이 타월을 사오고 싶은 생각도 있지만 청소는 내일 술이 깰 때까지 미루기로 한다. 그래서 가게로 가는 대신 자동차를 세워둔 세인트마크 플레이스로 향한다. 그는 자동차 문을 열고 자작시 묶음과 마돈나 테이프를 좌석 밑에서 꺼낸 다음 문을 다시 잠근다. 자리를 뜨기 전에 그는 표지판을 흘긋 올려다본다. 내일 아침 여덟시 이전에 자동차를 다른 곳으로 옮기지 않으면 견인하겠다는 말이 적혀 있다. 거리 맞은편에는 주차 공간이 전혀 없기 때문에 그는 당분간 이곳에 차를 놓아두기로 하고 아파트로 돌아간다.

아파트에 들어와보니 욕실 안의 새가 조용하다. 도널리가 떠나기 전에 새장을 스카프로 덮어둔 덕분이다. 주디 갈런드는 전차와 종소리에 관한 노래를 여전히 부르고 있다. 필립은 전축을 끄고 마돈나 테이프를 내려놓는다. 이걸 왜 가져왔나 싶다. 이 집에는 테이프 플레이어가 없는데. 방, 아니 도널리의 표현을 따르자면 응접실 한가운데에 서서 필립은 지난 이틀 동안 일어난 일들을 돌이켜본다. 그는 웨인의 올리브 가든 사람들이 지금쯤 무엇을 할지 생각한다. 한창 저녁식사 준비중일 것이다. 팜비치 어딘가에 있을 아버지도 생각한다. 지금쯤 홀리와 함께 골프 아니면 테니스를 치고 있을 것이다.

혼자 집에 있는 어머니도 생각한다.

필립은 전화기로 다가가 펜실베이니아의 집 전화번호를 누른다. 벨이 세 번 울린 뒤 어머니가 전화를 받는다. "여보세요."

"엄마, 필립이에요."

한참 동안 침묵이 흐른다. 바깥의 6번가에서는 경찰차가 불빛을 번쩍이고 사이렌을 울리며 쌩하니 지나간다. 어머니가 묻는다. "지금 어디니?"

"뉴욕이요."

"뭐? 어젯밤에 올리브 가든에서 일한 거 아니었어? 그냥 집에 안 들어온 건 줄 알았는데."

"일한 건 맞아요, 엄마. 그런데 난 거기가 정말 싫어요. 펜실베이니아에서 사는 것도 정말 싫어요. 엄마랑 같이 살면서 만날 싸우기만 하는 것도 정말 싫어요. 요즘 엄마는 너무 못됐어요. 그래서…… 그래서 난 그리로 돌아가지 않을 거예요."

그는 어머니의 말을 기다린다. 하지만 어머니는 아무 말이 없다. 들리는 것이라고는 찰칵 하는 소리뿐이다. 처음에는 믿을 수가 없다. 그가 수화기를 귀에 댄 채 어찌나 오랫동안 서 있었는지 마침내 수화기에서 이런 말이 흘러나온다. "수화기가 잘못 놓여 있으니……" 이 말을 듣고 필립은 수화기를 내려놓은 뒤 뒤로 물러나며 마음속에서 차오르는 슬픔에 무릎을 꿇으면 안 된다고 자신을 타이른다.

필립은 도널리와 함께 바닥에 앉아 있을 때 느꼈던 행복감을 다시 맛보고 싶다. 그는 마티니를 한 잔 더 만든다. 이번에는 올리브도 베르무트도 넣지 않는다. 그래도 아까처럼 웃기게 생긴 잔에 따랐기 때문에 똑같은 마티니라고 생각한다. 하지만 겨우 몇 모금 홀짝거린 뒤 그는 술을 포기한다. 아까와 같은 효과가 나지 않기 때문이다. 그는 책상으로 간다. 그러고는 알딸딸한 머리로 최선을 다해 자신의 시들을 훑어본다. 하지만 오늘밤에는 새 작품을 쓸 생각이 없다. 아직도 술기운이 남아 있고 시상이 떠오르지 않는 것이 가장 큰 이유다. 하지만 지금 여기 앉아 있는 것이 그에게 일종의 리허설이기 때문이기도 하다. 필립은 이 도시에서 시인으로서 새로운 삶을 살아가는 연습을 하고 있다. 과거의 모든 슬픔으로부터 벗어난 삶. 그가 마침내 자신의 시에서 시선을 들어 책상을 바라보니 컴퓨터 옆에 봉투 더미와 우표 한 묶음이 보인다.

'오늘 할 수 있는 일을 내일로 미룰 이유가 없잖아?'

필립은 컴퓨터를 켜고 새 문서를 열어 〈날카롭게 넘어가기〉를 다시 입력하면서 몇 군데를 가볍게 손본다. 그러고는 코노턴이 적어준 시 잡지들에 보낼 표지를 각각 따로 만든다. 그리고 문서를 프린터로 뽑아 각각의 잡지 주소에 맞춰 정리한 뒤 봉투에 넣어 우표까지 붙였지만 봉투에 침을 발라 봉하려다가 그만둔다. 아침에 머리가 맑아지면 오자가 없는지 다시 확인해봐야겠다는 생각이 들었기 때문이다.

이제 할 일이 하나도 없는 것 같다. 차를 다른 곳으로 옮기려면 아침에 일찍 일어나야 하기 때문에 필립은 일어서서 도널리가 가르쳐준 대로 머피베드를 내린다. 그리고 벽장에서 새 침대보를 찾아 갈아 끼운다. 그는 화장실에 가서 소변도 보고 세수도 할까 생각해본다. 비록 도널리는 자신의 두려움에 정면으로 맞서는 것이 현명한 일이라고 말했지만 아직 필립은 그것과 맞설 준비가 되지 않았다.

그는 불을 끄고 침대에 눕는다.

창문을 통해 들어오는 가로등 불빛과 컴퓨터 불빛밖에 없는 곳에서 필립은 침대에 누워 일곱시 사십오분에 일어나야 한다는 말을 주문을 외듯이 계속 머릿속으로 외운다. 이런 방법을 쓰면 항상 제시간에 일어날 수 있지만, 그러려면 집중력이 필요한데 오늘밤에는 도무지 집중할 수가 없다. 그의 머릿속에 계속 이런저런 생각들이 떠오른다. 하지만 무슨 생각을 하든 결국은 도널리가 그에게 형제가 있느냐고 물으면서 형제에게 잘해주라고 말하던 순간으로 자꾸만 돌아가고 만다. 그뒤를 이어 로니를 마지막으로 봤을 때가 떠오른다. 로니는 여자친구, 여자친구의 언니, 채즈와 함께 집 앞 잔디밭에 서 있었다. 어머니가 사진을 찍었고, 아버지는 필립이 이미 천 번도 더 들은 이야기를 했다. 결혼식 때 아버지의 시계가 어머니의 베일에 걸렸다는 얘기였다. 필립 자신이 잔디밭에 서 있는 사람들 곁을 떠나 스바루를 몰고 식당으로 출발하면서 엄청난 소외감과 외로움을 느꼈던 것이 기억난다. 그가 보기에는 다들 함께 있을 사람이 있는 것 같았다. 로니에게는 멜리사가, 채즈에게는 스테이시가, 부모님에게는 서로가. 지금은 그때와 상황이 달라졌지만 똑같은 느낌이 여전히 필립의 가슴 한쪽을 후벼파고 있다.

너무 가슴이 아파서 견딜 수 없는 지경이 되자 필립은 잠을 포기한다. 그는 침대에서 일어나 다시 책상으로 가서 전화선을 뽑아 컴퓨터에 연결한다. 그러고는 도널리가 가르쳐준 대로 인터넷에 접속한다. 필립은 이런 일을 한 번도 해본 적이 없지만 뎁 시시매니언이 오래전부터 이런 식으로 이런저런 여자들을 만났다고 항상 이야기해주었기 때문에 방법은 잘 알고 있다. 오늘밤 생전 처음으로 그는 채팅방에 들어간다. 세상의 외로운 사람들이 혼자 술집에 들어가듯이. 이곳에서 통용되는 이상한 언어를 익히는 데는 시간이 그리 오래 걸리지 않는다.

ㅋㅋ……

곧 오겠삼……

뭐 조아?

스펙?

갈색, 갈색, 182, 75, 22

　그는 며칠 뒤에야 겨우 용기를 내서 밤에 사람을 집으로 초대한다. 필립은 커피 한 잔을 들고 창가에 앉아 길 건너편의 벽돌로 높게 지어진 주택단지를 바라보며 그 사람을 기다린다. 자신이 가르쳐준 가짜 이름을 부르는 낯선 목소리가 거리에서 들려오자 그는 어둠 속에서 그 낯선 사람을 내려다보며 저 사람을 정말로 불러들일 것인지 마지막으로 한번 더 생각해본다. 마침내 필립은 도널리가 열쇠를 쌌던 바로 그 수건으로 열쇠를 싼다. 그리고 창밖으로 손을 뻗어 수건을 떨어뜨린다. 이내 구부러진 낡은 계단을 쿵쿵쿵 올라오는 발소리가 들린다.

　그 소리가 가까워질수록 필립의 심장박동도 빨라진다.

11장

깁스와 목발 때문에 움직이기가 쉽지 않아서 필립이 욕실로 들어가 잠옷 바지를 내리고 볼일을 보는 데는 족히 오 분이 걸린다. 그래서 전화벨이 울리는데도 벌떡 일어나 전화를 받으러 달려갈 수 있는 상태가 아니다. 그는 계단 밑 작은 화장실의 변기에 앉아 주방 전화기와 연결된 자동응답기가 돌아가는 소리를 듣는다. 응답기에 녹음된 기계음이 전화를 건 사람에게 메시지를 남기라고 말한 뒤 어머니의 목소리가 집 안에 울려퍼진다. "필립. 나다. 집에 있니? 전화 좀 받아." 기계를 통해 들려오는 어머니의 목소리가 평소보다 부드럽다. 거칠고 난폭한 느낌이 없다. 자칫하면 어머니를 정상적이고 예의바르고 품위 있는 사람으로 착각할 수도 있을 것 같다. 어머니의 목소리가 다시 들려온다. "그럼, 뭐, 내가 지금 멜리사네 집으로 가는 길이라고 말해주려고 전화한 거야. 이번 일을 단번에 아주 해결해버려야겠다. 그건 그렇고, 내가 너 주려고 도서관에서 책을 하나 가져왔어. 아마 마음에 들 거야. 그럼, 뭐, 그만 끊어야겠다. 이따 집에서 보자.”

필립은 고개를 뒤로 젖히고 천장을 바라본다. 비록 하느님을 믿지는 않지만 그는 속이 상해서 하늘을 향해 외친다. “어머니는 그 가엾은 애를 왜 가만히 내버려두지 않는 거죠?”

그는 변기 물을 내리고 손을 씻은 뒤 목발에 의지해 주방으로 절뚝거리며 걸어가서 수화기를 들고 *69*를 누른다. “M.” 전화벨이 울리다가 음성 사서함이 나오자 그가 말한다. “나예요. 멜리사네 집을 도대체 어떻게 찾아낸 거예요? 제발 부탁이니 거기 가서 어젯밤 일을 가지고 걔를 못살게 구는 건 그만두세요. 이 메시지 들으면 집으로 전화주세요. 아예 그냥 집으로 오시면 더 좋고요.”

그는 수화기를 내려놓고 등받이가 딱딱한 식탁 의자에 앉는다. 어젯밤에 거의 잠을 못 자서 기진맥진한데다 오늘 커피를 하도 많이 마셔서 신경이 날카롭다. 커피 열 잔이라면 아무리 필립이라 해도 아주 많은 양이다. 아침에 어머니가 그를 깨워 모자간에 다정하게 이야기가 오간 뒤, 어머니가 다시 2층 자기 방으로 올라가자 필립은 책을 읽거나 일기를 쓰는 데 집중하려고 애쓰면서 텔레비전에서 방영중인 옛날 영화의 몇몇 장면을 틈틈이 보았다. 그러고 났더니 집으로 돌아온 뒤 처음으로 살짝 넋이 나간 것 같은 기분이 들기 시작했다. 그런데 지금 또 그런 기분이 든다. 비상계단에서 떨어진 그날 밤 이후로 이렇다 할 계획을 세운 적이 없기 때문에 이제부터 무엇을 할 것인가 하는 문제가 서서히 그의 머릿속으

---

*가장 최근에 전화를 건 번호로 통화를 시도하는 방법.

로 파고든다. 래드너에 영원히 머무르는 건 상상도 할 수 없는 일
이다. 사실 여기서 몇 주 더 머무르는 것도 별로 생각하고 싶지 않
다. 그렇다고 뉴욕으로 돌아가는 것도 내키지 않는다. 거기서 일이
그런 식으로 끝났으니 말이다.

오 분이 흐른다.

그 오 분 동안 필립은 식탁에 앉아 자신에게 선택의 여지가 별로
없다는 생각만 하고 있다. 어머니에게서는 아직 전화가 없다. 결국
그는 다시 일어서서 수화기를 들고 *69를 또 누른다. 이번에도 음
성 사서함이다. 그는 아까 남긴 메시지를 짧게 줄여서 다시 남긴
다. 멜리사를 귀찮게 하지 말고 집으로 전화를 하든지 그냥 집으로
오라는 내용이다. 전화를 끊은 뒤 필립은 커피를 또 한 주전자 끓
일까 생각한다. 하지만 그러지 않는 편이 낫겠다는 결론을 내리고
싱크대로 가서 며칠 전부터 쌓여 있던 냄비와 그릇 들을 씻을까 하
고 살펴본다.

뉴욕에 살 때 필립은 쥐 때문에 더러운 그릇을 단 일 초라도 감
히 그냥 내버려둘 수 없었다. 쥐와 바퀴벌레에 새와 뱀까지 있다보
니 필립은 마치 동물원 관리자 같은 생활을 했다. 그의 고독을 덜
어주려고 늦은 밤에 쿵쿵거리며 계단을 올라오는 낯선 사람들을
제외하면 쥐와 애완동물들(그런 동물들을 애완동물이라고 불러도
되는 건지는 잘 모르겠다)이 그의 유일한 말동무였다.

뉴욕에서 사 년 반을 사는 동안 필립은 거의 매일 혼자였다. 아
침에 집에서 그리 멀지 않은 하우스턴 스트리트의 애기스 다이너
에 가서 아버지의 신용카드로 근사한 아침식사를 할 때가 가끔 있
었다. 필립이 바에 앉아 커피를 홀짝거리고 숟가락으로 오트밀을

깨작거리다보면 그와 비슷한 또래의 남자가 금발 여자와 함께 아기를 데리고 칸막이 좌석에 앉아 있는 모습이 자주 보였다. 그 세 사람에게는 왠지 필립의 마음을 잡아끄는 데가 있었다. 뉴욕에서 사는 동안 필립은 칸막이 좌석에서 들려오는 그들의 대화를 워낙 많이 들었기 때문에 그들의 삶에 대해 자세히 알게 되었다. 여자는 소설가이고 남자는 여자의 제자였다. 여자는 NYU에서 작문을 가르치고 남자는 노인 센터에서 역시 같은 강의를 했다. 두 사람은 캘리포니아와 키웨스트를 함께 여행했다. 필립처럼 두 사람도 각각 형제나 자매를 잃었다. 두 사람은 이야기를 나누며 웃음을 터뜨리기도 하고 자기들이 쓰고 있는 글에서부터 타로 카드 점을 가장 잘 치는 곳에 이르기까지 온갖 일에 관해 서로에게 조언을 해주었다. 그동안 아기―금발에 연한 파란색 눈을 지닌 아름다운 사내아이―는 제 자리에서 소란을 피웠다. 그러면 이내 두 사람 중 하나가 아기를 안아 식탁 위로 높이 들어올렸다. 아기가 웃음을 터뜨릴 때까지. 필립은 그들을 바라보면서 그들처럼 서로 의지할 수 있는 친구가 있어서 자신을 고독에서 구해주면 좋겠다는 생각을 했다. 그는 자리에서 일어나 그들에게 인사를 건네는 자신의 모습을 수없이 상상했지만 실제로 그렇게 하지는 못했다. 어머니가 로니의 죽음 이후 밖으로 분노를 폭발시키는 후유증을 겪고 있다면 필립의 폭발은 안으로 향했다는 점이 달랐다. 뉴욕의 수많은 사람 중 누구라도 그의 친구가 될 수 있었겠지만 그는 점점 더 고립된 삶 속으로 빠져들어갔다.

필립은 싱크대 밑에서 길을 잃고 떨어져 있던 수세미를 찾아내 냄비와 그릇에 말라붙은 초록색 오물을 닦아내는 역겨운 작업을 시작한다. 어머니가 만든 완두콩 수프 찌꺼기가 어찌나 단단하게 붙어 있는지 마치 선체에 붙은 따개비를 긁어내는 것 같다. 그렇게 그릇을 닦는 동안 한 가지 생각이 떠오른다. 어머니가 그의 메시지를 듣더라도(어머니가 신기술 제품에 그다지 익숙하지 않다는 점을 감안하면 과연 메시지를 들을 수 있을지도 의심스럽다) 그의 말에 따를 리가 없다는 것. 사실 어머니가 그의 말이라면 무조건 어깃장을 놓고 본다는 쪽에 기꺼이 돈을 걸 수도 있을 것 같다. 어머니가 그 뚱뚱한 주먹으로 멜리사네 집 문을 두드리는 모습이 눈에 보이는 듯하다. 어머니는 그 커다란 입을 열어 어젯밤에 그랬던 것처럼 멜리사를 비난할 것이다.

언제가 돼야 만족하실까? 이미 냄비 닦기를 포기한 필립이 수세미를 싱크대 안으로 던져넣으며 생각한다. 어머니는 앞으로 소리를 얼마나 질러대야 화가 다 풀릴까?

필립은 물을 잠그고 잠옷 바지에 손의 물기를 닦은 뒤 다시 전화기로 간다. 이번에는 수화기를 들어 411을 누른다. 저쪽에서 자동 응답 시스템이 돌아가기 시작하자 그는 멍크스 힐 로드에 사는 멜리사 무디의 전화번호를 묻는다. 하지만 래드너에 무디라는 이름으로 등록된 전화번호는 처치 스트리트에 사는 조지프 무디와 마거릿 무디의 것뿐이다. 두 사람이 아마 멜리사의 부모인 모양이다. 필립은 전화를 끊는다. 더러운 주방 한가운데에 그렇게 서 있자니 다시 심한 불안감과 초조감이 엄습한다.

그의 시선이 주방 벽에 걸린 목제 열쇠걸이로 향한다.

로니의 병따개 모양 열쇠고리가 거기에 대롱대롱 매달려 있다. 그리고 거기에 검은색 손잡이가 달린 날씬한 은색 열쇠가 걸려 있다. 필립은 열쇠걸이로 다가가 자그마한 벤츠 로고를 빤히 바라본다. 파이를 셋으로 나눈 모양의 로고가 은색 열쇠에 새겨져 있다. 그 열쇠를 고리에서 빼내기 전에 그는 삼십 초쯤 더 기다리며 전화벨이 울리기를, 어머니의 렉서스가 진입로로 들어오기를 간절히 바란다. 하지만 그 바람이 이루어지지 않자 그는 체념하고 어머니가 자진해서 전화를 걸거나 집으로 돌아오는 일은 없을 거라는 뻔한 사실을 받아들인다. 어머니가 과연 무슨 짓을 저지를지는 하느님만 아실 일이므로 필립은 어머니가 좋아하든 싫어하든 벤츠를 몰고 나가 어머니가 큰일을 저지르기 전에 그리로 가봐야겠다고 결정한다.

그는 고리에서 날씬한 열쇠를 빼내 손바닥에 쥐고 거실로 가서 지갑을 찾기 시작한다. 거기에 그의 운전면허증이 들어 있다. 필립은 뉴욕에 도착한 뒤 첫번째 주를 제외하고는 자동차 운전대를 잡아본 적이 없다. 그는 거리 양편을 오가며 차를 주차시키는 것이 귀찮기 짝이 없는 일이며 시간도 많이 잡아먹는다는 사실을 금방 깨달았다. 뉴욕 시내에서는 사실 자동차가 필요하지 않았기 때문에 그는 차를 없애버리기로 했다. 그래서 올리브 가든에 전화를 걸어 멍청이 월터가 전화를 받자 최선을 다해 위장한 목소리로 구마로를 바꿔달라고 했다. 그리고 구마로에게 이렇게 말했다. "오예, 마리콘. 에스 필립. 코메 에스타스?"

구마로는 웃음을 터뜨렸다. "비엔, 펜데호. 돈데 에스타스? 마이 애미? 라스베이거스?"

"뉴욕."

"아, 이제야 즐거운 인생을 살기로 했구나."

필립은 이 말을 듣고 방 안을 둘러보았다. 도널리 피옵의 먼지 낀 앤티크 가구, 자신이 이 아파트로 이사온 지 이틀째 되던 날 밤에 머피베드 주위에 전략적으로 배치해둔 끈끈이 조각들이 보였다. 즐거운 인생이라. 구마로가 이걸 보면…… 바로 그때 월터가 으르렁거리는 소리가 뒤에서 들려왔다. 필립은 구마로가 통화를 길게 하다가 잔소리를 듣게 만들고 싶지 않았기 때문에 곧장 본론으로 들어가서 혹시 차를 인수하지 않겠느냐고 물었다. "테 구스타리아 테네르 운 아우토 누에보(새 차 갖지 않을래)? 내 스바루 말이야."

"콴테 코스토(가격은)?" 구마로가 물었다.

"나다(없어)."

"나다(없어)?"

"시(응). 너만 좋다면 공짜로 줄게."

"엔 세리오(진짜)?"

"진짜야, 구마로."

며칠 뒤 두 사람은 직접 만나서 자동차를 주고받은 뒤 서류 처리까지 모두 끝냈다. 구마로가 세인트마크 플레이스에서 차를 몰고 기쁜 표정으로 떠났을 때 필립은 펜실베이니아에서 살았던 삶의 흔적을 하나 더 떨쳐버린 기분이었다.

지금 그는 소파베드 위와 주위에 어지럽게 흩어진 자기 물건들을 정리하면서 깁스를 한 다리로 동생의 차를 운전할 수 있을지 걱정한다. 그 답을 알아낼 방법은 하나밖에 없기 때문에 필립은 계속 자기 물건들을 뒤져 마침내 바닥의 검은 가죽구두 한 짝 속에 쑤셔 넣어져 있던 검은 가죽 지갑을 찾아낸다. 그는 거기서 면허증을 꺼낸 다음 잠옷 바지를 벗고 일주일에 한 번씩 컬빌킨 박사에게 진찰을 받으러 갈 때 입는 옷을 입는다. 다리 한쪽을 잘라 깁스가 들어가게 한 청바지와 워낙 커서 발가락 부위까지 줄줄 흘러내리는 모직 양말이다. 필립은 바지 위에 전날 밤에 입었던 터틀넥 스웨터를 입고 손가락으로 머리를 빗은 뒤 방을 나선다. 나가는 길에 그는 벽에 걸린 고물 시계를 흘깃 바라본다. 바늘은 다섯시 삼십분을 가리키고 있다. 실제 시간은 네시쯤인데도 말이다. 이 고장난 시계가 끊임없이 똑딱거리는 소리에 그는 한 달 내내 미칠 것만 같았다. 필립은 마침내 이 시계를 처리하기로 결심하고, 나무와 유리로 된 시계 전면을 연 뒤 안으로 손을 뻗어 자그마한 추를 잡는다. 마치 목을 조르려는 것처럼. 마침내 추가 움직임을 멈춘다.

필립이 떠나고 난 뒤 방 안은 침묵에 잠긴다. 그는 마지막으로 한번 더 화장실에 들를까 생각해본다. 워낙 커피를 많이 마셨기 때문이다. 하지만 그는 그냥 참아보기로 하고 차고로 통하는 문으로 걸어간다. 깁스를 했을 때 가장 큰 문제는 다리를 구부릴 수 없다는 것이다. 그래서 계단을 내려가는 단순한 일이 필립에게는 올림픽 경기가 된다. 운전은 말할 것도 없다. 그래도 그는 좌절하지 않고 어색하게 한 걸음, 한 걸음 내려가서 집 안의 깊숙한 곳에 발을 내디딘다. 여기서부터는 재빨리 움직인다. 그는 까맣게 잊고 있던 로니와 자신의 10단 변속 자전거, 테니스 라켓, 배구공, 낡은 웨버 그릴은 물론 바람 빠진 악어 모양 고무보트까지 어지럽게 흩어져 있는 좁은 복도를 절룩거리며 서둘러 지나간다. 로니와 그는 어렸을 때 마르코 폴로 놀이를 하거나, 아니면 집 뒤 풀장에서 악어 모양 고무보트를 띄워놓고 놀았다.

차고에 도착한 필립은 손으로 벽을 더듬어 스위치를 찾아낸다. 하지만 전구가 나갔는지 스위치를 올려도 불이 들어오지 않는다. 그는 몇 번 더 스위치를 올려보다가 포기한다. 필립은 복도에서 들어오는 불빛에 의지해 차고 안으로 들어가 벤츠를 예쁘게 덮고 있는 캔버스 커버를 바라본다. 어머니가 저 커버를 일부러 사온 게 틀림없다. 차고에는 주차 공간 두 개가 비어 있다. 바닥에 로르샤흐 테스트를 연상시키는 기름얼룩과 찌그러진 페인트통 몇 개, '크리스마스 장식품'이라고 쓰인 상자 하나가 있을 뿐이다.

필립은 차에서 커버를 벗겨 구석으로 던진다. 그는 문에 열쇠를 꽂아넣으면서 어머니가 이걸 잠가둔다는 것 자체가 정말 웃기는 일이라는 생각을 한다. 2층의 로니 방을 잠가두는 것과 마찬가지다. 문이 열리자 그는 목발을 뒷좌석에 넣은 뒤 운전석에 자리를 잡는다. 조금 힘이 들지만 그래도 그는 다리를 움직여 오른다리는 조수석으로 뻗고 왼다리(깁스를 하지 않은 다리)는 가속페달과 브레이크를 밟을 수 있는 위치에 놓는다. 결코 이상적인 자세는 아니지만 그는 멍크스 힐 로드가 그리 멀지 않다고, 어떻게든 운전을 해볼 수밖에 없다고 자신을 타이른다.

선바이저에 붙어 있는 차고 문 리모컨의 버튼을 누르기 전에 필립은 문이 꼭꼭 닫힌 어두운 차고 안에 조금 더 앉아 있는다. 그는 지금 읽고 있는 전기의 한 구절을 생각하고 있다. 가장 마지막 부분이지만 그는 그 부분을 가장 먼저 읽었다. "자살을 두 번이나 시도했으나 실패한 뒤 마흔다섯 살의 나이로 앤 섹스턴은 마침내 자신의 악마에게 무릎을 꿇었다. 그녀는 보드카 한 잔을 따라 들고 블랙 오크 로드 14번지의 자기 집 차고로 들어가서 빨간색 쿠가 자동차의 시동을 걸고, 라디오를 켜고, 배기가스가 자기 목숨을 앗아 가는 동안 라디오를 들었다." 필립은 그런 행동을 그렇게 끝까지 해내려면 어떤 종류의 용기와 어리석음과 불안감이 필요한지 궁금하다. 앤의 시구 몇 개가 머리에 떠오른다.

당연히 기타는 울리지 않아!
뱀들은 결코 알아차리지 못할 거야.
뉴욕은 신경쓰지 않을 거야.

아는 것은 많지만 고리타분한 학자가 어디선가 이 구절을 아주 고상하게 해석하고 있을 것이다. 하지만 필립은 앤이 자신은 천국이 있다고 믿지 않으며 자기가 죽어도 세상은 계속 돌아갈 거라는 뜻으로 이 구절을 썼다고 생각한다. 그도 자신의 죽음과 동생의 죽음을 생각할 때 거의 비슷한 감정을 느낀다. 하지만 내세에 관해서는 자신이 다른 생각을 할 수 있었으면 좋겠다는 생각이 든다. 예전에 그는 무신론자들이 신을 믿지 않는 자신들의 상태를 편안하게 생각할 거라고, 심지어 새치름하게 반항하는 듯한 기분까지 느낄 거라고 생각했다. 하지만 이제 자신도 무신론자가 되고 보니 현실은 자신의 생각과 정반대임을 알게 되었다. 남들이야 어쨌든 필립 자신은 신을 믿고 싶다. 어렸을 때처럼 아무런 의심 없이 온 마음을 다 바치는 믿음을 되찾고 싶은 마음이 간절하다. 하지만 네가 죽었어야 한다던 어머니의 말을 기억 속에 담고 오랫동안 자신의 악마와 싸웠기 때문에, 세상의 잔인함을 수없이 경험하고 수많은 실망을 맛보았기 때문에, 필립은 이미 잃어버린 것을 되찾을 수 없다. 그 잃어버린 것이 바로 믿음이다.

마침내 그는 앤 섹스턴의 전기 마지막 부분과 자기 삶에 관한 생각을 억지로 몰아낸다. 필립은 손을 뻗어 엄지로 리모컨의 버튼을 누른다. 머리 위에서 끈이 달린 자동 장치가 기침 같은 소리를 내더니 나직하게 우르릉거리는 소리가 나기 시작한다. 문이 위로 올라가면서 햇빛이 안으로 쏟아져들어온다. 마치 동이 트는 모습을 저속으로 촬영한 것처럼 서서히 주위가 밝아지다가 차고 전체가 빛으로 가득 찬다.

그는 시동을 걸고 기어를 후진으로 넣은 뒤 진입로로 나간다. 그는 차를 몰아 도로로 들어서면서 자꾸만 앉은 자세를 바꿔 왼발로 페달을 조작하는 데 익숙해지려고 애쓴다. 마치 평소에 쓰지 않던 손으로 글씨를 쓰는 것과 같다. 모퉁이에서 처음으로 정지 신호등과 마주칠 때까지는 비교적 매끄럽게 차가 굴러간다. 필립은 정지 신호를 보고 브레이크를 밟는다. 하지만 생각보다 훨씬 더 힘이 들어가는 바람에 벤츠가 덜컹거리더니 급정거한다. 그의 몸이 핸들을 향해 휙 쏠렸다가 다시 등받이에 쾅 부딪힌다. 그는 보는 사람이 없는지 주위를 둘러본다. 이 동네의 커다란 주택들 앞에 펼쳐진 잔디밭과 인도에는 여느 때처럼 인적이 없다. 순간적으로 그는 이대로 차를 돌려 집으로 갈까 생각한다. 가서 커피를 또 한 주전자 끓인 뒤 텔레비전을 켜고, 읽던 책의 첫 장을 펼치는 것이다. 그 책에서 아직 읽지 않은 부분은 사실상 첫머리밖에 없으니까. 하지만 이미 여기까지 왔는데 돌아갈 수는 없다. 게다가 어머니가 지금 이 순간 멜리사에게 특유의 독설을 마구 퍼붓고 있을 가능성이 있다. 그래서 필립은 아무리 서투르고 힘들어도 다시 가속페달을 밟으며 앞으로 나아간다.

제한속도보다 한참 느린 속도로 시내를 가로지르는 동안 손에 쥔 핸들이 너무 크게 느껴진다. 타이어도 살짝 흔들리는 것 같다. 이 벤츠는 겨우 79년식 모델인데도 마치 고대 유물 같다. 어머니의 렉서스와 비교하면 특히 더 그렇다. 지난 사 주 동안 필립은 어머니의 차를 많이 타보았다. 그가 컬빌킨 박사에게 진찰을 받으러 갈 때 어머니가 마지못해 그를 태워주었기 때문이다. 하지만 어머니는 컬빌킨이라는 이름이 안락사를 도운 그 의사와 비슷하다는 이유로 그가 마음에 안 든다는 이야기를 지겹도록 반복하곤 했다.

맷슨 포드와 엉크먼 애비뉴가 만나는 교차로에서도 필립은 또다시 너무 세게 브레이크를 밟는 실수를 저지른다. 차가 다시 덜컹거리며 급정거를 하고, 필립은 핸들을 향해 날아갔다가 의자 등받이에 부딪힌 뒤 안전벨트를 매기로 한다. 안전벨트를 매면서 필립은 뒤차 운전자가 충격을 받지는 않았는지, 아니면 자신에게 손가락 욕을 하고 있지는 않은지 백미러로 확인한다. 그때 경찰차가 눈에 들어온다. 경찰차는 자동차 두 대를 사이에 두고 서 있다. 스테이션왜건과 미니 승합차 뒤에.

"제길." 그가 마셔댄 커피가 죄다 위장 속에서 출렁거리는 것 같다.

신호등이 초록색으로 바뀐다. 가장 가까운 길로 가려면 여기서 오른쪽의 엉크먼으로 꺾어야 한다. 하지만 경찰차 때문에 불안해진 그는 우회전을 하다가 실수를 저지를까봐 그냥 직진한다. 그런데 이게 실수였다. 스테이션왜건과 미니 승합차가 재빨리 차선을 벗어나 앞서거니 뒤서거니 사라져버리자 경찰차가 필립의 바로 뒤로 따라붙는다. 필립은 계속 앞만 바라보며 멜리사의 집으로 가는 가까운 길을 모두 그냥 지나친다. 그는 맷슨 포드와 킹 오브 프러시아 로드가 만나는 교차로에 다다랐을 때에야 비로소 용기를 내서 깜박이를 켜고 가능한 한 부드럽게 브레이크를 밟는다. 그런데 너무 세게 밟지 않으려고 조심한 나머지 너무 빠른 속도로 우회전을 하고 만다. 경찰차도 그를 따라 방향을 꺾는다.

"제길."

경고등도 켜지지 않고 차를 세우라는 신호도 없기 때문에 필립은 계속 차를 몬다. 그는 블래츠 팜 힐로 들어서서 이 구불구불한 도로의 비탈길과 커브길 들을 무사히 지나가려고 최선을 다한다. 동생이 사고를 당했던 지점에 이르렀는데도 필립은 그 나무 그루터기가 아직 있는지, 아니면 시 당국이 마침내 그루터기를 뽑아 없애버렸는지 확인하려고 창밖을 볼 생각은 하지도 않는다. 그는 계속 앞만 바라본다. 멍크스 힐 로드에 도착하니 멜리사의 코롤라가 저 앞에 주차되어 있는 것이 보인다. 어머니의 렉서스는 어디에도 보이지 않는다. 유일한 진입로에 빨간 트럭이 이미 주차되어 있기 때문에 필립은 깜박이를 켜고 차선을 바꿔 멜리사의 자동차 뒤에 차를 세운다. 경찰차가 이대로 지나가줬으면 좋겠다는 생각을 하면서. 하지만 그런 행운은 그의 몫이 아니다. 경광등이 번쩍이기 시작하더니 경찰차가 그의 차 바로 뒤에서 멈춰선다.

"제길." 필립은 세번째로 같은 말을 한다.

필립은 경찰관이 차에서 내려 자기 차 창문으로 다가오기를 기다리며 숨을 내쉬고 멜리사의 자그마한 집을 바라본다. 문에 32라는 번지수가 붙어 있다. 그녀의 집 옆에는 그보다 아주 조금 더 큰 집이 있다. 그리고 그 뒤의 숲 가장자리에서 집 한 채가 또 눈에 들어온다. 이 세 채의 집을 보니 아주 오래전 할아버지 할머니와 함께 케이프 코드로 여행을 갔을 때 보았던 길가의 통나무집 모텔들이 생각난다. 그와 로니는 펜션 대신 그 통나무집에서 자고 싶다고 통사정을 했지만 할머니는 통나무집이 너무 우울하다고 주장했다. 그때 그와 로니는 할머니의 말을 이해하지 못했다. 하지만 지금은 이해가 간다. 필립이 사이드미러를 보니 경찰관이 다가오는 것이 보인다. 비행사들이 쓰는 선글라스를 쓴 땅딸막한 흑인 여자다. 그는 창문을 내리고 고개를 돌려 그녀의 부풀어오른 배에 눈을 맞춘다. 경찰관이 그의 창문 옆에 다다른다. 필립은 그녀가 임신중임을 깨닫는다.

"제가 뭘 잘못했나요, 경관님?" 그가 최대한 순진한 목소리로 묻는다.

경찰관은 선글라스를 코끝까지 내리고 긴 목을 한쪽으로 기울여 뒷좌석에 놓인 그의 목발을 본다. 그러고는 몸을 앞으로 숙여 조수석 바닥 쪽으로 쭉 뻗은 그의 부러진 다리를 본다. "면허증과 등록증 좀 보여주시죠."

필립은 그녀에게 즉시 면허증을 건넨다. 하지만 등록증이 있는 대시보드 서랍을 열려면 몸을 심하게 쭉 늘여야 한다. 그는 간신히 손을 뻗어 서랍에서 봉투를 꺼내 그 안에 들어 있는 서류들을 뒤적인다. "어떤 게 등록증인지 잘 모르겠는데요." 그가 말한다.

"노란 거예요." 경찰관이 퉁명스럽고 사무적인 어조로 말한다.

필립은 그녀에게 서류를 건네준다. 그녀가 서류를 보는 동안 필립은 또 순진하고 착한 목소리로 말한다. "〈파고〉랑 똑같네요."

경찰관이 선글라스 위쪽으로 그를 바라본다. "뭐라고요?"

"임신하셨잖아요. 임신한 경찰관이 나오는 그 영화랑 똑같아요. 오늘 아침에 케이블 채널에서 그 영화를 방송하기에 조금 봤거든요."

경찰관의 갈색 눈동자가 필립에게 고정된 채 한참 동안 움직이지 않는다. 마침내 경찰관이 말한다. "지금 문제가 여러 가지입니다, 선생님. 첫째, 제가 맷슨 포드에서 선생님의 차를 처음 본 뒤로 선생님은 줄곧 들쑥날쑥하게 운전을 했습니다. 둘째, 선생님의 면허증은 이미 이 년 전에 기한이 만료되었습니다. 셋째, 이것이 아마 가장 큰 문제인 것 같은데, 저는 임신하지 않았습니다."

필립의 시선이 다시 그녀의 배로 향한다. "제길." 그가 오늘 이 말을 하는 것은 이번이 마지막이다.

"그렇습니다. 자, 몸이 그런 상태라면 침대에서 요양을 하고 계셔야 할 것 같은데 굳이 차를 몰고 나선 이유가 뭔지 말씀해주시겠습니까?"

정말이지 염치없는 짓이라는 건 잘 알지만 필립은 곤경에서 빠져나오기 위한 최후의 수단으로 동정심에 호소하는 방법을 쓰기로 한다. "정말 죄송합니다. 이건 제 동생이 옛날에 몰던 차예요. 동생은 오 년쯤 전에 블래츠 팜 힐에서 교통사고를 당해 죽었어요." 필립은 경찰관이 그 사고를 기억하는지, 아니면 표정이 조금이라도 부드러워지는지 눈치를 살피지만 경찰관의 표정은 여전히 차갑고 무표정하다. 필립은 계속 말한다. "저는 뉴욕에서 살다가 4층 비상계단에서 떨어져 다치는 바람에 몇 년 만에 처음으로 집에 돌아왔어요." 경찰관은 여전히 아무 반응이 없다. "어쨌든, 아마 동생이 그리웠던 모양입니다. 이 차에 다시 타보면 동생을 더 가까이 느낄 수 있을 것 같았어요.”

“진입로에 그냥 차를 세워놓고 앉아 있는 걸로는 동생과 가까워지지 않던가요?”

필립은 할말이 없다. 동정심에 호소하는 작전이 이 경찰관에게는 통하지 않는 것 같아서 그는 이렇게 대답한다. “안 가까워지던데요.”

“그럼 지금은 왜 차를 세웠습니까?”

그는 통나무집 모텔처럼 생긴 멜리사의 집과 근처에 모여 있는 다른 집 두 채를 흘깃 바라보고는 다시 경찰관의 엄격한 얼굴로 시선을 돌린다. “제 동생의 옛날 여자친구가 여기 살아요. 동생이랑 같이 사고를 당했던 아이인데, 그애를 볼까 하고 들른 거예요.”

경찰관은 고개를 들어 눈을 가늘게 뜨고 세 채의 집을 바라본다. 필립은 자기도 모르게 그녀의 커다란 배를 훔쳐보며 저걸 보고 임신했다고 말하다니, 어쩌다 그런 멍청한 실수를 했는지 모르겠다고 생각한다. 그때 경찰관이 묻는다. “여기는 빌 어윈의 집 아닙니까?”

“누구요?”

“빌 어윈이요.”

“아닌 것 같은데요.”

경찰관은 눈을 가늘게 뜨고 다시 오두막들을 바라보며 아무 말이 없다.

“그 사람이 저기 두 채 중 한 곳에 산다면 또 모르죠.” 필립이 말을 덧붙인다.

　그는 경찰관이 다시 자신에게 시선을 돌릴 거라고 생각하지만 경찰관은 여전히 다 쓰러져가는 오두막들만 바라본다. 오두막들은 여기 래드너의 다른 집들과는 너무나 다른 모습이다. 마침내 경찰관이 오두막에서 시선을 돌려 다시 필립을 바라본다. "선생님이 이런 식으로 운전하는 걸 못 본 척할 수는 없습니다. 선생님이 만나러 오셨다는 그분이 나중에 선생님을 집까지 태워다줄 수 있을까요?"

　"예, 당연하죠."

　"대답이 정말 빨리 나오는군요. 선생님의 말씀이 사실이기를 바랄 뿐입니다. 선생님이 다시 운전하는 걸 제가 또 보게 되면, 그때는 이렇게 친절을 베풀지 않을 겁니다."

　필립은 지금도 경찰관이 '친절'한 건지 잘 모르겠다. "약속합니다." 그가 말한다. 속으로는 어머니의 차가 여기 없으니, 어머니가 도대체 어디로 갔는지 모르겠다는 생각을 하고 있다. "반드시 태워다달라고 할게요."

　경찰관이 면허증과 등록증을 내밀자 그는 창문 사이로 손을 내밀어 그것을 받으려 한다. 하지만 경찰관은 금방 손을 놓으려 하지 않는다. 그가 시선을 들자 경찰관은 그의 눈을 똑바로 바라보며 이렇게 말한다. "두 가지 충고를 해드리죠, 체이스 씨. 첫째, 면허증을 갱신하십시오. 둘째, 앞으로 죽을 때까지 여자에게 임신했느냐고 묻거나 임신했다고 암시하는 말은 절대 하지 마세요. 여자가 한창 아이를 낳는 중이라 아기의 머리가 다리 사이로 보이더라도 절.대. 그런 말을 하면 안 됩니다. 아시겠습니까?"

　"예."

"됐습니다."

이 말과 함께 경찰관은 면허증과 등록증을 잡고 있던 손을 놓고 자기 차로 돌아간다. 필립은 노란색 서류를 다시 봉투에 넣어 조수석에 던진다. 그는 경찰관이 차를 몰고 떠날 때까지 기다렸다가 움직일 생각이지만 경찰관은 차 안에서 한동안 뭔가를 한다. 차 지붕에서는 경광등이 계속 번쩍이는데, 경찰관은 뭔가 서류 작업을 하는 모양이다. 필립은 다시 오두막들을 흘깃 바라보다가 멜리사도 옆집 사람들도 나와보지 않았다는 사실을 깨닫고 깜짝 놀란다. 마침내 경찰관이 경광등을 끄고 도로 아래쪽으로 사라진다. 필립은 경찰관을 향해 사람 좋게 손을 흔들어 인사하지만 경찰관은 마주 손을 흔들어주지 않는다.

경찰차가 시야 밖으로 사라지자 필립은 터틀넥 스웨터의 목 부위를 손으로 쓸면서 옷 안쪽의 상처를 만진다. 컬빌킨 박사는 필립에게 밤에는 상처가 숨을 쉬게 붕대를 풀었다가 아침마다 다시 붕대를 매주라고 지시했다. 하지만 필립은 연고니 거즈니 반창고니 하는 것들에 진력이 나서 오늘은 붕대를 매지 않았다. 그는 이제부터 어떻게 해야 할지 생각하는 데 집중하기 위해 경찰관과 있었던 일을 머릿속에서 몰아내려고 한다. 어머니가 여기 있지 않다면 굳이 멜리사의 집 문을 두드릴 생각은 없다. 그렇다고 차를 몰고 집으로 돌아갈 수도 없다. 모퉁이를 돌 때마다 그 배불뚝이 경찰관이 기다리고 있을 가능성이 높기 때문이다. 그는 휴대전화를 꺼내 다시 어머니에게 전화를 건다. 곧장 음성 사서함이 나온다. 그는 집에도 전화를 걸어본다. 자동응답기가 돌아간다. 달리 대안이 없는 것 같아서 필립은 결국 멜리사의 집 문을 두드리기로 한다. 누가 알겠는가? 혹시 멜리사한테서 어머니가 이미 왔다 갔다는 말을 듣게 될 수도 있다. 어머니가 전화한 지 거의 한 시간이 다 되어가니까 가능한 일이다. 게다가 그가 길을 이리저리 돌아서 왔기 때문에 오는 도중에 길에서 어머니와 마주치지 못한 것도 이상한 일이 아니다.

차에서 내리니 나무를 태우는 냄새가 난다. 숲에서는 꺽꺽거리는 소리가 난다. 필립이 미끄러지지 않게 단단히 땅을 딛고 서서 고개를 들어보니 커다란 검은 새 한 떼가 머리 위의 앙상한 가지에 앉아 있다. 뉴욕에서 몇 년 동안 그 고약한 구관조의 새장을 청소하면서 필립은 무려 여섯 번이나 얼굴을 쪼였다. 그러니 도널리의 충고처럼 자신의 두려움과 직면해서 이기는 건 가망 없는 일이었다. 처음에 필립이 갖고 있던 증세가 새에 대한 가벼운 두려움 정도였다면, 구관조에게 여섯 번이나 쪼인 뒤로는 새가 조금만 가까이 와도 공포에 질리는 수준이 되었다. 이번에도 예외는 아니다.

필립은 나무에 앉아 있는 그 악마들에게서 시선을 돌려 뒷좌석에 놓아둔 목발을 꺼낸다. 그리고 미끄러지지 않게 조심하면서 삽으로 눈을 치워둔 길을 따라 최대한 빠르게 움직인다. 시멘트로 된 현관 앞 계단에 다다른 그는 금속으로 된 덧문을 두드리고는 멜리사가 문을 열어주기를 기다린다. 새들은 이제 꺽꺽거리지 않는다. 어디서 나는 건지 정체를 알 수 없는 탁탁 소리만 빼면 마당은 조용하다. 필립은 옆집을 빤히 바라본다. 거리가 겨우 십 미터에서 십오 미터 사이에 불과하다. 앞문에는 조각보처럼 천을 이어 붙인 다음 솔방울과 리본을 단 장식이 걸려 있고, 그 위에는 '어서 오세요'라는 말이 써 있다. 하지만 집 자체는 결코 손님을 반겨줄 것 같은 분위기가 아니다. 커튼은 전부 닫혀 있고 사람이 사는 흔적이라고는 돌로 된 굴뚝에서 피어오르는 하얀 연기뿐이다. 필립은 숲 가장자리에 있는 세번째 집을 더 자세히 바라본다. 지붕이 너무 많이 내려앉아서 지금 당장 눈 무게 때문에 무너져내린다 해도 전혀 놀랍지 않을 것 같다. 창문이란 창문은 모두 비닐로 덮여 있는데, 그 비닐이 바람에 날려 바스락거린다. 그는 탁탁거리는 소리가 바로 거기서 난다는 것을 깨닫는다.

멜리사의 집 안에서는 아무 소리도 들리지 않는다. 필립은 다시 문을 두드린다. 아까보다 세게. 그는 일 분만 더 기다려보다가 멜리사가 안 나오면 옆집으로 가서 혹시 지난 한 시간 동안 초록색 렉서스를 몰고 온 사람이 있었느냐고 물어보기로 한다. 그런데 그때 문 뒤에서 발소리와 마룻바닥이 삐걱거리는 소리가 들린다. 멜리사의 목소리가 작게 들려온다. "잠깐만요."

잠시 후 그녀가 문을 연다. 필립은 덧문의 얼룩진 유리창을 통해 그녀의 흉터투성이 얼굴과 길고 떡진 머리를 바라본다. 그녀는 구김이 심하고 펑퍼짐한 흰색 셔츠를 입었고, 귀에 걸고 있던 고리 모양 귀걸이와 은색 징을 빼서 귓불에는 자그마한 구멍들만 남아 있다. 울고 있었는지 눈이 빨갛다. 그가 인사도 하기 전에 멜리사가 말한다. "오빠가 올 줄 알았어요. 오빠가 생각을 바꿀 줄 알았어요."

그는 생각이 바뀐 게 아니라고 말하려다가 그녀가 입을 꼭 다문 채 묘한 미소를 짓고 있는 걸 보고 자신이 그런 말을 하면 그녀가 어떤 반응을 보일지 깨닫는다. 사실 그는 지금 너무 피곤해서 그런 이야기를 할 기력이 없다. 그래서 그는 그녀가 믿고 싶은 대로 믿게 내버려두기로 하고는 그녀의 말을 무시하고 이렇게 묻는다. "미시, 혹시 우리 어머니가 여기 오시지 않았어?"

멜리사는 대답하려고 입을 벌리다가 그의 뒤쪽에서 뭘 봤는지 그곳에 정신이 팔린다. 그녀의 시선이 그의 어깨 너머로 옮겨간다. 필립도 고개를 돌린다. 어머니의 렉서스가 보일 줄 알았지만 마당에는 아무것도 없다. 나무에서 두 사람을 지켜보는 새들뿐이다.

"로니의 차를 몰고 왔네요." 그녀가 말한다. 갈망이 잔뜩 묻어 있는 목소리다. 어젯밤 그녀가 그 차에 대해 물어볼 때와 똑같다.

필립은 그녀에게 고개를 돌려 고개를 끄덕인다. 하지만 멜리사의 시선은 낡은 크림색 벤츠에 고정되어 있다. "우린 원래 리무진 대신 저 차를 몰고 졸업 무도회에 갈 생각이었어요."

"알아." 필립이 말한다. "어제 네가 말했잖아."

멜리사는 거리를 바라보던 시선을 돌려 다시 그를 응시한다. "그랬어요? 아, 맞아, 그랬지. 자다가 일어나서 정신이 없어요. 오늘 힘든 일도 있었고요. 안으로 들어오실래요?"

필립은 여전히 대안이 없기 때문에 그녀의 춥고 어둡고 좁은 집에 발을 들여놓는다. 집 안의 차가운 공기에서는 굴뚝 연기 냄새보다 퀴퀴한 담배 연기 냄새가 더 강하게 난다. 그녀의 차에서 나는 냄새와 똑같다. 그녀가 임신한 몸으로 담배를 뻑뻑 피워대는 상상을 하니 어젯밤에 그녀가 떠난 뒤로 필립이 느끼고 있던 동정심이 모두 사라져버린다. 대신 의심과 걱정이 다시 자리를 잡는다. 분명한 혐오감과 함께.

"좀 앉으세요." 멜리사가 다 해진 소파 위의 푹 꺼진 쿠션들을 정리하며 말한다. 여전히 입을 꼭 다물고 그 으스스한 미소를 짓고 있다.

필립은 마지못해 목발을 한쪽에 놓고 소파에 앉아 팔짱을 낀다. 그녀가 그를 반가워하는 모습이 자꾸만 신경에 거슬린다. 자신이 생각을 바꾼 게 아니라는 사실을 지금 당장 말해줘야 할 것 같다. 어머니가 오셨는지 다시 물어보고 이번에는 멜리사에게서 분명히 답을 들어야 한다는 생각이 든다. 하지만 어두운 방 안에 눈이 적응되어서 주위 풍경이 자세히 보이기 시작하자 필립은 너무 놀라 말문이 막힌다. 그의 앞에 놓인 커피 탁자에는 신문들이 지저분하게 쌓여 있다. 적어도 이십 부는 되는 것 같은데, 모두 동생이 죽은 다음 날 신문으로 찌그러진 리무진 사진이 1면에 실려 있다. 벽난로 위에는 로니의 사진들이 있다. 그중 두 장은 그녀가 자동차 대시보드에 테이프로 붙여놓은 것과 똑같다. 필립은 책꽂이로 시선을 옮겨 책의 제목들을 훑어본다. 『내세에서 온 방문객』『피안으로 갔다가 돌아오기』『저 너머에서 찾아온 축복』『세상을 떠난 사랑하는 사람과의 대화』『망자들은 항상 지켜보고 있다』『망자들의 언어』『4차원으로 넘어가기』. 이런 제목들이 헤아릴 수도 없이 많다. 종류가 다른 책 제목은 딱 하나뿐이다. 『임신 안내서 A에서 Z까지』.

멜리사는 저 책에서 담배 연기가 태아에게 얼마나 해로운지 설명한 부분부터 찾아 읽어야 할 것 같다.

"필립 오빠." 멜리사가 말한다. "방금 제 말 들었어요?"

"응? 뭐라고?"

"마실 것을 좀 드릴까요 하고 물었는데요."

그의 시선이 그녀를 지나 간이주방 바닥에 줄지어 늘어선 빈 술병들을 향한다. 앤 제정신이 아냐. 필립은 생각한다. 제정신이 아니라는 말 외에 달리 무엇으로 이걸 설명하겠어?

멜리사는 그의 생각을 눈치챘는지 이렇게 말한다. "저 병들은 진짜 오래된 거예요. 지금은 보시다시피 아기 때문에 술을 전혀 안 마셔요."

"그래?" 필립은 혼란스럽기 그지없다.

"드릴 게 크랜베리 주스랑 물밖에 없어요."

그는 물이 좋겠다고 말하면서 속으로 빨리 어머니에 대해 물어보라고 자신을 채근한다. 하지만 속이 메스꺼워지면서 토할 것 같다. 열 잔이나 되는 커피가 뱃속에서 출렁거리고 있을 뿐만 아니라 동생의 추억에 바쳐진 신전 같은 이 방과 불쑥 맞닥뜨렸기 때문이기도 하다. 오줌도 마렵다. "화장실 좀 써도 돼?"

멜리사는 짧은 복도 끝에 닫혀 있는 하얀 문을 흘긋 바라본다. "당연하죠. 그런데 저랑 고양이 말고는 저길 쓰는 사람이 없어서 좀 지저분해요."

"괜찮아." 필립은 이렇게 말하고서 억지로 미소를 짓는다. "우리 집 주방이 어떤지 어젯밤에 봤잖아."

그는 목발을 짚고 일어서서 복도를 따라 천천히 걷는다. 어디선가 느닷없이 고양이가 나타나 소파 뒤를 달린다. 필립은 손바닥만 한 화장실 안에 들어간 뒤 깊이 숨을 내쉬며 청바지 지퍼를 내린다. 변기 앞에 서서 곰팡이가 핀 샤워 커튼과 바닥에 놓인 더러운 고양이 화장실 상자를 둘러보니 어쩌다 이렇게 됐는지 모르겠다는 생각이 든다. 아주 정상적으로 보이던 여자아이가 어쩌다 이렇게 망가져서 죽은 남자친구의 추억에 둘러싸여 자기 몸속에서 자라고 있는 아기를 그의 아기라고 믿으며 이런 으스스한 집에 살게 된

걸까?

그때의 교통사고가 끔찍했던 건 사실이다.

멜리사는 분명히 로니를 사랑했던 것 같다.

하지만 그건 거의 오 년 전 일이다. 오 년이라면 대부분의 사람이 과거를 잊고 앞으로 나아갈 수 있을 만큼 긴 세월이다.

필립은 오줌을 다 눌 때까지 전혀 답을 찾아내지 못한다. 그는 변기의 물을 내리고 지퍼를 잠근 뒤 손을 씻으려고 돌아선다. 그때 서둘러 볼일을 보느라고 아까 미처 보지 못한 것이 눈에 들어온다. 거기, 화장실 문 뒤에 멜리사가 졸업 무도회 때 입었던 드레스가 걸려 있다. 뜯어진 소매. 갈기갈기 찢어진 레이스. 누렇게 변한 천 위에서 탁한 검은색으로 말라붙은 핏자국. 그걸 보니 유령이 눈앞에서 서서히 몸을 일으키는 것 같아서 필립은 또다시 입을 쩍 벌린다. 뱃속이 뒤틀리다 못해 매듭처럼 단단히 뭉쳐서 풀어질 생각을 안 한다. 그는 문을 세게 잡아당겨 열고 절룩거리며 복도를 지나 미시에게로 간다. 미시는 소파에 앉아 있다. 커피 탁자 위에는 물 두 잔이 있고 그녀 옆에는 검은색과 흰색이 섞인 고양이가 있다. 그녀는 고양이의 두 귀 사이에서 V자 무늬를 그리고 있는 털을 점박이 무늬가 있는 꼬리까지 손으로 빗어내린다. 그리고 손가락 사이로 비어져나온 빠진 털들을 털어낸다.

필립은 당장 여기서 나가야겠다고 생각한다. 도로에서 경찰이 그를 기다리고 있든 말든 여길 떠나야 한다. 당장. 더이상 이런 광기를 참을 수가 없다. 하지만 결국 그는 자신의 머리가 해준 충고를 따르지 못한다. 당혹감, 혐오감, 혼란에 사로잡힌 채 필립은 입을 열어 멜리사에게 잔소리를 한다. 어머니가 잔소리를 할까

봐 그걸 막으려고 여기까지 온 건데. 처음에는 단어들이 덩어리처럼 뭉쳐서 두서없이 흘러나온다. "문 뒤에 걸린 드레스…… 저 책들…… 신문은 또 왜 이렇게 많고." 필립은 말을 멈추고 손을 뺨에 댄 채 생각을 정리한 뒤 다시 잔소리를 시작한다. "멜리사, 내가 어젯밤에 얘기한 게 바로 이거야. 넌 지금 뭔가가 잘못돼도 단단히 잘못돼 있어."

미시는 고양이를 빗어내리던 손을 멈춘다. 방금 빠져나온 털이 그녀 주위의 허공에 흩날린다. 그녀가 처음 문을 열고 필립을 보았을 때부터 짓고 있던, 입술을 꼭 다문 미소가 서서히 사라진다.

"미안해, 멜리사. 하지만 달리 표현할 길이 없어. 넌 지금 심각한 상태야. 내 동생한테서 헤어나오지를 못하는 것 같다고. 네가 그 아기를 임신한 걸 아무리 기적으로 생각한다 해도, 걔는 죽었어. 로니는 죽었어. 이미 이 세상에 없는 사람을 그리워하고, 그 사람한테 집착하는 짓은 그만둬. 걔가 아직 살아 있다 해도, 사실 고등학교 때 사귀던 애들은 대개 오래 못 가. 그러니까 너희 둘도 아마 지금은 남남이 되어 있을 거야."

말이 계속 흘러나온다. 필립 본인은 깨닫지 못하지만 다급한 심정 때문에 언성이 점점 높아져서 나중에는 아예 고함을 지르게 된다. 고양이가 소파에서 뛰어내려 서둘러 복도 저쪽으로 간다. 멜리사는 기도하듯이 배 위에서 양손을 굳게 맞잡고 있다. 그녀가 필립의 말을 끊은 건 딱 두 번뿐이다. 첫번째는 필립이 담배를 피우면 안 된다고 했을 때다. 멜리사는 임신했다는 사실을 안 날부터 담배를 한 번도 피운 적이 없다고 말한다. 두번째는 필립이 바닥에 놓인 술병들을 가리켰을 때다. 멜리사는 아주 오래된 병들이라고 다시 한번 주장한다. 하지만 필립은 멜리사의 말을 무시한다. 그는 계속 두서없이 떠들다가 마침내 화장실 문 뒤에 드레스가 걸려 있다는, 그 끔찍하고 부정할 수 없는 사실을 다시 꺼낸다.

"도대체 왜 그런 걸 주위에 놔두고 매일 보는 거야? 난 정말 이해를 못하겠다, 멜리사. 왜 그래?"

그의 말이 끝난 뒤 멜리사는 어젯밤에 어머니가 고함을 질렀을 때와 달리 눈물을 터뜨리지 않는다. 사실 그녀는 더이상 한마디도 하지 않는다. 여전히 그녀는 기도하듯 언덕처럼 불룩 솟은 배 위에서 손을 맞잡고 소파 위에서 앞뒤로 부드럽게 몸을 흔든다. 그녀의 뒤쪽 커튼 틈새로 이웃집과 연기가 솟아오르는 석조 굴뚝이 보인다.

"대답해봐." 필립이 말한다.

멜리사가 흉터투성이인 얼굴로 무표정하게 그를 바라본다. 그리고 아무 말도 하지 않는다.

"대답해봐." 필립이 다시 말한다.

마침내 그녀가 입을 연다. 그리고 확신과 분노에 찬 목소리로 이렇게 말한다. "난 미치지 않았어요. 오빠는 생각하고 싶은 대로 생각해요. 하지만 난 내 몸에 무슨 일이 일어난 건지 알아요. 안다고요. 내가 내 생각을 오빠한테 반드시 설명할 필요는 없어요. 내가 어떤 일을 겪었는지 오빠는 아무것도 모르잖아요."

"멜리사, 그건 우리가 다 같이 겪은 일이야. 네가 로니랑 같이 사고를 당한 건 사실이지만, 우리 모두 그날 밤에 로니를 잃었어."

"사고 얘기가 아니에요!" 그녀가 고함을 지른다. "그뒤로 여름에 일어났던 일을 말하는 거라고요!"

"무슨 소리야?" 필립이 말한다. "무슨 일이 있었는데?"

"가서 오빠 아버지한테 물어보지그러세요? 아니면 우리 아버지를 찾아가서 물어보든가."

필립이 그게 무슨 소리냐고 막 물으려는데 누가 무겁게 문을 두드리는 소리가 들린다. 어머니다. 필립은 생각한다. 어머니가 나타난 게 이렇게 반가웠던 적이 언제인지 기억도 나지 않는다. 하지만 멜리사가 소파에서 일어나 문을 열었을 때 보니 그 사람은 어머니가 아니다. 키 큰 벌목꾼처럼 생긴 남자가 색 바랜 모자를 쓰고 집 안으로 들어온다. 셔츠 소매는 둘둘 말아올렸고, 털이 무성한 두꺼운 손목에서는 타이멕스 금장 시계가 똑딱거린다.

"고함 소리가 들려서." 그가 자갈이 굴러가는 것 같은 목소리로 이렇게 말하며 멜리사와 필립을 차례로 바라보고는 다시 멜리사에게 시선을 돌린다. "무슨 일 있는 거야?"

"아무 일도 없어요, 어윈 아저씨. 고맙습니다."

필립은 경찰관이 한데 몰려 있는 집 세 채를 바라보며 던진 질문을 떠올린다. '여기는 빌 어윈의 집 아닙니까?' 그는 남자의 얼굴을 유심히 살핀다. 어찌나 초췌하고 세월에 찌들었는지 그의 얼굴에도 흉터가 있는 것 같다. 그의 몸집을 보니 필립은 난쟁이가 된 것 같다. 고등학교 때 제드 쿠섬이 복도에서 그를 구석으로 몰아넣었을 때도 같은 기분이었다. 도널리 피욤의 아파트에서 보낸 마지막 날 밤 문을 열었다가 키 큰 근육질 남자가 서 있는 것을 보았을 때도 역시 같은 기분이었다.

"조금 전에 경찰관들이 불러세운 친구로군." 빌이 말한다.

"경찰관이라니요?" 멜리사가 말한다. "무슨 경찰관이요?"

밖을 내다본 사람이 없는 건 아니었군. 필립은 생각한다. "경찰관은 한 명이었어. 중요한 일도 아니었고. 별일 아니야."

하지만 빌 어윈은 물러나려 하지 않는다. "왜 자네를 불러세운 건데?"

"이유가 뭐냐면……" 필립은 경찰관이 다른 사람한테 집까지 태워다달라고 부탁하라고 지시했다는 말을 하려다가 그만둔다. 이 남자가 태워다주겠다고 나서는 게 싫기 때문이다. 필립은 이 남자가 왠지 마음에 들지 않는다. 그 이유가 정확히 무엇인지 알아내려고 애쓰다가 그는 남자의 셔츠 앞주머니가 직사각형으로 불룩 튀어나와 있는 것을 본다. 다 해진 셔츠가 팽팽하게 당겨져 있다. "과속을 했어요. 그래서 경찰관이 경고한 거예요. 그뿐이에요."

대답이 만족스러웠는지 남자는 한층 누그러진 목소리로 말한다. "운전할 때는 항상 조심해야지."

그러고 나서 남자는 다시 멜리사에게 정말로 아무 일도 없느냐고 묻는다. 그녀가 아무 일도 없다고 말하자 남자는 필립에게 인사도 없이 그대로 돌아선다. 멜리사가 문을 닫은 뒤 필립은 소파 옆의 창가로 다가가 커튼을 젖힌다. 하늘이 점점 어두워지고 있다. 잔디밭을 가로질러 걸어가는 빌 어윈의 모습은 거의 실루엣만 보인다. 그가 자기 집 문 앞에서 걸음을 멈추고 셔츠 주머니에서 담배를 꺼내 불을 붙인다. 그는 담배를 깊이 한 모금 빨아들이고는 깔개 위에서 부츠를 신은 발을 몇 번 구르고 안으로 들어간다.

필립은 계속 밖을 지켜보지만 당연히 빌의 모습은 보이지 않는다. 그가 문을 닫고 게일과 함께 사는 집의 거실로 들어갔기 때문이다. 빌이 지하실 문 옆의 깔개 위에 서서 담배를 들고 안절부절 못하며 지하실에서 게일이 신음하는 소리에 귀를 기울이는 모습도 필립에게는 보이지 않는다. 빌은 어찌어찌 게일의 출혈을 멈추는 데 성공했다. 그리고 게일은 무슨 기적 덕분인지 아직 살아 있다. 빌에게는 고마운 일이지만 이제 어떻게 해야 할지 모르겠다. 만약 그녀를 병원으로 데려간다면 그녀는 자기가 어쩌다가 다치게 됐는지 아무나 붙들고 말해버릴 것이다. 그리고 결국은 멜리사와 알약에 대해서도 털어놓을 것이고, 그러면 경찰은 오래전 도나 펠먼이 했던 이야기가 사실이라고 생각하게 될 것이다. 그래서 그동안 있었던 다른 여자들 사건에 대해서도 경찰이 그를 의심할 것이고, 결국 집 뒤에 있는 빈집까지 조사하게 될지도 모른다. 그래서 빌은 게일을 병원으로 데려가지 않고 침대에 덮여 있던 담요와 이불을 지하실로 끌고 내려갔다. 그는 그것들을 바닥에 깔고 게일을 들어 올려 그 위에 눕혔다. 그리고 그녀에게 물을 주었다. 그녀의 발목에 얼음도 대주었다. 발목이 어마어마하게 부어 있었다.

그가 그렇게 해줬는데도 게일의 신음이 멈추질 않는다.

빌은 문을 아주 조금만 열고 게일에게 말한다. "제발 조용히 좀 해. 부탁이야. 지금 뭘 어떻게 해야 할지 생각하는 중이라고. 당신이 조용히 해야 우리가 뭘 어떻게 해야 할지 생각을 할 수 있을 거 아냐."

결혼 생활을 하는 내내 그는 이런 일이 일어날 거라고 예상했던 것 같다. 그는 게일이 밤마다 저녁식사를 준비할 때 자신은 식탁에 앉아 그녀의 손에 들린 커다란 칼을 바라보던 것을 생각한다. 그녀가 고기를 자르려고 서랍에서 꺼낸 그 칼을 보며 그는 매번 똑같은 생각을 했다. '내가 다른 여자들한테 그랬던 것처럼 이성을 잃어버

린다면 어쩌지? 내 마음속에서 뭔가가 솟아올라서 내가 저 칼을 빼앗아 든다면?'

지금 그는 이 의문을 생각하고 싶지 않다. 그냥 무엇을 어떻게 해야 할지 고민하면서 앞뒤의 창문을 오가며 밖을 확인한다. 오늘 아침부터 강박적으로 계속 그러고 있다. 창밖을 확인한 뒤 그는 책꽂이에서 책 한 권을 꺼낸다. 『전 세계의 괴상한 소식들』. 마음을 가라앉히기 위해서다. 그는 어떤 남자가 낮에는 뉴욕의 거리에서 구걸을 하고, 밤에는 구걸한 돈을 들고 뉴저지에 있는 침실 여섯 개짜리 집으로 돌아가는 생활을 했다는 이야기를 읽는다. 스위스의 어떤 가족 이야기도 있다. 그들은 얼어붙을 듯이 춥고 바람까지 부는 날씨 속에서 스키 리프트가 고장나는 바람에 열세 시간이나 갇혀 있었는데도 살아남았다고 한다. 빌이 계속 책을 읽는 동안 저 아래에서는 게일이 신음하고 있다. 밖에서는 새들이 가지에 앉아 있고 옆집에서는 멜리사와 필립이 옥신각신하고 있다.

마침내 멜리사가 말한다. "오빠, 더이상 오빠와 싸우고 싶지 않아요."

필립이 막 창에서 눈을 돌리려는데 뭔가가 반짝이는 것이 시야 한구석에 잡힌다. 그는 목을 쭉 빼고 그것이 무엇이며 어디에 있는지 살핀다. 하지만 그것이 무엇이든 이미 사라져버렸기 때문에 그는 멜리사에게 고개를 돌린다. "아까 아버지한테 물어보라는 건 무슨 뜻이야?"

"신경쓰지 마세요." 멜리사가 허공에서 손사래를 치며 말한다. "화가 나서 한 말이에요. 아무 말이나 막 한 거예요. 아까도 말했지만, 오늘 힘든 일이 있었어요. 그런데 오빠가 여기에 왜 왔는지 모르겠어요. 고작 나한테 제정신이 아니라는 얘기를 하러 여기까지 온 거예요? 그런 거라면 어젯밤에 이미 충분히 들은 것 같은데요."

"그래서 온 게 아냐. 어머니가 널 만나러 가는 길이라고 전화기에 메시지를 남겨놨기 때문에 온 거야."

"오빠네 어머니는 여기 안 오셨어요. 그건 확실해요."

"정말이야?" 필립이 묻는다.

"오빠네 어머니가 오셨다면 내가 그걸 잊어버리겠어요?"

또다. 창밖에서 뭔가가 반짝이는 모습이 필립의 시야 한구석에 잡힌다. 하지만 고개를 돌려보면 아무것도 없다. 그는 숨을 내쉬면서 이제 그만 집으로 가서 누워야겠다고 생각한다. 오늘 일 때문에 기진맥진할 정도로 기운이 쭉 빠진 건 사실이다. 그러니까 차를 몰고 곧장 집으로 가야 할 것 같다. 아까 그 경찰관이 지금쯤 다른 사람을 괴롭히고 있기를 바라면서. 어쩌면 필립의 어머니가 여기에 오겠다던 생각을 바꿨는지도 모른다. 그거야말로 어머니다운 행동이다. 아니면 또 갑자기 못 견디게 먹고 싶은 음식이 생겨서 슈퍼마켓에 들러 계산대에 줄서 있는지도 모른다. 쌀 푸딩이든 참치 캐서롤이든 하여튼 먹고 싶은 음식의 재료를 계산대에 올려놓고 있을지도 모른다. 필립이 집에 도착했을 때 어머니가 음식을 요리하는 모습을 보게 될 수도 있다. 이런 생각을 하다보니 필립은 어머니가 보고 싶어진다. 오늘 아침에 어머니가 이야기를 하자며 내려왔을 때 그렇게 못되게 군 것이 미안하다. 오늘 말고도 그런 적이 많았던 것 역시 미안하다.

"그만 가봐야겠다." 그가 말한다.

멜리사가 문으로 다가가 손잡이를 잡는다. "부탁 하나만 할게요,

필립 오빠. 생각이 바뀐 게 아니라면 다시는 여기 오지 마세요."

그는 그녀에게 다시는 오지 않을 거라고 말한다. "하지만 혹시 우리 어머니가 오시거든 내가 전화 좀 해달라고 하더라고 전해줄래?"

"여긴 전화가 없어요." 멜리사가 말한다. "몇 달 전에 끊겼어요. 내가 요금을 못 내서요."

필립은 순간적으로 어젯밤과 똑같은 생각을 한다. 혹시 멜리사가 돈을 우려내려고 이 모든 일을 꾸민 건 아닐까. 하지만 그는 그렇지 않을 거라는 결론을 내린다. "그럼 어제는 우리 집에 어떻게 전화한 거야?"

"필라델피아에서 돌아오는 길에 공중전화로 했어요."

그러고 보니 어젯밤 전화를 받았을 때 자동차들이 쌩쌩 지나가는 소리가 수화기 속에서 들리던 것이 기억난다. "뭐, 어머니한테 휴대전화가 있으니까 그걸로 전화하시면 돼."

멜리사가 문을 연다. 필립은 목발에 의지해서 그녀 옆을 지나 현관 앞 계단으로 나간다. 이제 날이 막 어두워지려는 참이다. 그는 새들이 아직도 나무에 앉아 있는지 살펴보지만 빛이 거의 사라져버렸기 때문에 판단하기가 어렵다. 필립은 자동차로 향하려다가 빌 어윈의 집을 흘깃 바라본다. 그의 셔츠 주머니가 직사각형으로 불룩 튀어나와 있던 것, 그가 안으로 들어가기 전에 담배를 꺼내던 것이 생각난다.

담배라.

그는 다시 멜리사에게 고개를 돌린다. "정말로 몇 달 전부터 담배를 안 피운 거 확실하지?"

그녀는 고개를 끄덕인다. "당연하죠."

"난 네 말을 믿어." 그가 말한다. "이상한 소리처럼 들리는 건 알지만, 아까 널 못 믿어서 미안해."

"그것 말고 다른 얘기는요?" 그녀가 손으로 배를 누르며 묻는다. "아기에 대한 얘기도 믿어요?"

필립은 한숨을 내쉰다. 그는 어둠 속에 서서 멜리사의 말이 사실일 가능성을 생각해보려 한다. 그가 아침에 어머니에게 말했던 신문 기사 속의 의학적 시나리오 외에 또다른 방법이 있을까. 멜리사가 의학적인 방법을 쓰지 않은 것만은 확실하니까 말이다. 그런데 아무리 애를 써봐도 필립은 이제 기적을 믿을 수 없다. 하느님을 다시 믿을 수 없는 것과 마찬가지다. 그는 멜리사에게 말한다. "나도 네 말을 믿고 싶어. 얼마나 믿고 싶은지 넌 짐작도 못할 거야. 하지만 내 마음속에서 뭔가가 그걸 허락하질 않아. 미안하다."

이젠 정말이지 작별 인사 외에는 더이상 할말이 남아 있지 않다. 멜리사가 문을 닫자 필립은 동생의 차를 향해 힘들게 걷기 시작한다. 도중에 그는 딱 한 번 멈춰서서 깁스를 살피는 척하며 빌 어원의 집을 살핀다. 그의 주머니에 들어 있던 담배가 또 생각난다. 비록 진실을 알아내려면 아직도 갈 길이 멀지만 필립이 그를 처음 볼 때부터 느꼈던 비호감은 이제 의심으로 변했다. 진실에 그만큼 가까워진 셈이다.

필립은 그 자리에 오래 서서 공연히 주목을 끌고 싶지 않기 때문에 벤츠가 있는 곳까지 계속 걷는다. 그는 어색한 자세로 차 안에 자리를 잡고 앉아 시동을 걸고 가속페달을 조심스레 밟는다. 그리고 차를 빼면서 마지막으로 한번 더 집들을 뒤돌아본다. 빌 어원의 집에는 여전히 커튼이 내려져 있고, 멜리사의 창문에서는 희미한 불빛만 새어나올 뿐이다. 필립은 세번째 집을 바라보다가 또 뭔가가 번쩍이는 것을 본다. 이번에는 그것이 불빛임을 똑똑히 알아볼 수 있다. 누군가가 불을 껐다 켰다 하고 있는 것이다. 하지만 그는 브레이크를 밟기가 조심스러워서 그냥 계속 움직이며 고개를 쭉 빼고 그 빛이 어디서 나오는지 확인하려 한다. 그가 보기에는 창문에 비닐을 붙여둔 그 집에서 나오는 것 같다.

필립은 혹시 도로를 벗어나는 실수를 저지를까봐 억지로 시선을 도로로 돌린다. 그는 첫번째 급커브를 돈 뒤 멍크스 힐 로드 중에서도 이 일대의 길이 고리처럼 둥글게 휘어져 있어서 길을 따라 달리다보면 세번째 집 근처에 있는 숲의 뒤편이 나온다는 사실을 알아차린다. 필립은 길가에 차를 세운다. 그러고는 오랫동안 가만히 앉아서 나무들 사이로 보이는 창문을 뚫어져라 바라보며 그 번쩍이는 불빛을 다시 보려고 애쓴다. 하지만 여기서는 불빛이 보이지 않는다. 그는 차를 돌려 그 집들 앞길을 다시 지나갈까 하고 잠시 생각한다. 하지만 필립이 아까 멜리사의 집에 도착했을 때 빌 어윈이 창가에서 밖을 내다보고 있었던 걸 보면 지금도 창밖을 지켜보고 있을 가능성이 있다. 그런데도 그는 왠지 이곳을 그냥 뜰 수가 없다. 그 남자가 의심스럽고 어머니의 행방도 걱정스럽다.

필립은 시동을 끈 뒤 자동차 문을 열고 차에서 내린다. 오로지 목발과 휴대전화로만 무장한 채 그는 숲 가장자리에 서서 꼼짝도 하지 않는다. 차가운 겨울 공기를 들이마시며 귀를 기울인다. 저 나무들 바로 뒤에서 비닐이 바람에 펄럭이는 소리가 들린다. 그 집이 그리 멀지 않은 모양이다. 필립은 공연히 고민하느라 시간을 낭비하지 않고 곧장 숲속에 발을 들여놓는다. 제설기가 만들어놓고 간 첫번째 눈 둔덕을 넘기가 가장 힘들다. 하지만 일단 숲속에 들어오고 나니 눈이 그다지 깊게 쌓여 있지 않다. 그리고 커다란 모직 양말 덕분에 발도 시리지 않다. 필립은 미끄러질 것 같을 때마다 눈 속에 목발을 박고 거기에 체중을 실어 몸의 균형을 유지한다. 처음에는 허공에서 얽히고설킨 가지들 때문에 사방이 잘 보이지 않았지만, 그는 나무들 밑에 쌓인 하얀 눈을 잘 보면 거기에 반사된 달빛 덕분에 집까지 이어진 임시 오솔길이 보인다는 사실을 곧 알아차린다.

집이 가까워질수록 비닐이 바람에 펄럭거리는 소리가 더 커진다. 오래지 않아 빈집의 상자 같은 모습이 검은 실루엣으로 보이기 시작한다. 숲 가장자리에 불쑥 솟아 있는 것 같은 모습이다. 필립은 넘어지지 않고 여기까지 오는 데 성공했다. 그는 손으로 집의 뒤쪽 벽을 짚고 잠시 서서 숨을 고른다. 얼마 뒤 그는 목발을 단단히 쥐고 집 모퉁이를 돌아 옆쪽으로 간다. 불빛이 다시 깜박였을 때 그는 그 빛이 이 집에서 나오는 것이 아님을 깨닫는다.

그 빛은 빌 어원의 집 지하실 창문에서 나온다.

필립은 눈 덮인 잔디밭 위로 빛 한줄기가 흘러나오다가 다시 어두워지는 것을 지켜본다. 그는 족히 오 분 동안 그림자 속에 서서 빛이 켜졌다 꺼졌다 하는 것을 지켜본다. 손에 쥔 휴대전화에서 초록색으로 빛나는 화면을 흘깃 내려다보니 불현듯 경찰에 전화를 걸고 싶은 충동이 인다. 하지만 경찰에 전화해서 무슨 말을 한단 말인가? 어떤 집 지하실에서 불이 깜박이고 있다고? 그리고 자기가 이 집에 무단 침입했다가 우연히 그 빛을 보게 됐다고? 아니면 경찰관이 운전하지 말라고 했는데도 차를 몰고 지나가다가 불빛을 봤다고?

필립은 전화를 걸지 않는다.

그렇다고 그 자리에서 돌아서서 가버리지도 않는다.

그의 머릿속 한구석에는 저 깜박이는 불빛의 원인이 잘못된 배선이나 아니면 수명이 다해서 터지기 직전인 전구일 것이라는 생각이 자리를 잡는다. 그런데도 그는 이것이 그렇게 단순한 일이 아닐 거라는 압도적인 느낌을 떨쳐버릴 수가 없다. 일단 의심이 단단히 자리를 잡자 필립은 빈집을 떠나 서투른 동작으로 최대한 빨리 잔디밭을 가로질러서 지하실 창문을 향해 달려간다. 한쪽 다리를 구부릴 수 없기 때문에 필립은 몸을 최대한 앞으로 수그리고 고개를 숙여 지하실 안을 들여다보려 한다. 지금은 불이 꺼져 있지만 그는 기다린다. 잠시 후 불이 다시 켜졌을 때 필립은 안을 들여다본다. 보이는 것이라고는 나무 기둥들뿐이다. 그러고는 이내 모든 것이 암흑으로 변한다. 그는 또 기다린다. 불이 다시 켜졌을 때 좀 더 자세히 살펴보니 문제의 불빛이 손전등 불빛임을 알 수 있다.

그의 등뒤에서 무슨 소리가 들린다.

필립은 고개를 홱 돌려 뒤를 살펴보지만 아무것도 보이지 않는다. 비닐이 바람에 펄럭이는 소리뿐이다. 그가 다시 창문 쪽으로 고개를 돌리는데 마침 불이 켜진다. 그가 뉴욕에서 살 때 가끔 밤에 하늘을 훑곤 하던 탐조등처럼 그 불빛이 벽 한쪽을 훑는다. 필립은 공구들이 놓인 탁자 오른쪽을 본다. 틀림없이 여자처럼 보이는 형체가 바닥에서 손전등을 쥐고 있는 모습이 언뜻 보인다. 그때 여자가 불을 꺼버렸기 때문에 그는 더이상 살펴보지 못한다. 그래도 그 광경에 너무 놀라서 그는 어색하게 몸을 수그린 자세에서 뒤로 쓰러진다. 그 와중에도 휴대전화를 손에서 놓치지는 않는다. 그는 차가운 눈 속에 앉아 휴대전화를 눈앞으로 가져와서 911에 전화를 걸기로 결심한다. 손이 벌벌 떨린다. 전화기 버튼은 아주 작은데 손가락이 갑자기 크고 서투르게 변해버린 것 같다. 그는 9를 누르려다가 실수로 6을 누르고는 취소 버튼을 누르고 다시 시도한다. 이번에는 9를 제대로 눌렀지만 1을 누르려다 2를 누르고 만다. 필립은 또 취소 버튼을 누른다.

창문에 불이 다시 켜졌을 때 필립은 움찔하며 전화기를 눈 속에 떨어뜨린다. 필립이 전화기를 찾으려고 손을 뻗는데 뒤에서 또 무슨 소리가 들린다. 그는 비닐이 바람에 펄럭이는 소리일 뿐이니까 그냥 무시해버리고 빨리 전화기를 찾아야 한다고 자신을 타이른다. 그래도 소리가 나는 곳을 보지 않을 수 없다. 고개를 돌려보니 어둠 속에서 어떤 형체가 그를 향해 다가오고 있다. 지하실 창문에 다시 불이 켜진다. 이것이 번개 같은 효과를 발휘해서 몇 초 동안 주위의 모든 것을 밝게 비춘다. 필립은 그 불빛 덕분에 빌 어윈의 모습을 언뜻 알아본다. 그는 손에 쥔 삽을 머리 위로 높이 들어올리고 있다.

12장

로니가 죽고 몇 주 뒤, 멜리사의 생리가 멈춘다. 처음에 그녀는 순전히 사고의 충격 때문일 거라고 속으로 되뇐다. 그녀는 얼굴이 온통 붕대에 뒤덮인 채로 2층에서 침대에 누워 부모님이 사서 방에 놓아준 33인치 와이드스크린 도시바 텔레비전을 보는 것 외에는 아무 일도 하지 않는다. 온갖 케이블 채널이 다 갖춰져 있다. MTV, VH1, HBO, 시네맥스, 쇼타임, 코미디 센트럴, A&E, 브라보, CNN, MSNBC, 공영방송 등 수십 채널이 넘는다. 날 위로하려는 선물이야. 멜리사는 생각한다. 남자친구가 죽었다는 사실을 잊게 하려는 선물.

며칠 동안 내내 그녀는 디스커버리 채널만 틀어놓고 본다. 동물과 곤충과 우주에 관해 멜리사가 전에는 결코 알지 못했던 갖가지 이례적인 사실을 자세히 알려주는 프로그램들이 끊임없이 이어진다. 거미가 거미집을 짓는 시간은 평균 삼십 분에서 육십 분 사이라고 한다. 수백 년 전에는 사람들이 하늘에 혜성이 나타나는 것을 흉조로 받아들였다고 한다. 전염병, 기근, 죽음을 예언하는 징조로 봤다는 것이다. 비버는 최대 사십오 분까지 숨을 참을 수 있다고 한다. 금성은 태양계의 다른 행성들과는 반대 방향으로 자전한다고 한다. 닭이 가장 오래 비행한 기록은 십삼 초라고 한다. 에뮤와 캥거루는 뒤로 걷지 못한다고 한다. 새들은 색을 볼 수 있지만 개와 고양이는 모든 것을 흑백으로만 본다고 한다. 아귀 수컷은 암컷에게 착 달라붙어서 절대 떨어지지 않는다고 한다. 둘의 혈관이 하나로 결합돼서 수컷이 전적으로 암컷의 피를 통해 영양분을 공급받기 때문이다.

멜리사는 이 모든 정보를 받아들인다. 하지만 사실은 다른 프로그램을 본다고 해도 달라질 게 없다. 아무것도 안 봐도 마찬가지다. 그녀가 텔레비전을 계속 켜놓는 것은 순전히 부모님이 그녀를 확인하러 수시로 방에 올라오는 것을 막기 위해서다. 그녀가 텔레비전을 꺼놓으면 부모님은 함께 기도하자고 한다. 스테이시한테나 신경쓰시라고 해. 멜리사는 생각한다. 스테이시는 그 사고에서 다행히 팔만 부러졌을 뿐 다른 곳은 다치지 않았다. 멜리사는 병원에서 얼굴에 흉터가 남을 거라는 말을 들었지만 스테이시의 얼굴에는 흉터가 생기지 않을 것이다. 남자친구도 멀쩡히 잘 살아 있다. 그런데도 스테이시는 불평만 늘어놓는다. 부모님이 스테이시의 요구를 들어주느라 허둥거리는 동안 멜리사는 텔레비전을 멍하니 바라보며 창고에서 로니와 함께 보낸 시간을 자꾸만, 자꾸만 돌이켜본다.

그는 여행을 위해 콘돔을 챙겨왔다.

그래, 당연히 콘돔을 챙겨왔다.

하지만 창고에 올 때는 콘돔을 가져오지 않았다. 콘돔은 벤츠의 트렁크 안에 있는 그의 가방에 얌전히 들어 있었다. 두 사람 모두 술을 상당히 마신 상태였지만 멜리사는 자기들이 술 때문에 그런 행동을 했다고는 생각하기 싫다. 계획이 어긋나서 로니와 함께 떠날 수 없게 되었기 때문에, 그래서 아처 펜션의 캐노피가 있는 침대에서 그와 섹스를 하고 그의 품에서 깨어날 기회를 누릴 수 없게 된 상황이었으므로, 멜리사는 그까짓 콘돔이 없다는 이유로 하던 일을 중단할 생각은 전혀 없었다. 지금도 그것을 끝까지 해내기를 잘했다는 생각이 든다. 결과론이지만 그것이 그와 함께할 수 있는 마지막 기회였으니까 말이다.

게다가 어쩌면 그의 아이를 임신했을 가능성도 있다.

멜리사는 다른 건 몰라도 로니의 일부라도 살아남았으면 좋겠다는 생각에 자신의 짐작이 옳기를 바라고, 원하고, 기도한다. 하지만 그러면서도 단순히 생리가 멈췄다고 해서 반드시 임신했다는 뜻은 아니라고 속으로 되뇐다. 전에도 생리가 늦은 적이 있었다. 아마도 사고의 충격 때문일 것이다. 두 사람이 딱 한 번밖에 섹스를 하지 않았다는 점을 감안하면 임신 가능성은 지극히 희박하다. 그녀는 일주일이 지나고 또 일주일이 지나는 동안 머릿속으로 계속 이런 생각을 되풀이한다. 마침내 찌는 듯한 여름날 오후, 그러니까 사고가 난 지 십칠 일째이자 생리가 시작되었어야 할 날짜로부터 십사 일째 되던 날 멜리사는 텔레비전을 끈다. 한시쯤 어머니가 가스파초 수프와 부드러운 롤빵(멜리사는 이가 빠지고 잇몸이 아파서 이런 음식밖에 먹을 수 없다)을 쟁반에 담아들고 방으로 들어오자 멜리사가 말한다. "엄마, CVS에 좀 데려다줘요."

멜리사도 면허가 있지만 사고가 나기 전에도 부모님은 그녀에게 거의 차를 내주지 않았다. 지금은 말할 것도 없다. 어머니는 협탁에 쟁반을 놓고 침대에 앉는다. 두 사람 주위에는 수십 장의 카드가 놓여 있다. 꽃이 시들어버린 꽃병도 여러 개 있고, 천장 근처에는 '쾌유를 바랍니다'는 말이 적혀 있는 풍선들이 떠 있다. 모두 교회 신도들, 헐프 교장, 교사들, 학교 직원들이 보낸 것이다. 멜리사는 대답을 기다리며 어머니를 바라본다. 어머니는 계속 시선을 내리깔고 있다. 이렇게 날씨가 더운데도 어머니는 니트 상의와 크림색 바지를 입고 있다. 미시는 티셔츠와 반바지 차림인데 말이다. 창문에서 쏟아져들어오는 밝은 햇빛 때문에 어머니의 매끈한 피부가 왁스를 칠해놓은 것처럼 빛난다. 어머니가 노래를 하는 것 같은 특유의 목소리로 말한다. "내가 아버지랑 같이 가서 필요한 걸 사다줄게. 필요한 게 뭐니?"

"로니의 가족에게 보낼 카드를 사고 싶어요. 그러니까 내가 직접 갈래요."

"우리가 카드를 사다줄게, 미시. 지금은 그런 데 신경쓰지 마."

어머니가 손을 뻗어 딸의 머리를 쓰다듬다가 멜리사의 얼굴에 감긴 큼직한 붕대에 손이 스치자 손을 거둬들인다. 멜리사의 오른쪽 눈 위에서 이마 위까지 하얀 붕대가 덮여 있고 왼쪽 뺨도 붕대로 뒤덮여 있다. 그녀는 이틀마다 병원에 가서 붕대를 갈아야 한다. 집에서 하기에는 너무 복잡한 작업이기 때문이다.

"엄마." 멜리사는 디스커버리 채널의 내레이터들이 블랙홀의 무시무시한 힘이나 살쾡이의 엄청난 속도 등 세상의 놀라운 일들을 설명할 때처럼 단조로운 목소리로 말한다. 지금 자신이 보기에 생각조차 할 수 없을 만큼 놀라운 일들에 관해서. "사람들이 날 속여서 장례식에도 못 가게 하고, 장례식 전날 밤샘도 못하게 했어요. 심지어 학교에서 열린 추도식에도 못 가게 했어요. 순전히 내가 병원에 입원해 있다는 이유로. 다들 내 남자친구한테 마지막 인사를 했는데 나만 못했어요. 그러니까 최소한 로니의 가족들한테 망할 놈의 카드라도 보내게 해줘요."

보통 때라면 어머니가 그런 말을 쓰지 말라며 나무랐을 것이다. 보통 때라면 아버지가 가만두지 않으실 거라며 어머니가 겁을 줬을 것이다. 하지만 사고 이후로 부모님은 멜리사 앞에서 안절부절 못한다. 마치 누가 자기들 딸을 빼앗아가면서 그 자리에 부상을 입어 독이 오른 아이를 대신 놔두고 갔는데, 이 아이를 어떻게 다뤄야 할지 몰라 우왕좌왕하는 것 같다. 두 사람 모두 몇 초 이상 멜리사의 얼굴을 쳐다보지 못한다. 그러니 천박한 말을 쓰지 말라고 고함을 지르는 건 언감생심이다. 어머니는 딸을 꾸짖는 대신 자신의 뻣뻣한 노란색 머리카락을 손으로 쓰다듬고는 시든 꽃을 바라본다. "그래, 알았다." 어머니가 말한다. "수프를 다 먹는 대로 CVS에 데려다줄게."

거의 한 시간이 지난 뒤 두 사람이 CVS에 도착해보니 주차장에 빈자리가 없다. 어머니는 주차장을 몇 바퀴나 돌지만 번번이 다른 차들에게 빈자리를 빼앗긴다. 멜리사는 여전히 아무 감정이 없는 단조로운 목소리로 어머니에게 장애인 구역으로 가자고 말한다.

어머니가 핸들을 꽉 잡고 브레이크를 밟는다. "우린 허가증이 없어."

멜리사는 운전석을 향해 얼굴을 돌린다. "날 봐요, 엄마." 어머니는 딸에게 고개를 돌리지만 겨우 일 초밖에 딸을 보지 못한다. 그래도 멜리사는 말을 계속한다. "난 지금 좀비 같은 몰골이에요. 경찰이 나한테 딱지를 끊을 테면 어디 한번 해보라고 해요."

이 말을 들은 어머니는 갑자기 다른 사람이 되어버린 딸 앞에서 그 어느 때보다 더 불안해하는 것 같다. 어머니는 휠체어 그림이 그려진 파란색 표지판 앞에 차를 세우고 시동을 끄고는 이렇게 묻는다. "정말로 내가 같이 들어가지 않아도 되겠어?"

여기까지 오는 동안 멜리사는 혼자 카드를 사고 싶다는 뜻을 분명히 밝혔다. 그녀는 어머니에게 다시 말한다. "혼자 들어갈게요. 돈만 주세요."

어머니가 조심스럽고 불안한 표정으로 가방에서 지갑을 꺼낸다. 마치 강도에게 돈을 빼앗기는 사람 같다. 어머니가 오 달러 지폐를 한 장 꺼내 멜리사에게 준다.

"돈이 더 있어야 돼요."

"카드를 산다며."

"혹시 많이 사게 될지도 모르잖아요. 로니의 형한테 줄 것 하나, 아버지한테 드릴 것 하나, 어머니한테 드릴 것 하나."

"온 가족 앞으로 카드를 한 장만 보내도 괜찮을 것 같은데." 어머니가 이렇게 말하지만 멜리사는 내민 손을 거둬들이지 않는다. 결국 어머니는 멜리사에게 이십 달러 지폐를 한 장 더 준다.

가게에 들어온 멜리사는 천천히 진열대 사이를 걷는다. 슬리퍼가 그녀의 발꿈치를 찰싹찰싹 때린다. 스펀지처럼 보이는 하얀 천장 어딘가에서 테일러 데인의 노래가 구내방송 시스템을 통해 무미건조하게 흐르고 있다. 멜리사는 치약, 구강청정제, 치실, 샴푸, 린스 등이 가득 진열된 선반들을 지나 모퉁이를 돌아서 사탕 진열대를 통과한다. 그녀는 임신 시약을 집어 바구니에 던져넣을 용기를 내려고 애쓰면서 몇 주 전 로니와 여행 가서 쓰려고 빨간 전구를 사러 이곳에 왔을 때를 생각한다. 창고에서 그 일이 끝난 뒤 로니가 전구를 다시 빼주었고, 멜리사는 그것을 가방에 넣었다. 지금 생각해보니 자신의 가방, 드레스, 코르사주가 어떻게 됐는지 궁금하다. 그녀는 어머니에게 전구를 어떻게 했는지 물어봐야겠다고 머릿속으로 메모한 뒤 모퉁이를 돈다. 임신 시약 선반에서 멀지 않은 곳에 트로이니 람세스니 하는 상표들로 가득 찬 선반이 눈에 들어온다. 로니가 자기도 콘돔을 사러 여기 왔었다고 말했을 때 멜리사는 웃음을 터뜨렸다. 하지만 두 사람은 그 콘돔을 한 번도 사용하지 못했다.

'얼마나 당황했는지 몰라, 미시. 그래도 결국 용기를 내서 그걸 샀어.'

가만히 서서 임신 시약을 빤히 바라보고 있는 멜리사에게 포장지에 적힌 단어들이 고함을 질러대는 것 같다. 빠른 진단! 99퍼센트 정확도! e.p.t*! 조기 감지! 멜리사는 자기를 지켜보는 사람이 없는지 확인하려고 주위를 둘러본다. 약국 앞에 줄서 있는 할머니들과 유모차를 끌면서 어린이용 타이레놀 포장지를 열심히 들여다보고 있는 여자를 제외하면 지금부터 멜리사가 하려는 일을 지켜볼 수 있을 만큼 가까이에 있는 사람은 없는 것 같다. 멜리사는 재

---

* 가정용 조기 임신 검사 도구.

빨리 손을 뻗어 분홍색과 하얀색이 섞인 상자를 선반에서 꺼내 바구니에 집어넣는다. 그녀는 계산대로 가기 전에 아무거나 몇 가지 물건을 고르기로 한다. 그래야 계산대에서 임신 시약이 지나치게 눈에 띄지 않을 것 같다. 그녀는 사탕 한 봉지, 신문 한 부, 3.99달러짜리 싸구려 선글라스, 그리고 로니의 가족에게 보낼 카드 세 장을 바구니에 넣는다. 멜리사는 머지않아 체이스 일가의 집을 직접 찾아갈 생각이지만, 그래도 그들의 불행에 깊은 애도를 표한다는 말을 카드에 적어 먼저 우편으로 보내야겠다는 결론을 내린다.

그들의 불행.

그녀의 부모님은 그녀가 이번 일을 그들의 불행으로 생각하게 만들려고 한다. 이번 일이 체이스 일가에게는 끔찍한 비극이지만 멜리사의 웅대한 삶에 비하면 그저 잠시 불편을 안겨주는 일에 불과한 것처럼. 부모님은 그녀의 방으로 들어와 기도를 할 때 그녀가 '이번 일'을 잊고 하느님과 함께하는 미래를 위해 걸음을 내디딜 준비를 하게 해달라고 말한다. 멜리사는 부모님에게 닥치라고, 엄마와 아빠는 내 기분을 지금도 앞으로도 이해하지 못할 거라고 소리를 지르고 싶었던 적이 한두 번이 아니다. 하지만 그녀는 침묵을 지킨다. 얼굴도 가능한 한 움직이지 않는다. 얼굴을 아주 조금만 움직여도 아프기 때문이다.

그녀는 체이스 일가에게 줄 카드를 한 사람 앞에 하나씩 고른다. 체이스 부인에게는 보라색 라일락이 그려진 카드, 체이스 선생님에게는 타는 듯한 노을이 그려진 카드, 그리고 필립에게는 빨간 양귀비밭이 그려진 카드. 이렇게 카드를 고른 뒤 멜리사는 심호흡을 하고 계산대로 다가간다. 카운터를 맡고 있는 직원이나 그 앞에 줄을 서서 기다리는 손님들 중에 그녀가 아는 사람은 하나도 없다. 다행이라는 생각이 든다. 멜리사의 차례가 되자 곱슬곱슬하게 파마한 검은 머리에 나비 머리핀을 꽂은 여자가 물건들을 금전등록기에 입력한다. 그녀는 멜리사의 얼굴을 흘깃 보고는 재빨리 시선을 돌린다. 그녀의 부모와 똑같은 행동이다. 멜리사가 예전에 장애인을 보면 하던 행동이다. 그런 사람들을 빤히 바라보는 건 무례한 짓이라고 생각했기 때문이다. 하지만 지금은 그렇게 일부러 시선을 피하는 것이 얼마나 무례한 짓인지 알겠다. 카운터의 여자가 임신 시약을 다른 물건들과 함께 봉지에 넣는다. 그리고 여전히 카운터에만 시선을 고정시킨 채 모두 합해서 24달러 87센트라고 말한다. 멜리사는 이십 달러와 오 달러 지폐를 여자의 손에 아무렇게나 쥐여준 뒤 봉지를 들고 가게 밖으로 나간다. 거스름돈을 받으려고 기다릴 생각은 없다.

자동차로 돌아와보니 어머니가 스테레오에 클래식 음악 테이프를 넣고 에어컨을 켜두었다. 맑은 피아노 소리가 멜리사의 머릿속에서 지금도 울리고 있는 테일러 데인의 노래와 충돌한다. 드러난 다리로 불어오는 차가운 바람 때문에 그녀는 더욱더 불편해진다. 어머니가 시동을 걸며 말한다. "카드 몇 장만 산다더니 그게 아니네."

멜리사는 반투명한 하얀 비닐봉지 사이로 분홍색과 하얀색이 섞인 상자가 보일까봐 봉지를 조수석 문 쪽으로 밀어놓는다. 그리고 아무 말도 하지 않는다.

"나한테 와서 뭐라고 하는 경찰이 없더라. 다행이지 뭐니." 어머니가 말한다.

"그럴 줄 알았어요." 멜리사는 이렇게 말하고 나서 몸을 웅크린다.

차가 장애인을 위한 자리에서 빠져나올 때 멜리사는 휠체어 그림이 그려진 파란색 표지판을 올려다본다. 나비 머리핀을 꽂고 있던 계산대 여자가 자꾸 생각난다. 그 여자가 멜리사의 얼굴을 보고 시선을 피하던 모습. 부모님과 똑같다. 난 괴물이야. 멜리사는 비닐봉지에 손을 집어넣어 선글라스를 찾으며 생각한다. 사람들이 뭐라고 해도 난 절대 예전의 나로 돌아갈 수 없을 거야.

멜리사는 선글라스를 찾아 얼굴에 써보려고 하지만 붕대가 너무 두툼해서 잘 쓸 수가 없다. 어머니가 그녀를 보고 이렇게 말한다. "걱정 마. 상처가 나으면 아버지랑 내가 너를 성형외과에 데려갈 거니까. 파텔 박사님이 소개해주신 곳 있잖니. 박사님이 거의 열 군데나 되는 성형외과를 소개해주셨어. 그중에서도 최고를 골라야지. 다 괜찮아질 거야. 두고 봐."

멜리사는 이번에도 아무 말 하지 않는다. 몇 주 동안 그녀는 마법의 성형외과 목록에 대해, 그리고 그들이 해낼 수 있는 기적 같은 일에 대해 듣고 있다. 하지만 그녀는 붕대를 풀었을 때 자기 얼굴을 본 적이 있다. 파텔 박사는 그녀에게 얼굴을 보여주려 하지 않았지만 그녀는 붕대를 가는 동안 은색 수건걸이에 비친 자신의 모습을 언뜻 보았다. 그래서 자신이 예전의 모습으로 돌아가는 게 불가능하다는 사실을 너무나 잘 알고 있다. 그때 수건걸이에 비친 자신의 얼굴을 생각하며 멜리사는 창문을 열고 선글라스를 밖으로 던져버린다. 그러고는 선글라스가 도로 턱을 맞고 튀어나왔다가 다시 도로에 부딪혀 부러지는 모습을 사이드미러로 지켜본다.

"그게 무슨 짓이야?" 어머니가 묻는다.

“잘 안 맞아요.” 그녀는 이 말만 하고 입을 다문다. 그때 빨간 전구가 생각나서 그녀는 어머니에게 묻는다. “내 가방이랑 드레스는 어떻게 됐어요? 그날 무도회에 가져갔던 내 물건들 말이에요.”

“내가……” 어머니가 말을 하려다 말고 묻는다. “그건 왜 묻니?”

“내 물건이니까요. 그날 밤을 기억하게 그 물건들을 갖고 있고 싶어요.”

“그런 끔찍한 일을 기억해서 뭐하게?”

멜리사는 조수석 창문 밖을 내다본다. 나뭇가지들이 도로 위까지 뻗어 있다. 그 때문에 그늘이 생겨 유리창에 아주 희미하게 비친 자신의 얼굴이 보인다. 내가 가진 게 그것뿐이잖아요. 멜리사는 붕대로 뒤덮인 얼굴을 물끄러미 바라보며 생각한다. 붕대 밑의 얼굴이 얼마나 추하게 일그러졌는지 떠올리면서. 다른 사람을 사랑할 생각도 없지만 설사 그런 생각이 든다 해도, 이런 나한테 누가 관심을 갖겠어? 그럴 사람은 아무도 없어. 내가 이런 모습인 한. 하지만 어머니한테는 그냥 짧게 말한다. “그냥 그러고 싶어요.”

“우리가 네 드레스와 신발을 병원에서 가져왔고, 가방은 경찰서에서 찾아왔어. 내가 알기로는 아버지가 그 물건들을 전부 차고에 놔뒀을 거다. 그냥 거기 내버려두는 게 낫지 않겠니? 지금 그 물건들을 보는 건 너한테 너무 힘든 일일 텐데.”

이 말을 끝으로 두 사람은 입을 다문다. 차 안에는 맑은 피아노 소리뿐이다. 유리창에 비치던 멜리사의 얼굴은 사라져버렸다. 멜리사는 푸른 잎이 무성한 여름 숲이 휙휙 스쳐지나가는 것을 창문을 통해 물끄러미 바라본다. 임신 검사 결과 바람대로 양성 반응이 나온다면 우선 무엇을 해야 할까? 로니의 아기를 낳을 거라고 말하면 부모님이 어떤 반응을 보일지 궁금하다. 며칠 전에 보았던 코뿔소에 관한 다큐멘터리가 생각난다. 아니 문어에 관한 거였나? 희귀종 새? 정확히 기억나지 않는다. 주제가 무엇이었든 그 동물이 새끼를 낳기 전에 으슥한 곳을 찾던 것이 생각난다. 어쩌면 나도 그렇게 해야 하는 건지 몰라. 멜리사는 생각한다. 아무한테도 말하지 않고 어디 다른 데로 가서 아기를 낳아야 할지도 몰라.

어머니가 차를 꺾어 처치 스트리트로 접어든다. 멜리사가 아주 어렸을 때부터 일요일마다 예배를 보러 가던 하얀 교회를 지난다. 멜리사는 아버지가 오랜 세월 동안 몇 가지 설교를 계속 돌아가며 반복하던 것을 생각한다. 믿음에 관한 설교를 할 때 아버지는 성경에서 십자가에 매달린 예수님이 하느님을 향해 "왜 저를 버리시나이까?" 하고 외치는 부분을 인용한다. 기적에 관한 설교를 할 때는 예수님이 물을 포도주로 바꾸는 부분을 인용한다. 힘들고 어려울 때 오로지 그리스도께만 기도를 드려야 한다는 내용의 설교도 있다. 아버지는 가톨릭교도들처럼 성자들이나 성모마리아에게 기도하는 것은 소용없는 짓이라고 생각한다. 멜리사가 아버지의 설교 중 최대 히트작들을 머릿속으로 되짚어보는 동안 차는 길가에 나무판자와 돌이 쌓여 있는 곳을 지난다. 겨우 몇 주 전에 웬디 듀거스를 비롯한 여러 여자아이들이 롤러블레이드를 타고 점프를 연습하던 곳이다. 그 임시 점프대를 보니 깊은 슬픔이 멜리사의 마음을 가득 채운다. 그날 창가에서 아이들을 지켜보면서 로니와 함께 여행할 생각에 기대와 희망에 부풀었던 것이 기억났기 때문이다.

"네가 기분이 좀 나아진 것 같아서 하는 말인데……" 어머니가 차를 진입로로 몰고 들어가면서 침묵을 깬다. "조만간 널 데리고

치과에도 한번 가야 할 것 같다. 가을에 대학에 입학하기 전에 이
부터 해넣어야지."

가을에 대학에 입학.

사고 이후 멜리사는 단 한 번도 펜실베이니아 대학을 생각한 적
이 없다. 9월도, 수업도, 교과서도 생각한 적이 없다. 이렇게 끔찍
한 일이 벌어지지 않았다면 대학 생활에 대해 온갖 자질구레한 것
들을 생각하고 있었을 텐데. 임신 검사 결과가 어떻게 나오든 한
가지만은 확실했다. 로니와 함께 대학에 갈 수 없게 된 이상 멜리
사도 펜실베이니아 대학에 들어갈 수 없다는 것. 아니, 들어가지
않을 것이다. 둘이서 함께 계획했던 일들이 매일 생각날 텐데 어떻
게 대학에 다닐 수 있겠는가.

'네가 접시를 닦게 되면 비누칠은 내가 해줄게……'

"내 말 들었니?" 어머니가 차를 세우며 묻는다.

멜리사는 닫힌 차고 문을 멍하니 바라보며 그 안에 있는 자신의
드레스와 가방에 대해, 빨간 전구에 대해 생각한다. 전구는 틀림
없이 수백 조각으로 부서져버렸을 것이다. "들었어요." 그녀가 말
한다.

"그래서?"

"그래서 뭐요?"

어머니가 시동을 끄고 길게 한숨을 내쉰다. "그래서…… 나도
모르겠다. 예약을 언제로 잡으면 좋겠니?"

멜리사는 차고 문에서 시선을 돌려 어머니를 바라본다. 불행하
고 가엾은 어머니는 작은 사고들이 생길 때마다 항상 허둥거렸다.
이를테면 토스터에 불이 났을 때라든가, 지하실의 양수기가 고장

나서 아래층에 물이 찼을 때라든가. 하지만 살면서 겪게 되는 소소한 문제들을 처리하는 솜씨는 아주 뛰어났다. 스웨터의 찢어진 부분을 바늘로 꿰매는 일이나 겨울 외투의 고장난 지퍼를 고치는 일 같은 것. 지금 어머니는 바로 그런 소소한 문제들을 다룰 때처럼 멜리사를 대하고 있다. 마치 딸을 쉽게 고칠 수 있는 것처럼. 바느질을 하고 지퍼를 올리면 다시 새것같이 깨끗해질 거라고 생각하는 사람처럼. 멜리사는 입을 열어 어머니에게 말한다. "아무 때나 엄마가 편한 시간에 예약을 잡으세요. 난 상관없어요."

"그게 무슨 소리야? 상관없다니? 네 이를 고치러 가는 거잖아. 웃는 모습이 예뻐지라고."

멜리사는 자동차 문을 열고 뜨거운 여름 날씨 속으로 발을 내딛는다. 뭔가가 쿵쿵거리는 소리가 들린다. 아주 희미하게 연달아 들려오는 총소리 아니면 아주 먼 곳에서 자동차 머플러가 고장을 일으킨 소리 같다. "엄마." 멜리사는 그 소리를 무시하고 자동차 안을 들여다보며 말한다. "지금은 웃을 일도 없지만 설사 웃을 일이 있다 해도, 얼굴을 움직이면 아파요. 아시겠어요? 웃을 때도, 찌푸릴 때도, 히죽거릴 때도, 지금처럼 엄마랑 이야기를 할 때도 아프다고요. 그러니까 예약을 언제로 잡든 상관없어요. 상관없다고요."

이 말과 함께 멜리사는 자동차 문을 쾅 닫고 쿵쿵거리며 집으로 들어가 계단을 올라간다. 그동안 내내 CVS에서 가져온 비닐봉지를 손에 꽉 쥐고 있다. 스테이시의 방 앞을 지나면서 보니 스테이시는 침대에 몸을 쭉 펴고 누워 수화기를 향해 불평을 늘어놓고 있다. 사고 이후로 부모님은 전화에 대한 모든 제한을 풀었다. 물론 공식적으로 발표를 한 건 아니지만 스테이시가 하루종일 전화를 붙들고 있는데도 두 분 모두 옛날처럼 그만 전화를 끊으라고 말한 적이 없다.

"채즈가 기지에서 벌써 두 번이나 전화를 했어." 스테이시가 수화기 건너편의 상대방에게 말하는 소리가 들린다(아마 세니커 로 슨일 것이다. 아니면 스테이시처럼 '엄밀한 의미의 처녀들' 중 한 명이거나). "걔는 아직도 충격에서 못 벗어난 것 같아. 걔가 그렇게 빨리 여길 떠난 게 차라리 축복인지도 몰라." 스테이시는 잠시 쉬었다가 다시 말을 잇는다. "러트거스에 전화해서 가을 학기 등록에 대해 물어봐야 하는데, 도무지 마음이 내키질 않아. 잠깐만……" 스테이시가 수화기를 손으로 가리고 큰 소리로 말한다. "안녕, 미시."

멜리사는 아무 대답도 하지 않고 계속 복도를 걸어간다. 사고 이후로 둘은 서로 말을 한 적이 없다. 지금도 멜리사는 스테이시와 말을 할 생각이 없다. 스테이시는 로니와 보낸 마지막 날 밤에 가장 중요한 일을 망쳐버렸을 뿐만 아니라 겨우 사흘 만에 채즈와 함께 퇴원해버렸다. 미시는 일주일 넘게 중환자실에 꼼짝도 못하고 누워 있었는데 말이다.

스테이시와 채즈는 추도 예배에도 참석했다.

스테이시와 채즈는 장례식 전날 밤샘도 했다.

스테이시와 채즈는 장례식에도 갔다.

스테이시와 채즈는 작별 인사를 할 수 있었다.

스테이시가 한 짓들도 문제지만 멜리사와 달리 장례식 등등에 참석했다는 점 때문에 멜리사는 스테이시가 더욱더 밉다. 멜리사는 욕실로 들어가서 문을 닫는다. 문이 잘 잠겼는지 두 번이나 확인한 뒤 그녀는 벽에 기대서서 검사 결과가 원하는 대로 나오게 해 달라고 하느님께 기도한다. 그러고는 약장 거울에 비친 자신의 모습을 슬쩍 본다. 몇 주 동안 그녀를 괴롭히고 있는 생각들이 또 엄습한다. 이제 누가 나한테 관심을 갖겠어? 다시 날 안아주고, 키스해주고, 사랑해줄 사람이 있을까? 아무도 없을 거야. 이런 모습으로는 안 돼. 멜리사는 그래서 더욱더 로니의 아기를 갖고 싶다. 로니의 일부라도 간직하고 싶을 뿐만 아니라 자신의 옛 모습도 일부 간직하고 싶기 때문이다. 그녀는 이것이 자신이 살 수도 있었던 삶을 맛볼 마지막 기회라고 생각한다. 마침내 그녀는 바스락거리는 비닐봉지 소리가 나지 않게 안간힘을 쓰며 e.p.t.를 봉지에서 꺼낸다. 그리고 상자를 열어 설명서를 읽는다.

플라스틱 뚜껑을 제거한 뒤 끝부분에 적어도 오 초 동안 소변 줄기가 닿게 하세요. 반응이 일어나는 동안 기구를 반드시 평평한 곳에 두어야 합니다. 삼 분 뒤면 결과가 나옵니다. 분홍색 줄이 하나만 나타나면 임신이 아닙니다. 분홍색 줄이 두 개 나타나면 임신입니다……

멜리사는 포일 포장지에서 막대기 모양의 도구를 꺼낸다. 칫솔과 조금 비슷하게 생겼다. 그녀는 반바지를 내리고 변기에 앉아 막대기 끝을 다리 사이에 집어넣고 오 초 동안 가만히 있는다. 오 초가 지나자 도구를 세면대 옆에 놓는다. 손목시계가 없기 때문에 멜리사는 분홍색 줄이 나타날 부분을 바라보며 소리 없이 숫자를 센다. 1001, 1002, 1003…… 1050까지 셌을 때 문을 두드리는 소리가 난다. 멜리사는 놀라서 헉 하고 숨을 들이쉬고는 그대로 굳어버리린다.

"미시." 아버지가 일요일 설교 때처럼 느릿느릿한 말투로 말한다. "너 괜찮니?"

"괜찮아요."

아버지의 발소리가 멀어진 뒤 멜리사는 다시 임신 검사 도구를 바라본다. 분홍색 줄은 아직 나타나지 않았는데, 그녀는 몇까지 세었는지 잊어버렸다. 기다리는 시간이 영원처럼 길다. 그녀는 시간이 빨리 가게 하려고 억지로 도구에서 눈을 돌린다. 멜리사는 천장을 바라보았다가 다시 도구를 본다. 하얀 리놀륨이 깔린 바닥을 보았다가 다시 도구를 본다. 심지어 거울도 다시 보며 자신의 눈을 지그시 바라본다. 이제 다시는 자신을 그렇게 봐줄 사람이 없을 것이다. 그녀는 다시 도구를 바라본다.

아직도 분홍색 줄은 나타나지 않았다.

결국 그녀는 설명서를 들고 혹시 분홍색 줄이 전혀 나타나지 않으면 어떻게 해야 하는지 알아보려고 깨알 같은 글자들을 살펴본다. 그녀가 찾아낸 것이라고는 융모성생식선자극호르몬 어쩌고 하는 것에 대한 설명뿐이다. 설명이 한없이 길다. 멜리사는 그걸 읽다가 진력나서 설명서를 바닥에 던져버리고 마지막으로 도구를 바라본다. 그때 그것이 보인다. 분홍색 줄 한 개.

임신이 아냐. 그녀는 생각한다. 전혀 아냐.

울면 얼굴이 아프지만 멜리사의 얼굴이 일그러지며 눈물이 솟아난다. 그녀는 입술이 떨리지 않게 하려고 손가락을 입술에 대며 검사가 잘못됐는지도 모른다는 생각을 한다. 포장지에도 정확도가 구십구 퍼센트밖에 안 된다고 써 있지 않은가. 그렇다면 일 퍼센트의 가능성이 있다는 뜻이 아닐까? 임신이 아니라면 생리는 왜 안 하는 거지? 멜리사는 아버지가 예수 그리스도에게만 기도하는 것이 중요하다고 강조하던 설교 내용을 다시 생각해본다. 하지만 기도를 해도 아무 소용이 없잖아. 생전 처음으로 그녀는 아버지의 터무니없는 규칙을 거스르고 아무나 마음에 드는 사람을 골라 기도한다.

멜리사는 로니에게 기도한다.

"사랑해." 그녀가 속삭인다. "사랑해. 내 말이 들린다면, 내가 네 아기를 갖게 해줘."

멜리사가 그에게 하고 싶은 말은 이것 말고도 잔뜩 있지만 이 집에서는 아무 말도 하지 않는 게 상책이라는 생각이 든다. 아버지, 어머니, 스테이시가 들을지도 모르기 때문이다. 멜리사는 임신 검사 도구와 비닐봉지와 바닥에 떨어진 설명서를 모은다. 그리고 뒤에 남은 것이 없는지 마지막으로 한번 더 확인한 뒤 욕실 밖으로 나간다. 복도 아래쪽에서 스테이시가 부러진 팔에 대해 징징거리는 소리가 들린다. 멜리사는 티셔츠 밑에 비닐봉지를 숨기고 재빨리 스테이시의 방 앞을 지나 계단을 내려간다.

"미시." 어머니가 거실에서 그녀를 부른다. "어디 가니?"

망사문이 멜리사의 등뒤에서 찰싹 하고 닫힌다. 멜리사는 서둘러 마당을 가로지른다. 어머니가 포치로 나와 다시 그녀를 부르지만 그 이상 그녀를 쫓아오지는 않는다. 웬디 듀거스의 점프대 잔해가 있는 곳 근처의 모퉁이에서 멜리사는 걸음을 멈추고 슬리퍼를 벗는다. 더 빨리 움직일 수 있게. 맨발에 닿는 길바닥이 뜨겁고 거칠다. 그 느낌 때문에 어린 시절을 떠올리며 그녀는 교회를 지나 계속 걸어간다. 그녀는 왼쪽으로 방향을 꺾어 러니미드 애비뉴로 들어선 다음 다시 오른쪽으로 꺾어져서 해신 스트리트로 들어가 팔도마 로드에 있는 묘지 쪽으로 향한다. 전에는 그 묘지에 가본 적이 있지만 로니가 그곳에 묻힌 뒤로는 한 번도 가지 않았다. 오래전 그곳은 비행장이었다. 그래서 오늘처럼 더운 여름날이면 부모님이 가끔 멜리사 자매를 데리고 가서 쌍엽기가 공중에서 재주를 부리는 모습이나 사람들이 비행기 날개 위에서 묘기를 부리는 모습을 구경하곤 했다. 하지만 화재를 동반한 사고가 너무 잦았기 때문에 비행장은 폐쇄되었다. 그뒤 그곳은 아주 오랫동안 방치돼서 잔디가 높게 자라고 금속으로 된 격납고는 녹슬어 무너졌다. 그러다가 작년 여름에 그곳을 묘지로 만들겠다는 계획이 발표되었다.

멜리사는 공원을 가로지른다. 공원에는 여느 때보다 사람이 많다. 사람들이 무슨 게임 준비를 하는 것처럼 사방에 담요를 깔고 있다. 멜리사는 벤치에 앉아 아이의 얼굴 앞에 책을 들고 있는 젊은 엄마 옆을 지나간다. "파란색." 그 여자가 말한다. "이건 파란색이야. 한번 말해볼래? 파란색. 파란색. 파란색." 아이가 아무 말도 하지 않자 엄마는 책장을 넘긴다. "빨간색. 이건 빨간색이야. 말해볼래? 빨간색. 빨간색. 빨간색." 멜리사는 계속 걸어 테니스 코트를 지난다. 하얀 옷을 입은 두 여자가 축 늘어진 네트를 사이에 두고 공을 주거니 받거니 하고 있다. 두 사람이 팔을 휘둘러 공을 칠 때마다 꿍 하는 소리가 난다. 한 여자가 결국 공을 놓치자 상대 여자가 그녀를 놀리려는 듯 이상한 소리를 내며 소리친다. "그렇지! 내가 이겼어! 드디어 내가 이겼어! 이제야 내가 이겼다고!"

저멀리서 아까 들렸던 쿵쿵 소리가 들린다. 멜리사는 그 소리를 무시하고 계속 걷는다. 여전히 맨발인 채로 그녀는 다시 도로로 나와 거리 여러 개를 또 지난다. 거의 사십 분이 지난 뒤 그녀는 묘지 입구에 다다른다. 땀투성이가 되어 숨을 몰아쉬면서 멜리사는 비포장 진입로 입구에서 걸음을 멈추고 묘지 전체를 바라본다. 교회 신도들 중에 친지가 없는 노인이 숨을 거둘 때마다 아버지가 온 식구를 장례식에 끌고 왔기 때문에 멜리사는 여러 묘지에 이미 몇 번이나 가봤다. 하지만 이곳은 다른 묘지와 느낌이 다르다. 다른 묘지에는 대개 묘비들이 여기저기 흩어져 있다. 오랫동안 비바람에 시달려 눈과 입이 닳아버린 양이나 천사 조각상도 가끔 보인다. 하지만 이 묘지에는 조각상이 전혀 없다. 옛날에 격납고가 있던 저쪽 끝에 대여섯 개의 묘비가 옹기종기 모여 있을 뿐이다. 아직 이곳에 묻힌 사람이 많지 않기 때문이다. 철을 아기자기하게 세공한 아담한 문도 없다. 그녀가 에어쇼를 보러 오던 시절부터 있던 낡은 사슬 울타리뿐이다. 묘지 대부분은 지금도 웃자란 잔디에 뒤덮여 있다. 잔디는 햇볕에 갈색으로 변해서 마치 밀밭처럼 보인다.

멜리사는 혼자 떨어져 있는 묘비를 발견한다. 그 앞에 꽃들이 소복하게 놓여 있다. 그녀는 그것이 틀림없이 로니의 무덤일 거라는 결론을 내리고 흙길을 걸어 잔디밭을 가로지르며 다시 그에게 말을 하기 시작한다. 멜리사는 로니가 없어서 너무 외롭다고 말한다. 임신 검사가 틀리길 얼마나 간절히 바라는지 모른다고 말한다. 로니가 없는 지금 자신도 펜실베이니아 대학에 갈 생각이 없다고 말한다. 부모님과 스테이시가 자기를 대하는 태도가 얼마나 끔찍한지 모른다고 말한다. 로니의 정식 이름 로널드 찰스 체이스와 함께 그의 인생의 시작과 끝을 뜻하는 날짜(1981년 3월 17일부터 1999년 6월 18일)가 새겨진 매끈한 회색 묘비에 이르렀을 때 멜리사는 입을 다문다. 오늘은 더이상 울고 싶지 않기 때문에 눈물을 애써 참으며 묘비 앞에 쌓인 꽃 옆에 앉는다. 그녀의 침실에 있는 꽃들처럼 이 꽃들도 시들어가고 있다.

뜨거운 여름 태양이 무자비하게 내리쬐는 가운데 멜리사는 묘비에 새겨진 글자와 숫자를 뚫어져라 바라보다가 푸른 하늘을 올려다본다. 그때 어떤 기억이 떠오른다. 로니의 기억이 아니라 어렸을 때의 기억이다. 비행기 날개 위를 걷는 사람을 구경하다가 그 사람이 떨어질까봐 너무 걱정이 된 나머지 비명을 지르며 아버지 옆구리에 얼굴을 묻어버렸던 기억. 아버지가 팔로 그녀를 안아주며 아무 일도 없을 거라고 말해주던 기억도 난다. 지금 그때와 똑같은 하늘을 올려다보며 멜리사는 아버지든 누구든 자신을 그렇게 위로해주는 사람이 있었으면 좋겠다고 생각한다.

미시는 비닐봉지에서 임신 검사 도구를 다시 꺼낸다. 뭔가 기적이 일어나서 분홍색 줄이 두 개로 바뀌어 있으면 좋을 텐데. 하지만 줄은 여전히 하나뿐이다. 그 순간 멜리사는 비록 로니의 아이를 가지지 않았더라도 부모님의 집에서 나오겠다는 계획은 실행에 옮기기로 결심한다. 외딴 집이 좋을 것 같다. 다큐멘터리에서 본 동물이 뭔지는 잘 모르겠지만 하여튼 으슥한 곳을 찾던 것처럼. 그래야 혼자서 슬픔에 빠질 수 있을 테니까. 이런 생각을 하면서 그녀는 비닐봉지에서 신문을 꺼내 임대 광고들을 살핀다. 그녀로서는 엄두도 낼 수 없는 크고 비싼 집들이 잔뜩 나와 있다. 그런데 그때 맨 아래쪽에서 어떤 광고가 눈에 들어온다.

부분 개조한 오두막

침실 하나와 간이 주방

월세 600달러, 공과금 별도

8월 1일 입주 가능

연락처: 게일 어윈 또는 빌 어윈……

멜리사는 이 광고를 읽고 또 읽으며 이만한 돈을 어떻게 마련할
수 있을지 궁리한다. 다른 집들에 비하면 한참 낮은 가격이지만 그
녀에게는 여전히 많은 돈이다. 그때 멀리서 무슨 소리가 들린다.
아까 들었던 날카롭고 갑작스러운 쿵쿵 소리가 아니라 낮게 우르
릉거리는 소리라 그녀는 고개를 들고 주위를 살핀다. 은색 레인지
로버 한 대가 먼지구름을 피워올리며 진입로를 올라오고 있다. 멜
리사가 고개를 앞으로 쭉 빼고 살펴보니 로니의 아버지가 운전석
에 앉아 있다. 로니의 아버지에게 아들 무덤 옆에 너무나 편안하게
퍼질러 앉아 있는 자신의 모습을 보여주기가 창피해서 멜리사는
신문을 접어 임신 검사 도구, 사탕, 카드와 함께 비닐봉지에 다시
쑤셔넣는다. 그러고는 일어서서 손을 들어 흔든다. 체이스 박사도
마주 손을 흔든다. 표정을 보니 그녀를 보고 깜짝 놀란 것 같다.

박사가 차를 세우고 차에서 내린 뒤 멜리사는 그와 로니가 정말
많이 닮았음을 깨닫는다. 전에는 한 번도 알아차리지 못했던 사실
이다. 물론 반백의 머리카락, 은테 안경 뒤의 눈 주위에 자리잡은
주름살, 파란색 폴로셔츠를 살짝 밀어대고 있는 뱃살은 확실히 로
니와 다르다. 하지만 가무잡잡한 피부, 큰 키와 튼튼한 어깨는 비

338

숫하다. 카키색 반바지를 입고 맨발에 로퍼를 신은 박사의 다리가 길고 날씬하고 털이 많은 것이 로니의 다리와 똑같다. 목에는 플라스틱 신분증이 걸려 있다. 멜리사는 병원에서 의사와 간호사 들이 모두 그런 신분증을 걸고 있던 것이 기억난다. 박사는 무덤으로 걸어와 멜리사의 눈을 바라본다. 시선을 피하지 않는다. 사고 이후로 그녀와 오랫동안 눈을 마주친 사람은 그가 처음이다. 그래서 그녀는 마음이 불안해진다. "잘 있었니?" 그가 묻는다.

"잘 지내요." 멜리사는 기어들어가는 목소리로 말한다. 아주 오래전 비행기 날개를 걷던 사람이 지상으로 내려온 뒤 부모님이 그녀와 스테이시를 그 사람 옆에 세워놓고 찰칵찰칵 사진을 찍던 기억이 언뜻 떠오른다. 그 남자 옆에서 자기가 얼마나 쑥스러웠는지 지금도 기억난다. 지금도 그때와 다르지 않다. "어렸을 때 여기 자주 왔어요." 그녀가 큰 소리로 불쑥 말한다. "그러니까, 식구들이랑 같이요. 옛날 묘기 쇼를 보러요."

박사가 주위를 둘러본다. 박사가 이곳의 지금 모습이 아니라 옛날 모습을 보고 있다는 걸 멜리사도 알 것 같다. 박사가 고개를 돌려 다시 멜리사를 바라본다. "우리도 그랬어. 필립은 무서워서 묘기를 제대로 못 봤지. 집사람이랑 같이 차에 앉아 있곤 했어. 하지만 로니는 얼마나 좋아했는지 몰라."

"틀림없이 그랬을 거예요." 멜리사는 이렇게 말한 뒤 입을 다물고 박사와 자기 사이에 쌓여 죽어가는 꽃들을 뚫어지게 내려다본다. 묘비에 새겨진 로니의 이름과 날짜도 바라본다. 다른 묘지의 조각상들이 닳아버린 것처럼 앞으로 세월이 흐르면 로니의 이름도 닳을 거라는 생각이 든다.

"원래는 세인트존스 묘지에 아이를 묻을 생각이었어." 로니의 아버지가 말한다. 마치 그녀가 무슨 생각을 하는지 아는 사람처럼. "하지만 여기가 집에서 훨씬 가까워서 말이야. 매일 퇴근길에 들르기가 쉽거든."

멜리사는 다시 고개를 들어 그와 시선을 마주친다. 박사는 시선을 피하지 않는다. "저는 여기가 묘지 같지 않아서 좋아요." 그녀는 이렇게 말하고 나서 다시 아까처럼 불쑥 말한다. "아까 거짓말을 했어요."

"거짓말이라니 무슨 거짓말?"

"아까 저한테 잘 있었냐고 물으셨을 때 제가 잘 지낸다고 했잖아요. 사실은 아니에요. 너무 끔찍해요."

체이스 박사는 카키색 반바지 주머니에 손을 깊숙이 찔러넣는다. 그러고는 갈색 가죽 신발 끝으로 잔디와 꽃이 만나는 부분을 쓰다듬는다. "나도 그래. 우리 모두 끔찍하게 지내고 있지." 그는 깊이 숨을 들이쉬고는 말을 잇는다. "그래도 너한테는 정말 힘든 일이겠구나. 아직 너무 어린데, 짐작조차 못하던 일을 당했으니. 지금은 원래 네 인생에서 아주 행복한 한때여야 하는데."

멜리사는 자신이 힘든 일을 겪었다는 사실을 부모님이 인정해주기를 몇 주 동안 기다리고 있었다. 얼굴과 이를 고치고 대학에 가서 '이번 일'을 잊어버리는 걸로 해결될 일이 아니라는 사실을 인정해주기를. 하지만 부모님은 아직 그런 것을 전혀 인정해주지 않았다. 다른 사람도 아니고 로니의 아버지에게서 이런 말을 듣는 것만으로도 멜리사는 울고 싶어진다. 그녀는 눈물을 참으며 그런 말을 해주셔서 감사하다고 말하려고 한다. 하지만 이가 빠진 자리가 얼마나 흉하게 보일지 깨닫고는 입술을 꾹 다문 채 아무 말도 하지 않는다.

'이제 누가 나한테 관심을 갖겠어?' 이 의문과 함께 똑같은 답이 떠오른다. '그럴 사람은 아무도 없어. 내가 이런 모습인 한.'

저멀리 어디선가 쿵쿵거리는 소리가 들린다. 오늘 하루종일 들리던 소리다. 멜리사는 비닐봉지를 꼭 끌어안듯이 쥐고 이가 잘 보이지 않게 말하는 방법을 궁리해낸다. "장례식에 못 가서 죄송해요. 병원에 있어서 못 갔어요."

"안다." 로니의 아버지가 목에 걸린 신분증을 아무 생각 없이 잡아당기며 말한다. 신분증에 붙은 그의 사진은 우표보다 조금 큰 정도지만 멜리사는 사진 속에서 그가 의사들이 항상 입는 초록색 병원 셔츠를 입고 있음을 알 수 있다. 그의 얼굴은 경찰이 찍은 용의자 사진처럼 우울하고 어두운 표정이다. "사고 이튿날부터 한번 가봐야지 했는데, 도저히…… 도저히 못 가겠어서."

"괜찮아요." 멜리사가 말한다. "어땠어요? 장례식이요."

체이스 박사는 한숨을 내쉬며 반바지 주머니에 다시 손을 찔러 넣는다. "솔직히 말해서 모든 게 그냥 흐릿하기만 해. 우리 큰애가 시를 읽었지. 그애는 시 쓰는 걸 좋아하는 모양인데, 거기서 처음 알았다." 박사는 어깨를 으쓱한다. "그전에는 전혀 몰랐어. 어쨌든 그걸 빼면 카드와 꽃 들, 친척과 친구 들이 끊임없이 오가던 것밖에는 기억나는 게 없다."

"저도 아저씨께 드리려고 카드를 샀어요." 멜리사는 자기 말을 증명하려는 듯이 봉지 안에서 카드를 찾아내 박사에게 건넨다. "아직은 안에 아무 말도 안 썼어요. 그러면서 이걸 지금 아저씨께 왜 보여드리는지 모르겠네요. 아마…… 아마 제가 아저씨랑 다른 가족분들을 항상 생각하고 있었다는 걸 알리고 싶어서 그럴 거예요. 비록 제가 장례식에는 못 갔어도 계속 생각하고 있었다고."

체이스 박사는 카드 앞면에서 불타고 있는 석양을 바라본다. 그러고는 카드를 열어 안쪽의 하얀 백지를 멀거니 바라본다. 박사가 이제 어찌해야 하는지 모르는 것 같아서 멜리사는 그의 손에서 카드를 다시 가져와 봉지에 넣는다. "제가 이 안에 말을 좀 써서 우편으로 부쳐드릴게요. 필립 오빠와 아주머니 것도 한 장씩 샀어요."

체이스 박사는 정말 고맙다고 말하고는 이렇게 묻는다. "그날 밤에 로니가 즐거워했니? 너희들이 모두 우리 집에 들렀을 때는 그애가 즐거워하는 것 같았는데. 하기야 네가 나보다 더 잘 알겠지. 로니가 그날 정말로 즐거워했니?"

그날 저녁에 있었던 일들이 멜리사의 머릿속을 스치고 지나간다. 스테이시가 멜리사 자신을 끌고 복도를 지나 창고로 가던 일. 로니가 그녀를 찾으러 왔던 일. 그가 RC라는 이니셜이 새겨진 손수건, 그러니까 아버지의 손수건을 꺼내던 일. 자동차 선루프 밖으로 머리를 내밀고 마구 웃어대며 밤하늘을 향해 소리를 질러대던 일. 로니가 그녀에게 키스하며 무슨 일이 있어도 그녀만을 사랑한다고 말하던 일. 이것이 그녀의 마지막 기억이다. "네." 그녀가 대답한다. "즐거웠어요. 저희 둘 다."

"그랬다니 마음이 좀 편해지는구나. 그게 무슨 의미가 있는지는 잘 모르겠다만."

"체이스 선생님……"

"리처드라고 불러라. 그렇게 불러도 돼."

멜리사는 다시 말을 시작한다. 그를 이름으로 부르는 게 어색하지만 그래도 이렇게 말한다. "리처드 아저씨. 한 가지 말씀드려도 돼요?"

"물론이지."

멜리사는 자신이 왜 지금의 상황을 그에게 고백하려 하는지 알 수 없다. 달리 이야기할 사람이 없기 때문인지도 모른다. 체이스 박사, 아니 리처드 아저씨가 그녀의 마음을 이해하거나 그녀의 기분에 신경을 써주는 흉내라도 낸 유일한 사람이기 때문인지도 모른다. "아저씨가 의사라서 드리는 말씀인데요……" 그녀가 머뭇거리며 말한다. "아저씨는 로니의 아버지시니까 제가 이런 말씀을 드리는 게 이상하다는 건 알지만, 그래도 그냥 솔직하게 털어놓는 것 말고는 달리 방법이 없는 것 같아요. 생리가 멈췄어요. 오늘로 이 주째 소식이 없어요. 전에도 늦은 적이 없었던 건 아니지만 그래도 거의 없는 편이었어요. 그래서 혹시 임신인가 하고 e.p.t로 검사를 해봤어요." 멜리사는 여기서 말을 멈추고 봉지 안에서 분홍색 줄이 하나만 나타나 있는 플라스틱 막대를 꺼낸다. "이걸 보면 임신이 아니래요. 하지만……"

멜리사가 더 말을 잇기 전에 리처드가 더듬거리며 말을 시작한다. "나는……" 그는 말을 멈추고 그녀의 손에 들린 플라스틱 막대를 바라본다. "너희들……" 그가 또 말을 멈춘다. 이번에는 주머니에서 한 손을 꺼내 턱을 문지른다. "로니랑 예방 조치 없이 그걸 했니?"

멜리사는 고개를 끄덕인다. "딱 한 번이에요. 로니가 죽던 날 밤에요."

리처드는 막대에서 시선을 들어 멜리사의 얼굴을 바라본다. 안경 뒤의 눈이 로니와 거의 똑같은 푸른색이다. 살짝 색이 바랜 것만 다를 뿐이다. "불쌍한 녀석." 리처드가 말한다.

"검사가 틀릴 수도 있어요?"

"그렇지는 않을 거다, 멜리사. 그런 검사는 정확도가 아주 높아. 네가 설명서의 지시 사항을 제대로 따랐다면 말이지."

"제대로 했어요." 멜리사는 마지막으로 조금 남아 있던 희망을 포기한다.

"생리가 늦는 경우가 거의 없다고는 하지만, 이번에는 엄청난 일을 겪었잖니. 몸이 다시 정상으로 돌아오면 생리도 시작될 거다. 네 주치의가 누구시니?"

"파텔 선생님이요."

"그 선생님한테 이 이야기를 했어?"

"아뇨."

"네 부모님께는?"

멜리사는 냉소를 터뜨린다. 부모님이 그런 얘기를 들으면 어떤 반응을 보일지 궁금하다. 바로 그 순간 실망감, 슬픔, 갑갑함, 분노 등 수많은 감정이 한꺼번에 솟아올라 갑자기 웃음이 눈물로 바뀐다. 그녀도 자신을 주체할 수 없다. 시든 꽃을 사이에 두고 서 있는 로니의 아버지가 오래전 바로 이곳에서 그녀의 아버지가 했던 것과 똑같은 말을 한다. "괜찮아. 아무 일도 없을 거다."

이 말이 어렸을 때처럼 위안이 되지는 않는다. 아니, 사실 이 말이 너무 공허하고 절망적으로 들려서 그녀는 더욱 거세게 울어댄다. 리처드가 꽃 무더기를 돌아 다가와서 그녀를 안는다. 그녀는 망가진 얼굴을 그의 어깨에 묻는다. 로니의 어깨와 다르면서도 비슷한 어깨. 그 비슷한 느낌 때문에 눈물이 더 쏟아진다.

"울어도 돼." 리처드가 그녀의 머리카락을 쓰다듬으며 속삭인다. "네가 로니를 얼마나 아꼈는지 안다. 네가 지금 얼마나 힘들지…… 시간이 흐르면 좀 나아질 거다. 두고 봐."

그때 그녀의 입에서 질문이 튀어나온다. "다른 사람을 사랑할 생각도 없지만, 설사 그런 생각이 들어도 이제 누가 제게 관심을 갖겠어요?"

"그런 말은 하지 마."

"하지만 사실이잖아요." 그녀가 말한다. 얼굴을 리처드의 티셔츠에 묻고 있기 때문에 목소리가 작게 들린다. "저를 안아주거나 바라봐줄 사람은 하나도 없을 거예요."

리처드는 한참 동안 아무 말이 없다. 멜리사에게 그렇지 않다고 말할 수 없다는 사실을 깨달은 모양이다. 그는 계속 그녀를 안고 머리카락을 쓰다듬어준다. 두 사람이 그렇게 로니의 무덤 옆에서 서로를 꼭 끌어안고 있을 때 멜리사의 마음속에서 뭔가 변화가 일어난다. 그녀는 자신의 심장박동을 떠올린다. 병원에 있을 때 며칠 동안이나 모니터에 수많은 골과 마루를 연달아 그려내던 그 모습. 그 형광빛 초록색 선이 화면에서 아주, 아주 오랫동안 평평한 일직선으로 이어지는 모습을 상상한다. 그러다 갑자기 선이 팔딱 움직인다. 팔딱. 팔딱. 멜리사는 로니의 아버지 품속에서 긴장을 풀고 위안을 얻는다. 로니와 있을 때처럼 몸이 달아오르거나 성적인 감정이 느껴지는 것이 아니다. 전혀 아니다. 멜리사가 느끼는 것은 따스함과 안도감, 사고 이후로 아무도 그녀에게 주지 못했던 위안이다. 그래서 그녀는 울음을 멈춘다. 마침내 리처드가 그녀를 놓고 한 걸음 뒤로 물러난다. 그는 손목시계를 확인하고는 저녁 먹을 시간이 거의 다 됐다며 정말로 가봐야겠다고 말한다. "여긴 어떻게 왔니?" 리처드가 묻는다.

"걸어서요."

"그럼 내가 집까지 태워다주마. 집이 어디지?"

멜리사는 너무 피곤해서 그 먼 길을 다시 걸어갈 수 없기 때문에, 그리고 조금만 더 리처드 곁에 있고 싶기 때문에 리처드에게 자기 집이 도서관에서 멀지 않은 처치 스트리트에 있다고 말해준다. 두 사람은 로니에게 소리 없이 작별 인사를 한 뒤 레인지로버에 오른다. 검은 가죽 좌석과 복잡하게 생긴 대시보드 때문에 멜리사는 어울리지 않는 곳에 온 것 같은 기분이 된다. 리처드의 품에서 느꼈던 따스함이 순식간에 희미해진다. 그래서 그가 다시 한번 안아주었으면 좋겠다는 생각이 든다. 이곳을 떠나기 전에 단 몇 분만이라도. 물론 차마 그렇게 해달라고 말할 수는 없기 때문에 의자에 앉은 채 몸에 힘을 빼고 늘어지듯 앉아서 창밖을 바라본다. 아까 어머니의 차를 탔을 때 그랬던 것처럼. 차가 또 먼지구름을 일으키며 긴 비포장 진입로를 빠져나가는 동안 저멀리서 또 쿵쿵 소리가 들린다. 그녀는 이번에는 리처드에게 저게 무슨 소리냐고 묻는다.

"불꽃놀이야." 리처드가 말한다. "오늘밤에 소방서가 공원에서 여느 때처럼 쇼를 벌일 예정인데도 사람들은 각자 자기 집에서 저렇게 난리를 피우고 싶은 모양이다. 항상 사람이 다치는 사고가 나는데도. 독립기념일마다 항상 그래."

리처드가 원통형 꽃불과 M-80의 위험성에 대해 길게 말을 늘어놓는 동안 멜리사는 생리가 시작되었어야 하는 날부터 날짜를 세느라고 독립기념일을 잊어버리다니 어이가 없다는 생각을 한다. 이상한 기분이 든다. 마치 세상이 그녀만 남기고 어디로 가버린 것 같다. 모두들 그녀만 쏙 빼놓고 가버린 것 같다.

하지만 사람들을 따라잡고 싶은 건지 잘 모르겠다.

불꽃놀이에 관한 이야기를 끝낸 뒤 리처드는 아무 말 없이 시내를 가로지른다. 멜리사는 로니의 무덤 옆에서 자신을 오랫동안 안고 있었던 것에 대해 리처드가 조금이라도 어색해하는 것이 아닌가 하는 생각이 든다. 리처드가 자신처럼 위안을 느꼈는지도 궁금하다. 하지만 그걸 어떻게 물어봐야 할지 알 수 없기 때문에 그냥 아무 말도 하지 않는다. 집이 가까워질수록 그녀는 집에 들어가기가 무섭다. 다시 자기 침대로 올라가서 디스커버리 채널을 틀어놓고, 쟁반에 담겨온 밍밍한 음식을 먹고, 복도 아래쪽에서 스테이시가 수화기에 대고 징징거리는 소리를 듣고, 어머니 아버지와 함께 똑같은 기도를 드리는 생활을 날이면 날마다 반복하는 것만은 정말 하고 싶지 않다. 그때 신문에서 본 오두막 임대 광고가 생각난다. 멜리사는 어떻게 하면 그만한 돈을 구해서 집을 나갈 수 있을지 방법을 생각해보려 한다. 하지만 처치 스트리트에 다다랐는데도 방법은 생각나지 않는다. 리처드에게 부탁하는 건 아직 생각해보지 못했다.

"저기 모퉁이에서 내려주시면 돼요." 멜리사가 말한다. "더 가면 부모님이 저랑 아저씨가 왜 같이 왔는지 물어보실 거예요. 지금은 그런 질문에 대답하고 싶지 않아요."

리처드가 깜박이를 켜고 차를 갓길 쪽으로 빼서 교회 바로 앞에 멈춰선다. "그게 무슨 소리지?" 그가 말한다. "네가 나랑 같이 있는 걸 보고 부모님이 왜 신경을 쓰신다는 거야?"

멜리사는 어깨를 으쓱하고는 리처드의 목에 걸려 있는 우울한 표정의 사진을 흘깃 본다. 그러고는 그의 얼굴을 올려다본다. 실물이 훨씬 더 친절해 보인다. 리처드가 다시 그녀의 눈을 똑바로 바라본다. "저도 잘 모르겠지만, 틀림없이 신경쓰실 거예요."

리처드는 잠시 생각해보다가 더이상 묻지 않는다. 그는 운전석과 조수석 사이의 보관함에서 명함을 꺼내 그녀에게 준다. "혹시 필요한 게 있거든 언제든지 전화해라. 우리 집 전화번호는 알지? 명함에 병원 전화번호랑 휴대전화 번호도 있어."

멜리사는 명함을 받아 상아색 횃불 모양의 브린모어 병원 로고와 그 밑에 잔뜩 쓰여 있는 전화번호들을 흘깃 내려다본다. "고맙습니다." 그녀는 인사를 하고 나서 이렇게 묻는다. "매일 퇴근길에 묘지에 들르세요?"

"매일 들르지." 리처드가 말한다.

"그럼 거기서 또 뵙게 될지도 모르겠네요."

"그럴지도 모르지. 그럼 반가울 거다."

멜리사는 문을 열기 전에 리처드가 또 자신을 안아줄까 싶어서 잠시 멈춘다. 그 온기를 마지막으로 한 조각이라도 느끼고 싶다. 집 안까지 그걸 가지고 들어갈 수 있게. 하지만 그런 일은 일어나지 않는다. 그래서 그녀는 문고리를 잡아당겨 문을 열고 차에서 내린다.

"안녕히 가세요, 리처드 아저씨." 그녀는 그의 이름을 부를 때의 느낌에 익숙해지려고 연습하는 것처럼 말한다.

"잘 있어라, 멜리사."

그녀는 교회 앞에 서서 레인지로버가 모퉁이를 돌아 해신 스트리트로 사라지는 것을 본다. 리처드가 가버린 뒤 미시는 집을 향해 돌아선다. 리처드의 명함을 손에 꼭 쥐고 행여 구겨지기라도 할까 봐 극도로 조심하면서. 앞마당 가장자리의 거대한 상록수 앞에 다다르자 나무에서 어울리지도 않게 크리스마스 같은 냄새가 난다. 멜리사는 거기서 걸음을 멈추고 차고 쪽을 바라본다. 자기 물건이 그 안에 있다던 어머니의 말을 떠올린 그녀는 그쪽에 가보기로 한다. 멜리사는 가능한 한 조용히 차고 문을 들어올린다. 부모님이 그 물건들을 버리기 전에 자신이 가져가야 할 것 같다. 차고 안이 어두워서 그녀는 불을 켠다. 그녀가 짐작했던 것처럼 모든 것이 쓰레기통 옆에 아무렇게나 쌓여 있다. 모두 크고 작은 투명 비닐봉지에 담긴 채다. 비닐을 통해서 피가 튄 드레스가 보인다. 등 부분이 아무렇게나 잘려 있다. 의사들이 옷을 벗기기 위해 잘라버렸기 때문이다. 다른 비닐봉지에 들어 있는 신발도, 또다른 비닐봉지에 들어 있는 가방도 보인다. 심지어 코르사주도 있다.

멜리사는 봉지들을 하나로 모은 뒤 드레스를 팔에 걸치고 그 위에 나머지 물건들을 잘 올린다. 그러고는 차고 밖으로 나와 집 안으로 들어간다. 계단 아래서 그녀는 잠시 걸음을 멈추고 주방에서 식구들이 식사하는 소리를 듣는다. 지금은 다섯시가 한참 지난 시각이다. 스테이시와 어머니가 이야기를 나누는 소리, 포크가 접시에 챙챙 부딪히는 소리를 들으니 세상이 멜리사 자신만 쏙 빼놓고 돌아가는 것 같은 묘한 기분이 또 든다. 멜리사는 태양계의 다른 행성들은 모두 앞으로 도는데 혼자서만 뒤로 돌고 있는 금성을 생각한다. 아버지의 목소리가 들리지 않는 것으로 보아 아버지는 자리에 없는 모양이다. 그래서 어머니와 스테이시는 편안하게 대화를 나누고 있다. 아버지가 없을 때는 항상 그렇다. 어머니가 아버지에게 맞서는 법이 결코 없기 때문이다. 스테이시가 채즈가 너무 보고 싶다고 말하는 소리가 들린다. 그뒤를 이어 스테이시는 깁스를 한 팔이 가렵다며 여느 때처럼 불평불만을 줄줄이 늘어놓는다. 그다음으로 두 사람은 아침에 러트거스 대학에 전화를 걸어 스테이시의 가을 학기 강의 시간표를 짜야 한다는 이야기를 나눈다. 그러다 어머니가 중간에 말을 끊고 멜리사와 관련된 이야기를 한다.

"교회에 양로원에 들어가는 할머니가 하나 있어. 고양이를 기르고 있는데 새 주인을 찾아줘야 한대. 네 아버지랑 같이 생각해봤는데, 미시한테 주면 어떨까 싶다. 걔는 항상 고양이를 기르고 싶어 했잖니. 미시도 가을이면 대학에 가겠지만, 그때는 우리가 대신 고양이를 길러주면 되지. 미시가 집에 오면 고양이를 볼 수 있게."

"엄마." 스테이시가 말한다. "멜리사는 할머니가 기르던 벼룩투성이 고양이보다는 새끼 고양이를 더 좋아할걸요."

"벼룩투성이 고양이가 아냐, 스테이시. 내가 무무를 직접 봤는데, 얼마나 예쁜지 몰라."

"잠깐만요. 그거 이름이 뭐라고요?"

"그거가 아니라 고양이야." 어머니가 말한다. "이름은 무무고."

스테이시가 코웃음을 친다. "무슨 이름이 그렇게 이상해."

"버릇없는 소리. 게다가 멜리사가 원하면 이름을 바꿔도 돼."

"엄마. 이름을 어떻게 간단히 바꿔요? 그건 아마 무무라는 이름에 익숙할 텐데. 내 말은, 사람들이 어느 날 갑자기 엄마를 마거릿이라고 부르지 않으면 어떻겠어요?"

"말도 안 되는 소리 하지 마. 그건 다른 문제잖아."

"알았어요, 낸시."

"낸시?"

"네." 스테이시가 말한다. "방금 엄마 이름을 바꿔 부른 거예요. 괜찮죠?"

이 말을 끝으로 멜리사는 어머니와 스테이시의 대화에 관심을 끊고 조심스럽게 계단을 올라간다. 부모님이 마침내 자신에게 애완동물을 마련해주기로 했다는 사실에 감동해야 할 텐데, 부모님에 대한 멜리사의 감정은 조금도 누그러지지 않는다. 자기 방으로 들어온 멜리사는 드레스를 비롯해서 졸업 무도회 때 갖고 있었던 모든 물건을 침대 옆 바닥에 놓고 침대 밑의 어둠 속으로 밀어넣는다. 지금은 너무 피곤해서 산산이 부서진 빨간 전구와 그 밖의 물건들을 볼 수가 없다. 하지만 내일이 되면 볼 것이다. 바닥에서 일어서보니 베개 위에 선물이 놓여 있다. 벌 그림으로 뒤덮인 종이로 포장돼 있다. 멜리사는 선물을 들어 포장지를 찢는다. 미소 짓는 벌들 밑에 검은 가죽 일기장이 있다. 표지에는 그녀의 이름이 금색으로 새겨져 있다. 멜리사는 일기장을 열어 그 안에 적힌 말을 읽는다. '동생이자 가장 좋은 친구인 멜리사에게. 지금은 불가능하게 보이겠지만 언젠가 너도 새 출발을 해서 다시 행복해질 거야. 꼭. 사랑해. 스테이시.'

멜리사는 일기장을 리처드의 명함과 함께 협탁에 놓는다. 스테이시의 말이 옳다. 그녀는 새 출발을 할 것이다. 하지만 다른 사람들이 생각하는 새 출발은 아니다. 멜리사는 CVS 비닐봉지에서 신문을 꺼내 임대 광고에 나온 전화번호로 전화를 건다.

전화벨이 두번째로 울리던 중에 여자가 전화를 받는다. "여보세요."

"안녕하세요." 멜리사는 아래층 사람들이 듣지 못하게 작은 목소리로 말한다. "어윈 씨나 어윈 부인 계세요?"

"내가 게일 어윈이에요." 여자가 쾌활한 목소리로 말한다.

"저는 멜리사예요. 8월부터 입주할 수 있다는 셋집 때문에 전화 드렸어요. 아직 그 집이 비어 있다면, 제가 집을 보러 가도 되나 해서요."

"집은 아직 비어 있어요." 게일이 말한다. "마침 그 집을 살짝 개조하는 작업이 끝나가는 중이에요. 당연히 와서 봐도 되죠. 시간은 언제가 좋아요?"

"내일은 어떠세요?"

"좋아요. 남편이랑 내가 하루종일 집에 있을 거예요."

멜리사는 정오쯤 만나기로 약속을 정하고 전화를 끊는다. 돈을 마련할 방법은 아직 생각해내지 못했지만 그녀는 집을 나간다는 생각에 희망을 느낀다. 멜리사는 창가로 가서 푹신한 의자에 앉아 거리를 내다본다. 아주 오래전에 하얀 리무진이 모퉁이를 돌아 나타나기를 기다릴 때처럼. 그리고 이번에는 로니에게 속삭이듯이 기도한다. 돈을 구할 수 있게 도와달라고. 멜리사는 계속 로니에게 말을 걸다가 몇 주 만에 처음 침대에서 일어나 밖에 나갔다 온 탓에 완전히 기진맥진해서 창가 의자에 몸을 쭉 펴고 누워 스르르 잠이 든다.

몇 시간이 지난 뒤에야 그녀는 소방서의 불꽃놀이가 래드너의 어두운 여름 하늘에서 폭발하는 소리에 잠에서 깬다. 멜리사가 눈을 떠보니 나무들 꼭대기에서 자주색과 초록색으로 빛나는 불꽃이 가장 먼저 눈에 들어온다. 그때야 비로소 좋은 생각이 떠오른다. 아주 간단한 계획이다. 내일 어윈 부부의 오두막을 둘러본 뒤 묘지로 가서 로니의 아버지를 기다릴 것이다. 당장은 아니더라도 언젠가는 그에게 돈을 부탁할 생각이다. 용기가 나면 그에게 한번 더 안아달라고 부탁할 생각도 있다. 이렇게 마음을 정한 뒤 멜리사는 다시 눕는다. 창밖에서는 금색 불꽃이 하늘에 흩뿌려지더니 나무의 검은 실루엣 뒤로 비처럼 쏟아져내린다. 텔레비전 다큐멘터리에서 본 혜성과 똑같다. 옛날 사람들은 혜성이 전염병, 기근, 죽음의 전조라고 믿었다.

온갖 끔찍한 일들이 일어날 전조라고.

13장

전화번호 안내 서비스에 전화하는 걸 깜박했다는 걸 깨달았을 때 샬린은 이미 도서관 주차장을 빠져나와 도로의 차들 사이에 있다. 그녀는 조수석으로 손을 뻗어 다시 휴대전화를 집어든다. 하지만 운전하면서 번호를 누르기가 너무 힘들어서 비상 깜박이를 켜고 갓길에 갑자기 멈춰선다. 공교롭게도 그녀의 차와 연식도 똑같고 색깔도 똑같은 렉서스의 운전자가 마구 경적을 울리며 쌩하고 옆을 지나친다. 얼음처럼 차가운 흙탕물이 그녀의 차창에 휙 흩뿌려진다. 이제는 익숙해진 분노가 순간적으로 샬린의 마음속에서 솟아오른다. 당장 가속페달을 밟고 그 차를 쫓아가 운전자에게 한바탕 퍼붓고 싶다. 어쩌면 트렁크에 있는 쇠지레를 꺼내 유리창도 몇 장 깨뜨릴지 모른다. 하지만 그때 뭔가 이상한 일이 일어난다. 필리아의 하늘색 스키 파카 밑의 납작한 가슴을 떠올리자 그것만으로도 분노가 쪼그라들어 사라져버린 것이다.

샬린은 숨을 내쉬고는 411을 눌러 펜실베이니아 주 래드너에 사는 멜리사 무디의 주소를 묻는다. 알고 보니 래드너에 무디라는 이름으로 등록된 주소는 하나뿐이다. 처치 스트리트에 사는 조지프 무디와 마거릿 무디 부부. 샬린은 리무진 회사를 상대로 소송을 낼 때 서류에서 멜리사의 부모 이름을 본 기억이 난다. 그러고 보니 멜리사의 아버지가 루터파 교회의 목사라는 사실도 생각난다. 그렇다면 그 주소가 말이 된다. 여기서 거기까지 가려면 좌회전을 몇 번 한 다음 우회전을 해서 러니미드 애비뉴로 접어들어 좌회전을 한번 더 하면 된다. 그러면 바로 처치 스트리트가 나오기 때문에 천천히 차를 몰면서 번지수만 열심히 찾아보면 될 것이다.

샬린은 무디 부부의 작고 하얀 집을 찾아낸다. 지붕에 창문 두 개가 돌출해 있고 눈 덮인 잔디밭 구석에는 키 큰 상록수 한 그루가 버티고 서 있다. 샬린은 진입로로 차를 몰고 들어가 시동을 끈다. 멜리사의 낡은 파란색 코롤라는 어디에도 보이지 않지만 샬린은 차고 안에 주차돼 있는 모양이라고 생각한다. 아니면 그 아이가 이제 여기서 살지 않을 수도 있다. 답을 알아내는 방법은 하나뿐이므로 샬린은 차에서 내려 삽으로 눈을 치워둔 길을 따라 올라간다. 샬린이 엄지로 초인종을 눌러 집 안에서 스타카토로 끊어지는 초인종 소리가 울리는 순간 모직 코트 주머니 속에 넣어둔 그녀의 휴대전화가 울리기 시작한다. 틀림없이 필립이 그녀의 메시지를 듣고 건 전화일 것이다. 이 번호로 그녀에게 연락을 취할 사람은 아무도 없으니 말이다. 그런데 샬린이 전화를 받으려고 휴대전화를 꺼내는 순간 문이 활짝 열린다.

머리가 벗어진 남자가 샬린을 빤히 바라본다. 포도주색 카디건에 깔끔하게 다린 코듀로이 바지 차림이다. 안색은 창백하고 코는 섬세하며 입술은 도톰하다. 옛날에 멜리사는 비슷한 이목구비로 예쁘다는 소리를 들었지만 이 남자는 조금 재수 없어 보인다. 멜리사와 많이 닮은 얼굴을 보고 샬린은 이 사람이 멜리사의 아버지일 거라고 짐작한다. "안녕하세요." 남자가 말한다.

휴대전화가 또다시 날카롭게 울어대기 시작하자 샬린은 여러 개의 버튼을 마구 누른다. 상대에게 무례하게 보이지 않으려고 전화를 음성 사서함으로 돌릴 생각이다. 샬린 자신도 정확히 어떤 버튼을 눌렀는지 모르지만 여하튼 벨소리가 그친다. "죄송해요. 휴대전화라는 게 항상 이렇다니까요. 제일 곤란한 시간에 울려대네요."

남자가 꾸민 듯한 표정으로 차분한 미소를 짓는다. "사실 저는 휴대전화가 없습니다. 그러니 저야 모르는 일이죠."

남자가 메마른 목소리로 단어를 말할 때마다 끝을 살짝 내리는 것을 보니 남쪽 사투리의 흔적이 조금 남아 있는 것 같다. 샬린은 이 남자가 연단에 서서 설교하는 모습을 상상해보려 하지만 떠오르는 거라고는 매춘부와 함께 낡아빠진 모텔에 들어가는 모습뿐이다. 지미 스웨거트를 비롯해서 그녀가 도저히 참아줄 수 없는 그 위선자 무리와 같다. "저도 마찬가지예요." 샬린은 대화에 정신을 집중하려고 애쓰며 말한다. "그러니까, 휴대전화를 갖고 있기는 한데, 대개는 휴대전화가 어떤지 잊고 살아요. 아주 급할 때만 쓰거든요."

남자가 잠시 가만히 있다가 비로소 그녀의 말을 이해한다. "그럼 아까 그 전화가 급한 일이었다는 뜻입니까?"

"아뇨……" 샬린은 말을 멈춘다. 어쩌다 처음부터 대화가 이렇게 어색해졌는지 잘 모르겠지만 그녀는 문제를 잘 해결해보려고 최선을 다한다. "그냥 우리 아들 전화예요. 급한 일은 아니에요. 우리 애는 잘 있어요. 뭐, 그런 거나 마찬가지죠. 나중에 제가 다시 전화하면 돼요."

남자도 휴대전화 이야기에는 이제 싫증이 났는지 다른 질문을 한다. "그래 어쩐 일로 오셨습니까?"

"멜리사가 혹시 집에 있나 하고요." 이 말을 하는 순간 샬린은 아직 자기소개도 하지 않았다는 사실을 떠올린다. "죄송해요." 그녀는 이렇게 말하고서 한쪽 손을 내민다. "저는 샬린 체이스예요. 로니 체이스의 엄마죠. 제 아들이 멜리사의……"

"댁이 누군지 압니다." 남자가 그녀의 말을 자른다. 그의 얼굴에서 미소가 사라지고 있다.

샬린은 계속 손을 내민 채이지만 남자는 손을 뻗지 않는다. 결국 샬린은 포기하고 손을 다시 모직 외투 주머니에 넣어 전화기 버튼을 불안하게 만지작거린다. "그럼 무디 씨겠군요. 아니, 무디 목사님이라고 해야죠."

"조지프라고 부르세요." 남자는 이 말뿐이다.

만약 그가 샬린을 환영할 생각이 없다는 뜻을 표현하려는 거라면 방법을 제대로 택한 것 같다. 샬린이 막 입을 열어 멜리사에 대해 물어보려는데 집 안 어딘가에서 발소리가 들린다. 잠시 후 남자와 똑같이 피부가 매끈하고 안색이 창백한 여자가 문간에 모습을 드러낸다. 멜리사의 어머니인 모양이다. 키가 크고 호리호리한 몸매에 꽃무늬 앞치마를 두르고, 노란 머리카락을 깔끔하게 정리한 모습이 마치 주방 바닥 세정제 광고에 나오는 주부 같다. 남편이 매춘부와 함께 침대에 드는 순간에도 이 여자는 집에서 대걸레질을 하고 있을 것 같다는 생각이 든다. "이분은 누구예요?" 여자가 샬린을 바라보며 조지프에게 묻는다.

"리처드 체이스 씨의 부인이셔."

"전처예요." 샬린은 이 말을 불쑥 내뱉고는 조지프가 자신을 로니의 어머니가 아니라 리처드의 부인이라고 표현한 것이 참 이상하다는 생각을 한다. "제가 모르는 사정이라도 있나요?"

"그런 건 없습니다." 조지프가 말한다.

"아, 그렇다면……" 샬린은 목을 가다듬는다. "따님은 집에 있나요?"

"멜리사는 이제 여기 안 삽니다. 다른 사람도 아니고 댁이라면 당연히 아실 텐데요."

"제가 당연히 알아야 한다고요?" 샬린이 말한다.

그런데 조지프가 갑자기 안녕히 가시라며 문을 닫으려 하는 바람에 샬린은 당황한다. 마지막 순간에 마거릿이 입을 연다. "조지프, 잠깐만요." 그녀가 문을 열고는 불안하게 숨을 들이쉬더니 샬린에게 지금 멜리사를 만나려고 하는 이유가 무엇이냐고 묻는다.

샬린은 어디서부터 이야기를 시작해야 할지 알 수 없어서 우선 이렇게 말한다. "댁의 따님이 어젯밤 늦게 우리 집에 들렀어요." 샬린은 한숨을 내쉰다. "솔직히 제가 따님을 친절하게 맞이하지는 않았죠. 그런데, 음, 바로 얼마 전에 무슨 일을 하나 겪으면서 제 행동이 잘못이었다는 걸 깨달았어요. 그래서 따님과 이야기를 하러 온 거예요. 아기에 대해서 그 아이의 이야기를 자세히 들어봐야겠다고……"

"아기." 두 사람이 동시에 말하는 바람에 목소리가 겹쳐서 마치 '아아기기'처럼 들린다.

"아기요." 샬린이 말한다.

그러고는 아무도 입을 열지 않는다. 세 사람 모두 가만히 서 있을 뿐이다. 멜리사의 부모는 손으로 문을 잡고 있고 샬린은 여전히 주머니 속에서 전화기를 만지작거린다. 이 사람들이 딸을 만난 지 꽤 됐음이 분명하다. 샬린은 멜리사가 요즘 어떤 생활을 하는지 이 사람들에게 알려주는 역할을 하고 싶지 않기 때문에 이렇게 말한다. "저기, 전 문제를 일으키고 싶지 않아요. 그러니까 그 아이가 사는 곳만 알려주시면 더이상 귀찮게 하지 않을게요."

"그애는 잘 지내나요?" 멜리사의 어머니가 묻는다. "말씀해주세요. 잘 지내요?"

샬린은 어깨를 으쓱한다. "저도 잘 몰라요."

"그런데 정말 모르겠네요." 마거릿은 어떤 질문을 먼저 해야 할지 마음을 정하지 못하고 말을 더듬는다. "저는…… 무슨…… 누구의 아기죠? 그리고 그애가 왜 맥을 찾아갔을까요?"

"그건 저도 몰라요." 이건 미시가 전날 밤에 했던 이야기를 두 사람에게 시시콜콜 늘어놓지 않고 할 수 있는, 최대한 정직한 대답이었다.

"그럼 더이상 들을 필요도 없겠군." 조지프가 이렇게 말하고는 또 문을 닫으려 한다.

이번에는 마거릿이 아까보다 더 강하게 그를 제지한다. "난 더 물어볼 게 있어요." 정확히 말하자면 고함을 지르는 건 아니지만 팽팽하게 날이 선 단호한 목소리다. 마거릿은 남편의 손을 움켜쥐

고 같은 말을 반복한다. "난 더 물어볼 게 있어요, 조. 그애는 지금
도 우리 딸이고 난 그애에 대해 모든 걸 알고 싶어요."

샬린은 자기가 이 자리에 없다면 조지프가 버럭 고함을 지르거
나 심지어 마거릿에게 손찌검까지 했을 것 같다는 생각이 든다. 하
지만 지금 그는 한참 동안 아내를 노려보기만 할 뿐이다. 턱에는
힘이 잔뜩 들어갔고 윗입술은 안으로 말려들어갔다. 마침내 그가
마거릿의 손을 떨쳐내며 말한다. "그럼 마음대로 해."

그가 화를 내며 안으로 들어가버리자 마거릿은 샬린을 바라보
며 안으로 좀 들어오겠느냐고 묻는다. 저 뒤에서 조지프가 2층으로
올라가는 모습이 보인다. 샬린은 이 집에 정말로 자기가 모르는 사
정이 있다는 느낌을 떨쳐버릴 수 없다. 그래서 집 안에 발을 들여
놓는다. 이 집은 왠지 인형의 집 같다. 집이 작아서 그런 것 같기도
하고, 모든 것이 아주 깔끔하게 정리돼 있기 때문인 것 같기도 하
다. 나무로 된 바닥은 반들반들 윤이 난다. 그리고 의자 등받이에
서부터 탁자 상판에 이르기까지 모든 물건이 하얀 냅킨이나 덮개
로 장식돼 있다. 샬린이 보기에 무엇보다 이상한 것은 쥐 죽은 듯
한 침묵이다. 자신의 집에서는 사람 소리가 나지 않더라도 거실의
고장난 고물 시계가 똑딱거리는 소리가 항상 들린다. 가끔 냉동실
돌아가는 소리도 난다. 오늘 오후에 도서관에 갔을 때도 사람들이
컴퓨터 자판을 두드리는 소리와 숨죽여 속삭이는 소리가 침묵 속
에서 간간이 들려왔다. 하지만 이 집에서는 정말이지 아무 소리도
나지 않아서 샬린이 마거릿을 따라 연초록색 거실로 들어가면서
내는 숨소리, 발소리가 몇 배로 증폭되는 것 같다.

"외투를 걸어두고 올게요." 마거릿이 흠잡을 데 없이 예의바른

목소리로 말한다. 그녀를 최고로 대접하겠다는 신호다.

샬린은 이 집에 오래 있을 생각이 아니라서 괜찮다고 말한다. 하지만 마거릿이 음료수를 권하자 아까 도서관 앞에서 꾸역꾸역 먹어댄 빵 때문에 너무 목이 말라서 좋다고 말한다.

"뭘로 드실래요? 물, 포도 주스, 우유가 있어요."

셋 다 초등학교 1학년 아이들한테나 어울리는 음료수라는 생각이 든다. 왠지 마거릿이 동물 모양 크래커도 권할 것 같다. "혹시 다이어트코크는 없으세요?"

마거릿이 꽃무늬 앞치마에 양손을 대고 누른다. "죄송해요. 저희 집에는 탄산음료가 없어요."

샬린의 집에는 탄산음료밖에 없는 거나 마찬가지인데. "그럼 그냥 물을 마실게요. 감사합니다."

마거릿이 주방으로 간 뒤 샬린은 먼저 고개를 돌려 하얀 벽돌 벽난로를 바라본다. 미시의 자동차 대시보드에 붙어 있던 사진에서 이 벽난로를 본 기억이 난다. 샬린은 벽난로로 다가가서 그 위에 줄줄이 놓인 사진 액자들을 바라본다. 모두 웨딩드레스를 입은 멜리사의 사진들이다. 행복하게 웃는 얼굴. 게다가 얼굴에는 흉터 하나 없다. 샬린은 사진 액자 하나를 들어 자세히 살펴본다. 이 사진을 언제 찍었는지, 멜리사와 나란히 서 있는 빨간 머리 젊은이가 누군지 궁금하다.

"그애는 우리 큰 딸 스테이시예요." 마거릿이 쟁반에 길고 호리호리한 물잔 두 개를 담아들고 돌아와서 말한다. 그녀는 하얀 장식천이 덮인 커피 탁자 위에 잔을 내려놓는다. 바로 옆 소파 등받이에도 역시 하얀 장식천이 덮여 있다.

샬린은 온통 멜리사 생각만 하느라고 멜리사에게 쌍둥이 언니가
있다는 사실을 잊고 있었다. 마거릿의 말을 듣고 나니 스테이시가
졸업 무도회 날 밝은 초록색 드레스를 입고 채즈와 함께 집 앞 잔
디밭에 서 있던 모습이 떠오른다. 거기서부터 그녀의 기억이 마이
크로필름으로 신문 기사를 빨리 돌려볼 때처럼 앞으로 휙휙 날아
가, 공군에 입대한 채즈가 휴가를 나와 샬린의 집을 찾아왔던 날에
멈춘다. 로니가 죽은 지 일 년쯤 지났을 때다. 필립과 리처드는 이
미 집을 나간 뒤라 집에는 샬린 혼자 있었다. 밖에서 자동차 문이
닫히는 소리를 듣고 침실 창문으로 밖을 내다보던 기억이 지금도
생생하다. 채즈가 짙은 파란색 제복을 입고 머리를 완전히 민 모습
으로 문을 향해 걸어오고 있었다. 그때 샬린은 채즈가 이렇게 즉흥
적으로 찾아온 것이 무서웠다. 하지만 그가 안으로 들어와 주방 식
탁에서 그녀와 이야기를 나누기 시작하자 무서움은 사라지고 그
가 들려준 것이 오히려 고마워졌다. 마지막으로 샬린은 채즈가 자
신과 로니가 무디 자매를 만나기 시작한 이유에 대해 들려준 이야
기를 떠올린다. 샬린은 이 비밀을 아무에게도 말하지 않았다. 비록
어젯밤에는 필립과 함께 문 앞에 서 있던 순간에 하마터면 말할 뻔
했지만.

하지만 넌 다 몰라.

내가 모르는 게 뭔데요?

방금 말했잖아. 다 모른다고.

"스테이시는 지난봄에 결혼했어요." 마거릿이 말한다. "러트거
스에서 아주 훌륭한 젊은이를 만났거든요. 사위랑 같이 계속 뉴저
지에 살아요."

"잘됐네요." 샬린은 다른 사람들과 이렇게 부모 대 부모로 이야기를 나누는 것이 아주 오랜만임을 깨닫는다. "따님은 무슨 일을 하죠?"

"스테이시는 보험회사의 시스템 분석가예요. 사위인 테드는 첨단기술회사의 통제관이고요."

한때는 샬린도 매주 지역신문의 결혼 소식란을 한 번도 빼놓지 않고 읽었다. 그때는 그 난에 실린 거의 모든 사람이 지금 마거릿이 말한 것 같은 이름의 직업을 갖고 있는 것 같았다. 하지만 샬린은 그게 무슨 일을 하는 직업인지 오리무중이었다. "그게 정확히 무슨 뜻이죠?" 그녀는 마거릿에게 묻는다. 멜리사 얘기를 꺼내기 전에 이 가벼운 수다에 좀더 장단을 맞춰줄 생각이다. "그러니까, 시스템 분석가나 통제관이 아침에 직장에 출근해서 자리에 앉아 하는 일이 뭐예요?"

"글쎄요, 저는……" 마거릿이 말을 멈췄다가 다시 잇는다. "한 번도 생각해본 적이 없네요. 스테이시는 아마 무슨 시스템을 분석하는 일을 하는 거겠죠. 그리고 테드는, 글쎄요, 틀림없이 뭔가를…… 통제하는 일이겠죠."

"아." 말은 이렇게 했지만 샬린은 여전히 이 직업들에 대해 아는 것이 없다. 그녀는 사진을 벽난로 위에 다시 내려놓고 이제 이 이야기는 그만하기로 한다.

마거릿이 그녀에게 아치 모양의 소파를 권한다. 비록 소파 쿠션은 얇고 딱딱하지만 두 사람 모두 최대한 편안한 자세를 취한다. 샬린은 커피 탁자 위의 쟁반에서 물잔을 집어든다. 그녀가 물을 한 모금씩 마시는 동안 마거릿이 묻는다. "아드님이 한 명 더 있죠?"

샬린은 집의 소파베드에 누워 있는 필립을 생각한다. 텔레비전을 크게 틀어놓고 그 전기를 읽고 있을 것이다. "예. 필립이요. 지금 실업자예요." 그녀는 웃음을 터뜨린다. "이 직업이 뭔지는 설명하기가 쉽겠네요. 우리 애는 하루종일 뭘 분석하거나 통제하는 일은 전혀 안 해요. 리모컨을 조종하는 것만 빼면."

마거릿은 조심스레 미소를 짓는다.

"농담이에요." 샬린이 말한다. "농담 삼아 한 말이에요."

"아." 마거릿은 이렇게 말하고서 웃어도 되는지 잘 모르겠다는 표정으로 쿡쿡 웃는 소리를 낸다.

두 사람 사이에 잠시 어색한 침묵이 흐른다. 마거릿은 다시 멜리사 얘기를 하고 싶은 눈치지만 샬린은 자기도 모르게 필립과 그가 쓴 시를 생각하고 있다. 샬린은 한 번도 필립을 격려해준 적이 없다. 그녀가 도서관 사서였음을 생각하면 전혀 뜻밖이다. 하지만 샬린은 도서관에서 근무할 때 '전국 시의 달'인 4월이 되면 수많은 시인을 만났다. 그들은 거의 모두 똑같이 멍한 표정이었으며 마음이 온통 후회와 슬픔으로 가득 차 있는 것 같았다. 솔직히 샬린은 필립이 그렇게 살아가는 게 싫었다. 그녀가 원한 것은 필립이 비교적 안정된 일을 하며 사는 것이었다. 젊었을 때는 안정이 별로 중요해 보이지 않지만 나이가 들수록 중요해진다는 것을 샬린은 너무나 잘 알고 있었다. 하지만 지금은 필립의 꿈을 꺾어버린 것이 혹시 실수였는지도 모른다는 생각이 든다. 결국 필립이 지금 어떻게 살고 있는가. 게다가 이 세상을 어슬렁거리는 수많은 시스템 분석가와 통제관보다 시인이 조금이라도 덜 행복하다고 장담할 수 있는 사람이 누가 있는가.

2층에서 조지프가 돌아다니는 소리와 바닥이 삐걱거리는 소리
가 들린다. 샬린은 천장을 흘깃 올려다본다. 바로 그 순간 주머니
속에서 뭔가가 진동하는 것이 느껴진다. 그녀는 화들짝 놀라지만
이내 자신이 아까 휴대전화 버튼을 마구 누르다가 벨을 진동으로
설정한 모양이라고 생각한다.

"왜 그러세요?" 마거릿이 묻는다.

"아무것도 아니에요." 샬린은 전화가 다시 음성 사서함으로 넘
어가게 내버려둔다. 필립이 자신의 메시지를 받고 전화를 걸었다
는 사실이 놀랍다. 그것도 두 번씩이나 전화를 하다니. 그래도 그
녀는 상대방에게 무례하게 보이고 싶지 않아서 전화를 받지 않는
다. 슈퍼마켓 계산대에서 줄을 서 기다리면서 항상 전화기를 향해
시끄럽게 떠들어대는 아줌마들처럼 되고 싶지는 않다.

"저, 멜리사에 대해 아시는 게 있으면 말씀 좀 해주세요." 마거
릿이 조용한 목소리로 말한다.

샬린은 물을 한 모금 더 마신다. "멜리사를 만난 지 얼마나 되셨
어요?"

"오래됐어요. 제가 노력을 안 한 건 아니에요. 물론 노력을 한 지
도 오래됐지만, 그애가 처음 집을 나갔을 때는 제가 항상 노력했어
요. 카드도 보내고, 선물도 보냈어요. 하지만 그애는 한 번도 가타
부타 말이 없었어요. 그때 그…… 하여튼 그 이후로 그애는 우리
를 그냥 밀어내기만 했어요. 그해 여름의 그 일 말이에요."

"걱정이 많으시겠어요." 샬린은 진심으로 말을 건넨다. 자식한테
외면당하는 것이 어떤 기분인지 그녀도 너무나 잘 알기 때문이다.

"그애 얼굴은 여전한가요?"

"아직도 흉터가 그대로냐는 뜻이라면, 죄송하지만 그렇다고 말씀드릴 수밖에 없네요."

마거릿은 카펫을 물끄러미 내려다본다. 굽이 없는 검은색 얇팍한 신발을 신은 그녀의 양발이 카펫 위에 나란히 놓여 있다. 금방이라도 울 것 같은 표정이다. "미시는 정말 예쁜 애였어요. 그애가 흉터 때문에 신경을 쓰는 것도 알고 있었는데. 얼굴을 고쳐줄 수 있다면 저는 무슨 짓이라도 했을 거예요. 소송으로 받은 돈이 있었으니까요. 지금도 그 돈을 갖고 있는데, 그애는 오래전에 그 돈을 안 받겠다고 거절해버렸어요."

"돈을 받으셨어요?" 샬린이 묻는다.

"재판을 하지 않고 합의를 봤어요. 부인은 안 그러셨어요?"

"네. 변호사들이 저를 설득하려고 하기는 했죠. 하지만 저는 절대 합의해주지 않을 거예요."

"저희는 그게 좋은 일도 아니니 그냥 잊고 싶었어요." 마거릿이 말한다. 눈은 여전히 바닥을 바라보고 있다.

샬린의 생각은 정반대다. 지금까지 그녀는 법정에 설 날을 기다리며 버텼다. 그녀는 자신이 법정에 서서 하고 싶은 말을 털어놓을 순간을 기다리고 있다. 가끔은 그 장면을 꿈에서도 볼 정도다. 꿈속에서 법정 안을 둘러보면 자신이 아는 사람들의 얼굴이 모두 보였다. 필립, 리처드, 홀리, 필리아는 물론 심지어 오래전에 세상을 떠난 그녀의 친정 부모까지도 그녀의 이야기를 들으려고 저세상에서 돌아와 앉아 있었다.

"아기는 어떻게 된 거예요? 아들이에요, 딸이에요?" 마거릿이 묻는다. "이름은요?"

샬린은 아까 자신이 말을 제대로 하지 않았음을 깨닫는다. "아, 아직 아기가 태어나지 않았어요. 멜리사는 지금 임신한 상태예요. 사실 만삭이죠."

마거릿은 잠시 생각에 잠기더니 이렇게 묻는다. "왜 어젯밤에 그 애가 댁으로 찾아간 거예요? 댁의 남편과 관련된 일인가요?"

"전남편이에요." 샬린의 마음속에서 조각들이 하나로 합쳐진다. 아까 리처드와 통화할 때 그가 말을 돌리던 것, 조지프가 그녀를 로니의 엄마가 아니라 리처드의 부인으로 표현한 것, 멜리사가 어젯밤 계단 위를 바라보며 체이스 선생님이 계시냐고 묻던 것이 생각난다. "왜 계속 그런 말씀을 하세요?"

"무슨 말이요?"

"아까 문 앞에서도 댁의 남편께서 저를 리처드의 부인이라고 표현하셨어요. 그리고 지금도 댁이 리처드 얘기를 또 꺼냈고요. 왜 그러시는 거예요?"

마거릿은 "아시잖아요"라고 말할 뿐이다.

"몰라요." 샬린은 시시각각 의심이 커진다. "정말 몰라요."

머리 위에서 천장이 또 삐걱거린다. 마거릿은 거의 속삭이듯이 목소리를 낮춘다. "남편분이 아무 말도 안 하셨나요?"

"무슨 말이요?"

"두 사람이 같이 있다가 조지프한테 들킨 거요."

"두 사람이라니, 누구요?"

"댁의 남편, 아니 전남편과 우리 딸 멜리사요."

"그게 무슨 뜻이에요? 둘이 같이 있다 들켰다니요?"

"저도 자세한 건 몰라요." 마거릿이 말한다. "조지프가 도통 말을 안 해줘서요. 제가 아는 거라고는 두 사람이 그해 여름 사고 이후에 묘지에서 만나기 시작했다는 거예요. 제 남편이 멜리사의 뒤를 밟았다가 그애가 어디서 누굴 만나는지 알아냈어요."

"그래서 멜리사가 리처드랑 같이 있었다고요?"

마거릿이 고개를 끄덕인다. "그런 모양이에요."

샬린은 손으로 이마를 짚는다. 외투를 벗을 걸 그랬다는 생각이 들 정도로 땀이 흐른다. "둘이 불륜을 저질렀다는 말씀이세요? 묘지에서 불륜을 저질렀다고요?"

"목소리를 낮추세요." 마거릿이 천장을 가리키며 말한다.

샬린은 자신이 언성을 높인 줄도 모르고 있었다. 그녀가 일부러 과장되게 속삭이는 듯한 소리로 묻는다. "둘이 불륜을 저질렀다는 뜻이에요?"

"불륜이라는 말을 써도 될 정도인지는 저도 잘 몰라요. 멜리사는 그렇지 않다고 했어요. 둘이 친구가 됐을 뿐이라고 했어요. 아주 친한 친구. 하지만 제 남편 생각은 달랐어요."

"둘이 무슨 짓을 했는데요?"

"댁의 전남편이 멜리사에게 집을 빌리고 차를 살 돈을 줬어요. 그래서 그애가 집을 나갔고요."

이제 샬린은 리처드가 오늘 아침에 자신과 통화하며 말을 더듬은 이유를 알 것 같다. 멜리사가 어젯밤에 계속 리처드에 대해 물은 이유도 알 것 같다. 샬린은 하루종일 리처드의 의료 지식과 멜리사의 임신을 연결시키려고 애썼다. 하지만 사실은 그게 아니었다. 샬린도 나이를 먹을 만큼 먹었기 때문에 남자가 여자에게 집과 차를 구할 돈을 줄 때는 딱 한 가지 이유밖에 없다는 걸 안다. 그런데 그때 이상한 생각이 머리에 떠오른다. 그 아기가 혹시 리처드의 아기가 아닐까. 생각만 해도, 둘이 함께 있는 모습을 생각만 해도 땀이 더욱더 흐른다. 아까 도서관 주차장에서 먹은 빵이 뱃속에서 시멘트처럼 딱딱하게 굳어버린 것 같다.

"미시에 대해 더 아시는 건 없어요?" 마거릿이 묻는다. 그녀의 부드러운 목소리가 안개처럼 엉킨 샬린의 머릿속으로 뚫고들어온다.

샬린은 눈을 깜박인다. 마거릿에게 빨리 딸에게 가보라고, 아무래도 그 아이에게 문제가 있는 것 같으니 도와줘야 한다고, 싸움은 그만두고 딸과 화해할 방법을 찾아보라고 말해주고 싶다. 하지만 그러면 위선자가 될 것이다. 자신은 지금까지 필립을 어떻게 대했던가. 지금 샬린의 본능은 리처드에게 당장 전화를 걸라고 말하는 것 같다. 하지만 그녀는 전혀 그러고 싶지 않다. 그냥 집으로 가서 필립에게 로버트 프로스트의 책을 주고, 거실에 앉아 함께 텔레비전을 보고, 싸우지도 않고 필립의 기를 꺾으려고 애쓰지도 않고 대화를 나누고 싶은 생각뿐이다. 샬린은 소파에서 일어나 멜리사의 어머니에게 말한다. "제가 아는 건 다 말했어요. 이젠 가봐야겠네요. 우리 아들이 집에서 기다리고 있거든요."

"저 때문에 기분이 상하셨다면 죄송해요." 마거릿이 함께 일어나며 말한다.

마거릿은 샬린을 문까지 따라나온다. 두 사람은 서둘러 작별 인사를 한다. "우리 딸을 만나거든 제가 보고 싶어하더라고 전해주실래요?"

샬린은 그러겠다고 약속하고는 밖으로 나간다. 하늘이 이제 막 어두워지기 시작했다. 자동차로 걸어가면서 그녀는 열쇠를 찾으려고 주머니를 뒤지다가 열쇠와 함께 휴대전화도 꺼낸다. 초록색으로 빛나는 화면에 우편함 아이콘과 '메시지 두 개'라는 글자가 나란히 깜박인다. 샬린은 필립의 메시지를 들으려고 또 버튼을 마구 눌러대지만 망할 놈의 메시지를 어떻게 듣는 건지 알 수가 없다. 결국 그녀는 포기하고 차에 올라 마이크로필름과 로버트 프로스트의 책이 놓인 조수석에 전화기를 던진다.

다시 거리로 나온 샬린은 방금 리처드에 관해 들은 이야기를 생각해본다. 로니가 죽은 뒤 리처드가 홀리 같은 여자들과 어울려 다닌 건 그녀도 알고 있었다. 하지만 죽은 아들의 여자친구와 불륜을 저지를 정도로 도덕성이 완전히 무너졌을 거라고는 짐작하지 못했다. 당장 고속도로를 타고 팜비치까지 곧장 달려가고 싶은 생각이 없는 것은 아니지만 이제 와서 그래봤자 무슨 소용이 있겠는가.

그래서 샬린은 계속 집을 향해 달린다.

십 분 뒤 집 앞 진입로로 들어선 그녀는 차고 문 밖에서 차를 세우고 리모컨을 누른다. 천천히 문이 올라가자 그녀는 조심스레 차를 앞으로 몰기 시작한다. 하지만 이내 뭔가를 깨닫고 헉 하고 놀란 소리를 낸다. 벤츠가 없다. 샬린은 브레이크를 냅다 밟고 기어를 주차로 바꾼다. 렉서스의 앞코만 차고에 들어간 상태지만 그녀는 신경쓰지 않는다. 시동도 끄지 않은 채 그녀는 차에서 내려 로니의 차가 몇 년 동안 서 있던 자리로 간다. 어두운 구석에 그녀가 오래전에 사온 캔버스 커버가 있다.

샬린은 커버 가장자리를 들고 손에 꼭 쥔다. 자신이 왜 이런 행동을 하는지 이유는 모르겠다. 그녀는 오랫동안 가만히 서서 엔진이 돌아가는 소리를 들으며 기름 냄새가 밴 차고 안의 차가운 공기를 들이마신다. 필립이 무슨 짓을 저지른 건지, 어디로 가버렸는지 궁금하다. 결국 샬린은 필립이 깁스를 한 발로 그 차를 운전하는 것은 불가능하다는 결론을 내린다. 이런 생각을 하면서 그녀는 다시 자신의 차로 가서 시동을 끈다. 굳이 차를 차고 안으로 들여놓을 생각은 없다. 그녀는 지하실 복도를 따라가며 필립과 로니가 옛날에 타던 10단 변속 자전거, 테니스 라켓, 그리고 바람이 빠진 채 먼지를 뒤집어쓰고 있는 악어 모양 고무보트를 지나 계단을 오른다.

샬린이 문을 열었을 때 가장 먼저 느낀 것은 집이 여느 때보다 더 조용하다는 것이다. 사실 너무 조용해서 으스스할 지경이다. 무디 일가의 집과 똑같다. 텔레비전 소리도 들리지 않고 필립이 책장을 넘기는 소리도 들리지 않는다. 심지어 고물 시계가 똑딱거리는 소리도 들리지 않는다. "필립!" 샬린은 곧장 거실로 향하며 소리를 지른다. "필립!"

하지만 아무 대답이 없다. 거실도 텅 비어 있다.

처음에 샬린은 필립이 뉴욕으로 가버린 모양이라고 생각한다. 언젠가 필립이 가버릴 줄은 이미 알고 있었다. 하지만 필립의 물건들이 여전히 침대 주위에 흩어져 있는 것이 눈에 들어온다. 바닥에는 필립의 가방이 있고 소파베드에는 독서용 소형 스탠드가 있다. 베개 위에는 케케묵은 앤 섹스턴 전기가 엎어져 있다.

그럼 필립은 어디 있는 거지?

한 달 전에 누가 샬린에게 일이 이렇게 전개될 거라고 말해주었다면 샬린은 필립이 로니의 차를 가지고 나간 것에 더 신경이 쓰일 거라고 말했을 것이다. 그런데 지금 그녀는 필립이 집을 떠날지도 모른다는 사실에만 온통 정신이 팔려 있다. 물론 그녀가 이러는 것은 이기적인 이유 때문이다. 이 집에서 혼자 사는 생활로 돌아가는 것이 너무 싫다는 이유. 하지만 자신이 필립에게 저지른 잘못을 보상하고 싶은 마음이 아직 남아 있는 것도 사실이다.

샬린은 집 안을 샅샅이 확인해본 뒤 소파베드 발치에 서서 구겨진 이불을 멍하니 바라보며 필립의 행방을 궁금해한다. 마침내 그녀는 매트리스에 앉는다. 오늘 아침에 자신이 필립을 깨웠을 때처럼. 그때 필립은 주디 판사가 나오는 프로그램을 틀기 전이었다. 샬린은 앤 섹스턴 전기를 들어 한 구절을 읽는다. 거기에 필립의 행방을 알려줄 단서가 있을지도 모른다고 생각하는 것처럼.

앤 섹스턴이 자신의 자살 성향, 병적인 신경쇠약, 수많은 입원 경험에 대해 보여주는 열정적인 관심이 독자들을 끌어들이는 것은 분명하지만 그녀의 솔직함이 그녀의 시를 성배처럼 우러러보는 사람들에게 위안이 된다는 점은 분명히 인정해야 한다……

샬린은 책을 내려놓고 고개를 절레절레 젓는다. 필립은 이렇게 말도 안 되는 책을 어떻게 참고 읽을 수 있는 건지 모르겠다. 그녀가 고개를 들어보니 시계가 다섯시 삼십분에 멈춰 있다. 그래서 집이 이렇게 조용한 것이다. 샬린이 태엽을 감아준 지 겨우 며칠밖에 되지 않았다. 그녀가 아직도 성실하게 하는 집안일은 몇 가지 되지 않는데, 시계의 태엽을 감는 일도 그중 하나다. 그러니 저 시계가 벌써 저렇게 멈춘 건 말이 되지 않는다. 샬린은 혹시 저것이 필립의 행방에 관한 단서가 아닌지 생각해본다. 하지만 아무런 생각도 떠오르지 않자 손을 뻗어 필립의 가방을 집어든다. 샬린이 가방

안을 뒤진 것을 알면 필립은 펄펄 뛰며 화를 낼 것이다. 하지만 지금은 어쩔 수 없다. 옷가지 속에서 호치키스로 묶어둔 종이를 찾은 샬린은 그것을 꺼내서 읽어본다.

발신인: Dfiume34@mstc.com
수신인: PhlpChse@mstc.com
날짜: 2000년 4월 16일

안녕, 필립.

우선 중요한 얘기부터 먼저. 베이비의 입을 조심스럽게 벌려서 목 뒤쪽에 치즈 비슷한 하얀 가래가 있지 않은지 봐야 해. 가래가 있으면 베이비의 입안이 썩고 있다는 얘긴데, 그럼 문제가 심각해. 뱀은 신진대사가 느려서 많이 아픈데도 겉으로는 잘 드러나지 않을 때가 많아(뚱뚱한 사람들도 신진대사가 느리기는 마찬가지지. 거의 모든 사람이 보기보다 더 많이 아플 때가 많고. 하지만 이런 공통점에 대해서는 다음에 이야기해야 할 것 같네.) 베이비는 병아리도 아니고 새끼 뱀도 아니니까 아프다 해도 놀랄 일은 아냐. 엘리자베스 테일러도 점점 나이를 먹으니까 그 빛나던 아름다움을 잃어버렸잖아. 옛날에는 상상도 못하던 일인데. 이런, 말이 엉뚱한 곳으로 새버렸네. 만약 베이비의 입안에 치즈 같은 가래가 없다면, 네가 지난번 편지에서 설명한 증상들은 단순히 베이비가 탈피를 하면서 생겨난 걸 거야. 탈피를 돕겠다고 베이비의 죽은 피부를 찌르거나 벗겨주면 절대 안 돼. 절대. 뱀의 탈피는 반드시 순리대로 이루어져야 해. 그 과정을 재촉하면 안 돼. 사람이 돕겠다고 나서는 건 위험한 일이야(이번에도 사람들과 비슷하다는 생각이 드는군). 그러고 보니 너도 나름대로 탈피를 하고 있는 것 같은데. 정식으로 뉴요커가 된 지 벌써 육 개월이 됐으니까 말이야. 지난번 서신에서 너는 시끄러운 이웃들, 애완동물, 네가 쓴 시에 대해 자세히 이야기해주었지. 하지만 네 생활에 대해서는 한마디도 없었어. 잘 지내고 있는 거야? 즐겨 가는 곳은 어디지? 한가할 때는 뭘 하며 지내? 화려한 친구들도 좀 사귀었나? 나한테 얘기해줘. 네 이야기가 아무리 지루하다 해도 폰신이 죽음을 앞두고 끊임없이 질러대는 소리보다는 훨씬 더 재미있을 거야. 그러고 보니 이젠 그만 가봐야겠군. 폰신한테 약을 먹일 시간이야. 폰신은 간병인이 약 먹여주는 걸 싫어하거든(어제는 간병인이랑 같이 침대보를 갈고 있는데 폰신이 간병인 얼굴을 때렸어). 젊음을 즐겨, 필립. 눈 깜짝할 사이에 지나가버리니까. 정말이야.

　안녕. 도널리.

발신인: PhlpChse@mstc.com
수신인: Dfiume34@mstc.com
날짜: 2000년 4월 17일

안녕하세요, 도널리 아저씨.

　제가 애완동물들을 보살피고, 책을 읽고, 텔레비전을 보고, 시를 쓰는 것 외에도 아주 많은 일을 하고 있다고 말씀드릴 수 있다면 얼마나 좋을까요. 사실 저는 새 친구를 한 명도 사귀지 못했어요. 사귀기 싫어서가 아니에요. 사귀고 싶어요. 하지만 저는 친구를 사귀는 데는 소질이 없어요. 다른 사람들은 아주 쉽게 친구를 사귀는 것 같은데. 물론 저도 사람들과 이야기를 나눌 수는 있지만 왠지 그걸 우정으로 연결시키는 법을 잘 모르겠어요. 식당에서 일할 때도 그랬어요. 고등학교 때는 말할 것도 없고요. 저는 그냥 혼자 지내야 하는 사람인가봐요. 하지만 혼자 지내는 건 외로워요. 제가 가끔 커피와 오트밀을 먹으려고 휴스턴 스트리트의 애기스 다이너에 가면 항상 보는 사람들이 있어요. 제 또래의 남자와 저보다 약간 나이가 많은 여자예요. 저는 그 사람들이 나누는 대화를 하도 많이 들어서 마치 그 두 사람과 이미 아는 사이인 것 같아요. 여자는 소설가고, 남자는 여자의 지도를 받으며 첫 작품을 쓰고 있어요. 제 짐작에 남자는 여자에게 소설을 배우는 대가로 여자의 아기를 봐주는 것 같아요. 어쨌든 두 사람과 친구가 되면 좋을 것 같아요. 두 사람 자리로 다가가서 인사를 하고 같이 앉아 웃고 떠들고 싶을 때가 한두 번이 아니에요. 하지만 항상 뭔가가 저를 막는 것 같아요. 어떻게 하면 제 상상을 실천에 옮길 수 있는지 방법을 모르겠어요. 두서없이 횡설수설해서 죄송해요. 아저씨가 정말로 알고 싶어하는 긴 베이비의 소식이죠? 저는 베이비의 입안을 조사할 수 있게 용기를 내려고 했지만, 도무지 그럴 수가 없었어요. 그래서 베이비를 베갯잇에 넣어 퍼스트 애비뉴에 있는 동물병원에 데려갔어요. 제가 베이비에게 줄 생쥐를 사는 해피펫에서 몇 블록 떨어진 곳이에요. 다행히 베이비의 목에는 치즈 같은 가래가 없대요. 깨끗한 침만 조금 있었어요. 수의사 말로는 그게 좋은 현상이래요. 하지만 베이비의 눈은 구름이 낀 것 같아요. 수의사는 그게 좋지 않은 증상이라고 했어요. 베이비가 곧 탈피를 할 거라는 뜻이래요. 뱀한테는 탈피가 엄청 스트레스가 되는 모양이에요. 그래서 저더러 베이비를 특별히 잘 보살피라고 했어요. 걱정 마세요, 도널리 아저씨. 제가 열심히 하고 있으니까요.

안녕히 계세요. 필립.

발신인: Dfiume34@mstc.com
수신인: PhlpChse@mstc.com
날짜: 2000년 4월 18일

안녕, 필립.

그냥 짧게 쓸게. 우리 프랑켄스와인한테 먹이를 줄 때가 됐거든. 내가 여물통에 먹이를 넣어줘야 해(그건 그렇고, 내가 6번가의 그 웅장한 성으로 곧 돌아갈 수 있을 것 같지 않으니 걱정하지 않아도 돼. 내 고집쟁이 여동생은 날이 갈수록 약해지는 게 아니라 오히려 더 튼튼해지는 것 같아. 의사는 그애가 불치병이라고 하는데 말이야). 어쨌든 베이비가 무사하다니 정말 다행이야! 그애를 동물병원에 데려가줘서 고마워. 다음 달 집세에서 그 비용을 빼고 보내도 돼.

안녕. 도널리.

P.S.

다음에 애기스 다이너에 가거든 친구가 되고 싶다는 그 작가

들한테 마티니를 두어 잔 보내지그래? 내 경우에는 술이 항상
윤활유 역할을 해주거든. 사실 에드워드도 그렇게 만났어.

발신인: PhlpChse@mstc.com
수신인: Dfiume34@mstc.com
날짜: 2000년 4월 19일

안녕하세요, 도널리 아저씨.
거기는 식당이고, 그 사람들은 아침을 먹으러 와요. 게다가 아
이를 데리고 올 때가 많아요. 그러니까 마티니를 보내는 건 좋은
방법이 아닌 것 같아요. 베이비 소식을 반가워하시니 저도 기뻐
요. 스위티도 잘 있어요.
안녕히 계세요. 필립.

발신인: Dfiume34@mstc.com
수신인: PhlpChse@mstc.com
날짜: 2000년 4월 20일

안녕, 필립.
좋은 지적이야. 내가 계속 방법을 생각해볼게.
안녕. 도널리.

이 편지 뒤로는 날짜에 공백이 있다. 다음 이메일은 일 년도 더
지난 뒤에 쓴 것이다. 이 편지를 읽기 전에 샬린은 방금 읽은 내용

을 잠시 생각해본다. 자기가 기른 아이, 자기가 사랑한 아이가 이렇게 낯선 사람처럼 변해가는데도 어떻게 가만히 있을 수 있었는지 모르겠다는 생각을 떨쳐버릴 수 없다. 하지만 그 답은 이미 그녀 자신이 잘 알고 있다. 그녀는 뱀과 생쥐, 도널리 피윰과 그의 아픈 여동생에 대해서는 아무것도 몰랐다. 필립의 외로움은 말할 것도 없다. 지금까지 그녀는 자기는 이 크고 낡은 집에서 혼자 몸부림치고 있는데 필립은 뉴욕에서 친구들에게 둘러싸여 매일 파티나 하면서 신나게 살고 있을 거라고 생각했다. 어쩌면 그녀는 이렇게 고독하게 살아도 싼 사람인지도 모른다. 사실 그녀도 젊었을 때는 나름대로 즐거움을 누리며 살지 않았던가. 그런데 필립이 그런 것을 누리면 안 된다고 말하는 건 불공평하다. 침대에 앉아 샬린은 친구조차 사귈 수 없을 만큼 자신감 없이 도시에서 혼자 지낸 아들 생각에 슬퍼진다. 그녀는 다시 심호흡을 하고 편지를 읽기 시작한다.

발신인: PhlpChse@mstc.com
수신인: Dfiume34@mstc.com
날짜: 2002년 11월 17일

안녕하세요, 도널리 아저씨.

제가 쓴 시를 보내달라고 하신 지가 꽤 되었지만 제가 보내드리지 않은 건 사람들한테 제 작품을 보여주기가 너무 부끄럽기 때문이에요. 사실 처음에 잡지사들에 원고를 보냈다가 거절당한 뒤로 저는 시를 발표할 생각을 깨끗이 접었어요. 그냥 혼자 시

쓰는 걸 즐길 뿐이에요. 이게 이상한 소리처럼 들린다는 건 알지만, 사실인 걸 어떡해요. 그래도 아저씨가 워낙 오래전부터 부탁하셨으니까, 제가 얼마 전부터 작업하고 있는 시를 하나 보내드릴게요. 아저씨한테만 하는 소리인데요, 사실 오랫동안 시를 쓰다보니 그래도 실력이 좀 나아진 것 같아요. 아저씨한테 보내드릴 시는 제 어머니에 관한 거예요. 지금까지 아저씨랑 이메일을 주고받으면서, 어머니랑 사이가 멀어진 지 꽤 됐다는 이야기를 한 적이 있는지 모르겠어요. 얼마 전에 저는 어렸을 때 어머니가 항상 서두르며 사는 것 같다고 생각했던 일을 떠올렸어요. 사실 서두르며 산 건 어머니가 아니었지만, 그래도 저는 그 생각과 어머니와의 소원한 관계를 디딤돌로 삼아 이 시를 썼어요. 더 자세한 이야기를 하면 재미가 없을 것 같으니까 그냥 아저씨가 직접 읽어보세요. 시가 마음에 안 들면 아무 말도 안 하시면 돼요. 저도 물어보지 않을게요. 절대로.

서둘러

필립 체이스

당신은 항상 바쁘게 서두르셨죠, 어머니
노동절에는 크리스마스가 다가온다고 말했고
봄에는 풀장 덮개를 벗겨야 한다고 말했어요
당신은 토요일 오후마다 도망치듯 찾아가던
백화점 진열창 같은 삶을 살았어요
바퀴가 흔들거리는 수레를 밀고 통로를 오가며

언젠가 그 모든 물건을 갖게 될 꿈을 꾸었어요

난 덜 서두르게 해드리고 싶었어요, 어머니

나랑 함께 창밖을 내다보자고 말했죠

오렌지색 하늘에서 비처럼 쏟아지는 낙엽을 보자고

저 먼 나라의 지폐처럼 화려한 색으로 폭발하는 낙엽

다른 사람들에게는 가치가 있었지만, 어머니에게는 아니었죠

어머니의 눈에 오늘은 아무런 가치가 없었으니까요

중요한 건 내일, 달콤하게 황금빛으로 반짝이는 내일

이제 어머니에게는 내일이 얼마 남지 않았어요

어머니를 보지는 못했지만 상상은 가요

머리는 반백이 되고

주름지고 축 늘어진 피부 밑의 뼈는 약해지고 있겠죠

어머니의 자식인 내 동생은 마지막 숨을 너무 빨리 쉬었어요

그리고 나는 이제 어머니에게 이방인이고요

어머니가 믿었던 내일의 약속,

내가 주의하라고 말하려 했던 그 약속이

우리를 기다리는 그 창문 없는 관처럼 텅 비었다는 걸 이제 아
시겠어요?

발신인: PhlpChse@mstc.com

수신인: Dfiume34@mstc.com

날짜: 2002년 11월 20일

안녕하세요, 도널리 아저씨.

제가 시를 보내드린 뒤로 소식이 없으시네요. 아저씨한테 묻지 않겠다고 말하기는 했지만, 그건, 그러니까, 거짓말이었어요. 시가 아저씨 마음에 안 들었나요?

필립.

발신인: Dfiume34@mstc.com
수신인: PhlpChse@mstc.com
날짜: 2002년 11월 24일

안녕하세요, 필립 씨.

저는 도널리의 여동생인 폰신입니다. 컴퓨터로 이렇게 슬픈 소식을 전해드리게 된 것이 유감이지만, 저의 사랑하는 오빠이자 댁의 친구인 도널리가 이틀 전 돌아가셨습니다. 좀더 일찍 연락을 드리지 못해 죄송합니다. 아마 제 사정을 이해하실 수 있을 거예요. 제가 좀 정신이 없었습니다. 오빠가 몇 년 전부터 암과 싸우고 있었고, 시한부 인생을 살고 있다는 사실을 우리 모두 알고 있었지만, 그래도 슬픔이 사라지지는 않는군요. 죄송하지만 제가 두 분이 주고받은 이메일을 많이 읽어보았습니다. 오빠가 저를 제물로 삼아 자기 병에 관해 아주 화려한 이야기를 꾸며냈더군요. 정말 오빠다운 일입니다. 오빠는 항상 연극처럼 과장하는 걸 좋아했거든요. 건강이 나쁘다는 얘기는 절대 입에 담지 않았고요. 오빠는 저를 무슨 괴물처럼 묘사했지만, 저는 그런 사람이 아니에요. 사실 우리는 항상 아주 친했어요. 그래서 오빠가 죽음을 앞두고 도시에서 혼자 고생하느니 제 보살핌을 받으려고 이리로 온 것이고요. 우리는 모두 슬프고, 무섭고, 기묘한 진실을 좀더 쉽게 받아들일 수 있게 자신과 세상을 상대로 거짓말을 늘어놓으며 살고 있는 것 같습니다. 오빠가 필립 씨를 아주 좋게 생각하고 계셨다는 말씀을 꼭 드려야 할 것 같습니다. 오빠는 시인으로서, 친구로서 필립 씨를 믿고 있었어요. 오빠는 에드워드의 지인이었던 출판 대리인의 이름을 알려주고 떠났습니다. 진 피틀먼이라는 사람이에요. 그분의 사무실은 그리니치 애비뉴에 있으니, 혹시 필요하다면 찾아가보시기 바랍니다. 비록 시를 발표할 생각이 없다고 이메일에 쓰셨지만요. 마지막으로, 오빠는 필립 씨가 원한다면 그 아파트에서 계속 살아도 좋다고 했습니다. 앞으로도 집세를 제 앞으로 보내주시면, 제가 그걸 오빠의 수표로 바꿔서 지불하겠습니다. 집주인이 오빠의 부고를 일부러 찾아 읽고 필립 씨를 쫓아낼 것 같지는 않으니까요. 혹시 제가 뉴욕에 갈 일이 생기면 한번 만나서 차라도 한잔 마셨으면 좋겠습니다. 가능하다면, 오빠가 살던 집도 한번 가보고요. 그럼 그때까지 이만……

　안녕히 계세요. 폰신 피윰.

이것이 마지막 이메일이다. 샬린은 자신을 주제로 한 시를 한번 더 읽고 나서 종이 뭉치를 다시 가방 안에 넣는다. 그녀는 일어서서 주방으로 가며 자신이 방금 읽은 글들, 특히 시를 곰곰이 생각한다. 내 성격 중에서도 하필이면 그런 부분에 초점을 맞추다니, 이상한 애야. 그녀는 생각한다. 자신이 휴일과 계절 변화를 고대했던 것은 사실이지만 지상의 삶을 다른 사람들보다 더 급하게 재촉

했다고는 생각하지 않았다.

주방에 가보니 완두콩 수프를 끓여 먹고 놓아두었던 냄비와 그릇 몇 개가 드디어 깨끗하게 닦여 있다. 이것도 필립이 집을 나서기 전에 무슨 생각을 하고 있었는지 보여주는 단서가 아닐까 하는 생각이 들지만 그녀는 전혀 감을 잡을 수 없다. 그녀는 필립의 휴대전화로 전화를 걸 생각으로 전화기를 향해 걸어간다. 그런데 그때 자동 응답기에 5라는 숫자가 깜박이는 것이 보인다. 그녀가 단추를 누르자 자신의 목소리가 흘러나온다. "필립. 나다. 집에 있니? 전화 좀 받아. 그럼, 뭐……" 샬린이 삭제 버튼을 누르자 다음 메시지가 기계에서 흘러나온다. 리처드의 목소리다. "샬린. 나야. 당신한테 할 얘기가 있어. 혹시……" 이번에도 샬린은 삭제 버튼을 누른다. 곧이어 젊은 여자의 목소리가 흘러나온다. "저는 컬빌킨 박사님 병원의 제니퍼입니다. 필립 씨가 내일 아침 아홉시에 진료 예약이 되어 있다는 걸 다시 알려드리려고 전화했어요. 혹시 예약을 취소하시게 되는 경우 저희한테 미리 알려주시기 바랍니다. 감사합니다." 이 뒤로 리처드의 메시지가 두 개 더 있다. 아무리 봐도 이상한 일이다. 샬린은 그 두 개의 메시지를 들어보지도 않고 지운다.

나쁜 놈. 그녀는 리처드에 관한 생각을 머릿속에서 밀어내고 전화번호 수첩에서 필립의 휴대전화 번호를 찾는다. 그런데 전화를 거니 음성 사서함이 나온다. 샬린은 필립의 행방과 그가 차를 갖고 나간 이유에 대해 전혀 걱정하지 않는 척하려고 애쓰면서 메시지를 남긴다. 전화를 끊은 뒤 그녀는 자신의 휴대전화 설명서를 찾아 사방을 뒤진다. 필립이 남긴 메시지를 어떻게 하면 들을 수 있는지 알아내기 위해서다. 하지만 어디서도 설명서를 찾을 수 없어서 그녀는 결국 포기하고 그냥 가만히 앉아 필립을 기다리기로 한다. 샬린은 냉장고에서 다이어트코크를 하나 꺼내서 거실로 돌아가 지난 한 달 동안 필립이 잠을 자던 소파베드에 자리를 잡고 앉는다. 이유는 정확히 모르겠지만 왠지 무서운 일이 일어날 것만 같은 기분을 떨쳐버릴 수 없다. 샬린은 리처드와 멜리사의 관계에 관한 이야기를 들은 충격이 아직 가시지 않았기 때문이라고 속으로 되뇐다. 하지만 그렇게 단순한 일이 아닌 것 같은 느낌이 든다. 필립이 그 낡은 차를 끌고 겨울이라 미끄러운 도로를 달리고 있을 생각을 하니 걱정스럽다. 필립이 갑자기 떠난 것도 걱정스럽다. 순간적으로 샬린은 수면제를 먹고 마음을 진정시킬까 생각해본다. 하지만 필립이 돌아왔을 때 맑은 정신으로 있고 싶다.

바로 얼마 뒤에 진입로로 차가 들어오는 소리가 들린다. 샬린은 필립인 줄 알고 소파베드에서 일어선다. 그녀는 현관으로 가서 전날 밤에 그랬던 것처럼 유리에 얼굴을 댄다. 하지만 밖에는 로니의 차가 보이지 않는다. 진입로 입구에 택시 한 대가 서 있을 뿐이다. 승객이 누군지는 몰라도 하여튼 기사에게 돈을 치르고 차에서 내린다. 그 검은 형체가 집을 향해 다가오는 순간, 샬린은 오늘 아침에 리처드와 전화로 나눴던 이야기를 떠올린다.

나더러 그리로 오라는 거야? 그 얘기를 하고 싶은 거야?

아니, 당신이 오는 건 싫어!

리처드가 이리로 찾아오는 걸 그녀가 바랐든 바라지 않았든 지금 밖에 서 있는 사람은 리처드다. 그가 마침내 집에 온 것이다.

14장

리처드가 미처 초인종을 울릴 틈도 없이 문이 벌컥 열린다. 샬린이 베이지색 바지와 카울넥 스웨터 차림으로 그 앞에 서 있다. 겨우 한 달 전 뉴욕의 세인트빈센트 병원으로 필립을 보러 갔을 때 샬린을 만났는데도, 리처드는 지난 몇 년 동안 그녀가 이렇게 살이 쪄버린 것에 또다시 놀라지 않을 수 없다. 전혀 손질을 하지 않은 탓에 하얗게 세서 제멋대로 뻗친 머리는 말할 것도 없다. 하지만 이런 그녀를 보면서도 여전히 그는 대학 시절 파티에서 처음 만났던 예쁘고 재치 있는 아가씨의 모습을 찾아볼 수 있다. 그날 파티에서 리처드는 친구가 샬린에게 포도주를 쏟는 바람에 대신 사과하려고 그녀의 자리로 가서 말을 건넸다.

제가 수건을 가져다드릴게요……

고맙지만, 수건보다는 새 옷이 낫겠는데요……

"잘 있었어, 샬린?" 리처드는 달빛이 비치는 포치 복판에 서서 이렇게 말하며 그녀의 고함 소리에 대비한다.

그런데 놀랍게도 그녀는 지극히 차분한 목소리로 이렇게 말한다. "여긴 웬일이야?"

홀리가 모는 차를 타고 오늘 오후에 웨스트팜비치의 공항에 내린 뒤로 그는 이 질문에 대답할 말을 여러 가지로 준비해서 줄곧 연습했다. 그는 필립이 병원에 누워 있는 것을 보고 자기가 가족들을 제대로 돌보지 못했다는 사실을 깨달았기 때문에 플로리다에서도 일이 손에 잡히지 않았다고 말할까 생각해본다. 자신이 펜실베이니아를 떠난 것은 범죄 현장에서 도망친 거나 마찬가지라는 느낌을 그동안 내내 떨쳐버릴 수 없었다고 대답하는 것도 생각해본다. 하지만 마음속에 무엇보다도 강하게 자리잡은 것은, 오늘 아침에 샬린의 전화를 받은 뒤로 자기가 직접 이리로 와서 샬린이 다른 사람의 입을 통해 그 이야기를 듣기 전에 그해 여름에 자신과 멜리사 사이에 무슨 일이 있었는지 설명하기로 했다는 대답이다. 리처드는 내내 이런 대답들을 머릿속으로 준비했는데도 자기도 모르게 그걸 모두 내팽개치고 지극히 간단한 대답을 한다. "나도 모르겠어."

"그게 무슨 소리야? 모르겠다니?"

"내 말 그대로야. 나도 모르겠어."

"그건 말이 안 되잖아, 리처드. 이쪽에는 발걸음도 안 하던 사람이 갑자기 연락도 없이 나타났으면, 그럴 만한 이유가 있을 거 아냐."

"연락을 안 한 건 아냐. 오늘 아침에 당신더러 내가 이리로 왔으면 좋겠느냐고 물었잖아."

"난 싫다고 대답했어."

"어쨌든 내가 이리로 올 거라고 전화에 메시지를 몇 개나 남겼어."

이 말을 들은 샬린은 결국 차분한 말투를 버리고 급박한 목소리로 이렇게 묻는다. "내 휴대전화에도 메시지를 남겼어? 아니면 집에만 남겼어?"

"집에만." 리처드가 말한다. "왜?"

샬린은 리처드의 어깨 너머로 진입로를 바라본다. 그녀의 렉서스가 차고에 반쯤 들어가다 만 상태로 주차되어 있다. 리처드는 샬린이 지금 무슨 생각을 하고 있는지 추측해보려 하지만 도무지 알 수가 없다. 마침내 샬린이 다시 그를 바라본다. "실망시켜서 미안한데, 귀찮아서 당신 메시지를 안 들었거든. 사실 조금 전에 지워버렸어. 그러니까 왜 여기까지 왔는지 다시 말해봐."

"듣지도 않고 다 지워버렸다고?" 이쯤이야 놀라운 일도 아닌데, 그래도 그는 놀란다.

"맞아." 그녀가 자랑스러운 목소리로 말한다. "그러니까 빨리 본론을 말해."

묵직한 바람이 마당을 가로질러 불어와서 리처드의 얼굴을 찔러댄다. 플로리다에서 몇 년 동안 살다보니 추위에 민감해진 모양이다. 게다가 그가 청바지와 티셔츠에 바람막이 점퍼만 입고 있는 것도 문제다. 그는 팔짱을 끼고 미리 연습한 대답 중 하나를 조심스레 꺼낸다. "당신은 그냥 꼭 해야만 할 것 같아서 어떤 일을 한 적 없어?"

샬린은 문고리에서 손을 떼어 오목하게 구부려서 턱에 대고 일부러 과장되게 생각하는 척한다. 그리고 그런 행동 못지않게 과장된 목소리로 이렇게 말한다. "흠. 어디 보자. 아, 잠깐만. 알았다."

이 시점에서 마침내 그녀의 언성이 높아지기 시작한다. "그냥 꼭 해야만 할 것 같아서 당신하고 이혼했어. 당신이 정직하지 못하게 바람을 피웠으니까. 거기에 '어린애를 좋아하는 사람'이라는 말도 덧붙여야 하는 건데, 그걸 몰랐지 뭐야."

"어린애를 좋아하는 사람? 그게 무슨 소리야?"

"내가 알기로 미성년자인 여자아이들과 놀아나는 남자를 그렇게 부르지 아마."

리처드는 샬린이 무슨 말을 하려는 건지 깨닫는다. 그러니까 내가 걱정하던 일이 이미 벌어졌군. 리처드는 생각한다. 샬린이 알아버린 것이다. "샬린, 멜리사가 뭐라고 했는지 모르겠지만……"

"멜리사는 아무 말도 안 했어. 내가 오늘 오후에 조지프와 마거릿의 집을 우연히 찾아갔다가 들은 얘기야."

"조지프와 마거릿이라니?"

"무디 부부!" 샬린이 고함을 지른다. "멜리사의 부모!"

바람이 한층 더 강하게 불어오자 리처드는 몸을 떤다. 묘지에서 멜리사를 마지막으로 만난 날 오후의 기억이 그의 머릿속을 가득 채운다. 그는 멜리사를 품에 안고 있었다. 그전에도 여러 번 그녀가 울 때마다 그렇게 해준 것처럼. 그가 멜리사와 함께 운 적도 있었다. 그렇게 멜리사를 안고 있다가 고개를 들어보니 자동차 한 대가 비포장 진입로를 따라 두 사람에게 다가오고 있었다. 이상한 일이었다. 묘지에 무덤이 몇 개 없었기 때문에 그때까지는 다른 사람을 만난 적이 한 번도 없었다. 자동차가 멈추고 멜리사의 아버지가 차에서 내렸다. 그는 자동차 문을 닫을 생각도 하지 않고 두 사람을 향해 걸어왔다. 자동차에서 종이 울리는 것 같은 소리가 계속 들려오는 것이 병원 스피커에서 울려퍼지는 응급 신호 같았다. 그와 멜리사가 서로에게서 떨어지기는 했지만, 이미 너무 늦었다. 그는 멜리사의 아버지가 무슨 생각을 하는지 알 수 있었다. 멜리사의 아버지는 두 사람이 해서는 안 되는 짓을 하고 있다고 생각하고 있었다.

"아버지." 자동차에서 종소리가 끊임없이 들려오는 가운데 멜리사가 말했다.

"닥쳐." 멜리사의 아버지가 말했다. "입 닥치고 얼른 차에 타."

리처드는 오늘 수십 번이나 그랬던 것처럼, 아니 지난 몇 년 동안 수백 번이나 그랬던 것처럼 그 기억을 떨쳐버리려고 애쓴다. 그의 온몸이 부르르 떨린다. "안으로 들어가서 자세한 이야기를 하면 안 될까?"

샬린은 아랫입술을 깨물며 그를 쏘아본다. 눈을 깜박이며 속으로 고민을 하는 것 같다. 마침내 그녀가 옆으로 물러선다. 리처드는 안으로 들어가 문을 닫은 뒤 자기가 이곳에 살 때와 마찬가지로 여전히 계단 옆의 벽에 걸려 있는 사진들을 흘깃 올려다본다. 로니와 필립이 필라델피아의 치즈스테이크 전문점인 팻츠 킹 오브 스테이크에 양쪽 조부모와 함께 앉아 있는 사진이 있다. 샬린과 리처드가 결혼식 때 하얀 정자에 서 있는 사진도 있다. 고등학교 졸업식에서 가운 차림에 모자를 쓰고 억지웃음을 짓고 있는 필립의 사진도 있다. "필립은 집에 있어?" 리처드는 갑자기 집 안이 너무 조용하다는 생각을 하며 이렇게 묻는다. 로니가 죽은 그해 여름만큼 조용하다. 그때 두 사람은 집 안에 있으면서도 각자 다른 곳에 틀어박혀서 가정생활이라는 것을 아예 포기했다.

샬린은 대답하지 않는다. "당신을 안에 들인 것만으로도 내가 친절을 베푼 거야. 그러니까 하던 이야기나 마저 해."

"거실로 가면 안 될까? 꼭 여기 현관 앞에서 이래야겠어?"

"난 여기가 좋아. 그래야 당신 거짓말이 끝나면 쫓아내기가 쉬울 테니까. 그러니까 어서 말해. 어디 헛소리를 한번 지껄여보라고."

"헛소리가 아냐, 샬린."

"그거야 당신 말이지, 리처드. 그냥 그애랑 무슨 일이 있었는지만 말해."

"나는……" 그는 말을 멈춘다. 플로리다에서 여기까지 두 시간 반 동안이나 비행기를 타고 오면서도 그는 오래전 자신이 잠깐 동안 멜리사에게 느꼈던 뜻밖의 애정을 어떻게 해야 제대로 설명할 수 있을지 생각해내지 못했다. 지금 제대로 설명하는 방법을 찾으려고 애쓰면서 그는 오늘 아침에 홀리에게 사정을 설명하던 자신의 목소리를 다시 듣는다. "그건 단순한 우정이 아니었어. 하지만 불륜도 아냐. 난 그애한테 키스도 한 적이 없다고, 홀리. 그래도 그렇게 날이면 날마다 묘지에서 그애를 만나는 게 적절한 선을 넘은 일이라는 건 나도 알고 있었어. 하지만 그해 여름에는 모든 게 너무 복잡해서 난 그냥 손을 놓고 가만히 있었어. 멜리사의 상태가 점점 좋아지는 게 아니라 오히려 점점 나빠져서 생리가 시작된 지 이미 한참이 지난 뒤에도 로니의 아이를 갖고 싶다는 얘기만 늘어놓고 있었는데도……"

"당신이 엄청 말이 궁해진 모양이니까……" 샬린이 그의 생각 속으로 불쑥 끼어든다. "내가 도와주지. 그거 알아, 리처드? 당신이 형편없는 인간이라는 건 나도 이미 알고 있었지만, 그렇게까지 형편없는 인간인 줄은 정말 몰랐어. 그때 그애는 정말로 아이였어. 세상에, 게다가 당신 아들의 여자친구였다고! 죽은 아들의 여자친구! 그애가 정신이 나간 것도 무리가 아니지! 그애가 돌아버린 건 로니가 죽었기 때문이 아냐! 당신 때문이야!"

"목소리 낮춰." 리처드가 말한다. "필립이 들으면 어쩌려고 그래? 당신은 지금 잘못 알고 있어. 그러니까 필립한테는 내가 직접 말할 거야."

샬린은 팔짱을 끼고 밑에서 두번째 계단에 앉는다. "필립이 집에 없으니 다행이네."

멜리사 문제 외에도 리처드가 펜실베이니아에 와봐야겠다는 충동적인 결정을 내린 또하나의 이유는 아들을 다시 보고 싶다는 것이었다. 그는 의사로 일하면서 필립보다 훨씬 심하게 다친 사람들이 병원에서 건강을 회복하는 모습을 수천 번, 수만 번이나 보았다. 하지만 자기 자식이 다치고 보니 얘기가 좀 달라졌다. 게다가 자신은 필립에게 정말이지 형편없는 아버지였다. 리처드는 필립을 다시 보고 싶었다. 그래야 아들의 멍든 몸과 지친 눈빛을 머릿속에서 지워버릴 수 있을 것 같았다. 그와 더불어 죄책감도 지워버리고 싶었다. "필립은 어디 있어?"

"그애가 어디 있는지 난 전혀 몰라. 오래전에 잃어버린 아버지가 갑자기 보고 싶어져서 플로리다행 비행기를 잡아탔는지도 모르지. 아니면 이 집을 더이상 참을 수 없어서 뉴욕으로 돌아갔거나. 지난번에도 그렇게 집을 나갔거든. 그냥 저 문으로 걸어나가서 거의 오년 동안 돌아오지 않았어." 샬린의 목소리가 갑자기 갈라진다. 리처드는 그녀가 울고 있음을 깨닫는다. 그는 샬린이 무릎에 팔꿈치를 괴고 손에 얼굴을 묻는 모습을 지켜본다. 이 상황에서 어떤 말이나 행동을 해야 할지 알 수 없어서 그는 난간에 몸을 기대고 샬린의 어깨에 손을 얹는다. 리처드가 그녀의 몸에 손을 댄 것은 몇 년 만에 처음이다. 생각해보면 이상한 일이다. 한때는 그녀를 아무리 만져도 부족한 것 같았는데. "당신이 모든 걸 망쳤어." 샬린이 말한다. 손에 얼굴을 묻고 있기 때문에 목소리가 잘 들리지 않는다. "전부 당신 잘못이야."

리처드는 여기서 말꼬리를 잡으면 안 된다고 자신을 타이르지만 결국 그렇게 하고 만다. "뭐가 내 잘못이야?"

샬린이 그를 올려다본다. 얼굴이 눈물로 젖어 있다. "오늘 필리아를 만났어."

이 이름을 마지막으로 들은 게 언제인지 기억도 나지 않는다. 그래도 리처드는 샬린이 필리아에 관한 이야기를 할 때의 태도를 결코 잊을 수 없다. "갑자기 필리아 얘기는 왜?"

샬린은 손등으로 눈물을 닦지만 소용이 없다. 눈물이 계속 솟아나기 때문이다. "몇 년 동안이나 그 여자한테 나쁜 일이 생기기를 바랐어. 그 여자뿐만이 아니야. 내 머릿속에 수많은 사람의 명단이 있었다고. 필리아가 제일 꼭대기에 있었지만. 아니, 정확히 말하면 당신 다음이었어. 그런데 오늘 보니까 암에 걸렸던 모양이야. 암. 양쪽 가슴을 다 잘라냈어." 샬린은 말을 멈추고 숨을 고른다. 리처드는 샬린이 도대체 무슨 말을 하려는 건지 알 수가 없다. "나중에 차에 타서 생각해봤어. '있지, 오늘은 착하게 굴어야겠다. 오늘은 소리도 안 지르고, 고함도 안 칠 거다.' 그건 내가 나 자신에게 한 작은 약속 같은 거였어. 그런데 하필이면 오늘 당신과 멜리사 얘기

를 듣게 된 거야! 하필이면 오늘 당신이 여기 나타나서 내가 그 약
속을 깰 수밖에 없게 만들었다고!"

"그게 왜 내 탓이야?" 리처드가 말한다. 여전히 샬린의 어깨에
손을 얹은 채다.

"그럼 누구 탓인데?" 샬린이 리처드의 손을 밀어내며 악을 쓴
다. "말해봐. 누구 탓이야?"

"그건 나도 몰라, 샬린. 어쩌면 어느 누구의 탓도 아닌지도 모르
지. 애당초 누구 탓이냐고 따질 문제가 아닐지도 몰라."

이 말을 듣고 그녀가 조용해진다. 그녀는 양손을 앞으로 내밀
고 손톱을 씹은 자국이 역력한 손가락을 멍하니 바라본다. 리처드
는 현관 반대편으로 가서 벽에 등을 기댄다. 홀리는 여기 오는 것
이 현명한 생각이 아니라고 말했다. 하지만 홀리는 멜리사 무디와
리처드의 관계도 제대로 이해하지 못했다. 홀리가 이해한 것은 리
처드가 병원에서 필립을 본 뒤 엄청난 충격을 받았다는 사실뿐인
것 같았다. 이제 리처드는 다시 한번 샬린에게 설명하려고 애쓴다.
"맹세해, 샬린. 멜리사에 대한 내 얘기는 진실이야. 그애 부모나 누
가 뭐라고 해도, 난 그애랑 불륜을 저지르지 않았어. 어느 날 오후
에 묘지에서 우연히 만난 뒤로 우정을 쌓았을 뿐이야."

샬린이 시선을 들지 않은 채 말한다. "열일곱 살짜리 여자애랑
친구가 됐다고? 그거 참 평범한 일이네, 리처드."

"그게 평범한 일이라고는 안 했어. 전혀 평범한 일이 아니니까.
하지만 그애 부모가 그애한테 끔찍하게 굴었어. 그애는 기댈 사람
이 하나도 없었단 말이야. 도움이 필요한 애였어. 그래서 날 필요
로 한 거야."

“그럼 왜 그때 나한테 말 안 했어? 왜 그걸 비밀로 한 건데?”

“생각을 좀 해보고 말해, 샬린. 그해 여름에는 당신과 이야기를 하는 게 거의 불가능했어. 당신은 그냥 침대에 누워서 천장만 바라봤잖아. 필립이 그 일을 어떻게 겪어내고 있는지에 대해서도 나랑 이야기를 나눌 생각이 없었어. 그러니 멜리사 얘기야 말할 것도 없지.”

이 말을 들은 그녀가 난간을 향해 손을 뻗는다. 그녀는 난간을 잡고 일어서서 리처드에게 손가락질을 하며 말한다. “이제 와서 필립이랑 멜리사랑 나를 도우려고 애쓴 착한 사람 행세를 하다니. 제발 그건 그만둬. 정말 이러지 좀 마! 당신은 이 집 밖에서 그 라스베이거스 출신 창녀 애인이랑 놀아나면서……”

“홀리를 꼭 그렇게 불러야겠어? 게다가 샬린, 홀리는 이제 내 애인이 아냐. 내 아내야.”

“어이구, 잘하셨네.” 샬린이 허공으로 양손을 들어올린다. “이번에는 열여덟 살이 넘은 여자를 고르셨으니 다행이야.”

리처드는 고함을 지르고 싶은 것을 참는다. 이런 공격에는 이미 익숙해질 만도 한데. 최소한 이런 일이 있을 거라고 미리 각오는 했는데. 그런데도 그는 샬린의 말이 마음에 걸린다. 그가 한층 더 차분한 목소리로 말한다. “어떻게 하면 내 말을 믿어줄 거야?”

“나야 모르지.” 샬린이 말한다. “그 생각은 더이상 하고 싶지도 않아. 아까 그 택시를 다시 부르지그래? 택시가 오거든 알아서 가. 그리고 부탁 하나 들어줘. 다음에 또 이렇게 갑자기 와야겠다는 생각이 들더라도, 오지 마.”

이 말을 한 뒤 샬린은 계단 밑 화장실로 들어갔다가 이내 티슈 상자를 들고 다시 나타난다. 그녀는 티슈 상자를 가슴에 꼭 끌어안고 복도를 지나 주방으로 향한다. 리처드는 한참 동안 가만히 서서 이제 어떻게 해야 하나 생각한다. 여기까지 왔는데 이렇게 금방 떠날 생각은 전혀 없다. 왠지 필립이 있었으면 더 나았을 것 같다는 생각이 든다. 그는 졸업 가운에 모자를 쓰고 억지웃음을 짓고 있는 필립의 사진을 흘깃 올려다본다. 그다음으로 팻츠 앞에 두 아들이 서 있는 사진을 본다. 팻츠는 식구들이 치즈스테이크를 먹으려고 자주 가던 곳이다. 아이들이 어렸을 때 리처드는 어느 한 아이만 편애하지 않으려고 애썼지만 필립보다 로니와 사이가 더 좋았던 것을 부인할 수 없다. 로니와는 모든 것이 훨씬 더 편안했다. 로니는 항상 명랑했지만 필립은 언제나 부루퉁하고 우울했다. 하지만 벽에 걸린 사진을 보며 리처드는 필립을 위해 더 열심히 노력했어야 한다고 속으로 되뇐다. 특히 최근 몇 년 동안 그랬어야 했다. 물론 잊지 않고 정기적으로 뉴욕에 수표를 보내기는 했다. 필립이 비상용 신용카드를 어디에 쓰든 그 대금을 지불해준 것도 사실이다. 필립은 대개 책을 사고 싸구려 식당에서 음식을 먹는 데 카드를 사용했다. 하지만 지금 생각해보니 리처드 자신이 더 애를 썼어야 한다는 생각이 든다.

주방에서 커다랗게 챙그랑 소리가 들려와서 리처드는 사진에서 시선을 돌린다. 천천히 복도를 내려가보니 샬린이 싱크대 앞에서 냄비를 닦고 있다. 커피 끓이는 냄새가 주방을 가득 채운다. "뭐 하는 거야?"

"슈트루델*을 만들 거야." 샬린이 수돗물 소리를 배경 삼아 말한다. "내가 뭘 하고 있는 것 같아? 당신한테 그만 가보라고 했던 것 같은데."

"알아. 하지만 기왕 여기까지 왔으니 가기 전에 내 아들을 만나고 싶어. 우리가 화해할 수 있으면 그것도 좋고."

샬린은 계속 냄비를 닦는다. "화해할 게 뭐가 있는지 모르겠네. 솔직히 난 이제 어찌 되든 상관없어. 당신이 그애랑 미친 듯이 사랑에 빠졌든, 그냥 우정을 쌓았든 나한테는 중요하지 않아. 어느 쪽이든 앞으로 내 생활이 달라질 건 없으니까. 그런다고 로니가 되살아나는 것도 아니고, 그애 뱃속에 있는 아이가 내 손주가 되는 것도 아니야."

"손주?" 계속 말다툼을 하느라 리처드는 로니의 아기를 임신했다는 멜리사의 주장을 까맣게 잊고 있었다. 리처드는 기억을 뒤져 옛날에 묘지에서 멜리사가 했던 말을 떠올린다. "저는 항상 로니한테 기도해요. 제 기분도 전부 이야기하고요. 로니한테 어떻게든 돌아와달라고 말해요. 그런 기적이 일어나기도 하잖아요. 제 아버지가 항상 그런 기적 이야기를 해주세요……" "샬린." 리처드가 말한다. "설마 진심으로 그애 말을 믿은 건 아니지?"

샬린은 냄비를 다 닦고 수돗물을 잠근 뒤 물기를 닦으려고 행주를 잡는다. 조리대 위에서는 커피메이커가 시끄럽게 꾸르륵 소리를 내며 커피를 끓이고 있다. 리처드는 샬린이 이 밤중에 왜 커피를 끓이는지 궁금하지만 묻지는 않는다. "당연히 안 믿었지." 샬린이 마침내 말한다.

하지만 목소리에 자신이 없어서 사실은 그게 아닌 것 같다는 의

---

* 과일, 치즈 등을 밀가루 반죽으로 얇게 싸서 구운 오스트리아 전통 과자.

심이 든다. "다행이야." 리처드가 말한다. "그건 불가능한 일이니까."

"오늘 아침에 전화할 때는 당신이 가능하다고 말했잖아. 어느 쪽이야?"

"당신이 억지를 부려서 할 수 없이 그렇게 말한 거야. 내 말은, 이론적으로는 가능하다는 뜻이었어. 하지만 지금 이 경우는 달라. 로니의 정자를 냉동해둔 적이 없으니까. 그건 내가 확실히 알아."

"그래도 난 물어봐야겠어. 혹시 펜실베이니아 대학의 제럴드 케세일 박사 알아?"

"누구?"

"케세일 박사. 불임 전문의인데, 그런 일을 한대. 오늘 도서관에서 구글로 찾아봤어."

"당신이 왜 구글로 불임 전문의를 찾아?"

"그런 건 신경쓰지 마. 그냥 대답이나 해. 그 사람 알아?"

리처드는 샬린이 그 분야의 전문가를 일부러 찾아볼 정도로 멜리사의 말을 믿고 싶어한다는 사실을 깨닫는다. 샬린을 실망시켜야 한다는 사실이 안타깝다. 하지만 진실을 말해주는 것 외에는 달리 선택의 여지가 없다. 그는 케세일 박사의 이름도 들어본 적이 없다.

그의 말을 들은 샬린의 얼굴에서 기운이 빠지며 체념의 표정이 떠오른다. 완전히 지친 기색이다. 리처드는 샬린이 행주로 손의 물기를 닦은 뒤 수납장 손잡이에 행주를 걸처놓는 모습을 지켜본다. "아까도 말했지만, 나도 그애 말을 믿을 만큼 멍청하지는 않아."

샬린은 그에게서 시선을 돌려 주방 구석에 있는 뭔가를 열심히 바라본다. 리처드가 그쪽을 보니 벽에 부착된 연노란색 전화기와 조리대에 펼쳐져 있는 샬린의 전화번호 수첩뿐이다. 샬린이 한숨을 내쉬며 말한다. "오늘 하루종일 너무 힘들었어. 이제 그만 올라가서 자야겠어."

"이해해." 리처드가 말한다.

"친절하기도 하시지. 당신한테 허락을 구하려고 한 말이 아냐. 당신은 어쩔 거냐고 물으려고 했어."

"나도 몰라. 여기서 필립을 기다리지 뭐."

샬린은 고개를 외로 꼰다. "그게 무슨 소리야? 설마 여기서 잘 생각으로 온 건 아니겠지?"

"사실 난 별로 생각 같은 건 안 했어. 아무 생각 없이 무작정 온 거야."

"그런 게 어딨어?" 샬린이 말한다.

리처드가 생각해낼 수 있는 말은 이것뿐이다. "이제는 그런 말을 해도 소용없지 뭐."

샬린이 조용한 전화기를 다시 노려보다가 마침내 허공에서 손을 흔들더니 리처드의 옆을 지나 복도로 나간다. 그러면서 숨죽인 소리로 이렇게 말한다. "좋아. 마음대로 해. 당신은 옛날부터 원래 그런 사람이니까. 이젠 너무 지쳐서 싸울 기운도 없어. 거실 소파베드에서 자. 이미 다 펼쳐놨으니까. 원한다면 파티를 열어도 돼. 그냥 커피메이커만 끄지 마. 혹시 필립이 집에 오면 마시라고 끓인 거니까."

"잘 자." 리처드가 말한다.

샬린은 뭐라고 다른 말을 중얼거리지만 리처드는 알아듣지 못한다. 샬린이 계단을 올라가는 소리가 들린 뒤 집 안은 다시 조용해진다. 리처드는 팜비치의 아파트 밖에서 조용하게 들려오는 파도 소리에 워낙 익숙해져서 이 집이 밤에 얼마나 조용해지는지 잊고 있었다. 밖에서 바람이 나무들 사이로 지나가며 부스럭거리는 소리만 들려올 뿐이다. 어딘가 다른 방에서 나뭇가지가 창문을 긁는다. 리처드는 주방 여기저기를 기웃거리며 돌아다니다가 샬린의 전화번호 수첩이 P 부분에서 펼쳐져 있는 것을 본다. 그 페이지에 있는 것은 필립의 휴대전화 번호뿐이다. 싱크대를 바라보니 그릇 몇 개가 여전히 초록색으로 뒤덮여 있다. 완두콩 수프군. 스프루스 스트리트에 살던 시절에 샬린이 커다란 냄비에 완두콩 수프를 잔뜩 끓여서 일주일을 버티던 기억이 난다.

그는 고개를 돌려 군데군데가 움푹 팬 시골 농가식 식탁을 빤히 바라본다. 사다리 모양의 딱딱한 등받이가 있는 의자들이 식탁을 둘러싸고 있다. 예전에 리처드는 그 의자가 아주 불편하다고 생각했다. 아이들이 어렸을 때 그와 샬린은 매일 밤, 매일 밤 그 식탁에 앉아서 식사를 했다. 그렇게 식사를 하면서 나눈 대화가 모두 기억난다. 아이들 성적표 얘기, 자유의 종과 의사당과 동물원으로 견학을 가는 얘기, 도서관 행사, 좋은 선생님과 나쁜 선생님, 병원에 새로 온 의사와 은퇴하는 의사, 아이들이 새 자전거를 사달라고 한다는 이야기, 대수 시험 공부를 더 열심히 해야 한다는 이야기 등등. 지금 리처드가 행복하지 않은 것은 아니다. 전혀 아니다. 하지만 그 시절을 되돌아보니 지금의 행복과 그 시절에 느낀 행복은 다르다는 생각이 든다. 그 시절에 그는 희망이 있었기 때문에 쾌활했다. 세상일이 제대로 돌아가고 있다는 느낌이 들었다. 하지만 지금은 그런 느낌이 낯설다.

리처드는 눈을 비비며 숨을 내쉰다. 그는 절대 과거의 향수에 사로잡히는 성격이 아니기 때문에 왜 지금 과거를 그리워하고 있는지 알 수가 없다. 그는 다른 생각을 하려고 수납장을 열어 잔을 하나 꺼낸다. 그리고 냉장고에서 물병을 찾아 물을 따른다. 비행기를 타고 왔기 때문에 몸에 수분이 부족한 상태라 물 세 잔을 벌컥벌컥 마신 뒤에야 갈증이 가라앉는다. 그는 거실로 한가로이 들어간다. 샬린의 말처럼 소파베드가 펼쳐져 있다. 침대보는 구겨져 있다. 베개들도 사방에 흩어져 있다. 침대 중간에 자그마한 휴대용 스탠드가 있고, 책 한 권이 펼쳐진 채 엎어져 있다. 바닥에는 지퍼가 열린 가방이 있다. 상황을 보아하니 그동안 필립이 여기서 잔 것 같다. 깁스를 한 다리로는 계단을 올라가기가 힘들 것이다. 그리고 보니 필립이 오늘밤 어떻게 이 집을 나갈 수 있었는지 궁금해진다.

리처드는 귀찮게 이불을 들추지도 않고 그냥 소파베드에 앉아 베개에 머리를 기댄다. 그는 그해 여름에 샬린이 그랬던 것처럼 오랫동안 천장을 빤히 바라본다. 필립을 기다리는 시간이 길어질수록 홀리가 옳았다는 생각이 들기 시작한다. 아무런 계획도 없이 무작정 이곳에 오는 건 좋은 생각이 아니었다. 밖에서는 바람이 불고, 어딘가 다른 방에서 나뭇가지가 창문을 긁어대는 가운데 그가 생각해냈던 모든 이유들, 오늘 아침에는 이론의 여지가 없는 것처럼 보였던 이유들이 머릿속에서 희미하게 사라져간다. 벽에 걸린 시계는 다섯시 삼십분에 멈춰 있지만 손목시계는 거의 열시에 가까운 시각을 가리키고 있다. 보통 때 같으면 이렇게 일찍 잠을 청하지 않겠지만 지금은 필립을 기다리며 그냥 스르르 눈을 감는다.

곧 숨소리가 고르게 변하고 그의 생각들은 정처 없이 떠돈다. 그는 이제 자고 있다.

그가 그렇게 자는 동안 샬린은 2층 자기 방 침대를 가로로 길게 차지하고 모로 누워 지난 이십사 시간 동안의 일들을 퍼즐 조각을 맞추듯이 머릿속으로 맞춘다. 멜리사 무디가 집을 찾아온 일, 오늘 아침에 필립과 이야기를 하면서 멜리사의 말이 어쩌면 사실일지도 모른다는 희박한 가능성을 처음 알게 된 일, 도서관에서 기묘한 분위기 속에 필리아를 만난 일, 무디 일가의 집을 찾아갔던 일, 집에 돌아와보니 필립이 없던 것, 필립의 가방에 들어 있던 이메일을 읽은 일, 그리고 리처드가 연락도 없이 이곳으로 돌아온 일까지. 이 많은 일들을 한꺼번에 생각하기가 힘들어지자 샬린은 침대에서 일어나 욕실로 가서 문 뒤편에 걸려 있는 나이트가운을 가져온다. 그리고 입고 있던 옷을 벗고 나이트가운으로 갈아입는다. 그녀는 다시 침대로 올라가기 전에 창가로 가서 커튼을 살짝 열고 필립이 오지 않는지 밖을 내다본다. 정확한 이유는 모르겠지만 아까 느꼈던 불길한 예감이 지금도 그녀를 괴롭히고 있다. 샬린은 오늘 너무 여러 가지 일이 일어나서 이런 기분이 드는 것뿐이라고 자신을 타이른다. 하지만 뭔가가 자꾸 마음에 걸린다. 저 아래 진입로에서 차고 밖으로 삐죽 나와 있는 그녀의 자동차 트렁크가 보인다. 그 모습을 보니 휴대전화가 생각난다. 그녀가 조수석에 내버려두고 온 휴대전화. 도무지 들을 수가 없었던 음성 사서함 메시지들도 생각난다.

마침내 샬린은 생각을 포기하고 억지로 침대로 돌아간다. 오늘 밤에는 너무 많은 걱정과 아래층의 전남편이 마음을 짓누르고 있어서 잠들기가 불가능할 것 같다. 샬린은 수면제를 꺼내려고 협탁으로 손을 뻗는다. 그런데 평소처럼 약병을 열고 알약을 삼키는 대신 샬린은 그냥 손으로 약병을 꼭 쥐고는 눈을 감고 애써 잠을 청한다.

밖에서는 계속 바람이 분다. 거의 다 찬 달과 별들이 검은 겨울 하늘을 밝힌다. 같은 달빛 아래지만 체이스 일가의 집에서 아주 멀리 떨어진 곳, 줄줄이 늘어선 교외 주택들과 나무가 우거진 복잡한 도로들을 지나 고속도로로 들어가서 도로를 두 번 바꿔타며 초록색 나들목 표지판과 외로운 휴게소들—웨이트리스들은 거의 물처럼 흐린 커피를 끓이고, 관리인들은 화장실 바닥에서 오줌 자국을 닦아내고, 트럭 운전수들은 자동판매기에 동전을 넣고 있다—을 수백 개나 지나고 플로리다까지 일곱 개나 되는 주경계선을 넘어 팜비치까지 가면, 홀리와 리처드가 살고 있는 아파트 창밖에서 바닷물이 해안에 부딪히고 있다. 리처드가 조금 아까 생각했던 그 모습 그대로.

아파트 안에서는 홀리가 킹사이즈 침대에 혼자 누워 있다. 그녀의 몸은 침대 왼쪽의 극히 일부만 차지하고 있을 뿐이다. 리처드가 침대의 나머지 부분을 독차지하고 자는 것에 익숙해진 탓이다. 샬린처럼 홀리도 오늘 있었던 일들을 머릿속으로 되새기고 있다. 특히 오늘 아침에 리처드와 나눈 대화를 곰곰이 생각해보며 리처드가 아들의 여자친구와 자신의 관계에 대해 설명한 말을 조목조목 뜯어보고 있다. '그건 단순한 우정이 아니었어. 하지만 불륜도 아냐. 난 그애한테 키스도 한 적이 없다고……' 홀리는 리처드가 정말로 숨길 것이 없다면 왜 그 일을 비밀로 했는지 모르겠다는 생각이 든다. 이런 생각을 하는 것이 오늘 하루 동안 벌써 백 번은 되는 것 같다. 홀리는 자신의 과거를 자세히 되돌아본다. 리처드를 만나기 전에 같이 잤던 남자들, 이십대 초반에 시도해보았던 다양한 마약, 겨우 열여섯 살밖에 안 되었을 때 어머니의 애인에게 키스했던 일…… 그녀는 이런 일들을 리처드에게 하나도 말하지 않았다. 그가 이런 일을 이해하지 못할 사람 같아서 그런 것은 아니다. 그는 이해할 것이다. 홀리가 과거의 이런 일들을 비밀로 한 것은, 그때의 자신과 지금의 자신이 다르기 때문인 것 같다. 그렇다면 지금의 리처드도 아들의 여자친구에게 이상하게 애정을 느꼈던 과거의 리처드와는 다른 사람인 건가 하는 생각이 든다.

이런 생각을 하다가 홀리는 자기도 모르게 침대에서 일어나 벽장으로 간다. 몇 분 동안 벽장을 뒤진 끝에 홀리는 가장 뒤쪽에 있던 신발 상자를 찾아낸다. 낡은 솜털 담요와 이제는 전혀 신지 않는 하이힐들이 자그마한 산처럼 수북이 쌓여 있는 뒤쪽에 신발 상자가 있다. 홀리는 상자 뚜껑을 열고 그 안의 카세트테이프들을 뒤진다. 마침내 원하는 것을 찾아낸 그녀는 거실로 가서 테이프를 스테레오에 넣는다. 그녀가 재생 버튼을 누르자마자 지직거리는 잡음과 함께 녹음된 그녀의 목소리가 방 안을 가득 채운다. 라스베이거스에서 의학 학회가 열렸을 때 그녀가 무대 위에서 남자 산부인과 의사들이 '여자의 질을 대하는 매너'가 부족하다는 주제로 공연한 것을 녹음한 테이프다. 그녀가 웃음을 이끌어내기 위해 준비한 결정적인 말을 불쑥 던질 때마다 청중은 박장대소를 터뜨린다. 하지만 한 사람의 웃음소리가 유난히 크게 들린다. 이상한 소리다. 무겁고 무모한 소리. 금방이라도 울음을 터뜨릴 것 같은 웃음소리.

리처드의 웃음소리다. 홀리는 그때 그 소리가 몹시 슬프게 들렸던 것을 지금도 생생히 기억하고 있다. 리처드의 웃음소리에는 고통이 가득했다. 실제로 홀리를 처음 만났을 때 그의 상황이 그러했다.

그건 그때고, 지금의 리처드는 달라. 홀리는 생각한다.

그녀는 되감기 버튼으로 테이프를 앞으로 돌린 다음 같은 내용을 다시 들으며 다른 사람들의 목소리를 누르고 제멋대로 솟아오르는 리처드의 커다란 웃음소리에 귀를 기울인다. 그러다보니 리처드가 갑자기 펜실베이니아로 다시 가보아야겠다고 말했을 때 자신이 좀더 이해해줬어야 하는 게 아닌가 하는 생각이 든다. 결국 홀리는 정지 버튼을 누르고 테라스로 나가 바다 위에 떠 있는 달을 지그시 바라본다. 그녀는 원래 기도를 하는 성격이 아니지만 지금은 자기도 모르게 소리 없이 기도를 하고 있다. 리처드의 행복뿐만 아니라 필립의 행복까지 빌고 있다. 심지어 무심결에 샬린을 위해서도 몇 마디 덧붙인다.

다시 몇백 킬로미터나 되는 고속도로를 달리며 수많은 주경계선과 고속도로 나들목과 수많은 휴게소(여전히 흐린 커피가 끓고 있고 화장실 청소도 끝나지 않았다)를 지나 고속도로를 두 번 갈아탄 뒤 줄지어 늘어선 교외 주택들을 지나 나무가 우거진 거리들이 복잡하게 얽혀 있는 펜실베이니아 주 래드너의 변두리로 돌아가보자. 멍크스 힐 로드의 자그마한 집 세 채로. 셋 중 가장 큰 집 안에서는 빌 어윈이 흐릿한 불이 켜진 거실에서 썩어가는 마룻바닥 위를 서성이고 있다.

그는 자꾸만, 자꾸만 같은 질문을 중얼거린다. "이제 어쩌지? 이제 어쩌지? 이제 어쩌지?"

그는 벌써 몇 시간째 이 질문을 되뇌고 있지만 답이 떠오르지 않는다. 그의 발아래에 있는 지하실은 조용하다. 오늘밤에는 저 아래에서 더이상 아무 소리도 들리지 않는다. 그가 단단히 조치를 취한 덕분이다. 게다가 빌은 낡은 벤츠의 열쇠도 빼앗아 차를 근처의 막다른 길로 끌고 가서 사람들 눈에 띄지 않게 숲속에 숨겨두었다. 이렇게 꼭 필요한 조치를 취하는 동안 그는 조수석에서 노란색 등록증을 발견했다. 그 서류에 따르면, 차는 턴버 레인 12번지에 사는 샬린 체이스의 것이었다. 빌은 멜리사에게서 사고로 죽은 남자친구의 이야기를 많이 들었기 때문에 체이스라는 성을 알고 있다. 그렇다면 아까 멜리사를 찾아온 청년, 자신이 밖에서 발견하고 지하실에 끌어다놓은 청년은 틀림없이 죽은 아이의 형일 것이다. 이 사실을 깨닫고 나니, 이제는 자신이 저지른 짓을 돌이킬 수 없다는 생각이 또 든다. 이번 일은 과거의 일들과 다르다. 과거의 그 여자들은 모두 익명의 존재였다. 그가 I-95번 도로에서 태운 히치하이커, 낚시 여행에서 만난 여자, 필라델피아 외곽의 술집에서 만난 십대 가출 소녀.

하지만 이번은 다르다. 그가 해친 사람이 자신의 아내와 멜리사의 친구니까.

이번은 다르다. 두 사람을 추적하면 빌의 신원이 밝혀질 테니까.

조만간 누군가가 게일과 청년을 찾아나설 것이다. 그렇게 되면 모든 정황이 빌을 가리킬 것이고, 결국 집 뒤쪽의 빈집에까지 사람들의 관심이 쏠릴 것이다. 그러니까 이제 어떻게 해야 할지 빨리 답을 찾아내야 한다. 하지만 답을 찾을 때까지 그가 할 수 있는 일이라고는 거실을 서성거리며 중얼거리는 것뿐이다. 빌은 창문과 창문 사이를 오가며 밖에 또 누가 나타나지 않는지 확인하고, 또 확인한다. 그러고는 침실 창가로 가서 멜리사의 집을 내다본다. 멜리사의 집 창문에서 바둑판무늬 커튼을 뚫고 흐릿한 빛이 새어나온다. 이렇게 늦은 시각에 멜리사가 자지 않고 뭘 하고 있는지 궁금하다.

물론 그는 그 얇은 커튼 뒤에서 멜리사가 자기 몸에서 갑자기 터져나온 물을 닦아내고 있는 걸 보지 못한다. 필립이 이 집을 나간 뒤로 진통이 점점 더 강해지고 잦아졌다. 멜리사가 지난 구 개월 동안 찾아갔던 거의 모든 점쟁이는 보름달이 뜬 뒤에야 아이가 나올 거라고 했다. 그래서 멜리사는 소파에 가만히 누워 진통이 사라지기를 기다렸다. 하지만 일이 이렇게 되고 보니 멜리사도 더이상 기다릴 수는 없다는 생각이 든다. 빨리 병원으로 가야 한다. 멜리사는 먼저 책꽂이로 가서 게일이 선물로 사준 임신 안내서를 꺼낸다. 그러고는 책장을 넘겨 분만을 설명한 부분을 찾는다. 초산인 경우 평균 열두 시간까지 진통을 참아도 되지만 일단 양수가 터지면 모든 것이 더 빨리 진행되기 시작한다고 쓰여 있다. 지금 생각해보니 어젯밤 체이스 일가의 집에 갔다가 차를 몰고 돌아올 때 처음으로 진통이 시작되었던 것 같다. 소파에서 자는 동안에도 진통이 느껴졌고, 오늘 아침에 잠에서 깨어 문 밑에서 그 무서운 편지를 발견했을 때도 진통이 느껴졌다.

멜리사는 책을 덮고 자신의 오두막을 마지막으로 한 번 둘러본 다음 문으로 향한다. 문을 열고 어두운 밖으로 나가자 싸늘한 겨울 공기가 타는 듯 뜨거운 그녀의 피부를 강타한다. 자동차까지 절반쯤 갔을 때 또 진통이 와서 멜리사는 걸음을 멈추고 배를 움켜쥔다. 통증이 지나간 뒤 고개를 돌려 어윈의 집을 바라본 그녀의 머릿속에 게일과 빌에게 차를 태워달라고 부탁할까 하는 생각이 순간적으로 머리를 스치고 지나간다. 두 사람은 그렇게 해주겠다고 이미 몇 번이나 말한 적이 있다. 하지만 오늘 아침에 집에서 나가라는 내용의 편지를 보고 머리가 혼란스러워졌기 때문에 멜리사는 두 사람에게 부탁하지 않기로 한다. 그래서 혼자 차까지 걸어가 차에 오른다.

멜리사는 구불구불한 거리를 달려 브린모어 병원으로 향하면서 마음을 진정시키려고 기억 속에 간직한 로니의 얼굴을 떠올린다. 하지만 머릿속에는 자꾸 어윈 아저씨의 생각만 떠오른다. 아저씨가 오늘밤 필립이 고함치는 소리를 듣고 왔던 일이 생각난다. '네가 그 아기를 임신한 걸 아무리 기적으로 생각한다 해도, 개는 죽었어. 로니는 죽었어……' 필립이 했던 말을 생각하니 또 진통이 시작된다. 지금까지의 진통 가운데 가장 날카롭고 고통스럽다. 멜리사는 가속페달에서 발을 떼고 길가에 차를 세운다. 아무것도 생각할 수 없을 만큼 통증이 심해서 멜리사는 가만히 앉아 통증이 가라앉기를 기다린다. 마침내 통증이 가라앉자 오늘 저녁에 자신의 자그마한 집에 들어와 서 있던 어윈 아저씨의 모습이 다시 생각난다. 아저씨의 금장 타이멕스 시계가 두꺼운 손목에서 똑딱거리던 것도 생각난다. 모자 때문에 아저씨의 눈 위에 어두운 그림자가 생긴 것도 생각난다. 아저씨의 시선이 방 안을 방황하던 것도 생각난다. 어느 것 하나 특별히 이상하지 않은 일이지만 멜리사의 생각은 계속 그 기억에 붙들려 있다.

마침내 멜리사는 몇 번 심호흡을 한 뒤 다시 차를 출발시킨다.

이렇게 가면 평소보다 시간이 더 걸릴 것이다. 가다 서다를 반복한 탓에 멜리사는 삼십 분이 지난 뒤에야 병원 주차장에 들어선다. 하지만 주차할 자리를 찾는 대신 응급실 앞에 차를 세우고 문을 벌컥 열며 차에서 내린다.

"부인, 여기에 차를 세우면 안 돼요." 주차장 관리인이 그녀에게 소리친다.

멜리사는 그를 무시하고 계속 걷는다. 응급실 문이 자동으로 열리자 그녀는 접수대로 간다. 양손으로 통증이 가장 심한 배와 허리를 각각 짚은 모습이다. 면도날처럼 입술이 얇고 눈물방울처럼 알이 작은 안경을 쓴 자그마한 여자가 접수대 뒤에서 시선을 들어 흉하게 망가진 멜리사의 얼굴을 보더니 눈을 휘둥그레 뜬다. 그러고는 다른 사람들과 마찬가지로 이내 시선을 돌린다. 로니의 아버지를 뺀 모든 사람과 마찬가지로. 아니, 빌 어윈도 있다. 멜리사는 또다시 진통이 몰려오는 것을 느끼며 그런 생각을 한다.

"도와주세요." 멜리사가 통증 때문에 몸을 움찔거리며 말한다. "아기를 낳을 것 같아요."

간호사들이 멜리사 주위로 몰려드는 동안 병원 바깥의 하늘이 검은색에서 회색으로, 다시 파란색으로 변한다. 달과 별들은 희미하게 사라진다. 벌거벗은 나무들 위로 금방 햇살이 새어나온다. 리처드 체이스는 자신이 한때 대부분의 시간을 보냈던 병원에서 정확히 이십이 킬로미터 떨어진 곳에서 샬린이 자기 이름을 부르는 소리에 깨어난다. 눈을 가늘게 뜨고 보니 샬린이 다 해진 나이트가운을 입고, 가운 자락이 벌어지는 민망한 꼴을 막으려고 테리클로스 재질의 로브를 덧입어 앞에서 여민 모습으로 소파베드 발치에서 있다. "왜 그래?" 리처드가 묻는다.

샬린이 자신의 휴대전화를 허공으로 들어올린다. "드디어 알아 냈어."

"알아내다니 뭘?"

"메시지를 어떻게 듣는지."

리처드는 옆으로 돌아누워 목을 문지르며 옷을 다 입은 채 이렇게 불편한 자세로 어떻게 밤새 잠을 잤는지 모르겠다고 생각한다. "그래서?"

"필립이 어제 오후에 나한테 메시지를 두 개 남겼어." 샬린이 어떤 버튼을 누르고는 리처드에게 전화기를 불쑥 내민다. 리처드가 전화기를 귀에 대자 필립의 목소리가 들린다. "M. 나예요. 멜리사 네 집을 도대체 어떻게 찾아낸 거예요? 제발 부탁이니 거기 가서 어젯밤 일을 가지고 걔를 못살게 구는 건 그만두세요. 이 메시지 들으면 집으로 전화주세요. 아예 그냥 집으로 오시면 더 좋고요."

"M이 누구야?" 리처드가 메시지를 다 듣고 나서 묻는다.

"필립이 요즘 날 그렇게 불러."

"왜?"

샬린은 어깨를 으쓱한다. "어머니를 줄인 말이겠지." 샬린은 비슷한 내용의 메시지가 하나 더 있다고 말한다. 멜리사의 집에 가지 말라는 내용의 메시지. "이걸 듣고 나니까 필립이 날 데리러 그 집으로 갔을지도 모른다는 생각이 들었어. 난 걔네 부모 집으로 갔는데 그걸 모르고 말이야."

"그런데 집에는 왜 안 오는 거야?"

"그거야 모르지." 샬린이 말한다. "그런데 내가 걔네 부모한테 개가 어디서 사냐고 안 물어봤어. 개 전화번호가 안내 서비스에 기록되어 있지도 않고. 조금 전에도 전화해봤거든. 경찰에 전화해서 어젯밤에 사고가 없었는지도 확인했고."

"그래서?"

"없었대."

리처드는 멜리사가 자기를 데리고 오두막을 보러 갔던 날을 떠올린다. 리처드는 이보다 더 크고 좋은 곳을 구해도 된다고 계속 말했지만 멜리사는 그 집이 마음에 든다고 했다. 그 집뿐만 아니라 주인인 초로의 부부도 마음에 드는 모양이었다.. "멍크스 힐 로드 32번지야." 리처드가 샬린에게 말한다.

"뭐?"

"멜리사가 거기 산다고."

"당신이 그걸 어떻게……" 샬린이 말을 멈춘다. 리처드가 멜리사에게 돈을 주었다는 사실을 기억해낸 모양이다. 멜리사의 부모가 샬린에게 딸이 사는 곳 주소는 안 가르쳐주었어도 그가 돈을 주었다는 얘기는 분명히 했을 것이다. "됐어." 샬린은 이렇게만 말한다. "내가 지금 그리로 가볼 거야."

리처드는 시계를 빤히 바라본다. 여전히 다섯시 삼십분에 멈춰 있다. 리처드는 자신의 손목시계를 확인한다. "이제 겨우 일곱시야. 너무 이르지 않아?"

샬린은 로브 앞섶을 더 단단히 여미더니 고리에 끼워진 허리띠를 묶는다. "시간 따위 상관없어. 필립이 거기 있는지 알고 싶을 뿐이야. 누가 알아? 필립이 아직 거기 있을지."

"지난번에는 필립이 아무 말도 없이 그냥 집을 나갔다며. 이번에

도 그런 건지 모르지. 필립이 멜리사 무디의 집에서 잠을 자기보다
는 지금쯤 뉴욕에 가 있을 거라고 생각하는 편이 더 그럴듯해.”

샬린은 침대 위에 놓인 앤 섹스턴의 책과 지퍼가 열린 필립의 가
방을 차례로 내려다본다. 리처드도 그녀를 따라 시선을 옮기다가
샬린이 가방 안의 종이 더미를 빤히 바라보는 것을 본다. “아냐.”
샬린이 조용한 목소리로 말한다. “필립이 이 물건들을 놔두고 가지
는 않았을 거야. 그러니까 멍키 힐 로드가 어딘지 가르쳐줘. 그런
이름은 한 번도 들어본 적이 없어.”

“멍키 힐 로드가 아니라 멍크스 힐 로드라니까.” 리처드는 침대에
서 일어나 뻣뻣한 목을 다시 문지른다. “그리고 나도 같이 갈 거야.”

놀랍게도 샬린이 아무 소리 없이 수긍한다. 심지어 복도의 벽장
에서 옛날에 리처드가 입던 스웨이드 외투까지 꺼내준다. 리처드
는 지금까지 그 옷을 까맣게 잊고 있었다. 옷에서 좀약 냄새가 나
지만, 이런 날씨에는 바람막이 점퍼가 무용지물이니 이 외투를 입
을 수밖에 없다.

“이걸 태워버리지 않았다니 뜻밖이네.” 리처드가 말한다.

“나도 같은 생각이야.” 샬린이 옷을 갈아입으러 2층으로 올라가
며 말한다.

리처드가 화장실에 다녀오고 샬린이 헐렁한 모직 스웨터에 두꺼
운 검은 바지를 단단히 차려입고 내려온 뒤 두 사람은 차고로 내려
간다. 샬린의 자동차가 차고 밖으로 삐죽 나와 있다. 그는 어젯밤
에 도착했을 때 이미 이 차를 보았지만 그때는 머릿속에 생각이 많
아서 자동차에 신경을 쓰지 못했다. 리처드가 왜 차를 이렇게 놓아
두었느냐고 묻자, 샬린은 필립이 로니의 벤츠를 몰고 나간 걸 알고

차를 이 자리에 그냥 내버려두었다고 말한다.

"필립이 다리에 깁스를 한 채로 차를 몰게 했단 말이야?" 리처드는 이 말을 하고는 샬린이 미처 대답하기도 전에 또 불쑥 질문을 던진다. "게다가 그 차를 아직도 갖고 있었어?"

"내가 필립한테 뭘 하라고 한 적은 한 번도 없어." 샬린이 말한다. "그 차를 갖고 있는 건 당연하지. 왜, 내가 로니의 추억이 깃든 물건을 모두 없애버릴 줄 알았어?"

"그런 뜻으로 한 말이 아니잖아." 리처드는 조수석 문을 열면서 자연스레 대화가 끊어지게 유도한다. 말다툼을 하고 싶지 않기 때문이다.

막 자리에 앉으려던 그는 로버트 프로스트의 시집 옆에 헝클어져 있는 필름을 발견한다. 샬린은 손을 뻗어 그에게 자리를 마련해주고는 그가 차에 타는 동안 시동을 건다. 차가 도로로 진입한 뒤 리처드는 멜리사의 집으로 가는 가장 빠른 길을 알려준다. 그러고는 계속 창밖을 바라보며 오늘 같은 겨울 아침에 병원까지 얼마 안되는 거리를 차로 달려 출근하던 기억을 떠올린다. 한때는 숲이 있었지만 지금은 턴버 레인보다 훨씬 더 큰 주택단지로 개발된 지역을 지날 때 리처드가 정상적인 대화를 시도한다. "이런 괴물들은 또 언제 지은 거야?"

샬린은 앞쪽의 교차로만 똑바로 바라보며 말한다. "몇 년 전에. 아까 뭐라고 했지? 여기서 우회전이야 좌회전이야?"

"우회전." 리처드가 말한다. "짓고, 또 짓고, 계속 짓기만 하는군. 땅이 하나도 안 남을 때까지 계속 이런 식일 거야."

"그렇겠지." 샬린이 짧게 대답한다.

이제 대화를 더 이어갈 수 없을 것 같다. 리처드는 그냥 가만히 있기로 한다. 사실 몇 년 만에 처음으로 샬린과 점잖은 분위기를 유지할 수 있다는 것만으로도 고마워해야 할 것 같다. 그런데 그때 놀랍게도 샬린이 다시 입을 연다. "우리가 래드너로 처음 집을 보러 왔을 때 기억나?"

"기억나지."

"그때는 여기도 지금이랑 많이 달랐는데." 샬린은 운전석 창문으로 바깥을 잠깐 바라본다. 마치 예전의 모습을 보려는 듯이. 예전에 이곳에는 숲이 더 많고 집이 훨씬 적었지만 지금은 지나치게 개발된 지역이 되어버렸다. "옛날에는 훨씬 더 고풍스럽게 보였어."

"진짜로 고풍스러웠으니까 그랬지." 리처드가 말한다.

샬린은 아주 작게 웃음을 터뜨린다. 리처드는 옛날 대학 시절에 친구가 포도주를 엎지르는 바람에 처음 만났던 아가씨를 떠올린다. 첫 데이트도 생각난다. 그날 그는 친구 때문에 못쓰게 된 스웨터와 거의 똑같은 스웨터를 그녀에게 주었다. 그 옷을 사려고 백화점 여성복 매장을 돌아다니며 칼라와 소맷부리에 지그재그 무늬가 있는 빨간 스웨터 모양을 설명할 때는 얼마나 창피했는지 모른다. 하지만 그런 노력을 기울인 보람이 있었다. 저녁식사를 하려고 만난 식당에서 그녀가 상자를 열어보고는 그가 원래 스웨터와 이렇게 비슷한 옷을 찾아냈다는 사실에 놀라움을 금치 못했던 것이다. 두 사람은 결혼 생활을 하는 동안 내내 그 스웨터를 재미있는 이야깃거리로 삼았다. 샬린은 그 스웨터를 "내가 당신과 사랑에 빠지게 만든 스웨터"라고 부르며 오랫동안 입었다.

"이 동네는 변했어도, 나는 처음 여기에 왔던 그날처럼 지금도 우리 집이 좋아." 샬린이 말한다.

리처드는 샬린이 그 집을 팔고 더 작고 아담한 곳으로 이사하지 않는 이유가 뭔지 오래전부터 궁금했다. 나쁜 기억이 없는 집으로 가면 좋을 텐데. 하지만 어젯밤 식탁을 보니 샬린이 그 집에 애착을 갖는 이유를 알 것 같았다. 턴버 레인 12번지의 그 집은 로니와 필립이 아직 아이였던 시절, 식구들의 삶 속에 희망이 배어 있던 시절의 유일한 흔적이었다. 리처드는 예전의 그 생활에 종지부를 찍은 마지막 밤이라고 할 수 있는 그날의 기억을 떠올린다. 로니가 졸업 무도회에 가는 길에 멜리사 자매, 채즈와 함께 집에 들렀던 저녁. 그는 자주 그날의 기억을 떠올리곤 한다. 그래서 샬린에게 당신도 그날이 생각나느냐고 묻는다.

"당연하지." 샬린은 양손으로 핸들을 꽉 움켜쥔 채 말을 멈췄다가 놀라운 이야기를 털어놓는다. "저기, 로니랑 채즈가 무디 쌍둥이를 사귀기 시작한 건 내기 때문이야."

리처드는 고개를 돌려 운전석에 앉은 샬린을 바라본다. 외투에서 나는 독한 좀약 냄새가 코를 강타한다. "뭐?"

"내기였다고. 로니랑 채즈는 자기들 중 누가 쌍둥이 자매 중 하나랑 먼저 자는지 내기를 걸었어."

"왜?"

"당신도 젊은 독신 남자였던 시절이 있으니 알 거 아냐. 그런 남자들이 무슨 생각을 하는지. 멜리사 자매는 목사의 쌍둥이 딸이잖아. 게다가 예쁘기까지 했지. 그러니까 남자애들은 걔들을 도전할 대상으로 본 거야."

"세상에, 말도 안 돼." 리처드가 말한다. "당신은 그걸 어떻게 알았어?"

"채즈가 공군에 갔는데, 집에 다니러 왔을 때 날 찾아왔어. 그때 들었지. 하지만 자기들이 일단 멜리사 자매가 어떤 사람인지 알고 난 뒤에는 로니가 정말로 멜리사를 좋아하게 됐대. 사랑에 빠진 거야. 그래서 채즈한테 내기를 취소하자고 했대. 미시한테는 절대 사실을 알리지 않을 작정이었고. 그래서 나도 아무한테도 말 안 했어."

"그럼 왜 지금 나한테 말하는 건데?" 리처드가 묻는다.

침묵이 차 안을 채운다. 리처드는 길가에 쌓인 더러운 눈 더미를 흘깃 바라보며 대답을 기다린다. 마침내 샬린이 말한다. "솔직히 나도 이번에 멜리사가 우릴 찾아오기 전에는 그 얘기를 까맣게 잊고 있었어. 그 기억을 떠올리면, 로니가 내 바람처럼 완벽한 애가 아니었다는 사실을 깨닫게 될 테니까 그랬겠지. 사실 로니도 다른 사람들처럼 잔인하게 굴 때도 있었어."

리처드는 달리 할말을 찾을 수 없어서 이렇게 말한다. "그야 뭐, 누구나 마찬가지지."

이 말이 두 사람 사이의 허공에 매달려 있는 것 같다. 리처드는 지난 세월 동안 자신이 저지른 수많은 잔인한 행동을 샬린이 끄집어낼 거라고 생각했지만 샬린은 그를 봐주기로 한 것 같다.

"그래, 그게 사실이지." 차가 멍크스 힐 로드를 향해 마지막으로 방향을 꺾는다.

집이 가까워지자 리처드는 멜리사를 다시 만나면 어떻게 될지 궁금해진다. 그가 더이상 만나면 안 된다고 말했을 때 멜리사가 엄청나게 화를 냈기 때문이다. 필립이 저 집에 아직 있을지도 궁금하다. 차가 자그마한 오두막 세 채를 향해 다가가자 리처드는 샬린에게 속도를 늦추라고 말한다. 진입로에는 빨간 픽업트럭 한 대뿐이다. 로니의 낡은 벤츠와 멜리사의 코롤라는 어디에도 보이지 않는다. 샬린은 길가에 쌓인 눈 더미 사이의 좁은 틈에 차를 세우면서 어느 집이 멜리사의 집이냐고 묻는다. 리처드는 32라는 숫자가 적힌 집을 가리킨다. 샬린은 시동을 끄고 문을 연다.

"뭐 하는 거야?" 리처드가 묻는다.

"혹시 모르니까 문이라도 두드려보려고."

리처드는 손목시계를 흘깃 본다. 일곱시 삼십분이다. "벤츠가 여기 없잖아, 샬린. 이렇게 이른 시각에 느닷없이 남의 집 문을 두드릴 수는 없어."

"날 잘 봐." 샬린은 이렇게 말하고 차에서 내린다.

처음에 리처드는 정말로 샬린을 지켜보기만 하겠다고 다짐한다. 샬린이 망신을 자초하는 모습을 편안한 조수석에서 지켜볼 거라고. 하지만 무슨 이유에서인지 그도 문을 열고 차에서 내린다. 여기저기가 갈라진 시멘트 계단 앞에서 샬린을 따라잡은 그가 묻는다. "왜 이러는 건데?"

샬린은 문에서 겨우 몇 센티미터 떨어진 곳에 주먹을 들어올리고 이렇게 말한다. "어제 당신이 갑자기 집에 와봐야 할 것 같다는 느낌이 들었다고 했지? 나도 지금 꼭 이렇게 해야 할 것 같은 느낌이 들어. 뭔가가 이상해." 이 말과 함께 샬린은 문을 세게 몇 번 두드린다. 두 사람은 말없이 가만히 서서 자신들의 입김이 허공에 안개처럼 퍼지는 것을 지켜본다. 문 뒤에서 아무런 대답이 없자 샬린은 더 세게 문을 두드린다.

"그만해." 여전히 대답이 없자 리처드가 말한다. "그만두고 가자."

샬린은 겨우 십오 미터쯤 떨어진 옆집을 가리키며 거기 누가 사느냐고 묻는다. 리처드는 오래전 그날 머리가 눈처럼 하얗게 센 쾌활한 여자가 멜리사와 자신에게 집을 보여주던 기억을 떠올린다. 그 여자의 남편도 기억난다. 리처드가 보기에는 바닷가 마을의 주점에 가면 항상 볼 수 있는 그런 사람 같았다. 팔뚝은 튼튼하고, 목소리는 자갈이 굴러가는 것 같고, 얼굴은 비바람에 시달린 흔적이 역력했다. "거긴 주인집이야." 리처드가 말한다.

"그럼 그 사람들한테 어제 필립을 봤냐고 물어봐야겠어."

멜리사의 집 문을 두드리는 것도 그렇지만 샬린이 뭔가 예감이 좋지 않다는 이유만으로 주인 부부를 깨우는 건 아니라는 생각이 든다. "그렇게 걱정되면 필립한테 전화나 다시 걸어보지그래?"

"알았어, 걸면 되잖아."

샬린은 주머니에서 휴대전화를 꺼내 재다이얼 단추를 누르고 전화기를 귀에 댄다. 그때 이상한 일이 벌어진다. 샬린이 손에 들고 있는 전화기가 아닌 다른 곳에서 희미한 벨소리가 두 번 리처드의 귀에 들려온 것이다. 모르긴 몰라도 그 소리는 집의 옆쪽 어딘가에서 들려오는 것 같다.

"저 소리 들려?" 리처드가 묻는다.

"무슨 소리?"

"전화벨. 전화가 울리고 있잖아."

샬린은 고개를 젓는다. "벨소리가 들리는 게 당연하지. 내가 지금 필립한테 전화를 걸었잖아."

리처드는 설명을 하려고 애쓰는 대신 손을 뻗어 샬린에게서 전화기를 빼앗는다. "들어봐."

　잠시 침묵이 흐른다. 리처드는 혹시 자기가 전화벨 소리를 상상으로 만들어낸 건가 하는 생각이 든다. 그런데 그때 그 소리가 또 들린다. 멜리사의 집 옆쪽 어딘가에서 전화벨 소리가 작게 한 번 들려온다. 샬린이 어리둥절한 표정을 짓고 있는 걸 보니 그녀도 그 소리를 들은 것 같다. 두 사람은 재빨리 갈라진 시멘트 계단에서 내려와 두 집 사이의 자그마한 마당을 들여다본다. 주인집 지하실 창문 옆에 누군가가 눈을 마구 밟은 흔적이 있는 것을 제외하면 별다른 것이 없다. 그 집 바로 뒤에는 세번째 집이 숲 가장자리에 앉아 있는데 창문이 모두 구름처럼 흐릿한 비닐로 덮여 있다. 비닐이 바람에 부들부들 떨고 있는 것 같다. 벨소리가 그치자 리처드는 샬린의 전화기를 귀에 대본다. 삐 소리가 난 뒤 메시지를 남기라고 말하는 필립의 목소리가 들려온다. 그는 전화를 끊는다. 아까 그 벨소리가 어디서 들려오는지 알아내려고 당장 전화를 다시 걸 생각이다. 하지만 그가 막 재다이얼 버튼을 누르려는데 저 뒤의 세번째 집에서 또다른 소리가 들려온다. 문이 삐걱거리며 열렸다가 닫히는 소리다. 곧이어 무거운 발소리가 들려온다. 잠시 후 비바람에 시달린 얼굴을 한 집주인이 그 빈 오두막 안에서 모습을 드러낸다. 그는 집 옆쪽 벽에 삽을 기대놓고 손가락에 잔뜩 묻은 흙을 닦아내며 두 사람을 향해 걸어오더니 눈이 밟힌 자리에서 갑자기 멈춰 선다.

　"안녕하세요." 그가 말한다.

　리처드는 재다이얼 단추에 엄지를 대고 있지만 누르지는 않는다. "안녕하세요." 리처드가 말한다. 샬린은 입을 다문다. 그녀는 여전히 고개를 쭉 빼고 벨소리가 들리지 않는지 귀를 기울이고 있다. 벨소리가 그친 지 이미 오래인데도.

"무슨 일이시죠?" 빌 어윈이 묻는다.

그의 뒤쪽에서는 빈집 창문을 덮은 비닐이 돌풍 때문에 더 심하게 흔들린다. 내려앉은 지붕 위에 검은 새 여러 마리가 앉아 있는 것이 리처드의 눈에 들어온다. 그는 새들에게서 시선을 돌려 멜리사네 집주인의 움푹한 눈을 들여다본다. 집주인은 끈을 묶지 않은 부츠를 신고 눈 속에 양발로 단단히 버티고 서 있다. 샬린이 여전히 침묵을 지키고 있기 때문에 리처드는 재다이얼 단추에서 엄지손가락을 떼며 말한다. "혹시 기억하시는지 모르겠지만, 오래전에 제가 선생님을 만난 적이 있습니다. 저는 리처드 체이스입니다. 멜리사가 처음 이 집을 보러 왔을 때 같이 왔죠."

빌은 크고 더러운 부츠를 신은 발 한쪽을 움직여 다른 자리에 디딘다. "맞아요. 다시 만나 반갑소. 그런데 이렇게 이른 시각에 손님을 맞는 건 자주 있는 일이 아니라서……"

"우린 멜리사를 만나러 왔어요." 샬린이 마침내 입을 연다.

"멜리사요? 그애는 지금 병원에 있어요. 오늘 아침 일찍 병원에서 전화가 왔는데, 멜리사가 아이를 낳았답니다."

리처드는 아이라는 말을 듣는 순간 샬린의 얼굴에 마지막 희망의 빛이 번개처럼 스치고 지나가는 것을 본다. 하지만 어젯밤에 보았던 실망스러운 표정이 금방 그 자리를 차지한다. "브린모어 병원입니까?"

빌은 손을 들어 이마를 긁다가 우연히 모자를 친다. 리처드와 샬린은 모자가 그의 발치로 떨어지는 모습을 지켜본다. 마치 모자가 슬로모션으로 떨어지는 것 같다. 빌은 허리를 숙여 서투른 손짓으로 모자를 눈 위로 끌어 집어든다. 그는 모자를 쓰는 대신 두툼한 양손으로 꼭 쥔 채 몸을 일으킨다. 고통스러운 표정이다. "거길 겁니다." 그는 이렇게 말하고서 흐릿한 미소를 짓는다.

리처드가 기억하는 한 그해 여름에 이 집을 처음 보러 왔을 때 이 남자는 따뜻하고 친절했다. 심지어 멜리사에게 자기 정원 얘기를 하며 자기가 거기서 기르는 채소를 마음대로 따먹어도 된다고 말하기까지 했다. 그리고 겨울에는 자기가 집 뒤꼍에 쌓아두는 땔감도 가져다 쓰라고 했다. 그때 리처드는 집주인이 멜리사를 잘 돌봐줄 것 같아서 기분이 좋았다. 그런데 지금의 빌 어윈은 의뭉스럽고 불안해 보인다. 기억 속의 모습과는 다르다. "혹시 무슨 일이라도 있습니까?" 리처드가 묻는다. 손가락이 시려서 그는 휴대전화기를 낡은 스웨이드 외투 주머니에 넣는다.

빌의 미소가 한층 환해진다. "아무 일도 없습니다. 왜요?"

리처드는 더이상 파고들지 않기로 한다. 너무 이른 시각에 찾아온 건 자기들이니까. 게다가 빌은 낯선 사람들이 느닷없이 나타나서 자기 집 주위를 돌아다니는 걸 좋아하지 않는 것 같다. "그냥요." 리처드가 말한다.

"뭐, 그럼, 저는 그만 들어가봐야겠습니다. 추워서요. 다시 만나서 반가웠습니다."

"잠깐만요." 샬린이 돌아서려는 그를 불러세운다. "혹시 어제 멜리사를 찾아온 사람이 있었나요?"

빌은 움직임을 멈추고 천천히 몸을 돌려 샬린을 바라본다. "찾아온 사람이요?"

"다리에 깁스를 한 젊은이일 거예요. 낡은 크림색 벤츠를 몰고 나갔어요." 샬린은 잠시 쉬었다가 말을 잇는다. "우리 아들이에요."

빌은 손에 든 모자를 쥐어짜며 잠시 생각에 잠긴다. "그런 사람을 이 근처에서 본 것 같지는 않군요. 워낙 조용한 곳이라서. 물론 갓난아기가 오면 달라지겠지만." 이 말을 마친 뒤 그는 다시 실례하겠다면서 세 집 중 가장 큰 곳으로 들어가버린다.

집의 뒷문이 긁히는 소리를 내며 열렸다 닫힌 뒤 샬린이 숨죽인 듯하지만 큰 소리로 말한다. "기분 나쁜 인간이야."

리처드도 맞장구를 친다. 그는 주머니에서 휴대전화를 꺼내 재다이얼 단추를 누른다. 아까처럼 자그마한 벨소리가 들려오기를 기다리며 샬린은 집 옆 마당으로 몇 걸음 들어간다. 그래서 빌 어윈이 방금 서 있던 자리에 좀더 가까워진다. 하지만 벨소리는 더이상 들리지 않는다. 리처드가 전화기를 귀에 대자 전화가 필립의 음성 사서함으로 넘어가는 소리가 들린다. 그는 다시 전화를 끊고, 다시 전화를 건다. 이번에는 리처드도 마당으로 들어가 빈집을 빤히 바라본다. 지붕에 새들이 모여 있다. 빌 어윈의 삽은 비닐로 덮은 창문 바로 아래 벽에 기대어져 있다. 여전히 아무 소리도 들리지 않자 리처드가 말한다. "우리가 잘못 들었나봐."

"아냐." 샬린은 이렇게 말하면서 눈으로 마당을 훑는다. "난 분명히 들었어. 다시 걸어봐."

그는 다시 전화를 건다. 한 번도 아니고 세 번, 네 번, 다섯 번, 여섯 번이나. 그래도 벨소리가 들리지 않자 샬린의 확신도 점점 희미해지는 것 같다.

"틀림없이 들었어." 샬린이 한숨을 내쉬며 말한다. "그런데 딱 한 번뿐이라서. 당신 말이 맞는지도 모르지. 우리가 뭐에 홀렸나봐."

리처드는 집주인의 집을 바라본다. 커튼이 모두 닫혀 있는데도 누군가가 자신들을 지켜보고 있다는 느낌을 떨칠 수 없다.

"이제 어쩌지?" 샬린이 묻는다.

"병원으로 가봐야겠어." 리처드는 이렇게 말하고는 마침내 창문에서 시선을 떼어 샬린의 걱정스러운 눈을 바라본다. "멜리사가 필립의 행방에 대해 뭘 좀 알지도 몰라."

15장

 "도와주세요." 멜리사가 통증 때문에 움찔거리면서 말한다. "아기를 낳을 것 같아요."

 접수대 뒤의 여자는 수화기를 들고 번호를 누르더니 마구 고함을 지른다. "여기 사람이 필요해요, 당장." 여자는 수화기를 내려놓고 벌떡 일어나 복도 반대편 끝의 누군가를 큰 소리로 부른다. 겨우 몇 초밖에 안 되는 것 같은 짧은 시간 동안 간호사들이 달려와 멜리사를 둘러싼다. 그녀가 상상했던 것과는 달리 어수선한 분위기다. 땅딸막한 몸에 꼭 끼는 하얀 바지와 셔츠 차림의 간호사가 휠체어를 가져오라고 소리친다. 젊은 남자 간호조무사가 휠체어를 밀며 나타나자 간호사들은 멜리사를 조심스레 거기에 앉힌다. 어윈 부인처럼 머리가 하얗고 피부가 종이 같은 간호사가 멜리사에게 진통 간격을 재보았느냐고 묻는다.

 "아뇨." 멜리사가 말한다. "그렇지는 않아요."

“괜찮아요.” 여자는 손목을 들고 날씬한 은색 손목시계를 바라본다. “지금부터 재면 돼요. 진통이 시작되면 나한테 말해요. 알았죠?”

“알았어요.”

“주치의가 어느 선생님이세요?”

“없어요.”

“이 병원에 주치의가 없다는 거예요, 아니면 아예 없다는 거예요?”

“주치의가 아예 없어요.” 멜리사가 말한다. 처음으로 이 사실이 부끄럽다는 생각이 든다. 그녀는 아주 오래전의 파텔 박사와 수많은 성형외과 의사들의 명단을 생각한다. 로니의 아버지와 그 목에 걸려 있던 신분증도 생각한다. 지금 주위에 모인 간호사들도 모두 그런 신분증을 걸고 있다. “전 아주 오랫동안 병원에 온 적이 없어요.”

이 말을 들은 간호사의 표정이 아주 걱정스럽게 변하면서 게일 어윈과 닮은 것 같던 부분들이 희미하게 사라진다. 간호사는 멜리사를 경계하는 것 같다. 조금 전보다 훨씬 덜 친절한 말투로 질문들을 마구 쏟아낸다. “마지막으로 생리를 한 지 몇 달이나 지났어요? ……양수가 터진 지 얼마나 됐죠? ……알레르기 반응을 일으키는 약이 있어요?” 이런 혼란의 와중에 또다른 간호사가 클립보드와 꽁지가 씹힌 검은 펜을 양손에 들고 나타난다. 그녀가 냉정한 콧소리로 보험에 관해 물어보며 멜리사를 괴롭힌다. 멜리사에게는 보험이 없다. “좋아요, 그럼 처음으로 다시 돌아가죠. 정식 이름을 대봐요.”

“멜리사 앤 무디.”

“무디는 M-O-O-D-Y라고 써요?”

"네."

"나이는요?"

"스물세 살이에요."

이것을 시작으로 한도 끝도 없는 질문과 서류에 서명하는 일들이 이어진다. 멜리사가 진통을 느꼈을 때야 비로소 이런 일들이 잠깐 중단된다. 멜리사가 피부가 종이 같은 간호사에게 진통이 왔다고 알리자 간호사는 시간을 재기 시작한다. 통증이 심해졌다가 가라앉은 뒤, 클립보드를 든 여자가 또 질문을 시작한다. 그와 동시에 간호조무사가 휠체어를 밀자 고무바퀴가 움직이기 시작한다. 멜리사는 고개를 뒤로 젖혀 천장의 사각형 불빛을 올려다본다. 불빛들이 섞여 그냥 하나의 선으로 변한다. 그녀의 머릿속이 몽롱해지면서 하얗게 변한다. 그녀는 현실을 벗어나 생생하고 또렷한 먼 기억 속으로 들어간다. 기억 속에서 그녀는 늦봄의 어느 늦은 오후에 멍크스 힐 로드의 오두막 거실에 혼자 앉아 있다. 테이프로 주얼의 노래를 들으면서 귀를 또 뚫으려고 얼음으로 귀를 얼얼하게 만드는 중이다. 그녀가 귓불에 막 바늘을 찔러넣으려는데 누군가가 망사문을 두드린다. 고개를 들어보니 어윈 아저씨의 주름진 얼굴이 문 뒤에 있다.

"안녕하세요." 멜리사는 바늘을 내려놓는다. 하지만 얼음은 아무 생각 없이 한 손에 그냥 들고 있다.

"잘 지내?" 어윈 아저씨가 묻는다. 어찌나 활짝 웃는 얼굴인지 누런 이가 망사문을 통해 보일 정도다.

자갈이 굴러가는 것 같은 어윈 아저씨의 목소리에 낮잠을 자던 무무가 깨어나 소파에서 뛰어내리더니 복도 저쪽으로 서둘러 가버린다. 어윈 아저씨가 나타날 때마다 무무가 하는 행동이다. 스테레오에서는 주얼이 자신을 버리고 간 남자친구 이야기를 낮은 소리로 우울하게 노래하고 있다. 예전에는 가장 좋아하던 노래였지만 요즘은 이 앨범에 점점 싫증이 나서 멜리사는 이 노래를 예전만큼 자주 듣지 않는다.

"잘 지내요." 멜리사가 어윈 아저씨에게 말한다. 거짓말이 아니다.

오늘처럼 햇빛이 화창하고 오두막 창문으로 산들바람이 불어오는 날이 점점 늘어나고 있다. 멜리사는 자신의 기분이 변하는 것을 느낀다. 아주 오랜만에 자신의 삶으로 되돌아가는 듯한 행복감이 든다. 로니를 잊은 것은 아니지만 어떻게든 로니가 자신에게 다시 돌아올 거라는 믿음이 점점 희미해지기 시작했다. 그래서 밤마다 침대 옆에 앉아 드리는 기도도 점점 짧아지고 있다. 어떤 날은 완전히 다른 기도를 드리기도 한다. 이를테면 앞으로 어떻게 살아가야 하는지 인도해달라는 식으로. 심지어 칸슈하켄의 쥐가 들끓는 모텔에서 이불을 빨거나 보험회사에서 불평꾼들의 전화를 받는 일보다 더 나은 일자리를 찾아보려고 신문을 살피기까지 한다.

"내가 정원에서 꽃을 좀 꺾어왔지." 어윈 아저씨가 이렇게 말하며 꽃을 들어올린다. 십여 송이쯤 되는 튤립의 둥글고 하얀 끝부분이 망사문을 통해 보인다. "그냥 정원에 놔두면 사슴이 먹어버릴 거야. 그래서 차라리 너한테 주는 게 낫겠다 싶어서."

멜리사는 갑자기 맨발 윗부분을 누가 핀으로 찌르는 것 같은 오싹한 기분을 느낀다. 깜짝 놀라서 아래를 내려다보니 손에 들고 있던 얼음이 녹아서 물방울이 떨어졌을 뿐이다. 멜리사는 남은 얼음을 커피 탁자 위의 잔에 넣고 문으로 가서 문을 열어준다. 어윈 아저씨가 안으로 들어온다. 몸집이 워낙 커서 어윈 아저씨가 안으로 들어올 때마다 오두막이 훨씬 더 작게 느껴진다. 어윈 아저씨는 바닥에 쌓여 있는 더러운 옷가지와 책과 테이프를 흘깃 바라본다. 로니의 사진이 놓인 벽난로도 바라본다. 최근에 멜리사는 그 사진을 벽난로에서 치울 생각을 하고 있다. 어윈 부부는 멜리사가 이 집을 어떻게 관리하든 신경쓰지 않겠다고 말했지만 멜리사는 집이 이렇게 어질러진 모습을 두 사람이 좋아하지 않는다는 느낌을 가끔 받는다. 특히 어윈 아주머니가 그렇다. 아주머니는 자기 집을 아주 깨끗하게 정리해놓고 사는 분이다. "집이 지저분해서 죄송해요." 멜리사가 말한다.

"죄송하긴. 여긴 네 집이니까 네 마음대로 해도 돼. 사실 뭐, 게일이 없으면 우리 집도 돼지우리 꼴이 될걸."

어윈 아저씨가 튤립을 건네준다. 그의 손가락에 정원의 흙이 덕지덕지 묻은 것이 보인다. 멜리사는 고맙다고 인사한 뒤 간이 주방으로 가서 꽃을 꽂을 만한 그릇을 찾는다. 꽃병은커녕 꽃병 비슷한 물건도 없기 때문에 멜리사는 커다란 파스타 냄비에 꽃을 꽂기로 한다. 그녀가 냄비에 물을 채워 꽃을 넣자 하얀 꽃송이만 간신히 냄비 밖으로 고개를 내민다. 그래도 그녀의 눈에는 예쁘게 보인다. 최근 몇 년 동안 그녀가 배운 교훈이 하나 있다면 불완전한 것에서도 아름다움을 찾아야 한다는 점이다. 멜리사는 조리대 위에 냄비를 놓는다. 바로 조금 전에 딴 포도주 병이 바로 옆에 있다. 귀를 뚫으면서 포도주를 한 잔 마시는 걸 좋아하기 때문이다. 빌 어윈의 시선이 그 병에 머무르는 것을 보고 멜리사가 묻는다. "좀 드릴까요?"

어윈 아저씨는 자신과 게일이 함께 살고 있는 집 쪽의 창문을 흘 깃 바라본다. 그리고 한참 만에 이렇게 대답한다. "그래. 한잔 마시 는 것도 괜찮겠지."

멜리사는 눈을 뜬다.

다시 현재다. 또 진통이 시작되려는 것 같다. 호리호리한 몸매 의 젊은 간호조무사는 아직도 휠체어를 밀며 엘리베이터로 가는 중이다. 간호사 두 명이 멜리사의 양옆에 붙어 있지만 클립보드를 든 여자는 보이지 않는다. 멜리사가 진통이 온다고 말하자 땅딸막 한 간호사가 손을 잡아준다. 몸 안에서 통증이 솟아올라 거의 참을 수 없을 만큼 심해진다. 통증이 가라앉자 간호사들은 진통 간격이 삼 분도 안 되기 때문에 서둘러야 한다고 멜리사에게 알려준다. 엘 리베이터 문 앞에서 클립보드를 든 여자가 다시 나타나 멜리사에 게 깜박 잊고 물어보지 않았다면서 혹시 그녀가 병원에 와 있다는 사실을 알려야 하는 사람이 있느냐고 묻는다. 순간적으로 멜리사 는 부모님의 전화번호를 알려줄까 생각한다. 부모님을 그리워하는 마음이 조금이라도 든 것은 정말 오랜만이다. 지금의 혼란스러운 상황 때문에 그런 기분이 든 것 같다. 특히 어머니가 보고 싶다. 하 지만 멜리사는 묘지에서 자신이 리처드 체이스와 안고 있는 모습 을 아버지에게 들킨 뒤 부모님이 자신에게 어떤 벌을 주었는지 생 각한다. 부모님은 멜리사를 방에 가뒀다. 그녀에게 말도 걸지 않았 다. 텔레비전과 전화도 빼앗아갔다. 모두 부당한 일이었지만 묘지 에서 집까지 차를 타고 오는 동안 아버지가 한 짓만큼 잔인하지는 않았다. 멜리사가 잊을 수도 없고 평생 잊을 생각도 없는 것은 아 버지가 셀 수도 없을 만큼 많이 그녀를 때렸다는 사실이다. 아버지의 손등이 정신없이 돌아가는 풍차처럼 변해서 그녀의 얼굴을 때리고, 때리고, 또 때렸다. 그렇지 않아도 얼굴이 심하게 아팠는데.

"게일 어윈 씨와 빌 어윈 씨에게 연락하시면 돼요." 기억을 더이상 참을 수 없게 되자 멜리사가 말한다. 집을 비워달라는 편지에대해 어윈 아저씨가 착오였다고 해명했지만 그녀의 마음속에는 여전히 분노와 혼란이 남아 있다. 그래도 그녀는 두 사람의 전화번호를 여자에게 알려준다.

마침내 엘리베이터 문이 열리자 모두들 사각형의 은색 공간 안으로 들어간다. 작은 자동차도 들어갈 수 있을 만큼 커다란 공간이다. 누가 8층 버튼을 누른다. 문이 닫힌다. 땅딸막한 간호사가 말한다. "이제부터 일이 어떻게 진행될지 말해줄게요, 멜리사. 우리가멜리사를 산부인과 병동으로 데리고 올라가면 핼새스틱 선생님이자궁경부가 얼마나 열렸는지 확인하실 거예요. 자궁경부가 십 센티미터 이상 열려 있으면 분만이 시작돼요. 알겠어요?"

멜리사는 알았다고 말한다. 그러고는 깊이 숨을 들이쉬며 천장의 하얀 불빛을 바라본다. 그녀의 생각이 뱅글뱅글 돌면서 다시 늦봄의 그날 오후로 돌아간다.

멜리사는 포도주를 잔에 따라서 어윈 아저씨에게 건네며 아주머니는 어디 계시냐고 묻는다. 어윈 아저씨는 또다시 멜리사의 어깨너머로 창밖을 흘깃 바라본다. "집에서 저녁을 준비하고 있을걸."

"오늘 메뉴가 뭔데요?" 멜리사가 묻는다. 그냥 대화를 이어가기위한 질문이다. 이 오두막에서 벌써 몇 년째 살고 있지만 그녀는어윈 아저씨 앞에서 불안을 느낀 적이 한 번도 없었다. 그런데 오늘은 묘한 긴장감이 느껴진다. 어윈 아저씨가 흙 묻은 손으로 주먹을 쥐었다가 펴기를 반복하면서 계속 창문만 바라보기 때문이다.

"별것 있나. 아마 햄버거나 생선 튀김일걸." 마침내 어윈 아저씨가 멜리사를 바라본다. "나만 혼자 술을 마시게 할 건 아니지?"

멜리사는 어윈 아저씨가 나타나기 전에 벌써 술을 한 잔 마셨지만 긴장감 때문에 술을 한 잔 더 따른다. "당연하죠." 그녀가 말한다.

"그래야지." 어윈 아저씨는 이렇게 말하고서 잔을 허공으로 치켜든다. "너의 예쁜 꽃들을 위해서."

멜리사도 잔을 든다. "저의 예쁜 꽃들을 위해서."

어윈 아저씨는 술을 꿀꺽, 꿀꺽 두 번 마시고는 소파에 편안하게 자세를 잡는다. 멜리사는 조리대 옆에 선다. 여전히 어색한 기분이 든다. 따뜻한 산들바람이 오두막을 가로지르며 지나가고, 늦은 오후의 햇빛이 방 안을 가득 채우며 모든 물건에 눈부신 오렌지색 빛을 던진다. 그걸 보면서 멜리사는 최근에 새로이 느끼고 있는 행복감을 떠올린다. 모든 게 잘될 것 같은 느낌이다. 멜리사는 신문에서 동물병원 구인 광고에 동그라미를 쳐놓았던 것을 떠올린다. 아직 전화를 해보지는 않았지만 자신에게 잘 맞는 일일 것 같다. 동물들은 그녀의 외모에 신경을 쓰지 않을 테니까 말이다.

"그래 뭘 하고 있었니?" 어윈 아저씨가 두껍고 더러운 집게손가락으로 탁자 위의 바늘을 가리키며 묻는다. "수술이라도 하려고?"

멜리사는 포도주를 꿀꺽 삼킨다. 목구멍 뒤쪽에 쓴맛이 느껴진다. "귀를 뚫으려고요."

어윈 아저씨가 그녀의 양쪽 귀에 이미 꽂혀 있는 징들과 십자가들을 바라본다. "구멍은 이미 많이 뚫은 것 같은데."

예전 같으면 이런 말을 들어도 아무렇지 않았을 것이다. 사실 그녀와 스테이시는 서로에게 자주 모욕적인 말을 하며 싸워대곤 했다. 하지만 지금은 자신의 외모에 관한 말이 조금만 나와도 가슴에 멍이 드는 것 같다. 어윈 아저씨도 그녀의 표정을 보고 그 점을 알아차렸는지 곧장 이렇게 말한다. "나쁘다는 얘기가 아냐. 네가 하니까 아주 좋게 보이는걸."

멜리사는 어깨를 으쓱한다. "그냥 취미인 것 같아요. 정원 가꾸기나, 낚시나, 아니면 아저씨처럼 신문에 실린 기묘한 실화들을 읽는 걸 좋아하는 사람들도 있잖아요. 요리나 청소가 취미인 사람도 있고요. 아주머니처럼. 저는……"

"네 몸에 구멍을 뚫는 게 좋단 말이지?" 어윈 아저씨가 목소리를 한층 낮춰서 말한다.

어쩌면 포도주 때문인지도 모르지만 이 말이 왠지 재미있게 들린다. 멜리사는 고개를 뒤로 젖히고 웃음을 터뜨린다. 평소와 달리 빠진 이빨을 가리려고 손으로 입을 막지도 않는다. 어윈 아저씨도 웃음을 터뜨린다. 두 사람은 서로를 바라보며 키득거린다. 뜻밖의 일이다. 멜리사는 워낙 새는 곳이 많아 얼룩덜룩한 천장을 올려다보며 이렇게 말한다. "맞아요. 제 몸에 구멍을 뚫는 게 제 취미예요."

엘리베이터가 8층에 도착해서 챙 하는 소리를 내는 바람에 멜리사는 다시 현재로 돌아온다. 문이 열리자 간호조무사가 복도로 휠체어를 밀고나간다. 간호사 두 명은 여전히 양옆에서 멜리사를 따라온다. 고무 밑창을 댄 간호사들의 신발이 작은 점박이 무늬가 있는 바닥에 닿을 때마다 찍찍 소리가 난다. 산부인과 병동 안을 이동하는 동안 평범한 소독약 냄새와 함께 옥수수를 끓일 때 나는 것과 비슷한 냄새가 난다. 이 건물에서는 친숙한 냄새지만 멜리사는 지금까지 이 두 가지 냄새를 잊고 있었다. 그녀는 예전에 병원에 입원했을 때 먹었던 맛이 밍밍한 음식과 교대시간에 맞춰 계속 바뀌던 심드렁한 표정의 간호사들과 바삐 돌아다니던 의사들을 떠올린다. 옛날과 가장 크게 다른 점은 산부인과 병동이 중환자실보다 더 조용하다는 점이다. 중환자실에서는 기계들이 계속 삑삑거리고 병원 직원들이 항상 시끄럽게 움직였다. 하지만 여기서는 지나치는 방마다 불이 꺼져 있다. 가끔 방 안에서 텔레비전 화면만 반짝일 뿐이다.

"전에 병원에 입원했을 때는 굉장히 시끄러운 것 같았는데." 멜리사가 무심결에 큰 소리로 말한다.

"뭐라고요?" 땅딸막한 간호사가 말한다.

"전에 병원에 입원했을 때는 병원이 굉장히 시끄러웠다고요."

"그게 언제예요?"

"오 년 전이요."

"무슨 일로 입원했어요?"

"사고로요." 멜리사는 이렇게만 말한다.

이제 목적지에 도착했기 때문에 대화는 여기서 끊긴다. 간호조무사가 커다란 방으로 휠체어를 밀고들어간다. 벽은 연초록색이고 여러 개의 파란색 커튼이 칸막이처럼 방을 나누고 있다. 멜리사는 중환자실에서 본 것과 비슷한 기계들을 흘깃 본다. 심장 모니터, 링거 걸이, 그 밖에 이름도 알 수 없는 수십 가지 장비가 있다. 지금까지 한 번도 본 적이 없는 간호사가 다가온다. 멜리사를 따라온 간호사들은 방을 가로질러가서 아무래도 의사인 듯 싶은 턱수염

난 남자와 이야기를 나눈다. 새로 다가온 간호사는 친절한 표정의 흑인 여성이다. 눈썹이 짙고 활짝 웃는 얼굴이다. 그 간호사가 커튼 뒤로 멜리사의 휠체어를 밀고들어가서 환자복으로 갈아입는 걸 도와준다. 하지만 또 진통이 오는 바람에 옷을 갈아입는 데 시간이 좀 걸린다. 이번에는 멜리사의 몸속 아주 깊숙한 곳까지 고통에 못 이겨 경련을 일으킨다. 배에 힘을 주고 싶은 충동이 느껴지지만 멜리사는 있는 힘을 다해 참는다. 마침내 진통이 끝나자 그녀는 다시 얇은 환자복을 입기 시작한다. 간호사는 혈압을 잰 다음 멜리사의 팔뚝을 잡고 혈관을 툭툭 두드리더니 링거 바늘을 꽂는다. 간호사가 링거 줄을 테이프로 멜리사의 살갗에 고정시키고 있을 때 턱수염 난 남자가 초록색 수술복 차림으로 들어온다. 그의 목에도 플라스틱 신분증이 걸려 있다. 멜리사가 신분증의 이름을 읽는 것과 동시에 간호사가 말한다. "핼새스틱 선생님이세요."

"안녕하세요, 멜리사." 의사는 멜리사에게 말을 하면서도 손에 든 클립보드만 뚫어지게 바라본다. "좀 어때요?"

"괜찮아요."

이 대답을 들은 의사가 고개를 든다. 멜리사가 익히 알고 있는 깜짝 놀란 표정이 그의 얼굴에 떠오른다. 그는 이내 멜리사의 턱 언저리로 시선을 떨어뜨린다. "그렇다면 다행이네요. 자, 이제 여기 진찰대에 누워봐요. 일이 얼마나 진행됐는지 봐야 하니까요. 괜찮죠?"

멜리사는 고개를 끄덕인다.

"한 가지 약속해줄래요? 질문에 대답할 때는 말로 하세요. 고개만 끄덕이지 말고. 알았죠?"

“네.”

“좋아요. 우리가 손발을 잘 맞추면 모든 일이 무사히 끝날 거예요.”

의사와 간호사의 도움으로 진찰대에 올라간 멜리사는 베개에 머리를 누인다. 의사와 간호사는 태아의 심장박동을 듣기 위해 배에 모니터를 달 거라고 말한다. 그러고는 통증을 줄이기 위해 경막외 마취를 받겠느냐고 묻는다. 멜리사는 싫다고 말한다. 통증은 두렵지 않다. 게다가 아기가 세상에 나오는 순간을 느끼고 싶기도 하다. 경부가 완전히 열렸다는 의사의 말을 끝으로 그녀의 눈이 스르르 감긴다.

멜리사의 생각이 다시 지난봄으로 거슬러올라간다. 이번에는 빌 어윈이 하얀 튤립을 들고 왔던 다음날 아침 잠에서 깨어나는 자신의 모습이 보인다. 연노랑으로 물든 침실에서 낡아서 물렁물렁한 매트리스 위에 누워 기지개를 켜다가 멜리사는 자신이 플란넬 잠옷을 입고 있음을 깨닫는다. 겨울에만 입는 옷인데. 자신이 이 옷으로 갈아입은 기억도 없고 자려고 침대에 누운 기억도 없다. 기억나는 거라고는 빌 어윈이 담배에 불을 붙이던 모습과 포도주 한 병을 다 비운 뒤 또 한 병을 따던 모습뿐이다. 둘이서 사람들의 취미 얘기를 하며 키득거리던 기억도 난다. 특히 멜리사가 귀에 구멍 뚫는 것이 취미라는 얘기를 하며 웃었다.

그게 왜 그렇게 재미있었을까? 멜리사는 아주 오랫동안 생각해본다.

그래도 답이 떠오르지 않자 멜리사는 침대에서 일어나 거실로 간다. 몸이 둔하고 그 어느 때보다 숙취가 심한 것 같다. 집 안의 모든 것이 똑같아 보이기는 하는데 전보다 조금 정리되어 있다. 소파 위의 쿠션은 잘 부풀려져 있고 잔들은 싱크대에 나란히 놓여 있다. 빈 포도주 병들은 간이 주방 옆 바닥에 있다. 술을 엄청 많이 마셨다는 생각이 들자 멜리사는 어윈 아저씨 앞에서 무슨 실수나 하지 않았는지 걱정이 된다. 하지만 그녀는 그 생각을 털어버리고 냉장고로 가서 물을 한 잔 따라 꿀꺽꿀꺽 마시면서 파스타 냄비에 들어 있는 부드러운 하얀 꽃잎을 어루만진다. 그러고는 몸을 돌려 침대로 다시 돌아간다. 좀더 누워 있다가 일어날 생각이다.

"이제부터 이렇게 할 거예요." 멜리사가 눈을 뜨자 핼새스틱 박사가 말하고 있다. "먼저 멜리사가 숨을 규칙적으로 쉴 수 있게 우리가 도와줄게요. 여기 바버라의 손을 잡고 바버라를 따라 숨을 쉬세요. 알았죠?"

"바버라가 누군데요?" 멜리사가 묻는다.

의사는 친절한 얼굴의 흑인 간호사를 가리킨다. 간호사는 이미 멜리사의 손을 잡고 있다. "이쪽이 바버라예요."

"안녕하세요." 멜리사는 그녀에게 인사를 한다. 아래층에서 함께 온 간호사들은 어디로 가버렸는지 궁금하다.

바버라가 미소를 지으며 그녀의 손을 잡은 손에 부드럽게 힘을 주더니 멜리사에게 숨을 들이쉬라고 지시한다. 임신 기간 내내 멜리사는 점점 숨쉬기가 힘들어지는 것 같았다. 어떤 때는 아기가 몸속에서 자신을 서서히 질식시키고 있는 것 같다는 생각이 들 정도였다. 하지만 이제 몇 달 만에 처음으로 편안히 심호흡을 할 수 있게 되었다. 그녀가 이 말을 하자 간호사가 이렇게 말한다. "그건 아기가 밑으로 내려가서 그래요. 횡격막에 가해지는 압력이 조금 줄어서. 그럼 한번 더 심호흡을 해볼까요? 준비됐어요?"

두 사람은 곧 함께 박자를 맞춰 숨을 들이쉬고 내쉬고를 반복하게 된다. 마침내 의사가 말한다. "좋습니다. 이제 다시 진통이 시작되거든 우리가 배에 힘을 주라고 할 거예요. 힘을 줄 수 있겠어요?"

멜리사는 고개를 끄덕이다가 아까 의사와 약속한 것을 기억해낸다. "네."

진통이 시작되자 멜리사는 그 어느 때보다 깊이 숨을 들이마셔 몸속에 공기를 가득 채운 뒤 배에 세게 힘을 준다. 눈이 감긴다. 하지만 이번에는 지난봄의 그날 아침으로 생각이 돌아가지 않는다. 그저 빌 어윈의 주름진 얼굴, 갈라진 입술, 은색으로 센 머리만이 감긴 눈꺼풀 안의 어둠 속에 보일 뿐이다.

"잘하고 있어요." 헬새스틱 박사가 말한다. "다시 힘을 줘요."

멜리사가 배에 힘을 주다가 숨을 쉬고, 힘을 주다가 숨을 쉬기를 반복하는 동안 어윈 아저씨의 늙은 얼굴이 눈앞을 떠나지 않는다. 둘이서 같이 웃어대던 소리가 기억 속에 떠오른다. 처음에는 자신이 포도주를 천천히 홀짝거리다가 점점 빨리 마셔댄 것도 기억난다. 어윈 아저씨가 자꾸만 창밖을 바라보던 것도 기억난다. 어윈 아저씨가 일주일 뒤에 다시 찾아와서 또 함께 술을 마시며 담배를 피운 것도 기억난다. 그다음 주에도…… 오래지 않아 그렇게 함께 술을 마시는 것이 정해진 일처럼 되어버렸다. 아침에 일어났을 때 숙취가 심하고 기운이 하나도 없을 뿐만 아니라 팔다리도 아파서 어젯밤에 왜 그렇게 분위기에 휩쓸렸는지 모르겠다고 생각한 적이 한두 번이 아니다.

"계속 이렇게 해요, 멜리사. 자, 한번 더 힘을 줘요."

멜리사는 깊이 숨을 들이쉬고 그 어느 때보다 세게 힘을 준다. 통증이 온몸을 뒤흔든다. 아기가 안에서 자세를 바꿔 산도를 통과하는 것이 느껴진다. 간호사의 손이 부드럽고 따뜻하다. 멜리사는 그 손을 꼭 쥔다. 눈을 감자 어윈 아저씨가 처음 찾아왔던 다음날 아침에 침대에서 일어나는 자신의 모습이 다시 보인다. 거실로 걸어가니 모든 것이 똑같기는 한데 좀더 정돈되어 있다. 소파 위의 쿠션과 베개는 잘 부풀려져 있고 잔들은 싱크대에 놓여 있다. 포도주 병도 바닥에 줄지어 놓여 있다. 그때 멜리사의 눈에 커튼이 들어온다. 전날 밤 어윈 아저씨가 계속 창밖을 바라볼 때는 열려 있던 커튼이 지금은 닫혀 있다.

"운이 좋네요, 멜리사. 분만이 아주 빨리 진행되고 있어요. 몇 번만 더 힘을 주면 될 것 같아요. 그러니까 정신을 집중해봐요."

"나랑 같이 숨을 쉬어요." 바버라가 이렇게 말하며 축축하고 차가운 수건으로 멜리사의 이마를 두드려준다. "정신을 집중해요."

멜리사는 다시 과거로 돌아가고 싶지만 간호사와 의사가 계속 정신을 집중하라고 채근한다. 결국 멜리사는 이상한 기억을 떠올리는 걸 포기하고 현재에 정신을 집중한다. 그러고는 숨을 들이쉬며 힘을 모아 있는 힘껏 배에 힘을 준다.

"아주 잘했어요." 의사가 말한다. "한번 더 할 수 있겠어요?"

멜리사는 또 숨을 들이쉰다. 그리고 또 배에 힘을 준다. 그녀는 포기하지 않고 계속 이것을 반복한다. 마침내 의사가 말한다. "아들이에요. 아주 예쁜 아들을 낳았어요."

아기의 울음소리가 방 안을 가득 채우자 멜리사의 눈에 눈물이 솟는다. 소리를 내는 것이 바로 자신의 아기이기 때문에. 간호사들이 아기의 몸을 닦고, 몸무게를 재고, 몇 가지 검사를 재빨리 마친 다음 아기의 작은 몸을 멜리사의 품에 안겨준다. 멜리사는 한쪽 팔을 구부려 한 손으로 아기의 머리를 받치고 조심스레 아기를 안는다. 바버라가 그렇게 하라고 가르쳐주었다. 멜리사는 아기의 꼭 감긴 눈, 분홍색의 둥근 얼굴, 솜털이 돋아 있는 머리를 내려다본다. 머리통이 울퉁불퉁하고 쭈글쭈글하다. 수많은 감정이 한꺼번에 밀어닥친다. 이렇게 행복했던 적이 없는 것 같다. 하지만 자신이 뭔가를 얻은 대신 다른 뭔가를 빼앗긴 것 같다는 느낌도 든다. 그래도 멜리사는 이런 감정의 소용돌이에 빠져들지 않고 의사에게 묻는다. "아기는 괜찮은 거예요?"

핼새스틱 박사가 미소를 짓는다. "손가락 열 개, 발가락 열 개 다 있어요. 내가 보기에는 아주 건강해요."

멜리사는 손가락과 발가락을 직접 세어본다. 세상에 이렇게 작고 연약한 것이 있을까 싶다. 그녀는 아기를 끌어올려 그 부드럽고 연한 이마에 입을 맞춘다. 아기의 살갗에서 달콤한 냄새가 난다. 그 순간 멜리사는 속으로 다짐한다. 우리 부모님은 우리한테 규칙과 규제를 강요하셨지만 난 이 아이한테 그런 삶을 강요하지 않을 거야. 그녀는 아기에게 자유와 무조건적인 사랑을 줄 것이다. 무슨 일이 있어도 이 아기를 사랑할 것이다. 간호사들이 신생아실로 아기를 데려간 뒤에도 한참 동안 멜리사는 계속 이런 생각을 한다. 간호사들이 그녀를 휠체어에 태워 빈 병상이 두 개 있는 입원실로 데려가 불을 꺼줄 때도 계속 이런 생각을 한다. 멜리사는 눈을 감고 스르르 잠이 든다.

그날 밤 간호사가 두 번 와서 멜리사를 깨워 아기에게 젖을 먹이게 한다. 세번째에는 멜리사가 스스로 일어나 창밖을 바라본다. 겨울 아침이 밝아오고 있다. 복도에서 간호사들이 가볍게 수다를 떠는 소리에 병원이 전보다 활기차게 보인다.

"사람들은 대개 여기서 빨리 나가고 싶어 안달이잖아." 간호사 한 명이 말하는 소리가 들린다. "그런데 그 아주머니는 여기가 호텔인 줄 알았나봐. 우리가 일일이 시중을 들어주는 생활에 익숙해진 거지."

"여기가 진짜 호텔이라면 팁이나 받을 수 있지." 다른 간호사가 말한다.

함께 이야기를 나누던 간호사들이 이 말을 듣고 웃음을 터뜨린다. 멜리사는 침대에 누워 있다. 기운이 하나도 없지만 머리는 놀라울 정도로 맑다. 멜리사는 아기와 함께 새로운 삶을 살아갈 계획을 짜기 시작한다. 가장 먼저, 이제 그 오두막을 떠나 아기와 함께 살기에 좋은 곳으로 이사를 가야겠다고 마음을 정한다. 그다음으로는 다시 일자리를 찾아보아야겠다는 생각을 한다. 어쩌면 지난봄에 생각했던 것처럼 동물병원 일자리를 알아볼지도 모른다. 이제 병원비까지 쌓이게 생겼으니 돈을 모으려면 시간이 좀 걸리겠지만 멜리사는 나중에 치과에 가서 이를 고칠 수 있는지 물어봐야겠다고 생각한다. 이렇게 계획을 짜는 도중에 간호사가 문틈으로 얼굴을 들이밀고 그녀를 만나러 온 사람들이 복도에서 기다리고 있다고 말한다.

"누군데요?" 멜리사가 묻는다. 만약 어윈 부부라면 만나고 싶지 않다.

간호사가 대답하기도 전에 전혀 뜻밖의 인물들이 안으로 들어온다. 샬린 체이스와 리처드 체이스. 두 사람이 여기 온 것이 무슨 의미인지 알지 못한 채로 멜리사는 침대에서 일어나 앉아 침묵을 지킨다. 두 사람은 그녀에게 인사를 하며 들어온다. 리처드 아저씨를 만난 것은 거의 오 년 만이다. 리처드 아저씨가 오두막을 빌리고 차를 살 수 있게 수표를 써주며 이제 둘 사이의 우정이 끝났다고 말한 날로부터 오 년. 리처드 아저씨는 묘지에서 멜리사의 아버지와 그 일이 있은 후로 자신과 멜리사 사이의 감정이 무엇이든 잘못이라는 사실을 깨달았다고 말했다. 그뒤로 멜리사는 자기를 버린 리처드 아저씨를 미워했다. 하지만 세월이 흐르면서 미워하는 마음도 희미해졌다. 그래서 그녀는 부모님의 집을 떠날 수 있게 도와준 리처드 아저씨에게 감사하게 되었다. 지금도 리처드 아저씨를 보며 역시 고마움을 느끼고 있다.

"플로리다에 계신 줄 알았는데요." 멜리사는 불안한 눈빛으로 샬린을 흘긋 바라보며 리처드에게 말한다. 샬린은 문 근처에 서 있다.

"그랬지." 리처드가 침대 발치로 다가서며 말한다. "어제 늦게 왔어."

멜리사는 리처드 아저씨가 자기를 보러 온 건지 궁금해지지만 굳이 묻지 않기로 한다. 가까이서 보니 리처드 아저씨도 그동안 나이를 먹었다. 머리카락이 예전보다 하얗게 세었고, 철테 안경 뒤의 파란 눈동자도 색이 바랬다. 피부에는 주름이 얼기설기 나 있다. 지금도 로니와 닮은 모습이 남아 있지만 멜리사는 그런 부분을 보지 않기로 한다. 멜리사가 막 어쩐 일로 오셨느냐고 물으려는데 리처드가 묻는다. "그래 몸은 좀 어떠니?"

"좋아요. 훨씬 가벼워요."

그날 밤에 입고 있던 검은 외투를 입고 여전히 문 근처에서 머뭇거리던 샬린이 처음으로 입을 연다. 작지만 쾌활한 목소리다. 이틀 전 밤의 히스테릭한 고함 소리와는 아주 다르다. "나도 그때 기분이 얼마나 좋았는지 기억나."

멜리사는 자신이 두 사람의 집에 찾아가서 벌인 소동을 떠올리고 순간적으로 부끄러움에 사로잡힌다. 하지만 그녀는 그 생각을 억지로 밀어낸다. 오늘 아침 일찍 아기에게 젖을 먹이면서 멜리사는 이 아기가 자신의 기도에 대한 응답이라고 완전히 마음을 굳혔다. 무슨 일이 있어도 이 아기는 기적이다. 그녀가 믿을 가치가 있는 진실은 그것 하나뿐이다. "신생아실에서 아기를 보셨어요?"

"봤어." 리처드가 말한다.

"정말 예쁘더라." 샬린이 침대로 한 발 다가오면서 말한다.

"저기, 병원에는 왜 오신 거예요?" 멜리사가 마침내 묻는다.

"뭐, 널 보고 싶어서 왔지." 샬린이 말한다. "그리고 저…… 음, 지난번 밤에 미안했다는 얘기도 하려고."

"괜찮아요. 그냥 잊어버리세요."

"다 잊었어." 샬린이 말한다.

잠시 침묵이 흐르다가 리처드가 침대 발치의 금속판에 손을 얹으며 목을 가다듬는다. "할 얘기가 하나 더 있어, 멜리사. 필립 얘기도 물어보고 싶어서 말이야."

"필립 오빠요? 오빠가 왜요?"

"어제 필립이 너희 집에 들렀니?"

"네." 멜리사가 말한다. "왜요?"

샬린은 필립이 집으로 돌아오지 않았다고 말한다. 그러고는 필립이 몇시에 다녀갔느냐고 묻는다. 멜리사는 오후 늦게, 네시나 다섯시쯤 다녀갔다고 말한다. 샬린은 필립이 나갈 때 어디에 간다고 얘기하더냐고 묻는다. 멜리사는 잠시 생각에 잠겨 저물어가는 햇빛 속에서 현관 앞 계단에 서 있던 필립과 나눈 이야기를 떠올린다.

정말로 몇 달 전부터 담배를 안 피운 거 확실하지?

당연하죠.

난 네 말을 믿어. 이상한 소리처럼 들리는 건 알지만, 아까 널 못 믿어서 미안해.

자신은 깨닫지 못한 걸, 아니 깨닫지 않으려고 했던 걸 필립이 혹시 알아차린 건지도 모른다는 생각이 든다. "어디로 가는지는 말 안 했어요. 무슨 문제가 있는 것 같지는 않던데요. 그러니까, 다리에 깁스를 한 것 말고는요. 걱정 안 하셔도 될 거예요."

"아까도 말했지만, 아마 뉴욕으로 갔을 거야." 리처드가 샬린에게 말한다.

"그럴까?" 샬린은 체념한 목소리로 조용히 말한다. 샬린도 이제는 침대 발치에 서 있다. 손으로 금속판을 쥐고 있는 것도 똑같다. 멜리사는 눈을 돌려 방 안을 둘러보는 샬린을 지켜본다. 샬린이 매트리스만 덩그러니 놓여 있는 또다른 병상, 천장 근처에 까맣게 꺼져 있는 텔레비전, 주차장이 내다보이는 널찍한 창문을 차례로 바라본다. 창문을 통해 밝은 아침 햇살이 쏟아져들어온다. 다시 멜리사에게 시선을 돌린 샬린은 기운 없고 우울해 보이는 미소를 짓는다. "너도 이제 부모가 됐으니 자식을 손에서 놓기가 얼마나 힘든지 알게 될 거다. 엄마가 배워야 하는 일 중에 그것만큼 어려운 게 없지."

멜리사는 무슨 말을 해야 할지 몰라서 침묵을 지킨다. 그냥 팔에 붙어 있는 하얀 테이프 주위를 긁적이다가 시계를 올려다본다. 십 분만 지나면 아기에게 또 젖을 먹일 시간이다. 멜리사는 빨리 아기를 안고 싶어 견딜 수가 없다. 아기를 안았을 때 느껴지는 평화를 빨리 다시 느끼고 싶다.

"멜리사, 혹시…… 아냐, 그만두자." 샬린이 말한다.

"네?" 멜리사가 묻는다.

"그냥, 혹시 머무를 곳이 필요한지, 그 오두막 말고, 그러니까 네가 몸을 추스를 때까지 말이야. 그러면 우리 집에 방이 많다는 얘기를 하려고."

멜리사는 이틀 전 밤에 찾아갔을 때 체이스 일가의 집이 지나치게 크고 텅 비어 보였던 것을 떠올린다. 옛날에 로니와 함께 갔을 때는 정말 아늑한 곳이었는데. 특히 자신이 자란 집에 비하면 정말 그랬다. 그래도 멜리사는 이런 결정을 서둘러 내리고 싶지 않다. 이미 너무 많은 실수를 저질렀기 때문에 더욱 그렇다. "생각해볼게요."

샬린은 뭔가 더 말하려다가 말을 멈추고 손가락으로 허공을 가리킨다. 마치 방금 좋은 생각을 떠올린 사람처럼. "금방 올게."

샬린이 복도로 나간 뒤 리처드 아저씨와 단둘이 남은 멜리사는 어색해서 무슨 말을 해야 할지 알 수가 없다. 옛날에 묘지에서 그랬던 것처럼 친밀한 대화를 나누기는 이제 힘들 것 같다. 다행히 리처드 아저씨가 가벼운 이야기를 꺼낸다. 그는 먼저 날씨가 춥다는 얘기를 꺼내더니, 혹시 도움이 필요하면 연락하라며 이 병원 의사들 중 아직도 연락을 하며 지내는 의사 두 명의 이름을 알려준다. 멜리사는 리처드 아저씨가 예전과 달리 자신의 눈을 똑바로 보지 않는다는 것을 눈치챈다. 하지만 이제는 그것이 마음에 걸리지 않는다. 멜리사는 리처드 아저씨가 침대 옆 협탁 위의 파란색 색인 카드를 바라보는 것을 지켜본다. 간호사가 준 그 색인 카드에는 아기가 태어났을 때의 체중, 신장, 혈액형이 적혀 있다. 멜리사는 손을 뻗어 그 카드를 집어든다. "뭣 좀 여쭤봐도 돼요?"

리처드는 금속판을 놓고 외투 주머니에 양손을 깊이 찔러넣는다. "물론이지."

"필립 오빠랑 로니의 혈액형이 뭔지 기억하세요? 아저씨가 의사니까, 혹시 기억하실지도 모르겠다 싶어서요." 리처드가 기억한다고 말하자 멜리사가 묻는다. "그럼 로니의 혈액형이 뭐예요?"

"A형."

멜리사는 카드를 내려다본다. 자신의 혈액형이 뭔지는 알고 있다. 오늘 아침에 간호사에게 차트에 적힌 자신의 혈액형을 확인해 달라고 부탁했기 때문이다. "A형 엄마와 A형 아빠 사이에서 AB형 아이가 태어날 수 있어요?"

"확실하게 하려면 확인을 해봐야겠다. 나도 좀 늙어서 말이야." 리처드가 말한다. "하지만 아마 안 될걸."

미시는 카드를 반으로 깔끔하게 접어 베개 밑에 밀어넣는다. "고맙습니다. 확인하실 필요 없어요. 제가 대충 알아냈으니까요."

바로 그때 샬린이 휴대전화를 꺼내들고 안으로 들어온다. "너랑 통화하고 싶어하는 사람이 있어."

아까 필립에 관한 이야기를 나눴기 때문에 멜리사는 자신과 통

화하고 싶다는 사람이 필립일 거라고 생각한다. 하지만 멜리사가
전화를 받아 여보세요 하고 말하자 생각과는 완전히 다른 목소리
가 들려온다. "멜리사, 엄마야."

이 말을 듣는 순간 어젯밤에 어머니를 그리워할 때의 감정이 고
스란히 살아난다. 지난 세월 동안 어머니가 연락을 시도할 때마다
멜리사 자신이 전화를 끊어버리거나, 어머니가 보낸 카드를 찢어
버리거나, 어머니에게 문을 열어주지 않은 것이 기억난다. 멜리사
는 그 어느 때보다 부드러운 목소리로 말한다. "엄마."

어머니는 아무 말이 없다. 어머니가 짧게 숨을 들이쉬는 소리가
수화기에서 들려오는 것으로 보아 울고 있는 것 같다. "너무 보고
싶었어." 마침내 어머니가 말한다.

"나도 보고 싶었어요." 멜리사가 어머니에게 말한다. 그리고 이
내 이렇게 묻는다. "여기로 오실래요?"

"가도 되니?"

"오세요. 하지만 혼자 오세요. 아버지 없이."

어머니는 고집을 부리지 않는다. 그냥 알겠다고만 말할 뿐이다.
"혼자 갈게. 혹시 뭐 필요한 건 없니?"

멜리사는 다시 시계를 올려다본다. 이제 곧 간호사가 아기를 데
리고 올 것이다. "없어요."

"아기는 어때? 아기한테 필요한 건 없어?"

"아기한테야 필요한 것 천지죠. 우선 이름도 없는걸요." 그동안
내내 멜리사는 아기가 아들이면 이름을 로니로 짓겠다고 생각했
다. 하지만 이제는 그게 좋은 생각 같지 않다. "엄마가 이름 짓는
걸 좀 도와주세요."

"알았다." 어머니가 말한다. "금방 갈게."

전화를 끊은 뒤 멜리사는 샬린에게 고맙다고 인사하며 전화기를 돌려준다. 샬린이 또 우울한 미소를 짓자 멜리사가 말한다. "필립 오빠가 어디로 갔는지 알려드리지 못해서 죄송해요."

마지막으로 샬린은 멜리사에게 한번 더 묻는다. "필립이 앞으로 어떻게 할 건지 정말로 한마디도 안 했어?"

"안 했어요. 그냥 저희 집에 와서 아주머니를 찾았어요. 아주머니가 저희 집에 온다는 메시지를 남겼다면서요. 그다음에는 저희가 말다툼을 시작했고, 집주인 아저씨가 오셔서……"

"집주인?" 샬린과 리처드가 동시에 말한다.

"어윈 아저씨요." 멜리사가 말한다. 그의 이름을 입에 담는 것이 내키지 않는다. "저희가 싸우는 소리를 듣고 오셨어요."

"그럼 어제 그 사람이 거기서 필립을 봤어?" 리처드가 묻는다.

"네." 멜리사가 말한다. "왜요?"

"우리가 오늘 아침에 거기 갔을 때는 그 사람이 그런 말을 안 했거든." 샬린이 말한다. "너희 집에서 아무도 못 봤다고 했어."

16장

어원의 집 지하실의 작은 직사각형 창문 밖에서 검은 새 한 마리가 발자국이 어지러운 눈 위를 아무 생각 없이 쪼고 있다. 필립이 넘어진 뒤 곧바로 빌 어원이 삽을 들어 그의 머리를 내려친 곳이다. 지하실의 차갑고 축축한 바닥에 쓰러져 있는 필립은 새가 눈밭을 쪼고, 몸을 움찔거리고, 기름기가 흐르는 날개를 흔드는 모습을 볼 수 있다. 그의 입에는 까끌까끌한 모직 양말 한 짝이 재갈로 물려 있고 그 위에 널찍한 테이프가 붙어 있다. 다리도 발목에서 하나로 묶여 있고 손도 손목에서 묶여 있다. 몸을 조금만 움직여도 손목과 발목에 한도 끝도 없이 둘둘 감아놓은 낚싯줄이 살 속으로 파고든다. 목덜미에 말라붙은 핏자국이 있는 곳이 가려운데 긁을 수가 없으니 미칠 것만 같다. 그래도 그는 숨은 쉬고 있다. 필립은 그것만으로도 감사하다는 생각이 든다. 그는 추위에 몸을 벌벌 떨면서 게일 어원이 의식을 잃기 전 잠깐 동안 해준 그 이야기를 떠올린다.

게일은 손전등 속에서 알약을 발견했다고 말했다.

게일은 자신이 그 알약을 토대로 남편과 멜리사의 관계를 추측해낸 과정에 대해 이야기했다.

게일은 자신이 비밀을 알아냈음을 깨달은 남편이 자신을 공격했다고 말했다.

그는 궁금한 것이 아직도 아주 많지만 궁금증을 해소할 길이 없다. 게일의 목소리가 갑자기 희미해지더니 그녀가 완전히 입을 닫아버렸기 때문이다. 축축하고 어두운 지하실의 침묵을 깨뜨리는 소리라고는 게일의 불규칙한 숨소리와 머리 위의 마룻바닥을 서성거리는 빌 어윈의 천둥 같은 발소리뿐이다. 필립은 빌 어윈이 발을 디딜 때마다 아래로 축 처지면서 삐걱거리는 마룻널들을 올려다본다. 필립은 여기 바닥에 누워 있는 몇 시간 동안 온갖 생각을 했다. 발소리를 들으니 어머니가 도서관에서 이야기 낭독 시간을 주재하는 날 자신을 도서관으로 데려가곤 하던 시절이 생각난다. 어머니는 『잭과 콩나무』에 나오는 괴물이 구름 속에서 쿵쿵거리며 돌아다니는 모습을 흉내내려고 빨간색과 금색이 섞인 카펫 위에서 발을 구르곤 했다.

어머니.

자신이 없어졌다는 사실을 어머니가 알아차리기나 했을지 궁금하다. 설사 알아차렸다 해도 소파베드를 접어 넣고, 그의 물건들을 쓰레기통에 던져버리고, 속시원해하고 있지는 않을지 모르겠다. 궁금증을 해소할 길도 없고 어머니가 어떻게 하고 있는지 알아낸다 해도 그다지 반갑지 않을 것 같아서 필립은 어머니 생각을 그만

두려고 안간힘을 쓴다. 그는 다시 지하실 창문으로 주의를 돌린다. 조금 전 거기서 누군가의 다리가 움직이는 것이 보였다. 입에 재갈이 물려 있어서 도와달라고 소리를 지르기가 불가능한데도 그는 시도해보았다. 역시 아무도 듣지 못했다.

이제 창밖에는 외로운 검은 새 한 마리뿐이다. 녀석이 땅을 쪼는 모습을 보니 뉴욕에서 돌보던 도널리 피윰의 구관조가 생각난다. 6번가의 그 아파트에서 마지막으로 밤을 보내던 날, 그는 창가에 앉아 있었다. 몇 년 동안 자주 그랬던 것처럼 저 아래 거리에 사람이 나타나 자신이 아무렇게나 지어서 알려준 이름을 부르기를 기다렸다. 마침내 이름을 부르는 소리가 들리자 필립은 도널리가 처음에 자신에게 열쇠를 던져줄 때 사용했던 바로 그 수건으로 열쇠를 둘둘 말아 거리로 던졌다. 겨우 몇 초 만에 구부러진 모양의 낡은 계단을 쿵쿵 올라오는 친숙한 소리가 들렸다. 필립은 마지막으로 커피를 한 모금 마신 뒤 문으로 가서 상대방의 노크를 기다렸다. 문을 열었을 때 어떤 사람이 서 있을지 궁금해하면서.

그렇게 낯선 사람들을 자주 집에 들이면서 필립은 상대방이 인터넷으로 채팅할 때 묘사한 모습과는 어디가 다르고, 어디가 똑같은지 기대하게 되었다. 상대방이 정말로 백팔십 센티미터의 키에 검은 머리카락과 푸른 눈을 지니고 있을 수도 있었다. 하지만 필립은 항상 사소한 부분들을 실제와는 다르게 상상해서 채웠다. 손톱 밑에 회색 반달 모양으로 낀 때, 샤워를 안 한 것을 숨기려고 처바르다시피 한 향수 냄새, 상한 생선처럼 흐릿하고 멍한 눈빛 같은 것은 생각하지 않았다. 그의 방을 찾아오는 낯선 사람들이 실제로 만났을 때 한결같이 달라지는 부분이 하나 있었다. 일단 이 자그마한 아파트에 들어와 머피베드 가장자리에 앉고 나면 편안한 인터넷 채팅 용어를 쓰지 않는다는 점. 말보다는 섹스가 더 편했다. 섹스를 하는 내내 필립은 이번이 마지막이라고 속으로 다짐했지만 한 번도 그 다짐을 지키지 못했다.

적어도 그날 밤까지는 그랬다. 그날 그가 문을 열었을 때 밖에는 채팅을 할 때 묘사한 모습 그대로, 아니 그보다 더 근사한 사람이 서 있었다. 백구십이 센티미터의 키에 어깨가 널찍하고, 스포츠머리, 각진 턱, 우울한 표정의 남자였다. 필립도 그동안 인터넷에서 자신의 외모를 과장하는 법을 배웠지만 이번에는 괜히 허풍을 친 것 같아 걱정스러웠다. "안녕하세요." 필립이 말했다. 자신의 목소리가 고무줄을 팽팽하게 늘였을 때처럼 지나치게 가늘게 나오는 것이 마음에 들지 않았다. 그가 긴장했을 때 나오는 목소리였다.

"셔츠 벗어." 남자가 안으로 들어와서 말했다.

발음이 워낙 뭉개지고 뒤틀려 있어서 필립은 남자가 술에 취했거나 약에 취했음을 알 수 있었다. 눈물이 촉촉하게 고이고 빨갛게 충혈된 눈이 그의 짐작을 확인해주었다. 대개 이런 일에는 일종의 서두 같은 것이 있게 마련이었다. 서로에게 편안한지, 괜찮은지 간단하게 물어보는 과정이 바로 그것이다. 그런데 비록 조잡하기는 해도 미리 정해진 그런 절차를 이 남자는 깡그리 무시해버렸다. 필립은 그 어느 때보다 커다란 흥분과 두려움을 동시에 느꼈다. 필립은 낯선 남자의 각지고 우락부락한 얼굴을 빤히 바라보며 고등학교 때의 제드 쿠섬과 참 많이 닮았다는 생각을 했다. 제드가 필립의 책들을 바닥으로 밀어버리고 그의 머리를 사물함에 찧으며 이렇게 말하는 모습이 지금도 눈에 보이는 듯했다. "내 말 따라해.

'내 이름은 좆 없는 호모입니다.'" 도서관의 사전도 생각났다. 제드가 친구들과 함께 게이, 멍청이, 추하다 같은 단어들 수십 개의 뜻을 모조리 지워버리고 필립의 이름을 적어넣었던 사전. 나는 왜 그 옛날 나를 괴롭혔던 놈과 똑같은 사람한테 끌리는 걸까? 필립은 생각했다. 아무래도 자신의 머리가 자신에게 잔인한 장난을 치고 있는 것 같았다. 그것은 과거의 참을 수 없는 모욕을 결코 잊을 수 없게 만드는 저주였다.

"셔츠 벗으라니까."

필립은 남자에게 그만 나가라고 말해야 한다는 사실을 알고 있었지만 자기도 모르게 손을 뻗어 셔츠 자락을 머리 위로 들어올려 벗었다. 그런 모습으로 남자 앞에 서 있으니 털 뽑힌 닭처럼 춥고 창백해진 기분이었다. 이 남자가 인터넷에서 자기 이름을 뭐라고 했는지 기억이 나지 않았다. 마이크였나? 조? 테드? 이름이 무엇이든 가명일 가능성이 높았다. 필립도 이런 사람들을 만날 때 가명을 쓰니까. 그래서 그는 머릿속으로 남자의 이름을 제드로 정했다. 그 이름을 붙여도 될 만큼 그가 제드와 많이 닮은 탓이었다. 제드는 셔츠를 벗은 필립의 모습을 보고 끔찍한 소리로 웃음을 터뜨렸다.

"왜요?" 필립이 물었다.

"몸이 어린애 같잖아. 체육관이라는 게 있다는 소리는 들어봤어?"

필립은 털도 없고 근육도 없는 가슴, 살짝 곡선을 그리고 있는 배, 가느다랗고 하얀 팔을 내려다보고는 수치심에 사로잡혔다. 그가 다시 셔츠를 입으려 하자 제드가 그의 손에서 셔츠를 빼앗아 바닥에 던지며 소리쳤다. "날 헛걸음하게 만들다니, 나쁜 새끼!" 이 말과 함께 그가 자신의 셔츠를 들어올리자 혈관이 울퉁불퉁 튀어나오고 문신으로 뒤덮인 탄탄한 몸이 드러났다. 긴 혀를 둥글게 빼물고 무서운 눈빛으로 불을 내뿜는 용머리와 의미를 알 수 없는 상징들이 워낙 많이 새겨져 있어서 피부가 전혀 피부처럼 보이지 않았다. 마치 괴상한 지도를 바라보는 것 같은 기분이었다. 자신이 착시 현상을 일으킨 것 같기도 했다. 필립은 매혹과 혐오감을 동시에 느꼈다. 제드가 그의 눈을 들여다보며 말했다. "이런 게 바로 남자의 몸이야. 잘 봐둬, 시팔 놈아."

"저기, 그냥 가세요." 필립이 말했다. 아직도 자기 목소리가 마음에 들지 않았다. 자신도 싫고, 이런 생활도 싫었다.

하지만 남자는 움직이지 않았다. 오히려 고개를 외로 꼬아 벽에 그려진 뉴욕 시의 모습을 바라보았다. "여긴 무슨 이상한 나라의 앨리스 같잖아. 뭐 이런 괴물 같은 새끼가 다 있어."

"그냥 가요." 필립이 다시 말했다.

"먼저 오줌부터 싸고."

필립은 욕실 문을 흘긋 바라보며 그 안에 있는 베이비와 스위티를 생각했다. "변기가 고장났어요."

제드는 그래도 욕실 문으로 가서 문을 열고는 안으로 들어가 쾅하고 문을 닫았다. 필립은 지금까지 온갖 종류의 남자를 집에 들였고, 당연히 일이 생각대로 풀리지 않은 적도 있었다. 하지만 이런 일은 처음이었다. 마음속 한 귀퉁이에서 그동안 내내 이런 일이 일어나기를 기다렸던 것 같다는 생각이 들었다. 그는 이 도시에 처음 왔을 때를 떠올렸다. 어떤 피아니스트가 술집에서 처음 만난 남자와 함께 나갔다가 다음날 자기 아파트에서 살해된 시신으로 친구에게 발견되었다는 이야기를 신문에서 읽은 기억이 났다. 신문에 그 아파트의 흑백사진이 실려 있었는데, 필립이 사는 동네의 건물이었다. 그 사진을 보면서 필립은 사고 현장을 보고 사람들이 입을 쩍 벌리게 만드는 바로 그 기분에 사로잡혔다. 그래서 일부러 그날 오후에 그 아파트 건물까지 가보았다. 위를 올려다보니 3층 창문에 피가 흩뿌려진 것이 보였다. 이보다 더 경각심을 일깨워주는 일이 있을까? 그래도 그는 낯선 사람들을 집으로 끌어들이는 수치스러운 습관으로 곧장 돌아가버렸다. 잠깐 동안이나마 주체할 수 없는 외로움을 달래려고.

욕실 문 뒤에서 새가 꽥꽥거렸다. "거기서 뭐 해요?" 필립이 소리쳤다.

"동물원이 따로 없네."

"부탁이에요." 필립은 문 바로 앞에 서서 털 하나 없는 가슴 앞에 팔짱을 끼고 간청했다. "제발 거기서 나와서 가주세요. 안 그러면 경찰을 부를 거예요."

남자가 나오기를 기다리는 동안 필립은 티셔츠를 다시 찾아서 입었다. 문이 열리고 다시 나타난 제드는 바지의 지퍼도 올리지 않은 모습이었다. 그의 음경이 대롱대롱 매달려 있다시피 했다. 필립은 그걸 바라보는 자신이 싫었지만 순간적으로 시선이 향하는 걸 어쩔 수 없었다. 왜? 그는 또 생각했다.

"마음에 들어?"

필립은 시선을 돌리고 아무 말도 하지 않았다.

"이제 갈 거야."

남자는 옆을 지나치면서 필립을 세게 밀쳤다. 하지만 필립은 남자가 나가는 것만으로도 너무 기뻐서 개의치 않았다. 그는 재빨리 달려가 문을 닫고 그림 속에 숨겨져 있던 걸쇠를 돌렸다. 다시는 안 해. 그는 문에 등을 기대고 숨을 내쉬며 속으로 다짐했다. 다시는 안 해.

그때 뭔가 이상하다는 느낌이 들었다. 아파트가 너무 조용했다.

스위티가 새장 안에서 퍼덕거리며 돌아다니는 소리도, 휘파람을 부는 소리도, 노래하는 소리도, 물을 내리는 소리나 방귀 소리를 흉내내는 소리도, 마티니를 달라고 말하는 소리도 들리지 않았다. 아무 소리도 없었다. 필립은 속에 무엇이 얹힌 것 같은 기분으로 욕실로 다가가 문을 열었다.

새장이 텅 비어 있었다.

뱀이 살던 통도 마찬가지였다.

필립은 통 안으로 손을 넣어 베이비의 숨바꼭질 상자 뚜껑을 들어보았지만 베이비는 그 안에도 없었다. 그는 눈으로 욕실 안을 급히 훑다가 욕조 바닥에 검게 입을 벌리고 있는 배수구에서 멈췄다. 그는 혹시 몰라서 항상 그 구멍을 막아두었으므로 구멍이 열려 있다면 그 의미는 하나뿐이었다. 필립은 손으로 입을 막고 서서 꼼짝도 하지 못했다. 죄책감과 후회가 온몸을 훑고 지나갔다. 도널리가 그를 믿고 소중히 여기는 동물을, 비록 멍청하고 늙은 뱀에 지나지 않지만, 어쨌든 그 동물을 맡겼는데 그가 일을 망친 것이다. 그런데 그때 또다른 의문이 떠올랐다. 그럼 새는? 이 의문이 떠오르는 순간 차가운 바람이 필립의 얼굴을 때렸다. 그는 열린 창문 쪽으로 돌아서서 밖을 내다보았다. 스위티가 어두운 비상계단에 앉아 있었다.

'세상을 떠난 사람과 약속을 했다면, 반드시 그 약속을 지켜야

돼. 그 사람이 우릴 지켜보고 있다고 믿든 안 믿든.'

필립은 가능한 한 조용히 새장 안에 손을 집어넣었다. 새의 모이 접시 바닥에 작은 파인애플 한 조각이 남아 있었다. 오후부터 저녁까지 방치되어 있었기 때문에 옆면이 모두 갈색으로 변한 상태였다. 필립은 핀셋을 사용할 때처럼 조심스럽고 정밀하게 파인애플 조각을 집어들고 창문으로 갔다. 그리고 한 손을 뻗은 채 새를 불렀다. "이리 와, 스위티."

새는 날개를 퍼덕거렸지만 그 자리에서 움직이지는 않았다.

"이리 와, 스위티." 필립이 다시 새를 불렀다. "여기 맛있는 과일이 있어. 파인애플이야. 너 이거 좋아하잖아."

"마티니를 줘." 새가 꽥꽥거렸다. 그리고 이번에는 날개를 펄럭여 옆 건물 비상계단의 한 층 아래로 내려갔다. 녹슨 철조망이 엉켜 있고 깨진 도자기 파편들과 이미 오래전에 버려진 숯불 화로가 흩어져 있는 곳이었다.

필립은 마음이 내키지 않았지만 변기를 밟고 올라서서 양쪽 다리를 차례로 천천히 올려 좁은 창밖으로 나갔다. 몸의 나머지 부분도 그 뒤를 따라갔다. 비상계단으로 나오자 얼음처럼 차가운 공기 때문에 팔이 따끔거렸다. 등을 타고 오싹한 한기가 내려갔다. 저멀리서 자동차 경적 소리가 들렸다. 사이렌 소리도 들렸다. 몇 년 동안 낯선 사람들을 집으로 들이면서 마음속 깊숙이 많은 두려움을 품고 있었지만 이런 위험에 빠지게 될 거라고는 한 번도 생각한 적이 없었다. 발아래 골목을 내려다보니 뒤집어진 하얀 스토브, 뒤집어진 쇼핑 카트, 커버가 다 벗겨져서 스프링이 사방으로 튀어나온 매트리스가 흩어져 있었다. 이웃 아파트 건물의 창문에서 흘러나오는 희미한 불빛 속에서 옆 건물 벽돌담에 '내 물건을 빨아줘'라는 말이 스프레이 페인트로 쓰여 있는 것이 보였다. 필립은 도널리의 새한테 쪼인 적이 워낙 많기 때문에 녀석을 그냥 놓아 보내며 기뻐해야 마땅했다. 하지만 그는 도널리에게 한 약속을 생각했다. 도널리가 에드워드에게 한 약속도 생각했다. 그러고는 단번에 유연하게 팔을 뻗어서 좁은 골목을 가로질러 옆 건물까지 최대한 손을 늘였다.

"이리 와, 스위티." 그가 또 새를 불렀다.

새는 아주 시끄러운 소리를 내며 날개를 퍼덕거렸다. 필립은 그 소리에 깜짝 놀라 그만 균형을 잃어버렸다. 그가 마지막으로 기억하는 것은 철조망이 목의 부드러운 살갗을 파고들 때의 따끔한 느낌과, 자신이 시선을 들어 새가 뉴욕의 하늘로 사라지는 것을 보다가 모든 것이 깜깜해졌다는 사실이었다.

지금 어윈 부부의 집 지하실에서 차가운 시멘트 바닥에 누워 필립은 창밖의 새가 계속 땅을 쪼는 것을 지켜본다. 그는 임시변통으로 세워놓은 받침 기둥들과 숨을 쉴 때마다 오르락내리락하는 게일의 몸을 차례로 바라본다. 게일은 마치 어두운 덩어리처럼 보인다. 여기서 나가기 위해 뭐라도 하고 싶지만 무엇을 해야 할지 모르겠다. 벌써 몇 시간째 자유를 되찾으려고 애를 쓰는데도 소용이 없다. 게다가 설사 자유를 되찾는다 해도 너무 무서워서 저 계단 위의 괴물과 맞서지는 못할 것 같다.

그는 다시 어머니를 생각한다. 나중에 로니를 묻은 묘지가 된 옛날 비행장으로 묘기 쇼를 보러 가던 기억이 난다. 하늘 높이 나는 비행기에서 사람들이 날개로 걸어나오는 모습을 보며 필립이 겁을 집어먹었기 때문에 어머니는 필립을 자동차로 데려가 쇼가 끝날 때까지 함께 기다려주었다. 어머니의 무릎을 베고 쉴 때 얼마나 행복한 기분이었는지 지금도 기억이 생생하다. 특히 필립이 가장 좋아하는 옷을 어머니가 입었을 때는 정말 좋았다. 자그마한 데이지 꽃이 잔뜩 그려진 무릎길이의 치마. 필립은 어머니를 올려다보았고 어머니는 필립의 머리를 쓰다듬어주었다. 그럴 때면 마치 꽃밭에 누워 있는 것 같았다.

"겁낼 필요 없어." 어머니는 이렇게 말하곤 했다. "아무 일 없을 거야."

이 기억을 떠올리다보니 자신이 품고 있던 온갖 두려움에 자신을 맡겨버렸다는 생각이 든다. 아주 오래전, 제드가 친구들과 함께 그를 괴롭힐 때 그는 무서워서 어쩔 줄을 몰랐다. 처음에 여러 잡지사에서 거절 편지를 받은 뒤에는 시를 제출하기가 무서웠다. 애기스 다이너에 아이를 데리고 오던 남녀에게 다가가 말을 걸고 싶으면서도 떨려서 그렇게 하지 못했다(필립은 항상 다음번에는 용기를 내서 그렇게 하겠다고 속으로 다짐했지만, 일 년여 전에 그 식당에 갔더니 식당이 문을 닫아 없어진 뒤였다. 그뒤로 그는 그 사람들을 다시 보지 못했다). 그리고 마지막으로, 애인을 사귀고 싶다고 생각할 때마다 그는 불안감에 사로잡혔다. 아마도 부모님이 그랬던 것처럼 다른 사람들도 그를 사랑할 가치가 없는 사람으로 평가해버릴까봐 그랬던 것 같다.

지금도 그는 무서워서 감히 도망칠 시도를 못하고 있다.

'겁낼 필요 없어.' 젊은 어머니가 그의 기억 속에서 말한다.

'자신의 두려움과 맞서는 건 현명한 일이야.' 그가 뉴욕에 간 첫

날 도널리가 택시 창문을 통해 이렇게 말한다.

필립은 지하실을 둘러보며 게일과 함께 이곳을 빠져나가기 위해 뭐라도 해보기로 한다. 성공할 가능성이 희박해도 일단 시도해볼 것이다. 어젯밤 빌 어윈이 덧문을 닫을 때 사슬이 절걱거리는 소리를 들었기 때문에 그쪽으로는 나갈 수 없다는 것을 알고 있다. 집 안으로 이어진 계단이나 창문밖에는 방법이 없는 것 같다. 하지만 창문으로 나갈 생각을 하던 필립은 창문이 너무 작고 높아서 자신이 거기까지 올라가 빠져나가기가 힘들다는 사실을 깨닫는다. 그는 결국 계단을 올라가 빌 어윈 앞을 지나가는 방법밖에 없다는 결론을 내린다. 이 생각을 하니 누가 목을 조르는 것 같은 기분이지만, 그는 우선 계획을 실행하기 위해 가장 먼저 해야 하는 일에만 정신을 집중한다. 손과 발의 결박을 풀 방법을 찾아내는 것.

지하실 반대편, 게일이 누워 있는 곳에서 그리 멀지 않은 곳에 필립이 어젯밤 창밖에서 보았던 작업대가 있다. 거기까지 갈 수만 있다면 낚싯줄을 자를 수 있는 날카로운 물건을 찾을 수 있을지도 모른다. 필립은 일 미터 남짓 떨어진 나무 기둥을 향해 천천히 기어간다. 힘을 쓰며 몸을 움직일 때마다 빌 어윈이 자신의 몸을 얼마나 망가뜨렸는지 점점 실감이 난다. 어깨가 아프고 팔은 뻣뻣하다. 목덜미의 상처는 타는 듯이 화끈거린다. 아주 오래 걸리기는 했지만 결국 필립은 받침 기둥을 지지대로 이용해서 간신히 일어서는 데 성공한다. 기둥에서 튀어나와 있던 못이 필립의 등을 찌르지만 다른 통증에 비하면 아무것도 아니다. 두 발로 선 그는 조금씩, 조금씩 움직이며 머리 위에서 서성거리는 빌 어윈의 발소리에 귀를 기울인다. 그 소리를 듣고 있자니 다시 어머니가 생각난다.

458

어머니는 도서관에서 빨간색과 금색이 섞인 카펫을 발로 구르며 목소리를 높여 괴물 흉내를 낸다. "쿵! 쿵! 쿵!"

필립은 조금씩, 조금씩 움직인다. 깁스 아랫부분이 시멘트에 긁힌다. 마침내 그는 작업대에 다다른다. 지하실 구석이라 너무 어두워서 뒤죽박죽 쌓여 있는 공구 더미에 얼굴을 최대한 가까이 대야만 사물을 분간할 수 있다. 그는 손잡이가 달린 쟁반처럼 생긴 것을 발견한다. 드라이버, 못, 다양한 크기의 렌치가 잔뜩 들어 있다. 그 옆에는 뚜껑이 열린 공구 상자가 있다. 그 안에 둘둘 말린 전선, 둘둘 말린 노끈, 끈, 드라이버, 기름이 묻은 렌치, 낚시용 미끼처럼 보이는 반짝이는 물건, 전지가위 등이 들어 있다.

그의 시선이 전지가위에 고정된다.

그는 아주 오랫동안 가위를 뚫어지게 바라보며 손목을 묶은 낚싯줄을 자르려면 가위 손잡이를 어떻게 움직여야 하는지 고민한다. 하지만 아무리 해도 방법이 생각나지 않아서 그는 가위를 포기하고 상자를 더 살피다가 자그마한 톱을 발견한다. 이번에는 손을 뻗어 들쭉날쭉한 톱날에 손목을 묶은 끈을 문지른다. 하지만 소용이 없다. 그가 손목에 힘을 줄 때마다 톱이 밀려나버린다. 필립은 팔꿈치로 톱을 들어올리기로 한다. 어딘가에 톱을 단단히 고정시키면 줄을 끊을 수 있을 것 같다. 그런데 그가 톱을 작업대에서 들어올리는 순간 톱이 그의 손에서 떨어져버린다. 필립은 그것을 잡으려다가 공구 상자를 건드린다. 그 바람에 드라이버 두 개, 낚시용 미끼 그리고 못 몇 개가 와장창 시끄러운 소리를 내며 바닥으로 떨어진다.

위층에서 서성거리던 빌 어윈의 발소리가 갑자기 딱 멈춘다.

게일의 힘겨운 숨소리만이 지하실을 가득 채운다.

필립은 머리 위의 마룻널을 올려다본다. 심장이 마구 벌렁거린다. 그런데 그때 다행히도 서성거리는 소리가 다시 시작된다. 필립은 침을 꿀꺽 삼킨다. 모직 양말의 인공적인 맛이 바짝 마른 입안과 목구멍을 자극한다. 무엇보다도 이 양말의 맛을 더이상 느끼지 않게 빨리 입에서 재갈을 빼내고 싶다. 이런 생각을 하던 그는 받침 기둥에 튀어나와 있던 못을 떠올린다. 그가 일어서려고 애쓸 때 등을 찔렀던 그 못. 몇 겹으로 친친 감긴 낚싯줄을 자를 수 있을 만큼 못이 튼튼할 것 같지는 않지만 적어도 입을 덮은 테이프는 자를 수 있을 것 같다.

필립은 최대한 조용하게 기둥으로 돌아간다. 못을 찾으려고 기둥을 더듬던 그는 기둥에 튀어나와 있는 못이 여러 개임을 깨닫는다. 그는 허리를 숙여 테이프를 못에 대고 눌러서 아주 작은 구멍을 뚫는다. 그리고 테이프를 좌우로 계속 움직이자 마침내 구멍이 찢어지기 시작한다. 오래지 않아 입을 벌릴 수 있을 만큼 구멍이 커진다. 처음에는 아주 조금밖에 찢어지지 않았지만 테이프 한가운데가 갈라지면서 구멍도 더 넓어진다.

필립은 양말을 뱉고 가쁘게 숨을 들이쉰다.

당장 소리를 질러 도움을 청하고 싶지만 참는다. 빌 어윈 외에 그의 목소리를 들을 사람이 과연 있을지 알 수 없기 때문이다. 그래서 필립은 가만히 서서 차가운 공기를 들이마시며 숨을 고른다. 호흡이 정상으로 돌아오자 그는 작업대로 돌아가 다시 그 위를 살핀다. 전지가위는 여전히 그 자리에 놓여 있지만 그는 아직도 가위를 어떻게 사용해야 할지 알 수 없다. 입을 자유롭게 사용할 수 있게 되었는데도 말이다. 그는 그래도 어쨌든 시도해보려다가 톱에 시선을 준다. 이번에는 이로 톱을 들어올린다. 필립은 톱을 이로 꽉 물고 조금 아까 바닥에 떨어진 드라이버와 못과 미끼 들 사이에 앉는다. 그리고 톱을 조심스레 다리 사이에 단단히 고정시킨다. 필립이 톱날에 낚싯줄을 대고 문지르자 점점 줄이 헐거워진다.

손이 자유로워지자마자 그는 손을 뻗어 마침내 가위를 집어든다. 가위질 한 번으로 발목을 묶은 낚싯줄이 모두 잘려나간다. 필립은 게일 어원에게 가서 아무 표정도 없는 하얀 얼굴을 내려다본다. 그녀는 눈을 뜨고 있지만 필립이 아주 부드러운 목소리로 말을 걸어도 희미한 신음 소리만 낼 뿐이다. 필립은 게일의 뜨거운 이마를 손으로 짚어본 뒤 부어오른 다리를 흘깃 바라본다. 저런 다리로 게일이 일어서서 여길 걸어나가는 건 불가능하다. 그렇다고 필립이 그녀를 안고 나갈 수 있는 상태도 아니다. 필립은 자기가 먼저 나가서 사람들에게 도움을 청하기로 한다. 그는 게일에게 자신의 계획을 말해주고 계단으로 가서 문을 올려다본다. 계단 밑에 서니 빌 어원이 발소리를 내며 바닥을 디딜 때마다 마룻널 사이로 간신히 새어들어오던 빛에 그림자가 생긴다. 그것만 봐도 필립의 심장 박동이 한층 빨라진다. 몸이 실제 나이보다 더 늙은 것 같고 너무 심하게 다쳐서 어원과 싸울 수 없을 것 같다.

'겁낼 필요 없어……'

'자신의 두려움과 맞서는 건 현명한 일이야……'

필립은 계단 밑에 한참 동안 서 있다. 근육이 쑤시고 낚싯줄에 묶였던 자리가 따끔거린다. 마침내 그는 무기를 찾으려고 힘겹게 작업대로 돌아간다. 그는 망치를 보고 집어든다. 드라이버도 하나 집어서 만일의 경우를 대비해 깁스 안에 찔러넣는다. 자신이 하느님을 믿는지 아직도 잘 모르겠지만 그래도 필립은 정말 오랜만에 처음으로 자기도 모르게 기도를 드린다. 무사히 빠져나가게 해달라고. 그리고 동생 로니에게도 만약 정말로 천국 어디선가 지상을 지켜보고 있다면 지금 형을 살펴봐달라고 기도한다. 도널리에게도 기도한다.

기도가 끝나자 필립은 움직이기 시작한다. 조심스럽고 어색하게, 한 번에 한 걸음씩 닫힌 문을 향해 계단을 오른다. 절반쯤 올라갔을 때 그는 걸음을 멈추고 빌 어윈이 눈치채지 않았는지 확인한다. 필립은 어윈이 방을 한 번 오락가락하는 데 몇 초나 걸리는지 세어본다. 하지만 일정한 패턴이 있는 것 같지 않다. 필립은 다시 계단을 오르기 시작한다. 계단 꼭대기에서 그는 문 뒤편에서 들려오는 소리에 귀를 기울인다. 두서없이 횡설수설 중얼거리는 소리다.

"……저 둘을 다른 사람들이랑 같이 놔두자…… 저 여자를 마누라라고 생각하지 마…… 다른 사람들이랑 똑같이 생각해…… 그러면 더 쉬울 거야…… 저 둘을 다른 사람들이랑 같이 놔두자…… 저 둘을 다른 사람들이랑 같이 놔두자……"

필립은 더이상 미적거릴 수 없음을 깨닫는다. 또한 자신이 유리한 위치를 차지하려면 기습 공격밖에 없다는 사실도 깨닫는다. 상대가 이쪽의 움직임을 눈치채기 전에 재빨리 제압하지 않으면 그를 제압할 희망이 없다. 그래서 어윈의 부츠 그림자가 다시 가까워지자 필립은 문을 벌컥 연다. 갑자기 문이 열리는 소리가 나면서 뭔가가 움직이자 어윈이 비틀거린다. 필립은 망치로 그의 가슴을 후려친다. 어윈은 휘청거리며 뒷걸음질을 치면서도 쓰러지지는 않는다. 필립은 거실로 완전히 들어가서 다시 망치를 들어 휘두른다. 하지만 어윈이 팔로 망치를 막는다. 필립은 다시 망치를 휘둘러 이번에는 어윈의 어깨를 쿵 하고 맞힌다. 커다란 신음 소리가 어윈의 입에서 새어나오더니 어윈이 앞으로 달려든다. 그가 두꺼운 팔로 필립의 다리를 틀어쥐자 두 사람은 한꺼번에 바닥을 구른다. 순전히 어윈의 몸무게 때문에 필립은 활활 타고 있는 벽난로 옆의 바닥에 쓰러진다. 필립은 피부에 닿는 장작의 열기를 느끼면서 자신이 망치를 떨어뜨렸음을 깨닫는다. 어윈이 일어나서 다시 공격해 올 때까지 짧은 몇 초 동안 필립은 방 반대편을 흘깃 바라본다. 바퀴가 달린 커피 탁자 위에 색 바랜 모자가 보인다. 그 안에 자신의 휴대전화가 들어 있다. 하지만 너무 멀어서 손이 닿지 않는다. 어윈은 이제 일어서서 부지깽이를 손에 들고 있다.

"맹랑한 놈 같으니." 어윈은 이렇게 말하면서 부지깽이를 머리 위로 들어올린다.

그가 막 부지깽이를 내리치려는 순간 필립이 뒤로 손을 뻗어 벽난로의 재를 한 줌 쥐고 어윈의 얼굴에 뿌린다. 어윈은 비명을 지르며 손으로 눈을 누른다. 그 바람에 부지깽이가 커다란 소리를 내며 바닥으로 떨어지자 필립이 그것을 잡는다. 몸을 일으킬 시간이 없기 때문에 필립은 쓰러진 자세에서 최대한 힘을 모아 부지깽이를 휘두른다. 단단한 쇠로 만든 부지깽이가 어윈의 장화의 발목 부분을 강타하자 어윈이 쓰러지면서 얼굴을 커피 탁자에 부딪친다. 커피 탁자의 다리가 휘청거리고 모자와 전화기가 허공으로 날아오른다. 어윈은 부서진 커피 탁자 잔해 속에 쓰러진다.

필립은 재빨리 일어서서 부지깽이로 어윈의 탄탄한 등을 내려친다. 한 번, 두 번, 세 번, 그의 커다란 몸을 때린다. 매번 어윈은 커다란 신음 소리를 낸다. 하지만 이내 신음이 멈춘다.

방 안이 조용해진다.

갑작스러운 적막 속에서 필립은 숨쉬기가 힘들다. 그는 손을 부들부들 떨면서 부서진 탁자와 바닥에 쓰러진 빌 어윈에게서 멀어진다. 그는 절룩거리며 지하실 문으로 가서 게일에게 소리친다. "제 말이 들리는지 잘 모르겠지만, 제가 다시 와서 아주머니를 구해드릴게요. 괜찮을 거예요. 약속해요."

필립은 탁자 파편 속에서 휴대전화를 집어들고 부지깽이를 떨어뜨린다. 그는 휘청거리며 출입문으로 가서 겨울 아침의 눈부신 빛 속으로 나간다. 어둠 속에 너무 오래 있었기 때문에 손을 이마에 대고 햇빛을 가려야만 앞이 보인다. 이제부터 어떻게 해야 할지 판단이 서지 않아서 그는 비틀거리며 멜리사의 집으로 간다. 문이 잠겨 있어서 그는 문을 마구 두드린다. 여전히 숨이 가쁘다. 필립은 멜리사가 나오기를 기다리면서 손을 뻗어 휴대전화기의 전원 버튼을 누른다. 엄지손가락이 부들부들 떨리지만 단 한 번의 실수도 없이 911을 누른다.

"멜리사!" 그는 교환원의 응답을 기다리며 문을 주먹으로 두드린다.

등뒤에서 누가 말한다. "그 집에는 아무도 없어."

필립이 천천히 뒤를 돌아보니 그가 서 있다. 빌 어윈이 자기 집 문 앞에 서 있다. 어깨가 축 처졌고 백발은 초췌한 얼굴 앞으로 흘러내렸다. 턱과 손에도, 바지 밑단 근처에도 핏자국이 있다.

"긴급구조대입니다. 무슨 일이십니까?"

필립의 시선이 전화기로 향한다. 경찰이 제시간에 맞춰오지 못하리라는 것을 알기 때문에 그는 적어도 한동안은 안전할 거라고 생각되는 유일한 장소로 최대한 빨리 도망치기로 충동적인 결정을 내린다. 필립은 숲 가장자리의 빈집으로 향한다. 빌은 필립이 향하는 곳이 어딘지 보더니 곧장 뒤를 쫓지 않는다. 그는 필립이 버려진 오두막의 어둠 속으로 들어가 쾅 문을 닫을 때까지 기다린다.

"긴급구조대입니다. 무슨 일이십니까?"

필립의 손이 걷잡을 수 없이 떨린다. 전화기를 떨어뜨리지 않고 귀로 들어올리는 것조차 힘들 정도다. 목소리가 갈라지고 단어들이 뚝뚝 끊어진다. "저는. 32번지에 있어요. 멍크스 힐. 로드. 펜실베이니아 주 래드너. 누가 저를 죽이려고 해요."

교환원은 지역 경찰에 알리겠다면서 그에게 전화를 끊지 말고 더 자세히 상황을 설명해달라고 말한다. 필립은 주소를 다시 말한다. 그리고 이미 심하게 다친 사람이 있다고 말한다. 여자예요. 게일 어윈. 그 여자 남편이 지금 제 뒤를 쫓고 있어요. 교환원은 계속 질문을 던지며 필립에게 전화를 끊지 말라고 말하지만 필립은 종료 버튼을 누른다. 그러고는 문 옆에 서서 어윈의 발소리가 들리는지 귀를 기울인다. 들리는 소리라고는 비닐이 바람에 펄럭이는 소리뿐이다. 주위를 둘러보니 집 구조가 멜리사의 집과 거의 똑같다. 하지만 페인트가 벗겨지고 있는 이 집의 벽은 낙서로 뒤덮여 있다. 천장은 워낙 많이 내려앉아서 금방이라도 무너질 것 같다. 그리고 방 한가운데 바닥에 엄청나게 커다란 구멍이 뚫려 있다. 바닥이 내려앉은 모양이다.

필립은 그 커다란 구멍 가장자리로 한 걸음 다가가서 칠흑같이 어두운 좁은 공간 속을 들여다본다. 그 검은 허공을 보니 왠지 몸이 오싹하다. 그는 천천히 구멍에서 멀어진다. 그리고 창을 등진 채 기다린다. 문을 뚫어지게 바라보면서. 어윈이 들어오면 어떻게 해야 할지 모르겠다. 그런데 바로 그때 널찍한 삽날이 등뒤의 비닐을 단번에 뚫어버린다. 어둡던 방에 순식간에 빛이 가득 찬다. 필립이 휙 몸을 돌려보니 빌 어윈이 밖에 서 있다. 그가 안으로 손을 뻗어 삽을 야구방망이처럼 휘두르며 필립의 얼굴 앞 허공을 가른다. 그가 또 삽을 휘두르자 필립은 뒤로 물러난다. 그런데 그 순간 구멍 가장자리의 마룻널들이 푹 꺼지면서 그는 그 아래 공간으로 일 미터 가까이 떨어진다.

이제 오두막이 환해졌으므로 필립의 눈에 주위의 흙과 돌멩이들이 보인다. 그리고 그것도 보인다. 빈 구멍 두 개. 사람의 몸에 딱 맞는 크기의 구멍 두 개가 그가 등을 대고 있는 차가운 땅 양옆에 나 있다.

'저 둘을 다른 사람들이랑 같이 놔두자……'

머리 위에서 문이 삐걱 하고 열리는 소리가 들린다. 필립은 혹시 몰라서 깁스 안에 끼워둔 드라이버를 기억해낸다. 그는 손을 뻗어 울퉁불퉁한 손잡이를 잡고 갈기갈기 찢어진 채 창문에 매달려 있는 비닐을 올려다본다. 발소리가 점점 가까워진다. 어윈의 그림자가 바닥에 난 구멍을 가리는 순간 필립의 귀에 목소리가 들린다.

"필립!"

밖에 어머니가 와 있다.

"필립!"

말도 안 되는 얘기지만 아버지의 목소리도 들리는 것 같다.

"저 여기 밑에 있어요!" 그가 고함을 지른다.

그리고 이내 사이렌 소리가 아주 희미하게 들려온다. 그 소리에 빌 어윈이 삽을 떨어뜨린다. 그는 몸을 돌려 쿵쿵거리며 문밖으로 나간다. 시끄러운 사이렌 소리가 점점 커진다. 필립의 부모님 목소리도 점점 커진다. 필립은 다시 소리친다. "저 여기 밑에 있어요!" 그는 부모님이 자신을 찾아낼 때까지 기다리지 않고 힘겹게 일어서서 썩은 마룻널을 붙들고 구멍 밖으로 아픈 몸을 끌어올린다. 잠시 후 그가 절룩거리며 밖으로 나가니 아버지와 어머니가 멜리사의 집 뒤에서 모퉁이를 돌아나오는 것이 보인다. "여기예요!" 그가 소리친다. 어머니가 이미 그를 보았는데도. 어머니가 마당을 쏜살같이 달려와 양팔로 필립을 끌어안는다. 힘이 어찌나 세고 사랑이 어찌나 듬뿍 담겨 있는지 필립은 다시 쓰러질 것 같다. 아버지도 어머니와 똑같이 한다.

"살아 있구나." 샬린이 숨을 몰아쉬며 필립의 귓가에서 말한다. 그리고 아주 옛날에 비행장에서 그랬던 것처럼 머리카락을 쓰다듬어준다. "정말 다행이야."

어머니가 이 말을 자꾸만, 자꾸만 반복한다. 필립은 아버지와 어머니를 모두 꼭 끌어안는다. 그리고 두 사람의 어깨 너머로 숲속까지 희미하지만 확실하게 이어진 핏자국을 본다. 사이렌 소리는 아직도 커지고 있다. 필립은 시선을 위로 올려 호리호리한 나무들의 꼭대기를 바라본다. 가지에는 아무것도 없다. 그 새들, 그 이상한 검은 새들은 어디론가 날아가버린 모양이다.

감사의 말

『소년은 어디에』가 출간되기 전에 동료 소설가에게 들은 이야기
가 있다. 자기는 집필중인 작품이 출간되기 전에 새 책을 시작하면
항상 최선의 결과가 나온다는 것이었다. 나는 그 충고를 받아들여
즉시 새 작품을 쓰기 시작했다. 이 년이 흐른 뒤, 소설은 거의 완성
되었지만 생각과는 달리 이야기가 잘 풀리지 않았다. 그런데 비가
내리던 4월의 어느 날 밤, 지하철을 타고 퇴근하던 길에 『기묘한
진실』의 구상이 떠올랐다. 나는 집에 도착하자마자 작품을 쓰기 시
작해서 삼 주 만에 메모 패드 스물세 권 분량의 초고를 완성했다.
그리고 그해 봄, 여름, 가을까지 이 글을 옮겨 적고, 다시 쓰고, 고
쳐 쓰는 작업을 했다. 이 작품에 대해 아무에게도 말하지 않은 채.

원고 마감일에 나는 원고를 들고 출판사 편집자를 찾아갔다. 원
래 계약했던 작품을 밀쳐두고 새로운 작품을 써왔다는 얘기를 미
리 해주는 것이 직업적인 양심상 아주 조금 더 옳은 일 같았다. 그

래서 지금 여기서 감사해야 할 사람들 중 가장 먼저 편집자 캐럴린 마리노를 꼽고 싶다. 그날 내 얘기를 듣고도 날 쫓아내지 않았다는 점이 첫번째 이유고, 이 소설에 열정적인 반응을 보여주었을 뿐만 아니라 내가 아무런 상의도 없이 불쑥 내민 소설 속 등장인물들에게 지극히 깊은 애정을 보여주었다는 점이 두번째 이유다. 마리노가 이 작품을 세심하게 편집해준 것이 얼마나 도움이 되었는지는 이루 말로 다할 수 없을 정도다. 마리노 외에도 윌리엄 모로/하퍼콜린스의 여러 직원, 특히 마이클 모리슨, 리사 갤러거, 새린 로젠블럼, 데비 스티어, 제니퍼 시빌레토, 제인 프리드먼, 캐시 헤밍, 줄리아 배넌, 샘 해저보머, 미셸 코럴로에게 감사한다. 모두들 나에게 엄청날 정도로 친절했으며 책을 출판하는 작업에 즐거움을 불어넣었다.

그 누구보다 훌륭한 나의 에이전트 조애너 풀시니에게는 영원히 갚을 수 없을 만큼 커다란 신세를 졌다. 조애너는 나를 위해 지칠 줄 모르고 열심히 뛰어다닐 뿐만 아니라 내가 원고를 완성할 때마다 꼼꼼히 읽으면서 나와 함께 웃음을 터뜨리곤 한다. 한편 해외 판권 부문을 담당하고 있는 린다 마이클스와 테레사 캐버너는 내게 축복이다. 영화화 판권 교섭과 관련해서는 대릴 로스뿐만 아니라 CAA의 매슈 슈나이더와 로스 캐츠를 알게 된 것이 역시 더할 나위 없는 축복이다.

〈코스모폴리탄〉의 케이트 화이트는 소중한 친구이자 동료 작가로 항상 나를 격려해준다.

앨리슨 콜러니는 내가 이 작품의 원고를 수정할 때마다 일일이 읽어주었기 때문에 도대체 몇 번이나 읽었는지 헤아릴 수도 없을 지경이다. 나는 앨리슨에게 시내의 모든 스파 이용권을 선물로 주기로 했다.

필립이 스페인어를 쓰는 장면에서는 지금까지 내가 만난 수많은 접시닦이에게 많은 신세를 졌다. 내가 알고 있는 스페인어는 모두 그들에게서 배운 것이다. 그리고 앤 러스터는 내가 고약한 이메일을 보내도 놀라지 않았고, 존 핸슨은 내가 쓴 속어들을 거듭 확인해주었다.

원고를 읽고 비평을 해준 사람, 집필할 장소를 제공해준 사람, 지난 몇 년 동안 나를 응원해준 사람을 모두 합하면 헤아릴 수 없을 만큼 많다. 다음에 열거한 그들 모두에게 진심으로 감사한다. 베티 켈리, 수전 시그리스트, 앨리사 웨이킨, 스테이시 시핸, 엘리자베스 반스, 에이미 치아로, 퍼트리샤 버크, 잰 브론슨, 린다 체스터, 게리 제피, 콜린 커티스, 캐럴 스토리, 앤드리아 색스, 애투사 루벤스틴, 새라 넬슨, 앨리슨 브라우어, 에이미 샐릿, 돈 러펠, 크리스 보잴리언, 윌리 램, 프랭크 매코트, 테렌스 맥널리, 에이드리아나 트리지아니, 멜리즈 로즈, 비비언 시플리, 리처드 워런과 린다 워런, 애비게일 그린, 미셸 프로몰레이코, 이저벨 버튼, 에스더 크레인, 제니 벤저민, 새라 보드나, 키 웨스트 블루 헤론 북스의 팻 클리프, 롭 칼슨 그리고 내가 글을 쓰려고 가족 모임에서 슬그머니 빠져나가도 아무 말도 하지 않은 카루소 가족(비루트, 마리오, 폴, 야나).

물론 누구보다 고마운 것은 바로 우리 가족이다. 어머니, 아버지, 누나 케리, 형 레이먼드, 할머니 도티.

마지막으로 아주 오래전 애기스에 아기를 데리고 오던 두 친구가 있다. 그들도 내게는 특별한 존재였다.

냅킨에 쓴 설스의 일기

이 글에 나오듯이 나는 오랫동안 식당에서 웨이터로 일했다. 대학 시절과 대학원 시절은 물론 처음으로 내 원고를 출판사에 보내던 시절에도 그랬다. 일을 하다가 도망치고 싶어지면 나는 화장실에 숨어서 냅킨에 일종의 일기 같은 것을 썼다. 하지만 그뒤로 이 냅킨 일기에 대해서는 까맣게 잊고 있다가 몇 년 전 이삿짐을 싸던 중에 침대 밑 상자 안에서 수백 장의 냅킨 일기를 다시 발견했다. 그중 세 편을 여러분에게 공개한다.

1991년 8월 1일

브레이크어웨이의 화장실. 99번 테이블에 앉은 고약한 여자가 조금 전 내 셔츠를 움켜쥐고는 자기가 주문한 시저 샐러드에 크루통이 몇 개나 들어 있는지 한번 세어보라고 말했다. "하나. 둘. 셋. 넷. 다섯. 여섯. 겨우 여섯 개야. 이런 걸 내놓고 돈을 받아먹을 셈

이야?" 나는 크루통 한 그릇을 가져다주고는 그 여자에게 당신은 앞으로 브레이크어웨이에서 크루통밖에 먹을 수 없을 거라고 말해주었다. 내가 부(식당 매니저)에게 이 이야기를 했더니 부는 주방의 들통 위에 앉아 담배를 피우며 이렇게 말했다. "그런 사람들은 네가 상대해. 나는 총을 꺼내들지도 몰라."

뭐, 다시 일하러 가자…… 존.

날짜 없음

브레이크어웨이의 화장실. 오늘 〈코스모폴리탄〉 도서 담당 부서의 파트타임 일자리 면접을 보고 왔다. 나는 구세군에서 십이 달러에 산 재킷을 입고 갔다. 엘리베이터에서 내리자마자 정말 어울리지 않는 곳에 왔다는 생각이 들었다(분위기가 편안하고 느슨한 〈레드북〉과는 달랐다). 어쨌든 내 면접을 담당한 여자는 내게 별로 관심이 없는 것 같았다. 왜 이력서를 갖고 오지 않았느냐고 계속 물었다. 나는 작가들한테는 원래 이력서가 없다고 말했다. 그냥 한 말이지만 사실인 것 같다. 어쨌든 합격할 것 같지는 않다. 나도 그 일을 꼭 하고 싶은 건지 확신이 없기 때문에 떨어져도 상관없다. 그래도 식당의 웨이터보다는 나은 일이겠지만.

그만 가자…… 존.

1995년 4월 10일

브레이크어웨이의 화장실. 이번주에 나한테도 대리인이 생겼다! 게다가 〈워싱턴 포스트〉에 생전 처음으로 내 글이 실렸다. 너무 좋다. 내 글이 채택된 게 처음이라 원고료는 오백 달러였다. 신문사

쪽에서는 미안해했지만 그건 브레이크어웨이에서 닷새를 일해야 벌 수 있는 돈이다!

이제 그만 가봐야겠다. 어떤 남자가 스테이크가 덜 익었다고 불평을 늘어놓았기 때문이다. 그래서 주방에서 고기를 더 익히고 있다. 어쨌든 어쩌면 드디어 뭔가 굉장한 일이 생길지도 모른다. 어쩌면 언젠가 서점에 가서 서가에 진열된 내 책을 보게 될지도 모른다.

오늘은 이만 안녕이다…… 존.

실화 혹은 허구

"소설 내용 중에 자전적인 부분이 얼마나 되나요?" 독자들이 내게 가장 자주 던지는 질문이다. 어떤 사인회에서는 여성 독자가 책을 한 장, 한 장 넘겨가며 이야기 중 어떤 부분이 나의 실제 경험에서 유래했는지 캐묻기도 했다. 내가 질문에 답했더니, 그 여성 독자는 내게 어떤 경험을 하는 순간 그것을 작품에 사용하겠다는 계획을 세우느냐고 물었다. 사실 대부분의 작가에게 물어보면, 그들은 어떤 경험을 작품 속에 등장시킬 것인지 의식적으로 계획을 세우지는 않는다고 대답할 것이다. 글을 쓸 때 작가들의 머릿속에서는 기억과 상상력이 뒤섞인다. 종이에 쓴 글은 그 결과물이다. 소설의 일부는 실화고, 일부는 허구인 것이다. 소설을 쓸 때 작가들의 머릿속에서 어떤 일이 일어나는지 여러분께 살짝 보여주기 위해 내가 직접 경험한 일들(웃기는 일도 있고 진지한 일도 있다)과 허구를 아래와 같이 비교해보았다.

허구: 필립은 새 공포증이 있으며 구관조에게 여러 번 얼굴을 쪼인다. 그가 돌보는 새는 마티니를 달라고 말할 수 있으며 변기의 물 내리는 소리도 흉내낼 수 있다.

사실: 내가 어렸을 때 어머니 친구분이 새 아파트로 이사하셨다. 그런데 그곳에서는 애완동물이 금지되어 있었기 때문에 그분이 키우던 잉꼬 두 마리를 우리가 키우게 되었다. 둘 중 한 마리는 성질이 아주 고약해서 새장의 창살을 휘어 도망치곤 했다. 우리는 천장이 낮은 작은 집에 살았는데, 그 초록색 새가 집 안을 마구 날아다닐 때면 나와 누이들은 비명을 지르며 숨었다. 그 새를 잡는 건 대개 아버지나 형의 몫이었는데, 두 사람이 집에 없을 때는 내 몫이 되기도 했다. 이때의 경험 때문에 나는 새 공포증을 갖게 되었다. 세월이 흐른 뒤 아주 좋은 아파트에 살던 친구가 여행을 갈 계획이라며 나더러 집을 봐달라고 부탁했다. 문제는? 친구가 키우는 구관조를 돌봐야 한다는 거였다. 그 새를 돌보면서 여러 번 얼굴을 쪼인 나는 공포증이 더 심해졌다. 여담이지만 그 구관조가 할 줄 아는 말은 단어 몇 개밖에 없었다. 말을 하기보다는 사납게 꽥꽥거리며 사람들에게 겁을 줄 때가 대부분이었다.

허구: 필립은 올리브 가든에서 웨이터로 일하는데, 그곳의 동료인 구마로가 X등급 스페인어를 가르쳐준다. 필립은 술잔이 담긴 쟁반을 떨어뜨린 뒤 무작정 가게를 나와버린다.

사실: 나는 코네티컷 주 페어필드의 브레이크어웨이에서 십이년 동안 웨이터로 일했는데, 그곳에서 설거지를 담당하던 직원들

이 내게 스페인어 속어와 비어 들을 상당히 많이 가르쳐주었다. 나는 올리브 가든 같은 곳에서 식사한 적이 없지만 광고는 본 적이 있다. 그리고 일하다 말고 그냥 나와버린 적도 없다. 그러고 싶은 적은 아주 많았지만.

허구: 필립은 경찰관에게 임신했느냐고 묻는다. 그런데 경찰관이 임신한 게 아니라서 필립은 망신을 당한다.

사실: 몇 해 전 여름에 나는 소설을 쓰려고 잡지사에 휴가를 냈다. 휴가가 끝난 뒤 다시 출근한 나는 어떤 동료의 배가 그동안 상당히 커졌음을 알게 되었다. 물론 여자한테 임신했느냐고 묻는 건 무례한 짓이라는 걸 알지만 그때는 워낙 확신이 강했기 때문에 그녀의 배를 문지르기까지 하며 아기에 대해 어쩌고저쩌고 말을 했다. 그녀의 반응은? "임신한 게 아니라 그냥 살이 찐 거예요." 나는 슬그머니 도망쳐서 미술부장의 품속으로 쓰러져버렸다.

허구: 필립은 뉴욕에서 아침을 먹으러 애기스 다이너에 다니다가 자기 또래의 남자가 어떤 여자와 아기를 데리고 함께 앉아 있는 것을 자주 본다.

사실: 처음 뉴욕에 왔을 때 나도 나를 가르치던 교수님과 함께 애기스 다이너에 아침을 먹으러 가곤 했다. 교수님의 아기도 함께였다. 내 삶에서 그때는 정말 행복한 시절이었고 교수님과의 우정도 아주 특별했다. 필립이 아침마다 식당에서 본 세 사람이 바로 우리 셋이다. 나중에 이 작품을 쓰는 동안 나는 그곳에 다시 가보았지만 식당은 이미 문을 닫은 뒤였다.

허구: 로니가 죽은 뒤 멜리사는 시내 반대편의 자그마한 오두막으로 이사한다. 그 옆에는 자그마한 집이 두 채 더 있다. 그중 한 채에는 나이가 지긋한 어윈 부부가 살고, 나머지 한 채는 빈집이라 폐허가 되어 있다.

사실: 몇 년 전 할머니가 코네티컷 주 길포드에 있는 물가 근처의 자그마한 오두막으로 이사하셨다. 그 오두막 옆에 자그마한 집이 두 채 더 있었는데, 한 채에는 노부부가 살았고 나머지 한 채는 새로 수리를 했는데도 이상하게 비어 있었다. 할머니를 만나러 갈 때마다 나는 나도 모르게 그 빈집을 빤히 바라보며 왜 세입자가 들어오지 않는지 이상하다는 생각을 했다. 그 집을 보면 왠지 으스스한 기분이 들었다. 그런데 어느 날 집주인이 이 세 채의 집을 팔기로 했다고 통보하는 바람에 할머니와 노부부는 다른 곳으로 이사를 갔다. 하지만 그 세 채의 집을 사겠다는 사람이 나타나지 않아 지금은 세 채 모두 빈집으로 남아 있다.

허구: 고등학교 시절 내내 필립을 괴롭히던 녀석의 이름은 제드 쿠섬(Jedd Kusam)이다.

사실: 나는 매석 고등학교에 다니는 동안 필립과 똑같이 괴롭힘을 당했다. 제드의 성을 보고 뭔가 눈치채지 않았는가? 쿠섬(Kusam)은 매석(Masuk)의 철자를 거꾸로 쓴 것이다.

허구: 로니 체이스는 졸업 무도회에 다녀오던 길에 리무진 교통사고로 뜻하지 않게 세상을 떠난다. 그가 묻힌 묘지는 예전에 비행

장이었는데, 체이스 일가는 그곳에서 비행기 묘기를 구경한 적이
있다.

　사실: 내 누나 섀넌은 어렸을 때부터 병에 시달리다가 고등학교
졸업을 며칠 앞두고 그만 세상을 떠나고 말았다. 누나가 묻힌 묘지
는 예전에 비행장이었는데, 어렸을 때 우리는 거기까지 자전거를
타고 가서 연을 날리기도 하고, 비행기가 이착륙하는 모습을 구경
하기도 했다.

옮긴이 **김승욱**
성균관대학교 영어영문학과를 졸업했으며 뉴욕 시립대학교 대학원에서 여성학을 공부했다. 〈동아일보〉 문화부 기자를 거쳐 지금은 전문 번역가로 활동중이다. 옮긴 책으로『깊은 밤을 날아서』『탄환의 심판』『위대한 약속』『분노의 포도』『왑샷 가문 연대기』『왓샵 가문 몰락기』『살인자들의 섬』『동굴』『리스본 쟁탈전』『목소리를 보았네』『나는 침대에서 내 다리를 주웠다』『누가 베이컨을 식탁으로 가져왔을까』『신 없는 사회』 등 많은 작품이 있다.

문학동네 세계문학
기묘한 진실

초판인쇄 2013년 3월 25일 | 초판발행 2013년 3월 30일

지은이 존 설스 | 옮긴이 김승욱 | 펴낸이 강병선
책임편집 김나리 | 편집 오영나 | 독자모니터 유부만두
디자인 엄혜리 윤종윤 이원경 | 저작권 한문숙 박혜연 김지영
마케팅 정민호 김도윤 박보람 | 온라인마케팅 김희숙 김상만 이원주 한수진
제작 서동관 김애진 임현식 | 제작처 한영문화사

펴낸곳 (주)문학동네
출판등록 1993년 10월 22일 제406-2003-000045호
주소 413-756 경기도 파주시 문발동 파주출판도시 513-8
전자우편 editor@munhak.com | 대표전화 031) 955-8888 | 팩스 031) 955-8855
문의전화 031) 955-3576(마케팅) 031) 955-1917(편집)
문학동네카페 http://cafe.naver.com/mhdn

ISBN 978-89-546-2104-5 03840

www.munhak.com